HEYNE BÜCHER

SCIENCE FICTION

Herausgegeben
von Wolfgang Jeschke

Von Greg Bear erschienen in der Reihe
HEYNE SCIENCE FICTION & FANTASY:

Der THISTLEDOWN-ZYKLUS:

Äon · 06/4433
Ewigkeit · 06/4916

Der SIDHE-ZYKLUS:

Das Lied der Macht · 06/4382
Der Schlangenmagier · 06/4569

Blutmusik · 06/4480
Corona · 06/4499
Schmiede Gottes · 06/4617

GREG BEAR

EWIGKEIT

Roman

Deutsche Erstausgabe

WILHELM HEYNE VERLAG
MÜNCHEN

HEYNE SCIENCE FICTION & FANTASY
Band 06/4916

Titel der amerikanischen Originalausgabe
ETERNITY
Deutsche Übersetzung von Winfried Petri
Das Umschlagbild malte John Harris
von Young Artists, London

Redaktion: Wolfgang Jeschke

Erstveröffentlichung bei Warner Books, Inc., New York

Printed in Germany 1992
Umschlaggestaltung: Atelier Ingrid Schütz, München
Technische Betreuung: Manfred Spinola
Satz: Schaber Datentechnik, Wels
Druck und Bindung: Elsnerdruck, Berlin

ISBN 3-453-05838-0

Für David McClintock,
Freund und Verehrer von Olaf Stapledon,
und vor allem *Buchhändler.*

Nur wenn der Raum
wie ein Stück Leder aufgerollt wird,
wird es ein Ende
des Leidens geben — ohne Gotteserkenntnis.

Śvetāśvatara Upaniṣad, VI, 20

DANKSAGUNGEN

Karen Anderson hat wieder einmal wertvolle Hilfe bei meinen seltsamen Ausdrücken und der Geschichte geleistet. Ihre Arbeit am letzten Kapitel von *Äon* hat viele Grundsteine für die Oikoumenê in dieser Fortsetzung gelegt. Adrienne Martine-Barnes hat viel nützliches Forschungsmaterial beigesteuert; ich habe auf eigene Gefahr ihre direkten Beobachtungen über die Architektur von Rhodos ignoriert, um tiefe historische Veränderungen auf Rhodos zu demonstrieren. Brian Thomsen, der hervorragende Autor, hat Vertrauen gehabt und ist Risiken eingegangen; er hat auch mutig verhindert, daß meine Prosa ins Stolpern geriet. Machen Sie diesen prächtigen Menschen keinerlei Vorwürfe! Jeden Fehler in diesem Buch nehme ich auf meine Kappe, sofern nicht mein Computer die Schuld hat.

Am Ende herrschen Grausamkeit und Tod über das ganze Land. In keinem einzigen Lichtstrahl oder Sandkorn wirst du Trost finden, denn alles ist dunkel, und der kalte Blick von Gottes gleichgültigen Augen mit ihren schweren Lidern fällt voller Verachtung gleichermaßen auf alle. Nur in deiner inneren Stärke gibt es Rettung. Du mußt so leben wie ein Baum oder wie die Kellerasseln und Flöhe, die im Lande und dem Ruin der Erde gedeihen. Und so lebst du und fühlst den Stachel des Wissens, daß du am Leben bist. Du ißt alles, was dir zur Hand kommt. Und wenn das, was du issest, einst ein Bruder oder eine Schwester war, möge es so sein. Gott kümmert sich nicht darum. Denn wenn alle Hunger haben, sind alle Huren, sogar diejenigen, welche die Huren benutzen. Und Krankheit gedeiht, wenn alle Huren sind; denn Krankheitskeime müssen leben, sich über das Land ausbreiten und die Erde zerstören.

Manche sagen, daß wir aus eigener Kraft wieder den Himmel erklimmen werden. Manche sagen, wir hätten alle sterben sollen zur Sühne. Aber so sollte es nicht kommen. Denn durch eine Laune der Zeit und der Geschichte kamen die Engel von dem Stein, *um über das Land zu ziehen und Trost zu bieten, zu dem das Land nicht fähig ist, Wolken und Rauch wegzustoßen und die Sonne durchdringen zu lassen, unsere Feldfrüchte zu säen und unsere Nahrung zu ernten und uns dann den Pflug zu übergeben. Ihr staunt darüber und verflucht die Engel nicht in dem Wahnsinn eurer Schuld; denn sie sind eine Glorie wie ein Traum, und ihr glaubt nicht wirklick daran.*

Sie betreuen euch in eurer Krankheit, und im Laufe der Zeit vereint ihr euch mit ihnen, um andere zu betreuen. Medizin wird zur Religion, Hilfe bei dem einzigen Gebot und Heilung als die größte Gabe an Gott, die man sich vorstellen kann.

Sie bringen Wunder aus dem Stein heraus. Sie bleiben unter uns, gehören aber nicht zu uns; und einige Leute murren, aber die wenigen werden ignoriert wie die Spreu. Worüber die wenigen murren, ist Trennung und Enttäuschung, denn wir sind niemals glücklich. Und niemals zufrieden und befriedigt. Aber die Engel hören nicht zu.

Und dann kommt von den Ländern der Bibel und aus dem Volke des Ostens im Buche Rebellion. Denn deren Länder sind nicht ausgedörrt worden, und sie können noch Kraft im Boden gewinnen, und sie sind klug und kennen das Gesetz von Baum und Floh. Denn sie sind von Gott erwählt, sie kämpfen gegen diese Engel, welche für sie keine Engel sind. Sie kämpfen und werden durch Wunder unterworfen und befriedet. Und die Leute des Buches schlafen den Schlaf des Friedfertigen. Sie bauen und arbeiten, kämpfen aber nicht. So ist es in dem Land, wo die Menschheit erstmals ihre Augen geöffnet hat.

Und dann sank in dem Lande das Böse ein an der Spitze des Herzens der Dunkelheit, wie weißer Unrat in eine schwarze Flasche. Von diesem Land kommen Afrikaans und Englisch sprechende Leute in ihren feinen Uniformen. Sie treiben ihre Sklavenheere vor sich her, um alle unberührten südlichen Gebiete der Erde zu plündern. Sie kämpfen und sie werden durch Wunder bezwungen und auf ihre Art befriedet. Und sie schlafen den Schlaf des Friedfertigen. Sie bauen und arbeiten und kämpfen nicht. So ist es am Boden der Amphora von Afrika.

Licht und Lernen beginnen wieder über dem Boden; denn Kraft kehrt wieder zum Boden und ins Fleisch zurück. All dies verdanken wir den Engeln. Und wenn sie bloß Menschen sind, nur unsere eigenen Kinder, zurückgekehrt in Licht gekleidet — was macht das aus für unsere Freude und Dankbarkeit?

Sie erheben uns über das Gesetz von Baum und Floh und machen uns wieder menschlich.

GERSHOM RAPHAEL
Totenbuch, Sure 4, Buch 1.

1. KAPITEL

Wiedereroberte Erde, Unabhängiges Gebiet von Neuseeland, A.D. 2046

Der Friedhof der Station von New Murchison enthielt nur dreißig Gräber. Flaches Grasland umgab den eingezäunten Fleck, und ringsum und hindurch schlängelte sich schützend ein schmaler Bach, dessen leise flüsterndes Geplätscher den kühlen, trockenen Wind übertönte. Der Wind ließ die Grashalme säuseln und beben. In graue Wolken gehüllte Berge mit Schneestreifen blickten finster auf das Gelände. Die Sonne stand um eine Stunde über der Zwei-Daumen-Kette im Osten. Ihr Licht war hell, aber nicht warm. Trotz des Windes schwitzte Garry Lanier.

Er half dabei, den Sarg auf Schultern durch den schiefen weißen Lattenzaun zu dem neu ausgehobenen Grab zu tragen, das durch einen Hügel dunkler Erde markiert war. Sein Gesicht war eine Maske, um die Anstrengung und die krampfhaften Schmerzen zu verbergen.

Sechs Freunde dienten als Träger. Der Sarg war nur ein sauber bearbeiteter und genau angepaßter Holzkasten, aber Lawrence Heineman hatte gute neunzig Kilo gewogen, als er starb. Die Witwe, Lenore Carrolson, folgte zwei Schritte dahinter mit erhobenem Kopf. Ihre verwirrten Augen starrten auf etwas eben über dem Ende des Sarges. Ihr einst aschblondes Haar war jetzt silberweiß.

Larry hatte viel jünger ausgesehen als Lenore, die jetzt in ihrem neunzigsten Jahre gebrechlich und unwirklich schien. Er hatte vor vierunddreißig Jahren nach seinem Herzanfall einen neuen Körper bekommen. Nicht Alter oder Krankheit hatten ihn getötet, sondern ein Steinschlag bei einem zwanzig Kilometer entfernten Campingplatz im Gebirge.

Sie legten ihn in die Erde, und die Sargträger zogen die dicken schwarzen Seile weg. Der Sarg kippte und knarrte im Erdreich. Lanier fand, daß Heineman das Grab als ein unbequemes Bett vorkommen würde. Aber dann ließ er diese naive Phantasie sausen. Es war nicht gut, den Tod umzugestalten.

Ein Priester der Neuen Römischen Kirche sprach über dem Grabe Latein. Lanier warf als erster mit dem Spaten muffigen Dreck in das Loch. Asche zu Asche. *Der Boden hier ist feucht. Der Sarg wird vermodern.*

Lanier rieb sich die Schulter, als er bei Karen stand, die seit fast vierzig Jahren seine Frau war. Ihre Augen huschten über die Gesichter ihrer entfernten Nachbarn und suchten etwas, womit sie ihre Gefühlsverlagerung mildern könnte. Lanier bemühte sich, die Leidtragenden mit ihren Augen zu sehen, und fand nur Trübsal und eine nervöse Niedergeschlagenheit. Er berührte ihren Ellbogen, aber sie hatte nichts von seiner Zuversicht. Karen war, als gehöre sie nicht dazu. Sie hatte Lenore Carrolson wie eine Mutter geliebt, obwohl sie seit zwei Jahren nicht miteinander geredet hatten.

Oben am Himmel tat das Hexamon zwischen den orbitalen Bezirken seinen gewöhnlichen Dienst, hatte aber von diesen glücklichen Himmelskörpern keinen Vertreter geschickt. Und in der Tat wäre eine solche Geste unpassend gewesen in Anbetracht dessen, welche Gefühle Larry gegenüber dem Hexamon entwickelt hatte.

Wie sehr sich doch die Dinge verändert hatten ...

Teilungen, Trennungen, Katastrophen. Nicht alle Arbeit, die sie bei der Wiederherstellung geleistet hatten, konnte diese Differenzen wegwischen. Sie hatten auf die Wiederherstellungen solche Erwartungen gesetzt. Karen hatte immer noch große Hoffnungen und arbeitete noch an ihren verschiedenen Projekten. Ihre Umgebung teilte nicht viele dieser Hoffnungen.

Sie war immer noch im Glauben befangen an die Zukunft und die Bemühungen des Hexamons.

Lanier hatte den Glauben vor zwanzig Jahren verloren.

Jetzt hatten sie einen bedeutsamen Teil ihrer Vergangenheit in die feuchte Erde gelegt, ohne Hoffnung auf eine zweite Wiederauferstehung. Heineman hatte nicht erwartet, daß er durch einen Unfall sterben würde; er hatte sich aber trotzdem seinen Tod ausgesucht. Lanier hatte eine ähnliche Wahl getroffen. Er wußte, daß die Erde auch ihn eines Tages absorbieren würde; und das erschien richtig, wenn auch nicht ohne eigenen Schrekken. Er würde sterben. Keine zweite Chance. Er — und Heineman und Lenore — hatten die vom Hexamon gebotenen Gelegenheiten bis zu einem gewissen Maße angenommen und dann Bedenken geäußert.

Karen hatte sich nicht gesträubt. Wenn sie unter dem Bergsturz gelegen hätte anstatt Larry, wäre sie jetzt nicht tot. In ihrem Implantat gespeichert, würde sie ihrer fälligen Wiederauferstehung entgegensehen in einem für sie in einem der Bezirke gewachsenen Körper und zur Erde gebracht werden. Sie würde bald ebenso jung oder noch jünger sein, als sie jetzt war. Und im Verlauf der Jahre würde sie durchaus nicht älter werden, als sie wünschte, noch würde sich ihr Körper in unerwünschter Weise verändern. Das war, was sie von diesen Leuten trennte. Es unterschied sie auch von ihrem Gatten.

Wie Karen hatte auch ihre Tochter Andia ein Implantat gehabt, und Lanier hatte nicht protestiert, weswegen er sich einige Zeit geschämt hatte. Aber es war eine ganz außerordentliche Erfahrung zu sehen, wie sie wuchs und sich wandelte. Er erkannte, daß er viel eher seinen eigenen Tod akzeptieren würde als den dieses schönen Kindes. Er hatte sich Karens Plänen nicht widersetzt; und das Hexamon war heruntergekommen, um das Kind einer seiner getreuen Dienerinnen zu segnen und seiner Tochter eine Gabe mitzuteilen, die er selbst nicht annahm, weil sie nicht allen Alten Eingeborenen der Erde zuteil wurde und es auch nicht werden konnte.

Dann war die Ironie des Schicksals zum Zuge gekommen und hatte ihrem Leben einen festen Stempel aufgeprägt. Vor zwanzig Jahren war Andias Flugzeug im östlichen Pazifik abgestürzt, und sie wurde nie gefunden. Die Chance, daß ihre Tochter wieder ins Leben zurückkehren würde, lag im Schlick auf dem Boden einer tiefen Senke des Ozeans als winzige Kugel, die selbst für die technischen Möglichkeiten des Hexamons unaufspürbar war.

Die Tränen in seinen Augen galten nicht Larry. Er wischte sie weg und grüßte mit formal steifer Miene den Priester, einen gottesfürchtigen jungen Scheinheiligen, den Lanier nie gemocht hatte. »Gottes Wein kommt in einem seltsamen Gefäß«, hatte Larry einmal gesagt.

Er kam in eine Weisheit, die mich neidisch macht.

Im ersten Rausch des Erstaunens über die Arbeit des Hexamons waren alle verblüfft gewesen. Heineman hatte seinen zweiten Körper schließlich gern genug angenommen, und Lenore hatte Verjüngungskuren akzeptiert, um mit ihrem Gatten gleichzuziehen. Später hatte sie diese Behandlungen aufgegeben, wirkte aber jetzt nicht älter als eine gut erhaltene Siebzigerin ...

Die meisten Alten Eingeborenen kamen nicht an Implantate heran. Selbst das Hexamon konnte nicht jedermann auf der Erde entsprechend versorgen; und selbst dann waren die Kulturen der Erde nicht reif auch nur für eine angenäherte Unsterblichkeit.

Lanier hatte Implantate abgelehnt, aber die Hexamon-Medizin akzeptiert. Er wußte bis heute nicht, ob darin eine gewisse Heuchelei steckte. Solche Medizin war den meisten, wenn auch nicht allen Alten Eingeborenen zugänglich gemacht worden, die über eine ruinierte Erde zerstreut waren. Das Hexamon hatte seine Hilfsquellen dafür ausreichend strapaziert.

Er hatte gedacht, daß er, um seine aktuelle Arbeit zu tun, gesund und fit sein müßte; und für diese Arbeit — den Besuch der Todländer und das Leben inmitten von Tod, Krankheit und Strahlung — brauchte er das Privileg der Hexamon-Medizin.

Lanier konnte Karens Reaktion erkennen. So eine Vergeudung. Alle diese Leute fielen aus und gaben auf. Sie dachte, daß sie sich verantwortungslos verhielten. Vielleicht waren sie das wirklich; aber wie er selbst und Karen hatten sie einen großen Teil ihres Lebens der Wiederherstellung und dem Glauben gewidmet. Sie hatten ihre Zuversicht verdient, wenn sie auch in Karens Augen unverantwortlich sein mochten.

Die Schuld, die sie alle vor den orbitalen Bezirken trugen, war unermeßlich. Aber Liebe und Loyalität konnte man nicht durch Schuldverpflichtung verdienen.

Lanier folgte den Leidtragenden in die kleine, einige hundert Meter entfernte Kirche. Karen blieb bei den Gräbern zurück. Sie weinte, aber er konnte nicht hingehen, um sie zu trösten.

Er schüttelte einmal heftig den Kopf und blickte zum Himmel empor.

Niemand hatte gedacht, daß es jemals so geschehen würde.

Er konnte es selbst kaum glauben.

In dem einstöckigen Versammlungsraum der Kirche wartete Lanier, während drei jüngere Frauen Sandwiches und Punsch bereitstellten, darauf, daß seine Frau sich dem Rest des Volkes anschließen würde. Gruppen von zwei oder drei Personen bildeten sich mißmutig im Raum, um vorzutreten und der Witwe ihre Aufwartung zu machen, die alles mit distanziertem Lächeln aufnahm.

Er entsann sich: *Sie hat ihre erste Familie im Tod verloren.* Sie und Larry hatten sich, nachdem sie sich vor zehn Jahren von der Rekonstruktion zurückgezogen hatten, wie junge Leute verhalten. Sie wanderten um die Süd-Insel, nahmen mancherlei Hobbies auf, gingen gelegentlich zu ausgedehnten Märschen nach Australien und segelten einmal sogar nach Borneo. Sie waren ohne Sorgen gewesen, oder hatten zumindest so gewirkt, und Lanier beneidete sie darum.

»Ihre Frau trifft dies hart«, sagte ein junger Mann mit rotem Gesicht namens Fremont und ging allein auf Lanier zu. Fremont betrieb die wiedereröffnete Irishman Creek Station. Seine halbwilden Merinos verteilten sich bis hin zu Twizel, und er galt nicht als ein Musterbürger. Sein Stationszeichen war ein Kea in einem Kreis — merkwürdig für jemand, der seinen Lebensunterhalt durch Schafe verdiente. Aber er sollte einmal gesagt haben: »Ich bin nicht weniger unabhängig als meine Schafe. Ich gehe, wohin ich will, und das tun sie auch.«

Lanier sagte: »Wir alle haben ihn geliebt.« Er wußte nicht, warum er sich plötzlich diesem rotgesichtigen Halbfremden anvertrauen sollte; aber mit einem Auge zur Tür gewandt und auf Karen wartend sagte sein Mund: »Er war ein tüchtiger Mann, wenn auch schlicht. Er kannte seine Grenzen. Ich ...«

Fremont zog eine buschige Augenbraue hoch.

Lanier sagte: »Wir waren zusammen auf dem Stein.«

»So habe ich gehört. Sie waren ganz konfus mit den Engeln.«

Lanier schüttelte den Kopf: »Er hat das gehaßt.«

Fremont sagte: »Er hat hier und überall Gutes getan.«

Bei einem Begräbnis sind alle Leute nett. Karen kam zur Tür herein. Fremont, der höchstens fünfunddreißig Jahre alt sein mochte, blickte in ihre Richtung und wandte sich dann mit einem abschätzenden Blick wieder Lanier zu. Dieser verglich sich mit diesem jungen, kräftigen Mann. Er selbst hatte voll ergrautes Haar, große braune und schwielige Hände. Sein Körper war leicht gebeugt.

Karen schien nicht älter zu sein als Fremont.

2. KAPITEL

Terrestrisches Hexamon, Erdorbit, Achse Euklid

»Wir wollen sprechen«, schlug Suli Ram Kikura vor, nahm ihren Pictor vom Hals und machte es sich in einem Sessel hinter Olmy bequem. Er stand am Fenster ihres Apartments — einem richtigen Fenster — und schaute durch die Achse. Die innere Wand des zylindrischen Raumes von Euklid hatte einst die zentrale Singularität des Wegs umgeben. Jetzt zeigte sie schwimmende Astronauten mit gazeartigen Flügeln wie von Fledermäusen, die durch Vergnügungsparks schwebten, ferner Bürger auf Fußwegen in matt purpurnen Feldern, sowie einen kleinen Bogen von Dunkelheit zur Linken. Das war der erdnahe Weltraum, wie er jenseits der inneren Wand sichtbar war.

Farben und Aktivitäten erinnerten ihn an ein französisches Gemälde aus dem frühen zwanzigsten Jahrhundert, eine Parkszene, der plötzlich die Schwerkraft genommen war, mit spazierenden Paaren und Kindern orthodoxer Naderiten überall verteilt. Die Aussicht änderte sich ständig, während der Körper der Achse um den Hohlraum in seinem Zentrum rotierte und ein lebendiges Bild von Leben und Gesellschaft des Hexamons bot, von dem Olmy kein Teil mehr zu sein schien.

»Ich höre«, sagte er, ohne sie anzuschauen.

»Du hast Tapi seit Monaten nicht besucht.« Tapi war ihr Sohn, gezeugt aus ihren vermischten Erinnerungen im Gedächtnis der Euklid-Stadt. Eine solche Methode war erst in den letzten zehn Jahren wieder aufgekommen. Davor, als orthodoxe Naderiten die Bezirksregierung von Euklid beherrscht hatten und natürliche uterine Geburten an der Tagesordnung gewesen waren, hatte man die Jahrhunderte von Tradition des Hexamons zur Hölle gewünscht. So kam es nun, daß in dem Flaw-Park hinter Ram Kikuras Fenster die Kinder spielten.

Olmy blinzelte und fühlte sich der Vernachlässigung seines Sohnes schuldig. Mit Suli Ram Kikura kam man immer schnell zur Sache. »Es geht ihm gut.«

»Er braucht uns beide. Ein Partial auf Verlangen ist kein Ersatz für einen Vater. Er wird in wenigen Monaten seine Inkorporationstests ablegen und braucht ...«

»Ja, ja.« Olmy wünschte, sie hätten Tapi nie bekommen. Das Gewicht der Verantwortung war jetzt zu viel, wo seine Forschungen ihn auch schwer belasteten. Er hatte einfach keine Zeit.

»Ich weiß nicht, ob ich auf dich wütend sein soll oder nicht«, sagte sie. »Du stehst vor irgendeinem Problem. Ich hätte wohl schon vor einigen Jahren ahnen können, um was es geht ...« Ihre Stimme war voll und ausgeglichen, gut beherrscht, aber sie konnte doch nicht Besorgnis verhehlen, vermischt mit Gereiztheit über seine stille Stumpfheit. »Ich schätze dich genug, um zu fragen, was dich bekümmert.«

Wertschätzung. Ihre Liebe ging mehr Dekaden zurück, als er sich traute zu zählen. (*Vierundsiebzig Jahre* — erinnerten ihn unaufgefordert seine implantierten Gedächtnisspeicher.) Und sie hatten durchlebt — und mitgemacht — manche der turbulentesten und spektakulärsten Zeiten des Hexamons. Er hatte niemals einer Frau den Hof gemacht außer Ram Kikura. Er hatte immer gewußt, daß er, wohin er auch gehen und eine flüchtige Verbindung eingehen mochte, immer zu ihr zurückkehren würde. Sie paßte zu ihm — ein Homorph, weder Naderit noch Geshel in ihrer Politik, lebenslänglich Advokatin, einmal Repräsentantin der Erde im Nexus, Kämpferin für die Unglücklichen, Vergessenen und Unwissenden. Mit keiner anderen Person hätte er einen Tapi zeugen mögen.

»Ich habe studiert. Das ist alles.«

»Ja, aber du willst mir nicht sagen, was du studiert hast. Was es auch sein mag, es verändert dich.«

»Ich blicke nur nach vorn.«

»Du weißt nichts, in das ich nicht eingeweiht bin. Ist es so? Aus dem Ruhestand kommend? Die Reise zur Erde ...«

Er sagte nichts, und sie gab mit zusammengepreßten Lippen nach. »Nun wohl. Etwas Geheimes. Etwas, das mit der Wiedereröffnung zu tun hat.«

»Niemand hat das ernsthaft vor«, sagte Olmy. Sein Ton war für einen über fünf Jahrhunderte alten Mann etwas unpassend gereizt. Nur Ram Kikura konnte seinen Panzer durchdringen und eine solche Antwort provozieren.

»Nicht einmal Korzenowski stimmt dir zu.«

»Mir? Ich habe nie gesagt, daß ich die Wiedereröffnung unterstütze.«

Sie sagte: »Das ist *absurd.*« Jetzt hatten sie beide den Panzer ausprobiert. »Was auch immer unsere Probleme, unsere Knappheiten sein mögen, die Erde aufgeben ...«

»Das ist noch weniger wahrscheinlich«, sagte er ruhig.

»... und den Weg wieder aufmachen ... Das richtet sich gegen alles, wofür wir in den letzten vierzig Jahren gearbeitet haben.«

»Ich habe nie gesagt, daß ich das wünschte«, wiederholte er.

Ihre zornige Miene schockierte ihn. Ihre Distanz war nie so groß gewesen, daß zwischen ihnen intellektuelle Verachtung aufgekommen war. Ihre Beziehung war immer eine Mischung von Leidenschaft und Würde gewesen, sogar in den Jahren ihres schlimmsten Streits — wo es Zeichen von Gleichziehen oder Überlegenheit gegeben hatte, obwohl er keine Meinungsverschiedenheit zugeben mochte.

»Niemand *wünscht* es, aber es wäre sicher aufregend,

nicht wahr? Wieder gewinnbringend beschäftigt zu sein, einen Auftrag zu haben, zu unserer Jugend zurückzukehren und den Jahren höchster Macht. Wieder mit den Talsit Handel zu beginnen. Solche Wunder in Aussicht.«

Olmy hob leicht eine Schulter, womit er andeutete, daß er etwas Wahres in dem sah, was sie sagte.

»Unsere Arbeit hier ist beendet. Wir müssen unsere ganze Geschichte reklamieren. Das ist bestimmt mühsam genug.«

»Ich habe nie gewußt, daß unseresgleichen zaghaft wäre«, sagte Olmy.

»Du fühlst den Ruf der Pflicht, nicht wahr? Du bereitest dich darauf vor, daß das, was du *denkst*, geschehen wird.« Suli Ram Kikura stand auf und griff ihn am Arm, mehr aus Ärger als aus Zuneigung. »Haben wir niemals die gleichen Gedanken gehabt? Ist unsere Liebe bloß eine Anziehung von Gegensätzen gewesen? Du hast dich mir widersetzt hinsichtlich der Rechte der Alten Eingeborenen auf Individualität ...«

»Alles andere hätte der Wiederherstellung geschadet.« Daß sie nach achtunddreißig Jahren das Thema wieder anrührte und seine schnelle Antwort zeigten deutlich, daß die Glut jenes Disputs noch nicht erloschen war.

»Wir sind übereingekommen, unterschiedlicher Meinung zu sein«, sagte sie ihm ins Gesicht.

Als Advokatin der Erde in den Jahren nach der Zerstörung und in den frühen Stufen der Erholung hatte sich Ram Kikura den Bemühungen des Hexamons widersetzt, Talsit und andere mentale Therapien bei Alten Eingeborenen anzuwenden. Sie hatte gültiges terrestrisches Recht zitiert und die Sache vor die Gerichte des Hexamons gebracht mit dem Argument, daß Alte Eingeborene das Recht hatten, Kontrollen der geistigen Gesundheit und korrigierende Therapie abzulehnen.

Schließlich wurde ihre Berufung unter einem speziellen Gesetzeserlaß bezüglich der Wiederherstellung verworfen.

Das war vor achtunddreißig Jahren entschieden worden. Jetzt erhielten ungefähr vierzig Prozent der Überlebenden auf der Erde die eine oder andere Art von Therapie. Der Propagandafeldzug zur Anwendung der Behandlung war meisterhaft gewesen. Manchmal hatte er über das Ziel hinausgeschossen, aber er hatte funktioniert. Geistige Krankheit und Fehlfunktion waren praktisch ausgerottet.

Ram Kikura hatte sich anderen Aufgaben und Problemen zugewandt. Sie waren ein Liebespaar geblieben, aber ihre Beziehung war von da an etwas gespannt gewesen.

Die Verbindung zwischen ihnen war sehr fest. Meinungsverschiedenheiten — auch diese jetzt — konnten sie nicht zerreißen. Ram Kikura konnte und wollte auf keinen Fall weinen oder die Schwächen einer Alten Eingeborenen zeigen, und Olmy hatte schon vor Jahrhunderten diese Fähigkeiten aufgegeben. Ihr Gesicht war auch ohne Tränen deutlich genug. Er konnte darin den speziellen Charakter einer Hexamonbürgerin lesen, Emotionen, die zurückgehalten, aber doch irgendwie mitgeteilt wurden, vor allem Betrübnis und Gefühle von Verlust.

Sie sagte: »Du hast dich in den letzten vier Jahren verändert. Ich kann es nicht definieren ... Aber was immer du auch tust und wie auch immer du es vorbereitest, es mindert den Teil von dir, den ich liebe.«

Seine Augen zogen sich zusammen.

»Du willst nicht darüber sprechen. Nicht einmal mit mir.«

Er schüttelte langsam den Kopf und empfand nur noch mehr Fremdheit und Verlust.

»Wo ist *mein* Olmy?« fragte Ram Kikura leise. »Was hast du mit ihm gemacht?«

»Ser Olmy! Ihre Rückkehr ist höchst willkommen. Wie war Ihre Reise?« Der Präsident Kies Farren Siliom stand auf einer breiten, durchsichtigen Plattform. Unter ihm kam der weite Bogen der Erde in Sicht, während die Euklid-Achse rotierte. Fünfhundert Quadratmeter von gespanntem und durch Ionen verankertem Glas sowie zwei Schichten Traktionsfeld lagen zwischen dem Konferenzraum des Präsidenten und dem freien Weltraum. Er schien auf einem Streifen aus offenem Nichts zu stehen.

Die Kleidung von Farren Siliom — weiße afrikanische Baumwollhosen und ein ärmelloses Hemd aus modifiziertem Leinen von Thistledown — betonten seine Verantwortung für zwei Welten: Die wiederhergestellte Erde, deren östliche Hemisphäre unter ihren Füßen in den Morgen rollte, und den Körpern in Umlaufbahnen: die Achsen Euklid und Thoreau und das Asteroiden-Sternschiff Thistledown.

Olmy stand auf einer Seite der scheinbaren Leere in der äußeren Schale des Bezirks. Die Erde kam außer Sicht. Er visualisierte formale Grüße an Farren Siliom und sagte dann laut: »Meine Reise war glatt, Ser Präsident.«

Er hatte geduldig drei Tage lang geschrieben, um zugelassen zu werden, und die Zeit für den unangenehmen Besuch bei Suli Ram Kikura genutzt. Unzählige Male zuvor hatte er Ministerpräsidenten und weniger hochgestellten Beamten aufgewartet und war sich im Verlauf der Jahrhunderte voll bewußt geworden, daß er die alte Haltung von Überlegenheit eines alten Soldaten über seine Herren entwickelt hatte, eine respektvolle Herablassung gegenüber der Hierarchie.

»Und Ihr Sohn?«

»Ich habe ihn einige Zeit nicht gesehen, Ser Präsident. Ich nehme an, daß es ihm gut geht.«

»Ein ganzer Haufen Kinder kommt bald zum Inkorporationsexamen her«, sagte Farren Siliom. »Sie alle werden Körper und Beschäftigungen brauchen, wenn sie so leicht bestehen, wie ich es von Ihrem Sohn als sicher annehme. Mehr Beanspruchung beschränkter Ressourcen.«

»Jawohl, Ser.«

»Ich habe zwei meiner Beigeordneten aufgefordert, an Ihrer Unterweisung dabei zu sein«, sagte der Präsident, die Hände hinter dem Rücken gefaltet.

Zwei zuerteilte Geister — projizierte partielle Persönlichkeiten, die zeitweilig unabhängig von ihren Originalen agierten — erschienen ein paar Meter neben dem Präsidenten. Olmy erkannte einen von ihnen, Tobert Tomson Tikk, den Anführer der Neo-Geshels in der Achse Euklid, einen der dreißig Senatoren von Euklid im Nexus. Olmy hatte Tikk zu Beginn seiner Mission durchforscht, obwohl er den Senator nie persönlich getroffen hatte. Das Bild von Tikks Partial sah etwas hübscher und muskulöser aus als sein Original, eine Repräsentation, die bei den radikaleren Politikern des Nexus immer beliebter wurde.

Die Präsenz projizierter Partiale war alt und neu zugleich. Während dreißig Jahren nach der Zerstörung und der Trennung Thistledowns vom Weg hatten orthodoxe Naderiten das Hexamon beherrscht, und solche technischen Schaustellungen waren auf Situationen äußerster Notwendigkeit eingeschränkt worden. Jetzt war der Gebrauch von Partialen allgemein verbreitet, und ein Neo-Geshel wie Tikk würde nichts dagegen haben, sein Bild und seine Persönlichkeitsmuster gelegentlich über das Hexamon auszudehnen.

»Ser Olmy ist mit Senator Tikk bekannt. Ich glaube nicht, daß Sie Senator Ras Mishiney getroffen haben, den Senator für das Territorium von Groß-Australien und Neuseeland. Er befindet sich derzeit in Melbourne.«

»Entschuldigen Sie die Zeitverzögerung«, sagte Mishiney.

»Keine Sorge«, sagte Olmy. Die Audienz war eine reine Formalität, da das meiste von Olmys Bericht in detaillierten Visualisationen und Graphiken enthalten war. Aber selbst so hatte er nicht erwartet, daß Farren Siliom Zeugen hinzuziehen würde. Ein weiser Führer wußte, wann er seinen Gegner — oder seine Gegner — in hohe Funktionen einsetzen sollte. Olmy wußte wenig über Mishiney.

»Ich bitte nochmals um Entschuldigung, daß ich Ihren wohlverdienten Ruhestand störe.« Erdlicht überflutete den Präsidenten. Während der Bezirk rotierte, schien die Erde unter ihnen dahinzugleiten. »Sie haben diesem Amt Jahrhunderte lang gedient. Ich hielt es für das beste, mich auf jemanden mit Ihrer Erfahrung und Perspektive zu verlassen. Womit wir es hier zu tun haben, sind natürlich großenteils historische Probleme und Trends ...«

»Vielleicht kulturelle Probleme«, fügte Tikk ein. Olmy fand es ruppig für ein Partial, den Präsidenten zu unterbrechen. Aber das war eben der Stil von Neo-Geshels.

»Ich nehme an, diese Würdenträger kennen die Aufgabe, die Sie mir zugedacht haben«, sagte Olmy und nickte den Geistern zu. *Aber nicht die gesamte Aufgabe.*

Der Präsident signalisierte Zustimmung. Der Mond rutschte unter ihnen durch als feine Platinsichel. Sie standen jetzt alle nahe dem Zentrum der Plattform. Die Bilder der Partiale ließen durch leichtes Flackern ihre Natur erkennen. »Ich hoffe, dieser Auftrag war weniger anstrengend als die anderen, für die Sie berühmt sind.«

»Überhaupt nicht anstrengend, Ser Präsident. Ich fürchtete, Kontakt mit den Details des Hexamons zu verlieren ...« — *oder der menschlichen Rasse im ganzen,* dachte er —, »wenn man so ruhig und friedlich lebt.«

Der Präsident lächelte. Selbst für Olmy war es schwer sich vorzustellen, daß ein altes Schlachtroß wie er ein Leben kontemplativer Muße führte.

»Ich habe Ser Olmy auf eine Mission rund um die Wiederhergestellte Erde geschickt, um ein unabhängiges Bild über unsere Beziehungen zu gewinnen. Dies erschien notwendig im Licht der vier kürzlichen Mordversuche an Hexamonbeamten und Terrestrischen Führern. Wir im Hexamon sind solche … extremen Verhaltensweisen nicht gewohnt.

Es könnten die letzten Spuren der politischen Vergangenheit der Erde sein, oder sie könnten Hinweise auf den Bruch von Spannungen geben, die wir nicht bemerken — Reflexe unseres ›Den-Gürtel-fester-Schnallens‹ in den orbitalen Bezirken.

Ich habe ihn gebeten, mir einen Überblick zu liefern, wie die Wiederherstellung vorangeht. Manche halten sie für beendet, und so hat unser Hexamon die Erde als ›Wiederhergestellt‹ bezeichnet in der Vergangenheitsform, wonach die Aufgabe erledigt wäre. Ich bin aber nicht überzeugt. Wieviel Zeit und Mühe werden nötig sein, um die Erde wirklich wieder gesund zu machen?«

»Die Wiederherstellung geht so gut voran, wie man erwarten konnte, Ser Präsident.« Olmy veränderte bewußt seine Sprech- und Darstellungsweise. »Wie dem Senator von Australien und Neuseeland bekannt ist, können auch die gewaltigen Technologien des Hexamons keinen Mangel an Ressourcen wettmachen, jedenfalls nicht, wenn man eine solche Umwandlung in wenigen Dekaden durchführen will. Die Heilung der Wunden der Erde erfordert eine gewisse Zeit, und die können wir nicht sehr verkürzen. Ich schätze, daß ungefähr die Hälfte des Vorhabens geschafft ist, wenn wir unter Wiederherstellung die Rückkehr zu ökonomischen Verhältnissen verstehen, die denen vor dem *Tod* vergleichbar sind.«

»Hängt das nicht davon ab, wie sehr wir uns um die Erde bemühen?« fragte Ras Mishiney. »Wenn wir die Terrestrier auf ein Niveau heben wollen, das dem der Bezirke von Thistledown vergleichbar ist …« Er beendete den Satz nicht. Das war auch kaum nötig.

Olmy sagte: »Das könnte ein Jahrhundert oder länger dauern. Man ist sich nicht allgemein darin einig, daß die

Alten Eingeborenen einen so raschen Fortschritt wünschen. Manche würden sich sogar bestimmt offen widersetzen.«

»Wie stabil sind unsere Beziehungen zur Erde gegenwärtig?« fragte ihn der Präsident.

»Sie könnten erheblich verbessert werden, Ser. Es gibt noch Gebiete starken, offenen politischen Widerstandes. Darunter sind Südafrika und Malaysia.«

Ras Mishiney lächelte ironisch. Die Erinnerung an die von Südafrika versuchte Invasion Australiens war als eine der größten Krisen in den vier Dekaden der Wiederherstellung noch schmerzhaft lebendig.

»Aber der Widerstand ist rein politisch, und nicht militärisch, und er ist nicht sehr gut organisiert. Südafrika wurde nach den Voortrekker-Niederlagen bezwungen, und die Aktivitäten von Malaysia sind ungeregelt. Sie erscheinen im Moment nicht beunruhigend.«

»Haben unsere ›gesundheitlichen Schikanen‹ gewirkt?«

Olmy war erschüttert. Die Anwendung psychobiologischer Mittel auf der Erde galt als höchst geheim. Nur wenige der vertrauenswürdigsten Alten Eingeborenen wußten davon. Gehörte Ras Mishiney zu ihnen? Vertraute Farren Siliom Tikk so sehr, daß er beiläufig darüber sprechen konnte?

»Ja, Ser.«

»Sie hatten aber immer Bedenken gegen diese Massenbehandlungen?«

»Ich habe deren Notwendigkeit immer anerkannt.«

»Keinerlei Zweifel?«

Olmy hatte das Gefühl, daß mit ihm ein Spiel getrieben würde. Er empfand keine Sensation. »Falls Sie auf die Opposition der früheren Advokatin der Erde, Suli Ram Kikura, anspielen ... Wir haben nicht unbedingt die gleichen politischen Ansichten, auch wenn wir das Bett miteinander teilen, Ser Präsident.«

»Das gehört jetzt der Vergangenheit an. Entschuldigen Sie die Unterbrechung und fahren Sie bitte fort, Ser Olmy!«

»Es gibt unterschwellig noch eine erhebliche Spannung zwischen den meisten Alten Eingeboreren und den herrschenden Parteien der orbitalen Körper.«

»Das ist für mich ein schmerzliches Rätsel«, sagte Farren Siliom.

»Ich bin nicht sicher, daß es überwunden werden kann. Sie sind uns in so vielfacher Weise gram. Wir haben ihnen ihre Jugend geraubt ...«

»Wir haben sie aus dem Tod herausgezogen!« sagte der Präsident heftig. Der Geist von Ras Mishiney lächelte leicht.

»Ser, wir haben sie gehindert, aus eigener Kraft zu wachsen und sich zu erholen. Das Terrestrische Hexamon, welches Thistledown erbaut und gestartet hat, ist gerade aus einem solchen Elend entstanden, und zwar unabhängig. Einige Alte Eingeborene haben vielleicht die Empfindung, wir hätten zu sehr geholfen und ihnen unseren Weg aufgezwungen.«

Farren Siliom signalisierte mürrische Zustimmung. Olmy hatte eine härtere Haltung gegenüber den Alten Eingeborenen unter den Hexamon-Administratoren in den orbitalen Körpern während der letzten Dekade bemerkt. Und die Alten Eingeborenen selbst, so, wie sie waren, viele noch roh und ungebildet, noch schockiert von dem großen Tod und ohne die politische und administrative Bildung, die in Jahrhunderten der Erfahrung im Weg gewonnen war, hatten im Laufe der Zeit die feste, aber sanfte Hand ihrer mächtigen Nachkommen mißbilligt.

»Der Terrestrische Senat ist ruhig und kooperativ«, sagte Olmy und vermied den Blick von Ras Mishiney. »Die schlimmsten Unzufriedenheiten außer den bereits genannten schienen in China und Südostasien zu herrschen.«

»Wo Wissenschaft und Technik nach dem Tod zuerst

in unserer Geschichte wieder aufgestiegen sind ... eigenwillige und starke Völker. Wie mißmutig sind die Alten Eingeborenen im großen und ganzen?«

»Sicher nicht bis zum Punkte eines weltweiten Aktivismus, Ser Präsident. Betrachten Sie es als ein Vorurteil und als einen Zorn.«

»Was ist mit Gerald Brooks in England?«

»Ich habe mich mit ihm getroffen, Ser. Er ist keine Bedrohung.«

»Er macht mir Sorge. Er hat in Europa eine ansehnliche Schar von Anhängern.«

»Höchstens zweitausend in einer erholten Bevölkerung von zehn Millionen. Er ist lautstark, aber nicht mächtig. Er empfindet tiefe Dankbarkeit für das, was das Hexamon für die Erde getan hat ... Er mißbilligt nur jene Ihrer Administratoren, die Terrestrier wie Kinder behandeln.« *Davon gibt es viel zu viele,* dachte er.

»Er mißbilligt *meine* Administratoren.« Der Präsident ging auf der Plattform hin und her. Olmy beobachtete ihn mit tiefem, ironischem Vergnügen. Die Politiker hatten sich gewiß verändert seit den Tagen seiner Jugend, sogar nach der Katastrophe. Formales Benehmen schien eine Kunst der Vergangenheit zu sein. »Und die religiösen Bewegungen?«

»So stark wie eh und je.«

»Hm.« Farren Siliom schüttelte den Kopf. Er schien schlechte Nachrichten als Nahrung für einen schwelenden Zorn zu genießen.

»Es gibt mindestens zweiunddreißig religiöse Gruppen, die Ihre Administratoren nicht als weltliche oder geistliche Herrscher akzeptieren.«

»Wir erwarten nicht, daß sie uns als *geistliche* Herren anerkennen«, sagte Farren Siliom.

Olmy erinnerte ihn: »Einige Beamte haben öfters versucht, die Herrschaft des Guten Menschen den Alten Eingeborenen aufzuzwingen. Sogar bei den Zeitgenossen des ehrenwerten Nader ...« Wie lange war es her, daß ein fanatischer orthodoxer naderitischer Repräsentant empfohlen hatte, ein illegales psychobiologisches Mittel anzuwenden, um die Ungläubigen zu Stern, Schicksal und Pneuma zu bekehren? Fünfzehn Jahre? Olmy und Ram Kikura hatten geholfen, diese Vorstellung zu unterdrücken, ehe sie auch nur eine Geheimsitzung des Nexus erreicht hatte; aber Olmy war fast über Nacht auf ihre radikalen Ansichten eingeschwenkt.

»Wir haben uns um diese Dissidenten gekümmert«, sagte Farren Siliom.

»Vielleicht nicht energisch genug. Viele befinden sich noch in einflußreichen Stellungen und setzen ihre Kampagnen fort. Aber auf jeden Fall befürwortet keine dieser Bewegungen eine offene Rebellion.«

»Ziviler Ungehorsam?«

»Der ist im Hexamon ein geschütztes Recht«, sagte Olmy.

»In den letzten Dekaden wenig angewandt«, konterte Farren Siliom. »Und was ist mit den Erneuerten Unternehmern?«

»Keine Bedrohung.«

»Wirklich nicht?« Der Präsident schien direkt enttäuscht zu sein.

»Nein. Ihre Verehrung für das Hexamon ist echt, wie auch immer ihre Ansichten sonst sein mögen. Außerdem ist deren Anführerin vor drei Wochen in dem alten Territorium von Nevada gestorben.«

»Eines natürlichen Todes, Ser Präsident«, sagte Tikk. »Das ist ein wichtiger Unterschied. Sie hat Angebote der Lebensverlängerung oder Einsetzung von Implantaten abgelehnt ...«

»Sie hat sie verweigert, weil sie ihren Gefolgsleuten verwehrt waren«, sagte Olmy.

»Wir haben nicht die Ressourcen, um jedem Bürger des Terrestrischen Hexamons Unsterblichkeit zu verleihen«, sagte Farren Siliom. »Und sie würden außerdem keinesfalls sozial vorbereitet sein.«

»Gewiß«, gab Olmy zu. »Auf jeden Fall haben sie sich nie Plänen des Hexamons jenseits ihres unmittelbaren Territoriums widersetzt.«

»Haben Sie Senator Kanazawa auf Hawaii getroffen?« fragte Ras Mishiney mit einer Andeutung von Widerwillen. Olmy begriff mit einem Mal, warum der Senator zugegen war. Ras Mishiney war im Lager der orbitalen Körper Herz und Seele.

»Nein«, antwortete Olmy. »Ich hatte keine Ahnung, daß er sich jemals nicht kooperativ zum Hexamon verhalten hätte.«

»Er hat in den letzten Jahren eine starke persönliche Macht aufgebaut. Besonders im Pazifischen Bogen.«

»Er ist ein kompetenter Politiker und Administrator«, sagte Farren Siliom und mäßigte den Senator mit einem Blick. »Es ist nicht unsere Pflicht, für immer die Macht auszuüben. Wir sind Ärzte und Lehrer, aber keine Tyrannen. Gibt es sonst noch etwas von Bedeutung, Ser Olmy?«

Das gab es, aber Olmy wußte, daß es vor diesen Partialen nicht besprochen werden würde.

»Nein, Ser. Alle Details sind aufgezeichnet.«

»Gentlemen«, sagte der Präsident und streckte ihnen seine Arme mit offenen Händen entgegen, »haben Sie etwa noch abschließende Fragen an Ser Olmy?«

»Nur eine«, sagte Tikks Partial. »Wie stehen Sie zu der Wiederöffnung des Weges?«

Olmy lächelte. »Meine Ansichten zu diesem Thema sind nicht wichtig, Ser Tikk.«

»Mein Original ist höchst interessiert an den Ansichten jener, die sich lebhaft an den Weg erinnern.« Tikk war erst nach der Katastrophe geboren worden. Er gehörte zu den jüngsten Neo-Geshels auf der Achse Euklid.

»Ser Olmy hat ein Recht, seine Meinung für sich zu behalten«, sagte Farren Siliom.

Tikks Partial entschuldigte sich nicht sehr aufrichtig.

»Vielen Dank, Ser Präsident«, sagte Mishineys Partial. »Ich schätze Ihre Kooperation mit dem Parlament der Erde und sehe dem Studium Ihrer vollständigen Aufzeichnungen entgegen, Ser Olmy.«

Die Geister verblaßten und ließen sie über der dunklen bodenlosen Leere allein, in der jetzt weder Erde noch Mond zu sehen waren. Olmy blickte nach unten und erhaschte einen Lichtschein zwischen den Sternen: *Thistledown,* dachte er, und seine Implantate lieferten rasch eine Berechnung, die seine Vermutung bestätigte.

»Eine letzte Frage, Ser Olmy, und dann ist diese Zusammenkunft abgeschlossen. Die Neo-Geshels ... Wenn sie es schaffen, das Hexamon dazu zu bringen, den Weg wieder aufzumachen, haben wir die Mittel, um die Unterstützung der Erde auf dem jetzigen Niveau fortzusetzen?«

»Nein, Ser Präsident. Eine erfolgreiche Wiederöffnung würde lange Verzögerungen zumindest bei größeren Rehabilitationsprojekten zur Folge haben.«

»Unsere Mittel sind ohnehin schon knapp, nicht wahr? Mehr, als das Hexamon bereit ist zuzugeben. Und dennoch gibt es Terrestrierer — Mishiney gehört dazu —, die glauben, daß die Wiederöffnung uns allen gut tun würde.« Der Präsident schüttelte den Kopf und visualisierte ein Symbol von Urteil und eines von extremer Torheit: einen Mann, der ein lächerlich langes Schwert wetzte. Dieses Symbol hatte *per se* keinen weiteren Zusammenhang mit Krieg, aber sein Untertext war für Olmy etwas überraschend. *Krieg mit wem?*

»Wir müssen lernen, uns unter den gegenwärtigen Verhältnissen anzupassen und zu leben. Davon bin ich zutiefst überzeugt«, sagte Farren Siliom. »Aber mein Einfluß ist nicht unbeschränkt. So viele unserer Leute haben so sehr Heimweh bekommen! Können Sie sich das vorstellen? Sogar ich. Ich war einer der Hitzköpfe, die Rosen Gardner unterstützten und eine Rückkehr zur Erde forderten, dahin, was wir als unsere wahre Heimat ansahen — aber niemand, der im Weg am Leben war, war je auf der Erde gewesen! Für wie klug und gebildet wir uns halten, aber wie irrational und primitiv sind unsere stärksten Emotionen und Motivierungen! Vielleicht würde ein höheres Maß an Talsit helfen, oder nicht?«

Olmy lächelte unverbindlich.

Der Präsident ließ seine Schultern hängen und straffte sie dann wieder mit Mühe. »Wir sollten lernen, ohne diese Luxusgüter zu leben. Der Gute Mensch hat sich nie mit Talsit bedient.« Er ging zum Rande der Plattform, als ob er den Abgrund unter ihren Füßen vermeiden wollte. Die Erde kam wieder in Sicht. »Haben die Neo-Geshels ihre Aktivitäten zur Erde gebracht? Außer Leuten wie Mishiney?«

»Nein. Sie scheinen damit zufrieden, die Erde zu ignorieren, Ser Präsident.«

»Das mindeste, was man von solchen *Visionären* erwarten würde. Das ist eine politische Urquelle, die übersehen zu haben, ihnen leid tun wird. Sie können bestimmt nicht glauben, daß die Erde bei einer solchen Entscheidung nicht wird mitreden können! Und auf Thistledown?«

»Da machen sie bloß Propaganda. Ich habe kein Zeichen subversiver Aktivitäten gefunden.«

»Ein Mann in meiner Position hält ein sehr delikates Gleichgewicht aufrecht und sucht so viele Gruppen gegeneinander auszuspielen. Ich weiß, daß meine Stellung in diesem Amt begrenzt ist. Ich kann meine Überzeugungen schlecht verhehlen, und diese Überzeugungen sind in diesen Tagen nicht besonders leicht zu vertreten. Ich kämpfe jetzt seit drei lahren gegen die Vorstellung der Wiederöffnung. Sie wird nicht sterben. Aber ich kann mich nicht dazu bringen zu glauben, daß etwas Gutes daraus kommen wird. ›Sie können nicht wieder heimkehren.‹ Besonders dann, wenn Sie nie feststellen können, wo die Heimat ist. Mangel, Ermüdung. Ich sehe, daß eines Tages die Wiederöffnung unvermeidbar sein wird ... Aber nicht jetzt! Nicht, bis wir unsere Unternehmungen auf der Erde beendet haben.« Farren Siliom sah Olmy mit einer fast flehenden Miene an. »Ich bin ebenso neugierig wie Senator Tikk. Ich habe Angst. Was *sind* unsere Ansichten über den Weg?«

Olmy schüttelte leicht den Kopf. »Ich habe mich damit abgefunden, ohne ihn zu leben, Ser President.«

»Sie würden aber nicht in der Lage sein, ihre Körperteile bald zu erneuern ... oder sind die Knappheiten schon akut?«

»Sie sind es«, gab Olmy zu.

»Sie werden sich freiwillig dem Gedächtnis der Stadt übergeben?«

»Oder dem Tod«, sagte Olmy. »Aber das wird erst in Jahren geschehen.«

»Versäumen Sie nicht die Herausforderungen und Gelegenheiten?«

»Ich bemühe mich, mir um die Vergangenheit keine Sorgen zu machen«, sagte Olmy. Er war keineswegs aufrichtig, hatte aber schon längst gelernt, wann man offen sein mußte und wann nicht.

»Sie sind während aller Ihrer Jahre im Dienst ein Rätsel geblieben, Ser Olmy. Das besagen die Aufzeichnungen. Ich will Sie nicht unter Druck setzen. Aber in Ihren kurzen ... Erwägungen über das Problem — haben Sie bedacht, was mit uns geschehen könnte, falls wir den Weg wieder öffnen sollten?«

Olmy antwortete nicht sofort. Der Präsident schien mehr über seine kürzlichen Aktivitäten zu wissen, als ihm lieb war. »Der könnte von Jarts wieder besetzt werden, Ser.«

»Tatsächlich. Unsere emsigen Neo-Geshels neigen dazu, dies Problem zu übersehen. Ich kenne Ihre Untersuchungen recht gut. Ich glaube, daß Sie extremen Weitblick zeigen.«

»Ser?«

»Ihre Forschungen im Gedächtnis der Stadt und den

Bibliotheken von Thistledown. Ich habe meine eigenen aktiven Schurken, Ser Olmy. Sie scheinen Zugang zu Information mit direktem Bezug auf Wiederöffnung zu haben, und Sie haben seit Jahren mit beträchtlichen persönlichen Kosten Untersuchungen angestellt, wie mir scheint.« Farren Siliom sah ihn pfiffig an und wandte sich dann wieder der Reling zu, auf die er mit den Knöcheln einer Hand leicht klopfte. »Offiziell entbinde ich Sie aller weiteren Pflichten. Inoffiziell lege ich Wert darauf, daß Sie Ihre Untersuchungen fortsetzen.«

Olmy signalisierte Zustimmung.

»Ich danke Ihnen für Ihre Arbeit. Sollten Sie irgendwelche weiteren Gedanken haben, lassen Sie es mich bitte wissen. Ihre Ansichten werden geschätzt, ob Sie glauben, daß wir sie brauchen oder nicht.«

Olmy verließ die Plattform. Die Erde hatte sich wieder in Sicht gedreht, eine ständige Verantwortung, ein unvertrautes Heim. Ein Zeichen von Schmerz und Triumph, Versagen und neuem Wachstum.

3. KAPITEL

Gaia, Insel Rhodos
Großalexandrinische Oikoumenē
Jahr des Alexandros 2331—2342

Rhita Berenikē Vaskaya wuchs wild auf an den Küsten nahe dem alten Hafen Lindos, bis sie sieben Jahre alt wurde. Ihre Eltern hatten es Meer und Sonne überlassen, mit ihr umzugehen und sie nur das zu lehren, was sie gern wissen wollte — und das war nicht wenig.

Sie war ein braunes wildes Ding mit nackten Gliedmaßen, hatte große Augen und verlor sich zwischen den braunen, weißen und verblaßten goldenen Zinnen, Säulen und Treppen der verlassenen Akropolis. Von der weiten Fläche des Heiligtums der Athenē Lindia blickte sie, die Hände gegen die verfallenen Mauern gepreßt, über die Klippen hinab in das azurblaue endlose Meer und zählte den gleichmäßigen, sanften Marsch der Wellen auf die Felsen hin.

Bisweilen kroch sie durch die Holztür in den Schuppen, der die riesige Statue von Athenē beherbergte, die sich mit dicken Gliedmaßen und friedlich in den Schatten verbarg. Sie sah entschieden asiatisch aus mit ihrer strahlenden Krone aus Messing (früher Gold) und dem mannshohen Schild. Nur wenige Lindier kamen hier herauf. Viele glaubten, der Platz sei verwunschen durch die seit Jahrhunderte toten Geister persischer Verteidiger, die massakriert wurden, als die Oikumenē wieder die Herrschaft über die Insel gewann. Bisweilen kamen Touristen aus Aigyptos oder dem Festland, aber nicht oft. Das Mittelmeer war kein Touristengebiet mehr.

Die Bauern und Schäfer von Lindos sahen sie als Artemis und glaubten, daß sie ihnen Glück gebracht hätte. Im Dorf schien ihre Welt erfüllt zu sein vom begrüßenden Lächeln vertrauter Gesichter.

An ihrem siebenten Geburtstag brachte ihre Mutter Berenikē sie von Lindos nach Rhodos. Sie hatte keine besonderen Erinnerungen an die größte Stadt der Insel außer der imponierenden Bronzestatue Neos Kolossos, die vor vier Jahrhunderten errichtet und neu gegossen worden war. Jetzt fehlten ihr nur anderthalb Arme.

Ihre Mutter, mit rotbraunem Haar und ebenso weitäugig wie die Tochter, führte sie durch die Stadt zu dem weiß gekalkten, aus Backsteinen mit Stuck errichteten Heim der erstrangigen Akademeia didaskalos, die für die Erziehung von Kindern eine Spitzenstellung innehatte. Rhita stand in der warmen, sonnigen Examenskammer allein vor dem Didaskalos, barfüßig in einem schlichten weißen Gewand, und beantwortete seine einfachen, aber bedeutsamen Fragen. Das war kaum mehr als eine Formalität in Anbetracht der Tatsache, daß ihre Großmutter die Akademeia Hypateia gegründet hatte. Aber es war eine wichtige Formalität.

Später an diesem Tag sagte ihr die Mutter, daß sie in die erste Schule aufgenommen wäre. Der Unterricht begänne mit dem Alter von neun Jahren. Dann nahm Berenikē Rhita wieder mit zurück nach Lindos, und das Leben ging ziemlich so wie vorher weiter, aber mit mehr Büchern und mehr Lektionen, um sie vorzubereiten und weniger Zeit, um mit Wind und Wasser zu laufen.

Sie besuchten bei jener Reise die Sophē nicht. Manche sagten, sie läge im Sterben, aber nach zwei Monaten genas sie wieder. Das alles machte für die junge Rhita nicht viel aus, die über ihre Großmutter fast nichts wußte. Sie hatte sie nur zweimal getroffen — in frühester Kindheit und mit fünf Jahren.

In dem Sommer, ehe ihre formale Schulbildung anfing, veranlaßte ihre Großmutter, daß sie nach Rhodos zurückkehrte, um einige Zeit mit ihr zu verbringen. Die

Sophē lebte zurückgezogen. Manche Einwohner von Rhodos hielten sie für eine Göttin. Ihre Herkunft und die um sie aufgekommenen Geschichten stützten diese Ansicht. Rhita hatte keine festen Meinungen. Was die Lindier sagten und ihr ihre Eltern erzählten, war in einigen Punkten verwirrend unterschiedlich und in anderen sehr ähnlich.

Rhitas Mutter war geradezu wahnsinnig aufgeregt über dieses Privileg, das Patrikia keinem ihrer anderen Enkelkinder gewährt hatte. Ihr Vater Rhamon nahm es mit der ruhigen, selbstsicheren Art auf, die er in jenen Tagen hatte, vor dem Tod der Sophē und den Disputationen in der Akademeia. Die Eltern brachten sie gemeinsam nach Rhodos mit einem Pferdewagen, der über die gleiche steinige und ölige Straße fuhr, die sie zwei Sommer zuvor benutzt hatten.

Patrikias Haus stand auf einer steilen Klippe, die den Großen Seehafen überschaute. Es war ein kleines Gebäude aus Stuck und Steinen im spätpersischen Stil, mit vier Zimmern und einem separaten Arbeitsraum auf dem niedrigen Felsenvorsprung über dem Strand. Als sie den Weg durch den Gemüsegarten hochgingen, schaute Rhita über eine Backsteinmauer auf die alte Festung von Kamybyses jenseits des Hafens, die sich wie ein riesiger Steinbecher am Ende einer breiten Mole erhob. Die Festung war seit siebzig Jahren verlassen, wurde jetzt aber durch die Oikoumenē restauriert. Arbeiter kletterten winzig wie Mäuse an ihren dicken, verfallenden Wänden herum. Der Neos Kolossos bewachte die Hafeneinfahrt hundert Ellen vor der Festung, immer noch ohne Arme mit noch größerer Würde auf seinem massiven Sockel aus Back- und Naturstein mitten im Wasser stehend.

»Ist sie eine Hexe?« fragte Rhita Rhamon leise an der Vordertür.

»Psst!« warnte Berenikē und bekreuzigte Rhitas Lippen mit dem Finger.

»Sie ist keine Hexe«, sagte Rhamon lächelnd. »Sie ist meine Mutter.«

Rhita dachte, es wäre hübsch, wenn eine Dienerin die Tür öffnete, aber die Sophē hatte kein Gesinde. Patrikia Vaskayza stand lächelnd in der Türöffnung, eine weißhaarige stockdürre Frau mit brauner Haut und scharf blickenden Augen zwischen ledrigen Runzeln. Selbst in der sommerlichen Hitze blies der Wind auf der Anhöhe kühl, und Patrikia trug eine bodenlange schwarze Robe.

Sie berührte Rhitas Wange mit einer trockenen Fingerspitze, und Rhita dachte, *Sie ist aus Holz.* Aber die Hand der Sophē war weich und angenehm parfümiert. Hinter dem Rücken brachte sie eine Blütengirlande zum Vorschein und legte sie Rhita um den Hals. »Eine alte Tradition aus Hawaii«, erklärte sie dazu.

Berenikē stand mit gesenktem Haupt da, die Hände fest an die Seiten gepreßt. Rhita sah die ehrfurchtsvolle Scheu ihrer Mutter und mißbilligte sie leicht. Gewiß war die Sophē sehr alt und dürr, aber nicht furchteinflößend. Zumindest noch nicht. Rhita zupfte an den Blüten um ihren Hals und sah Rhamon an, der ihr ermutigend zulächelte.

»Wir werden speisen«, sagte Patrikia. Ihre Stimme war rauh und fast so tief wie die eines Mannes.

Sie ging ihnen langsam voraus in die Küche, wobei sie jeden Schritt genau abmaß und ihre Füße in leichten Hausschuhen über den dunklen Fußboden glitten. Ihre Hände berührten die Lehne eines Sessels, als ob sie einen Freund begrüßte, klopften dann auf die Kante eines alten schwarzen Eisenbeckens und strichen schließlich über den Rand eines verblaßten hölzernen Tisches, der mit Obst und Käse gedeckt war. »Nachdem mein Sohn und meine Schwiegertochter — sie sind nette Leute, stören aber — fortgegangen sind, können wir *wirklich* reden.« Die Sophē sah Rhita scharf an, und das Mädchen nickte, ohne es zu wollen, verschwörerisch.

Sie verbrachten einen großen Teil der nächsten Wochen zusammen. Patrikia erzählte ihre Geschichten, die Rhita zu einem guten Teil schon von ihrem Vater bekannt waren. Patrikias Erde war nicht die Gaia, auf der Rhita aufgewachsen war. Die Geschichte war dort anders verlaufen.

An einem warmen, dunstigen Tag, als der Wind still war und das Meer in glattem Schlaf verloren schien, ging ihre Großmutter langsam vor ihr her in einen nahen Orangenhain, einen Obstkorb am Arm hängend. »In Kalifornien pflegte es überall Orangenhaine zu geben und schöne große Früchte, viel größer als diese hier.« Patrikia hob eine rötliche pflaumengroße Orange mit ihren dünnen, starken Fingern hoch. »Die Pflanzungen waren fast verschwunden um die Zeit, da ich in deinem Alter war. Zu viele Leute wollten dort leben. Nicht genug Raum für die Haine.«

Rhita fragte: »Großmutter, ist Kalifornien hier oder dort?«

»Dort, auf der Erde«, sagte Patrikia. »Hier gibt es keinen solchen Namen.« Sie hielt inne und blickte nachdenklich zum Himmel empor. »Ich weiß nicht, was geschähe und wo Kalifornien sich in dieser Welt befinden würde … Ich nehme an, daß es ein Teil der westlichen Wüste von Nea Karkhedon ist.«

»Voller roter Männer mit Bogen und Pfeilen«, vermutete Rhita.

»Ja, vielleicht, vielleicht.«

Als sie nach dem Essen in der Küche allein beisammen waren, hörte Rhita ruhig der Sophē in der angenehmen Kühle des Sommerabends zu. Eine alte Öllampe leuchtete und qualmte friedlich auf einem Korbtisch zwischen ihnen und ergänzte die Dämmerung, während sie Gläser warmen Tees genossen. »Deine Urgroßmutter, meine Mutter, kommt gelegentlich, mich zu besuchen …«

»Befindet sie sich nicht in der anderen Welt, Großmutter?«

Patrikia lächelte und nickte. Ihr Gesicht war in dem goldorangenen Licht eine Masse von Runzeln. »Das hält sie nicht auf. Sie kommt, wenn ich schlafe, und sie sagt, daß du ein sehr strahlendes Mädchen bist, ein wundervolles Kind; und sie ist stolz, mit dir den Namen zu teilen.« Patrikia beugte sich vor. »Auch dein Urgroßvater ist auf dich stolz. Aber wir wollen dich nicht drängen, meine Liebe. Du hast noch genug Zeit, um zu spielen und zu träumen und erwachsen zu werden, ehe dein Tag kommt.«

»Welcher Tag, Großmutter?«

Patrikia lächelte geheimnisvoll und deutete mit einem Nicken zum Horizont hinüber. Aphroditē strahlte und schimmerte über das Meer wie ein Loch in einem Lampenschirm aus dunkler Seide.

Rhita kehrte zwei Jahre später zu Patrikias Haus zurück, nicht mehr ein wildes Kind, das durch die Gegenwart einer unmöglich alten Großmutter höflich gemacht wurde, sondern als ein eifriges, gut erzogenes junges Mädchen, das eine Frau werden wollte. Patrikia hatte sich nicht verändert. Auf Rhita wirkte sie wie eine konservierte Frucht oder eine ägyptische Mumie, die ewig weiterexistieren könnte.

Diesmal sprachen sie mehr über Geschichte. Rhita wußte einiges über die Geschichte Gaias — und nicht genau so, wie die Oikoumenē es gelehrt wissen wollte. Die Akademeia Hypateia nutzte die Entfernung zwischen Rhodos und Alexandria zu einigem Vorteil. Vor Jahrzehnten hatte die Kaiserliche Hoheit Kleopatra die Einundzwanzigste der Sophē viel mehr diskretes Wissen beigebracht, als den königlichen Ratgebern lieb war.

Mit elf hatte Rhita schon einen Sinn für Politik entwickelt. Aber sie zeigte sich noch begabter für Zahlen und Naturwissenschaften.

Während der langen Abende auf der Veranda, während sie das Vergehen der Tage längs purpurner, grauer und roter Horizonte verfolgten, erzählte Patrikia Rhita von der Erde und wie diese sich fast selbst umgebracht hatte. Und sie erzählte Rhita von dem Stein, der von den Sternen gekommen war, hohl wie eine Gurke oder ein exotisches Mineral, erbaut von den Kindern der Erde in einer Zeit fern in der Zukunft. Rhita zerbrach sich den Kopf über die subtilen Geometrien, die es gestatteten, ein derart enormes Objekt durch die Zeit in ein anderes, sehr ähnliches Universum zurückzuschleudern. Aber ihr Kopf schien voller von der Sonne beleuchteter Bienen zu sein, wenn Patrikia den Korridor, den Weg beschrieb, den Kinder der Erde an den Stein geheftet hatten ...

Sie schlief ruhelos und träumte von dieser künstlichen Stätte, die gestaltet war wie eine unendliche Wasserröhre, mit Löchern, die in eine Unendlichkeit von Welten führten ...

Wenn sie im Garten arbeiteten, jäteten und Insekten töteten, Sperren aus Knoblauch um zarte junge Blumen errichteten, erzählte Patrikia Rhita die Geschichte ihrer Ankunft auf Gaia. Sie war damals jung gewesen vor sechzig Jahren, als sie die Chance erhielt, nach einem Tor in dem Weg zu suchen, das sie zu einer Erde bringen konnte, die frei war von nuklearem Krieg und wo Patrikias Familie vielleicht noch lebte.

Statt dessen hatte sie sich verrechnet und war nach Gaia gekommen.

Sie sagte: »Ich bin zuerst eine Erfinderin gewesen. Ich habe Dinge erfunden, die ich von der Erde her kannte. Ich habe ihnen den *Bikyklos* gegeben. Landwirtschaftliche Geräte. Dinge, an die ich mich erinnerte.« Sie schwenkte die Hände, wie um das zu verscheuchen. »Das dauerte nur wenige Jahre. Bald arbeitete ich für das Mouseion, und die Leute fingen an, meine Geschichten zu glauben. Manche behandelten mich, als ob ich übermenschlich wäre, was ich ...« — sie schüttelte energisch den Kopf — »*nicht* bin. Ich werde sterben, meine Liebe, und zwar wahrscheinlich recht bald ...«

Fünf Jahre nach ihrer Ankunft auf Gaia wurde Patrikia in den Palast beordert zu Ptolemaios dem Fünfunddreißigsten Nikēphoros. Der alte Herrscher der Oikoumenē hatte sie eingehend befragt, die Geräte, die sie mitgebracht und sicher hatte aufbewahren können, untersucht und sie für ein wahres Wunderwesen erklärt. »Er sagte, ich wäre offenbar keine Göttin und kein Dämon, und berief mich an seinen Hof. Das waren damals harte Zeiten. Ich beging den Fehler, ihm die Waffen der Erde zu beschreiben, und sie wollten, daß ich ihnen hülfe, bessere Bomben zu bauen. Ich weigerte mich. Nikēphoros drohte, mich einzusperren. Er fühlte sich damals durch Heere der Libyschen Wüste stark bedroht. Er wollte sie alle mit einem Schlag vernichten. Ich sagte ihm immer wieder, was die Bomben der Erde angetan hatten, aber er wollte nicht hören. Ich kam einen Monat lang in Alexandreia ins Gefängnis. Dann entließ er mich und schickte mich nach Rhodos. Er sagte mir, ich sollte dort eine Akademeia gründen. Fünf Jahre später ist er gestorben, aber das Hypateion war gut etabliert. Mit seinem Sohn kam ich recht gut aus ... ein netter Junge, ziemlich schwach. Und dann seine Enkelin ... zuerst natürlich deren Mutter, eine starke energische Frau, aber brillant — und dann die Kaiserliche Hypselotēs selbst, als sie in die Jahre kam ...«

»Gefällt es dir hier?« fragte Rhita und rückte ihren breiten Sonnenhut zurecht. Patrikia schob ihre welken Lippen vor und schüttelte traurig den Kopf, ohne etwas zuzugeben oder abzustreiten.

Sie sagte: »Dies ist meine Welt. Ich würde immer noch nach Hause gehen, wenn ich eine Chance erhielte.«

»Könntest du das?«

Patrikia nickte zum hellem Himmel empor. »Vielleicht. Es ist aber wenig wahrscheinlich. Einmal hat sich auf Gaia ein anderes Tor geöffnet, und mit Unterstützung der Königin habe ich jahrelang danach gesucht. Aber es war wie ein Irrlicht. Es verschwand, erschien irgendwo anders wieder und verschwand dann aufs neue. Und jetzt ist es seit neunzehn Jahren fort.«

»Würde es dich zur Erde bringen, falls du es fändest?«

»Nein. Wahrscheinlich würde es mich wieder in den Weg bringen. Von da aus könnte ich allerdings imstande sein, *heim*zukehren«.

Rhita wurde bekümmert, als sie hörte, wie die leise Stimme der alten Frau beim letzten Wort versagte, während ihr Gesicht tief vom Hut beschattet war und sich die katzenartigen Augen schlossen und dann unendlich müde wieder halb öffneten. Die Sophē erschauerte und sah ihre junge Enkelin abschätzend an. »Möchtest du gern einige interessante Geometrien erlernen?«

Rhita strahlte: »Ja!«

Sie lag im Halbschlaf auf ihrem Feldbett in dem kahlen, weißgekalkten Zimmer und lauschte den Wellen eines fernen Sturms, die sich nur einige Klafter weit entfernt brachen wie kräftige Faustschläge Poseidons gegen die Felsen und die in ihren Träumen mit dem langsamen Hufschlag eines riesigen Pferdes zusammenfielen. Der Mond erfüllte eine nahe Ecke mit kaltem Licht. Rhita öffnete die Augen einen Spalt weit. Sie fühlte im Raum eine Präsenz. Ein Schatten glitt über das Mondlicht und trug etwas mit sich. Das Mädchen rührte sich auf ihrem Lederbett, immer noch nicht völlig wach, mit behaglich entspanntem Körper.

Der Schatten kam näher. Es war Patrikia.

Rhitas Augen schlossen sich und öffneten sich dann wieder ein wenig. Sie hatte gewiß keine Angst vor der Sophē, aber warum war sie so spät nachts in ihrem Zimmer? Patrikia ergriff die Hand ihrer Enkelin mit ihren dürren, starken Fingern und legte sie auf etwas, das metallisch, hart und glatt war, ungewohnt, aber doch angenehm zu berühren. Rhita murmelte eine unzusammenhängende Frage.

Patrikia flüsterte: »Dies wird dich erkennen und wiedererkennen. Durch deine Berührung machst du es dir zu eigen — in Jahren der Zukunft, wenn du reif bist. Mein Kind, höre auf seine Botschaften! Es sagt dir, wo und wann. Ich bin jetzt zu alt. Finde du für mich den Heimweg!«

Der Schatten ging aus ihrem Zimmer, und das Mondlicht verblaßte. Der Raum füllte sich mit Dunkelheit. Rhita schloß die Augen, und bald wurde es Tag.

An diesem neuen Morgen begann Patrikia, Rhita zwei Sprachen zu lehren, die auf Gaia nicht existierten: *Englisch* und *Spanisch*.

Die Sophē starb, nur betreut von ihren drei überlebenden Söhnen, in dem kahlen Zimmer, wo fünf Jahre zuvor ihre Enkelin geschlafen und von Pferden geträumt hatte. Jetzt eine junge Frau zu Beginn ihrer Studien der dritten Stufe im Hypateion, wußte Rhita kaum, welche Emotionen sie empfand. Sie war mittelgroß, ungeziert mit einem derben, auf jungenhafte Art attraktivem Gesicht. Ihre Figur war schlicht, das Haar rötlich braun und die Brauen spöttisch gewölbt über grünen Augen — den Augen ihres Vaters im Gesicht ihrer Mutter. *Welcher Teil von ihr war Patrikia? Was hatte sie von der Sophē an sich?*

Ihr Vater war ein langsamer, sorgfältiger Mann; aber sein Kummer und seine Besorgnis waren deutlich, als er den ein Stadion langen Trauerzug über die von der Sonne gepeinigte gepflasterte Straße zum Handelshafen führte, um den zarten Körper der Sophē zu dem Schiff zu bringen, das ihn hinaus aufs Meer tragen sollte. Dem Vater folgten seine zwei Brüder, Rhitas Onkel, die im Hypateion Sprachlehrer waren. Danach kam die ganze

Fakultät der vier Schulen, in Grau und Weiß gekleidet. Rhita ging einen Schritt neben und hinter ihrem Vater. Sie sagte zu sich: *Ich tue, was sie von mir wollte.*

Rhita studierte Mathematik und Physik. Das war es, war sie von der Sophē mitbekommen hatte: Ihre Talente.

Ein Jahr nach dem Begräbnis, als der Frühling die Obstgärten und Weinberge ergrünen ließ und die Olivenhaine zu blühen begannen, führte Rhitas Vater sie zu einer geheimen Höhle ein Dutzend Stadien nordwestlich von Lindos, nicht weit von der Stätte ihrer Geburt. Er weigerte sich, ihre Fragen zu beantworten. Sie war jetzt eine erwachsene Frau, oder hielt sich zumindest dafür. Sie hatte sich bereits einen Liebhaber genommen und wollte nicht herumkommandiert und geheimnisvoll zu Plätzen geführt werden, die sie kannte und die ihr gleichgültig waren. Aber ihr Vater bestand darauf, und sie wollte sich ihm nicht widersetzen.

Die Höhlen waren durch dicke, schmale Türen in Stahlrahmen versperrt, die durch Alter rostig waren, aber gut geölte Scharniere hatten. Zu ihren Köpfen manövrierte ein strahlgetriebenes Schwingenflugzeug der Oikoumenē, vermutlich aus einem der Wüsten-Aerodromoi in Kilikia oder Ioudaia, und hinterließ fünf weiße Kratzer an dem zartblauen Himmel.

Ihr Vater öffnete die Türen zu den Gewölben mit einem gewichtigen Schlüssel und neun Drehungen an einem Kombinationszifferblatt, das sich in einem verschlossenen Fach befand. Er ging ihr voran in die kühle Dunkelheit, vorbei an Kisten mit Wein und Olivenöl und Vorräten an Trockennahrung, die in Stahlzylindern hermetisch versiegelt waren, und dann durch eine zweite Tür in einen kleinen rückwärtigen Tunnel. Erst als die Finsternis unerträglich wurde, drückte Rhamon einen schwarzen Knopf und schaltete ein Licht ein.

Sie standen in einer geräumigen Kaverne. Die Luft

war angenehm durch den Geruch trockenen Gesteins. In dem gelben Schimmer der einzigen Glühbirne trat der Vater hinter seinem langgestreckten Schatten zu einem roh gezimmerten, kräftigen Holzschrank und zog eine tiefe Schublade heraus. Das Holz knarrte laut und kläglich zwischen den harten Wänden. In der Schublade befanden sich mehrere feine hölzerne Kästen, deren einer so groß wie ein Reisekoffer war. Rhamon nahm diesen zuerst heraus und trug ihn dahin, wo Rhita stand. Er kniete sich vor ihr hin und entriegelte den Deckel.

Darin befand sich, umgeben von einem Samtkissen, das für mindestens seine dreifache Größe gemacht war, ein Objekt, das kaum so breit war wie ihre beiden zusammengelegten Handflächen. Es ähnelte der Lenkstange eines der *Bikykloi* der Sophē, war aber viel dicker und hatte einen gekrümmten Sattel, der von der Verbindungsstelle fortgerichtet war.

»Das gehört jetzt dir, und du bist dafür verantwortlich«, sagte er und hob die Hände, als ob er es ablehnte, den Kasten noch einmal zu berühren. »Sie hat diese Sachen für dich aufbewahrt. Du warst die einzige Person, von der sie annahm, daß sie ihr Werk fortsetzen könnte, ihr Vorhaben. Keiner ihrer Söhne kam dafür in Frage. Sie dachte, wir taugten zur Administration, aber nicht für Abenteuer. Ich habe nie mit ihr darüber gestritten ... Diese Dinge sind mir peinlich.« Er richtete sich auf und ging zurück. Sein Schatten rückte von dem Kasten und seinem Inhalt ab. Das skulpturartige Ding darin schimmerte perlweiß.

»Was ist das?« fragte sie.

»Es ist eines der Objekte. Sie hat es ein ›Schlüsselbein‹ genannt.«

Die Sophē hatte bei ihrer wundersamen Reise zu dieser Welt drei Objekte mitgebracht. Deren Kräfte waren Rhita nie erläutert worden. Patrikia hatte ihr einfach gesagt, *was* einige davon taten, aber nicht *wie*. Ihr Vater brachte die anderen Kästen herbei, legte sie auf den trockenen Boden der Höhle und öffnete sie. »Das war ihr Teuchos«, sagte er und wies auf ein kleines Polster aus Metall und Glas, das ein wenig größer war als ihre Hand. Er berührte ehrfurchtsvoll vier kleine blanke Würfel, die dicht bei dem Polster beisammen lagen. »Diese hier waren ihre persönliche Bibliothek. In diesen Würfeln befinden sich Hunderte von Büchern. Einige davon sind ein Teil der geheiligten Lehre des Hypateions geworden. Manche haben mit der *Erde* zu tun. Sie sind größtenteils in Sprachen abgefaßt, die es hier nicht gibt. Ich nehme an, daß sie dir einige davon beigebracht hat.« Sein Ton war nicht vorwurfsvoll, sondern bloß resigniert, vielleicht sogar erleichtert. Lieber seine Tochter als er. Er öffnete den dritten Kasten. »Dies hat sie am Leben erhalten, als sie hierher kam. Es hat ihr Luft zum Atmen gegeben. Alle diese Dinge gehören dir.«

Sie beugte sich über den größten Kasten und griff nach dem sattelförmigen Objekt. Noch ehe ihre Finger dessen Oberfläche berührten, begriff sie, daß dies der Schlüssel war, welcher Tore im Weg öffnete. Es war warm und angenehm, nicht unvertraut. Sie kannte es, und es kannte sie.

Rhita schloß die Augen und sah Gaia, die ganze Welt, wie auf einem unglaublich detaillierten Globus dargestellt. Die Kugel drehte sich vor ihr und dehnte sich aus. Sie zog sie hinab zu den Steppen der Nordischen Rus, der Mongoleia und Chin Ch'ing — Ländern jenseits der Macht der Oikoumenē von Alexandreia. Dort glühte in einer flachen Niederung über einem trägen, schlammigen Strom ein leuchtend rotes dreidimensionales Kreuz.

Sie schloß erschrocken und blaß die Augen und starrte auf das Schlüsselbein. Das war jetzt dreimal so groß und füllte das modellierte Samtkissen.

»Was ist los?« fragte ihr Vater.

Sie schüttelte den Kopf. »Ich will diese Dinge nicht haben.« Sie lief zum Höhleneingang und in den Sonnenschein. Ihr Vater kam nach, etwas gebückt und fast kriechend. Er rief laut: »Die gehören dir, meine Tochter. Niemand sonst kann sie benutzen.«

Sie lief ihm davon und versteckte sich in einer Spalte zwischen zwei verwitterten Felsblöcken. Sie wischte sich Tränen aus den Augen und haßte plötzlich ihre Großmutter. »Wie konntest du mir dies antun?« fragte sie. »Du warst verrückt.« Sie zog die Knie ans Kinn hoch und stemmte ihre in Sandalen steckenden Füße gegen den rauhen trockenen Fels. »Verrücktes altes Weib.«

Sie erinnerte sich an den Schatten im Dunkel, als sie noch ein Mädchen war und gegen den Stein getreten war, bis ihre Ferse wund war. Die Monate, die Rhita mit Patrikia allein verbracht hatte, ihren Geschichten lauschend und an jene Fabelwelt denkend ... Sie hatte sich nie vorgestellt, daß diese tatsächlich existierte, so real wie Rhodos oder das Meer. Patrikias Welt war immer so fern gewesen wie Träume und ebenso unwahrscheinlich.

Aber die Großmutter hatte niemals gelogen, nie auch nur die Wahrheit verzerrt bei allem, worüber sie sonst gesprochen hatten. Sie war immer vollkommen aufrichtig gewesen und hatte sie wie eine Erwachsene behandelt, sorgfältige Erklärungen gegeben und ihre Fragen nicht mit jener Heuchelei beantwortet, hinter der sich Erwachsene oft verstecken.

Warum sollte sie über den Weg gelogen haben?

Als die Abenddämmerung die Konturen der Zweige über ihr, die durch den Spalt sichtbar waren, verschwimmen ließ, kam Rhita heraus und ging langsam den Abhang hinab zur Höhle. Dort wartete ihr Vater. Er saß neben der Tür zum Gewölbe und hielt einen langen grünen Stock mit beiden Händen quer über den Knien. Sie dachte nicht entfernt daran, daß er sie schlagen könnte. Rhamon hatte sie nie physisch gezüchtigt. Der Stock war nur etwas, um sich zu beschäftigen und nachzudenken.

Sanfter, besorgter Vater, dachte sie. Das Leben war für ihn nicht einfach. Die Politik der Nachfolge an der Akademeia wurde häßlich. Er hatte so schon genug Kummer.

Rhamon stand auf, warf den Stock fort und wischte sich die Hände an der Hose ab, den Blick starr zum Boden gewandt. Sie ging zu ihm und nahm ihn kräftig in den Arm. Dann kehrten sie zu der Höhle zurück, sammelten die Objekte in ihren Behältern ein und trugen sie voll beladen hinab zu dem weißgetünchten Haus, wo Rhita geboren worden war.

4. KAPITEL

Terrestrisches Hexamon, Achse Euklid

Die Reise in das Stadtgedächtnis der Achse Euklid war kurz. Olmy wählte eine unauffällige Verbindung und senkte eine vollständige Kopie von sich in den Matrixpuffer, um Zugang in die zentrale Krippe zu bekommen. Sein Körper schien zu schlafen. Tatsächlich verarbeitete ein Partial in seinen drei Implantaten Daten über gespeicherte Interviews mit Talsit-Botschaftern und suchte nach Besonderheiten im Verhalten, die ihm Hinweise auf echte Talsit-Psychologie geben könnten. Er wußte, daß er keine Zeit zum Ausruhen hatte. Dies war ihm ebenso gefühlsmäßig wie gedanklich klar als ein Juckreiz, ein Antrieb, eine rastlose Ungeduld, die schwer zu kontrollieren waren.

Falls er sich mit irgendeinem männlichen Wesen außer Korzenowski persönlich verwandt fühlte, so war es sein Sohn Tapi. Er hatte in der Gedächtsniskrippe der Stadt viele Kinder kennengelernt, manchmal als Tutor, manchmal als Richter. Nur wenige waren so hoch qualifiziert wie Tapi; und Olmy war überzeugt, daß sein Urteil objektiv war. In weniger als fünf Jahren von Stadterinnerungserziehung stieg der Bursche zu einem Bildungsniveau auf, wie es in der Krippe selten war. Olmy bezweifelte, daß der Junge irgendwelche Schwierigkeiten haben würde, eine Inkarnation zu verdienen, obwohl die Examina nicht leicht waren.

Ihm hatte Ram Kikuras mütterlicher Vorschlag mißfallen, Tapi zu besuchen, aber ohne diesen Vorschlag hätte er vielleicht einen solchen Luxus seinem Werk geopfert.

Sie hatten vor sieben Jahren die Erschaffung Tapis beantragt, zwei Jahre nach Olmys offizieller Pensionierung. Damals hatten die Konflikte zwischen den Orbitalkörpern und den Alten Eingeborenen auf der Erde nicht besonders heftig oder verheerend geschienen. Die Wiederherstellung schien ihren Weg zu gehen, und beide Seiten hatten den Eindruck gehabt, es würde Zeit sein, ein Kind zu schaffen und aufzuziehen. Sie hatten die Mentalität des Jungen in enger Zusammenarbeit geplant und sich ebenso gegen die orthodoxe naderitische Methode einer weniger strukturierten Zeugung entschieden wie gegen physische Geburt. Ram Kikura hatte mit einer weiblichen Sensibilität, die Olmy durch ihre Kraft und Überzeugung frappierte, gesagt: »Mutter und Vater werden nicht gemacht durch ein paar Stunden von Schmerz und physischer Planung ...«

Sie hatten die großen philosophischen Abhandlungen über Mentalität herangezogen und klassische Planungsmuster für nichtelterliche Aspekte benutzt, die Olmy (oder eigentlich: Olmys Spurensucher) unkatalogisiert in der dritten Kammerbibliothek von Thistledown gefunden hatte. Durch achttägige Arbeit im Stadtgedächtnis (fast ein Jahr in beschleunigter Zeit) hatten sie und ihre Partiale die elterlichen Mysterien kombiniert. Sie hatten große Blöcke von Zeugungserinnerungen zur Ausstattung bei bestimmten Stufen des Wachstums ausgewählt und die Schablonen mit großer Sorgfalt überlagert, um die Mentalität zu schaffen, die sie Tapi nennen würden. Der Name kam von Tapi Salinger, einem Romanautor des zweiundzwanzigsten Jahrhunderts, den sie beide bewunderten.

Manche, die im Stadtgedächtnis konzipiert wurden, hatten nicht weniger als sechs Elternteile. Tapi hatte nur deren zwei, mit einer Disposition für Männlichkeit. Er war, indem er in das aktive Stadium kam, im Beisein beider Eltern vor sechs Jahren geboren worden als eines von nur dreißig Kindern, die in jenem Jahr im Stadtgedächtnis belebt wurden. Körperlich hatte er damals das Bild eines sechsjährigen Knaben geboten von polynesischem Aussehen — in Ram Kikuras Jugend hatten Polynesier und schwarze Äthiopier als die schönsten Menschenrassen gegolten — und äußerst mutwillig im Benehmen. Tatsächlich hatte Ram Kikura begonnen, ihren Sohn nicht Tapi, sondern Robin zu nennen; aber als er reifer und gesetzter wurde (obwohl er niemals das Feuer von Robin Goodfellow verlor), gewann Tapi die Oberhand. Während des ersten Lebensjahres ihres Sohnes blieben Ram Kikura und Olmy ständig aufmerksam dabei und verließen das Stadtgedächtnis nur für dringende Pflichten, deren es nur wenige gab. Sie hatten mehrere phantastische Wohnmilieus eingerichtet, die es Tapi erlaubten, fast gleichzeitig in verschiedenen simulierten Zeitaltern aufzuwachsen.

Das Wundervolle an dem Stadtgedächtnis war die Flexibilität mentaler Realität. Mit den meisten Hilfsmitteln der Bibliotheken des Hexamons als Teil der Speichermatrix war die Konstruktion simulierter Umwelten nur Sache weniger Bemühungen. Die Weisheit historischer Zeit — dokumentiert und wahrgenommen durch die größten Gelehrten und Künstler des Hexamons — stand Tapi zur Verfügung, und er war dabei gediehen.

Danach waren Schwierigkeiten aufgekommen, nicht mit Tapi, sondern mit dem Hexamon selbst. Der politische Wind hatte sich gedreht, und manche Leute hatten sogar eine Wiedereröffnung des Weges angesprochen. Die Neo-Geshel-Partei war stärker geworden und konterte die besten Voraussagen der politischen Ratgeber der Naderiten. Olmy hatte gefühlt, wie der kalte Luftzug der Geschichte ihn gezwungen hatte zur Vorbereitung von ...

Und nach Ablauf der nächsten Jahre verbrachte er immer weniger Zeit mit Tapi persönlich und überließ die väterlichen Pflichten ständig eingesetzten Partialen.

Auch Ram Kikura hatte weniger Zeit gefunden, hielt aber immer noch engen Kontakt mit Tapi. Dieser hatte nie Mißmut erkennen lassen, noch war sein Wachstum verlangsamt worden. Aber Olmy hatte oft Gewissenbisse gespürt.

Der Puffer wurde freigegeben, und Olmys Original konnte direkt in die Gedächtniskrippe eingeführt werden. Tapi erwartete ihn. Er zeigte jetzt das selbstgewählte Bild eines jungen Mannes, einer guten Approximation davon, wie ein natürlicher Sohn seiner Eltern aussehen würde — Olmys Körperbau und unveränderte Augen und Lippen, Ram Kikuras Nase und hohe Bakkenknochen —, ein hübscher Mann mit den wenigen aparten Schönheitsfehlern, die das Kennzeichen für intelligente Körpergestaltung waren. Sie umarmten sich, eine elektrische Verbindung physischer und mentaler Kombinationen, die man in früheren Zeit vielleicht als für Vater und Sohn peinlich intim gefunden hätte, welche aber jetzt im Stadtgedächtnis normal war. Olmy konnte den Fortschritt seines Sohnes aus dieser Umarmung ermessen, und Tapi bekam eine gesunde Portion elterlicher Anerkennung zu spüren.

Visualisation und Sprache waren im Stadtgedächtnis unnötig, wurden aber dennoch benutzt. Direkte Kommunikation von Geist zu Geist war mühsam und zeitraubend und wurde nur dann angewandt, wenn es auf präzise Verständigung ankam.

Tapi sagte: »Vater, ich freue mich, daß du gekommen bist. Deine Partiale wurden allmählich meiner überdrüssig.«

»Das bezweifle ich«, sagte Olmy.

»Ich habe sie ständig geprüft, ob sie dir gleichkamen.«

»Taten sie es?«

»Ja, aber ich habe sie gereizt ...«

»Du solltest zu einem Partial immer höflich sein. Sie bergen Geschichten, weißt du.«

»Du bist nicht an ihre Erinnerungen herangetreten?«

»Noch nicht. Ich wollte dich frisch sehen.«

Tapi projizierte einige diffuse Pläne zwecks Billigung durch Olmy. Der Körper des jungen Mannes würde autark sein, und ohne sich auf rasche Verfügbarkeit von Talsit- und anderen Wartungsteilen zu verlassen. Seine Konstruktion würde ohne Pflege und Ernährung nicht so lange existieren können, war aber für diese Zeit besser als die Olmys. Sie war bestimmt praktischer. »Was meinst du?«

»Sehr gut. Hast du die Zustimmung des Rates erhalten?«

»Eine provisorische.«

»Du wirst sie bekommen. Eine elegante Adaptation«, sagte Olmy, und meinte es ehrlich. Er wünschte beinahe, eine Reinkarnation beantragen und ausprobieren zu können. Schließlich hatte er so lange mit Talsit-Teilen gelebt …

»Glaubst du, daß man den Weg wieder aufmachen wird?«

Olmy zeigte ihm das mentale Äquivalent einer Grimasse und sagte: »Lauf nicht davon! Ich habe nur wenige Gedächtnisstunden zur Verfügung und möchte sie nicht mit politischen Erörterungen verbringen. Ich wünsche, daß mein Sohn mir alles beibringt, was er gelernt hat.«

Tapi war vor Begeisterung elektrisiert. »Wundervolle Dinge, Vater. Hast du jemals Mersauvin-Strukturen studiert?«

Olmy hatte das getan, jedoch nur kurze Zeit. Er fand sie langweilig. Das erzählte er aber seinem Sohn nicht.

»Ich habe die bemerkenswertesten Korrelationen gemacht«, fuhr Tapi fort. »Zuerst hielt ich sie für öde Abstraktionen, dann aber stöpselte ich sie in eine Analyse synthetischer Lage und fand die *unglaublichsten* Beurteilungen. Sie erlauben das komplizierteste vorhersagende Modellieren. Sie agieren als selbst-adaptive Algorithmen für soziales Bemessen und Planen ... Sie modellieren sogar individuelle Wechselwirkungen ...«

Tapi führte in einen privaten Puffer und sagte: »Ich habe dies selbst dekoriert. Bisher hat sich niemand imstande gezeigt, es zu überbieten. Ich denke, das ist ein Kompliment seitens meiner Krippengefährten ...«

Das war es sicher. Private Pufferdekorationen in der Krippe waren gewöhnlich ebenso verwundbar und vergänglich wie Eis im Feuer. Das Dekor, nach Olmys Meinung eine erschöpfende Anordnung mentaler Tests und demonstrierter Algorithmen, war viel komplexer und vollkommener als irgend etwas, das er selbst hätte schaffen können.

Tapi fuhr fort: »Ich habe mir bei meinen formalen Lektionen einige Freiheiten erlaubt und die Mersauvin-Strukturen auf äußere Ereignisse angewandt.«

»Oh! Was hast du herausbekommen?«

Tapi führte eine gezackte und diskontinuierliche Kurve vor. »Viele Unterbrechungen. Das Hexamon steht unter scharfem Stress. Wir sind nicht mehr eine glückliche Gesellschaft, wie wir es meines Erachtens früher waren. Ich habe die gegenwärtige Unzufriedenheit mit psychologischen Profilen der Sehnsucht nach früheren Lebensstufen in natürlich geborenen Homorphen verglichen. Das Kleine ahmt das Große nach. Die Algorithmen zeigen, daß das Hexamon den Weg zurück gehen möchte. Ich fürchte, daß meine Lehrer mich hierin nicht sehr gut unterwiesen haben. Sie meinen, daß die Resultate der Strenge ermangeln.«

»Du sagst also, daß wir alle in den Mutterleib zurückzukehren wünschen, nicht wahr?«

Tapi stimmte mit zurückhaltendem Lächeln zu. »Ich würde das nicht so platt ausdrücken.«

Olmy studierte die gezackte Kurve mit einer Mischung aus Stolz und wohlvertrauter Beklemmung. »Ich finde es sehr gut. Das soll aber kein väterliches Kompliment sein.«

»Du meinst, die Vorhersage wird stimmen?«

»In Grenzen — ja.«

»Ich … benehme mich vielleicht töricht. Aber ich dachte, hier wäre auch ein starker prognostischer Wert. Darum habe ich mich kurzerhand entschieden und trainiere für die Verteidigung des Hexamons.«

Olmy betrachtete das Bild des Jungen mit größerem Stolz und noch stärkerer Sorge. »Wie der Vater, so der Sohn.«

»Vater, ich habe deine Geschichte studiert. Sie ist bewundernswert. Aber es gibt da immer Dinge, von denen ich denke, daß ich sie im Entwurf verbessern könnte.« Tapis Bild explodierte in einem Enthusiasmus von Farben und nahm dann wieder seine normale Gestalt an, gekleidet in das Schwarz der Verteidigungstruppe. »Ich werde versuchen, in den späteren Stadien meiner Karriere eine höhere Stellung zu erreichen. Binnen eines oder zweier Jahrhunderte Normalzeit aktiven Dienstes. Ich frage mich, warum du nie eine führende Rolle angestrebt hast.«

»Wenn du deinen Vater gründlich genug studiert hast, wirst du es wissen.«

»Die alten Methoden. Alte Disziplinen. Einmal Soldat, immer Soldat. Die beste und höchste Formulierung.«

Olmy nickte. Das waren ehrenhafte Gefühle.

»Aber deine Fähigkeiten … In den letzten Jahren hast du dazu tendiert, deinen Vorgesetzten weniger Respekt entgegenzubringen. Du redest dir selbst ein, das wäre, weil deren Leistungen abgesunken wären … Aber ich denke, es könnte ein unterdrückter und abgelenkter Ausdruck deiner eigenen Wünsche sein, Geschichte zu gestalten.«

Das ist mein Sohn, dachte Olmy. *Schnell und auf den Punkt. Und zweifellos genau aufs Ziel.* »Bei dir Partiale zu lassen, ist so, als wenn man es Schafen überließe, den Löwen zu hüten.«

»Vielen Dank, Ser!«

»Wahrscheinlich hast du in jeder Hinsicht recht. Aber wenn du in diese Hierarchie eintrittst, wirst du auch deine frechen Triebe unterdrücken und ableiten müssen. Der schwierigste Weg zur Führerschaft geht durch die Verteidigungskräfte.«

»Ja, Vater. Das würde Disziplin und Selbstbeherrschung erfordern.«

Falls es dich nicht in eine Form bringt, die du nicht zerbrechen möchtest, dachte Olmy.

»Billigst du die Wiederöffnung?«

Keine Ausflucht, nicht einmal in der Krippe.

»Ich beobachte und ich diene.«

Tapi lächelte. »Vater, ich habe dich vermißt. Nicht einmal korrekte Partiale leuchten wie das Original.«

»Ich muß ... mich entschuldigen«, sagte Olmy. »Wegen früherer und künftiger Aktionen. Ich werde von jetzt an sehr intensiv zu tun haben, mehr als in der Vergangenheit.«

»Arbeitest du wieder für die Verteidigungskräfte?«

»Nein. Das ist persönlich. Aber vielleicht werde ich dich nicht öfter besuchen können als in den letzten Jahren ... vielleicht sogar weniger oft. Du sollst wissen, daß ich auf dich stolz bin und dein Wachstum und deine Reife zu schätzen weiß. Deine Mutter und ich sind beide außerordentlich erfreut.«

»Stolz auf Spiegelbilder«, sagte Tapi mit einer Spur Selbstablehnung.

»Keineswegs«, sagte Olmy. »Du bist komplexer und besser organisiert als jeder von uns beiden. Du bist von uns der beste. Meine Abwesenheit bedeutet keine Mißbilligung und ist nicht das ... was ich freiwillig wählen würde.«

Tapi hörte lächelnd zu.

Olmy fuhr fort: »Meine Zustimmung für Inkarnation ist aktenkundig. Ich habe im Hexamon die Verantwortung für deine Taten übernommen. Deine Mutter gleichfalls.«

Tapi wurde plötzlich feierlich ernst. »Vielen Dank! Für euer Vertrauen.«

»Du bist nicht mehr unser Geschöpf«, sagte Olmy und folgte damit dem uralten Ritual. »Jetzt handelst du selbständig. Ich werde ein Offizierspatent in den Verteidigungskräften empfehlen. Und ich werde versuchen, dich zu besuchen ...«

Offenheit, dachte er, *wird die beste Politik sein.* »Aber das wird wahrscheinlich nicht oft vorkommen.«

»Ich werde euch Ehre machen«, sagte Tapi.

»Daran zweifle ich nicht.« Olmy sah sich im Dekor um. »Jetzt interessieren mich diese Mersauvin-Strukturen. Laß uns hier etwas ausruhen; und ich möchte, daß du mir zeigst, wie du zu deinen Schlußfolgerungen gekommen bist.«

Tapi machte sich eifrig ans Werk

Nach sechs Stunden verließ Olmy die Achse Euklid als einer von drei Passagieren nach Thistledown.

Er war nicht in Stimmung für eine Konversation. Auch die anderen Passagiere waren zu sehr mit sich selbst beschäftigt, um ihm viel Aufmerksamkeit zu widmen.

5. KAPITEL

Erde

Lanier saß auf der Bettkante, um seine Bergstiefel anzuziehen. Er gestattete sich eine kleine Grimasse, als er sich bückte, um die Senkel zu schnüren. Es war neun Uhr morgens, und eine kurze Windsbraut war über das Gebirge gezogen, hatte einen Platzregen fallen lassen und einen angenehmen Luftzug vom Meer mit sich gebracht. Im Schlafzimmer war es noch kühl. Der Atem kondensierte sich vor seinem Gesicht. Er stand auf, stampfte mit den Stiefeln auf den abgewetzten Teppich, um ganz hineinzukommen und zu prüfen, ob sie an den Knöcheln fest saßen, wobei er wieder wegen eines anderen Schmerzes das Gesicht verzog, wegen einer Erinnerung, die er nicht auslöschen konnte.

Er zog vor dem breiten Fenster im Wohnzimmer seine Jacke an und schaute dabei über einige Hecken und hohe Farnkräuter auf die grünen, felsigen Hügel in der Ferne. Er kannte seinen Weg durch dieses Bergland. Zwar war er seit Jahren nicht mehr dort gegangen; aber heute schien es ein guter Tag zu sein, sich wieder damit vertraut zu machen. Er suchte kein Wundermittel und keine strenge Leibesübung, um eine Jugend zurückzubringen, die er verschmäht hatte, sondern nur eine Ablenkung von seinen Gedanken, die in letzter Zeit besonders bitter geworden waren.

Drei Monate waren seit dem Begräbnis von Heineman vergangen.

Karen hatte sich nicht verabschiedet, ehe sie zu einer Besorgung nach Christchurch aufbrach. Sie hatte den neuen fünfrädrigen Lastwagen des Hexamons genommen. Die Straßen waren noch durch die Nässe tief gefurcht, und der alte Wagen war nicht immer in einem kaum für Pferde geeigneten Gelände zu gebrauchen. Eines Tages, so dachte er, würde er in diesem Haus erkranken, und es würde eine halbe Stunde oder länger dauern, bis eine Ambulanz sie erreichen könnte. Und dann würde er wie Heineman tot sein.

Eine Art, sich der schlimmen Erinnerungen zu entledigen.

»Zoll, zahl den Zoll«, sang er leise. Seine Stimme war durch die Kälte rauh. Er hustete. Alter, nicht Krankheit. Er war noch recht gesund. Wahrscheinlich würden noch etliche Jahre vergehen, viel zu viele, ehe die Erinnerung gelöscht würde und seine Sorgen entschwanden.

Er hatte, soweit er sagen konnte, in den Jahrzehnten seines aktiven Dienstes recht wenig getan. Die Erde war nach vierzig Jahren immer noch eine klaffende Wunde trotz ihres offiziellen Namens. Gewiß auf dem Weg zur Genesung, aber doch ein Ort, wo man stets an Tod und menschliche Dummheit erinnert wurde.

Warum war ihm gerade jetzt die Vergangenheit so gegenwärtig geworden? Um ihn von den Enttäuschungen durch seine immer größere Entfremdung von Karen abzulenken? Sie war seit dem Begräbnis entschieden gefühlskalt gewesen.

Vor neunundzwanzig Jahren. Eine namenlose Stadt tief im Wald von Südost-Kanada, eine kalte, schneebedeckte Falle für dreihundert Männer, Frauen und Kinder. Die Männer kamen aus ihren festen, niedrigen Blockhäusern heraus, noch abgezehrter, als Lanier erlebt hatte, um sich den Himmelsreisenden entgegenzustellen. Lanier und seine Partner, zwei Einsatzleute des Hexamons, ein Mann und eine Frau, waren natürlich gut genährt und gesund. Sie gingen entschlossen über das Schneefeld zwischen ihrem Vehikel und der nächsten Hütte und sprachen die Männer auf französisch und englisch an.

»Wo sind eure Frauen?« fragte die weibliche Teilnehmerin. »Eure Kinder?«

Die Männer starrten sie an mit vor Hunger blassen Augen. Ätherisch schön mit weißen Gesichtern, grauem schütteren Haar. Ein Mann stolperte nach vorn mit hängendem Kinnbacken und bloßen Armen. Er nahm Lanier mit all seiner Kraft in die Arme. Als ob er von einem kranken Kind gedrückt würde, stützte Lanier, dem fast die Tränen kamen, den Mann, dessen gelbliche Augen vor etwas wie Verehrung schimmerten, oder vielleicht auch nur Erleichterung und Freude.

Ein Gewehrschuß ertönte, und die weibliche Teilnehmerin stürzte in den Schnee. Aus ihrer Brust sprudelte Blut.

»Nein, nein!« schrie ein anderer Mann; aber weitere Schüsse rissen Rinde von den Bäumen, klatschten und prallten von der Hülle des Vehikels ab. Ein einzelner Mann mittleren Alters mit einem dichten schwarzen Bart, weniger abgezehrt als die anderen, der ein Gewehr trug, das noch besser genährt und fleischiger schien als er selbst, stand in der leeren Straße der Stadt und schimpfte laut: »Elf Jahre! Elf! Wo seid ihr Götter in diesen elf schrecklichen Jahren gewesen?«

Der männliche Teilnehmer am Einsatz, an dessen Namen er sich nicht mehr erinnerte, warf den Mann zu Boden mit einem heißen Kugelblitz aus ihrer einzigen Waffe. Lanier trat über die verwundete Kollegin und machte sich rasch ein Bild von ihrem Zustand. Sie würde nicht überleben, sofern sie nicht die Kugel der gespeicherten Persönlichkeit hinten aus ihrem Nacken entfernten. Lanier bückte sich und fühlte ihren Puls. Ihre Augen schlossen sich flatternd; die erste Phase des Todes war eingetreten. Er ignorierte seine Umgebung, zog ein Klappmesser und schlitzte den Nacken dicht unter dem Schädel auf, fühlte mit den Fingern nach der schwarzen Kugel, zog sie aus ihrer Fassung und ließ sie in einen kleinen Plastikbeutel gleiten, wie er es geübt hatte.

Während er das tat, trampelten die Männer der Stadt den Gewehrschützen systematisch tot. Der männliche Einsatzteilnehmer versuchte, sie wegzuziehen, aber sie waren zwar schwach, jedoch zu Dutzenden gegen ihn allein. Der Mann, der Lanier in den Arm genommen hatte, sagte bei dieser Operation kein Wort. Er war über dieses Greuel maßlos entsetzt.

Dann ließ er sich auf seine zerlumpten Knie nieder und flehte Lanier an, nicht ihre Stadt zu vernichten.

Die Frauen und Kinder erschienen aus den Blockhütten, mehr tot als lebendig.

Das Volk dieser improvisierten Stadt hatte elf Winter überlebt, sogar die ersten zwei harten Winter; aber diesen jetzt hätten sie nicht mehr durchgehalten.

»Wem die Stunde schlägt«, murmelte er. *Meine Frau ist vital und jung. Ich bin alt. Wir treffen unsere Entscheidungen und zahlen den Preis.*

Er blieb einen Moment mit fest geschlossenen Augen in der Diele stehen und versuchte, den Nebel aus seinem Kopf zu vertreiben. ›Wollesammeln‹ hatte sein Großvater das genannt. Das war in Neuseeland durchaus passend. Aber diese Wolle war verfilzt mit Dornen.

Wir haben niemanden gerettet. Nicht einmal alle die starken und fähigsten. Der Tod war selbst für Engel vom Himmel zu umfassend, als daß allen Hilfe zuteil werden konnte.

Er hatte sich über solche Dinge seit Jahrzehnten nicht mehr gekümmert, und es reizte ihn, daß ihm diese Gedanken jetzt kamen wie blasse Schemen für eine Schuld, die er seiner Meinung nach nicht empfinden sollte. *Ich habe meinen Job getan. Gott weiß, daß ich dreißig Jahre der Wiederherstellung gewidmet habe.*

Auch Karen hatte das getan. Sie sah aber nicht aus wie ein abgewetzter Teppichfetzen.

Er nahm seinen Stock und öffnete die Tür. Über ihm zogen noch graue Wolken. Falls er eine Lungenentzündung — *den Freund der Greise* — bekommen würde, könnte er das gern versuchen. Aber zu den Wohltaten, die allen Alten Eingeborenen vom Terrestrischen Hexamon zuteil geworden waren, gehörte auch Freiheit von fast allen Krankheiten. Ihre Hilfsmittel in dieser Hinsicht waren umfassend gewesen. Jeder auf der Erde, ob Mann, Frau oder Kind, trug Organismen in sich, die ihre Körper wie eine Polizei gegen alle möglichen Angreifer von außen schützten.

Er sah sich flüchtig in dem Glas des Windfangs der Veranda — ein kräftiges Gesicht, aber mit tiefen Falten, die Linien um seinen Mund nach unten gezogen, Runzeln zu beiden Seiten der Nase, traurige Augen mit schlaffen oberen Lidern, die ihn weltlich weise erscheinen ließen. Mit einer Mischung aus Genugtuung und perversem Widerwillen merkte er, daß er sich älter fühlte, als er aussah.

Lanier bedauerte, daß er sich fest vorgenommen hatte, das erste Stück der steilen, gewundenen Bergstraße zu erklimmen, ohne auszuruhen. Bei der zweiten Krümmung des Bergpfades kippte er vornüber, faßte mit den Händen seine zitternden Knie und schnappte stoßweise nach Luft, wobei ihm Schweiß von der Stirn rann. Er hatte seit Jahren kaum noch Berge erklettert oder entsprechend trainiert; und wenn er sein Leben nicht gewaltsam beenden wollte, war eine Überanstrengung bei seiner ersten langen Tour ein törichter Aufwand. Die Wunder der Hexamon-Medizin konnten nur das tun, was er ihnen gestattete. Sie konnten ihn für sein Alter in vernünftigem Maße bei Kräften und frei von Krankheiten halten und ohne Schäden durch zu starke Strahlung, vor der er sich arg fürchtete.

Als er wieder zu Atem kam und den Schmerz unter Kontrolle hatte, blickte er von dem abschüssigen Weg hinab in den dreihundert Meter tiefer gelegenen Talboden. Schafherden — vielleicht gehörten sie Fremont, dem Juniorchef der Irishman Creek Station — zogen über die grün und sonnengelb gefleckten Wiesen. Wie ein Echo glitten schwere, graue und weiße Regenwolken über ihre eigenen staubblauen Weidegründe dahin. In der Höhe stieg ein Adler empor, der erste, den er in dieser Saison gesehen hatte. Der Wind war in der Höhe kalt und schneidend selbst im Novemberfrühling. Tausend und mehr Meter höher waren auf dem Berg noch Schneeflecken, gesprenkelt mit den unvermeidlichen zarten scharlachroten Pilzen, die Schäfer und Bauern Christusblut nannten.

Schließlich gestattete er sich, auf einem Felsen Platz zu nehmen. Seine Unterschenkel schmerzten, und die Muskeln der Fußgelenke drohten sich zu verkrampfen. Aber zum erstenmal seit Monaten, vielleicht sogar seit Jahren, fühlte er sich wirklich recht gut und irgendwie in seiner Existenz bestätigt.

Der Wind rief seinen Namen. Erstaunt wandte er sich um und hielt Ausschau nach einem Bergsteiger oder Hirten auf dem Pfad über oder unter ihm, sah aber niemanden. Er gab sich damit zufrieden, daß der Ton eine Illusion gewesen wäre, holte eine Stulle mit Ziegenkäse aus dem Rucksack, wickelte sie aus und fing an zu essen.

Da rief der Wind ihn wieder, diesmal deutlicher und aus größerer Nähe. Er stand auf und musterte beunruhigt den Weg über ihm. Der Ruf war aus dieser Richtung gekommen, dessen war er sich sicher. Er packte das Sandwich wieder ein, ging um die zweite Kurve und hundert Meter weiter hinauf. Seine Stiefel knirschten im Kies und rutschten auf saftigem Gras aus, das noch feucht vom Tau war. Er war auf dem Pfad allein.

Er sang, um den Rhythmus zu halten, machte Pause, um wieder zu Atem zu kommen und ließ die saubere Luft ins Blut strömen und seinen Geist von Spinnenweben reinigen, die er durch monatelanges Stubenhocken angesammelt hatte.

Er mußte sich über seine Lage klar werden.

Während er seine Mitmenschen bedauerte, hatte er auch begonnen, sie zu hassen. Es schien, daß sie in ihrer Agonie zumeist auf eine Weise um sich schlugen, die die Lage nur verschlechterte. Manchmal hatten solche, denen das Schicksal besonders übel mitgespielt hatte — durch Verlust von Heimen, Familien, Städten und Nationen —, darauf reagiert, daß sie andere Überlebende noch grausamer behandelten.

Die Lieblingslektüre Laniers war in letzter Zeit Arthur Koestler gewesen, ein Philosoph und Romanautor des zwanzigsten Jahrhunderts, der die Menschheit für eine völlige Fehlkonstruktion gehalten hatte. Lanier hatte da kaum Zweifel.

Er hatte gesehen, wie Männer, Frauen und sogar Kinder tiefer psychologischer Sondierung und sogar Behandlungen unterzogen wurden, indem man ihre Dämonen herauspflückte und sie besser angepaßt und besser imstande, der Realität um sie entgegenzutreten, entließ. Lanier hatte in der Diskussion über solche ›Heilverfahren‹ einfach geschwiegen. Die Behandlungen hatten die Wiederherstellung um Dekaden verkürzt, aber trotzdem konnte er sich nicht entschließen, sie zu billigen. Waren menschliche Wesen so schwache, schlecht konstruierte Maschinen, daß nur so wenige sich selbst heilen konnten und zur Selbstdiagnose und Selbstkritik imstande waren? Offenbar. Er war Pessimist geworden, vielleicht sogar Zyniker; aber ein Teil von ihm haßte Zynismus. Darum war er mit sich selbst unzufrieden — *quod erat demonstrandum.*

Ein weiter Wolkenmantel trieb über das Land mit einem runden Loch genau in der Mitte. Er nahm wieder auf dem Fels am Wege Platz und blinzelte in den breiten Streifen grellen Sonnenlichts, der durch das Tal zog. So voller Wärme, so hypnotisch war dieser kilometerbreite Fleck! Wenn er seinen Geist einfach ruhen ließ, könnte Sonnenschein auf Gras alle seine Fragen beantworten. Er fühlte sich entspannt und schläfrig, bereit, alle Lasten abzuwerfen, sich auf den Rücken zu legen und sich von der Sonne wie warme Butter auflösen zu lassen.

Ein paar hundert Meter weiter aufwärts kam auf dem Weg ein in Schwarz und Grau gekleideter Mann auf ihn zu, der einen Bergstock trug. Lanier überlegte, ob das die Stimme im Wind gewesen wäre. Er war sich nicht sicher, ob er Gesellschaft haben wollte oder nicht. Wenn der Mann ein Hirte war — gut. Er kam mit Landmenschen zurecht. Aber wenn es ein Tagesausflügler von Christchurch war …

Vielleicht würde der Wanderer ihn ignorieren.

»Hallo!« grüßte der ihn. Seine Stiefel knirschten im Kies hinter Lanier. Dieser wandte sich um. Der Wanderer stand vor der strahlenden Vorderkante der Wolkenbank. Sein Haar war dunkel und kurzgeschnitten. Er war nicht ganz sechs Fuß groß, sah jugendlich aus, hatte breite Schultern und muskulöse Oberarme. Er erinnerte Lanier an einen jungen Stier.

»He!« sagte Lanier.

»Ich habe darauf gewartet, daß Sie hier heraufkommen und mich nach unten führen würden«, sagte der Mann, als ob sie alte Freunde wären. Lanier bemerkte einen leichten russischen Akzent.

Lanier runzelte die Stirn und fragte: »Kenne ich Sie?«

»Vielleicht«, erwiderte der Mann lächelnd. »Unsere Bekanntschaft liegt viele Jahre zurück und war nur kurz.« Lanier widerstrebte es nachzugrübeln, wo er den Mann schon einmal gesehen hatte. Rätsel ärgerten ihn.

»Bedauere, ich kann mich nicht entsinnen.« Er wandte sich ab.

»Wir waren einst Feinde«, sagte der Mann, dem die Unterhaltung zu gefallen schien. Er kam aber nicht näher und hielt den Stock vor sich. Lanier sah ihn wieder an. Er war nicht warm angezogen und trug keinen Rucksack. Er konnte nicht lange auf dem Berg gewesen sein.

»Sie sind einer der Russen, die in Thistledown eingefallen sind?« fragte Lanier. Seine Frage, an einen offenbar so jungen Mann gerichtet, war nicht töricht, obwohl sie es früher hätte gewesen sein können. Der Tourist schien nicht über vierzig zu sein, hätte sich aber auf einem orbitalen Körper oder in den Erdstationen des Hexamons einer Verjüngungstherapie unterzogen haben können.

»Ja.«

»Was führt Sie den ganzen Weg hierher?«

»Es gibt eine Arbeit zu leisten, wichtige Arbeit. Ich brauche Ihre Hilfe.«

Lanier streckte die Hand aus. »Ich lebe im Ruhestand.« Der Fremde half ihm auf die Füße. »Jene Tage liegen sehr weit zurück. Wie ist Ihr Name?«

»Ich bin enttäuscht, daß Sie sich nicht an mich erinnern«, sagte der Mann verdrießlich. »Mirsky. Pavel Mirsky.«

Lanier lachte und sagte: »Nicht schlecht gedacht. Mirsky befindet sich jetzt auf der anderen Seite des Himmels. Er zog durch die Geshelbezirke, und der Weg hat sich hinter ihm verschlossen. Aber ihr Scherz gefällt mir.«

»Kein Scherz, mein Freund.«

Lanier studierte genau die Züge des Mannes. Bei Gott — immerhin sah er Mirsky *ähnlich.*

»Hat Patricia Vasquez jemals ihren Weg nach Hause gefunden?« fragte der Mann.

»Wer weiß? Ich bin nicht in Stimmung für Ratespiele. Und was, zum Teufel, interessiert Sie das?«

»Ich möchte sie gern wiederfinden.«

»Verdammt miserable Chance.«

»Mit Ihrer Hilfe.«

»Ihre Witze verraten einen lausigen Geschmack.«

»Garry, es ist kein Witz. Ich bin wieder da.« Er trat näher. Die Ähnlichkeit mit Mirsky war unheimlich. »Ich habe hier darauf gewartet, daß Sie kommen würden, jemand, der mich wiedererkennt und zu den richtigen Leuten führen kann. Sie haben bei der Wiederherstellung eine bedeutende Rolle gespielt, nicht wahr?«

»Allerdings«, sagte Lanier. »Sie könnten sein Bruder sein.« *Sogar sein exakter Zwilling.*

»Sie sollten mich nach Thistledown hinaufbringen. Ich muß mit Korzenowski und Olmy sprechen. Die leben doch noch?«

Konrad Korzenowski hatte den Weg konstruiert, der

einst an die siebente innere Kammer des Asteroidensternschiffs Thistledown angefügt war. Thistledown und zwei Sektionen der Achsenstadt befanden sich noch in einem Orbit von zehntausend Kilometern über der Erde. Eine polare ›Kappe‹ war entfernt worden, so daß die siebente Kammer freigelegt war. Das Thistledown war vor vierzig Jahren vom Ende des Weges abgesprengt worden, damit die naderitischen Teile der Achsenstadt entweichen konnten. Der Weg war kurzzeitig in den leeren Raum geöffnet worden und hatte sich daraufhin augenblicklich selbst versiegelt und seine Unendlichkeit für immer von diesem Universum abgesperrt. Diejenigen, die sich dafür entschieden hatten, im Innern des Weges zu bleiben — Pavel Mirksy gehörte dazu —, waren weiter entfernt als die Seelen der Toten, falls die Toten etwa Seelen hatten.

Lanier stammelte etwas Unverständliches und hustete, um die Kehle frei zu bekommen. Das Haar sträubte sich in seinem Nacken. »Mein Gott«, sagte er vor sich hin, »was geht hier vor?«

»Ich habe eine große Distanz in Raum und Zeit zurückgelegt«, sagte der Mann. »Ich habe eine sehr merkwürdige Geschichte zu erzählen.«

»Sind Sie ein Geist?« Das war eine alte, unnütze Frage. Er meinte nicht ›Geist‹ im Sinne des Hexamons. Sein Gesicht wurde rot.

»Nein. Sie haben meine Hand geschüttelt. Ich bin festes Fleisch, sterblich … in gewisser Weise.«

»Wie sind Sie zurückgekommen?«

»Nicht auf dem kürzesten Wege.« Er grinste zögernd, steckte seinen Stock ins Gras neben Laniers Stein, und setzte sich hin. Mirsky — wenn er es wirklich war, was Lanier noch nicht einräumen mochte — blickte über das Tal mit seinen Bewegungen von Schafen und Wolkenschatten und sagte dann noch einmal: »Ich muß mit Korzenowski und Olmy sprechen. Können Sie mich zu ihnen bringen?«

»Warum nicht den direkten Weg gehen?« fragte Lanier. »Sie haben es so weit geschafft. Warum hierher zurückkommen?«

»Weil ich in gewisser Hinsicht meine, daß Sie für mich sogar noch wichtiger sind als sie. Wir müssen alle zusammenkommen und reden. Wann haben Sie das letzte Mal mit ihnen gesprochen?«

»Das sind Jahre her.«

»In der Regierung kommt eine Krise auf.« Mirsky schaute ruhig mit ernster Miene zu Lanier hoch. »Der Weg wird wieder geöffnet werden.«

Lanier reagierte nicht. Er hatte Gerüchte vernommen, aber nichts weiter. Außerdem hatte er sich von Hexamon-Politik zurückgezogen.

Er sagte: »Das ist lachhaft.«

»Nein, wirklich nicht«, antwortete Mirsky sachlich. »Entweder physisch oder politisch. Es ist wie eine Droge, diese Art von Technologie und Macht. Selbst Leute mit reinem Herzen können nicht für immer an ihren Überzeugungen festhalten. Werden Sie ein Treffen arrangieren?«

Lanier ließ die Schultern sinken. Er fühlte sich geschlagen, zu schwach, die richtigen Worte zu suchen und seine Gesundheit zu verteidigen. »Ich habe in meinem Haus ein Radiogerät, unten im Tal«, sagte er. »Sie werden beweisen müssen, daß Sie wirklich der sind, der Sie zu sein behaupten.«

»Ich verstehe«, sagte Mirsky.

6. KAPITEL

Thistledown

Olmy saß vor dem Bibliotheksterminal eines Wohnviertels in Alexandria, der zweiten Kammerstadt, in einem noch nicht wiederbevölkerten Distrikt. Er hatte das Terminal erst vor ein paar Tagen installiert, in dem Apartment, wo er seine spätere Kindheit verbracht hatte, und wo Korzenowkis nicht angeschlossene Partiale versteckt gewesen waren, alles, was von dem Ingenieur nach seiner Jahrhunderte zurückliegenden Ermordung übrig geblieben war. Olmy hatte diese Partiale als Junge entdeckt und später die Verantwortung dafür getragen, daß Korzenowski wieder zusammengesetzt und reinkarniert wurde. Dabei hatte ihm Patricia Vasquez geholfen.

An diesem obskuren Ort, auf einem als unaufspürbar geltenden Terminal, empfing Olmy eine Nachricht von einem alten Bekannten. Die Visualisationen lauteten frei übersetzt:

»Habe etwas für dich. Entscheidend wichtig für dein Werk.«

Die Nachricht wurde ergänzt durch Koordinaten einer aufgegebenen Station in der fünften Kammer und eine Zeit für die Zusammenkunft. ›Allein‹ forderte die Mitteilung streng. Sie war signiert mit dem Stempel von Feor Mar Kellen.

Mar Kellen war ein alter Soldat und Kamerad von der Torpolizei, ungefähr in Olmys Alter. Er war während der späteren Jart-Kriege geboren, dem größten Schlag gegen die Eindringlinge des Weges vor der Trennung, als die Jarts über 2-x-9 zurückgetrieben wurden, zwei

Milliarden Kilometer Strecke des Weges. Jene Kriege hatten vierzig Jahre gedauert und Hunderttausende Kilometer des Weges erfaßt. Das gewonnene Territorium wurde befestigt, und Tore wurden geöffnet zu unbewohnten Welten, die für die Erschließung von Bodenschätzen reif waren. Diese Welten hatten das Rohmaterial erbracht für die frühe Achsen-Stadt und danach die Atmosphäre und den Boden geliefert, die einen großen Teil der Fläche des Weges bedeckten.

Es waren schreckliche und ruhmreiche Jahre gewesen, Jahre von Tod und Stählung. Das Hexamon war aus ihnen stärker hervorgegangen, bereit, die Verbindungen zwischen Toren zu beherrschen. Durch diese Tore wurden Patrone und Partner angezogen und eingelassen. In einigen Fällen hatte das Hexamon Handelsbeziehungen wieder aufgenommen, die die Jarts aufgegeben hatten. Auf diese Weise war es zu intensiven merkantilen Verbindungen mit den rätselhaften Talsits gekommen. Und die Talsits waren es gewesen, die ihnen den Namen ihrer Feinde mitgeteilt hatten, so gut er nur in menschliche Sprache übersetzt werden konnte.

Die Jarts waren natürlich nicht besiegt worden, sondern den Weg weit hinuntergejagt und dort durch eine Reihe mächtiger Festungen im Zaum gehalten.

Mar Kellen hatte die letzten zwanzig Kriegsjahre überlebt und in den Festungen jenseits von 1,9-x-9 gedient. Auch die Grenzvorposten hatten ihn nicht genügend herausgefordert. Er war in die Tor-Polizei eingetreten und hatte dort Olmy kennengelernt.

Sie hatten einander seit Jahrhunderten nicht mehr gesehen. Olmy war überrascht zu hören, daß Mar Kellen sich auf Thistledown befand. Er hätte gedacht, daß er der Typ war, sich den Geshels bei ihrem Schub den Weg hinab anzuschließen.

Heimliche Arrangements ärgerten ihn. Er hatte schon lange aufgehört, sich über Intrigen zu freuen, besonders wenn es unvermeidbar war... Aber Mar Kellen hatte etwas angedeutet, das Olmy nicht ignorieren konnte; und welche Absonderlichkeiten sein alter Freund auch haben mochte — er war nie hinterlistig gewesen.

Die fünfte war die düsterste Kammer von Thistledown, eine Art riesiger Keller. Viele Bahnlinien durchquerten sie auf dem Weg zur sechsten und (einmal) siebenten Kammer; aber nur eine hielt dort noch an, und das unregelmäßig auf besondere Anweisung. Es gab einige Reisebeschränkungen für die einzige unbesetzte Kammer im Thistledown, und jeden Monat besuchten etliche kühne Bergsteiger und Wildwasserfahrer die wilde, in Wolken gehüllte Landschaft aus rohem Asteroidenmaterial, das durch Jahrhunderte von bergmännischem Abbau zu phantastischen grauen, schwarzen und orangefarbenen Piks und Schlünden geformt war. Die Abwässer von Thistledown flossen dort dick von Rost und anderen gelösten Mineralien, zum Trinken nicht zu empfehlen ohne Chelat-Implantate gegen den Metallgehalt.

Die fünfte Kammer war durchschnittlich nur vierzig Kilometer breit. Zu Beginn der Reise von Thistledown waren es achtunddreißig Kilometer gewesen. Das entnommene Material hatte für Bauzwecke gedient und zum Ersatz flüchtiger Stoffe, die durch unvermeidliche Lecks in den Wiederaufbereitungssystemen des Asteroiden verlorengingen. Niemand hatte dort einen ständigen Wohnsitz. Die Kontrolle erfolgte von weitem.

Olmy nahm den leeren Zug von der vierten Kammer und saß mit gekreuzten Armen da, als die schwarzen Kilometer der Asteroidenwand zwischen den Kammern sanft vorbeiglitten.

Mar Kellens Nachricht war so unerwartet, daß er gar nicht erst versucht hatte zu erraten, wohin das alles führen würde.

Ohne jede Vermutung verschwendete Olmy wenige Gedanken auf das, was vor ihm lag. Statt dessen durchforschte er nochmals die geringe Talsit-Information, die gewonnen und in den Bibliotheken der Achsenstadt gespeichert war. Er hatte oft über diesem Material gesessen und kaute es jetzt methodisch noch einmal durch in der Hoffnung, Antwort auf einige ungelöste Fragen zu bekommen.

Die kurze Fahrt ließ ihm aber nur wenig Zeit, und er sah, wie die Tunnelwände einem wilden unwahrscheinlichen Relief aus dichten schwarzen Wolken wichen, unterbrochen durch Bündel silbernen Röhrenlichts, das rasch zwischen Zacken aus Dunkelrot, Grün und Blaugrau wechselte. Der Zug war an einer Ecke in Schräglage aus dem gewundenen Tunnel hinausgefahren, wobei die Fenster zur Rechten fast dreißig Grad geneigt waren.

Er hatte bei diesen unfruchtbaren Regionen immer eine Art grimmigen emotionalen Trostes gefunden.

Der Zug wurde langsamer und bewegte sich auf seinen drei schaukelnden Schienen zu einer kleinen, von einer Kuppel überdachten Station, die zwischen zwei schroffen Wänden aus mattem, ölig aussehendem Nikkel und rotem Eisen steckte. Aus der Nähe kam der Lärm von Wasser, das in einen der breiten Seen strömte, welche in der Kammer verteilt waren.

Mar Kellen erwartete ihn in dem kleinen leeren Bahnhof. Er saß auf einer Steinbank, die besser zum Abstellen von Maschinen geeignet schien denn als Rastplatz für Menschen. Draußen ertönte Donner — ein Ton, den Olmy in Thistledown selten gehört hatte; aber er hatte auch nur selten Zeit gehabt, die fünfte Kammer zu besuchen, wo es häufig donnerte. Mar Kellen hob zum Gruß zwei altmodische Regenschirme hoch. Er projizierte auf Olmy eine Reihe biographischer Visualisationen mit Untersignalen zur Mitteilung von Aufrichtigkeit und wo es höflich sein könnte oder nicht, weitere Fragen zu stellen. Von Erkundigungen schien allgemein abgeraten zu werden. Olmy tat desgleichen, allerdings mit mehr Doppeldeutigkeit und Kürze. Die weitere

Unterhaltung fand sowohl durch Sprache wie visuell statt.

»Ser Olmy, ich habe deine Karriere verfolgt, soweit sie öffentlich bekannt wurde. Du bist ein berühmter Bursche und ein Kredit für die Naderiten.«

»Vielen Dank! Ich muß leider sagen, daß ich deine Spur verloren habe, Ser Mar Kellen.«

»Das freut mich zu hören. Ich habe es mir zur Aufgabe gemacht, soweit möglich im Dunkel zu bleiben, ohne in das Gedächtnis der Stadt zu gehen und ein Schurke zu werden.« Er zeigte ein Bild von sich als freigeistiger Schurke, nur roh skizziert, welches andeutete, daß er nicht schrecklich erfolgreich sein würde. Sie lachten beide, obwohl Olmys Humor etwas gezwungen war.

»Ich hoffe, du hast nicht allzuviel über mich erfahren«, konterte Olmy.

»Nein. Deine Karriere war auch dunkel. Aber Teile davon sind Geschichte geworden. Und ich habe, vielleicht unhöflicherweise, von dem gehört, was dich jetzt interessiert.«

»Oh?«

»Du scheinst zu glauben, daß wir bald mit nichtmenschlichen Wesen konfrontiert sein werden. Vielleicht sogar Jarts.«

Olmy sagte nichts und zwang sich zu einem verkrampften Lächeln. Seine privaten Nachforschungen waren anscheinend überraschend bekannt geworden, zumindest für jene, die ein Interesse daran hatten, es zu wissen. Mar Kellens Heimlichtuerei wurde verständlicher. Dieser Mann war keine Animation, sondern ein physischer Schurke. Olmy visualisierte einen gelben Halbkreis als Zeichen für Interesse und volle Aufmerksamkeit.

»Ich bin auf etwas gestoßen, das du nützlich finden könntest. Ein Überbleibsel aus vergangenen Jahrhunderten. Eher wie das Ingenieur-Archiv.«

»Hier?« fragte Olmy.

Der alte Krieger nickte feierlich. »Haben wir eine Übereinkunft, solltest du interessiert sein? Ich versichere dir, daß das der Fall sein wird.«

»Ich bin kein reicher Mann. Auch nicht einmal besonders einflußreich.«

»Ich verstehe, Ser Olmy. Aber du hast immer noch die Unterstützung des Hexamons. Du könntest mir alles besorgen, was ich in Form von Zugang und Privilegien brauche, da ich nicht auf irdisches Gold versessen bin.«

Olmy prüfte den Mann und analysierte genau seinen Stil der Visualisation. Mar Kellen war aufrichtig und bluffte nicht, soweit Olmy erkennen konnte.

Olmy sagte: »Ich lebe im Ruhestand. Mein Einfluß ist keineswegs so groß wie früher. Innerhalb der Grenzen meines gegenwärtigen Status ...«

»Dieser Status genügt, um meinen Bedarf zu dekken.«

»Falls du wirklich etwas hast, das ich gebrauchen kann — einverstanden.«

Mar Kellen lächelte sofort breit und tückisch. »Einverstanden. Komm mit!« Er gab Olmy einen Schirm und zeigte, wie man ihn aufspannte. »Das hat meiner Beni gehört. Du wirst es brauchen. Es schützt unsere müden alten Knochen.«

Olmy hielt den Schirm über den Kopf und folgte Mar Kellen auf einem schmalen Weg, fort von der Station. Der Weg war in einen Felshang eingeschnitten und wand sich durch eine Schlucht über einem ständigen Sturzbach. Hier drang Röhrenlicht kaum durch Wolken und Regen durch. Die Landschaft verlor sich in einem Schatten, der fast so tief war wie eine Nacht auf der Erde. Mar Kellen brachte eine Leuchte zum Vorschein und zeigte Olmy den Weg eine steile Strecke hinauf. Der Lichtstrahl erfaßte ein Loch im Gestein. »Hinter diesem Eingang ist es warm und hell. Komm! Nur noch wenige Minuten.« Sie waren schon eine halbe Stunde lang aufgestiegen.

»Ich habe dies gefunden, als ich nach Rohstoffen für das Wiederbesiedlungsprojekt von Thistledown suchte«, sagte Mar Kellen. »Eine Routinearbeit für jemanden, der nichts weiter vorhat. Das war aus allen Rohstoffkarten getilgt worden bis auf eine, und das muß ein Versehen gewesen sein ... Es schien nicht wichtig für das Projekt zu sein. Darum habe ich es niemandem gesagt. Aber ich erwähnte es gegenüber meiner Beni, und sie — sie war meine Gefährtin«, fügte er rasch vertraulich hinzu, während er über die Schulter nach unten Olmy ansah. »Nur dreißig. Geboren nach der Trennung. Stell dir vor, da findet ein altes Schlachtroß eine junge Dame ... wirklich eine *Dame*. Alte Naderiten-Familie. Aber sie hatte Abenteuer im Blut und übertraf mich bei weitem an Enthusiasmus. Sie wollte Forschungsreisen machen. Also sind wir losgezogen. Wir kamen hierher und fanden ...«

Er machte einen lebhaften Sprung in die Höhle. Olmy folgte nach mit mehr Eleganz, aber weniger Dramatik. Eine glatte Wand im Hintergrund der Höhle reflektierte einen schwachen Lichtfleck der Lampe. Mar Kellen schlug mit der Hand dagegen, daß es schmerzte und zog eine Grimasse. »Als wir es fanden, sah es genauso aus. Ich fand das Schloß. Eine Sicherheitswand. Dann wurde *ich* enthusiastisch. Nichts weiter, als ein Code zu knacken! Aber dennoch nicht einfach. Ich mußte dreißig verschiedene Codeblocks knacken mittels einer Analyse, die erst im vorigen Jahrhundert erfunden wurde. Olmy, Mathematik war mir zuwider.« Er strich über die schwarze Fläche und wandte den Blick zwischen ihr und Olmy hin und her. »Aber ich habe es geschafft. Dies war einstmals ein *sehr* sicherer Platz ...«

Er visualisierte schnell einige Symbole. Die schwarze Wand hellte sich zu grau auf und verschwand dann einfach. Dahinter befand sich ein gut erleuchteter Tunnel.

»Einmal drinnen, fürchtete ich viele tödliche Sicherheitseinrichtungen. Wir haben danach gesucht und welche gefunden — mehr, als ich für nötig gehalten hätte, irgend etwas zu schützen. Die meisten hatten ihre vorgesehene Lebensdauer von fünf Jahrhunderten erreicht und waren automatisch inaktiviert worden. Offenbar wußte niemand davon, nicht einmal Präsidenten, wie ich annehme. Vielleicht irre ich mich da aber auch.« Wieder das boshafte Grinsen.

Sie näherten sich dem weiten Eingang mit einem halbrunden Bogen. Eine mechanische Stimme alten Stiles — mindestens so alt wie ähnliche Stimmen in Alexandria — fragte nach ihrer Identität.

Mar Kellen gab eine Reihe von Zahlen an und legte seine Hand auf ein altes ID-Paneel bei den undurchsichtigen Türen. »Ich habe mit meinen eigenen Mustern neu codiert«, sagte er zu Olmy. Die Türen wurden frei und gingen langsam auf. Drinnen wartete im Halbdunkel ein kahles, ausgeräumtes Empfangsareal. Mar Kellen winkte Olmy hindurch und führte ihn durch einen Gang in einen kleinen Raum, der auch keine Möbel oder Dekorationen enthielt.

Mar Kellen stand inmitten der kahlen weißen Wände des Raumes, ohne Schatten, mit vor sich gefalteten Händen. Olmy blieb in der Türöffnung stehen. Mar Kellen sagte: »Dieser Raum ist das Tor zu einem sehr großen Geheimnis. Für niemanden von *praktischem* Wert … gegenwärtig. Aber einstmals muß es wirklich sehr nützlich gewesen sein. Vielleicht wurde es benutzt, ohne daß einer von uns davon erfahren hat. Vielleicht galt es als zu gefährlich. Komm rein, komm rein!«

Während Olmy neben ihm stand, hob Mar Kellen eine Hand, streckte einen Finger aus und zeigte auf den Boden. »Runter, bitte!« Der Fußboden verschwand. Der Raum war ein Fahrstuhlschacht. Sie versanken rasch, ohne ein Gefühl des Fallens, in Finsternis. Alle paar Sekunden zog eine dünne leuchtende Linie vorbei, die irgendeine unbekannte Tiefe markierte. So ging das einige Minuten lang weiter.

Olmy hatte nie von bewohnten Tunneln gehört, die mehr als zwei Kilometer in den Asteroiden reichten. Sie mußten inzwischen mindestens doppelt so weit abgesunken sein.

»Das wird jetzt immer noch intersessanter, hm?« fragte Mar Kellen. »Sehr tief und sehr sicher vergraben. Was könnte das sein?«

»Wie tief?« fragte Olmy.

»Sechs Kilometer in die Wand des Asteroiden hinein«, antwortete Mar Kellen. »Die unteren Niveaus haben ihr eigenes Energienetz. Es zeigt sich nicht auf irgendwelchen Kammerdaten.«

»Das ist eine illegale Datenfalle«, vermutete Olmy. Er hatte von solchen Dingen gehört, ultrasicheren Depots, die Polizei und Politiker benutzt hatten, welche in vergangenen Jahrhunderten gefürchtet hatten, beim Hexamon in Ungnade zu fallen. Aber er hatte nie wirkich eines gesehen.

»Fast korrekt, Ser Olmy. Aber nicht illegal — *extra*legal. Die Gesetzgeber hatten dies erbaut. Können die etwas tun, das im strengen Sinne illegal ist?«

Olmy antwortete nicht. Es war eine Binsenweisheit, selbst in der ethisch hochstehenden Welt der Politik des Hexamons, daß kein herrschendes System eine total rigorose Durchsetzung seiner eigenen Gesetze überleben konnte.

Zwischen ihnen stieg ein weißes Quadrat auf und wurde wieder zum Fußboden. Eine Tür ging auf, und Mar Kellen führte Olmy durch eine kurze Halle in eine düstere kubische Zelle von kaum drei Metern Seitenlänge.

Er sagte: »Dies ist das Zugriffsterminal zum Gedächtnisspeicher.« Dann setzte er sich auf einen gekrümmten Metallschemel vor einem breiten Stahlpaneel ohne Merkmale, das in Bauchhöhe in eine Wand eingelassen war. »Ich habe damit gespielt ... und etwas Schreckliches gefunden.«

Er berührte das Paneel, und an zwei Stellen erschienen schwache runde Lichter. »Zugang, allgemeiner Schlüsselcode. Ich bin Davina Taur Ingel.«

Dieser Name hatte wohl einem — vermutlich weiblichen Vorfahren des ehemaligen Ministerpräsidenten des Unendlichen Hexamons gehört, der Ilyin Taur Ingel geheißen hatte. Mar Kellen ging mit dem Paneel so um, als ob er einige Übung darin hätte.

»Dies war der schwierige Teil. Die Sicherheitssyteme sind ausgeschaltet, aber es gab nach ihnen wahre Labyrinthe für den Zugang, die in die Gedächtnisstruktur eingefügt waren. Sie waren sehr vorsichtig, unsere mysteriösen extralegalen Leute. Wenn es keine Labyrinthe gegeben hätte, könnte ich dir dies umsonst geschenkt haben, so wie ein alter Freund einem anderen etwas Nützliches überläßt. Aber ich war nicht allein, als ich diese Entdeckung machte. Beni war bei mir ...«

Olmy bemerkte einen scharfen Anstieg in den Emotionen von Mar Kellen. Der alte Soldat empfand Kummer, Wut und schließlich eine Art grimmigen Triumphes. Mar Kellen war aufrichtig, aber war er geistig *gesund?*

Er machte Olmy ein Zeichen, einen Schritt vorzutreten und seine Hand unter einem grünen Licht auf das Paneel zu legen.

»Keine Sorge, halt nur deine persönlichen Schranken bereit! Du kannst damit umgehen. Ich habe es knapp hingekriegt, aber es hat uns durch eine Überraschung erwischt.«

Mar Kellen sagte: »Zugriffperson, Gast von Ingel.«

Olmys Kopf ruckte zurück, und alle seine Muskeln verkrampften sich. Er bekam Impulse von etwas im Innern des Paneels, etwas, das nicht an einen menschlichen Körper gewöhnt war. Er sah Bruchstücke von Visualisationen, die stark verzerrt und fast unverständlich waren. Und er hörte eine Stimme, die noch weit fremdartiger war als die eines Frant ... oder sogar eines Talsit-Boten.

«Zeitsorge. Pflichtsorge.
Inaktive unbekannte Zeit.»

Olmy riß mit beträchtlicher Anstrengung die Hände weg.

Die Gesichtszüge von Mar Kellen zeigten jäh einen Anfall von Enthusiasmus. Der alte Soldat war ehrlich, aber auch unzurechnungsfähig. Er war durch seine Erfahrung hier geschockt, vielleicht sogar emotional geschädigt, hatte es aber geschafft, seinen Zustand bis jetzt vor Olmy fast ganz zu verheimlichen. Mar Kellen lachte und schnappte nach Luft, um wieder Fassung zu bekommen. »Es hat Beni getötet. Nachdem wir das Labyrinth enträtselt hatten. Es hat alle ihre Nervenbahnen verzerrt, sogar in ihre implantierten Erinnerungen eingegriffen und sie durcheinandergebracht. Es war nichts übriggeblieben, das man in den Speicher der Stadt eingeben konnte. Ich habe das, was von ihr noch da war, getötet und es beseitigt. Das ist der Grund, weshalb ich an dich herantreten muß.« Sein Gesicht war ausdruckslos und blaß. »Wegen ihres Verlustes, wegen ihres Schmerzes. Was glaubst du, hat man hier drin gespeichert?«

»Ich weiß es nicht«, gab Olmy zu.

»Ich habe eine gute Theorie, falls ich recht habe ...« Er streckte das Kinn vor und zeigte sein boshaftes Grinsen. »Sie müssen es vor langer Zeit eingefangen haben. Sie müssen seine Persönlichkeit, oder was immer das Äquivalent dafür ist, heimlich in diesen verborgenen Gedächtnisspeicher eingegeben haben ... Und dann haben sie es aufgegeben. Es hat alle diese Jahrhunderte schlafend gewartet auf Beni und mich, damit ich darüberstolperte. Du glaubst, wir werden wieder mit den Jarts konfrontiert werden, stimmt's? Wieviel wäre die Mentalität eines gefangenen Jarts dem Hexamon wert, wenn das geschieht, he?«

Olmy schüttelte den Kopf, zu verblüfft, um zu antworten.

»Komm, sieh dir dies an! Ich habe es erst gefunden, nachdem sie gegangen war, nachdem wir ... Ja, komm!« Er trat auf die der Tür gegenüberliegende Wand zu. Diese teilte sich in fünf L-förmige Segmente und wich lautlos gleichmäßig zurück. Sie betraten eine große dunkle Kammer. Kalte Luft umwehte sie.

»Zeig dich, du *Bastard!*« In einem Kreis oben gingen Lichter an. Ein Block aus durchsichtigem Kristall lag im Mittelpunkt der achteckigen Kammer, besetzt von einer Kreatur, die anders war als alles, was Olmy je gesehen hatte. Sie hatte einen großen, graublauen, vertikalen hammerähnlichen Kopf, durch den drei horizontale Spalten liefen. Aus dem obersten ragten schimmernd weiße Röhren hervor mit schwarzen Spitzen — vielleicht Augen — und aus den beiden unteren lange schwarze Haarbüschel. Hinter dem übergroßen Kopf — etwa von der Größe eines menschlichen Rumpfes — erstreckte sich horizontal ein langer, glatter, grüner Thorax. Zweigeteilte blaßrote Tentakel, jedes so dick wie Olmys Handgelenk und so lang wie sein Arm, erhoben sich in einem Kamm längs des Rückens. Nach hinten zu, hinter den Tentakeln, war eine Bürste aus kurzen roten Stacheln oder Fühlern. Ein dicker, erhobener Schwanz endete mit einem purpurnen, ausgebauchten Horn. Das seltsamste von allem waren vielleicht sieben Paar unterer ›Beine‹ oder Stützen an beiden Seiten des Körpers — nicht Beine oder Glieder im üblichen Sinn, sondern Pfähle oder lange Spieße mit scharfen Spitzen, die alle die Farbe von Obsidian hatten und ebenso glänzend waren. Unter dem Kopf, oder vielleicht direkt aus dem Unterkopf heraustretend, waren zwei Gruppen von Armen mit vielen Gelenken, deren eine Anhängsel hatte, die merklich Händen ähnelten, während die andere rosa durchscheinende Taster trug.

Trotz seinen Jahren der Erfahrung im Umgang mit Nichtmenschen schauderte es Olmy. Als er entgegen seinen stärksten Instinkten näher trat, runzelte er die

Stirn, indem er eine tiefere Wahrheit über diese Kreatur erkannte. Dieser Körper war nicht lebendig, sondern bloß so konserviert, daß er nicht zerfallen konnte. Es war etwas Unwürdiges und Unordentliches um seine Widerlichkeit, das ihm sagte, es müsse tot sein.

»Schön, oder nicht?« Mar Kellen ging um den transparenten Block. Die Kreatur hätte in voller Länge etwa vier Meter vom vertikalen Kopf bis zum erhobenen Schwanz gemessen. »Unsere kämpfenden Vorfahren, vielleicht Leute, die wir kannten ... Leute, die uns ausgebildet haben ... sie haben einen Jart gefangen; und er oder sie ist hier aufbewahrt worden. Aber warum nicht die Nachricht verbreiten? So ein Ding wäre sensationell und wertvoll gewesen ...«

Olmy wußte, was er meinte. Mit den Waffen, die beide Seiten besaßen, waren Kämpfe selten und verheerend. Die Jarts hatten nie auf diplomatische Anregungen geantwortet. Und nach einigen Jahrzehnten des Krieges hatten die Menschen aufgehört, solche zu machen. Keine der beiden Seiten konnte jemals sicher sein, wie der Feind aussah. Köder und Täuschungen waren beiderseits angewandt worden. Information jeder Art war verdächtig. Einen Jart zu fangen — auch wenn er schon tot war —, und etwas von seiner Denkweise zu verstehen ...

Das wäre wirklich etwas Besonderes gewesen. Warum sollte man es so geheimhalten, sogar über Jahrhunderte hin? Was hatten sie entdeckt über ihre Beute, die eine solche Vorsicht erforderte?

Mar Kellen zuckte die Achseln und visualisierte ein beiläufiges, zusammenhangloses blaues Symbol an der Decke. »Falls es nicht real ist. Vielleicht ist es eine mißlungene Simulation ...« Er klopfte auf die Konsole. »Aber ich vermute, daß es real ist. Unsere Simulationen waren nicht viel wert. Obwohl wir auch nicht Jarts von Angesicht zu Angesicht begegnet sind. Niemand hat das je erlebt, wie man uns sagte, und ist dann zurückgekehrt, um zu berichten. Aber dies hier ... wurde vor uns allen geheimgehalten. Auf jeden Fall muß es *etwas* wert sein, Ser Olmy.«

Der alte Soldat zeigte auf eine weiße Platte an einer Seite des Blocks. »Es gibt andere Wege, es zu prüfen. Ich habe sie ausprobiert, nachdem Beni, meine Gefährtin, starb. Ich würde die direkte Einspeisung monatelang nicht berühren. Aber dies ist weniger gefährlich. Es gibt eine Darstellung des verdammten Dings, ein Analogon seiner mentalen Aktivität. Ich nehme an, daß Experten dann die Zeichen lesen könnten. Ich kann es nicht.«

Olmy beobachtete die Platte. Über ihr bildete sich ein leuchtender Zylinder. Wie eine geometrische Blume erblühte er und streckte einen Schleier rotierender Linien aus, die hypnotisch tanzten. Der untere Teil des Zylinders breitete sich aus und nahm eine gesprenkelte Vielfalt von Farben an. Schwarz gegen Grau, Blutrot gegen Grün, Weiß gegen Grün und so weiter. Fest und unbewegt.

»Bis jetzt zahm, hm?« fragte der alte Krieger.

Olmy sah ihn an, dann wieder zurück auf die Displays. Er konnte nicht anfangen herumzurätseln, was da gezeigt wurde. »Ist dies ein Diagramm vom Geist des Wesens?«

»Es ist ein *Jart*«, sagte Mar Kellen erregt. »Das muß es sein. Es zeigt den Geist und die *Erinnerungen* des Jarts. Ich habe es hier stundenlang beobachtet. Manchmal habe ich mir gesagt: ›Dies ist es, was Beni getötet hat ...‹ Dann mußte ich fortgehen, um nicht Gefahr zu laufen, verrückt zu werden.«

Olmy betrachtete fasziniert das Muster. Er hatte eben den Rand der Persönlichkeit des Wesens berührt. Das genügte nicht, um zu bestimmen, ob es ganz oder ein Partial war, beschädigt oder intakt, oder auch nur zu vermuten, ob es in aktivem oder inaktivem Erinnerungszustand war. Aber hier war eine Gelegenheit ohnegleichen — und ein undurchdringliches Mysterium.

Olmy fühlte, wie sein Körper einen Hormonstoß stabilisierte.

Mar Kellen fragte: »Da bekommt man eine Gänsehaut, nicht wahr? Zu viele Geheimnisse.«

»In der Tat.« Er trat an den konservierten Körper heran und ließ seinen eigenen Verstand und den implantierten Prozessor über das Problem grübeln. »Du hast dies noch niemandem gezeigt?«

Mar Kellen schüttelte den Kopf. »Ich habe keinen Kontakt gehabt. Beni war ...« Seine Augen begegneten Olmys Gesicht mit halb geschlossenen Augen und schmerzhaft verzogener Miene. »Es heilt mich. Bringt mich zurück.«

Olmy wandte sich von der Seelenqual des alten Soldaten ab.

Er hatte öfter Schaden genommen, als er sich erinnern konnte. Er hatte seinen Mut mit perverser Regelmäßigkeit auf die Probe gestellt. Nicht einmal reines Talsit — etwas, das er seit vier Jahren nicht mehr genossen hatte — konnte den kleinen harten Knoten des Verlangens nach Herausforderungen erweichen. Allerdings gelüstete es ihn weniger nach Gefahr als nach Erfahrung. In den letzten Jahrzehnten hatte es wenig ungewöhnliche Erfahrung gegeben. Auch er war schließlich der Erde überdrüssig geworden mit ihrem Morast aus Not und Übermaß an Elend.

Aber niemals in allen seinen Leben hatte er die Art von Furcht empfunden wie jetzt. Was auch immer im Gedächtnis gespeichert sein mochte — höchstwahrscheinlich die Persönlichkeit eines Jarts, wenn Mar Kellens Vermutungen stimmten —, war stark genug gewesen, dessen Gefährtin zu töten und ihn selbst zu schädigen.

»Danke mir nicht!« sagte Mar Kellen, dessen Lächeln verschwunden war. »Jetzt, da ich dich hierhergebracht habe, bin ich ...« Er visualisierte ein Toben von roten und gelben Symbolen, von persönlichen Symbolen, die für Olmy sinnlos, aber in einer alten naderitischen Gebetsform strukturiert waren. »Ich verlange wirklich nichts. Ich bin nicht einmal auf Vorteile aus. Es gibt jetzt nicht viel, um das ich mich sorge. Ich habe sie getötet, indem ich sie hier hinunterbrachte ...«

Olmy fuhr aus seiner Träumerei auf. Er sagte: »Du hast etwas sehr Wichtiges gefunden. Ich bin mir nicht ganz sicher, was es ist, aber ...«

»Ich bin nicht mehr neugierig. Wenn es wichtig ist, überlasse ich es dir. Ich habe wirklich zu lange gelebt«, sagte Mar Kellen leise. Sein Gesicht schimmerte im Licht der Jart-Muster. Er zwinkerte leicht, leckte sich dann die Lippen und schaute Olmy an. »Du nicht auch?«

7. KAPITEL

Gaia, nahe Alexandreia, 2345. Jahr des Alexandros

Rhita stand auf dem Achterdeck der Dampffähre *Joannes,* die die Gewässer zwischen Rhodos und Alexandreia durchpflügte. Um die Kühle des winterlichen Meeres abzuhalten, trug sie ein braunes Akademeia-Cape und ein butterfarbenes Wollkleid von Rhodos. Ihre Augen waren lässig auf den Ozean und das breite, quirlende Kielwasser gerichtet. Es begleitete sie eine einsame Möwe, die einige Armlängen entfernt mit offenem Schnabel auf der dunklen Eichenreling hockte und den Kopf drollig rückwärts und vorwärts drehte. Der düstere graue Himmel brütete über einem ruhigen Ozean von der trüben Farbe des Eisens. Hinter ihr kauerten im Schatten des überdachten Hauptdecks große Motorwagen aus Rhodos, Kos und Knidos.

Mit einundzwanzig Jahren fühlte sie sich noch reifer, als sie es mit achtzehn gewesen war, und das machte sie wirklich sehr reif. Zumindest hatte sie ihr reger Sinn für Spaß noch nicht verlassen. Sie hatte ein gesundes Gefühl für ihre Fähigkeit zu Torheiten und bedauerte, jetzt so wenig Zeit zu finden, ihr nachzugeben.

Ihr Haar hatte seine helle rotbraune Tönung aus der Kindheit behalten, aber sie trug es jetzt kürzer geschnitten. Wenig verändert waren ihre großen, spöttischen grünen Augen, die blasse Haut und die Figur. Sie war nicht mehr als mittelgroß geworden, obwohl ihre Schultern sich etwas verbreitert hatten. Sie hatte die ruhige körperliche Stärke ihres Vaters geerbt, wie auch seine langfingerigen Hände und langen Beine.

Rhita hatte Alexandreia nur zweimal besucht, beide

Male, ehe sie zehn Jahre alt war. Ihre Mutter Berenikē hatte es für am besten gehalten, ihr einziges Kind in der Nähe des Hypateions zu halten und entfernt von den großstädischen Verführungen der Zentralstadt der Oikoumenē.

Berenikē war eine eifrige Schülerin von Patrikia gewesen und hatte Rhamon geheiratet, den jüngsten Sohn der Sophē, mehr aus Pflichtgefühl als aus Liebe. Sie hatte ihre Tochter glühend geliebt und in ihr ein junges Bild von Patrikia selbst erblickt. Im Aussehen sah Rhita indessen eher ihrer Mutter ähnlich als ihrer Großmutter.

Jetzt, da ihre Mutter seit einem Jahre und Patrikia fast neun Jahre tot waren, und ihr Vater noch immer in den Kampf um die Leitung der Akademeia verwickelt — in den Wettbewerb mit theokratischen Elementen, die ihre Großmutter offen verabscheut hatte —, hatte sie es für das beste gehalten, ihre Talente und ihr Wissen dorthin zu bringen, wo sie am besten genützt werden könnten. Falls die Akademeia ablehnte, würde sie sich anderswo aufhalten, vielleicht, um ein neues Hypateion zu gründen.

Diese ihre Sorgen standen bei ihr aber nicht im Vordergrund. Sie ließen sie sich fast bequem und sicher fühlen im Vergleich mit ihrem Hauptanliegen.

Seit sechzig Jahren hatte Patrikia nach einer schwer faßbaren Öffnung zu einem Ort gesucht, den sie den *Weg* nannte. Dies Tor hatte sich als flüchtig erwiesen, indem es zu verschiedenen Zeiten an verschiedenen Stellen der Welt erschienen war, lange genug, um anzulokken, aber nie präzise zu lokalisieren. Patrikia war gestorben, ohne es gefunden zu haben.

Rhita wußte jetzt genau, wo sich das Tor befand. Es hatte seit mindestens drei Jahren eine feste Position innegehabt. Dieses Wissen tröstete sie aber nicht. Sie hatte sich an ihre Rolle gewöhnt, obwohl sie ihr nicht recht behagte.

Das Wissen vom Tor hatte sie um ihr eigenes Leben gebracht. Ihrer Meinung nach hatte die Großmutter einem jungen Mädchen eine fast unmögliche Bürde auferlegt, indem sie das Instrument so einstelllte, daß es ihre — nur ihre — Berührung erkannte.

Vielleicht war Patrikia in jenem Jahr vor ihrem Tod ein wenig verrückt gewesen. So oder so hatte sie ihrer Enkelin eine schreckliche Verantwortung übertragen.

Alles andere — ihr Antrag zum Studium am Mouseion, ihr Privatleben, alles — war gegenüber ihrem Wissen zweitrangig.

Sie hatte es nicht einmal ihrem Vater gesagt.

Rhita hatte auf ein ruhiges Leben gehofft, aber während sie zusah, wie der Meeresvogel einen Flügel putzte, wurde ihr klar, daß das nicht möglich war, nicht in dieser Welt. Sogar ohne die Objekte würde das Leben an der Akademeia hart werden. Alles, was sie liebte und was ihr vertraut war, lag hinter ihr, jenseits des schwarzblauen Meeres.

Sie trug ihr Schlüsselbein und die Lebenserhaltungsmaschine in einem großen verschlossenen Koffer. In einem kleineren hatte sie auch die ›Schiefertafel‹ ihrer Großmutter, ein elektronisches Tablett, auf dem man lesen und schreiben konnte. Diese Dinge wurden in ihrer Kabine von Lugotorix bewacht, ihrem keltischen Leibwächter. Dieser hatte sich der Abscheu der Sophē vor Waffen und Krieg gebeugt und war deshalb unbewaffnet, aber dennoch kaum weniger tödlich. Rhamon war bei aller pazifistischen Einstellung des Hypateions ein praktischer Mann und gelegentlich überraschend listenreich und weltlich. Lugotorix wurde sein Dienst in Gütern bezahlt, die wertvoller waren als Geld. Seine beiden Brüder studierten jetzt an der Akademeia. Bei einer solchen Ausbildung könnten sie vielleicht die Vorurteile überwinden, welche Leute keltischer Abstammung seit Beginn des einundzwanzigsten Jahrhunderts behinderten.

Rhita empfand eine ständige, unaufdringliche Verbindung mit dem Schlüsselbein. Wenn ihm etwas passierte, würde sie das wissen und wahrscheinlich auch imstande sein, es zu finden, wohin es auch gebracht sein mochte. Mit Lugorotix als Wächter würden allerdings nicht viele wagen, es zu nehmen. Aber nicht einmal der Kelte wußte, was er da behütete.

Zu passender Zeit würde Rhita die Königin Kleopatra um eine Audienz ersuchen. Sie würde ihr Beweismaterial vorlegen.

Was danach geschehen mochte, darüber machte sie sich jetzt noch keine Gedanken.

Nachdem sie vorerst genügend Meeresluft bekommen hatte — diese war dick von Asche, wenn der Rauch durch den wechselnden Wind hin und her getrieben wurde —, ging Rhita wieder in ihre kleine, stickige Kabine und schickte den plumpen, stillen schwarzhaarigen Kelten in seine eigene Kabine zur Ruhe. Sie legte ihre Kleidung ab und zog ein einfaches indisches Nachthemd aus Baumwolle an. Sie kroch zwischen die dünnen Bettlaken der kurzen Pritsche, schaltete eine schwache elektrische Lampe an und entnahm ihrem Handkoffer das kleinere hölzerne Teuchos, den Buchbehälter, welcher die Tafel ihrer Großmutter enthielt und die Würfel mit Musik und Literatur, einschließlich ihrer eigenen Tagebücher.

Auf dieser Erde gab es nichts wie diese Tafel, obwohl die Mathematiker und Mechanikoi der Oikoumenē versprachen, in ein paar Jahren große elektronische Rechenmaschinen zu erschaffen. Patrikia hatte einige von ihnen mit der Theorie solcher Maschinen bekannt gemacht bei Zusammenkünften, die kurz vor ihrem Tod stattgefunden hatten.

Rhita war sich über ihre Verantwortung klar, sich um diese Objekte zu kümmern. Sie trug buchstäblich das Schicksal der Akademeia von Rhodos mit sich. Die Objekte waren der Beweis dafür, daß Patrikia die Wahrheit gesagt hatte. Ohne sie — wenn beispielsweise die Fähre im Meer versänke und die Objekte verlorengehen würden — würde es keinen Beweis geben; und Patrikias Geschichte würde als Mythos oder, noch schlimmer, als eine Lüge angesehen werden. Aber wie auch immer die Gefahr sein und wohin auch immer sie gehen mochte, Rhamon hatte befohlen, daß Rhita diese Objekte immer bei sich haben müßte.

Rhita hatte vielmals die Aufzeichnungen ihrer Großmutter gelesen und die Geschichte ihrer Erde mit der von Gaia verglichen. Sie gewann Trost aus den Notizen auf der Tafel, wie sie ihn aus der Lektüre vertrauter Märchen gewonnen hätte.

Die moderne Erde, welche ihre Großmutter beschrieb, war eine so sagenhafte, wenn nicht schreckliche Stätte — eine Welt, die sich lebendig mit ihrem Genius und ihrem Wahnsinn verbrannt hatte.

Ein Würfel enthielt mehrere vollständige Geschichten von der Erde. Rhita hatte diese sorgfältig gelesen und so die Story jener anderen Welt fast ebensogut kennengelernt wie die von Gaia. Sie wußte, daß auf der Erde Megas Alexandros versucht hatte, Hindustan zu erobern und nur teilweise Erfolg gehabt hatte, wie auch auf Gaia. Aber auf der Erde war Alexandros nicht aus einem gekenterten Boot in den angeschwollenen Fluß Hydaspes gefallen, hatte sich keine Lungenentzündung zugezogen, so daß er einen Monat auf dem Krankenbett verbrachte, um sich dann aber völlig zu erholen und ein hohes, reifes Alter zu erreichen. Auf der Erde war der Große Weltenherr von seinen Truppen zum Rückzug gezwungen worden, an einem anderen Ort erkrankt und in Babylon jung gestorben ... Und hier war es, wie Patrikia ihr gesagt hatte, wo sich ihre beiden Welten getrennt hatten.

Rhita überlegte oft, ob sie phantastische Geschichten schreiben sollte über jene andere Welt, die ihre Großmutter *Romane* genannt hätte. Vielleicht würde sie das einmal wirklich tun. Sie liebte Literatur, wenn sie nicht tief in ihren mathematischen und physikalischen Studien steckte.

Aber wer konnte sich eine Welt vorstellen, in der die Oikoumenē unter den lokalen Nachfolgern aufgeteilt wurde? Kriege zwischen den Nachfolgern, die Umwandlung von Alexandros' Reich in konkurrierende Königreiche: Ägypten beherrscht von der Dynastie des Ptolemaios, Syrien durch die Seleukiden und wo schließlich mit dem Aufkommen von Latinē, der ganze mittlere Pontos unter die Herrschaft von Rhoma geraten würde ...

Rhoma war in Rhitas Welt eine kleine, geplagte Stadt in dem von Kämpfen zerrissenen Italia — schwerlich der Nachfolger von Hellas! Aber auf der Erde war Rhoma aufgestiegen und hatte Karchedon — Carthago in der lateinischen Sprache — zerstört, womit die Geschichte dieses Handelsimperiums anderthalb Jahrhunderte vor der Geburt eines kaum bekannten jüdischen *Messiah* beendet wurde. Nach diesem Jeschua oder Jesus wäre Karchedon nie dazu gekommen, die Neue Welt zu kolonisieren, und Nea Karchedon würde nicht gegen sein Mutterland rebelliert und sich auf dem Atlantischen Ozean festgesetzt haben, um dann zusammen mit den Libyern und den nordischen Rus einer der Feinde der Oikoumenē zu werden ...

Auf Gaia hatte Ptolemaios VI. Soter der Dritte im Jahre 84 des Alexandros die Völker von Latinē besiegt, einschließlich der Rhomäer, und dadurch gewährleistet, daß die Ptolemaier die ständige Herrschaft über Aigyptos und Asia erhielten.

Auf Gaia gab es Kernkraftwerke, riesige experimentelle Dinge, die in der Kyrenaika westlich des Nils erbaut waren. Es gab Düsenflugzeuge und sogar Raketen, die Satelliten, aber nicht Menschen, in Umlaufbahn brachten. Aber es gab keine Atombomben, keine Fernraketensperren, die Kontinente zu erschüttern vermochten, und keine Kampfstationen mit Todesstrahlen im Erdorbit. Viele dieser Wunder gehörten zum Geheimwissen der Akademeia. Patrikia hatte bei ihren Begegnungen mit Kleopatras Großvater harte Lektionen gelernt.

Gaia schien Rhita trotz ihrer Schwierigkeiten ein sichererer und lebenswerterer Platz zu sein. Warum also sollte man da nach der Erde jagen? Warum nach dieser Art von Mißhelligkeiten verlangen?

Sie war sich nicht sicher. Mit der Zeit würde sie vielleicht ihre eigenen Zwänge und Loyalitäten verstehen. Bis dahin tat sie einfach, was das Schicksal seit Kindheit von ihr verlangt hatte und um was ihre Großmutter sie ohne Worte gebeten hatte.

Rhita wühlte sich durch die Tafeltexte hindurch, die ihre Großmutter ausgezeichnet hatte, und kam zu der Beschreibung des Weges, den sie vielleicht zum hundertsten Male durchlas. Hier war eine Welt, die noch viel sagenhafter und fremdartiger war als die Erde. Wer in der Oikoumenē oder in dieser ganzen Welt konnte solche Dinge verstehen oder glauben? Hatte Patrikia diese Wunder etwa zusammenphantasiert und aus ihren Alpträumen gestaltet? Menschen ohne menschliche Gestalt, ein Mann, der mehrere Male den Tod überlebt hatte, ein Kosmos, gestaltet wie das Rohr einer Wasserleitung und unermeßlich lang …

Allmählich nickte sie ein. Bald erklang die Glocke zum Essen, und sie zog sich wieder an. Die Kabine ließ sie erneut in der Hut von Lugotorix. Der speiste allein aus einer Schüssel, die ihm die Schiffskombüse geliefert hatte.

Rhita aß mit ihren Mitreisenden zusammen, hauptsächlich Leuten aus Tyros und Juden, in dem engen Speisesaal über dem Hauptdeck. Die lüsternen Blicke eines tyrischen Händlers ignorierte sie.

Sie würde das Hypateion vermissen und auch seine lässige Gleichstellung der Geschlechter.

Der Himmel über Alexandreia war wieder klar wie meistens.

Am nächsten Morgen in der Dämmerung qualmte die Fähre an dem vierhundert Ellen hohen Pharos-Leuchtturm vorbei. Rhita stand gegen die Kälte zusammengekauert auf dem Achterdeck. Dieser Pharos war der vierte seiner Art und der höchste von allen, ein Monstrum aus Eisen, Stein und Beton, das vor hundertsechzig Jahren erbaut worden war. Die enggedrängten Gebäude auf den sanften Hügeln Alexandreias erglühten rosa im Morgenlicht und dunkelgrün im Schatten. Die Palastbauten aus Marmor und Granit auf dem Kap Lochias waren ein orangefarbener Schimmer über dem friedlich graublauen Königlichen Hafen. Die großen Kästen nördlich vom Kap, die niedergelassen waren, um das Hafenwasser von eingesunkenen Palastgebäuden abzuhalten, sprenkelten das Ufer wie Spielsteine aus Elfenbein, verbunden durch Reihen von Steinpfeilern und Mauerwerk.

Für Rhita erschien diese berühmteste Stadt der Welt kaum real, das Zentrum menschlicher Kultur und Bildung — zumindest der Kultur der Oikoumenē.

Die Fähre dockte im Großen Hafen an und spie ihre Motorwagen über eine breite Stahlzunge aus. Fettiger Rauch und entweichender Dampf trieben vom Wagendeck zur Passagierrampe, wohin Rhita und der Kelte ihr Gepäck schleiften.

Das Paar ging über die Rampe zwischen aithiopischen Geschäftsleuten in ihrer offiziellen Tracht aus Leder und Federn und aigyptischen Hausierern, die in ihren schwarzen Roben grob und aufdringlich waren, ohne aber ernsthaft lästig zu werden. Rhita hielt Ausschau nach jemandem, der sie abholen würde, und wußte nicht, was zu erwarten war, da der Einfluß ihrer Großmutter tatsächlich immer noch bis zu Kleopatra reichte. Auf einer Seite des Piers war ein schmaler Korridor reserviert für Motortaxis und von Pferden gezogenen Lastwagen. Dort puffte ein langer, schäbiger Personenwagen Dampf aus, während sein Fahrer eine fußlange schwarze Zigarre schmauchte, die nach Nelken roch. An einer offenen Tür lehnte eine Tafel, auf der mit Kreide geschrieben war: ›VASKAYZA-MOUSEION‹.

»Das ist wohl für uns, wie ich meine«, sagte Rhita. Es war kein besonders eleganter Empfang. Es waren auch keine Leibwächter anwesend, wenigstens konnte sie keine sehen.

Als sie an den Personenwagen herankamen, fühlte sie sich bäuerlich in ihrer Harmlosigkeit. Die Stadt, jetzt eine greifbare, stark riechende Präsenz — dickes scharfes Brennöl, milde flatternde Dampfwolken, stinkender Pferdemist, ungewaschene Massen von Reisenden und Kaufleuten —, konnte sie ganz verschlingen und zerkauen, ohne irgendwie zur Rechenschaft gezogen zu werden. Zum erstenmal empfand Rhita akut ihren Mangel an Macht. Ihre Großmutter hatte immer so selbstsicher gewirkt. Wie konnte sie ihr möglicherweise nacheifern angesichts eines so ungeheuren, überwältigenden Ortes?

Rhita und Lugotorix stellten sich dem Fahrer vor, der seinen Glimmstengel an einem dreckigen Kotflügel ausdrückte, den Stummel in eine schmierige Hosentasche steckte und auf den erhöhten Vordersitz kletterte. Sie stiegen ein. Mit Quietschen und Stoßen quälte sich der Wagen mit ihnen über einen breiten Boulevard, der von alten Marmorsäulenreihen gesäumt war. Dann wandte er sich nach links in einen hohen marmornen Torweg und brachte sie auf das Gelände des Mouseions, der großen Bibliothek und Universität von Alexandreia.

»Sie ist eine sehr hübsche junge Frau«, sagte der Bibliophylax des Mouseions und schob seinen niedrigen Schemel vor der Königin zurecht. »Sie sieht ihrer Mutter ähnlicher als ihrer Großmutter, aber ihr früherer Erzieher versichert mir, daß sie der Sophē Patrikia gleichkommt. Sie ist im Hafen mit einem großen nordischen Scheusal angekommen, einem Diener, wie meine Kundschafter sagen, und wird noch in dieser Stunde in ihrer zeitweiligen Unterkunft sein.«

Kleopatra die Einundzwanzigste hob ihren kurzen und stämmigen Leib auf dem informalen Thron. Die Narbe, die sich von der linken Schläfe bis zur rechten Wange hinzog, die Nasenwurzel entstellte und ein Auge halb verschloß, war vor ihrer hellen und sonst glatten Haut wie eine rosafarbene Hülse. Die Königin hatte wenig von der Schönheit der Jugend. Dafür hatten die libyschen Attentäter vor zwanzig Jahren gesorgt bei ihrem Staatsbesuch in Ophiristan. Da sie kein Interesse mehr an Liebhabern hatte — sie hatte ihre drei Favoriten an jenem verhaßten Tag verloren —, lag ihr nichts mehr an ihrem Aussehen. Kleopatra war bloß dankbar, daß sie noch ihre Gesundheit und einen gesunden, agilen Verstand hatte.

Der berüchtigte trockene Sonnenschein von Alexandreia strich über den abgetretenen weißen Marmor des Innenhofes der königlichen Wohnung in einem goldenen Streifen und berührte den linken Schuh der Königin, womit er einen nicht bemalten, aber fein manikürten Zeh betonte. Sie sagte: »Du weißt, daß ich diese Sophē über Vernunft geduldet habe.« Ihr Großvater hatte beschlossen, daß Patrikia Luisa Vaskazya auf Rhodos eine Akademeia gründete. Diese, benannt nach einer Mathematikerin, von der niemand in Alexandreia jemals gehört hatte, hatte in den letzten fünfzig Jahren mit dem Mouseion des Kallimachos hinsichtlich der Finanzierung von Forschungen in Wettstreit gelegen und in der Mehrheit der Fälle substantielle königliche Preise erhalten. Aus der Akademeia von Rhodos kamen nützliche und sogar aufregende Arbeiten; aber jedermann im Palast — und in einem großen Teil der populären Presse — wußte, daß die höchste Leistung der Sophē gewesen war, einen Weg der Rückkehr in ihr Heim zu finden. Die meisten hatten sie für reichlich verrückt gehalten.

»Du äußerst eine königliche Meinung, meine Königin.«

»Sei jetzt offen mit mir, Kallimachos!«

Die syrupartige Miene des Bibliophylax wurde sauer. »Ja, meine Königin. Du hast sie auf Kosten weitaus wertvollerer Gelehrter bevorzugt mit mehr formalem Hintergrund und nützlichen Vorschlägen.«

Sie lächelte. Dies vom Bibliophylax zu hören, ließ es weniger wahr erscheinen. »Niemand im Mouseion hat soviel für Mathematik und Rechenkunst geleistet. Für *Kybernetik*«, fügte sie hinzu und sprach das Wort so aus, wie die Sophē es getan hätte. Sie spielte mit dem Zeh im Sonnenschein, als ob er ein Wasserstrahl wäre. Für einen Moment entführten sie die einfache Farbe des Sonnenlichts und die trockene, kühle Meeresbrise von der Realität. Sie schloß die Augen. »Sogar eine Königin braucht ein Hobby«, murmelte sie.

Kallimachos bewahrte respektvolles Schweigen, obwohl er noch viel mehr zu sagen hatte. Die Liga der Mechanikoi der Oikoumenē hatte zwei Wochen zuvor dem Palast ihre Pläne zur Aufrüstung unterbreitet. Die Rebellenregierung von Nea Karchedon jenseits des Atlantischen Ozeans hatte im vergangenen Jahr die Nachschubwege der Südhemisphäre der Oikoumenē überfallen. Die Rebellen hatten vor zehn Jahren alle mit Karchedon geschlossenen Verträge mißachtet und bildeten eine Allianz mit den Inselfestungen von Hiberneia und Angleia. Der Bibliophylax hoffte, daß alle die notwendigen Verteidigungsarbeiten reiche Kontrakte für sein Mouseion ergeben würden. Statt dessen saß er da und diskutierte über die Enkelin der Sophē Patrikia. Die Sophē und ihre Familie hatten seine Vorhaben alle dreißig Jahre behindert, die er im Amt war und noch mehr Dekaden davor die Unternehmungen seines Vorgängers.

Kleopatra lächelte Kallimachos an mit einem freundlichen, mütterlichen Lächeln trotz der Narbe und schüttelte den Kopf. »Du mußt sie in das Mouseion aufnehmen. Man muß ihr den Rang ihres Vaters zuerkennen ...«

Kallimachos sagte: »Dieser Mann ist seiner Mutter nicht ebenbürtig.«

»Und man muß ihr gestatten, ihre Forschung fortzusetzen.«

»Verzeiht meine Kühnheit, teure Königin, aber warum bleibt sie nicht am Hypateion in Rhodos? Dort könnte sie bestimmt besser die Tradition ihrer Großmutter weiterführen.«

»In ihrem Gesuch bittet sie um die Unterstützung eures Mechanikos Zeus Ammon Demetrios. Demetrios hat in einer privaten Besprechung mit mir zugestimmt. Ich hoffe, dir damit nicht auf die Zehen zu treten, mein lieber Kallimachos.«

Sie wußte aber, daß es so war, und sie rechnete damit, daß er die Kränkung ignorieren würde. Er profitierte zu sehr durch seine Beziehung mit Ihrer Hoheit, als daß er sich über kleine, wenn auch anhaltende Ärgernisse wie die Vaskayza-Familie verstimmen ließe. So sagte er: »Dein Wille wird geschehen«, verbeugte sich und berührte mit dem Kragen seiner schwarzen Gelehrtenrobe den Boden.

Von oben ertönte ein schrilles falkenartiges Kreischen. Darauf folgte eine Erschütterung der Fundamente des Palastes und ein entferntes harmloses Krachen. Kallimachos stand auf, als sich die Königin erhob, und folgte ihr mit gefalteten Händen respektvoll auf die äußere Veranda. Sie lehnte sich ans Geländer und sah eine Rauchsäule im Brucheion, mitten im Judenviertel. »Wieder Libyer«, sagte sie. Er konnte tieferes Rot in ihrer Narbe erkennen, aber ihre Stimme war sanft und ruhig. »Gibt es irgendwelche Nachrichten aus Karchedon?«

»Ich weiß nicht, meine Königin. Ich habe nicht das Privileg für solche Mitteilungen.« Die jüdische Miliz würde hierdurch noch mehr gereizt sein; und es war schon allgemein bekannt, daß sie nicht Kleopatra wohlgeneigt war. Er überlegte, wie er diesen neuen Gewaltakt zu seinem Vorteil nutzen könnte.

Kleopatra wandte sich langsam um und kehrte in den Innenhof zurück, wo sie das Mundstück eines mit Gold verzierten Telephons aufnahm. Mit einem Kopfnicken entließ sie den Bibliophylax.

Binnen einer Stunde, nach einer Besprechung mit ihren Generalen und dem Chef des Sicherheitsdienstes der Oikoumenē, entsandte sie eine Schwadron Düsenjäger von Kanopos, um die syrische Rebellenstadt Tunis zu bombardieren.

Dann begab sie sich wieder in ihre schlicht ausgestatteten Privaträume und setzte sich mit gekreuzten Beinen auf einen wollenen Berberteppich. Mit geschlossenen Augen versuchte sie, ihre tobende Wut zu bändigen.

Sie hatte wirklich nur wenig Zeit für ihre Hobbies, aber ihr Wort war im Mouseion immer noch Gesetz, wenn auch nicht immer in der streitsüchtigen Ratsversammlung. Rhita Berenikē Vaskayza …

Kleopatra glaubte nicht mehr, daß man jemals ein Tor zu einer anderen Welt finden würde. Aber selbst in einer Zeit schrecklichen Bürgerkrieges und der schlimmsten Bedrohung der Oikoumenē im Laufe ihres Lebens, glaubte sie, sich eine vollkommen verrückte Idee leisten zu können.

8. KAPITEL

Erde

Die Hälfte von Laniers Haus war aus jahrhundertealtem Stein und rohem Holz, auf einem Keller aus Stein und Beton sitzend, der tief in eine von Bäumen beschattete Bergflanke eingegraben war. Die andere Hälfte war vor fünfzig Jahren hinzugefügt worden, als sie eingezogen waren, wirkte moderner, weiß und nüchtern, obwohl gut gestaltet und komfortabel, mit einer neuen Küche und Einrichtungen für die Geräte, die er für seine Arbeit benötigt hatte. Diese Gerätschaft wartete noch an einer Wand des Studios, eine kleine Konsole mit Kommunikatoren und Prozessoren, die es ihm erlaubt hatten, den Zustand von praktisch jeder Stelle auf der Erde zu verfolgen, seine Verbindung zum Terrestrischen Hexamon, durch Christchurch und die orbitalen Bezirke. Er hatte dieses Studio seit sechs Monaten nicht mehr betreten.

Lanier wurde durch sein Nackenhaar ständig an die Gegenwart seines Gastes auf der Straße neben ihm erinnert. Sie stiegen die Stufen des Hügels empor, wobei Laniers Muskeln schon schmerzten, und standen auf der breiten, überdachten Veranda, als Lanier die unverschlossene Tür öffnete. Er wußte nicht, ob Karen zurückgekommen war oder nicht. Sie blieb oft, wenn sie mit ihren eigenen Angelegenheiten beschäftigt war, über Nacht oder länger in Christchurch oder einem nahegelegenen Dorf. Es kümmerte ihn wirklich wenig, daß sie einen oder mehrere Liebhaber haben könnte (obwohl es ihn verdrossen hätte, wenn sie mit Fremont ins Bett gegangen wäre); und außerdem war Lanier nie für jene Art von Eifersucht anfällig gewesen. Sex gehörte zu seinen schwächeren Leidenschaften.

Sie war nicht daheim. Das erleichterte ihn; denn er wußte nicht, wie er ihren Besuch beschreiben oder erklären würde. Dennoch empfand er beim Blick in das leere Haus einen kurzen scharfen Stich von Kummer. Sie hatten in den letzten paar Jahren soviel verloren, fast alles, was sie in den harten, grausamen Jahren der Wiederherstellung getröstet hatte.

»Komm bitte herein!« forderte er ihn auf. Im Zuge der Jahre hatte er den präzisen, fast oxfordartigen englischen Stil von Karen angenommen. Mirsky, oder wer immer dieser Mann wirklich war — Lanier hatte eine Erklärung, die fast so lächerlich war wie die des Besuchers selbst —, wischte sich die Stiefel auf der Matte der Veranda ab und trat ein. Er lächelte vergnügt über die Altertümlichkeiten des Hauses.

»Ein wirklich feines Heim«, sagte er. »Du lebst hier seit ...?«

»Zwischen Missionen seit zweitausendsieben.«

»Allein?«

»Meine Frau und ich. Wir hatten eine Tochter. Die haben wir verloren. Sie ist tot.«

»Ich bin in einem normalen Haus nicht mehr gewesen seit ...« Mirsky zog die Augenbrauen hoch und schüttelte den Kopf. »Kannst du von hier aus zu Olmy und Korzenowski sprechen?«

Lanier zog teils die Achseln hoch, teils nickte er. »In meinem Studio, hinten im Hause.«

Lanier zögerte an der geschlossenen Tür des Studios und warf einen Blick zurück auf den Mann. Seine Theorie, die jede Minute überzeugender wurde, war, daß dieser Bursche in der Tat Mirsky ähnelte, aber nicht Mirsky war — nicht sein konnte. Irgendwer hatte ein Duplikat geschaffen, obwohl er sich nicht vorstellen konnte, wer. Wie würde er es Olmy oder Korzenowski erklären, oder sonst jemandem? Sie mußten einfach selbst schauen.

»Komm herein!« lud er ein, öffnete die Tür und setzte

einen leichten Geruch von Staub und abgestandener, kühler Luft frei.

Von diesem Raum aus hatte Lanier nach seiner offiziellen Pensionierung gearbeitet, um diejenigen, die in seine Fußstapfen treten wollten, zu beraten und zu führen. Karen hatte gewünscht, daß sie beide ihre volle aktive Tätigkeit fortsetzen sollten, aber er hatte abgelehnt. Er hatte genug gehabt. Vielleicht war das der Anfang ihrer Entfremdung gewesen. Noch mehr unangenehme Erinnerungen stellten sich wieder ein, als er auf die Projektoren und die Steuerkonsole starrte, die in die Südwand des Raumes eingebaut waren. So viel Elend und Jammer mitgeteilt, so viele Missionen hier angesetzt, die zu der Diagnose oder der Behandlung so vieler unbeschreiblicher Schrecken geführt hatten.

Mirsky trat ins Zimmer. »Deine eigene Erdstation. Sehr wichtig für dich selbst jetzt noch?«

Lanier zuckte leicht die Achseln, als ob er all das loswerden wollte. Er setzte sich an die Konsole und aktivierte sie. Es bildete sich ein laufendes rotes Piktogramm und löste sich dann auf in ein lebendiges Bild der Erde vom Stein aus gesehen, gehüllt in eine Schlinge von DNS. Eine sanfte simulierte Stimme fragte: »Welcher Service, bitte?«

»Ich muß mit Olmy sprechen. Individuelle Priorität. Oder mit Konrad Korzenowski. Einem davon oder beiden.«

»Ist diese Mitteilung offiziell oder persönlich?«

»Persönlich«, antwortete Lanier.

Das laufende Statusbild kam wieder, ein wundervoller sphärischer Schwarm aus verschlungenen roten Fäden.

»Willst du mit ihm persönlich sprechen?« fragte Lanier Mirsky. Der Mann nickte. Lanier hob die Augenbrauen und sah wieder auf das Piktogramm. Noch verdächtiger. Aber wer konnte oder wollte einen Mord planen? Solche Dinge waren in der Politik des Hexamons nicht unerhört — zumindest nicht in letzter Zeit —, aber doch selten. Und Alte Eingeborene hatten nicht die Technologie, um physische Duplikate zu schaffen. Je komplizerter seine Vermutung wurde, desto leichter war es anzunehmen, daß der Mann tatsächlich Mirsky war.

»Ser Olmy lehnt Kommunikation zur Zeit ab«, informierte ihn die Konsole. »Ich habe Konrad Korzenowski da.«

Im Studio erschien ein Bild von Korzenowski, zwei Meter neben Lanier projiziert. Der legendäre Ingenieur, der sich von der Wiederherstellung zurückgezogen hatte, um Grundlagenforschung zu leisten, blickte Lanier mit scharfen Augen an, lächelte plötzlich und schaute dann auf Mirsky. Das Bild schwankte leicht wegen eines unvermeidlichen Energieverzuges oder einer Fremdweltinterferenz, wurde dann stabil und wirkte so solide wie alles sonst im Raume. »Garry, das sind Jahre her. Geht es Karen gut? Und dir selbst?«

»Uns ist wohl. Ser Korzenowski, dieser Mann sagte mir, daß er mit Ihnen sprechen muß.« Lanier räusperte sich. »Er behauptet, er wäre ...«

»Er ist dem General Pavel Mirsky erstaunlich ähnlich, nicht wahr?« fragte Korzenowski.

»Ich wußte nicht, daß Sie einander je begegnet sind«, sagte Lanier.

»Wir sind nicht persönlich zusammengekommen. Ich habe seither die Aufzeichnungen oftmals studiert. Sind Sie Ser Mirsky?«

»Ich bin es, Sir. Es ist mir eine Ehre, eine so hervorragende Person kennenzulernen und freue mich, daß es Ihnen gut geht.«

Korzenowski fragte: »Ist dieser Mann Pavel Mirsky, Garry?«

»Ich wüßte nicht, wieso er es sein könnte, Ser Konrad.«

»Woher ist er gekommen?«

»Ich weiß es nicht. Er hat mich an einem Berghang in der Nähe meines Hauses getroffen ...«

Mirsky hörte sich das mit ausdruckslosem Gesicht ohne eine Bemerkung an.

Korzenowski dachte kurz nach. Lanier dachte: *Er hat immer noch einen Teil von Patricia Luisa Vasquez. Das wird in seinen Augen deutlich.* »Kannst du ihn innerhalb von zwei Tagen nach Thistledown, erste Kammer, bringen?« fragte der Ingenieur Lanier.

Lanier empfand zugleich tiefe Besorgnis, Bedauern und eine alte, widersprüchliche Erregung. Er war so lange von wichtigen Angelegenheiten fern gewesen ...

Er sagte: »Ich denke, ich kann das einrichten.«

»Ist deine Gesundheit in Ordnung?« fragte Korzenowski mit einiger Besorgnis in der Stimme. Nur Alte Eingeborene und die allerorthodoxesten Naderiten lehnten alle Verfahren zur Verlängerung von Leben und Gesundheit ab. Lanier war nach gegenwärtigen Begriffen lächerlich gebrechlich.

»Mir geht es gut genug«, antwortete er knapp und fühlte dabei den Schmerz in den Beinen und jetzt auch im Rücken.

»Dann werde ich euch auf Thistledown treffen kurz nach eurer Ankunft, wie lange das auch dauern mag. Ser Mirsky, ich muß sagen, daß ich nicht völlig überrascht bin, Sie zu sehen.« Das Bild verschwand.

Mirsky begegnete Laniers erstauntem Blick. Er sagte: »Ein Mann, der Bescheid weiß. Können wir bald aufbrechen?«

Lanier wandte sich zur Konsole und traf die erforderlichen Arrangements. Er hatte immer noch Einfluß, und es hatte ihm nie mißfallen, diesen geltend zu machen.

Die Situation entwickelte sich. Lanier war nicht weniger erstaunt und nicht weniger gereizt, aber stärker fasziniert.

9. KAPITEL

Thistledown

Während er den alten Krieger in die erste Kammer begleitete, hatte Olmy Mar Kellen geholfen, eine Shuttlepassage zur Erde zu buchen. Mar Kellen schien eine gewisse mystische Heiterkeit gewonnen zu haben, nachdem er sein Geheimnis enthüllt hatte. Sie gingen zu den Bohrlochaufzügen. Mar Kellen lächelte leicht und schüttelte den Kopf, während er den Blick über den Boden schweifen ließ und seine Absätze auf dem Steinboden schlurften.

»Alles, was ich brauche, sind ein paar Wochen, um die Lage zu bedenken. Das könnte ich ebensogut auf der Geburtswelt tun. Beni war nicht ganz orthodox, würde es aber schätzen, daß ich dort hinunterginge. Sie erzählte mir, es war wundervoll ...«

»Stern, Schicksal und Geist mögen freundlich sein!« sagte Olmy.

»Eine Formel, hm? Zwischen zwei zynischen alten Kriegern?«

Olmy nickte. »Das tröstet manchmal.«

»Märchenerzählungen nach dem, was wir gesehen und getan haben.« Mar Kellen blickte zum Röhrenlicht auf und blinzelte unnötigerweise. »Vielleicht wirst du jetzt Trost brauchen. Du tust mir beinahe leid. Ich dachte, du wärest der einzige, der damit zurechtkommen könnte. Aber vielleicht habe ich etwas falsch gemacht.«

»Nein«, sagte Olmy, ohne sich seiner sicher zu sein.

Mar Kellen sagte: »Ich werde für dich einen Berg besteigen. Einen richtigen, nicht irgend etwas in der fünften Kammer, wo alles durch Maschinen abgetragen ist. Ganz hoch, mit Gletschern und Schluchten. Höher als irgend etwas auf Thistledown.« Er zwinkerte. »Leb wohl!«

Olmy sah zu, wie Mar Kellen in den Aufzug stieg. Er empfing einen mentalen Eindruck — vielleicht Intuition, vielleicht ein schnelles unterschwelliges Piktogramm von Mar Kellens Geist —, daß der alte Krieger sich in die Wildnis verkriechen würde, tief in ein Bergland, wo er sicher sein konnte, nie gefunden zu werden.

Olmy kehrte in das alte Apartment zurück, entspannte sich und meditierte. Er benutzte das Bibliotheksterminal, um sich mit verschiedenen legitimen (und diskreten) Forschungsprogrammen in den umfangreichen Gedächtnisspeichern von Thistledown in Verbindung zu setzen.

Als er sich vergewissert hatte, daß seine Kanäle sicher waren — mit besonderen Vorsichtsmaßnahmen, damit die Spione von Farren Siliom seine gegenwärtige Position nicht erfuhren —, rief er einen alten Verbündeten an, einen Spurensucher, den er selbst aus den Erinnerungen eines Kurzhaarterriers geschaffen hatte. Dieser Spürhund hatte sich als durchaus gründlich erwiesen und schien seine Arbeit zu lieben — wenn Freude einem Ding zugeschrieben werden konnte, das schließlich keine vollständige Mentalität war.

Olmy stellte dem Spürer eine bestimmte Aufgabe. Er sollte alle und jede Hinweise auf den konservierten Jart in den Archiven von Thistledown oder der orbitalen Bezirke auffinden. Viele Archivzentren im Innern des Asteroiden waren nicht mehr aktiv, und manche waren sorgfältig verborgen. Aber der Sucher konnte sich in das unzugänglichste Gedächtnis hineinarbeiten, solange irgendein potentielles Informationsglied existierte.

Olmy rückte von dem tropfenförmigen Terminal ab und faltete die Hände. Seine Miene zeigte geduldige Aufmerksamkeit. Die Augen blickten hierhin und dorthin auf die fast willkürlich von den beginnenden Fortschrittsmeldungen des Suchers entworfenen Piktogramme. Das würde Zeit erfordern.

Er hatte sich vergewissert, daß das implantierte Gedächtnis von Mar Kellen veraltet und minimal war. Beni, als eine ›nicht ganz orthodoxe‹ Naderitin, besaß nur die gesetzlich verlangten Hilfsmittel. Die Jart-Aufzeichnungen hatten die Frau irgendwie getötet, ihre Reserven durcheinandergebracht und Mar Kellen an die Schwelle des Wahnsinns getrieben — in weniger als einer Sekunde des Kontaktes.

Es sah nicht danach aus, war aber doch möglich, daß jenseits des Sicherheitsverhaus die Akten offen gelassen und konserviert worden waren, so daß sie übertragen werden konnten. Aber die Konsole half nur bei Transfer in menschliche Gehirne oder Implantate. Es gab keine Verbindungen für äußere Speicherung. Natürlich konnte er eine solche Schnittstelle einrichten ... Aber es mußte einen Grund geben, weshalb eine solche nicht von vornherein existierte.

Eine rasche Deponierung kanalisierter Information in ein unvorbereitetes und nicht unterstütztes Gehirn konnte theoretisch den Geist eines Menschen katastrophal schädigen. Aber welche Art von Maschinerie oder Sicherheitsstromkreisen würde überhaupt *irgendein* Unheil bei einem arglosen Untersucher anrichten? Offenbar rechnete man nicht mit arglosen Untersuchern ... Nur mit Experten.

Vorbereiteten Experten.

Wenn extreme Sicherheit gewünscht war, könnte die Anlage so konstruiert sein, daß sie den Verstand von Eindringlingen verwirrte; aber Olmy hatte nie vernommen, daß Dienststellen des Hexamons in der ganzen Geschichte von Thistledown und des Weges tödliche Schutzmaßnahmen gegen Bürger ergriffen hätten.

Benis erstes Zusammentreffen, ohne Implantate zur Dämpfung des einfallenden Stromes, hätte tatsächlich irgendeine Sicherheitsschaltung aktiviert haben können ... Daher würden die Sicherheitsschaltung und der Puffer seiner umfangreicheren Implantate den Zustrom ausreichend gedämpft haben, daß Mar Kellen zwar zerbrochen, aber nicht getötet wurde, als er sich einen Augenblick später, ohne von Benis Verletzung zu wissen, an die zweite Schnittstelle heranmachte.

So viele Geheimnisse und Fragen ...

Bei all seinen Unternehmungen hatte Olmy ein Höchstmaß von Vorsicht walten lassen, in Einklang mit der Zeitspanne, die ihm für Planung und Handlung zur Verfügung stand. Aber selbst so hatte er zweimal getötet ...

Er nahm Risiken recht wohl auf sich, suchte sie aber nicht. Wenn es einen sicheren und leichten Weg gab, sein Vorhaben auszuführen, war das die Methode der Wahl.

Jetzt war er dabei, seine eigene Regel zu brechen. Er wußte, daß er mit Mar Kellens Entdeckung nicht zu den Behörden des Hexamons gehen würde. Das wäre sicher gewesen, und theoretisch hätte er seine Pflicht erfüllt. Statt dessen sprach er zu niemandem und erwog verschiedene Alternativen, die sämtlich völlig verrückt waren.

Olmy hatte lange genug Geschichte erlebt, um sich darüber klar zu sein, daß zu den meisten Zeiten bedeutende menschliche Ereignisse nicht durch rationale Akte gestaltet wurden, sondern durch Mutmaßungen und manchmal instinktiv.

Um aus diesem Mysterium in der ihm zur Verfügung stehenden Zeit den richtigen Vorteil zu ziehen, würde er allein handeln müssen. Die Übergabe an die Autoritäten des Hexamons hätte Verzögerungen mit sich gebracht, Untersuchungsausschüsse, den üblichen bürokratischen Tanz um ein umstrittenes Guthaben, das sehr leicht ein Verlust sein könnte. Er hatte den starken Verdacht — wie Tapis Arbeit vermutlich bestätigt hatte —, daß binnen weniger als Jahresfrist die in dieser Entdekkung enthaltene Information dringendst gebraucht werden würde.

Totale Vorsicht war unmöglich und sogar unangebracht. Besonders dann, wenn alles, was er — derzeit — aufs Spiel setzte, er selbst war.

Er begab sich wieder in die fünfte Kammer, diesmal durch das Bohrloch. Er reiste allein in einem kleinen privaten Shuttle. Er erklomm den Pfad, folgte Mar Kellens Anweisungen zum Öffnen der Sicherheitstür und stieg hinab in die dicken, alten Wände des Asteroiden.

In der Krypta des Jarts betrachtete er die statischen Gehirnmuster der Kreatur.

Das Bild hatte sich wenig verändert, seit Mar Kellen zum erstenmal das Display für ihn aufgerufen hatte. Er ging um das Bild herum und studierte den konservierten Körper des Jarts. Der war so häßlich, wie er es von einem Jart erwartet hatte — und ebenso fremdartig. Vielleicht fremdartiger als alles, was ihm im Weg begegnet war, und dazu gehörten einige wirklich seltsame Wesen, von denen manche nur wegen ihrer mentalen Aktivität als ›lebendig‹ zu definieren waren. Welche Kreatur war jemals auf soliden Stangen mit scharfen Spitzen gegangen? Wie aß sie? Sie war offenbar nicht für Geschwindigkeit oder Flexibilität konstruiert. Welcher Funktion dienten die Tentakel und Büschel von Stacheln? Wie konnte dieser schmale Körper einen so großen Kopf versorgen?

Olmy saß in der inneren Kammer und unterdrückte eine alte blasse Furcht vor sehr kleinen Plätzen. Es gab keinen Stuhl, darum setzte er sich auf den glatten alten Boden mit dem Rücken gegen die Wand.

Warum ist es hier? Eine Frage, die ebensowenig zu beantworten war wie: *Wer hat es hierhergebracht? Wie wurde es gefangen? Warum würde ein Jart zulassen, daß man ihn fing und seine Persönlichkeit konservierte?*

Er stand auf und reckte seine Muskeln und Gelenke.

Sein Körper fühlte sich immer noch jung und voll leistungsfähig. Sein Verstand war mit genügend implantiertem Gedächtnis und Prozeßmodulen ausgerüstet, um mehrere Persönlichkeiten außer ihm selbst zu beherbergen. Er hatte den Überschuß nicht mehr benutzt, seit er Korzenowski getragen hatte, vor der Reinkarnation des Ingenieurs vor vierzig Jahren. Aber alles war noch verfügbar. Es gab nur wenige Leute auf Thistledown oder sonstwo, die Olmys Potential physisch oder mental gleichkamen.

Wenn ihm ein paar Wochen zur Verfügung standen, konnte er wahrscheinlich die vergrabenen Kammern enträtseln und herausfinden, wie die Einrichtung richtig zu benutzen war. Aber warum sollte er das tun?

Aus denselben Gründen, derentwegen er die letzten Jahre mit dem Studium von allem verbracht hatte, was über die Psychologie nichtmenschlicher Intelligenzen bekannt war. Das Terrestrische Hexamon war nach Dekaden der Konzentration auf sehr unterschiedliche Probleme weder strategisch noch taktisch darauf vorbereitet, auf den Weg zurückzukehren.

Aber sie würden es wohl sicher tun. Er konnte den Druck der Geschichte fühlen, der ihm wohlvertraut war.

Wenn Olmy ihnen fachlichen Rat erteilen könnte, würde das Hexamon vielleicht seine eigene Torheit überleben. Und von allen Wesen, denen man am wahrscheinlichsten in dem wiedereröffneten Weg begegnen würde ...

Waren die Jarts die schrecklichsten. Selbst gefangen, eingekerkert und jahrhundertelang ruhend, konnten sie immer noch irgendwie töten.

Es war wesentlich, daß Olmy mit allem persönlichen Aufwand jede mögliche Information aus dieser Quelle herauszog.

Er grinste, als ihm klar wurde, daß in vielen seiner Überlegungen eine Grundwahrheit steckte. Er traute der gegenwärtigen Führung nicht. Sie stieg lieber in die

Vergangenheit hinab, anstatt sie zu verstehen. Sein eingewurzelter Glaube an soldatische Überlegenheit hatte letztlich über sein Vertrauen in die Richtigkeit der Befehlsstruktur gesiegt.

»Ich werde selbst zum Schurken«, gestand er dem alten Leichnam des Jarts ein. »Zur Hölle mit allem!«

10. KAPITEL

Gaia

Alexandreia war erheblich dreckiger, als sie aus ihren Besuchen in vergangenen Jahren in Erinnerung hatte. Es schien einen Mantel aus Rauch und Ruß als Schutz gegen seine vielen Mißhelligkeiten zu tragen. Die sagenhaften Marmorpassagen waren von Verfall gesprenkelt. Viele der Statuen waren in große Planen aus Öltuch gehüllt.

Die Repräsentativen des Bibliophylax, der Direktor und Archivar des Mouseions, holten sie und ihr Gepäck eilends von der Straße vor der berühmten östlichen Stoa und setzten sie dann in einen klapprigen Wagen. Sie bestanden darauf, daß sie fuhr und nicht zu Fuß ging.

Die Wohnung der Frauen war ein zweistöckiger Block aus Stein und Ziegeln, der unvorteilhaft in einer staubigen, baumlosen Ecke des Mouseiongeländes plaziert war. Rhitas Stimmung sank, als sie das sah. Lugotorix, der neben dem Kutscher saß, ließ ein leises, verächtliches Pfeifen hören.

Sie fuhren in einen Hof mit einem Boden aus zerbrochenen Ziegelsteinen und gestampftem Erdreich ein. Eine ältere Frau in einem schwarzen Schal fegte mürrisch Staub und Sand im Schatten eines eingefügten Torwegs und schenkte ihnen kaum einen Blick. Die Tür ging auf, und eine blonde, matronenhafte, junge Frau etwa gleichen Alters wie Rhita kam heraus, die Hände über dem Kopf zum Gruß gefaltet.

»Willkommen, willkommen!« schrie sie, schnalzte mit der Zunge und nahm die Hände herunter, um ihr langes braunes Gewand aus dem Staub zu heben. »Du kommst aus Rhodos? Vom Hypateieon?«

Rhita lächelte und nickte ihr zu. Der Wagen hielt mit einem Ruck an, und der Fahrer half dem Kelten ein wenig, das Gepäck abzuladen. »Du kannst nicht hier bleiben, wie du weißt«, sagte die Frau in scharfem Ton zu ihm. »Hier gibt es keine Männer.«

Rhita sagte: »Er ist mein Leibwächter.«

»Meine Liebe, so schlimm die Dinge für uns auch im Mouseion stehen, keine von uns braucht Leibwächter! Er wird anderswo bleiben müssen. Du bist Rhi-ta Berenike Vaskayza?«

»Ja.«

Die Frau nahm sie kräftig in den Arm. »Ich bin Jorea Yallos, aus Galatia. Deine häusliche Betreuerin. Du studierst Mathematik?«

»Ja.«

»Faszinierend! Ich studiere Tierzucht in der Ackerbauschule. Man hat mir aufgetragen, dir deine Unterkunft zu zeigen und alle deine Fragen zu beantworten.«

Rhitas Hoffnungen sanken, als Yallos sie auf das obere Stockwerk drängte und vor ihr durch einen langen Korridor eilte. »Wir freuen uns, daß du hierhergekommen bist. Es tut mir leid, daß wir nicht mehr für dich tun können. Im Sommer kühlen diese Räume nachts schneller ab. Im Winter ist es nicht so, wie man es wünscht. Aber tagsüber sind sie angenehm warm.« Sie holte einen großen eisernen Schlüssel hervor und steckte ihn in das Vorhängeschloß, tat dann Schloß und Schlüssel in die Tasche und stieß die dünne hölzerne Tür auf. Sie kratzte traurig über dem Fußboden aus zerbrochenen Fliesen.

»Bist du eine Tochter der Isis?« fragte Yallos.

Rhita trat ein. Der Raum war wie eine Klosterzelle, mit einem Paar kleiner Fenster hoch in der Außenwand und einem ledernen Bett in einer Ecke. Hinter der Tür trug ein wackliger Ständer einen Nachttopf und eine Schüssel. An der rechten Wand war ein verschrammtes Holzpult unter ein verblaßtes Wandbild der Kanopischen Isis gedrängt mit ihrem kleinen gefiederten Sohn mit weiten Augen und einer schützenden Schlange.

»Nein«, bemühte sich Rhita zu antworten.

»Schade! Dorca, die Frau hier vor dir, eine reizende Helferin, schwärmte übrigens für Isis. Du kannst die Dekoration sicher nicht ändern ohne Genehmigung der Frauen.«

»Daran würde ich nicht im Traum denken«, sagte Rhita. Sie winkte Lugotorix, daß er ihr Gepäck hereinbrachte. Er quetschte sich durch die Tür mit Reisekoffern und Holzkästen unter beiden Armen, setzte sie sanft auf dem Boden ab und blieb an der Seite stehen, entfernt von der mißtrauischen Yallos.

»Er ist ein Kelte, nicht wahr?«

»Von den Parisioi«, bestätigte Rhita.

»Es gibt in Galatia viele Kelten«, sagte Yallos. »Ich selbst bin von nabatäischer und hellenischer Abstammung.«

Rhita nickte höflich.

»Wir haben um die erste Stunde des Sonnenuntergangs einen Gruppenrat. Wenn du dazu kommen willst, bist du willkommen. Laß es mich wissen, falls du irgend etwas brauchst. Wir Frauen müssen hier zusammenhalten. Man kümmert sich nicht viel um uns. Kallimachos und seine Leute. Wir sind für seine Verteidigungskontrakte nicht gut.« Yallos stand in der Tür. »Der Kelte muß jetzt mit mir kommen. Ich werde ihm ein Zimmer in den alten Bädern besorgen, wo die Platzwärter ihre Schlafplätze haben.«

Lugotorix wandte seine Schlitzaugen von Yallos, die er deutlich verwünschte, zu Rhita. »Geh!« sagte sie ihm. »Mit mir wird es hier in Ordnung gehen.« Sie war sich dessen allerdings nicht allzu sicher. Sie hatte schon Heimweh und fühlte sich fehl am Platze. Der Kelte zuckte die Achseln und folgte der Führerin des Hauses.

Plötzlich kam Rhita ein Gedanke, und sie rief sie in der Halle an. »Kann ich das Schloß und den Schlüssel haben?«

»Keine Schlösser«, sagte Yallos.

»Ich brauche ein Schloß«, verlangte Rhita hartnäckig. Sie war jetzt ärgerlich und um die Sicherheit der Objekte besorgt.

»Komm zur Ratsversammlung! Wir werden das diskutieren. Oh ... wenn du keine Schwester der Isis bist, was bist du?«

Rhita antwortete erstaunlich rasch. »Ich gehöre zu dem Heiligtum der Athenē Lindia.«

Yallos blinzelte. »Heidnisch?« fragte sie.

»Von Rhodos«, antwortete Rhita. »Das ist mein Geburtsrecht.«

»Oh!«

Rhita schloß die Tür und musterte ihre schmierige Zelle. Das war also ihr Empfang im Mouseion gewesen. Offensichtlich reichte der Schatten ihrer Großmutter nicht bis hierher. War dies das Werk der Königin? Oder hatte Kleopatra überhaupt von ihrer Ankunft Kenntnis erhalten?

Sie saß eine Weile fröstelnd im Zimmer. Eine einzige elektrische Lampe über dem Bett warf einen gelben Schimmer über diese Ecke und sonst nichts. Es war schon Mittag, und der Raum fing gerade an, sich zu erwärmen. Wie groß war das Risiko für die Objekte, von ihrer eigenen Sicherheit ganz zu schweigen? Welche Risiken würde sie eingehen, ehe — falls sie ihr Ziel erreichte?

Sie drückte an einem Laden, der über ein kleines, tief sitzendes Fenster gequetscht war, und brach sich sofort einen ohnehin kurzen Fingernagel ab. Sie fluchte leise. Ein schwacher Strahl indirekten Sonnenlichts war das kümmerliche Ergebnis.

Entschlossen wischte Rhita Staub vom Pult, benutzte einen abgenutzten Weidenbesen, um den Boden zu fegen, und öffnete den Koffer, um ihre Kleider zu verstauen. Am späten Nachmittag würde sie, wie ihr die Führer gesagt hatten, mit dem Bibliophylax zusammenkommen.

Sie knüpfte daran keine Erwartungen.

11. KAPITEL

Erde

Der Russe — so dachte man wenigstens für den Augenblick am bequemsten über ihn — stand mit Lanier auf der Veranda und wartete auf das Blinken der Lichter eines Shuttles. Der Nachthimmel war ein Geschmiere von Aluminiumstaub über einer tiefschwarzen Tiefe mit Sternen über Sternen. Die natürlichen Heilkräfte der Natur hatten die meisten Spuren des Brandes in der Atmosphäre beseitigt. Irgendwo gab es auch jetzt noch einige Reste von Verunreinigung, obwohl die Wiederherstellung gut voran kam. Die Technologie des Hexamons war sauber und in sich geschlossen.

Die ersten Lichter, die sie sahen, waren nicht am Himmel, sondern entlang der Straße, die vom Talhang unten zum Haus emporführte. Lanier verzog leicht den Mund und beantwortete den Blick des Russen mit einem Achselzucken. »Meine Frau«, sagte er. Er hatte gehofft, daß der Russe vor ihrer Ankunft weg sein würde.

Das robuste Geländefahrzeug, gestaltet nach Typen, die von den ersten Forschern auf dem Stein benutzt worden waren, mahlte mit den Reifen durch den Kies bis an eine Seite des Hauses und hielt dann mit ausgeschalteten Elektromotoren abrupt an. Karen schwang sich im grellen Schein der automatisch eingeschalteten Flutlichter von der Tür herab, sah Lanier auf der Veranda und winkte ihm zu. Er winkte zurück. Allein schon ihr Anblick ließ ihn sich älter fühlen.

In ihrem gemeinsamen Leben hatte er sie zehn oder zwanzig Jahre lang gesehen, wie sie zusammen mit ihm alterte. Dann wurde sie jünger unter der gleichen Therapie, die er abgelehnt hatte. Sie sah aus wie höchstens eine jugendliche Vierzigerin.

»Ich bin in der Stadt gewesen«, rief sie auf chinesisch und zerrte ihren Gepäcksack hinten aus dem Vehikel. »Wir richten ein künstliches soziales Netz ein, damit ...« Sie erblickte den Russen, biß sich auf die Unterlippe und blieb auf den Stufen stehen. Sie schaute über die Schulter zum Weg. Keine anderen Fahrzeuge. Dann fragte sie Lanier mit hochgezogener Braue.

Er sagte: »Dies ist ein Besucher. Er heißt Pavel.«

»Wir sind uns noch nicht begegnet«, sagte der Russe, trat vor und streckte die Hand aus. »Ich bin Pavel Mirsky.«

Karen lächelte zwar höflich, aber ihr Instinkt war alarmiert.

»Wie geht es euch?« fragte sie und wandte den Blick zu ihrem Gatten. Sie schaute zwischen beiden mit gerunzelter Stirn rasch hin und her.

»Mir geht es gut. Sein Name«, wiederholte Lanier mit absichtlicher Dramatik, »ist Pavel Mirsky.«

»Ich kenne den Namen«, sagte sie. »War das nicht der russische Befehlshaber auf dem Stein? Ist mit den Bezirken den Weg herab gekommen ... nicht wahr?« Ihr Blick fiel anklagend auf Lanier. *Was ist das?* Sie hatte in historischen Aufzeichnungen Bilder von Mirsky gesehen. Das Spiel ging los. Sie erkannte ihn wieder. »Sie sehen genauso aus wie der.«

»Ich hoffe, daß ich Sie nicht gestört habe«, sagte der Russe.

»Er ist ein Sohn, jemand, der genau so aussieht?« fragte sie Lanier.

Der schüttelte den Kopf.

Sie stand auf der obersten Stufe mit vor sich gefalteten Händen. »Bist du sicher, daß alles stimmt? Du machst dir einen Spaß mit mir.« Sie tat noch einen Schritt und fragte Lanier dann auf chinesisch: »Wer ist dieser Mann?«

Lanier antwortete in der gleichen Sprache: »Er ist eine gute Imitation, wenn nicht sogar echt. Ich nehme ihn mit zu Korzenowski.«

Karen ging ihnen langsam voraus, musterte den Russen und biß sich wieder auf die Lippe. »Woher sind Sie gekommen?«

Der Russe sah zwischen ihnen vorbei und sagte: »Das habe ich noch nicht erklärt. Besser warten, bis alles herauskommt.«

Karen sagte: »Sie können nicht Mirsky sein. Falls Sie meinen Gatten auf den Arm nehmen wollen ... Alles, was wir gehört haben, müßte gelogen sein.«

Überraschenderweise hatte Lanier diese Möglichkeit gar nicht bedacht. Natürlich hatte er nicht tatsächlich *gesehen,* daß Mirsky den Weg heruntergekommen war.

»Keine Lügen«, sagte der Russe. »Ich bin erfreut, Sie endlich kennenzulernen. Ich habe Ihren Gatten immer für einen feinen Mann gehalten, einen wahren Führer, mit gesundem Urteilsvermögen. Ich beglückwünsche Sie beide.«

»Warum?« fragte Lanier.

»Daß Sie einander gefunden haben«, erklärte der Russe.

»Danke!« sagte Karen scharf. »Hast du unserem Gast irgendwelche Erfrischungen angeboten, Garry?« Sie trug ihr Gepäck ins Blockhaus. Ihr Mißtrauen hatte sich in Ärger verwandelt.

»Wir erwarten das Shuttle jede Minute«, antwortete er. »Wir haben etwas gegessen, und er hat ein Bier gehabt.«

Der Russe lächelte bei der Erwähnung des Bieres. Seine Freude war ganz deutlich gewesen.

Karen machte in der Küche verschiedene kleine Geräusche und setzte dann das unterbrochene Gespräch durch das verdeckte Fenster fort, das zur Veranda ging. »Wir werden zwanzig oder dreißig Dorfleiter und Politikstudenten von Christchurch sein und mit ihnen zur Achse Thoreau fliegen. Es wird eine Art von Konferenz sein, ganz im Stadtgedächtnis, um soziale Bande zu knüpfen, wofür sonst Jahre erforderlich wären. Wenn alles gut geht, werden sie danach so handeln, als ob sie eine Familie wären. Stell dir einmal vor, daß alle Politiker und ihre Wählerschaft familiär verbunden wären! Das könnte wundervoll sein.« Ihr Ton hatte sich geändert. Jetzt ignorierte sie das Geheimnis.

Lanier fühlte sich plötzlich erschöpft. Alles, was er wünschte, war, auf der alten Couch vor dem Kamin zu liegen und die Augen zu schließen.

»Hier kommt das Shuttle«, sagte der Russe und wies darauf hin. Ein weißer Wisch raste über der gegenüberliegenden Seite des Tales hoch und sank dann tief über die Bäume herab. Karen kam mit verkrampfter Miene wieder in die Veranda und schaute zu ihrem Gatten auf.

»Was, zum Teufel, machst du?« fragte sie mit einem vorwurfsvollen Unterton. »Wohin geht ihr?«

Lanier schüttelte den Kopf. »Zum Stein.« Alles verlor den Anschein von Realität. Nichts schien sehr wahrscheinlich. »Ich weiß nicht, wann wir zurück sein werden.«

»Ihr solltet nicht allein gehen. Ich kann nicht mitkommen«, sagte sie. »Ich muß morgen in Christchurch sein.« Sie sah Lanier an. Karen war nicht dumm, aber es fiel ihr schwer umzuschalten. Ihre Miene besagte, daß sie genau wußte, wie verrückt diese Realität war und wie wichtig sie sein könnte. »Vielleicht kannst du es mir erklären, nachdem du den Stein aufgesucht hast.«

»Ich werde es versuchen«, sagte Lanier.

»Ich bedauere die Trennung«, sagte der Russe ruhig.

»Sie halten den Mund!« rief Karen ihm zu. »Sie sind bloß ein verdammtes Gespenst.«

Dabei mußte Lanier lächeln. Er legte Karen seine Hand auf die Schulter, um sie zu beruhigen und zugleich zu verhindern, noch mehr zu sagen. *Die Gesten kommen leicht genug,* dachte er. *Warum nicht auch das Gefühl?*

Sie waren gestartet, eingebettet in das frei gestaltete weiße Innere des Shuttles, und flogen hoch über der dunklen Erde. Am Himmel erblühten Sterne, wenn man über den schwarzen Horizont blickte, wo gezackte Berge aufragten. Lanier fühlte sich frei. Er war seit Jahren nicht mehr geflogen und hatte das Gefühl fast vergessen. Sobald das Shuttle seine stumpfe Nase steil aufrichtete und die Aussicht durch den transparenten Teil der Hülle kippte, wurde aus seiner Fröhlichkeit eine entgegengesetzte Furcht.

Weltraum.

Wie hübsch, einfach in der dünnen Schicht von Luft zu fliegen und größeren Dingen aus dem Wege zu gehen. Fliegen war wie eine wunderbare Art von Schlaf, über der harten Realität des Wachseins, aber unterhalb der größeren Finsternis des Todes …

Auf der anderen Seite des Gangs starrte der Russe geradeaus nach vorn, ohne sich um die Aussicht zu kümmern, als ob er das alles so oft gesehen hätte, daß es ihm weder so noch so etwas ausmachen könnte. Er schien nicht in Gedanken zu sein und sah auch nicht besorgt aus. Es ließ sich überhaupt nicht feststellen, was ihm all dies bedeutete oder wie er über das Treffen mit Korzenowski dachte … Oder über die Rückkehr zum Stein.

Wenn er Mirsky war, sollte seine Rückkehr nach Thistledown eine wahre emotionale Last bedeuten. Als er zum letztenmal den Stein betreten hatte, war es durch eine Hölle von Projektilen und Laserstrahlen gewesen, als Teil der russischen Invasionsstreitmacht, knapp vor dem Tod, oder vielleicht auch als Präludium dafür.

Lanier erkannte, daß Mirsky, falls er es war, seit jenem schicksalsträchtigen Moment bis zum Besuch des Tales die Erde nicht wiedergesehen hatte.

Der Flug war glatt und ruhig und anscheinend mühelos. Aber er minderte nicht Laniers Gefühl von Unwirklichkeit. *Wenn er Mirsky ist, wo ist er inzwischen gewesen und was hat er gesehen?*

12. KAPITEL

Gaia

Das Mouseion hatte sich beträchtlich ausgedehnt in die Neapolis und das Brucheion — das Hellenische Viertel — seit alten Zeiten. Es hatte sogar einen Fuß — die Schule der Medizin — in den Aigyptischen Distrikt gesetzt. Die Gebäude der Medizinschule, das Erasistrateion, grenzten an die kleinere, weniger berühmte Bibliothek für lokale Oikoumenische Studien, das einstige Serapeion. Universität, Forschungszentrum und Bibliothek — in Wirklichkeit sieben Gebäude, die um die ursprüngliche Bibliothek herum verteilt waren — nahmen ein Areal von etwa vier Stadien Seitenlänge in der Mitte der City ein. Zwischen den älteren Gebäuden aus Marmor, Granit und Kalkstein waren neue, kastenartige Zentren aus Eisen und Glas für das Studium von Naturwissenschaft und Mathematik. Oben auf dem steilen Hügel des früheren Paneions hatte die Universität vor fünf Jahrhunderten eine riesige Sternwarte errichtet. Sie war eher ein Relikt als ein funktionierendes Zentrum astronomischer Forschung, aber ihre Großartigkeit war beeindruckend.

Rhitas Hals schmerzte vom Drehen nach hinten und vorn. Ihr Wagen rollte mit ungleichmäßgem Rhythmus über das Kopfsteinpflaster zwischen gefiederten Bäumen und majestätischen Dattelpalmen. Die Sonne tauchte im Westen unter und warf orangefarbenes Licht über die Stadt, so wie sie es an dem Tage gesehen hatte, ehe sie in den Großen Hafen einfuhr. Rauch trieb in dünnen, dunklen Schwaden von einem hohen Ziegelstapel neben einem Forschungsbau. Studenten in weißen und gelben akademischen Roben — hauptsächlich männlichen Geschlechts — begegneten ihnen unterwegs und beäugten Rhita neugierig. Sie erwiderte die Blicke offen und ruhig, obwohl sie innerlich nicht so ruhig war. Sie mochte diesen Ort nicht besonders — jetzt nicht und vielleicht niemals —, und das betrübte sie. Dies war immerhin das Zentrum von Kultur und Wissenschaft in der Westlichen Welt. Sie hatte in Alexandreia viel zu lernen — wenn die Umstände so waren, daß sie überhaupt studieren könnte.

Das älteste intakte Gebäude im ganzen Mouseion, die ursprüngliche Zentralbibliothek, beherbergte jetzt die Verwaltungsbüros und akademischen Quartiere. Einst war es prächtig und lieblich gewesen. Jetzt sah es etwas ramponiert aus, obwohl immer noch eindrucksvoll, drei Stockwerke aus Marmor und Onyx, dekoriert mit durch Goldblätter verkleideten Bossen und tausendjährigen Grotesken aus der Zeit der zweiten Okkupation während des Dritten Parsa-Aufstandes. Platten aus hellerem Marmor waren vor weniger als fünfzig Jahren hinzugefügt worden, um von der Zeit beschädigte Wände zu reparieren. Bisher hatte noch keine der libyschen Raketen, die auf das Delta fielen, das Gelände des Mouseions getroffen.

Der Weg führte durch einen Torbogen in den Hof mit poliertem Pflaster aus Granit und Onyx, das schachbrettartig angelegt war, mit exotischen Pflanzen aus Aithiopia und der Großen Südsee in den Ecken, sowie einer arsakidischen Parsa-Fontäne mit steinernen Löwen im Zentrum.

Der Wagen hielt an, und sie stieg aus. Ein kleiner junger Mann in einer schwarzen Tunika und Beinlingen teutonischen Stils — derzeit eine beliebte Straßenmode in der Stadt — kam herbei mit einem breiten, zähneblitzenden Grinsen in dem schmalen braunen Gesicht. Er sagte: »Ich bin sehr erfreut, die Enkelin der Sophē Patrikia kennenzulernen.« Er machte eine leichte Verbeugung und legte die Hand grüßend über den Kopf. »Mein

Name ist Seleukos, und ich stamme aus Nikaea nahe Hippo. Ich bin Assistent des Bibliophylax. Willkommen in der Bibliothek!«

»Vielen Dank!« sagte Rhita. Er verbeugte sich noch einmal und winkte ihr zu folgen. Sie schloß kurz die Augen und prüfte den Zustand ihres Schlüsselbeins — es hatte sich nicht bewegt oder genähert — und ging dann hinter dem jungen Mann her.

Das Büro des Bibliophylax im Erdgeschoß war für seine Stellung nicht groß. Drei Sekretäre arbeiteten emsig an einem Dreieck aus Pulten in einer Ecke unter dem Licht eines offenen Fensters. Neben ihnen war eine bis zur Decke reichende Presse mit Papierstapeln überflutet. Ein großer elektrischer Graphomechanos summte und klickte auf einem schweren Holzgestell neben der Presse. Der Bibliophylax selbst arbeitete hinter einem vielteiligen handgeschnitzten judäischen Wandschirm unter dem größten Fenster des Raumes in der entgegengesetzten Ecke. Der junge Mann führte Rhita höflich hinter den Schirm.

Der Bibliophylax hob seinen geschorenen Kopf und musterte sie kühl. Dann deutete er ein ganz schwaches Lächeln an. Er stand auf und fuhr sich mit der Hand über den Kopf. Rhita machte es genauso und nahm auf seine Bitte hin in einem weißen Rohrstuhl Platz.

»Kann ich mich darauf verlassen, daß in Ihrer Unterkunft alles in Ordnung ist?« fragte er. Sie nickte, um sich nicht über Kleinigkeiten zu beschweren. »Es ist eine Ehre, Sie hier zu haben.« Er holte eine Akte hervor — ein fingerdickes Papierbündel zwischen zwei Kartondeckeln — und zog ein langes Dokument heraus. Sie erkannte es als eine Kopie ihrer Studien an der Akademeia mit beigefügtem Fortschrittsbericht. »Sie sind wirklich eine hervorragende Studentin, besonders auf dem Gebiet der Mathematik und Physik, wie ich sehe. Und Sie haben hier einen ähnlichen Studienplan gewählt. Unsere Professoren haben Ihnen viel zu bieten.

Schließlich sind wir eine viel größere Institution als die Akademeia, und wir holen unsere Lehrer von überall aus der Oikoumenē und sogar von außerhalb.«

»Ich warte darauf, daß ich meine Studien beginnen kann.«

»Eine Sache interessiert mich. Sie haben noch vor Ihrer Ankunft eine ungewöhnliche Bitte geäußert«, bemerkte der Bibliophylax. »Außer Ihrer Zuweisung in das Büro des Mechanikos Zeus Ammon Demetrios, die an sich schon ungewöhnlich ist, wünschen Sie eine private Audienz mit der Kaiserlichen Hypselotēs. Können Sie mir den Grund dieses Besuches bei ihr mitteilen?«

Noch ehe Rhita sprechen konnte, hob der Mann eine Hand und sagte: »Das geht auch uns an, denn wir kümmern uns um das Wohlergehen aller Studenten im Mouseieon.«

Sie schloß den Mund, wartete einen Augenblick und sagte dann: »Ich überbringe eine private Botschaft meiner Großmutter.«

»Die ist verstorben«, bemerkte der Bibliophylax mit ausdrucksloser Miene.

»Durch meinen Vater. Eine Botschaft, von der die Sophē meinte, daß die Königin daran interessiert sein würde.« Sie machte eine Pause. Ihre Lippen waren grimmig zusammengezogen. Sie bemerkte, wie der Bibliophylax Opposition ausstrahlte, sogar eine professionelle Form von Haß. »Eine private Botschaft.«

»Natürlich.« Seine Miene wurde säuerlich, und er blätterte noch weitere Papiere durch. »Ich habe Ihre Kursanträge durchgesehen. Sie sind alle in Ordnung. Sie wünschen einen fünften in Mathematik und einen dritten in Physik, sowie einen zweiten in der Lehre der Stadtführung. Können Sie eine solche akademische Belastung ohne Mühe durchhalten?«

»Sie entspricht meiner Beanspruchung in der Akademeia.«

»Nun wohl, aber die Professoren des Mouseions werden vor Ihren Vorfahren keinen Respekt haben. Die könnten Sie weniger sanft behandeln.«

»Ich wurde auf Rhodos nicht sanft behandelt«, sagte Rhita und hielt ihren Ärger zurück. Sie hätte den Mann auslachen mögen, ihre Schuhe fortschleudern und ihm ihre Fußsohle zeigen. Aber sie blieb äußerlich beherrscht, obwohl sich ihr Magen verkrampfte.

»Nein, ich bin sicher, daß das nicht so war«, sagte der Bibliophylax. Seine kleinen schwarzen Augen reizten sie, noch mehr zu sagen.

»Ich habe wirklich ein Problem«, sagte sie und erwiderte seinen starren Blick.

»Oh?«

»Mein Diener. Er ist bei mir zum Schutz auf direktes Verlangen meines Vaters. Aber man hat uns getrennt ...«

»Keine Diener oder Wächter sind im Mouseion erlaubt. Auch nicht für königliche Personen.«

Nun gab es gerade keine königlichen Jugendliche als Studenten im Mouseion, die Königin war kinderlos, und von dem Rest der königlichen Familie hatten sich die meisten schon längst aus Sicherheitsgründen nach Kypros zurückgezogen.

»Bitte, Sie können jederzeit dieses Büro konsultieren«, schloß der Bibliophylax abrupt, klappte ihre Akte zu und ließ sie in einen kleinen, viereckigen weißen Korb an der linken Seite seines Pultes gleiten. Er lächelte und fuhr sich mit der Hand über den Kopf als Zeichen der Entlassung.

Als sie in ihr Quartier zurückkehrte, saß sie eine Stunde lang in dem kühlen Zimmer und versuchte, wieder Haltung zu gewinnen. Die Objekte waren nicht angerührt worden; aber konnte sie noch viel länger auf völlige Diskretion und Sicherheit zählen? Sie traute dem Bibliophylax nicht. Ihre einzige Hoffnung war, daß die Königin ihren Fall schon aufgegriffen hätte und sie schützte.

Auf jeden Fall hoffte sie, daß die Audienz bald stattfinden würde.

Sie vermutete, daß sie, wenn sie der Königin erst einmal mitgeteilt hätte, was sie wußte und es ihr demonstriert hätte — nicht länger als Studentin im Mouseion bleiben würde. Man würde ihr nicht weiter den Luxus von Gelehrsamkeit und Studien gestatten.

Entmutigt verließ sie ihr Zimmer, um die Zusammenkunft des Frauenrates zu besuchen. Sie hoffte, zumindest das Schloß zurückzubekommen.

Ist jedermann hier mein Feind? fragte sie sich.

13. KAPITEL

Thistledown

Das Bohrloch der Achse von Thistledown öffnete sich klein und schwarz inmitten der ausgedehnten Depression, die den Südpol des Asteroiden markierte. Der entgegengesetzte Pol — *nördlich* genannt nur, um eine Richtung anzugeben, denn der Asteroid hatte kein natürliches Magnetfeld — war jetzt ein klaffender Krater mit rauhen Rändern in der sechsten Kammer, weit in den Raum hin geöffnet. Wegen der Benutzung von Schiffen mit Traktionsfeldern hatte das Hexamon längst den Schutt der Zerstörung von der siebenten Kammer beseitigt und diese als Raumhafen dienstbar gemacht. Eines Tages würden die orbitalen Bezirke gründlich repariert werden müssen. Das Dock der siebenten Kammer war dafür ideal.

Für kleinere Schiffe wie das Shuttle, mit dem der Russe und Lanier flogen, war der Eingang am Südpol praktischer.

Lanier nahm kaum die Dunkelheit wahr, die das Fahrzeug verschlang. Sein Geist war immer noch woanders. Er empfand eine stärkere Übelkeit und einen Anflug von Ärger über sein ewiges Unwohlsein. Er schloß die Augen fest und riß sie dann plötzlich auf, als das Shuttle auf dem rotierenden inneren Dock festmachte.

»Wir sind da«, sagte der Russe.

Die erste Kammer hatte sich wenig verändert. Sogar die Aus- und wieder Einschaltung der Rotation von Thistledown hatte sie kaum geschädigt. Natürlich war auf dem Boden der ersten Kammer zunächst kaum mehr als Sandwüste. Als sie den Aufzug verließen, fiel eine gleichmäßige kühle Brise von der Südkappe der Kammer herab, die hinter ihnen eine große graue Wand bildete. Rund um die Achse schimmerte das neblige weiße Licht der Plasmaröhre — zwanzig Kilometer über ihnen, wo sie jetzt auf dem Boden des ›Tales‹ standen.

Zu beiden Seiten erstreckte sich die Kammer so flach und normal, wie man sich vorstellen konnte, auf ein Dutzend Kilometer hin und begann dann in einer unmöglichen vertikalen Kurve oben hinter der Plasmaröhre zusammenzulaufen wie eine Brücke für Götter. Nach einer guten Reihe von Jahren — wie lange war sein letzter Besuch her, zehn, zwölf Jahre? — beeindruckten die Abmessungen der inneren Kammern von Thistledown Lanier immer wieder. Er erinnerte sich an das Gefühl jener schrecklichen Monate vor dem großen Tod, als er von administrativen Verpflichtungen überschwemmt war, von Intrigen auf der Erde und im Stein, von Elend und Vorauswissen.

Der Ansturm von Erinnerungen erheiterte ihn nicht. Er fand es schwierig zu glauben, daß die Menschen sich jemals durch eine solche Schöpfung zu Zwergen gemacht hatten. So fühlte er sich: klein, wieder vom Stein bezwungen.

Es begrüßte sie ein großer Mann, mager wie ein Skelett und sehr kahl, ein Assistent von Korzenowski. »Mein Name ist Svard. Ser Korzenowski übermittelt sein Bedauern, daß er Sie nicht persönlich empfängt.« Er warf dem Russen einen raschen abschätzenden Blick zu und führte sie dann zu einem Traktor. »Der Ingenieur hat einen Forschungskomplex in der Mitte des Tales und lädt Sie ein, ihn dort zu treffen.«

Sie bestiegen den Traktor. Das achtsitzige Fahrzeug glitt über den Sand auf einem Traktionsfeld ohne Gleitflächen oder Reifen. Es war auf Thistledown hergestellt, glatt und schön, mit perlweißem Äußeren und mildem, anpassungsfähigem Innerem, das sich nach gesprochenen oder piktographierten Anweisungen richtete.

Svard trug in seinem niedrigen Kragen einen verdeckten Pictor. Lanier hatte die Kunst des Piktographierens nie so recht gelernt. Svard sagte: »Ich nehme an, Sie hatten eine interessante Reise, Mr. Lanier, Mr. Mirsky.« Lanier nickte zerstreut. Der Traktor glitt sanft und schnell über niedriges Buschwerk und braune und weiße Flecke von Sand und Erdreich.

»Womit ist Ser Korzenowski derzeit beschäftigt?« fragte Lanier. »Wir haben seit einiger Zeit nicht mehr miteinander gesprochen.«

»Er leistet Forschungsarbeit«, sagte Svard.

»Für das Hexamon?« fragte Lanier.

»Zum Teil. Hauptsächlich zur Befriedigung seiner eigenen Neugier.«

»Wer zahlt die Rechnungen?«

Svard lächelte über die Schulter. »Mr. Lanier, Sie sollten wirklich wissen, daß Ser Korzenowski über — wie ist der alte Ausdruck? — *carte blanche* verfügt, um jede vernünftige Summe auszugeben, sei es in Hilfsmitteln oder Geld. Ihm wurde dieses Privileg vor seinem Tode verliehen, und die Verhältnisse haben sich mit seiner Auferstehung nicht geändert.«

»Ich verstehe«, sagte Lanier.

Direkt vor ihnen lag ein Komplex aus niedrigen, flachen Gebäuden, deren Mauern leicht gekrümmt waren, um sich mit dem Sand zu verbinden. Die Luft über dem Komplex schimmerte wie eine Luftspiegelung. War das wegen der aufsteigenden Wärme, überlegte Lanier, oder aus einem anderen Grund? Er blinzelte durch die transparente Nase des Traktors und versuchte, den Schimmer zu definieren.

Der Traktor hielt ein paar Dutzend Meter vor dem südlichsten Gebäude und senkte sich mit leichtem Seufzen auf den Sand. Die Tür glitt auf. Mirsky stieg als erster aus, danach Lanier, der die Reaktion des Mannes genau beobachtete. Der Russe sah sich im Talboden um und schaute zur Plasmaröhre auf. Lanier dachte: *Er kennt den Stein. Er ist schon einmal hier gewesen. Er birgt keine angenehmen Erinnerungen für ihn.*

Svard bückte sich tief, um auszusteigen und erhob sich graziös zu seiner vollen Größe. Seine großen Augen blinzelten. »Diesen Weg! Ser Korzenowski befindet sich in seinen Privaträumen.«

Lanier genoß beim Gehen besondere Frühlingsgefühle. Die Rotation des Steines erzeugte eine Anziehung von sechs Zehnteln der irdischen Schwerkraft auf dem Boden jeder Kammer. Das war eine der Eigenschaften von Thistledown, die er immer gemocht hatte. Er erinnerte sich daran, wie er vor Jahrzehnten — vor dem Großen Tod — in der ersten Kammer schwungvoll Barrenübungen gemacht hatte ... Dabei fiel ihm seine früher hervorragende physische Kondition ein. Im College war er Leichtathlet gewesen.

Hundert Meter östlich des Hauptkomplexes erhob sich eine kleine anonyme weiße Blase ein paar Meter über den Sand. Svard führte sie über einen Kiesweg und symbolisierte einen Gruß an den Rezeptor des Hauses, als sie näher kamen. Vor ihnen schwebte das grüne Abbild einer ausgebreiteten Hand. Svard sagte: »Er wünscht, daß wir direkt hineingehen.« Eine quadratische Tür in der Mauer krümmte sich zur Seite, und Konrad Korzenowski kam heraus, gekleidet in einen einfachen dunkelblauen Kaftan.

Lanier war ihm seit mehr als dreißig Jahren nicht mehr persönlich begegnet. Er hatte sich in dieser Zeit wenig verändert. Eine schlichte Figur, rundes Gesicht mit kurzem grauen Haar darüber, eine scharfe lange Nase und durchdringende dunkle Augen. Die Augen waren mehr fasziniert — und faszinierend — als bei ihrer ersten Begegnung. Jener Teil der menschlichen Persönlichkeit, der einen Teil vom Mysterium der Patricia Vasquez absorbiert hatte, konnte nicht synthetisiert werden. Korzenowski hatte anscheinend einen unaussprechbaren Aspekt der Mathematikerin getragen. Sein

Aussehen hatte genügt, Lanier erschauern zu lassen. Patricia war in der Aufmachung des Ingenieurs, wenn überhaupt, noch deutlicher erkennbar. *Was empfindet er, wenn ein Teil von ihr in seinem Innern steckt?*

Auf der Erde waren vor dem Tod Herzverpflanzungen vor der Vervollkommung von Prothesen allgemein üblich gewesen. *Wie fühlt man sich, wenn man den transplantierten Teil der Seele jemandes trägt?*

»Gut, Sie wiederzusehen, Ser Lanier«, sagte Korzenowski und schüttelte ihm die Hand. Auf Mirsky verschwendete er kaum einen Blick. Er behandelte ihn weniger als Gast denn eine ungeklärte Kuriosität. Er machte ihnen ein Zeichen einzutreten und Platz zu nehmen. Das frei gestaltete weiße Innere von Korzenowskis Wohnung war übersät mit weißen und grauen Zylindern aller Größen, drapiert mit Klumpen, die wie Weißbrotteig aussahen. Er zog ein paar davon weg — als er sie hochhob, wurden sie in seinen Händen länger und zischten leise — und befahl dem Fußboden, Sessel zu bilden, die sich rasch formten. Der Russe saß mit gefalteten Armen da und schien sich wohlzufühlen. Die Spur von Besorgnis, die er draußen gezeigt hatte, war verschwunden.

Svard verabschiedete sich und piktographierte schnell etwas für den Ingenieur. Als er fort war, faltete Korzenowski seine Arme entschlossen zusammen als eine Art Echo auf Mirskys Haltung und trat vor Lanier und den Russen. Sein Gesichtsausdruck war ernst und gereizt geworden.

Er sagte: »Wir haben hier ein echtes Rätsel, Ser Lanier«, und sah dabei den Russen an. »Ist das wirklich Pavel Mirsky oder eine geschickte Imitation?« Er warf Lanier einen scharfen Blick zu. »Wissen Sie das?«

»Nein«, sagte Lanier.

»Was ist Ihre Vermutung?«

Lanier war erregt und antwortete zunächst nicht. »Ich kann es wirklich nicht sagen. Falls ich irgendeine Eingebung habe, so ist sie durch alle die Unmöglichkeiten verschleiert.«

»Ich weiß als Tatsache, daß Pavel Mirsky den Weg hinabging in einer Hälfte der Achsenstadt, und daß der Weg sich hinter ihm und allen, die ihn begleiteten, verschloß. Ich weiß, daß seither kein Tor zur Erde geöffnet wurde. Wenn dies Pavel Mirsky ist, so ist er durch irgendeinen Umweg zu uns zurückgekehrt, über den wir keinerlei Vermutungen anstellen können.«

Der Russe rückte in seinem Sessel etwas zur Seite, faltete die Hände im Schoß und nickte zustimmend, als ob es ihm recht wäre, daß man über ihn so sprach, wie wenn er gar nicht anwesend wäre.

»Er wirkt selbstzufrieden«, sagte Korzenowski und rieb sich nachdenklich das Kinn. »Eine Katze mit einer Kanarienfeder. Ich hoffe, daß er eine saubere Prüfung nicht übelnimmt. Unsere Instrumente sagen uns, daß er solide und menschlich ist, bis hin zu seiner atomaren Struktur. Er ist kein Geist im alten oder neuen Sinn, und er ist auch keine Projektion irgendeiner uns bekannten Art.« Korzenowski äußerte diese Beobachtungen, als ob er eine Reihe offensichtlicher Wahrheiten durchginge, bloß um sie aus dem Weg zu räumen. »Seine genetische Struktur ist die von Pavel Mirsky, wie sie in den medizinischen Aufzeichnungen der dritten Kammerstadt steht. Sind Sie Generalleutnant Pavel Mirsky?«

Der Russe blickte zwischen ihnen hin und her. »Die einfachste Antwort ist *ja.* Ich glaube, das kommt der Wahrheit nahe.«

»Kommen Sie aus freiem Willen hierher?«

»Mit den gleichen Qualifikationen — ja.«

»Wie sind Sie hierhergekommen?«

»Das ist komplizierter«, erwiderte der Russe.

»Haben wir Zeit zuzuhören, Ser Lanier?«

»Ich schon«, sagte Lanier.

Mirsky sagte: »Ich möchte, daß Ser Olmy hier wäre.«

»Leider antwortet Ser Olmy nicht auf seine Mitteilungen. Ich vermute, er befindet sich auf Thistledown, weiß aber nicht, wo. Ich habe ein Partial entsandt, um ihn zu finden und ihm die Lage zu eröffnen. Vielleicht trifft er zu uns, vielleicht auch nicht. Ich hätte Ihre Geschichte gern so bald wie möglich gehört.« Korzenowski setzte sich hin, zog einen der weißen Klumpen in den Schoß und knetete ihn mit den Händen.

Mirsky starrte einen Moment auf den fleckenlosen Fußboden und seufzte. »Ich werde anfangen. Alles mit Worten zu erzählen, wäre quälend langsam und unbeholfen. Darf ich einen Ihrer Projektoren ausleihen?«

»Gewiß.« Korzenowski wies einen Traktionsstrahl an, den nächsten Projektor herabzusenken. »Brauchen Sie eine Schnittstelle?«

»Ich glaube nicht«, sagte Mirsky. »Ich bin etwas mehr, als ich scheine.« Er berührte das tropfenförmige Gerät mit dem Finger. »Entschuldigen Sie, wenn ich mich Ihrem Apparat nicht völlig offenbare!«

»Schon in Ordnung«, sagte Korzenowsky mit absurder Herzlichkeit. Laniers Körper kribbelte wieder. »Fangen sie an!«

Das Innere des Raumes verschwand und wurde durch etwas ersetzt, das für Lanier zuerst schwer verständlich war — eine gedrängte Wiedergabe des Weges, der Achsenstadt, Mirskys erstem Tag im Wald der Centralstadt, der Reise den Weg hinunter, Beschleunigung längs der Fehlstelle ...

Die projizierte Information drehte sich und flimmerte. Jedes Zeitgefühl hörte auf. Mirsky erzählte seine Geschichte auf seine eigene Art. Korzenowski und Lanier erlebten sie mit.

Nennt es Flucht oder das größte Versagen aller Zeit. Weglaufen vor der schrecklichen Vergangenheit, meinem eigenen Tod, dem Tod meiner Nation, dem drohenden Tod meines Planeten. Wenn man unter ›weglaufen‹ die Flucht einer halben Stadt verstehen kann, voll von Zehntausenden Millionen an

Seelen und vielleicht einer Dutzend Million körperlicher menschlicher Wesen — eine Flucht, die einen unendlichen Tunnel in Raum-Zeit hinabführt, durch das rasende Herz eines Sterns auf der Schleppe eines länglichen ›Knotens‹, eines Nabels an Unmöglichkeiten ...

Der Tunnel selbst ist ein ungeheurer Bandwurm, der sich durch die Böen des realen Universums schlängelt und Poren öffnet zu anderen Universen, die gleichermaßen real, aber nicht unsere sind, zu anderen, ebenso realen Zeiten ... Diese Poren werden durch unsere Passage verätzt. Der Tunnel verändert sich oder wurde verändert durch unsere Flucht. Er faltete sich und expandierte von dem Moment seiner Entstehung an mit dem Vorherwissen unseres Entweichens. Wie erklärt man das einem nicht verstärkten Menschen?

Dies ist unmöglich.

Ich mußte all dies ändern und tat das auch, vielmals während Dekaden und Jahrhunderten der Flucht. Ich wurde zu vielen Personen, und bisweilen wollte eine davon kaum die andere erkennen, bis sie miteinander verschmelzen und private Mitteilungen austauschen konnten. Ich war nicht mehr der Russe Mirsky. Ich war es vielleicht nicht mehr gewesen seit meiner Ermordung in der Bibliothek von Thistledown. Aber ich war ein Bewohner der Geshel-Nachbarschaften der Nader-Achse und von Central City. Bürger einer neuen Welt, der sich seiner unglaublichen Umgebung anpaßte. Wir waren nicht mehr Herren über alles, das wir überschauten, so wie die Achsenstadt einst fast gewesen war ...

Ich sah die Menschen, die mit mir von der Erde gekommen waren, sich entwickeln wie ich, oder schließlich dahinschwinden und sterben in dem letzten Weg, der Unsterblichen geblieben war, indem sie sich selbst vergaßen und von anderen vergessen wurden. Der Rest von uns lebte und verschmolz.

Die Reise dauerte aus unserer Sicht Jahrhunderte lang. Du weißt, daß die Zeit eine veränderliche Größe ist, viel weniger wichtig, als unsere Jugend und Schwäche uns denken lassen. Flexibel, aber allgegenwärtig, zusammengefaltet und gekrümmt in die eine oder andere kaum erkennbare Gestalt.

Ich habe viele verschiedene Leben durchgemacht: Die Zeit, als die Stadt mit relativistischen Geschwindigkeiten den Weg hinabfuhr, die Zeit, die ich in direkter Kommunikation mit meinen Mitreisenden verbracht habe wie jetzt mit dir. Die Zeit hat sich gebündelt und zusammengerollt wie eine Sprungfeder. Wenn alle Zeit zu einer geraden Linie ausgestreckt würde, hätte ich nach eurem Maßstab vielleicht zehntausend Jahre gelebt ...

Wir hatten längst den Punkt passiert, wo man die letzten Augenblicke dieses Universums hätte abschätzen können. Hätten wir dort ein Tor geöffnet, wozu wir nicht imstande gewesen waren, so wären wir vielleicht Zeugen des Todes aller gewesen, die wir gekannt hatten, und all dessen, was wenn auch entfernt — mit uns zusammenhing ... Und wir flohen dennoch. Ich war meinem eigenen Universum gegenüber abtrünnig geworden.

Seltsamerweise war dieser Moment nicht besonders eindrucksvoll. Wir hatten uns schon auf außergewöhnliche Art in uns abgekapselt wie ein Insekt, das sich verpuppt. Wir hatten uns von unserer Umgebung isoliert, auch wenn wir sie noch weiter studierten.

Der Weg öffnete sich zu einem ungeheuren gekrümmten Tunnel. Unsere Passage durch diesen folgte nicht mehr irgendeiner geodätischen Linie. Es gab in der Mitte keine Fehlstelle und keine Singularität mehr. Die Stadt konnte ihre Energie nicht mehr aus den Generatoren der Fehlstellen gewinnen. Darum sog sie Kraft aus der sehr dünnen Atmosphäre von Partikeln und freien Atomen innerhalb des Weges. Und deswegen wurden wir — rasch — langsamer. Binnen zehn Jahren unserer Basiszeit reiste die Stadt mit weniger als relativistischer Geschwindigkeit.

Der Weg verbreiterte sich um uns. Wir untersuchten diese Zunahme und sahen vorher, was uns erwartete ... Eine riesige Blase von Raum-Zeit, die den Weg blockierte, aber nicht beendete — endlich, aber ohne Grenzen ...

Wir waren in das Ei eines neuen Universums eingetreten. Darin konnten wir nicht als materielle Wesen überleben. Wir wären aufgelöst worden durch das zunehmende Plasma aus Masse und Energie, so wie Salz im Wasser verschwindet. Aber wir lernten, mit einer solchen Eventualität fertig zu werden.

Die ganze Stadt, alle ihre Bürger, arbeitete daran, sich umzugestalten. Wir rechneten jeden Augenblick damit, einfach zu sterben, aufzuhören zu existieren; denn wir waren Kinder vor einem tobenden Ofen. Aber es gab eine andere, weit entfernte Möglichkeit ...

Die Möglichkeit, daß wir uns dem feurigen Ei anpaßten, darin lebten und es schließlich zu einem reifen Universum expandieren ließen. Dies würde seine Verbindung mit dem Weg lösen, frei im Superraum treiben, und unsere transformierten Individuen würden neugeboren Schmetterlingsflügel entfalten.

Ist es vermessen zu sagen, daß wir Götter werden wollten? Wir hatten keine Wahl. Wir hatten das Ende des Weges erreicht, sofern dieser ein Ende hatte, und wir konnten nicht umkehren ... Uns blieb nichts übrig, als unser eigenes Universum zu schaffen.

Hierfür mußten wir alle unsere materiellen Bindungen aufgeben. Wir mußten uns auf die Basis von allem Raum und aller Zeit stützen, jenseits und unterhalb Energie und Materie, jenseits des Kontaktes mit der Embryonalhülle des Plasmas.

Ich sah, wie meine Gefährten sich in Licht kleideten, große rosige Fenster von Persönlichkeit, sich ausbreitend mit verschwommenen Rändern, gemalt an die Wände der Stadt, wobei sie die Masse der Stadt als zeitweilige Stütze benutzten, nicht einfach aufgelöst zu werden. Das Licht eines jeden von uns berührte das Licht aller. Wir waren trunken von Einssein. Es war eine Orgie unglaublichen Ausmaßes. Alle Reste unserer Menschlichkeit wurden zu einer riesigen, sich verschmelzenden Sexualität destilliert. Wir verloren fast unser Ziel außer Sicht. Wir hätten durch unsere Selbstversenkung in Dankbarkeit, Liebe und Wonne betäubt werden können und wären wie eine liebeskranke Motte in den Ofen getaucht ... Aber wir gewannen die Kontrolle zurück und schafften es, den nächsten Schritt zu tun.

Jetzt vereint, waren wir ein schwaches und sehr zartes Gewebe aus Gedanken, das in und um die Reste der Stadt gewikkelt war. Wir spannten diesen Flor hinaus zu den Partikelwinden im Weg, die jetzt wegen der Nähe des Ofens viel heißer waren. Wir wurden fester und dichter und stießen uns schließlich auf ein Niveau, das sogar unter dem von Licht und Energie lag.

Wir entfalteten uns in den Herd hinein, zwangen ihm unseren Willen auf und gaben ihm den Anstoß zur Expansion, indem wir die restliche Masse der Stadt in Energie verwandelten und den Umschwung herbeiführten. Das unbegrenzte Ei begann anzuschwellen und abzukühlen. Seine plasmatische Embryonalhaut kondensierte und nahm Gestalt an …

Wir wurden zu Weltenschöpfern. Für einen Augenblick erwogen wir, einfach unser eigenes Geburtsuniversum zu reproduzieren, aufs neue Galaxien und Sterne zu machen und von vorn anzufangen. Aber wir lernten rasch, daß wir das nicht tun konnten. Dieses Universum war viel beschränkter, als das unsere gewesen war. Seine Wurzeln waren schlichter. Sie kamen nicht direkt aus dem Boden des Superraums, sondern aus der gewundenen Ausdehnung des Weges. Es würde kleiner, weniger komplex und weit weniger anspruchsvoll sein. Dennoch konnten wir es zu einem faszinierenden Ort gestalten, zu einem Universum, das uns alle unsere kreativen Fähigkeiten abfordern würde … wenn wir uns vorsahen.

Es war viel schwieriger, ein Gott zu sein, als wir uns vielleicht hätten vorstellen können. Ich meine, daß wir wohl zu Beginn angenommen hatten, daß ein bewußter Wille oder ein kombinierter bewußter Wille ein Universum formen und regieren könnte. Wir konzentrierten uns scharf, gestalteten und bauten, leiteten und verbesserten auf mannigfache Arten, die ich natürlich nicht von Anfang an darlegen werde; denn in diesem Körper kann ich mich nicht mehr daran erinnern oder sie meinen Gedanken anpassen, selbst wenn ich dazu imstande wäre.

Eine Zeitlang schien alles gut zu gehen. Wir jauchzten über unsere Meisterschaft. Wir waren wie Kinder auf einer großen

Spielwiese. Das Universum wurde wunderschön. Wir fingen an, die Äquivalente lebender und denkender Wesen zu konstruieren, die unsere Gefährten sein sollten und später vielleicht sogar unsere Persönlichkeiten tragen könnten. Wir lechzten immer noch nach materieller Form. Wir standen noch unter dem Einfluß unserer Herkunft.

Und dann begann es zu versagen. Das Universum zerbrach, verfiel und vermoderte. Seine Grenzen schrumpften ein. Sie fraßen und veränderten die von uns eingeführte Ordnung zu einem sauren, heißen Chaos. Wir hatten uns verrechnet. Ein einzelner Wille konnte kein stabiles Universum erschaffen. Es mußte Kontraste und Konflikte geben.

Wir suchten verzweifelt, uns in entgegengesetzte Kräfte zu trennen, um den Schaden zu beheben. Aber es war zu spät.

Der Gott, zu dem wir geworden waren, hatte versagt.

Wir hätten alle aufgehört zu existieren, aufgelöst in den Trümmern unseres Mißerfolges. Aber wir hörten eine andere Stimme. Sie war weniger exaltiert und weniger ekstatisch als die unsere, und sie schien weit entfernt zu sein. Aber sie hatte mehr Praxis und Erfahrung, viel mehr Mannigfaltigkeit aufzuweisen. Einige Zeit glaubten wir, die Stimme eines oder mehrer anderer Götter gehört zu haben. Aber das lag nur an unserer Ignoranz. So weit wir auch fortgeschritten waren, so waren wir doch unglaublich unwissend und naiv.

Was wir hörten, war die Stimme unserer Nachkommen, die uns vom Ende unseres eigenen Universums aus erreichte. Alle intelligenten Wesen, die in dem Kosmos unserer Geburt aufgewachsen und alt geworden waren, hatten unser Versagen bemerkt und erkannt, daß wir darin in der Falle saßen. Sie waren nicht mehr materiell oder individuell unterscheidbar als wir, aber ihre Intelligenz war robuster und praktischer. Sie waren der Endgültige Verstand *geworden, vereint und kohärent zugleich, obwohl sie aus vielen einzelnen geistigen Gemeinschaften bestanden.*

Sie retteten uns. Sie zogen uns an der noch offenen Seite des Weges, die von unserem Herd-Ei nie ganz getrennt gewesen war.

Ihre Rettungsaktion war nicht großmütig. Sie hatten für uns eine Verwendung.

Ist es angemessen, die Emotionen eines Gottes zu beschreiben, der versagt hat? Wir waren bekümmert und tief verwirrt. Wir maßen uns an dieser anderen Matrix des Denkens und sahen, daß wir nicht nur infantil, sondern geradezu kindisch waren. Wir waren junger Wein, der zu Essig geworden war.

Aber man verzieh und pflegte uns und machte uns irgendwie gesund. Wir wurden in der Gemeinschaft der Denker willkommen geheißen, zugleich als Einheit und gesondert, die das Ende des alten Universums einnahm. Sie enthüllten uns vieles.

Ich wurde isoliert aus meiner Matrix total rekonstruiert und kann dir versichern, daß das ein Erlebnis war schlimmer als der Tod und schlimmer als der Verlust von Familie, Stadt, Volk oder Planet. Ich jammerte und tobte. Sie rekonstruierten mich noch einmal — mit Verfeinerungen. Schließlich, nach vielen Versuchen, machten sie mich stabil und schickten mich hierher zurück.

Ich bringe eine Botschaft und eine Bitte, wenn man das so nennen kann. Sie haben ihre Schranken, diese Abkömmlinge aller heute lebenden intelligenten Wesen. Und sie haben ihre Pflichten. Sie müssen das Universum zu einem ehrenhaften und vollständigen Ende bringen, einem ästhetischen Abschluß. Aber ihre Hilfsmittel sind nicht unbeschränkt.

Ich bin mehr, als ich scheine. Ich bin aber auch viel weniger als jene, die mich hierhergesandt haben. Und ich muß dich von einer Sache überzeugen.

Ich habe den Weg als einen großen Bandwurm beschrieben, der sich durch die Innereien des Universums windet. Er erstreckt sich, wie du weißt, über die Grenzen unseres Universums hinaus. Das Universum kann nicht sterben mit einem so künstlichen und jungen Konstrukt in seinem Leib, oder vielmehr: es kann nicht gut sterben. Es kann nur schlimm sterben, und unsere Nachkommen können nicht alles ausführen, was sie erhoffen.

Lanier wischte die Projektion weg und richtete die Augen wieder scharf auf Mirsky. Ein bestimmtes Bild schwebte in seinem Geist, das ihn erschreckte. Er versuchte, sich deutlich daran zu erinnern, konnte aber lediglich einen vagen Eindruck bekommen von gewissen Galaxien, die im Laufe der Zeit als Opfer dienen sollten …

Galaxien, dazu bestimmt, die Energie dafür zu liefern, was immer der Endgültige Verstand zu tun suchte.

Er hatte pochende Kopfschmerzen und fühlte sich leicht übel, als ob er zu viel gegessen hätte. Stöhnend krümmte er sich zwischen seine Knie.

Korzenowski legte ihm eine Hand auf die Schulter.

»Ich teile Ihr Leid«, sagte der Ingenieur ruhig. »Sie müssen den Weg wieder öffnen und vom Ende her zerstören. Wenn nicht, so haben Sie unsere Kinder am Ende der Zeit betrogen. Der Weg ist für sie eine Art mächtigen Gewölls, ein Hindernis. Wir sind dafür verantwortlich.«

14. KAPITEL

Gaia

Als Rhita am Abend ihres vierten Tages in Alexandreia nach sieben enttäuschenden Stunden, sich im Labyrinth der Gebäude zurechtzufinden, indem sie von Klassenzimmer zu Klassenzimmer lief, allein in ihrem Zimmer saß und wieder ein ungewohntes und leicht Übelkeit erregendes Mahl verdaute, das sie in dem kleinen, für Frauen reservierten Speisesaal verzehrt hatte, gestattete sie sich einen Moment größten Heimwehs und Jammers. Sie konnte nichts weiter tun als weinen. Nach nur einigen derartigen Minuten setzte sie sich auf der harten Liege auf und erwog mürrisch ihre Lage.

Von Kleopatra hatte sie noch keine Nachricht erhalten.

Sie hatte auch noch nicht den Mechanikos Demetrios getroffen, ihren zugewiesenen Lehrer. Bei einer seltenen Situation der Mitteilung nützlicher Information hatte Yallos Rhita gesagt, daß sie binnen etwa einer Woche mit ihrem Lehrer zusammentreffen würde; andernfalls könnte ihr Status im akademischen Wettbewerb verfallen. Sie fühlte sich verloren. Sie hatte mit dem Mann einen Termin gehabt seit der Woche ihrer Abreise von Rhodos. Als sie in seinem Büro, einem finsteren, alten und ungepflegten Haus im Westen des Bereichs des Mouseions, nachfragte, war ihr von einem verdrießlichen Assistenten mitgeteilt worden: »Er ist zu einer Konferenz nach Kreta gerufen worden. Er wird binnen eines Monats zurück sein.«

Noch schlimmer als die Mißachtung war ihr Gefühl von Verlust und Entfremdung. Niemand hier kannte sie. Niemand schien sich um sie zu kümmern. Die Frauen — mit der unglücklichen Ausnahme von Yallos, gegen die Rhita eine starke Abneigung entwickelt hatte — ignorierten oder mißachteten sie. Yallos hatte sich mit der Miene, als ob sie einem Einfaltspinsel zu Hilfe käme, zu Rhitas inoffizieller Beraterin aufgeschwungen.

Für die Frauen in dem verfallenen zweistöckigen Gebäude war sie ›ein Inselmädchen‹, ungebildet und bäurisch. Noch schlimmer war, daß sie aus einer angesehenen Familie stammte und dennoch seitens des Mouseions keine erkennbaren Privilegien genoß. Ihre soziale Stellung war also unklar. Sie war Freiwild für Mißachtung. In Hörweite wurde über sie geklatscht und wild spekuliert. Sie hatte Gerüchte flüstern gehört, wonach der Kelte ihr ›Insel-Liebhaber‹ wäre.

Das war ihrer Meinung nach wohl Neid.

Ihr war nicht möglich, das Mouseion zu verlassen und durch die Straßen Alexandreias zu gehen. Sie wußte recht gut, was einem unerfahrenen ›Inselmädchen‹ dort passieren konnte. Und mit dem plumpen, schweigsamen Kelten an ihrer Seite herumzuspazieren, war für sie gerade jetzt kein Vergnügen, obwohl sie im Laufe der Zeit wohl auf seine Begleitung würde zurückkommen müssen, nur um sich vom Mouseion wegzubegeben.

Sie hatte das Meer nicht mehr gesehen, seit sie die Kais am Großen Hafen verlassen hatte.

Rhita sehnte sich nach Rhodos, nach dem hüpfenden Lachen der Wellen, wenn auf hoher See ein Sturm tobte, nach dem staubig grünen Geruch von Olivenhainen und dem Spiel blendender Wolken am lapislazuliblauen Himmel. Am meisten von allem fehlte ihr die Gesellschaft von Rhodiern, schlicht und sonnenklug, wie man auf der Insel zu sagen pflegte. Besonders vermißte sie die Kinder am Strand.

Vielleicht war sie wirklich bloß ein ›Inselmädchen‹.

Zu fast jeder Stunde des Tages, manchmal sogar in der Abenddämmerung und danach, konnte man an den felsigen und sandigen Stränden von Rhodos ein paar herumsausende Jünglinge antreffen, braun und nackt bis auf Unterhemden oder Lendentücher. Gewöhnlich waren das Altai-Avaren aus dem Süden der Insel oder den alten Flüchtlings-Slums in Lindos, von dunklem Typ, mit orientalischen Augen und runden Köpfen, die Münder voller Flüche. Ihre von der Sonne vergoldeten Gliedmaßen blitzten, wenn sie in den Gezeitenpfützen mit dem Speer fischten oder improvisierte Detektoren herumtrugen auf der Suche nach verlorenen Münzen oder versunkenen Wracks. Sie hatte sich als Heranwachsende von ihren Studien weggestohlen, um mit ihnen zu laufen, zu lachen und ihre Sprache zu erlernen, ihre Verwünschungen und ihre heiteren Ausdrücke von Begeisterung. Ihre Mutter hatte sie ›Barbaren‹ genannt, ein altes Wort, das jetzt nur noch selten gebraucht wurde. Die meisten Bewohner der Oikoumenē waren nach der Definition ihrer Mutter Barbaren.

Als sich Rhitas Brüste entwickelt hatten und die Schultern der Jungen am Strand breiter geworden waren, kam in ihr Spiel eine neue Note — eine sanfte Grobheit. Sie hatte die ihr zugerufenen Verwünschungen, die halb als Spaß und halb wie von blutdürstigen Raubtieren geklungen hatten, fast gemocht. Wäre sie etwas weniger beschützt gewesen, etwas mehr weltlich und weniger vom Verhaltenscodex des Hypateions umhegt, dann hätte einer dieser Jungen ihr erster Liebhaber geworden sein können. Die Große Mutter weiß, wieviel Zärtlichkeiten und Küsse sie ihr gestohlen hatte.

Sie erinnerte sich noch an ihre Späße, die Jahrhunderten von Kampf und Verzweiflung entstammten und nicht alle durch die Toleranz und das Klima von Rhodos gemildert waren.

Es waren grausame und wilde Späße über unzeitigen Tod, der große Pläne vereitelte, rauhe Fabeln von getrennten Familien und verlorenen Verwandten, über Herdenvieh, das man nie auf Rhodos gesehen hatte.

Einmal hatte sie dagesessen und sich mit einem Jungen unterhalten, der vielleicht um ein Jahr jünger war als sie. Er hatte ihr seine Familiengeschichte erzählt, ungezählte Jahrhunderte, die mit den Schicksalen anderer Familien und Stämme, vielleicht anderer Völker, verflochten waren. Sie hatte versucht, dies mit dem zu vereinbaren, was sie über die alten Rus-Oikoumenē-Parsa-Bündnisse und die Auslöschung der Steppenvölker wußte. Umgekehrt hatte er ihre formale Geschichte mit ungewöhnlicher Höflichkeit und Aufmerksamkeit angehört und ihr danach gesagt: »Das ist es, was ihr als Sieger sagt.« Er war aufgesprungen, hatte sie wie ein Esel angeschrien und war über den Strand gelaufen, wobei seine nackten Füße todsicher einen Weg über flache, von der Sonne erhitzte Steine fanden.

Rhita hatte seufzend die Augen geöffnet, denen der heiße, blasse Mittagshimmel und der in der Ferne laufende Junge entschwanden. Sie nahm das elektronische Teuchos auf, das ihrer Großmutter gehört hatte, und schaltete es ein. Sie wählte einen Erinnerungsblock und fing an, die verzeichneten Bände zu durchsuchen. Dann wurde ihr ein mögliches Risiko klar, und sie stellte den erleuchteten Bildschirm des Gerätes ab. Sie prüfte die schwache Tür und beschloß, daß sie diese zumindest mit dem einzigen Rohrstuhl des Raumes blockieren könnte. Sie hatte seit ihrer Ankunft nicht gewagt, einen Musikwürfel anzuhören. Die Entdeckung würde zumindest peinlich und schlimmstenfalls verheerend sein. Das Mouseion könnte die Objekte konfiszieren. Man könnte sie aller Arten lächerlicher Vergehen bezichtigen. Wie sollte sie das wissen?

Rhita haßte dieses fremdartige, schwierige und von Klassenvorurteilen beherrschte Mouseion mit seinem altertümlichen, verworrenen Gelände ...

Unter den stadterfahrenen Studenten, die allenthalben von Gaia einberufen waren, fühlte sie sich fehl am Platze. Zu ihrer Überraschung hatte sie junge Männer gesehen, die auffällige gefranste Lederkleidung trugen, wie sie bei Neo-Karchedoniern in Mode waren als Nachahmung der eingeborenen Völker, die diese vor einem Jahrhundert unterworfen hatten. Das waren die Kinder der geschworenen Feinde der Oikoumenē. Welche Perversion der Diplomatie gestattete ihnen den Aufenthalt in Alexandreia? Sie hatte sogar Studenten gesehen in den Togen und Lederröcken lateinischer Stämme. Nicht, daß sie irgendeinen davon persönlich nicht mochte. Rhodos schien von alledem so entfernt zu sein. Obwohl sie ihre Geschichte studiert hatte, wußte sie, daß niemandem solche Konflikte erspart blieben.

Rhita zog den Spalt in den Vorhängen enger, wobei alte Gardinenringe aus Nußschalen gegen die Rohrstange klapperten, und begab sich wieder zu ihrem Bett. Ohne Grund fühlte sie sich ein wenig sicherer. Sie schaltete den Bildschirm wieder ein und sah die Liste durch. Sie hatte praktisch fast alle zweihundertsieben verzeichneten Bücher gelesen oder durchgesehen.

Aber diesmal blieben ihre Augen an einem Titel hängen, den sie nicht gelesen hatte. Sie hätte schwören können, daß er neu hinzugefügt worden war. Er lautete einfach: ›LIES MICH JETZT!‹ Sie rief ihn auf den Schirm.

Die der Darbietung der ersten Seite vorausgehende Indexkarte besagte, daß der Band dreihundert Seiten umfaßte — etwa hunderttausend Wörter — und in Hellenisch war, nicht Englisch, wie alle anderen Bücher in dem Kubus. Dann bemerkte sie einen blinkenden Cursor bei einer Notiz, die sie noch nie zuvor gesehen hatte: »Inhalt und Katalog gesperrt bis 4/25/49.«

Das war vor zwei Tagen gewesen.

Rhita drückte die Taste, um die erste Seite zu lesen.

Liebe Enkelin!

Du trägst den Namen meiner Mutter. Ist es mein ganzer Wunsch, daß du sie treffen wirst? Als du jünger warst, mußt du gedacht haben, ich wäre ein verrücktes altes Weib, obwohl ich glaube, daß du mich geliebt hast. Jetzt hast du dies hier; und ich kann mit dir sprechen, obwohl ich in Wirklichkeit nie heimgekehrt bin. Manche Leute sagen sogar hier, daß Sterben Heimkehr bedeutet.

Stell dir die Welt vor, von der ich dir erzählt habe, und du hast diese Bücher gelesen, wenn du meine Enkelin bist. Und ich weiß, daß dies so ist. Du hast diese Bücher gelesen, und sie müssen dir sagen, daß ich nichts erfunden habe. Alles ist wahr. Es gab einen Ort, der Erde *hieß. Ich bin nicht aus einem Wirbelwind gekommen.*

Ich klammerte mich an diese Tafel und die wenigen Blocks, die ich mitbrachte — alles durch reinen Zufall! — während Jahren, als sogar ich den Eindruck hatte, wahnsinnig zu sein. Jetzt bist du mit meinem Anliegen belastet. Aber alle Dinge stehen in Zusammenhang, sogar wenn sie so weit entfernt sind wie meine Erde und eure Gaia. Meine Idee könnte für dich und alle auf Gaia wichtig sein. Wenn es ein Tor gibt. Und wieder geben wird. *Sie sind auf dem Schlüsselbein gekommen und gegangen wie Windhosen. Wer würde eine alte Frau so verspotten?*

An gewissen Tagen werde ich dir hier etwas zu lesen hinterlassen, wie man eine Schriftrolle entfaltet, das nur an jenem Tage und danach offenbart werden soll.

Sie konnte die Maschine nicht dazu bringen, noch mehr von dem Inhalt der großen Notiz darzubieten. Der Apparat war offenbar so eingestellt, daß er es ihr immer nur stückweise nacheinander freigab. Rhita stellte die Tafel ab und rieb sich die Augen heftig mit den geballten Fäusten. Sie würde von Patrikia nicht loskommen. Sie hatte kein Eigenleben.

Aber wenn es so etwas gab wie ein Tor ...

Und das war so! Wer konnte Maschinen leugnen, die zu ihrem Geist sprachen, oder Hunderte von Büchern, die ihre Großmutter sich nicht eingebildet und erst recht nicht beschrieben hatte?

Wenn das Tor real war, dann lastete auf ihren Schultern jetzt mehr als nur Verantwortung gegenüber ihrer Großmutter. Die ganze Bevölkerung von Gaia drückte sie nieder.

Rhita wurde langsam klar, was so ein Ding wie das Tor für diese Welt bedeuten würde. Nicht alle ihre Gedanken waren erfreulich. Es würde Veränderungen geben, vielleicht ungeheure Veränderungen ...

15. KAPITEL

Thistledown City

Der Spürer beförderte sich zum Terminal von Olmys Bibliothek und signalisierte mit dem Schwarzweißbild eines grinsenden Terriers, daß seine Suche beendet war. Olmy schaltete Gebläse ein, um die Reste einer kümmerlichen Wolke von Pseudo-Talsit einzusammeln, schwang sich von der Couch und trat vor das tropfenförmige Terminal, um sich auf die piktographierte Zusammenfassung des Spürers über seine Ergebnisse zu konzentrieren.

Keine relevanten Quellen in Achse Euklid oder Thoreau, noch Kopien aus Bibliotheken von Nader und Central City. Alle aktenmäßigen Quellen sind in Bibliotheken von Thistledown als geheim eingestuft. Der Geheimschutz ist abgelaufen, aber keine Angaben über Zugang zu Akten seit dem Verfall. Die letzten Eintragungen 52 Jahre von Achsenstadt entfernt. Keine Identifikation, aber wahrscheinlich aus Nichtkörperlichem im Stadtarchiv. Zweiunddreißig Akten mit Verweisen auf das Archiv der Fünften Kammer.

Laut Gesetz wurden alle Sicherheitsbestimmungen in Bibliotheken und Archiven der Stadt nach einhundert Jahren gelöscht, sofern nicht ihre Erneuerung beantragt und genehmigt worden war. Olmy fragte den Spürer, wie viele Verlängerungsanträge erfolgt waren. Die Antwort lautete. *Vier.*

Die Akten waren alle älter als vierhundert Jahre.

»Listen der betreffenden Autoren«, verlangte er.

Alle Autorennotizen gelöscht.

Das war höchst ungewöhnlich. Nur ein Präsident oder Leitender Minister konnte genehmigen, daß Autoren oder Urheber von Aktennotizen in Bibliotheken oder Archiven der Stadt getilgt wurden. Und selbst dann nur aus zwingendsten Gründen. Anonymität war in der Geschichte des Hexamons nicht zulässig; zu viele Killer hatten sich vor und nach dem Holocaust vor Verantwortung gedrückt.

»Beschreibung der Akten.«

Es sind alles kurze Berichte, nur in Worten.

Die Zeit war gekommen. Olmy wunderte sich, als ihm sein Zögern klar wurde. Die Wahrheit könnte noch schlimmer sein, als er sie sich vorgestellt hatte.

Er sagte: »Zeige mir die Akten in chronologischer Reihenfolge!«

Es war wirklich noch schlimmer.

Als er fertig war und alle Aufzeichnungen im implantierten Gedächtnis gespeichert hatte, um in Muße darüber nachzudenken, gab er dem Spürer seine Belohnung — den freien Ablauf einer simulierten Wiese auf der Erde — und ließ die magere Wolke von Pseudo-Talsit wieder frei in den Raum.

Seine Entscheidung wurde durch das, was der Spürer entdeckt hatte, unendlich schwerer.

Die ganze Geschichte war keineswegs in den Aufzeichnungen enthalten, die nur Anlagen darstellten, bloße Notizen, die nach einer eiligen und nicht besonders gründlichen Säuberung übrig geblieben waren. Olmy las zwischen den Zeilen und faßte seine mangelhaften Vermutungen zusammen.

Vor einigen Jahrhunderten war ein lebendiger Jart gefangen worden unter unbekannten Umständen. Er war gestorben, ehe man ihn nach Thistledown zurückgebracht hatte, und sein Körper wurde konserviert, nachdem seine Mentalität roh gespeichert war. Ohne Kenntnis der Psychologie oder Physiologie der Jarts war so etwas nur teilweise erfolgreich. Nicht einmal diejenigen, welche den Jart gefangen hatten, wußten, wie seine Mentalität integriert war und wie weit sie dem Original entsprach. Sogar beim Körper hatte es Zweifel gegeben.

Einige Forscher meinten, daß Jarts wie Menschen ihre biologischen Formen und sogar ihre genetische Struktur den Umständen anpassen könnten. Darum hatte man die Physiologie der Jarts studiert, aber ohne schlüssige Ergebnisse. Die Resultate waren weder Militärs noch anderen Gelehrten mitgeteilt worden.

Zunächst waren die Untersuchungen der gespeicherten Mentalität unter sicheren, aber verhältnismäßig offenen Bedingungen geführt worden, mit vielleicht zehn oder fünfzehn einzelnen Forschern. Dabei waren neun gestorben, zwei davon irreparabel, da ihre Implantate hoffnungslos verwirrt waren. Direkte oder indirekte mentale Verbindungen mit der gespeicherten Persönlichkeit waren damals streng verboten gewesen. Durch solche Mißlichkeiten kam die Forschung fast zum Stillstand.

Aber selbst damals war, wie Olmy wußte, die indirekte Untersuchung von Mentalitäten eine hoch entwickelte Kunst gewesen. Er konnte schwer glauben, daß ein Jart, in Stücken oder ganz, unter diesen Umständen den Forschern Schaden zufügen könnte. Und dennoch war Beni getötet und Mar Kellen verletzt worden ...

Olmy bekämpfte einen weiteren Hormonstoß. Wäre er nicht so sehr verändert und erweitert worden, würde das auf einen Zustand hindeuten, den man *Angst* nannte.

Seit Jahrhunderten gab es für cybernetische Forschungen ein Gesetz: »Für jedes Programm gibt es ein System derart, daß das Programm sein System nicht erkennen kann.« Das heißt, ein Programm, und sei es noch so kompliziert, wie etwa eine menschliche Mentalität, konnte sich nicht immer des Systems bewußt sein, nach dem es ablief, falls dies System keine Hinweise lieferte. Es konnte nur in dem Ausmaße etwas erkennen, als ihm das System zu laufen gestattete.

Aber vor weniger als einem Jahrhundert hatten Forscher des Hexamons unter Leitung eines hervorragenden Teamchefs, des homorphen Doria Fer Taylor, mathematische Algorithmen entdeckt, die es Programmen erlaubten, die Natur ihrer Systeme vollkommen zu bestimmen. Auf diese Weise konnte eine gespeicherte Mentalität mitteilen, ob sie gespeichert war oder nicht. Theoretisch konnte Olmy herausbringen, unter welchen Umständen auch immer der Focus seiner Persönlichkeit in Implantaten oder in seinem organischen Gehirn arbeitete.

Theoretisch konnten solche Algorithmen, wenn sie voll entwickelt waren, es ermöglichen, daß eine Mentalität oder ein Programm die Natur seines Systems nachhaltig veränderte. Wegen der Existenz von Schurken im Stadtgedächtnis könnte eine solche Information verheerende Folgen gehabt haben. Die Schurken — auch nur ein einziger — hätten das Gedächtnis zerstören können und all seinen Inhalt. Menschliche Mentalitäten waren nicht genügend diszipliniert, daß man ihnen eine solche Macht hätte geben können. Die Forschungen wurden als geheim eingestuft. Olmy hatte durch seine polizeiliche Tätigkeit davon erfahren, als er vom Leitenden Minister den Auftrag erhielt zu erkunden, ob irgendwelche Mentalitäten in den Speichern entfernter Tore — menschliche oder andersartige — unabhängig eine solche Macht entdeckt hätten. Niemandem war das gelungen.

Olmy durchsuchte die tiefsten Ebenen des implantierten Gedächtnisses nach den Taylor-Algorithmen. Er hatte solche Dinge oft verdrängt, um sie in Sicherheit zu wissen, da er nicht feig war, der Möglichkeit zu widerstehen, sie in seine persönlichen Daten aufzunehmen. Er würde sie zuvor säubern müssen — falls er jemals in das aktuelle Gedächtnis der Stadt eingriffe.

Unwahrscheinlich, dachte er.

Nach dem zu urteilen, was Beni und Mar Kellen geschehen war, ebenso wie den früheren Erkundern, war die Jart-Mentalität sich bewußt und durchaus fähig, die Taylor-Algorithmen anzuwenden. Aber zur Zeit der Gefangennahme hatten die Menschen noch nicht einmal etwas von deren Existenz gewußt.

Die Jart-Mentalität, immer noch eine unbekannte Größe, war in der fünften Kammer völlig isoliert worden, um hin und wieder nach etlichen Jahrzehnten, offenbar weniger als einem Jahrhundert, untersucht und dann vergessen zu werden bis auf eine gelegentliche Nachprüfung des Zustandes. Zu wertvoll, um vernichtet zu werden, aber auch zu gefährlich, um untersucht zu werden ...

Die Forscher waren wohl alle zu gegebener Zeit jeweils in das Gedächtnis der Stadt eingegeben worden. Die meisten von ihnen waren Geshels gewesen. Ebenso schien es klar, daß sie alle während der Zerstörung erwählt worden waren, den Weg hinabzugehen. Das konnte erklären, warum es in den letzten vierzig Jahren keine Nachforschungen mehr gegeben hatte. Es erklärte aber nicht zwölf Jahre des Schweigens davor.

Olmy rief die ganze Liste der Daten ab und suchte nach den Angaben über Zugriff nach ihnen. *Warum soll man statische Akten durchsehen, wenn nicht, um zu sehen, ob irgendein anderer an sie herangekommen ist?*

Die Zugriffdaten lagen in den letzten anderthalb Jahrhunderten alle zwischen fünf und dreißig Jahren auseinander. Der Name des Betreffenden war in jedem Fall getilgt worden. Ein schlauer Trick, aber vielleicht nicht raffiniert genug. Olmy ließ sich die Länge der getilgten Stelle in jeder Angabe über Zugriff angeben. Jedesmal hatte der Name fünfzehn Stellen eingenommen. Wahrscheinlich hatte also die gleiche Person mindestens in den letzten hundertfünfzig Jahren die Akten aufgerufen, um zu prüfen, ob die Fußabdrücke noch verborgen und das gefährliche Skelett in der verschlossenen Kammer noch immer sicher war.

Natürlich hätte jemand durch Zufall an die Sicherheitstür in der fünften Kammer geraten sein können oder wie Mar Kellen etwas darüber herausgefunden haben. Aber Mar Kellen hatte Verfahren zum Knacken von Codes angewandt, um die Tür zu öffnen, die erst vor verhältnismäßig kurzer Zeit entwickelt worden waren.

Aller Wahrscheinlichkeit nach wußte außer Mar Kellen und jetzt Olmy niemand im Hexamon etwas von dem gefangenen Jart.

Mar Kellen suchte seinen Weg zu ehrenhafter Verborgenheit. Damit blieb nur Olmy übrig.

16. KAPITEL

Gaia

Die Beratung über die libyische Attacke auf das Brucheion war entmutigend gewesen. Jüdische Miliz, die rund um das Nil-Delta stationiert war, hatte ihr Mißvergnügen schon in Demonstrationen zum Ausdruck gebracht, die an Meuterei grenzten. Jetzt reagierte der Rat. Kleopatra, in Begleitung ihres üblichen Mückenschwarms von Ratgebern, war aus der Sitzung herausgekommen in den Lichterglanz, den eine offizielle Dokumentationsmannschaft ausstrahlte. Sie war eitel genug, um grelles Licht und Kameras zu hassen, hatte aber genügend Pflichtgefühl, um zu lächeln.

Ihre Stellung als Königin war in der Tat unsicher. Schon seit langem war sie dazu gekommen, die Macht zu bereuen, die sie in den letzten dreißig Jahren für die Dynastie der Ptolemäer zurückgewonnen hatte — genügend Macht, um Vorwürfe zu ertragen, aber nicht genug, um die volle Herrschaft auszuüben. Sie hatte nicht die Macht, den Rat völlig zu brüskieren und das Militär zu übernehmen. Dennoch hielten manche Gruppierungen sie für verantwortlich, wenn die Militärpolitik des Rates versagte. Gerüchte über Verschwörungen schwängerten die Luft. Fast wünschte sie, daß sie sich bewahrheiten möchten.

Der Tag wurde nicht besser, als ihr Mouseion-Spion meldete, wie Rhita Berenikē Vaskayza behandelt wurde.

Ihre Kaiserliche Hoheit hatte längst gelernt, aus jeder Situation den größtmöglichen Nutzen zu ziehen. Sie hatte schon seit mehr als zehn Jahren den Verdacht gehegt, daß die Interessen des Mouseions sich von ihren eigenen entfernten, aber nicht so sehr, daß es zu einer offenen Kontroverse käme. Die Akademeia Hypateia auf Rhodos war ein Dorn im Fleisch des Bibliophylax. Kleopatra hatte gedacht, daß sie eine interessante Reaktion bewirken könnte, indem sie Patrikias Enkelin gestattete, ans Mouseion zu kommen. Und falls diese junge Frau bessere Nachrichten brächte als Patrikia — nun wohl!

So oder so war sie nützlich.

Aber was der Spion seiner Königin berichtete, war empörend.

Sie hörte seine Meldung an, während sie in ihrem privaten Arbeitszimmer auf einem Klappstuhl saß. Ihre Narbe wurde weiß, und die Muskeln ihrer Kinnbacken verkrampften sich. Sie hatte nicht geglaubt, daß der Bibliophylax Kallimachos ihre Autorität so bewußt mißachten würde.

Kallimachos hatte den von Rhita gewählten Didaskalos, einen jungen Professor für Physik und Ingenieurwesen namens Demetrios, gegen dessen ausdrücklichen Willen auf einen langen Arbeitsurlaub fortgeschickt. (Demetrios war nach Aussage des Spions ebensosehr ein tüchtiger Mathematiker wie ein vielversprechender Erfinder und hatte sich auf die Zusammenarbeit mit der Tochter der Sophē Patrikia gefreut.) Kallimachos hatte Rhita dann grob behandelt, ihren Status als privilegierter Gast mißachtet und sie gezwungen, getrennt von ihrem keltischen Leibwächter zu wohnen, der für ihre Sicherheit sehr wohl wichtig sein könnte ...

Rhita Vaskayza betrug sich, wie der Spion mit einiger professioneller Anerkennung sagte, unter diesen Mißhelligkeiten recht gut. Er fragte: »Ist sie eine Begünstigte der Königin?«

»Mußt du das wissen?« erwiderte Kleopatra kühl.

»Nein, meine Königin. Aber wenn sie es sein sollte, hast du eine interessante Frau zur Favoritin gewählt.«

Kleopatra ignorierte die Vertraulichkeit und sagte: »Es ist Zeit, das gewählte Stück zu spielen.« Mit scharfem Finger wies sie den Spion aus dem Zimmer. Ein Sekretär erschien in der Tür. »Bring morgen früh Rhita Berenikē Vaskayza zu mir und behandle sie besonders gut!« Sie summte und starrte an die Decke. Was könnte sie sonst noch tun? Etwas für ihre einfache Genugtuung, ohne größere Pläne zu stören. »Schick die Steuerprüfer ins Mouseion! Ich will, daß jeder Administrator und Didaskalos auf dem Campus — wohlgemerkt, nur diejenigen, welche unmittelbar anwesend sind — überprüft werden hinsichtlich des Zehnten und der königlichen Steuern. Mit einziger Ausnahme von Kallimachos. Sag ihm, daß ich ihn in dieser Woche sehen will. Und sorge dafür, daß alle Tantiemen und Zuweisungen aus dem Etat des Palastes an das Mouseion drei Wochen lang ausgesetzt werden!«

»Jawohl, meine Königin.« Der Sekretär legte die gefalteten Hände ans Kinn und ging rückwärts zur Tür hinaus.

Kleopatra schloß die Augen und besänftigte ihre dumpfe Wut durch einen langen, tiefen Seufzer. Sie merkte, daß sie mehr und mehr etwas Apokalyptisches wünschte, um sauber den politischen Sumpf zu durchteilen, der jetzt ihr Leben war. Weder äußerst mächtig, noch zu schwach, um ignoriert zu werden, mußte sie ihre Macht handhaben wie ein Seemann in einem defekten Boot auf dem Mareotis-See.

Sie murmelte: »Rhita Vaskayza, bring mir etwas, das ablenkt und schön ist, etwas, das deiner Großmutter würdig ist!«

Die Aula ertönte von weiblichen Stimmen in Hellenisch, Aramäisch, Aithiopisch und Hebräisch. Heute begannen die Kurse, aber Rhita hatte keinen Didaskalos und keine Zuweisungen und daher keine Vorlesungen außer denen, die als Basis allen Studierenden im Mouseion zustanden: Orientierung, Sprache — was sie nicht nötig hatte — und Mouseion-Geschichte. Um zwei Uhr morgens, gerechnet von Sonnenaufgang an, war die Aula fast leer; und sie saß trüber Stimmung in ihrem engen Zimmer und machte sich Gedanken darüber, ob es überhaupt klug gewesen war, nach Alexandreia zu gehen.

Da hörte sie zwei Paar Schritte vor der Tür und empfand einen Augenblick der Angst. Es wurde an die Tür geklopft, und eine männliche Stimme fragte: »Rhita Berenikē Vaskayza?«

»Ja«, sagte sie und war bereit, jedem entgegenzutreten, der hereinkommen mochte.

»Ich bin hier mit deinem Leibwächter«, sagte der Mann in glattem gewöhnlichen Griechisch. »Ihre Kaiserliche Hypselotēs ersucht um deine Anwesenheit heute um die sechste Stunde.«

Rhita öffnete die Tür und sah Lugotorix hinter einem großen, kräftigen Ägypter in königlicher Livree stehen. Der Kelte nickte Rhita zu, und sie zwinkerte. »Jetzt gleich?«

»Ja, jetzt«, bestätigte der Ägypter.

Lugotorix half ihr, die Behälter zusammenzusuchen, die die Objekte Patrikias enthielten. Rhita fand es etwas lächerlich, daß sie es überhaupt mit dem Mouseion versucht hatte; aber das war die Strategie ihres Vaters auf Vorschlag der Mutter hin gewesen und lag Jahre zurück. Ihre Mutter hatte geraten: *Am besten an Ihre Kaiserliche Hypselotēs nicht direkt herantreten. Besonders nach dem Fiasko der verschwindenden Tore.*

Ein viel größerer Motorwagen erwartete sie auf der Straße mit Kopfsteinpflaster, die um das Haupttor des Campus verlief. Drei weitere Ägypter, auch in königlicher Livree, luden ihre Behälter sorgsam hinten ein. Der Kelte nahm neben dem Fahrer Platz, und die Wächter standen auf Trittbrettern. Mit dröhnender Windhupe wurde sie vom Mouseion nach Westen zum Palast gefahren.

Als sie das Haupttor hinter sich ließ, schaute sie zurück und erkannte mit unwillkürlichem Erzittern, daß ihr kurzer Aufenthalt im Mouseion beendet war.

17. KAPITEL

Thistledown

Einmal, noch ehe er dreißig Jahre alt war, hatte das Leben von Garry Lanier vernünftige Proportionen gehabt. Er war nicht mit einer ständigen Sperre explosiver Neubeurteilungen der Realität und seines Platzes darin konfrontiert worden. Seit der Ankunft des Steins hatte er so oft mit Wahrheiten zu tun gehabt, die den Geist strapazierten, daß er gemeint hatte, ihn würde nichts mehr in Erstaunen setzen.

Er lag auf der Pritsche, die Svard, Korzenowskis Assistent, ihm hergerichtet hatte. Auf dem Rücken liegend und halb von einem Laken bedeckt, seufzte er im Dunkeln und erkannte, daß er schließlich doch nicht so erschöpft war. Die Geschichte des Russen hatte ihn verwirrt.

Mirsky war zurückgekehrt, nachdem er über das Ende der Zeit hinausgereist und mindestens ein kleiner Gott geworden war.

Er war ein Avatar, ein reinkarniertes Symbol von Kräften, die sogar Korzenowskis Vorstellungsvermögen überstiegen.

»Jesus!« sagte Lanier fast automatisch. Dieser Name hatte in den letzten Dekaden erheblich an Kraft eingebüßt. Letztlich wurden alle Wunder bei der Gründung des Christentums jede Woche im Terrestrischen Hexamon wiederholt. Die Technik hatte die Religion überflüssig gemacht.

Aber was war Mirsky, daß seine Wiederkehr sogar die Fähigkeiten des Hexamons übertreffen konnte? Hatten die Wunder einen vollen Zyklus beendet, zurück in das Reich der alten Religion?

Was Mirsky ihnen gezeigt hatte ... Die Kombination vereinfachter optischer Bilder und Worte mit unverständlichen Tönen, die in ihre Gehirne projiziert wurden ... Seine Eingeweide verkrampften sich noch bei der Erinnerung an dieses Erlebnis.

Was würde Karen gedacht haben, aus ihrer weniger westlich orientierten Sicht? Geboren in China von Eltern, die England untreu geworden waren, konnte ihre Fassungskraft für Wunder durch eine andere Haltung der Realität gegenüber verstärkt werden. Zumindest hatte sie nie so sehr durch Kultur und Zukunft schokkiert gewirkt, wie Lanier es erlebt hatte. Sie nahm das Unvermeidliche und Unbestreitbare mit Ruhe und Pragmatismus an.

Lanier rieb sich die geschlossenen Augen und drehte sich um in der Hoffnung, endlich Schlaf zu finden. Jetzt, da er sie wohl nicht sehen konnte, wurde ihm klar, wie sehr Karen ihm fehlte. Selbst mit der versteckten Bitterkeit ihrer letzten paar gemeinsamen Jahre, hatte er mit ihr etwas gemein gehabt, wenn sie beisammen waren: Eine gemeinsame Verbindung mit der Vergangenheit.

War er etwa einfach *zu alt,* um diese neuen Realitäten zu akzeptieren? Würde Pseudo-Talsit helfen oder eine Säuberung seiner mentalen Kanäle durch eine neue Jugend?

Er fluchte leise und wollte die Pritsche verlassen. Aber es gab im Gelände keinen Ort, wohin er sicher gehen konnte, keine Stelle, wo er nicht beobachtet wurde. Und er brauchte jetzt Einsamkeit, Dunkelheit und Freiheit von Reizen. Er kam sich vor wie ein Tier auf dem Transport, das sich an die Sicherheit eines geschlossenen Käfigs klammert. Wenn er die Tür aufmachte, könnte ihn eine andere Sperre von Unmöglichkeiten anspringen.

Während Lanier sich bemühte zu schlafen, vereinbarte Korzenowski ein Treffen mit dem Präsidenten und mehreren maßgeblichen Persönlichkeiten. Es war durchaus möglich, daß Judith Hoffman, Laniers Chefin und Mentor vor vierzig Jahren, zugegen sein würde.

Lanier hatte seit Jahren nicht mehr mit ihr zu tun gehabt. Es überraschte ihn nicht zu erfahren, daß sie sich Verjüngungen durch Pseudo-Talsit und Transplantationen unterzogen hatte; aber es war für ihn eine Art Schock, als Korzenowski ihn informierte, daß sie die Partei in Thistledown anführte, welche für die Wiederöffnung des Weges eintrat.

Die Züge zwischen den Kammern von Thistledown waren so leistungsfähig wie je — blanke silberne Tausendfüßler, die mit einigen hundert Kilometern in der Stunde durch ihre engen Tunnels glitten. Lanier saß neben Mirsky und Korzenowski ihnen gegenüber, alle in Schweigen versunken.

Sie empfanden eine kosmische Scheu, die wenig Anlaß für belanglose Konversation bot — nicht nach dem, was Mirsky ihnen gezeigt hatte. Dieser ertrug das Schweigen stoisch. Er blickte durch die Fenster in die Finsternis des Tunnels ringsum und auf die plötzliche Explosion von städtischen Bildern, wenn der Zug ins Helle auftauchte.

Die Metropolis der dritten Kammer, Thistledown City, war nach dem Start des Asteroiden entworfen und erbaut worden, wobei man die bei dem Bau von Alexandria in der zweiten Kammer gewonnenen Erfahrungen nutzte. Ihre riesigen Türme erhoben sich von schmalen Basen zu weiten Gipfeln, die fünf Kilometer über den Talboden reichten. Aufragende Hängekonstruktionen verliefen quer zur Kurve der Kammer wie an einem Vorhang befestigte Wolkenkratzer. Die schimmernden Megakomplexe, jeder einzelne so voluminös wie eine größere Stadt auf der Vorkriegserde, schienen von oben eine nahe Katastrophe anzudeuten. Vieles von Thistledown City war für ungewohnte Augen ein architekturaler Alptraum, der stets schwankte und in einer plötzliche Böe zusammenzubrechen drohte.

Indessen hatten diese Bauten das Anhalten und Wiedereinsetzen der Rotation des Asteroiden während der Zerstörung überlebt, ohne ernsthaft Schaden zu nehmen.

Mirsky brach das Schweigen und sagte: »Das ist wirklich schön.« Er beugte sich vor und schüttelte begeistert den Kopf, wie ein Junge grinsend.

»Durchaus ein Kompliment seitens eines Mannes, der das Ende der Zeit geschaut hat«, bemerkte Korzenowski.

Er verhält sich nicht wie ein Avatar, dachte Lanier.

Nach der Zerstörung war Thistledown City durch Bürger aus der Umgebung wieder eingenommen worden. Ein mißratener Versuch, Alte Eingeborene auf den Asteroiden zu schaffen und dort ansässig zu machen, war abgeblasen worden, nachdem die neuen Einwanderer großes Mißvergnügen äußerten. Die meisten waren zur Erde zurückgekehrt, wo sie nicht durch unnatürliche Pracht überwältigt und eingeschüchtert wurden. Lanier hatte Mitgefühl für sie.

Jetzt war die Stadt zu etwa einem Fünftel voll. Manche Bürger drängten sich in bestimmten Gebieten zusammen, andere in weniger bevölkerten Regionen, wo oft eine oder zwei Familien in einem Gebäude wohnten. Falls man jemals größere Anzahlen von Erdbewohnern überreden könnte, Thistledown zu ihrer Heimat zu machen, wartete reichlich Platz auf sie.

Alle Parks der Stadt waren wiederhergestellt worden, anders als in Alexandria, wo die Restaurierung noch im Gange war. Einige Parks waren mit von der Erde heraufgebrachter Flora neu bepflanzt worden. Konservatoren ermutigten gefährdete irdische Tiere, sich in verschiedenen eindrucksvollen Zoos zu vermehren, die in den letzten beiden Dekaden fertiggestellt worden waren. Die Bibliotheken der zweiten und dritten Kammer enthielten die genetischen Aufzeichnungen jeder Spezies der Erde, die zur Zeit des Starts von Thistledown bekannt war; aber eine große Anzahl von Arten war in den Jahren nach dem Tod verschwunden. Jetzt hatten sie die Chance, solches Aussterben zu verhindern.

Der Terrestrische Hexamon-Nexus lag inmitten eines Regenwaldes von vier Quadratkilometern. Eine weite, durchsichtige Kuppel von der Farbe eines klaren Dämmerungshimmels spannte sich über den größten Teil des Waldes und die Sitzungsräume des Nexus. Unter der Kuppel war das Röhrenlicht zu strahlendem Sonnenschein und Wolken umgewandelt worden.

Der Nexus tagte derzeit nicht. Die Versammlungsräume, eine runde Arena und zentrales Podium, waren fast leer.

Judith Hoffman saß am Gang nahe der Mittelbühne. Lanier, Mirsky und Korzenowski gingen nebeneinander durch den Gang, und sie drehte sich mit hochgezogener Augenbraue im Sitz um, nahm Mirsky und Korzenowski zur Kenntnis und lächelte dann Lanier an. Der trat beiseite und wurde von ihr zur Begrüßung an die Brust gedrückt, während die anderen beiden warteten.

Sie sagte: »Wie schön, dich wiederzusehen, Garry!«

»Es ist so lange her.« Er lächelte breit und fühlte sich in ihrer bloßen Gegenwart energischer und zuversichtlicher. Lanier stellte fest, daß sie sich gestattet hatte, ein wenig zu altern, obwohl sie immer noch zwanzig Jahre jünger schien als er. Ihr Haar war stahlgrau, und ihr Gesicht zeigte eine müde, durch Sorgen gezeichnete Würde.

Sie hatte bewußt die neueren Moden von Thistledown City ignoriert, wo äußere Erscheinung ebenso illusionär sein konnte wie Kleidung. Statt dessen hatte sie einen neutralen grauen Hosenanzug gewählt, der nur an den Aufschlägen leicht feminin geschnitten war. Sie trug ein piktographisches Halsband und hatte eine kleine, mindestens vierzig Jahre alte Tafel bei sich, die hier einem Federkiel entsprach.

»Wie geht es Karen? Hast du mit Lenore und Larry Schritt gehalten?«

»Karen geht es gut. Sie könnte jetzt hier sein. Sie arbeitet mit Suli Ram Kikura an einem sozialen Projekt.« Er schluckte. »Lenore ist jetzt in Oregon, wie ich vermute. Larry ist vor ein paar Monaten gestorben.«

Hoffmans Mund bildete ein überraschtes *O*. »Ich hatte nicht gehört ... Verdammt, es tut mir sehr leid.« Sie faßte seine Hand und seufzte. »Ich werde ihn vermissen. Ich bin hier oben so ohne Kontakt gewesen — viel zu sehr. Ich habe euch alle vermißt, aber es hat hier viel Arbeit gegeben.«

Die anderen drei Vertreter kamen von einer anderen Reihe zwischen den Sitzen heran: David Par Jordan, Assistent und Advokat des Präsidenten, ein kleiner, zarter, auf Thistledown geborener Mann mit weißblondem Haar; die Leitende Beamtin der sechsten Kammer, Decorda Ti Negranes, eine hochgewachsene, schlanke Homorphe in schwarzer Kleidung; und Eula Mason, eine untersetzte, kräftige Frau mit einem Falkengesicht, zuständig für die Achse Thoreau, eine orthodoxe, aber nicht extreme Naderitin mit erheblichem Einfluß im unteren Nexus.

Mirsky betrachtete sie alle mit seiner milden distanzierten Miene wie ein Schauspieler, der auf seinen Auftritt wartet. Hoffman schüttelte Hände und tauschte mit Korzenowski Komplimente aus. Dann wandte sie sich an Mirsky. Sie faltete die Hände vor der Brust und sagte: »Garry, ist dies der Mann, der er sagt, daß er ist?«

Lanier wußte, daß sein Urteil nur indirekt begründet sein würde. »Zunächst war ich mir nicht sicher, aber jetzt glaube ich, daß es stimmt.«

»Ser Mirsky, ich freue mich, Sie wiederzusehen«, sagte Hoffman. »Unter friedlicheren und gewiß mysteriöseren Umständen.« Sie löste ihre Hände und hielt ihm eine davon etwas zögernd hin. Mirsky ergriff sie mit den Fingerspitzen und verbeugte sich.

Galantes Benehmen vom Ende der Zeit, dachte Lanier. *Was kommt als nächstes?*

»In der Tat, Ser Hoffman«, sagte Mirsky. »Es hat sich vieles verändert.«

Als sie den Sitzungsort in einen Raum im Komplex unter der Arena verlegten, erfolgten ringsum Vorstellungen mit einer gesellschaftlichen Unbeholfenheit, die Lanier angesichts der Umstände amüsierte. Menschliche Konvention konnte sogar die bedeutsamsten Anlässe trivial machen; und vielleicht war das auch ihr Zweck — sehr wichtige Ereignisse auf menschliches Maß zurückzuführen.

Korzenowski ging bezüglich Mirsky ausdrücklich nicht ins Detail.

Als sie um einen kleinen runden Tisch Platz nahmen, sagte er: »Wir müssen dem Nexus und dem Präsidenten einiges kompliziertes und wichtiges Material unterbreiten.«

Eula Mason sagte mit ernster Miene: »Ich habe eine Frage, die keinen Aufschub duldet. Ich weiß nur sehr wenig über Ser Mirsky. Er ist ein Alter Eingeborerer — Verzeihung: ein Terrestrier — und von russischer Abstammung; aber Ihre Vorstellung erklärt nicht seine Bedeutung, Ser Korzenowski. Woher kommt er?«

»Aus einer großen Distanz in Raum und Zeit«, sagte der Ingenieur. »Er hat uns einige beunruhigende Nachrichten gebracht und ist bereit, vor diesem ausgesuchten Gremium Zeugnis abzulegen. Ich warne Sie, Ihnen ist nie etwas wie diese Aussage vorgekommen, auch nicht im Gedächtnis der City.«

Mason sagte: »Ich pflege Stadtarchive zu vermeiden. Ich respektiere Sie, Ser Korzenowski, aber ich hasse Geheimniskrämerei, und erst recht, wenn meine Zeit vergeudet wird.«

Als vorgebliche Verbündete gegen die Wiedereröffnung fand Lanier Mason reichlich unfreundlich gegenüber Korzenowski.

Korzenowski behielt die Ruhe. »Ich habe Sie vier hierhergebeten, weil die Umstände so ungewöhnlich sind und ich eine Art von Generalprobe möchte, ehe wir an den vollen Nexus herantreten.«

»Werden wir Aspirin brauchen?« fragte Hoffman Lanier und lehnte sich in seine Richtung.

»Wahrscheinlich«, sagte dieser.

Die Aufmachung von Negranes als Homorphin war für Laniers Geschmack etwas zu extrem. Ihre Gesichtszüge waren auf dem Kopf zu klein, und ihr Körper hatte unnatürliche Proportionen mit Betonung der Länge von Beinen und Dicke der Schenkel, extrem langen Fingern und einem fast männlichen Brustkorb. Aber sie benahm sich mit großer Würde und kannte offenbar ihre Stellung in diesem Raum und auf Thistledown. »Ist dieses Material dazu angetan, gegen die Wiedereröffnung zu sprechen, Ser Ingenieur?«

Korzenowski sagte: »Ich denke, daß es uns gestatten könnte, einen Kompromiß zu erreichen.«

Das ist ziemlich optimistisch, dachte Lanier.

Mason kniff mit unverhohlenem Mißtrauen die Augen zusammen. Offensichtlich genoß Korzenowski in seinem eigenen Lager kein volles Vertrauen. Das war kaum überraschend. Er hatte zuerst den Weg konstruiert.

»Dann fangen wir also an!« sagte Par Jordan.

»Diesmal werde ich keinen Projektor benutzen«, sagte Mirsky. »Ich werde die Herren Korzenowski und Lanier schonen ... Die haben meine Geschichte schon ertragen müssen.«

Als die Präsentation vorbei war, legte Hoffman den Kopf auf den Tisch und stöhnte. Lanier massierte ihr mit einer Hand leicht Nacken und Schulter. »Mein Gott!« rief sie mit erstickter Stimme. Jordan und Negranes schienen betroffen zu sein.

Mason erhob sich mit zitternden Händen und sagte

zu Korzenowski: »Dies ist eine Farce. Ich bin erstaunt, daß Sie an diese bewußte Täuschung glauben. Sie sind bestimmt nicht der Mann, in den mein Vater sein Vertrauen gesetzt hat ...«

»Eula«, sagte Korzenowski und schaute sie kühl an, »dies ist kein Betrug. Das wissen Sie ebensogut wie ich.«

»Was ist es dann?« fragte sie mit schriller Stimme. »Ich verstehe überhaupt nichts davon!«

»O doch! Es ist ganz klar, wenn auch erstaunlich.«

»Was will er, das wir tun sollen?« fuhr sie fort. Korzenowski hob die Hand und nickte mit der Bitte um Geduld. Masons Geduld reichte gerade so weit, daß sie die Arme verschränkte und sich in ihrem Sessel steif zurücklehnte.

»Haben Sie irgendwelche Fragen?« wandte er sich an Negranes und Par Jordan.

Par Jordan schien von allen am wenigsten beunruhigt zu sein. Er fragte: »Meinen Sie, daß der Präsident dies sehen und kennenlernen muß?«

»Bitte, es muß der ganze Nexus erfahren zwecks Entscheidung«, sagte Mirsky. »So bald wie möglich.« Man schaute ihn an wie ein unerwartetes Gespenst — oder vielleicht auch ein sehr großes Insekt. Sie hielten sich deutlich zurück, ihn direkt anzusprechen.

»Ser Korzenowski, das wird schwierig werden. Ich habe Verständnis für die Reaktion von Ser Mason ...«

Sie schlug mit der flachen Hand auf den Tisch und fühlte sich bestätigt.

Negranes hob den Kopf und sagte: »Ich habe nie ein solches Gefühl gehabt. Ich fühle mich dadurch unendlich klein. Ist alles so unwesentlich, daß wir einfach verschwinden und in der Zeit vergessen werden?«

»Nicht vergessen«, sagte Mirsky. »Bitte, Sie sind nicht vergessen. Ich bin hier.«

»Warum Sie?« fragte Negranes. »Warum nicht eine besser bekannte Figur aus dem Hexamon?«

»Ich habe mich sozusagen als Freiwilliger gemeldet.«

Hoffman fixierte Korzenowski mit ihren hellen braunen Augen. »Wir haben in dieser Frage lange entgegengesetzte Standpunkte vertreten. Ich bin sicher, daß Garry überrascht sein wird zu hören, daß ich für die Wiedereröffnung war. Wie fühlen Sie sich dabei? Haben Sie Ihre Meinung geändert?«

Einen Moment lang antwortete Korzenowski nicht. Dann sagte er in einem Ton, der Lanier aufschreckte, einem vertrauten Ton, dem von Patricia Vasquez: »Ich habe immer gewußt, daß es unvermeidlich war. Unvermeidlichkeit hat mir nie gefallen. Dies jetzt gefällt mir auch nicht. Ich habe den Weg konstruiert und wurde mit Ermordung dafür belohnt. Ich wurde zurückgebracht und sah, welchen Fortschritt wir erzielt hatten, und wieviel wir jetzt als Menschenwesen gewonnen — nicht verloren — hatten. Wir wurden in unserer eigenen Pracht gefangen.

Ich war mir sicher, daß Rückkehr zur Erde unsere Probleme wettmachen würde, aber der Weg ist wie eine Droge. Wir haben diese Droge so lange benutzt, daß wir uns davon nicht freimachen können, so lange die Möglichkeit einer Wiedereröffnung bleibt.«

»Sie sprechen zweideutig«, sagte Mason.

»Ich denke, daß der Weg wieder aufgemacht werden muß. Und danach muß er zerstört werden. Ich sehe keine Alternative für die von Ser Mirsky vorgeschlagene Methode.«

»Wiedereröffnung«, sagte Mason und schüttelte den Kopf. »Letztlich nachgeben.«

»Unsere Verantwortung ist eine schwere Last«, fuhr der Ingenieur fort. »Der Weg muß demontiert werden. Er blockiert die Pläne jener, deren Ziele weit größer sind als alles, was wir uns leicht vorstellen können.«

»Sie dürfen darauf zählen«, sagte Mason, »wenn wir irgendeine Art von Wiedereröffnung fördern, werden *sie* nicht zulassen, daß wir demontieren.« Sie nickte Negranes und Hoffman zu.

Hoffman sah Lanier an. Ihr Gesicht gewann erst jetzt wieder etwas Farbe. »Unter allen Umständen muß der Nexus dies sehen. Ich glaube, daß dieser Mann Mirsky ist; und das ist erstaunlich genug, um mich zu überzeugen.«

Par Jordan stand auf. »Ich werde dem Präsidenten meine Empfehlung unterbreiten.«

»Was empfehlen Sie?« fragte Mirsky.

»Ich bezweifle, daß wir eine Bekundung vor dem Nexus verhindern können. Ich weiß nicht, ob wir das auch wünschen. Ich weiß es ... einfach nicht.« Er holte tief Luft. »Die Spaltung wird allmählich unglaubwürdig.«

Plötzlich spürte Lanier das Verlangen nach einer Chance, jenen Moment auf dem Berg noch einmal zu erleben, als er zuerst gesehen hatte, wie der Bergsteiger den Pfad herabkam.

Sollte er eine zweite Chance bekommen, so wäre er vielleicht davongerannt, so schnell seine verkrampften Beine es erlaubten.

18. KAPITEL

Gaia, Alexandreia, Kap Lochias

Kleopatra die Zweiundzwanzigste begrüßte die junge Frau herzlich im Wohnzimmer ihrer Privaträume. Das Haar der Königin war graumeliert und ihre Augen glanzlos. Die Narbe quer über ihrer Wange, ein in der ganzen Oikoumenē wohlbekanntes Ehrenzeichen, erschien rot und geschwollen. Sie wirkte erschöpft.

Der Kelte war nicht in die Privaträume zugelassen. Rhita tat der Mann irgendwie leid, der immer lange warten mußte, ohne seiner wichtigsten Pflicht genügen zu können, sie zu beschützen.

»Man hat dich im Mouseion nicht gut behandelt«, sagte Kleopatra, die an einem durchsichtigen Quarztisch mit rosa Adern der jungen Frau gegenübersaß. »Ich bitte dich um Verständnis und Entschuldigung.«

Rhita nickte. Sie wußte nicht, was sie sagen sollte und hielt es für das beste, die Königin reden zu lassen. Kleopatra wirkte aufgeregt und schien schlechter Laune zu sein.

Sie fuhr fort: »Deine Bitte um eine Audienz wurde erwartet und ist willkommen. Ich fürchtete, deine Großmutter dachte, ich hätte den Glauben an sie verloren.« Die Königin lächelte schwach. »Vielleicht war es so. In einer Welt voller Enttäuschungen ist es leicht, den Glauben zu verlieren. Aber ich habe ihr Wort nie bezweifelt. Ich *mußte* einfach an das glauben, was sie sagte. Ist das leicht zu begreifen?«

Rhita glaubte, ihr Schweigen könnte als Schock verstanden werden, daß sie sich in Gegenwart einer königlichen Person befand. Seltsamerweise war sie aber nicht nervös. »Ja, ich verstehe.«

»Nach dem, was man mir berichtet hat, bist du nicht dein ganzes Leben lang in der Nähe deiner Großmutter gewesen.«

»Nein, meine Königin.«

Kleopatra wies die Formalität zurück und richtete ihre müden Augen fest auf Rhita. »Sie hat dich für etwas erwählt?«

»Ja.«

»Für was?« Die Hand der Königin winkte ihr, entgegenkommender zu sein, als ob sie näherdrängte.

Rhita sagte: »Sie hat die Objekte in meine Obhut gegeben.«

»Das Schlüsselbein?«

»Ja, meine Königin.«

»Wird es uns wieder enttäuschen?«

»Es zeigt ein neues Tor, Eure Königliche Hypselotēs. Dieses ist seit drei Jahren an Ort und Stelle geblieben.«

»Wo?«

»In den Steppen der nordischen Rus, westlich vom Kaspischen Meer.«

Die Königin dachte einen Moment lang darüber nach mit zusammengezogenen Brauen. Ihre Narbe leuchtete hell auf. »Nicht leicht, dorthin zu kommen. Weiß irgend jemand, daß es sich dort befindet?«

»Nicht, daß ich wüßte, meine Königin.«

»Weißt du, wohin es führt?«

Rhita schüttelte den Kopf.

»Gibt es nichts ... Überzeugenderes hinsichtlich dieses speziellen Tores?«

»In welcher Hinsicht, meine Königin?«

Rhita schaffte es nicht, die Form ihrer Anrede zu ändern. Es erschien ihr fast ein Sakrileg, die Frau formlos anzureden, ohne jede Ehrerbietung.

»Ich werde wohl Sicherheitsmaßnahmen ergreifen müssen. Ich werde eine Expedition ausrüsten, trotz der diplomatischen Schwierigkeiten, falls man uns erwischt, und Sie in die nordische Rus entsenden. Ich meine, daß es gar nicht in Betracht kommt, um Erlaubnis nachzusuchen — und alles ist umsonst, ein Loch ins Nichts ...«

»Ich kann für nichts garantieren, meine Königin.«

Kleopatra schüttelte traurig den Kopf und lächelte dann wieder. »Auch deine Großmutter konnte das nicht.« Sie holte tief Luft. »Sie hatte ebenso wie du großes Glück gehabt, daß ich die Königin bin. Jemand, der intelligenter und pragmatischer wäre, würde keinem von euch beiden zuhören.«

Rhita nickte feierlich und machte sich auf Ablehnung gefaßt.

»Hast du eine Idee, was auf der anderen Seite dieses Tores liegt? Irgendeine Vorstellung?«

»Es könnte uns den Weg zurückbringen.«

»Patricias große Röhrenwelt?«

»Ja, meine Königin.«

Kleopatra stand auf, hielt einen Finger an das obere Ende ihrer Narbe und entspannte ihren Kinnbacken. »Was würde deine Expedition brauchen? Mehr als das, was Patricia einmal verlangt hat?«

»Ich glaube nicht, Eure Hypselotēs.«

»Keine große Ausgabe. Die Objekte arbeiten alle ordentlich? Die Mechanikoi von Rhodos haben sie in gutem Zustand gehalten?«

»Sie haben keine Wartung erfordert, meine Königin. Außer dem Austausch von Batterien ... Sie funktionieren gut.«

»Könntest du diese Expedition anführen?«

»Ich glaube, das hat meine Großmutter gewünscht.«

»Du bist sehr jung.«

Rhita bestritt das nicht.

»Könntest du?«

»Ich glaube, ja.«

»Dir fehlt die Leidenschaft deiner Großmutter. Die hätte nicht gezögert, ja zu sagen, auch wenn sie selbst im Zweifel wäre.«

Rhita bestritt auch das nicht.

Kleopatra schüttelte langsam den Kopf und ging um den Tisch herum. Sie blieb stehen, wobei ihre Hände auf der Rückenlehne von Rhitas Sessel ruhten. »Es ist politischer Wahnsinn, eine Konfrontation mit den Rus zu riskieren; und einen Sturm im Rat, wenn die Geheimhaltung durchbrochen würde ... Junge Frau, meine Position ist jetzt nicht beneidenswert. Ein Teil von mir ist gereizt — nein, nicht bloß gereizt, sondern wütend! — über deine bloße Anwesenheit hier und deine stille Bitte. Und ein anderer Teil ... der Teil, aus dem deine Großmutter Vorteil gezogen hat ...«

Rhita schluckte und spannte ihre Halsmuskeln an, um nicht ständig zustimmend mit dem Kopf zu nicken.

»Ich habe schon einige leichte Strafen verhängt für deine schlechte Behandlung im Mouseion. Irgendwie habe ich mich schon für deinen Fall eingesetzt. Aber es ist nicht leicht für mich, meinen Wünschen einfach nachzugeben. Und ich wünsche, daß du etwas findest ... das wundervoll und vielleicht gefährlich ist, gefährlich auf eine wundersame neue Weise. Etwas, das hoch über diesem unglaublichen Gewirr aus niedrigen Drohungen und großem Haß und Intrigen liegt.« Sie beugte sich neben Rhita hinab und brachte ihr Gesicht nahe an das der jungen Frau. Sie ließ die Augen über ihre Gesichtszüge gleiten. »Was hast du an Entsprechendem zu bieten, an persönlichen Garantien?«

»Keine«, antwortete Rhita mit sinkendem Mut.

»Gar keine?«

Sehr langsam und wider Willen, in Furcht vor sich selbst und ihren Ungewißheiten, sagte Rhita: »Nur mein Leben, Hypselotēs.«

Kleopatra lachte. Sie richtete sich auf, nahm Rhitas Hände in die ihren und zog sie aus dem Sessel hoch, als ob sie tanzen wollten. Sie sagte: »In dir steckt ja doch etwas von dem alten Mädchen. Kannst du mir das zeigen?«

Rhita entspannte ihre Halsmuskeln lange genug, um einmal nicken zu können.

»Dann bring dein Schlüsselbein her und führe es mir so vor, wie deine Großmutter es getan hat. Das hat mir damals Freude gemacht.«

19. KAPITEL

Thistledown, Fünfte Kammer

Nach einunddreißig Tagen der Nachforschung war Olmy zu einer Entscheidung gekommen. Die Jart-Mentalität konnte an ihrem derzeitigen Orte nicht sicher untersucht werden. Er wußte zu wenig über das System, in dem sie gespeichert war, während der Jart offenbar alles kannte.

Er stand in dem zweiten Raum. Seine Kaumuskeln arbeiteten. Das von der Mentalität gebotene Bild hatte sich während der ganzen Zeit, da er es studiert hatte, nicht merklich verändert. Ruhig, zeitlos. Bestimmt, bald wiedergeboren zu werden und vielleicht zu versuchen, seinen höheren Zweck noch einmal anzugehen ...

Olmy hatte sich nie in eine Lage gebracht, in der sein inneres Wesen verletzt werden konnte. Er hatte sich sogar gescheut, Persönlichkeiten mit Liebhaberinnen und Freunden zu vermischen — etwas, das in den ungestümen Tagen der Jartkriege nicht ungewöhnlich war. Immer wenn er sich an Unterhaltungen im Stadtgedächtnis beteiligt hatte, hatte er sein Selbst dicht eingekapselt.

Er fand diese Schwäche so amüsant wie ein jeder; aber er hatte diese Regel einmal verletzt, nämlich damals, als er Korzenowskis wieder zusammengesetzte Partikel in seine implantierten Erinnerungen gespeichert hatte. Korzenowkis zerstreute Mentalität war aber nur dicht daran gewesen, nur an seiner äußeren Gedankenschicht teilzuhaben und nicht tiefer einzudringen.

In gewisser Weise verabscheute er große Intimität. Er schätzte seine Einzigartigkeit. Er hatte sich nie zu der alten dichterischen Maxime bekannt, daß Alleinsein eine schlechte Gesellschaft bedeutete. Olmy war völlig klar, weshalb er keine Intimität mochte. Er wollte sich selbst nicht total kennenlernen und wollte auch nicht, daß ein anderer ihn kennenlernte. Er hatte keinen Genuß daran, seine Mentalität zu ergründen, wie andere es taten.

Um aber den Jart kennenzulernen, wäre es am besten, ihn in einem isolierten Implantat bei sich zu speichern. Er konnte keiner Vorrichtung vertrauen, daß sie den Erkundungen des Jarts widerstehen würde. In seinem Innern würde er die gespeicherte Mentalität ständig überwachen und sie sogar von einem System in ein anderes verlegen können. Er hatte drei große Gedächtnisimplantate, von denen das eine nur fünfzig Jahre alt war, während die zwei zusätzlichen installiert worden waren, um später die Partiale des Ingenieurs aufzunehmen, alles Talsit-Konstruktionen. Jedes konnte beliebig modifiziert, isoliert und von außen geprüft werden mit wenig oder gar keiner Chance, daß irgend etwas von dem, was da gespeichert war, unwillentlich preisgegeben würde.

Der Plan war schon immer unausweichlich gewesen.

Olmy hatte nur das vermieden, was auf der Hand lag.

Wieviel war er gewillt, für das Terrestrische Hexamon zu opfern? Seine Mentallität, seine *Seele?* Wenn der Jart es irgendwie schaffte, seinen Weg durch alle inneren Barrieren zu *ätzen,* ihn zu überlisten und auszumanövrieren, dann würde noch mehr als das verloren sein.

Der Jart hatte zugelassen, daß man ihn fing.

Er war ein trojanisches Pferd.

Dessen war er sich sicher.

Und er war dabei, dies Pferd in die Mauern seiner eigenen kostbaren Zitadelle, seines Geistes, zu lassen.

Falls seine Sicherheitsmaßnahmen versagten, könnte der Jart das tun, was er vermutlich schon die ganze Zeit vorgehabt hatte. Er könnte ein Spion werden, ein Saboteur in Menschengestalt, innerhalb des Hexamons. Er könnte alle Erinnerungen kontrollieren und im schlimmsten denkbaren Fall seine versklavte Persönlichkeit überzeugen, daß sie aus ganz freiem Willen handelte.

Hormonale Implantate hielten die chemischen Prozesse seines Körpers relativ im Gleichgewicht, aber der scharfe Stich von Angst war immer noch deutlich. Olmy war über das Gelingen seiner Pläne noch nie so im unklaren gewesen.

Er begab sich in den ersten Raum zurück, wo Beni gestorben war, und öffnete einen kleinen Werkzeugkasten. Auf der Ausgabevorrichtung des Paneels befestigte er ein Datenventil. Er zog mehrere Leitungen aus der runden Oberfläche des Ventils und befestigte sie an dem gekrümmten Band, das sich eng um seine Schädelbasis winden würde.

Die Speicherung würde Stunden währen können. Die Geräte hier waren alt. Das Ventil würde jede ungeregelte Flut von Information verhindern.

Er sagte sich: *Du bist dabei, eine Bombe zu werden. Ein wirklich sehr gefährliches Scheusal.*

Im Raum herrschte Stille bis auf das schwache Summen des Ventils. Er dachte an die Landschaft der fünften Kammer, sechs Kilometer über ihm, und die Masse von Thistledown, die sie allseitig umgab, und die noch älter war als diese Geräte. Eine Last von Historie und Verantwortung, die er den größten Teil seines Lebens getragen hatte.

Falls er jetzt sofort stürbe, getötet durch diesen stürmischen Prozeß oder eine unerwartete Unregelmäßigkeit in seinem Körper — selten, aber nicht unbekannt —, wußte er, daß er seine Pflicht gegenüber dem Hexamon mehr als überreich getan hatte. Er würde es nicht bedauern, wenn er einfach aufhörte zu existieren. Und vielleicht würde Korzenowski oder sonst jemand das Hexamon durch diese gefährlichen Zeiten führen.

Er prüfte noch einmal die Drähte. Alle Kontakte stimmten. Zuerst mußte er aber einige Vorsichtsmaßnahmen treffen. Er installierte ein starkes Traktionsfeld nahe der Tür und legte zwei kleine Knoten an jede Seite. Diese würden aus der verborgenen Energiequelle des Raumes gespeist werden. Falls er nur einen entfernten Knopf drückte oder einen scharfen Pfiff ausstieß, oder in schnellem Code mit den Augen zwinkerte, würde das Feld aktiviert werden ... Und es gab keine Möglichkeit, es auszuschalten oder die Knoten zu schädigen, da sie in ihrem eigenen Feld liegen würden.

Er würde nicht entweichen können. Nichts in ihm würde entkommen. Es wäre ein Grab für sie beide.

Nötigenfalls würde Olmy mehrere Wochen lang in dem Raum bleiben und darauf warten, ob der Prozeß erfolgreich wäre. Er hatte für sich andere Fallen aufgestellt — in Alexandria, in der fünften Kammer nahe dem Bahnhof und in der dritten Kammer. Falls bei diesem kleinen Sanktuarium sonst etwas schiefgehen sollte, müßte er sich nur zu einer dieser Fallen durchschlagen, Strahlungsfelder aktivieren und abwarten, bis er sterben — oder entdeckt würde.

Niemand wußte von diesen Fallen. Niemand kannte seine Pläne ...

Und dann gab es noch die Fallen in seinem eigenen Geist ... Mentale Stolperdrähte, die von dem gleichen innerlich gespeicherten Partial kontrolliert wurden, das die Mentalität des Jarts überwachen sollte.

Falls er merken würde, daß er alle Kontrolle verlöre und es nicht bis zu einer Falle schaffen könnte, würde ein Fehler bei diesen Stolperdrähten in seiner Brust einen kleinen Sprengsatz zünden.

Er stellte zufrieden fest, daß alles in Ordnung war, verband die Drähte und setzte sich im Lotussitz auf den Boden vor das Paneel. Dann holte er eine kleine Flasche flüssiger Nahrung aus seinem Behälter, hob sie zutoastend in die Luft, und sagte: »Beni, Mar Kellen, namenlose Forscher. Stern Schicksal und Pneuma seien euch allen wohlgesonnen!« Er trank die Flasche aus und legte sie beiseite.

Dann griff er nach oben und berührte das Ventil.

Der Transfer setzte ein.

20. KAPITEL

Gaia, Alexandreia, Kap Lochias

Am Abend nach ihrer Zusammenkunft speiste Rhita mit der Königin Stör, Linsen und Obst in der Halle von Ptolemaios dem Wächter. Sie saßen an einem Marmortisch mit je einem Diener hinter sich und sahen zu, wie über der Brustwehr die Sonne über der alten Hauptstadt unterging.

Kleopatra erläuterte die ungewöhnliche Speisenfolge, wenn jeder Gang serviert wurde. »Dies ist königlicher Fisch, aus Parsa frisch eingeflogen, ein über jedes Lob erhabener Fisch, garniert mit dem eigenen Rogen. Die Linsen sind eine gewöhnliche Speise, grob und gesund, serviert mit ungesäuertem Brot aus gebleichtem Mais vom südlichen Kontinent. Das Obst ist Gaias Gabe für Reiche und Arme — für uns alle. Ich möchte, daß alle gewöhnlichen Leute ebensogut speisen könnten wie ihre Herrscher.« Während des Essens diskutierten sie nicht das Tor oder sonst etwas von unmittelbarer Bedeutung. »Wir haben genug interessante Entscheidungen getroffen«, erklärte Kleopatra.

Nach dem Essen führte ein dürrer, weißhaariger Kammerdiener Rhita in ein fensterloses Zimmer tief in den alten, kühlen Etagen der königlichen Residenz im Nordflügel des Palastes.

»Vertraust du ihm?« fragte der Diener sie noch vor der Tür und zeigte mit dem Finger auf Lugotorix.

»Ja«, sagte Rhita.

Der Kammerdiener betrachtete ihn genau mit zusammengekniffenen Augen. »Wenn du es sagst.« Er winkte mit der Hand, und ein Bediensteter am Ende der Halle kam heran. Einige auf Aigyptisch gemurmelte Worte, die Rhita nicht verstand, ließen diesen bis ans Ende des Gangs laufen. Einen Augenblick danach, während alle drei noch in unbehaglichem Schweigen dastanden, brachte ein mürrischer, stämmiger alter Mann ein judaisches Maschinengewehr und eine schußsichere Weste.

»Dies ist der Waffenmeister des Palastes«, erklärte der Hofbeamte. Er nahm dem Waffenmeister das Gerät ab und händigte es dem Kelten aus, der es mit offener Bewunderung annahm. Dann befahl der Kammerherr dem Waffenmeister, den Kelten in dessen Gebrauch einzuweisen, was dieser auf hellenisch mit parisianischem Akzent tat.

»Du trägst eine Panzerweste und sie nicht«, erklärte der Waffenmeister, »weil du immer zwischen ihr und einem Mörder stehen mußt. Verstanden?« Der Kelte nickte grimmig.

Auf einen anderen Wink des Hofbeamten hin stapften zwei massige Äithiopier aus dem Ende der Halle auf sie zu. Der Kelte erhob instinktiv seine neue Waffe, aber der Kammerherr klopfte mißbilligend an deren Lauf und schüttelte den Kopf. Er erklärte: »Eine Zeremonie. Du wirst in die Palastwache aufgenommen.«

Der Kelte wurde auf der Stelle initiiert in einem kurzen Ritual, wobei er mit den Aithiopiern Blut austauschte. Nach seiner erstaunten Miene zu urteilen, war er höchst beeindruckt. Rhita war weniger begeistert. Sie war erschöpft und wunderte sich im stillen, warum sie bei all dem dabei sein mußte.

In den Gang wurde eine Liege gebracht und dicht bei der Tür ihres Schlafzimmers abgestellt. Dann winkte der Kammerherr dem Waffenmeister und den Aithiopiern, und sie verschwanden.

»Wirst du es hier bequem haben?« fragte Rhita Lugotorix, der in der Türöffnung stand. Er klopfte mit gespreizten Fingern einer gewaltigen Hand auf die Liege und zuckte die Achseln.

»Es ist zu weich, Herrin, wird mir aber nicht schaden.«

»Was hältst du von all diesem?« fragte sie mit leiserer Stimme.

Der Kelte überlegte kurz mit zusammengezogenen starken dunkelblonden Augenbrauen. »Werde ich mit dir gehen oder hier bleiben?«

»Ich hoffe, daß du mit mir kommst.«

»Dann ist es in Ordnung.« Er hatte offenbar keine Lust, weitere Bemerkungen zu machen. Rhita schloß ihre Tür und ging im Zimmer umher. Sie war bemüht, sich nicht eingesperrt zu fühlen. Die prächtigen Fresken über einer Holztäfelung ließen den Raum nur wenig größer erscheinen. Sie stellten eine Jagd auf Krokodile und Nilpferde am Mareotis-See dar und waren ohne Zweifel sehr alt — vielleicht zweitausend Jahre. Ihre Perspektive war primitiv. Rhita vermutete, daß sie es besser können würde, obwohl sie nie eine gute Schülerin beim Zeichnen gewesen war.

Nachdem sie das erlesene Mobiliar besichtigt hatte — Ebenholz und Elfenbein und hochpoliertes Silber und Messing —, legte sie sich auf die Federmatratze und starrte auf den seidenen Vorhang, der von der Decke hing.

Was, zur Hölle, tu ich eigentlich?

Mit vor Erschöpfung und Angst klappernden Zähnen erinnerte sich Rhita, daß sie noch nicht auf die Tafel geschaut hatte, ob da eine Mitteilung für sie heute war. Sie nahm die Tafel aus ihrem Behältnis und stellte den Schirm an.

Meine liebe Enkelin,

Falls du die Königin getroffen hast, weißt du, daß sie eine sehr kluge Frau ist, zäh und durchaus imstande, sich in einer unruhigen Oikoumenē zu behaupten. Aber sie ist auch eine Frau, die bald sterben wird — vielleicht politisch, ehe ihr Kör-

per versagt. Die Oikoumenē wird bald von aristokratischen Administratoren regiert werden, von Menschen, für die Politik eine exakte und klar umrissene Wissenschaft ist. Diese sind ihr bereits gram wegen ihrer Intuitionen und unvorhersehbaren Entscheidungen. Das ist es, warum das Tor gefunden werden und untersucht werden muß, ehe sie stirbt oder indisponiert ist. Sie ist unsere letzte Chance. Kein vernünftiger Politiker würde eine solche Expedition zulassen. Sowieso würde kein vernünftiger Mensch an die Existenz von so etwas wie einem Tor glauben. Kleopatra glaubt daran, weil es ihr eine dringend notwendige Erregung gibt, einen Sinn für größere Dinge in einem Leben, das auf täglich wechselnde Krisen gerichtet ist. Ich habe sie einmal enttäuscht, glaube aber, daß sie immer noch das Bedürfnis spürt. Auf jeden Fall, sei unserer Königin gegenüber nicht anmaßend! Pflege deine angeborene Vorsicht. Und hüte dich vor den Verlockungen des Palastes! Es ist ein gefährlicher Ort. Kleopatra lebt hier wie ein Skorpion unter Schlangen.

Rhita dachte an den Kammernherrn, den Waffenmeister, die aithiopischen Wächter und die Zeremonie, bei der sie Zeugin sein mußte. Irgendwie schien das alles etwas sinnvoller. Sie stellte die Tafel ab und war der Sophē für ihre Voraussicht — und Einsicht — dankbar. Aber ihre Zähne klapperten immer noch, und es war schwer, Schlaf zu finden.

Die Vorbereitungen für die Expedition zu dem Gebiet in der Nordischen Rus begannen am nächsten Morgen insgeheim. Das Tempo der folgenden beiden Tage war atemberaubend. Die Königin und ihre Ratgeber schienen gegen die Zeit zu rennen, um fertig zu werden; und Rhita wurde bald in den Grund für diese Eile und Diskretion eingeweiht.

Kleopatra hatte einst vor Dekaden fast alles kontrolliert, was in der Oikoumenē mit Erkundung und Forschung zu tun hatte. Sie hatte dieses königliche Vorrecht schon in der Jugend beansprucht, noch ehe der Einfluß des Rates geschwunden war und sie dabei immer mehr Macht für die Ptolemäische Dynastie gegenüber der Aristokratie von Alexandreia und Kanopus gewonnen hatte.

»Deine Großmutter ist mich teuer zu stehen gekommen, als ihre Tore in Bewegung kamen und verschwanden«, sagte Kleopatra mit schiefem Lächeln. Sie erschauerte und wischte die Vergangenheit mit der Hand weg. »Aber die Aristoi sind jetzt inzwischen in erhebliche Schwierigkeiten geraten. Revolten von Bauern und Landeignern, mangelnde Einberufungen bei der Kypros-Krise ... Sie haben sich in den letzten Monaten zurückgezogen und mich den Fall übernehmen lassen. Das gibt mir etwas Luft zum Atmen. Wenn ich heimlich atme. Geheimnisse halten sich nicht lange in Alexandreia. Ich muß diese Expedition binnen fünf oder sechs Tagen ausgerüstet und auf den Weg gebracht haben, sonst könnte sein, daß mir der Anwalt des Königlichen Rates Einhalt gebietet.«

Kleopatra machte sie mit einem vertrauenswürdigen Berater bekannt, Oresias, einem Forschungsreisenden und Experten für die Nordische Rus, der ihr leidenschaftlich treu ergeben war. Er war groß und schlank, von etwas vorgerücktem Alter, stark, einem Adler ähnlich und hatte weißes Haar. Vor Jahrhunderten hätte er einer der Generäle von Alexandros sein können. Mit seiner Hilfe stellte Rhita eilends eine Liste von Vorräten und Leuten auf, die für die Expedition gebraucht wurden. Es war etwas mehr als eine Laune, daß sie den Namen von Demetrios einfügte, obwohl sie einander noch gar nicht begegnet waren. Sie gedachte, sich an der Gesellschaft eines anderen Mathematikers zu erfreuen.

Oresias besprach sich mit einem zweiten vertrauenswürdigen Berater, Jamal Atta, einem kleinen schwarzhaarigen Mann, General der Überseeischen Sicherheitskräfte der Oikoumenē im Ruhestand. Er war der Abstammung nach Berber, pflegte aber den Stil eines altpersischen Soldaten. Gemeinsam erwogen sie die Schwierigkeiten und Gefahren, die beim Eindringen in feindliches Gebiet zu erwarten waren.

Rhita sah der langen Reise in die Nordische Rus mit einiger Besorgnis entgegen. Als Oresias ihr die Pläne auf einem Kartentisch im königlichen Spielsalon darlegte und mit einem durch Narben entstellten Zeigefinger die aussichtsreichsten Routen entlangfuhr, fragte sie sich, was wohl die wahren Motivierungen der Königin wären. Hatte Patrikia die Absichten Kleopatras richtig verstanden?

Die Expedition würde politisch riskant sein. Sie müßten Entdeckungen durch die Hochfrequenztürme der Nordischen Rus vermeiden, welche entlang der Südgrenzen von Baktra bis Magyar Pontos stationiert waren. Die unabhängigen, mit der Rus verbündeten Republiken der Hunnen und Uiguren lagen auch auf der Strecke. Diese waren beide berühmt als wilde und erbarmungslose Krieger. Eindringen könnte als Rechtfertigung für Gegenoffensiven angesehen werden oder sogar zu kleinen Grenzkriegen führen. Jamal Atta erwähnte diese Möglichkeiten beiläufig als einfache Bemerkungen zu Oresias' Plänen.

Als Transportmittel würden der Expedition joudaische ›Bienen‹ dienen, große Hubschrauber, die von syrischen Rückstoßturbinen angetrieben wurden. Atta breitete eine Handvoll Bilder dieser Vehikel aus mit langen und breiten rotierenden Blättern oben und Baldachinen vorn, die wie die Augen von Insekten aussahen.

»Ich kann nicht sagen, wie zuverlässig sie sind«, sagte Atta mit seiner tiefen, froschartigen Stimme. Sein Gesicht war noch länger und finsterer als gewöhnlich. »Wir können zwei davon von der Geheimpolizei des Palastes bekommen. Sie haben eine Reichweite von fünfhundert Parasangen. Eine Parasange mißt ungefähr dreihundert Fadenlängen der Oikoumenē.«

Rhita sagte, daß ihr militärische und persische Maße bekannt wären. Atta hob eine Braue, zog die Lippen zusammen und fuhr fort: »Waffen können wir massenhaft bekommen. Die Schwarzmärkte blühen im Delta, falls wir sie nicht aus dem Zeughaus des Palastes oder den Waffenfabriken in Memphis beziehen. Ich muß aber Antwort auf die Frage haben, warum wir losziehen. Was haben wir vor, wenn wir das finden, wonach wir suchen?« Sowohl Atta wie Aresias waren einige Details mitgeteilt worden, aber nicht alle, über das unwahrscheinliche Ding, nach dem sie suchen würden.

Rhita starrte auf die Pläne, die auf dem Tisch ausgebreitet waren, und sagte: »Wir werden versuchen, in das Tor einzutreten.«

»Wohin wird diese Tür uns führen?«

»Zu einem Ort, genannt der Weg.« Sie beschrieb ihn; aber Attas Augen trübten sich bald, und er hob die Hand.

»Wenn wir dort leben können, dann können dort auch andere leben. Werden die uns Widerstand leisten?«

»Das weiß ich nicht«, sagte Rhita. »Vielleicht werden sie uns willkommen heißen.«

»Wer sind sie?«

»Die Leute, die auch den Weg gemacht haben. Vielleicht.«

Atta schüttelte zweifelnd den Kopf. »Alles, was jemand besitzt, schützt er vor Eindringlingen. Das alles klingt gefährlich und schlecht überlegt. Ich würde mich sicherer fühlen, wenn ich mit einer Armee konfrontiert wäre.«

Oresias, der an der Seite saß, meinte: »Eine Armee kommt sicher nicht in Betracht. Wenn diese junge Frau sich anschickt zu gehen, kann ein alter Strategos da ablehnen?«

Atta hielt die gespreizten Hände hoch. »Du hast verdammt recht, daß ich das kann. Aber ihre Kaiserliche

Hypselotēs befiehlt.« Er richtete seine müden Augen wieder auf Rhita. »Was für eine Art von Waffen könnten sie haben?«

»Nichts, gegen das wir uns verteidigen könnten«, sagte Rhita.

»Was heißt das?«

»Nach dem, was mir meine Großmutter erzählt hat, haben sie Waffen, von deren Herstellung wir in hundert oder tausend Jahren träumen könnten.«

»Was sind sie denn? Götter?« fragte Atta mit einem düsteren Anklang in seiner Stimme.

»Ja, ein alter Bauer hier könnte sie für Götter halten«, sagte Rhita. Sie errötete leicht, als ihr bewußt wurde, daß sie die Taktik einer Königin gegenüber dem Strategos gebraucht hatte.

Atta fragte: »Was ist mit einem alten Mann, der hofft von seiner Pension zu leben? Der alles gesehen hat, was diese Welt zu bieten hat, von den Wäldern Nea Karchedons bis zum Boden von Afrika?«

»Du hast nichts gesehen wie den Weg«, erwiderte Rhita und starrte ihn unverwandt an. Atta wollte sich dieser Prüfung nicht stellen und wandte sich lässig an Oresias.

»Wundervoll!« sagte er. »Ihre Kaiserliche Hypselotēs wünscht, daß wir unsere Tage im Dienst beenden, indem wir von Ungeheuern gefressen oder von Göttern zu Asche verbrannt werden.«

»Oder Freunden begegnen«, sagte Rhita, die sich jetzt über den Zynismus des Strategos' ärgerte. »Freunde, die der Oikoumenē wieder zu ihren alten ruhmreichen Tagen verhelfen werden.«

»Ein Schatz jenseits des Rachens des Monsters«, sagte Oresias.

»Bemüht Euch, konkreter hinsichtlich deren Stärken und Schwächen zu sein ... falls sie überhaupt Schwächen haben«, drängte Atta sie sanft. »Wir haben nur noch ein paar Stunden, bis wir anfangen, alles zusammenzusetzen. Helft einem alten Esel, eine schwerere Last zu tragen!«

»Ich habe diese Dinge nie gesehen. Man hat mir nur davon erzählt«, sagte Rhita, die plötzlich wieder Angst hatte.

»Versuche, dich zu erinnern!« sagte Atta seufzend. »Jeder Fetzen kann nur hilfreich sein.«

21. KAPITEL

Thistledown, Fünfte Kammer

Der Jart verharrte ruhig im Innern von Olmy, offenbar ohne eine Veränderung des Status bemerkt zu haben. Olmy lag im zweiten Raum mit geschlossenen Augen und sondierte vorsichtig seinen neuen Gefährten, wie ein Chirurg, der die beste Stelle sucht, um in eine schlafende, aber gefährliche Bestie einzudringen.

Er konnte rings um sich die Tiefen des Asteroiden fühlen, seit Jahrmilliarden unverändert, unversöhnlich wie die Zeit, Urgestein, kohlehaltige Stoffe und Wasser, die sein Volk seit Jahrhunderten gespeist und behaust hatten.

Er blickte auf die leere Tafel, die einmal die friedlichen Strukturen des Jarts gezeigt hatte. Jetzt waren die Gedächtnisspeicher leer. Alles, was es von dem Jart noch gab, war erfolgreich in Olmys Implantate überführt worden.

Seine erste Entdeckung in den ersten paar Sekunden, in denen er den Jart erkundete, war, daß sich eine Art von übersetzender Hülle oder Schnittstelle entwickelt hatte — entweder durch den Jart selbst als Reaktion auf die Sondierungen früherer Forscher, oder, weniger wahrscheinlich, durch die Forscher selbst. Ohne diese Hülle würde Olmy keine sinnvollen Mitteilungen aufgenommen haben, als Mar Kellen ihn erstmals an das System anschloß. Die Hülle war unvollkommen, aber für einen Anfang nützlich.

Nachdem er sich versichert hatte, daß übertragene Kommunikation möglich war, kontrolllierte er jetzt noch einmal seine Vorsichtsmaßnahmen. Er hatte sowohl die Mentalität des Jarts — die ein Implantat einnahm — wie auch ein gespeichertes Partial von sich selbst gesondert von seinem primären Ich positioniert und eine Anzahl von Sperren errichtet, deren geringste ein Zeitgeber war, der den Zugang zu all seinen Implantaten regelte. Das Partial führte die Erkundung zunächst durch und berichtete ihm regelmäßig.

In der überschnellen Welt von Implantatfunktionen geschah all dies binnen zehn Minuten des Aufladens. Olmys Partial stellte fest, daß die Mentalität des Jarts fast intakt war. Das heißt, seine Haupt- und Subroutinen schienen den anerkannten Regeln für intelligente Befehle zu folgen. Sie waren nicht fragmentiert. Die weiter untergeordneten Routinen des Jarts schienen nicht ordentlich zu funktionieren, aber eine Beurteilung davon konnte er sich für später vorbehalten.

Man nahm niemals an, daß irgendein Teil einer tikkenden Bombe inaktiv war, bis man die Bombe völlig verstand.

Während der ersten Stunde hatte Olmys Partial einige Teile des Erlebnisgedächtnisses vom Jart lokalisiert. Die ersten Versuche, diese zu verlagern, störten den Jart. Teile seiner Mentalität schienen kurz aus ihrem zeitlosen Schlaf zu erwachen; und Olmy empfing aufs neue eine Kakophonie alter Mitteilungen:

›Pflicht unklar. Anwesenheit des Pflichtenkritikers(?)‹
›Unfähig (sich?) zu lokalisieren‹
›(Scheußlichkeiten)‹

Und dann ein Rückfall in den stillen Teich scheinbarer Ruhe.

Die Erinnerungen, die er gewann, waren bei weitem nicht klar oder leicht zu übersetzen. Die Jart-Sensorien unterschieden sich sehr von menschlichen Äquivalenten. ›Augen‹ waren sowohl für Licht empfänglich wie für Schall und kombinierten solche Signale auf eine Weise, die in der Erfahrung des Hexamons nicht ihresgleichen hatte. Dies bewirkte aber nicht die größten

Schwierigkeiten, die Olmy mit den Erinnerungen hatte, denn man kannte schon seit Jahrhunderten Algorithmen, die fast alle sensorischen Mitteilungen deuten konnten. Was ihm (oder hier zunächst seinem Partial) am meisten Rätsel aufgab, war die Nichtbetonung individuellller Wahrnehmung zugunsten einer umfassenderen kulturellen Konditionierung. Die persönliche Perspektive eines Jarts schien fast irrelevant zu sein, und es gab handfeste Beweise dafür, daß zumindest dieser Jart mehr als ein Distanzfühler wirkte denn als ein Individuum mit freiem Willen.

Aber andere Anzeichen sprachen dagegen. Der Jart hatte eine starke, unabhängige Routine der Motivation — was man in menschlicher Sprache einem Ego analog nennen könnte. Es gab enorm schwierig assoziierte Komplexe sozialer und hierarchischer Reaktionen, die indessen mit dieser Motivationsroutine vernetzt waren. Der Jart war willensstark, konnte aber in bestimmten Situationen — wenn er in sein soziales Milieu verflochten war — völlig gelehrig und gehorsam sein, fast ohne jeden Willen überhaupt. Und er würde zwischen diesen beiden Zuständen keinen Widerspruch entdecken.

Für einen Jart war Gehorsam von freiem Willen nicht zu unterscheiden. Dennoch war Olmy überzeugt, daß manche Jarts — wie zumindest dieser — keinen Gruppenintellekt enthielten. Vielleicht besaß der Jart ein Modell oder eine künstlich auferlegte Simulation der Jart-Hierarchie, eine Art von Monitor oder Gewissen.

Eine Zeit lang, als er Daten durch die einseitige Verbindung mit seinem Partial empfing, fragte sich Olmy tatsächlich, ob nicht zwei oder noch mehr Mentalitäten gespeichert wären. Es war schwierig, in den Routinen eines Individuums solche primären Widersprüche anzunehmen.

Schließlich gelang es dem Partial, eine Reihe sensorischer Erinnerungen zusammenzufügen, die in menschliche Begriffe übertragen werden konnten.

Die auffälligsten Bilder handelten, da der Jart unter hohem Streß gestanden hatte, von seiner Gefangennahme, was nicht überraschte. Olmy sah, was der Weg gewesen war — ganz flach und farblos — und strahlende Objekte im Vordergrund, die mit erstaunlichem Detail herausgegriffen waren. Diese Details wechselten häufig und ließen Zweifel aufkommen, ob sein Partial korrekt übersetzte. Aber das Partial versicherte ihm in Vorwegnahme der Reaktionen seines primären Kerns, daß die Deutungen stimmten.

Der Jart nahm Objekte aus verschiedenen und fast unabhängigen Standpunkten wahr, nicht in Picasso-ähnlicher kubistischer Manier, sondern durch Bearbeitung der visuellen Eingänge nach vielen unterschiedlichen Routinen.

Und dann erkannte Olmy — und unabhängig davon zugleich sein Partial —, daß der Jart sensorische Interpreten benutzte, die er von anderen Spezies adaptiert hatte. Er enthielt eine Menge visueller ›Gehirne‹, die ziemlich sicher nach denen von Nicht-Jart-Arten strukturiert waren.

Während seiner Gefangennahme hatte der Jart offenbar diese Alternativen durchstöbert und versucht, einen menschlichen Gesichtspunkt zu kopieren durch Verwendung der Routinen von Wesen, die er für menschenähnlich hielt.

Erklärte dies etwas von der Konfusion zwischen Ego- und Motivationsroutinen? Nahmen Jarts die Mentalitäten anderer Arten richtig in sich auf und trugen sie herum wie Werkzeug in einem Gerätesatz?

Wie viele intelligente Spezies, wie viele Kulturen und Gesellschaften hatten die Jarts erobert? Was war mit diesen geschehen?

Olmy arbeitete noch eine weitere Stunde im Bemühen, den visuellen Erinnerungen Sinn abzugewinnen. Schließlich gelang es ihm, ein einleuchtend deutliches Bild von der Gefangennahme zusammenzufügen.

Interpretation auf erster Ebene (vielleicht der natürlichen Routine des Jarts):

Die Umgebung ist pechschwarz und kalt, frei von Tönen. Der Vordergrund wird eingenommen von heißen und lauten Subjekten, die sich sehr schnell bewegen. Die Objekte sind Maschinen; aber die Jarts bauen keine Maschinen wie diese (ein Bild von Aussaat und virusartiger Entwicklung).

Sinndeutung auf zweitem (fremdem?) Niveau:

Der Hintergrund ist voller Details, so scharf, daß man abgelenkt werden kann. Die Objekte im Vordergrund erscheinen irrelevant und unbeachtet. Diese Routine kann Maschinen oder vielleicht nahe Dinge überhaupt nicht deuten.

(Falls es sich um eine angepaßte Sinnesroutine handelt, dafür konstruiert, die anderen zu verstärken oder zu ergänzen — fragte sich Olmy.) Olmy konnte unschwer den Weg erkennen. Traktorfelder zogen sich über den weiten Raum, strahlend gefärbt — purpur und rot.

Manche Felder weichen in funkelnden Fetzen vor durchdringenden Strahlen zurück. Die Strahlen bohren und überschneiden sich. Aber auch diese Routine kann Maschinen nicht deuten.

(Ein merkwürdiger Mangel, dachte Olmy. Sehen war dem Denken verwandt; und es war möglich, daß die Spezies, von der diese Routine entliehen war, keine Ahnung von Technologie hatte.)

Dritte Ebene (Jart-angepaßt? Ähnlich der ersten):

Die Aktionen der Vordergrundobjekte werden abstrakt klar verstanden. Jede Maschine ist scharf dargestellt.

Olmy erkannte menschlich gepanzerte physische Penetratoren (namenlos außer durch Partiale) und automatische Such- und Zerstörungseinheiten, große und kleine — alle häßlich und schwarz und triefend von Feldenergien. Ihn grauste. Er hatte solche Waffen immer gehaßt. Sie waren einfach, direkt und unaufhaltsam. Sie zerstörten alles, was sie in ihren Feldern zu fassen bekamen, reduzierten es auf seine atomaren Bestandteile, auf Impulse von Wärme- und Gammastrahlen.

Dem Jart waren solche Waffen begegnet, aber er hatte so weit überlebt, daß er gefangen wurde. Und dieser Jart war an der Front von jedem Scharmützel im Weg gewesen, das diese Bilder repräsentierten. Menschliche Wesen schickten nur Partiale in solche Aktionen.

War dieser Jart irgendwie ein natürlicher Organismus oder ein reines Kunstprodukt? Die ursprünglichen menschlichen Fänger hatten sich nicht darauf verlassen, daß die physische Form für Jarts typisch wäre. Warum der Mentalität trauen?

Olmy konzentrierte sich auf die Folge der Ereignisse bei dem Einfangen des Jarts. Als weitere Sinneserinnerungen eintrafen, setzte er sie zu einer linearen menschlichen Geschichte zusammem.

Der Jart sitzt in einem kleinen Vehikel und bewegt sich durch die Grenzen von Traktorfeldern wie eine Libelle durch Schilfwände. Oben, in dem ganzen Abschnitt des Weges …

Sehr wahrscheinlich in dem diskutierten Bereich von 1,8 x 9 mit etwa einer Million Kilometern …

… geraten Jart- und Menschenwaffen in einen wilden Kampf. Es herrscht Pattsituation, die beträchtliche Zeit gedauert hat.

(Die Zeitmaße der Jarts sind Olmy nicht verständlich)

Das Vehikel des Jarts trifft auf viele kleine menschliche Maschinen, die über die unfruchtbare Oberfläche des Weges streifen, und vernichtet sie. Es begegnet Spür- und Zerstörungseinheiten und entgeht ihnen irgendwie. Jetzt befindet es sich in einem Gebiet jenseits der Ausweglosigkeit, in einem menschlichen Territorium, wo es versuchen wird, einem Befehlszentrum einen vernichtenden Schlag zu erteilen, einem großen Flaggschiff oder einer gepanzerten Festung. Aber als nächstes trifft es auf eine Wolke von Penetratoren.

— und Vehikeln, die Olmy nicht identifizieren kann

— und ehe es ein Manöver ausführen kann, wird es in dichten Traktionsschichten gefangen. Die Hülle des Vehikels wird verzerrt und zerfetzt. Eine Such- und Erkundungsmaschine versiegelt schnell die Stelle des Unfalls in einer Traktionsblase. Der Jart liegt in seiner Milieuwiege, während Lichtimpulse über die Oberfläche seines transparenten Schildes kriechen, als sein Generator auszufallen beginnt. Ferngesteuerte Geräte, die wie riesige Käfer aussehen, stoßen durch die Blasen und neutralisieren die schwächer werdende Milieuwiege. Sie stoßen den Jart von seinen Kontrollorganen fort. Der Körper des Jarts ist schon schwer geschädigt. Ein zweites Vehikel, fast so groß wie ein Flaggschiff, bewegt sich über die Oberfläche des Weges …

— und da wurden die Bilder unscharf und hörten auf.

Olmy öffnete die Augen. Die Mission des Jarts war aussichtslos gewesen; er hatte nie von organischen Formen gehört, welche das Jart-Äquivalent von Eindringlingen annahmen. Die ganze Aktion war mehr als verdächtig. Sie war untypisch und lächerlich.

Dennoch hatten die Menschen den Köder geschnappt in der Hoffnung — vielleicht im Glauben —, daß sie endlich einen Jart gefangen hätten.

Vielleicht stimmte das. Vielleicht hatten die Jarts freiwillig den Vorteil von Unwissenheit seitens des Feindes aufgegeben, um ihr Trojanisches Pferd durch die Mauern schlüpfen zu lassen. Aber warum wurden Nachforscher sofort umgebracht? Warum den Bauch des Pferdes öffnen vor Anbruch der Nacht und ehe die Trojaner schliefen?

Olmy schloß wieder die Augen und rief sich die letzten zerstreuten visuellen Eindrücke zurück, die sein Partial geschickt hatte. Sie waren zu fragmentarisch, als daß man sie zusammenfügen könnte ...

Aber mit dem letzten verbunden war ein scheuernder, beißender Klumpen von Korrosion. Olmy zog sich von diesem scharfen Reiz zurück und schob die ganze Sequenz in sein drittes Implantat, um es alsbald zu isolieren.

Danach reinigte er das dritte Implantat von allen Daten.

Der Jart schlief nicht.

Olmy wartete darauf, daß das im zweiten Implantat gespeicherte Partial eine Selbstanalyse lieferte. Als die Daten erschienen, war die Initiationssaite schlimm geschädigt. Das Partial hatte Entgegenkommen gezeigt.

Der Jart war aktiv. Seine Vorsichtsmaßnahmen hatten fast völlig versagt.

Olmy errichtete noch mehr Sperren um die isolierten Implantate und bereitete noch ein anderes Partial vor. Wenn man Partiale in jene fremde Hölle schickte, war das so, als ob man sich selbst dorthin begab — die Partiale waren duplizierte Stücke seines Ichs. Sein Hormonspiegel stieg wieder an, und er unterdrückte einen ekelerregenden klaustrophoben Terror, der seine peripheren Kontrollen fast überwältigte.

Seit dem Aufladen waren weniger als zwei Stunden verstrichen.

Beim Studium des Jarts kam es offenbar zu einem Kampf der Intelligenzen. Nachdem Olmy das zweite Implantat gelöscht und ein anderes Partial eingesetzt hatte als Ersatz für das kompromittierte, wartete er auf Resultate einer neuen Reihe von Proben. Die Jartmentalität versuchte nicht, die Daten mit korrosiven Mitteln zu markieren und zerstörte auch nicht das Partial.

Sie nahmen sich gegenseitig Maß.

Trotz seines Angriffs auf das erste Partial — worauf Olmy vorbereitet gewesen war —, war es dem Jart nicht gelungen, das Basissystem der Implantate zu verändern, in dem es gespeichert war. Olmy hatte den Eindruck, daß der Jart das System, welches er jetzt einnahm, nicht verstünde, wahrscheinlich aber wüßte, daß sich sein Status gewandelt hatte.

Seine Vorsichtsmaßnahmen waren wirksam. Nachdem er es so weit geschafft hatte, beschloß Olmy, die verborgenen Räume der Erinnerungsspeicher zu verlassen und seine inneren Nachforschungen in der vierten Kammer fortzusetzen.

Wenn der Jart wieder aufwachte, war die Zeit gekommen, ihn einem größeren Anteil realer menschlicher Existenz auszusetzen.

22. KAPITEL

Gaia, Alexandreia

Rhita stand in dem Gewölbe der Garage des Palastes im Mittelpunkt des Kreises von Mitgliedern der Expedition der Königin. Mit dem Schlüsselbein in beiden Händen schloß sie die Augen und konzentrierte sich auf den rotierenden Globus. Kontinente rasten unter ihren körperlosen Augen dahin. Die Konturen traten scharf hervor. Es gab bei der Darstellung viele Dinge, die sie nicht verstand. Manche Merkmale blitzten auf, als ob sie von Interesse sein könnten, andere waren durchkreuzt oder punktiert. Einige Landmassen oder Meeresareale waren rot oder gelb umrissen. Aber das Schlüsselbein enthüllte nicht die Bedeutung dieser Funktionen, es drehte den Globus einfach bis zur Nilmündung von Kanopus. Dann drehte und rollte es die Kugel wieder zur Position des Tores, die durch ein Kreuz markiert war. Rhitas Blickpunkt ›fiel‹ auf die Oberfläche des Globus, und sie überquerte helle, in Fieberfarben leuchtende Gegenden bis zu einer Grasfläche, die in grünem Feuer brannte. Dort war das Tor, nur bezeichnet mit einem unwahrscheinlichen Kreuz mit weit gespreizten Armen.

Sie öffnete wieder die Augen.

Sie sagte: »Es befindet sich noch dort.« Oresias trat neben sie. Sie ergriff zögernd seine Hand und legte sie auf die ihre dort, wo sie die Querstange des Schlüsselbeins gefaßt hielt. »Schließ deine Augen!« sagte sie. Er tat es, und sie spürte, wie sich die Projektion durch sie in ihn hinein bewegte. Er erstarrte wie beim ersten Mal, als sie die Bilder miteinander geteilt hatten. Dann zwang er sich zur Entspannung und öffnete nach ein paar Sekunden die Augen.

Er sagte: »Ich stimme dem zu. Wir kennen unser Ziel.«

Kleopatra saß auf einem tragbaren Thron auf einer steinernen Plattform über dem Kreis. Alle wandten sich der Königin zu. Sie stand auf und hielt die Hand über sie. »Das Blut der Bewahrer von Alexandros, dem Vereiniger und Eroberer, fließt in meinen Adern.« Ihre Lippen verzogen sich zu jenem eigenartigen Lächeln, das Rhita schon mehrmals gesehen hatte, »Allerdings verdünnt durch Perser und Völker des Nordens. Manchen kommt es wie eine königliche Laune vor, der schattenhafte Wunsch einer schwachen Königin. Aber könnt ihr die Bedeutung dieses Tages ermessen? Was ihr findet, was ihr lernt und mitbringt, das könnte die Wiedergeburt der Oikoumenē bedeuten und ein Jahrhundert von Ordnung und Gedeihen anstatt Verfall und Kampf. Wir könnten nach einem Talisman Ausschau halten, nach dem Penis von Aser oder der verlorenen Zauberkunst der Neit. Dann wären wir Narren. Was wir aber stattdessen suchen, ist real; und ich bedaure nur, daß ich eure Gefahr nicht teilen kann.« Ihr Ton war überzeugend. Rhita sah, daß niemand die Worte ihrer Kaiserlichen Hypselotēs anzweifelte.

»Geht mit den Göttern und den Geistern eurer geliebten Toten! Apollo scheint auf euch alle. Ich liebe euch als meine Kinder. Ich beneide euch.«

Die Augen des mißmutigen, langgesichtigen Jamal Atta füllten sich mit Tränen. Oresias grüßte die Königin mit einer hochgehaltenen Hand, deren Finger gespreizt waren — Alexandros' Zeichen für Freundschaft und Mitarbeit. Laut rief er aus: »Wir werden zurückkehren, meine Königin.«

Kleopatra nickte und kniete sich vor ihnen hin.

Rhita fühlte die Hand des Oresias auf ihrem Arm. Er führte sie zu einem mit Verdeck versehenen Dampfwagen. Sieben solcher Gefährte warteten darauf, sie und ihre Ausrüstung vom Bereitstellungsraum in der Garage zum Aerodromos in der westlichen Wüste zu bringen, jenseits der alten Nekropolis.

Jamal Atta begleitete einen großen, schwarzhaarigen Mann mit rötlicher Haut. Beide stiegen in Rhitas Wagen und nahmen ihre vorgesehenen Plätze ein. Als die Wagen aus der Garage zu rollen begannen, stellte der militärische Berater den Fremden vor. »Dies ist Euer lange vermißter Didaskalos, wenn ich mich richtig entsinne«, sagte Atta. »Er ist gerade aus dem Exil von Kallimachos zurückgekehrt. Demetrios, dies ist deine geduldige und brisante Studentin, Rhita Berenikē Vaskayza. Sie hat gebeten, daß du uns begleitest.«

Demetrios wandte seine geistvollen Gesichtszüge Rhita zu und lächelte mit einem Gemisch aus Vertrauen und Schüchternheit, das Rhita verwirrend fand. Er sagte: »Es ist mir eine Ehre.«

»Ganz meinerseits. Ich hoffe, daß deine … Reise dir keine Besorgnis geweckt hat. Ich scheine der Grund dafür gewesen zu sein.«

Demetrios sagte: »Nur Ärger, sonst nichts. Ich bin immer noch nicht sicher, was ich hier zu tun habe … Anscheinend gehen wir auf eine lange Reise, und die Königin persönlich hat mir gesagt, daß ich gebraucht würde. Ich kann mir nicht vorstellen, weshalb.«

»Weil du der Mechanikos mit den fortschrittlichsten Ideen bist«, sagte Oresias. »Ihre Kaiserliche Hypselotēs erwartet, daß wir einige echte Wunder sehen werden; und sie hofft, daß du sie uns erklären kannst, wenn unsere Expertin Vaskayza es nicht tun kann.«

»Sie hat über Wunder gesprochen. Ich gestehe, daß ich nicht alles begriffen habe, was sie gesagt hat … Halten wir Ausschau nach dem Tor, das sich für die Sophē geöffnet hat, damit sie in diese Welt eintrat?«

»Vielleicht.«

»Das wäre wirklich ein Wunder.« Er schüttelte erstaunt den Kopf und blickte dann auf den Kasten mit dem Schlüsselbein. »Ist das eines der Objekte?«

Rhita nickte. Demetrios hatte die Gesichtszüge eines Einheimischen von Neo Karchedon, aber mit einer helleren, mehr olivfarbenen Haut. Vielleicht war in ihm etwas Blut aus Latinē oder Aigyptos.

Er sagte: »Du wirst meine ergebene Neugier verzeihen. Mechanikoi in meiner Werkstatt sind von Kindheit über die Objekte der Sophē in Kenntnis gesetzt worden. Wirklich eines zu sehen ...« Er schien fragen zu wollen, ob er es berühren dürfe, aber Oresias schüttelte diskret den Kopf.

»Ich freue mich, dich kennenzulernen«, schloß Demetrios und lächelte wieder. Rhita sah sich die anderen Männer in dem Wagen an. Sie war hier die einzige weibliche Nutzlast. In der ganzen Expedition gab es nur noch zwei weitere Frauen. Sie hatte auf mehr gehofft; aber selbst unter dem Einfluß von Kleopatra waren die Sitten von Alexandreia sehr von denen auf Rhodos verschieden.

Die Dampfwagen arbeiteten sich durch das Brucheion und die Neapolis in der Morgendämmerung, vorbei an einigen Marktinhabern und Fischern, die Esel zu ihren Ställen ritten oder führten. Die Luft war frisch und sauberer, als sie in den letzten Tagen gewesen war. Das schien ein gutes Vorzeichen zu sein. Alexandreia war einstmals wegen der Reinheit seiner Luft berühmt gewesen. Die Fabriken im Delta hatten das geändert.

Nachdem einmal die Neapolis und der Distrikt von Aigyptos — wo die Heerstraße auf hochmütigen Betonpfeilern über die jämmerlichen Hütten aufstieg — durchfahren waren, dehnte sich vor ihnen die Nekropolis am Westrande der Stadt aus, ein Gewirr aus Kalkstein, rotem und grauem Granit und Marmorgräbern. Sie wurden an den Toren der Stadt nicht angehalten. Der Einfluß der Königin bei der Polizei war noch mächtig.

Die Sonne stand schon am Himmel, als sie die Stadt der Toten passierten. Vor Jahrhunderten waren die Armen in die Nekropolis eingedrungen, waren in die Gräber vergessener Familien eingezogen und bildeten eine einzigartige, gewalttätige soziale Struktur, die für sich einen eigenen Lebensstil entwickelt hatte. Die Polizei konnte kaum mehr ausrichten, als zu verhindern, daß die Leute aus der Nekropolis in die Neapolis eindrangen. Das Aigyptische Viertel diente dabei als Puffer. Indessen wurde die Karawane auf der zerfurchten und an Schlaglöchern reichen Landstraße durch die Gräber nicht belästigt.

Die Königin hatte auch hier ihre Kontakte und Helfer.

Nach dem letzten trostlosen Gewirr alter Gräber erhob sich aus dem kümmerlichen Grasgestrüpp und Sand eine militärische Fernstraße wie eine dunkle Fata Morgana. Die Karawane folgte ihr bis zum Aerodromos, weitere zehn Meilen nach Westen. Als sie dort ankamen, war es voller Tag. Rhita konnte Kerosin und Öl im Luftzug riechen und hörte ein andauerndes dumpfes Gedröhn, als die Jets und andere Flugzeuge starteten, um die libyschen Grenzen zu kontrollieren. Durch die Plastikfenster in der Plane, die den Wagen bedeckte, konnte sie nicht viel sehen, da sie auf der vom Flugplatz abgewandten Seite waren.

»Wir sind da«, sagte Oresias, stand auf und beugte die Knie. Demetrios stand neben ihm, noch unsicher, wo sein Platz war.

Die Karawane hielt auf einem Asphaltstreifen dicht bei einem Quadrat aus Beton. Als Rhita ausstieg und nach links blickte, sah sie lange Reihen blitzender silberner Maschinen, eleganter Jagdflugzeuge, die nur aus Flügeln bestanden, und großer nadelspitzer Bombenträger mit den Kennzeichen der Provinzen von Joudaia und Syrisch Antiocheia. Dahinter in der Ferne erstreckte sich die westliche Wüste, ein schmales, kremfarbiges Band über dem weißen Beton und schwarzen Asphalt. Ein Jäger ging kreischend auf der nächstgelegenen Landebahn nieder und kam nur hundert Ellen weit an der

Wagenreihe vorbei. Rhita nahm den Kasten mit dem Schlüsselbein unter einen Arm, zuckte vor dem Getöse zurück und hielt sich das linke Ohr zu.

Als sie um den Wagen herumgingen, sah sie die zwei Hubschrauber auf dem Asphalt hocken, dunkel und merkwürdig braun mit gelben und weißen Flecken. Gegenüber den Jagdflugzeugen wirkten sie häßlich und plump, wie fliegende Häuser. Ihre breiten horizontalen Schwingen waren gesenkt. Sie hatten an den Spitzen mannsgroße Motorgondeln, die bis drei Ellen über den Boden herabreichten. Einige Leute in roten und weißen Fliegeranzügen standen neben den Hubschraubern, führten Gespräche miteinander und sahen zu, wie die Fahrgäste aus den Wagen ausstiegen.

Aus dem nächsten Wagen in der Reihe kletterten der Kelte und ein kleines Kontingent der Palastwache herunter. Ihr war klar, daß diese alle zu ihrem Schutz bestimmt waren.

Sie unterdrückte einen plötzlichen Drang, das Schlüsselbein fallen zu lassen und in die Wüste zu laufen.

Eine zischende Brise fegte kleine Reihen von Sand auf den Asphalt und streute Körner davon um ihre Füße. Sie schaute zur Sonne auf und beschattete die Augen gegen die Blendung.

Es war ein idealer Tag zum Fliegen. Rhita hatte anderes erhofft. Sie dachte an das Heiligtum der Athenē Lindia mit seinen in der Sonne erhitzten Steinstufen und dem lapislazuliblauen Wasser dahinter.

Oresias sagte: »Zeit zum Einsteigen. Didaskalos, hilf bitte deiner Schülerin!«

Demetrios bot ihr die Hand, aber Rhita lehnte ab und ging mit ihnen zusammen in schnellen kleinen Schritten los, um ihre Entschlossenheit zu zeigen.

»Unsere Maschine ist die auf der rechten Seite«, wies Jamal Atta sie ein.

Oresias beschattete die Augen und blickte über das Feld zu den niedrigen Gebäuden hinüber, die sich zwischen Sandhügeln im Süden drängten. »Erwarten wir einen Empfang?« fragte er. Rhita folgte seinem Zeigefinger und sah eine Reihe von Fahrzeugen, die etwa eine halbe Parasange von dem Asphaltdeck entfernt waren.

»Nein«, sagte Atta verkniffen. »Wir haben diesen Teil des Feldes für uns allein.«

»Dann sollten wir uns lieber beeilen.«

Demetrios trat hinter Rhita, wie um sie zu schützen. Die Palastwachen und der Kelte sammelten sich an der Einstiegluke des Hubschraubers und traten auf Attas Befehl in Reihe an. Der militärische Berater fluchte mehrmals leise vor sich hin und ließ die Augen zwischen den Leuten und den noch einzuladenden Stapeln an Vorräten und den näher kommenden Wagen hin und her gleiten.

Oresias klopfte auf das Plastikverdeck, und der Kybernetes öffnete ein kleines Fenster. »Bring dies Ding zuerst vom Boden hoch, wenn du mußt! Bring es hier heraus, falls sie uns erreichen, ehe wir fertig sind!«

»Ich habe eine Anfrage im Radio«, sagte der Kybernetes.

»Es wurden keinerlei Anfragen erwartet«, sagte Oresias in scharfem Ton.

Der Kybernetes entgegnete ruhig: »Dann erwarten sie wohl auch keine Antwort. Alles muß an Bord sein, zwei Minuten, bevor wir abheben können. Ich brauche Zeit, um meine Rotoren auf Touren zu bringen.« Er ließ das Fenster zuschnappen.

Rhita fand ihren Sitz in dem engen Rumpf: ein dünn gepolstertes quadratisches Segeltuch, das zwischen zwei eisernen Stangen ausgespannt war. Demetrios übergab ihr den Kasten mit der Tafel und half ihr, das Schlüsselbein in seinem Behälter hinter einem Netz in einem Fach über den Köpfen zu sichern. Das Gewinsel der Düsentriebwerke direkt darüber war entsetzlich laut und verwirrend. Ein Besatzungsmitglied gab Ohrenschützer aus und veranlaßte, daß alle sich hinsetzten und angurteten.

Draußen wurde das letzte Stück der Ladung eilends in den zweiten Hubschrauber gestapelt. Die Fahrer zogen sich zu ihren Wagen zurück und wendeten sie hastig von der Betonfläche zur Militärstraße. Rhita fragte sich, was passieren würde, falls man sie erwischte. Warum war es schiefgegangen? War dies wirklich der Fall?

Sie drückte die Hände über die Ohrenschützer und schloß die Augen. Sie war noch nie geflogen.

Oresias klopfte sie auf die Schulter, und sie schlug die Augen auf.

Wir starten bedeutete er ihr. Sie schaute aus dem quadratischen Fenster zwischen dem Platz des Erkunders und ihrem eigenen und sah, wie die mächtigen Gondeln des Düsenantriebs verschwammen, als die Rotorblätter schneller wurden. Das Gedröhn schien ihren ganzen Körper in Flüssigkeit zu verwandeln. Sie hatte seit Stunden kein Wasser gelassen. Der Drang war heftig. Sie biß die Zähne zusammen.

Die beiden Maschinen verließen den festen Boden und hoben in nördlicher Richtung vom Asphalt ab. Sie konnte nicht sehen, was die Soldaten in den Fahrzeugen hinter ihnen machten. Sie hoffte, daß sie nicht schießen würden.

Demetrios, der auf der anderen Seite des Gangs neben dem Kelten saß, grinste trotz seines grauen Gesichts und der angespannten Miene. Rhita schloß wieder die Augen.

Sie wußte, daß sie Rhodos oder Rhamon oder das Heiligtum der Athenē Lindia nie wiedersehen würde. Dieses Gefühl überkam sie jäh mit absoluter Gewißheit.

Zum erstenmal begriff sie wirklich die Parallelen zwischen der Reise ihrer Großmutter und der eigenen. Auch die Großmutter war jung gewesen, nur ein paar Jahre älter als jetzt sie. Aber sie war nicht bloß aus ihrer

Heimat fortgeflogen, sondern war von Raketen in den Weltraum gehoben, weg von Gaia — von der Erde.

Wer war nun also verantwortlich? Was hätte sie tun können, um dieses Elend zu vermeiden? Rhita betete. Sie erinnerte sich an die Annehmlichkeit und den Frieden, ruhig im Schatten von Athenēs Heiligtum zu sitzen; und für einen Augenblick war sie wieder dort, wo Athenē in dem dunklen Holzschrein über ihr aufragte.

Dann rollte der Hubschrauber scharf, und sie sah im Fenster etwas wie blitzendes Sandpapier mit Eisen- und Zinnspänen. Der Ozean lag direkt unter ihnen in Hunderten, vielleicht Tausenden von Ellen Entfernung.

»Wir kurven nach Osten«, brüllte ihr Oresias ins Ohr. »Ich glaube, daß wir ohne Schaden weggekommen sind. Zumindest verfolgt man uns nicht.«

»Wie werden wir es bei unserer Rückkehr antreffen?« rief Atta. Selbst bei hoher Lautstärke verriet seine Stimme Unbehagen. Er streckte die Hände aus und rieb sich mit den Fingerspitzen die Schläfen. »Was ist schiefgegangen?«

Die Frage blieb ohne Antwort. Wie vorgesehen hielten sie Funkstille, fünf oder sechs Parasangen von der Küste entfernt.

Der Druck in ihrer Blase wurde zu stark. Sie beugte sich nach vorn, bedeutete Oresias, einen Ohrschützer anzuheben, und sagte leise etwas. Er konnte sie trotzdem nicht hören.

»Ich muß pinkeln«, brüllte sie. Der Erkunder hob eine Braue und deutete nach hinten, wo ein Besatzungsmitglied in einen Metallkanister urinierte. »Da gibt es einen Vorhang.«

Rhita nickte. Nicht allzu peinlich für einen halb männlichen *Wildfang,* wie Patrikia zu sagen pflegte. Als sie fertig war, entleerte sie den Inhalt in einen Trichter im Fußboden. Vermutlich fiel er aus dem Flugzeug und tröpfelte übers Meer als ihr eigener persönlicher Regen.

Schließlich gewöhnte sie sich an den Lärm und aß aus einem Paket Trockenfrüchte und Nüsse. Dazu trank sie Wein, der stark mit Wasser verdünnt war. Einer der drei Männer der Besatzung gab kleine Plastikbehälter mit Olivenöl aus und sagte allen: »Für eure Gesundheit. Lutscht es runter!«

Rhita schaute zum Gepäckhalter über ihr und sah, daß das Schlüsselbein hinter seinem Netz sicher war. Sie suchte sich zu überzeugen, daß die Expedition unterwegs war und daß das Bedauern keinen Sinn hatte, welches sie trotzdem erfüllte.

Nach einer Stunde änderte sich allmählich ihr Verhalten. Sie hatte sich an das Stoßen und das Auf und Ab in ihrem Magen fast gewöhnt. Wenn sie aus dem Fenster blickte und die klare, wolkenlose Luft der Küste sah und fern im Südwesten den Dunst über dem Delta, so gab ihr das eine neue Perspektive, die wirklich aufregend war. Sie hörte zu, wie Oresias und Jamal Atta mit dem Kybernetes, der das Flugzeug seinem Assistenten übergeben hatte, den Kurs absetzten. Rechts hinter ihnen flog die zweite Maschine mit genau dem gleichen Kurs dahin.

Der Kelte und die Palastwächter nahmen die Situation mit stoischer Ruhe auf. Rhita dachte, daß es zwischen ihnen eine Art Wettstreit gäbe. Wer zuerst etwas Unwohlsein erkennen ließe, hatte verloren.

Demetrios sah nicht mehr so grau aus, war aber offenbar unglücklich. Rhita lehnte sich in den Mittelgang und schnallte sich los, um näher an ihn heranzukommen. Sie klopfte auf seine Ohrschützer und hob sie auf einer Seite ab.

»Laß uns eine Prüfung machen!« sagte sie übermütig.

»Was für eine?« rief er.

»Wer zuerst ängstlich oder unwohl oder aufgeregt aussieht, verliert.« Sie nickte zu den Wächtern und dem Kelten hin und grinste. »Gilt das Spiel?«

»Es gilt«, sagte Demetrios und grinste zurück. »Ich

habe allerdings schon verloren«, erklärte er darauf etwas betrübt.

»Wir beginnen jetzt. Wollen uns beherrschen.«

Atta schaute sie mit offener Mißbilligung an.

»Wo sind wir?« fragte ihn Rhita, rückte näher an die Dreiergruppe und hielt sich an einem Gepäckhalter über ihrem Kopf fest. Ihre Kühnheit schien jetzt grenzenlos zu sein.

»Westlich Gaza«, sagte Oresias. »Kommen gut voran. Wir folgen der Route von Alexandros! Ungefähr. Wir machen einen Zwischenstop in Damaskē zum Nachtanken, dann Bagdadē, dann weiter nach Raki am Kaspischen Meer, wo uns ein Tankflugzeug begleiten wird. Wir füllen in der Luft über der Hunnos-Republik auf und sind binnen zwei Stunden an deinem Ort in der Steppe. Ich hoffe, daß unsere verbündeten Provinzen zu ihren Verpflichtungen gegenüber der Königin stehen werden.«

Der Klang der Rotoren war für Rhita jetzt soviel wie Sicherheit. Sie döste eine Stunde lang und träumte von sandigen Einöden. Dann fand sie, daß sie Joudaia überquert hatten und sich Damaskē näherten. Wie eine riesige Pizza frisch aus dem Ofen zogen Sand, Felsen und verkrustete Berge unten vorbei. Sie dachte an Karawanen und tagelange Reisen, an das Verdursten und das Graben nach Wasser in alten Brunnen ... Das war Romantik.

Wie ein göttlicher Vogel all das zu überfliegen, war einfach unwirklich.

Aus der gebackenen Pizzawüste hob sich in der Ferne ein grüner Fleck heraus und breitete sich wie ein Farbspritzer über die Sandfläche aus. Rhita roch Damaskē, noch ehe sie es richtig sah. Es war ein Geruch von Leben, Wasser und grünen Pflanzen, der sie veranlaßte, den Kopf zu heben und mit der Nase zu schnuppern in der Hoffnung auf mehr. Demetrios und Oresias waren in Expeditionspläne vertieft, der Mechanikos holte nach, was ihm entgangen war. Sie überlegte, wie sie sich wohl fühlen würde, wenn man sie wie Demetrios einfach rekrutiert hätte. *Aber ich wurde ja auch rekrutiert,* erinnerte sie sich. *Meine Großmutter hat mich ausgesucht.* Rhita schnallte sich los und blickte durch ein Fenster.

Damaskē erhob den Anspruch, die älteste Stadt der Welt zu sein. Ausgrabungen in Jericho im vorigen Jahrhundert hatten das in Frage gestellt; aber Jericho war eine viel kleinere Kommune, kaum mehr als ein Dorf, und Damaskē war seit Jahrtausenden eine richtige Stadt gewesen. Sie war das Haupthandelszentrum von Syrien, umgeben von Obstgärten und Feldern, geduckten Bauten aus Glas und Stahl und steinernen Ziggurat-Stufentürmen, die über das jüdische und Horusviertel emporragten. Die massige persische Steinfestung beherrschte den Süden der Stadt, und noch weiter südlich lagen der internationale zivile Aerodromos von El Zarra.

Atta kam aus dem Cockpit zurück und sagte ihr, daß sie am Rande von El Zarra zum Nachtanken landen würden. »Ich hoffe hier einige Nachrichten zu bekommen, falls jemand spricht.« Er schüttelte finster seinen langen Kopf.

Der Helikopter senkte sich und näherte sich dem Flugfeld knapp über der Höhe der Baumwipfel. Rhita roch Datteln und Küchenfeuer aus Kamelmist. Trotz der Anspannung mußte sie lächeln. Sie war nie in einem dieser Orte gewesen. Im Überlebensfalle würde sie eine weitgereiste junge Frau sein.

Die Maschine setzte auf einer kleinen Betonplatte auf, nahe bei einigen schäbigen alten Tankwagen. Ermüdete und mit Staub bedeckte Männer kamen an die beiden Flugzeuge heran und zogen lange, flache, sandfarbene Schläuche nach. Sie warteten, bis die Rotoren stillstanden, und befestigten dann die Schläuche ein paar Schritte von den Seitentüren entfernt. Oresias ließ ihre Tür aufschwingen und sprang hinunter, dahinter Atta, die Leibwächter und Demetrios. Der Kelte holte tief Luft und schüttelte den Kopf, als ob er ihn klar machen wollte.

Atta beriet sich mit dem nächsten Platzhelfer, der nicht geneigt schien, etwas zu sagen, sondern sich darauf konzentrierte, den Schlauch einzurasten und mit dem Treibstoffpumpen zu beginnen. Dann ging Atta hinüber, um mit einem der Fahrer zu sprechen. Hier schien er mehr Glück zu haben. Als er zurückkam, wirkte er, wenn das überhaupt möglich war, noch verzweifelter.

Rhita stand neben dem Mechanikos, als Atta ihnen sagte, was er gehört hatte. »Es gibt keine Mitteilung aus Alexandreia. Wir bekommen unseren Treibstoff; aber man erwartete, daß wir Luftkarten der Steppen aus dem syrischen Kartenzentrum bekämen. Die sind aber nicht aufgetaucht.«

»Was heißt das, keine Mitteilung?« fragte Oresias.

»Eben dies. Kein Radio, kein Telephon, nichts, soweit dem Fahrer bekannt ist. Er ist ein Offizier und spricht mit Piloten, die auf dem Aerodromos hereinkommen. Alle Flüge werden in Alexandreia festgehalten. Unsere sind die einzigen Maschinen, die heute landen sollten.«

Oresias schlang die Finger um sein Handgelenk und verdrehte sie. »Da ist etwas schiefgegangen.«

Demetrios blinzelte unsicher: »Was ...?«

Atta sagte: »Man hat uns links liegenlassen. Wir bekommen unseren Treibstoff, aber die Machthaber in Damaskē sind mit anderen Annehmlichkeiten zurückhaltend. Das heißt für mich, der Einfluß der Königin wäre für sie jetzt weniger wichtig ...«

Oresias rieb sein Handgelenk, bis die Haut fast zerriß. »Ein Schlag gegen den Palast?«

Atta schüttelte den Kopf. Er wollte keine Vermutungen anstellen. »Wir haben immer noch unseren Auftrag. Aber irgend etwas stimmt nicht. Das muß unmittelbar vor unserer Abreise geschehen sein. Wir können nicht zurückfunken ... Es würde eine Stunde oder länger dauern, in die Stadt zu gehen oder zur Verwaltung des Flughafens und ein Telegramm aufzugeben …« Er zuckte die Achseln. »Wir haben keine andere Wahl, als weiterzumachen.«

Rhita starrte auf die Türme und Ziggurats von Damaskē in der Ferne. Ihr war klar, daß sie eigentlich ängstlich sein müßte, obwohl das nicht der Fall war. Die Mischung aus Aufheiterung und Langeweile durch den Flug hielt sie noch wie eine Droge im Griff.

»Bitte, prüf dein Schlüsselbein!« sagte Oresias leise zu ihr, als sie wieder einstiegen. »Ich muß wissen, ob unser Ziel noch da ist.«

Sie holte den Kasten aus dem Regal, öffnete ihn und berührte mit einem Finger die Handgriffe. Die strahlend bunte Welt drehte sich wieder vor ihr, und das Kreuz erschien unverändert in der gleichen Position.

»Es ist noch da«, bestätigte sie. Oresias schnallte sich fest, lehnte den Kopf zurück und schloß die Augen.

Nach wenigen Minuten waren die Hubschrauber wieder betankt und flugbereit. Atta kam als letzter an Bord und schlug wütend die Luke zu. Er murmelte: »Was ist mit unserem Lufttanker? Was ist mit der Rückreise?«

23. KAPITEL

Thistledown

Olmy kam in der vierten Kammer eine Stunde später an, nachdem er in der aufgegebenen Station in der fünften Kammer zugestiegen war. Der Zug überquerte eine breite Fläche aus silbrig schimmerndem Wasser und setzte ihn ab bei einer Raststätte auf Northspin Island im ersten Viertel, nahe dem nördlichen Kap. Olmy hielt sich von den anderen Reisenden fern, mietete einen Traktor, fuhr zehn Kilometer bis zum Ende des Weges und betrat den dichten Nadelwald.

Innerhalb seiner implantierten Erinnerungen führte das frisch geschaffene Partial isoliert von seiner primären Persönlichkeit eine behutsamere Untersuchung der Jartmentalität durch.

Drei Stunden später stand er unter einem tausendjährigen Redwood-Baum. Ein leichter Nebel trieb vorbei, und seine Füße sanken in alten Lehm ein.

Alles, was er an Isolation und Abstraktion nach Monaten der Forschung über nichtmenschliche Psychologie empfunden hatte, war nichts gegenüber seinem jetzigen Gefühl von Selbstvereinsamung. Er dachte ständig an Tapi, der sich vielleicht gerade jetzt durch seine Inkarnationsprüfungen durcharbeitete. Er dachte nicht, daß er seinen Sohn für einige Zeit, wenn nicht sogar für immer, sehen würde — oder Suli Ram Kikura. Es war unwahrscheinlich, daß sich ihre Wege kreuzen würden.

Er betastete die dicke, zähe Borke der Sequoia und fragte sich, ob er eine Verwandtschaft mit diesem uralten Baum empfinden sollte. In Wirklichkeit hegte er keine verwandtschaftlichen Gefühle mit irgend etwas, nicht einmal seinen Kameraden; und das beunruhigte ihn. Es war kaum möglich, daß seine implantierten Regulatoren nicht richtig funktionierten und daß er mental nicht gesund wäre. Nur um sicher zu sein, ließ er eine Testfaser durch seinen Primärverstand und die regulierenden Implantate laufen.

Die Resultate zeigten keine Fehlzustände an.

Nur extremen Streß und Gefahr.

Alle diese Bäume hatten die Wiederherstellung der Rotation nach der Zerstörung überlebt. Sie hatten zeitweilige Gewichtslosigkeit überdauert, Überschwemmungen, chaotisches Wetter und Jahre der Vernachlässigung. Jetzt schienen sie gut zu gedeihen. Warum konnte er sich nicht durch ihr Beispiel ermutigen lassen?

Warum kann ich überhaupt nichts empfinden?

Hinter den Barrieren tauchte ein planmäßiger Zustandsbericht auf. Sein Partial schickte ein Informationsband, das erfolgreiches Eindringen in die kulturellen und persönlichen Gedächtnisspeicher des Jarts meldete. Außerdem hatte das Partial noch behutsame ›Begrüßungen‹ ausgetauscht.

Olmy lehnte sich mit dem Rücken an einen Baum und tat einen tiefen Atemzug. Eine Art von Dialog lief viel früher ab, als er erwartet hatte. Der Jart fand im Moment irgendeinen Vorteil in der Kooperation. Vielleicht würde Olmy bald sagen können, wie viele der scheinbaren Erinnerungen des Jarts real und wie viele künstlich waren. Es war unwahrscheinlich, daß der Jart aktuelle Information dieser Art preiszugeben geneigt wäre. Aber dann war auch alles hinsichtlich seiner Situation unwahrscheinlich … und Olmy hatte immer noch keine Ahnung von der Psychologie des Jarts, zu welchen Handlungen es fähig oder unfähig war.

Als das Partial seine Ergebnisse meldete, saß Olmy einige Zeit mit offenen Augen da. Er sah gleichzeitig den Wald und

Große prismenförmige Jartkreuzer, die mit majestätischer Ruhe über ein kolonisiertes Segment des Weges dahinzogen

(wieder auf verschiedenen visuellen Ebenen, aber diesmal mehr geordnet und weniger ungestüm)

und tanzende Wolken zwergenhafter Wartungsmaschinen und Vehikel, die sich von dem Kreuzer zu breiten, gekrümmten Rampen auf dem Boden des Weges bewegten.

Olmy ließ die Erinnerung noch einmal ablaufen und bemerkte plötzlich, daß sich unter der nächsten Rampe ein umgedrehtes Bild des Äußeren eines Planeten befand. Er versuchte das zu deuten, konnte es aber nicht. Es schien, daß zumindest in diesem Falle Jart-Tore keine kreisrunden Löcher waren, sondern mehrere Kilometer weite Schlitze im Weg. Es bestand immer die Möglichkeit, daß alle Information, welche er bisher empfangen hatte, trügerisch war und der Jart nur einen listigen Trick darstellte. Eine Möglichkeit, das herauszufinden, war, Korzenowski nach der Existenz länglicher Tore im Weg zu befragen. Aber auch wenn es solche geben sollte, hätten andere Details entstellt sein können …

Eine andere Erinnerung

sich vermischend mit anderen Wesen

(Jarts? Klienten der Jarts?)

in einer dicken grünen Flüssigkeit viel kleinere silberne Würmer, die sich zwischen ihnen bewegen, gelegentlich um das eine oder andere Individuum winden und sich fest genug klammern, um Fleisch zu zerknittern. Einige der Wesen ähnelten dem Jartkörper in dem zweiten Raum des Gedächtnisspeichers der fünf-

ten Kammer. Andere waren flache weiße Teppiche mit flimmernden Fransen, die durch die Flüssigkeit flogen, oder dreiseitig symmetrische ›Seesterne‹ mit flexiblen Mandibeln am Ende eines jeden Arms, oder dicke formlose Ausstülpungen farbloser Röhren ...

Alle schienen einen entfernten, alptraumhaften Meeresboden als gemeinsamen Ursprung zu haben, und keines tat etwas, das Olmy auch nur ansatzweise begreifen konnte.

Es gab noch weitere Bilder, viel zu viele, um sie im Moment näher kennenzulernen. Olmy speicherte diese Eindrücke, ohne sie zu prüfen, und ging zu der ausgetauschten ›Begrüßung‹ über.

Partial: *(Wiedergabe eingefangener Erinnerungen und einer Faser, die Bewußtheit von Existenz und Zustand des Jarts bezeichnete.)*
Jart: *›Ich bin außerhalb des Bereichs der Pflicht? Wo ist dein Etikett als Dienst Ausübender?‹*
Partial: *Du befindest dich ›außerhalb des Bereichs‹ aller deiner Art.*
Jart: *›Was ist der Status als Bruder/Vater? Ist dies eine Kommunikation vom Überwachungskommando?‹*
Partial: *›Bruder/Vater-Status‹ unbekannt. Kein Überwachungskommando. Du bist gefangen und wirst examiniert.*
Jart: *›Anerkenntnis von persönlichem Status als gefangen.‹*

Danach sendete das Partial eine lange Liste von Fragen. Diese wurden jetzt verarbeitet. Zumindest für den Moment hatte Olmy eine Illusion von Fortschritt.

Das Partial übermittelte eine andere Faser:

Jart: *›Kooperation und Transfer von Status-Information? Auswechseln von Überwachungskommando und Kommando?‹*

Das schien eine Art von Kapitulation zu sein. Olmy markierte die Ausdrücke ›Ausübender‹, ›Überwachungskommando‹ und das isolierte Wort ›Kommando‹. Er überlegte, ob es sich um Befehlsränge in der Jartgesellschaft handeln könnte. Das Partial hatte der vom Jart angebotenen Bedingung zugestimmt, vorbehaltlich späterer Erklärung. Die Grenzen und Methoden wurden jetzt ausgearbeitet, wobei die Barrieren noch hoch waren und es nicht so schien, als ob sie gesenkt werden würden außer für die Übermittlung weiterer Befunde und Statuskontrollen.

Olmy steckte seine Hand in den Lehm und starrte zu den Baumzweigen empor. All seine Abwehrmöglichkeiten waren alarmiert. Es war möglich, daß der Jart bloß einen neuen Angriff vorbereitete.

Irgendwie hielt er das nicht für einfach. Nachdem es ihm mißlungen war, Olmy unmittelbar zu töten oder zu bezwingen, hatte der Jart offenbar einen anderen Weg vor. Wohin der führen würde, davon hatte Olmy keine Ahnung.

Aber ein detaillierter Austausch hatte begonnen.

24. KAPITEL

Gaia

Das elamitische Bagdadē war eine Ruine, die von den mesopotamischen Nechemiten allmählich wieder aufgebaut wurde, die in bewaffneten, mechanisierten Horden nach Westen gezogen waren und die Stadt vor zwanzig Jahren erobert und geplündert hatten, während die Oikoumenē mit einem der endlosen syrischen Einfälle in ihr eigenes Gebiet beschäftigt gewesen war. Die Nechemiten hatten sich als kaum fähig erwiesen, das ausgemergelte, aber tüchtige Volk zu kontrollieren, das sie im Namen ihrer gesichtslosen und anspruchsvollen Gottheit so ergeben dahingemetzelt hatten. Dann hatten sie sich an Kleopatra gewandt, eine der wenigen Königinnen, die es noch auf Gaia gab, und ersucht, sie möge eine ›Braut für Nechem‹ sein. Dieses Ansinnen war so lächerlich und kam so gelegen, daß man es nicht abschlagen konnte. Von da an wurde Ihre Kaiserliche Hypselotēs bildlich in Bagdadē verehrt, und Geld sowie technische Hilfe flossen in die alte Stadt. Als Gegenleistung bewachten die Nechemiten die Grenzen der Hunnos-Republik und der Nordischen Rus.

Jamal Atta hielt es für sehr unwahrscheinlich, daß sie in Bagdadē irgendwelche Schwierigkeiten haben würden. Und tatsächlich gaben ihnen nach drei Stunden Flug von Damaskē die mit Turbanen und roten Umhängen versehenen Bediensteten auf dem neuen Aerodromos allen benötigten Treibstoff und Karten der kasachischen, kirgisischen und usbekischen Teile der nordischen Rus. Als sie betrübt von Bagdadē schieden, beugte sich der Kelte vor, um den Fußboden zu inspizieren, und hielt mit närrischem Grinsen etwas hoch. Kleine plastische Statuen von Kleopatra im Koitus mit Nechem waren zusammen mit ihren Vorräten durch die Türen des Flugzeugs geworfen worden.

Der Kelte gab Rhita seinen Fund. Sie befingerte ihn nachdenklich, fasziniert durch die rohe Kraft. Unelegant, unwissend, lasterhaft und grausamer, als sie je erfahren hatte, aber anständig und voller Leben, könnten die Nechemiten eines Tages die sämtlichen mittleren Länder der Alten Welt beherrschen. Sie hoffte, daß sie bis dahin Nechem beseitigt haben würde. Er war ein häßlicher Gott.

Von Bagdadē aus überquerten sie das Land der Nechem und erwischten einen Rückenwind, der sie in zwei Stunden nach Raki brachte, dem antiken Raghae, das früher zum Territorium der Oikoumenē gehört hatte. Es war eine isolierte Stadt auf einer Insel des Friedens und an allen Grenzen schwer befestigt. Dort erfuhr Oresias von einem militärischen Platzinspektor, daß man von Alexandreia nichts neues gehört hätte und daß ihr Lufttransportgeleit — ein Lufttanker und ein altes Frachtflugzeug, das man aufgeben würde — bereit wären, sie von da aus zu eskortieren.

Nun begann ihr Eindringen in echt gefährliches Territorium. Vor fünfzehnhundert Jahren waren die Perser und die Oikoumenē gen Westen getrieben und dann von den Alanen und Hunnen in die Meere gedrängt worden, die ihre nomadischen Völker und unterworfenen teutonischen Stämme zu einer riesigen mobilen Armee gemacht hatten. Ein Imperium war errichtet von den Küsten Galleias und Kimbrias bis zu den großen Mauern von Chin, den größten, die die Welt je gekannt hatte, welches auch die schwächsten waren. Binnen fünfzig Jahren war jenes Reich wie ein Traum aus Blut und Rauch verschwunden, und die Skythen und Nordischen Rus waren in das Vakuum eingedrungen. Die Alanen und Avaren hatten schließlich ihren Grund und Boden östlich des Kaspischen Meeres gehalten, und ebenso die Hunnoi nördlich und östlich von ihnen. Tausend Jahre lang waren diese Gebiete in Bewegung gewesen, hatten aber ihre Gestalt im ganzen bewahrt — bis zum Erscheinen der Aigaischen Turkmenoi, der Piraten und Verwüster von Hellas.

Die Turkmenoi hatten sich eine eigene Nische geschaffen und ihre seeräuberischen Absichten zum Kaspischen Meer getragen. Und über dieses leicht gebirgige Gelände zwischen den Altaischen Republiken flog jetzt der Hubschrauber. Die Turkmenoi erkannten niemand als überlegen oder Herren an. Sie sonderten sich ab und bemühten sich, Eindringen von außen zu verhindern. Es würde keine Gnade für das Flugzeug geben, falls man sie zur Landung zwingen sollte. Aber es war unwahrscheinlich, daß die Turkmenoi über geeignete Waffen verfügten.

Rhita sah auf die Hunderte von Meilen breiter nackter Berge, die unten dahinzogen, und fühlte sich einsamer als je zuvor. Sie erkannte die Wandelbarkeit menschlichen Denkens und menschlicher Geschichte, die Widersprüche von Kulturen, die so wenig festzulegen waren wie diese Gebirgspässe und Felsnadeln; und es schien, daß die Menschen nie eine gemeinsame Wahrheit anerkennen würden. Das bedeutete, es gab entweder keine einzige Wahrheit, oder die Leute würden einander umbringen im Bemühen, sie zu finden ... Beide Möglichkeiten machten ihr Kummer.

Ihre Fröhlichkeit einige Stunden zuvor war einem finsteren Unbehagen gewichen. Sie war erschöpft. Der Schlaf im Flugzeug bot keine Erfrischung, begleitet von dem endlosen Gebrüll der Düsentriebwerke. Auch ihr Magen war wieder gereizt. Sie fühlte, daß es nicht sicher war, noch etwas zu essen, obwohl sie Hunger hatte. Sie beklagte sich über nichts, aber der Flug zog sich immer weiter hin ...

Sie tankten im Fluge noch nahe der nordwestlichen Grenze von Turkmenia. Das war ein interessanter Vorgang, so wenig sie davon auch sehen konnte. Der Tanker schwenkte von ihrer Gruppe ab und flog nach Raghae zurück. Ihnen blieb das Lastenflugzeug als Begleiter. Trotz ihrem Unbehagen mußte Rhita einräumen, daß die Expedition bisher gut verlief.

Unwillkürlich wanderten ihre Gedanken heim. Sie hatte hinsichtlich der Oikoumenē nie einen bestimmten Gedanken gehabt. Sie war immer da gewesen und schien unsterblich zu sein. In ihrem Leben hatte es niemals ein Unglück gegeben, das so umfassend genug gewesen wäre, ihrer Welt etwas anzuhaben. Allerdings hatte Rhodos erst achtzig Jahre lang in Frieden gelebt. In ihrer Jugend war sie in großen, von Regenwasser gefüllten Narben im Gebirge geschwommen. Das waren Granattrichter aus Bombardements, die älter waren als fast jede noch lebende Person. Aber wenn die Königin selbst in Gefahr war ...

Die ganze Oikoumenē konnte ihren Charakter ändern. Es könnte nicht ein Heim geben, zu dem sie zurückkehren könnte. Rhita rutschte auf ihrem Sitz hin und her und dachte an Krieg, Revolution und Tod.

Das Gebirge unten wich ockerfarbenen Ebenen mit kahlen runden Hügeln und felsigen Vorgebirgen. Das Ocker wurde zu grünen Flecken, und lange grüne Streifen säumten flache Flußbetten. »Wir haben die südlichen Grenzen der Hunnos- und Alanos-Republiken passiert«, sagte Oresias und kam vom Cockpit zurück.

Zwanzig Minuten lang glitten sie in Bodennähe dahin. Atta wirkte besonders irritiert. Er schüttelte den Kopf und schlug sich mit den Händen verzweifelt auf die Knie, indem er darauf wartete, daß die uzbekischen und kasachischen Wachtürme sie entdeckten. Aber es gab keine Abwehr. Offenbar waren sie durchgekommen — entweder unbemerkt oder als ein Lichtfleck, der zu klein war, um ernst genommen zu werden.

»Eine Stunde«, sagte Oresias. Die Triebwerke dröhnten, und der Wind brauste vorbei; er pfiff auch durch

Spalten in der Hülle des Flugzeugs. Rhita versuchte wieder zu schlafen, konnte aber nur die Augen schließen, ohne Vergessen zu finden. Ihr tat alles weh wegen der Spannung und des Bemühens, ihr Unbehagen zu verbergen. Die Männer saßen ruhig wie Statuen mit finsterer Miene. Wenn der Apparat manövrierte oder in ein Luftloch geriet, schaukelten sie im gleichen Takt vor und zurück.

Wie konnte sie sich so beklommen und zugleich gelangweilt fühlen? Sie könnte sterben und sich nicht aufregen, wenn der Tod sie ereilte ... Würde der Tod — sie stellte ihn sich als eine große schwarze Schlange vor mit Schädeln anstatt Zähnen — vor einem so kühlen und ruhigen Opfer zurückweichen? War es gegen die Prinzipien des Todes, die Unbesorgten zu fressen?

Sie schaute aus dem Fenster und blinzelte im Sonnenlicht. Sie benutzte noch einmal den Behälter im Hintergrund, entleerte ihn und bewässerte damit die Steppe. Dann schnallte sie sich wieder in ihrem Sitz fest.

»Wie nahe?« fragte Oresias, über sie gebeugt. Ihr war es irgendwie doch gelungen einzuschlafen, und sie träumte von fliegenden Schildkröten. Sie rieb sich die Augen und ergriff das Schlüsselbein. Die Kugel erschien jetzt viel größer und das Überstreichen der Oberfläche viel kürzer. Immer mehr fremdartige Symbole und abstrakte Figuren huschten ohne Deutung vorbei. Dann waren sie in der Senke, und das Kreuz war noch da, rot pulsierend.

Sie sagte: »Laßt mich vorn sitzen!« Man machte für sie Platz im Cockpit. Der Assistent gab ihr seinen Sessel. Sie umklammerte das Schlüsselbein, fühlte dessen Reaktionen und blickte über die endlosen Grasflächen hinaus. »Bitte hinunter!« sagte sie dann.

»Wie weit?« fragte der Kybernetes.

»Langsamer werden und nach unten gehen ... auf hundert Ellen? Weniger?«

Sie drehte sich nach Oresias um. Demetrios hatte sich

mit aufgerissenen Augen und immer noch blassem Gesicht in die Nische der Luke geklemmt.

Oresias sagte: »Fünfzig Ellen. Werden wir es sehen?«

»Ich weiß nicht. Es könnte ziemlich klein sein ... Aber ich werde es merken, wenn wir da sind.«

Die beiden Hubschrauber bremsten und gingen herunter, während der Lastentransporter weite Schleifen zu drehen begann und alle paar Minuten über sie hinwegflog, während sie auf der Suche waren. Rhita konzentrierte sich auf die Steppe und versuchte, das Gelände mit dem, was sie im Schlüsselbein fühlte, in Einklang zu bringen ... Ein nicht unbedingt notwendiges Bemühen, wie sich zeigen sollte.

»Hier«, sagte sie. »Hier anhalten!« Das Schlüsselbein hatte ihr ganz einfach, auf eine Art, die sie nicht näher bestimmen konnte, gesagt, daß sie sich über der Stelle befanden. Die Maschine schoß darüber hinaus, und sie leitete sie zurück bis auf hundertfünfzig Ellen Distanz. Jetzt lag es unter ihnen und war zu erkennen als eine fruchtbare, mit Gras bewachsene Mulde, umgeben von einem kleinen, schlammigen Flußbett. Sie konnte das Tor mit den Augen nicht erkennen, aber das Schlüsselbein verriet seine genaue Lage.

»Wir wollen landen«, wies Oresias den Kybernetes an. Dieser sprach mit seinem Partner in dem anderen Flugzeug, und sie gingen diese letzten fünfzig Ellen herunter und setzten mit einem leichten Stoß auf dem Gras auf. Die Rotoren ließen das Gras Wellen schlagen, die zwischen ihnen zusammentrafen.

»Motoren abstellen!« ordnete Atta von seinem Platz hinter Oresias an. »Wir brauchen Stille. Wir sind hier angekommen wie eine Horde trunkener Dämonen. Man soll nichts übertreiben.«

»Gibt es einen Platz für das Frachtflugzeug?« fragte Oresias Rhita. Sie war für einen Moment verwirrt — wie sollte *sie* das wissen? Dann fiel ihr ein, daß das Schlüsselbein es ihr würde sagen können. In dessen

Schaubild flog sie über die vereinfachte Gegend und suchte nach einem flachen, ebenen Gebiet von einigen Stadien Länge zum Landen für die Frachtmaschine. Sie sagte: »Ein paar hundert Ellen nordöstlich. Es sieht glatt aus, obwohl wahrscheinlich einige Löcher da sind. Es könnte rauh werden.«

»Aus welcher Richtung?« fragte Oresias.

»Sie sollten aus Süden anfliegen. Sie werden es sehen, es ist recht breit.«

»Wir wünschen ihnen Glück«, sagte Oresias, als er Rhitas Botschaft übermittelte. »Ist es sicher zum Aussteigen?«

»Ich wüßte keinen Grund, warum nicht«, erklärte Rhita, obwohl sie zitterte. Es störte sie, daß sie das Tor nicht mit den Augen sehen konnte. Sie konnte nichts darüber sagen, als seine Position angeben.

Vielleicht ist es überhaupt nichts.

Die Türen wurden aufgestoßen, und eine frische und saubere Brise wehte in das muffige Innere. Ein Grasgeruch wie in einem Pferdeschuppen. Dazu noch etwas anderes, vielleicht feuchte Erde.

Von Horizont zu Horizont erstreckte sich die leicht gewellte Steppe mit herrischer Selbstsicherheit und ignorierte sie, ignorierte alle Menschen, nur mit ihrer träumerischen Fruchtbarkeit beschäftigt. Die Fläche stellte eines der reichsten Länder von Gaia dar, wo Wasser zur Verfügung stand. Gen Westen stand eine gelborangefarbene Sonne eine halbe Stunde vor dem Untergang. Der Himmel war wolkenlos und rein, das Blau des Kleidersaums von Athenē ausgebreitet über ihr Reich. Ein paar helle Sterne oder vielleicht Planeten flimmerten in der Weite, glitzernde Tropfen aus Aphrodites Schminkköfferchen.

Das Frachtflugzeug landete einige Stadien entfernt. Ihm folgte der Tanker. Die Motoren waren häßlich laut in dieser Ruhe und Einsamkeit.

Die ganze Expedition stand unter den ruhenden Rotorblättern und blickte über den leichten Abhang in die Mulde. Sie hatten ohne ernste Schwierigkeiten das Ziel erreicht. Nach ihren Mienen zu urteilen, erwartete niemand, daß es so bleiben würde. Atta ließ seinen Blick über den ganzen Horizont schweifen, eine Augenbraue zweifelnd erhoben.

Der Kelte stand neben Rhita mit kampfbereiter Waffe. Die anderen Palastwächter folgten ihm kurz danach mit ausdruckslosen Gesichtern und vorsichtig. Vögel kehrten ins Gras zurück, kleine Federbälle, scheu und neugierig.

Rhita hob ihr Schlüsselbein. »Hier ist es«, sagte sie. Sie schluckte. »Ich werde hinuntergehen und es mir ansehen. Niemand kommt mit mir, außer ihm.« Sie zeigte auf den Kelten. Es würde ihren Leibwächter tief kränken, wenn sie sich in Gefahr begab und ihn fernhielt.

Demetrios trat vor, noch blaß von seiner Qual im Flugzeug. Er sagte: »Ich möchte gern mit dir gehen. Ich bin hier, um mir ein Urteil zu bilden über das, was wir sehen ... Ich bin nutzlos, wenn ich bloß hier herumstehe.«

Rhita war zu erschöpft und nervös, um zu protestieren. »Also eben nur Lugotorix und du«, sagte sie in der Hoffnung, daß sich nicht noch mehr mutige Freiwillige melden würden. Es gab keine. Oresias und Atta standen mit gekreuzten Armen am Rand der Senke, umgeben von der Flugzeugbesatzung, dem Kybernetes und den anderen Expeditionsmitgliedern, während Rhita, der Kelte und Demetrios den sanften Hang zu dem schlammigen Flußbett hinuntergingen.

Ohne eigenen Willen hob Rhita das Schlüsselbein in eine bessere Position und trug es vor sich her. Sie erblickte jetzt das Tor als einen roten Kreis kaum fünf Ellen voraus. »Ist es nahe?« fragte Demetrios.

Rhita zeigte hin. »Gerade dort.« Schließlich konnte sie es mit dem Auge ausmachen, eine fast unsichtbare Linse, die ungefähr acht Ellen über dem Boden schwebte, etwas dunkler als der Himmel ringsum. Es schien zu ruhen, erschreckte sie aber dennoch.

Das Schlüsselbein teilte ihr Dinge mit, die sie kaum verstand, und sie mußte es stumm um Wiederholung bitten. Ohne Worte informierte es sie wieder, daß dies ein unvollständiges Tor wäre, dessen Erhaltung nur sehr wenig Energie erforderte. Ein Prüftor, wodurch Sonden eingeführt und Proben genommen werden konnten. Es war nicht weit genug, um etwas durchzulassen, das größer als eine Hand wäre, und es war in diesem Augenblick sowieso unpassierbar.

Rhita gab dies an Demetrios weiter. Sie gingen mit gesenkten Köpfen rund um es herum, während der Kelte mit bereiter Waffe einige Ellen entfernt stand. Sie fragte: *Kann ich das Tor selbst öffnen?*

Das Schlüsselbein antwortete ihr, daß es eine Möglichkeit gäbe, das Tor von dieser Seite aus zu öffnen. Aber eine solche Aktion würde ohne Zweifel jemanden oder etwas alarmieren, der oder das das Tor überwachte, worum es sich auch handeln mochte.

Weißt du, wer dies Tor geöffnet hat?

Nein, sagte das Schlüsselbein. *Tore auf dieser Seite ihrer Erschaffung sind sich alle ziemlich gleich.*

Sie wandte sich Oresias und Atta zu und sagte: »Es ist zu klein, um hindurch zu gehen. Wenn ich versuche, es weiter aufzumachen, werden Leute auf der anderen Seite erfahren, daß wir hier sind.«

Oresias dachte kurz darüber nach und beriet sich dann leise mit Atta. Er sagte: »Wir werden das über Nacht erwägen. Komm zurück zum Hubschrauber! Wir wollen das Lager aufschlagen.«

Die Sonne stand schon unter dem Horizont, und der Himmel über dem Grasland wurde rasch dunkel. Rhita blickte mit zusammengekniffenen Augen wieder auf die Linse und sah durch sie einen wäßrigen Stern. Sie nickte Demetrios zu und sagte: »Laß uns gehen!«

Über die Flugzeuge waren Tarnnetze geworfen, so

daß sie wie mit Gras bewachsene kleine Buckel aussahen — keine sehr gute Verkleidung, dachte sie, wenn man in Betracht zog, wie flach das Gelände ringsum war, aber besser als nichts. Oresias und Atta kamen mit dem Kybernetes des Frachtflugzeugs zusammen, während vier große Zelte errichtet wurden. Rhita lauschte ihren Plänen für den nächsten Tag von ihrem Feldbett aus, das aus einem Graspolster bestand mit einer flachen Zeltbahn darüber. Fliegen und Nachtfalter summten um ihr Licht in der Ecke des Zeltes. Sie war erschöpft und kaum imstande, die Augen offen zu halten. Dennoch konnte sie nicht recht einschlafen. Demetrios brachte eine Schüssel Suppe von der improvisierten Feldküche, und sie nippte langsam davon. Immer wieder fragte sie sich *Warum hier? Warum hier ein Tor öffnen?* Wer hätte Patrikia zu dieser Gaia folgen können und wer hätte das gewollt?

Seit zwei Tagen hatte es keine Nachricht auf dem Teuchos gegeben. Aber an diesem Abend legte sie den Schalter um und sah wieder die Worte ihrer Großmutter. Die war letztlich doch keine Hexe gewesen. Sie gab Rhita immer noch Ratschläge über die Politik in Alexandreia, einer Welt, die jetzt für alle Pläne und Absichten ihrer Großmutter verloren war. Rhita las die lange Botschaft und schloß etwas erleichtert die Augen. Einige Zeit hatte sie gedacht, daß Patrikia ihr vielleicht über die Schulter blickte und sie für verantwortlich hielt. Jetzt war deutlich, daß die Sophē schließlich doch sterblich gewesen war.

Erschöpft schaltete Rhita die Tafel aus, packte sie in ihr Futteral aus Ziegenleder, und drehte die Kerosinlampe herunter. In anderen Teilen des Zeltes war alles ruhig. Draußen hatte sich der leichte Wind gelegt, und die Steppe war weithin in Schweigen gehüllt, Tausende von Stadien Leere ringsum.

25. KAPITEL

Thistledown City

Lanier fühlte ein Bedürfnis für einfaches Vergnügen und dekorierte seine Gästezimmer unter der Nexus-Kuppel um. Er ging in der Palastsuite von Raum zu Raum und gab laute Anweisungen. »Polynesisch«, sagte er im Speisesaal, der zur Zeit nüchtern, mit scharfen Linien und in klassischem Stil war. Die Dekorprojektoren durchsuchten ihre Periodenspeicher und produzierten einen von Feuer und Fackeln erhellten Zeremonialraum, mit braunen und weißen Bastmatten ausgekleidet und hölzernen Schalen. Die Wände waren aus Palmstämmen konstruiert und mit weiteren Matten aus Gras und Palmblättern bedeckt.

»Sehr gut«, äußerte er sich billigend. Indem er sich mit solchen Wundern amüsierte, konnte er sein runzliges kleines Ego besänftigen oder sich zumindest in eine bessere Stimmung versetzen.

Einstmals hatten mächtige Amtspersonen — Senatoren, Premierminister und sogar Präsidenten — hier gewohnt. Die Räume hatten Jahrhunderte lang leer gestanden nach dem Exodus, der den Weg hinab führte. Jetzt wurden sie nur für gelegentliche zeremonielle Gelegenheiten benutzt.

Korzenowski war fortgegangen, um Vorbereitungen für die Plenarsitzung des Nexus' zu treffen. Mirsky war in seinen eigenen Räumen. Lanier hatte nichts, um sich zu beschäftigen, außer seinen eigenen Gedanken. Er kam sich vor wie ein fünftes Rad am Wagen. Er war alt, falls das eine Rolle spielte. Ein Problem wie dieses hatte stets sein Vorstellungsvermögen überstiegen. Aber er hatte seine Vorbehalte noch niemandem gegenüber geäußert, und das wurmte ihn noch mehr. Es bedeutete, daß der administrative Hund in ihm schließlich losfuhr, um den Knochen zu packen, der ihm zwischen die Zähne gezwungen worden war. Er wollte das nicht. Er wünschte Ruhe, nicht Aufregung und Herausforderung, die den Geist verbogen. Er wollte ...

— die Sache nicht auf die Spitze treiben. Garry Lanier erkannte, daß er *tot* sein möchte.

Seine Augen öffneten sich etwas weiter, und er setzte sich auf die Stufe der Treppe, die zum Speisesaal führte (aus vulkanischem Gestein gehauen, wie die Projektoren bemerkten). Er fühlte sich, als ob sein Herz einen Schlag ausgesetzt hätte. Immer bestrebt, seine Gefühle vor sich selbst zu verbergen, war er nie mit dieser besonderen persönlichen Wahrheit konfrontiert gewesen.

Schluß mit Leben und Erfahrungen. Endgültig ausruhen. Gewißheit, daß ungeachtet aller Fortschritte in Medizin und Technik zumindest für ihn das Leben in Dunkelheit und Ruhe enden konnte.

Lanier hatte mehr außergewöhnliche Erlebnisse gehabt, als er sich deutlich zu erinnern vermochte. Ein großer Teil seines Gedächtnisses war durch schlichtes Unverständnis getrübt. Er könnte ein Jahrhundert damit verbringen, nachzuforschen, was er gesehen hatte, und doch nur ein bißchen weiser werden. Also konnte er das alles hinschmeißen und sich langlegen.

Indessen schockierte ihn doch diese Erkenntnis. Er rieb sich seine hohlen Wangen mit seinen langen, dünnen und immer noch kräftigen Fingern und genoß die Bitterkeit davon. Was auch immer er gewesen sein mochte, er hatte nie aufgegeben; und dies war aber nichts als das Verlangen aufzuhören.

Heineman hatte nicht aufgeben wollen. Er hatte Sterblichkeit akzeptiert, aber das Leben bis zum Ende genossen und ebenso viele Traumata überlebt wie Lanier, vielleicht sogar noch mehr. Der Geist von Lenore Carrolson war intakt. Sie hatte noch Vitalität und Zielstrebigkeit. Und Karen genoß das Leben so sehr, daß sie den Gedanken ans Sterben verdrängte und diesen Tag mittels der Technologie des Hexamons hinausschob.

Kein Wunder, daß sich seine und Karens Wege getrennt hatten. Wie Lenore war sie nicht abgestumpft durch alles, was sie gesehen hatte; und sie hatte ebenso viel gesehen wie er. Sie hatte um ihre Tochter genau so tief getrauert wie er. Kummer machte alles nur noch schwieriger, weil er mit einer unmöglichen Hoffnung gepaart war... daß sie eines Tages Andias Implantat wiedergewinnen würden. War das also seine Schuld?

Die Stimme des Raumes meldete einen Besucher am Haupteingang. Lanier stöhnte. Er hoffte, Zeit zu haben, dies alles zu verdauen, ehe er seinen Kameraden begegnete. Aber es sollte anders kommen. »Schon recht«, sagte er und ging zum Haupteingang der Suite, einer fünf Meter langen und zwei Meter breiten Stahlbrücke, die in einer Hohlkugel aus meteoritischem Kristall aufgehängt war. Ein Stück des Kristalls bewegte sich am entgegengesetzten Ende der Brücke zur Seite. Dort stand Pavel Mirsky und zeigte sein gewohntes ärgerliches Lächeln.

»Störe ich?«

»Nein«, sagte Lanier, mehr verstört durch die Normalität und Solidität des Mannes als durch sonst etwas. *Warum konnte er nicht wenigstens kommen, gekleidet wie ein Gott? Ein Donnerkeil oder zwei, die in seinem Haar flimmerten?*

»Ich schlafe nicht normal und bin es satt, nur nach Information zu suchen... Ich brauche Gesellschaft. Ich hoffe, daß es recht ist?«

Lanier nickte matte Zustimmung. *Natürlich würde es ihm lästig sein. Sogar die unglaublichen Bibliotheken des Steins würden für ihn kindisch aussehen ... oder etwa nicht?*

»Ich habe mich nicht dafür entschuldigt, daß ich mich Ihnen aufgedrängt habe — oder doch?«

Lanier sagte: »Ich glaube, Sie haben es getan.« *Natürlich konnte ihn sein Gedächtnis nicht täuschen?*

»Vielleicht ja.« Mirsky ging über die Brücke und an Lanier vorbei. »Das hier sind sehr geräumige Wohnungen, zumindest doch viel luxuriöser als die, wo das gemeine Volk lebte? Technisch sind Führer und Geführte endlich gleich gestellt worden.«

»Für meinen Geschmack ist es zu üppig.«

»Da stimme ich zu«, sagte Mirsky, als sie durch die Empfangsrotunde schritten unter einer Kuppel, die den Himmel aus der Sicht vom Nordpol Thistledowns darstellte. Zur Zeit war der Mond zu sehen und voll. Sein Licht warf unter ihren Füßen Schatten. »Aber das ist doch ein hübscher Effekt, nicht wahr?«

Er wirkte jetzt mehr wie ein Kind. Spontaner, spielfreudiger, aber mit Selbstbeherrschung.

Lanier folgte Mirsky in das kleine zwanglose Wohnzimmer. Der Russe probierte einen eleganten neutralen Sessel aus — neutral insofern, als er keine Traktionskissen oder andere Feldeffekte aufwies. Er schlug auf die Jahrhunderte alten Kissen, die immer noch weich waren, und schüttelte mit gespielter Betrübnis den Kopf. »Als ich von hier wegging, von diesem Sternenschiff«, sagte er, »war ich so durcheinander. Ich hatte viel von meiner Persönlichkeit verloren, oder meinte es wenigstens ... sehr verwirrt. Aber an eines erinnere ich mich deutlich.«

Lanier räusperte sich. Mirskys langes Anstarren war entnervend.

»Ich bewundere Sie. Ich habe gemerkt, daß Sie unglaublich stark sind. Sie haben alles von Anfang gewußt und sind nicht ... zerbrochen?«

Lanier schüttelte langsam den Kopf. Er bestritt nicht ausdrücklich, daß er seine geistige Gesundheit bewahrt hätte. »Es waren damals harte Zeiten.«

»Die allerschlimmsten. Ich kann kaum glauben, daß ich aus jenen Zeiten und Verhältnissen herausgekommen bin. Aber heute abend fühle ich diesen Drang zu sprechen, und ich möchte mit Ihnen noch mehr reden. Sie und ich sind einander ziemlich ungleich, aber ich sehe Ähnlichkeiten.«

»Selbst jetzt?«

Mirskys Gesicht wurde ausdruckslos. »Sie sind nicht begeistert. Ich fürchte, daß Sie das Ende Ihres Seiles erreicht haben.«

Lanier lachte rauh und sagte: »Allerdings.« Und dann leise: »Sehr wahr.«

»Sie wissen, wenn jemand das Ende erreicht hat, fällt er herunter.«

»Er erhängt sich sogar«, sagte Lanier. »So pflegt man zu sagen.«

»Aber ein Hund erreicht das Ende, beißt das Seil durch — und ist frei.«

»Ein altes russisches Sprichwort?«

»Kaum«, sagte Mirsky, immer noch ausdruckslos. Er sah Lanier nicht direkt an, obwohl er ihm ziemlich nahe war. Er wirkte wie eine Art Pudding, in den man bequem hineinfallen konnte, um ein Leben von Vanille und Schlaf zu führen. Der Reiz, etwas zu bekennen, flammte auf.

Lanier saß ihm gegenüber und versuchte, die flüssige körperliche Bewegung seiner Jugend wieder aufleben zu lassen, nur um es mit diesem Avatar aufnehmen zu können. Wettbewerb war nicht praktikabel, aber ...

»Nun gut«, sagte er. »Ich bin müde. Ich habe zu lange gelebt. Sie haben ein Universum überlebt und sind weder gelangweilt noch erschöpft.«

»Allerdings, aber ich bin gelangweilt und erschöpft auf eine Weise, die ich jetzt nicht klar erkennen kann. Erschöpft durch Versagen. Wir, die wir den Weg hinabgegangen sind, haben jämmerlich versagt, und das hat uns ... das ist uns teuer zu stehen gekommen. Wir waren verängstigt. Wir haben erlitten, was ich nur einen Verlust der Persönlichkeit nennen kann. Und das allein genügte schon fast, um uns auszulöschen. Wenn man in einem Nullmilieu lebt, ist Verlust des Ichs wie ein Verlust von Blut. Wir haben uns beinahe selbst untergraben.«

Mirsky legte die Hände auf die Schenkel und spreizte die Finger. Er betrachtete sie, als ob er nach Schmutz oder Niednägeln suchte. Fast schüchtern fragte er: »Interessiert es Sie zu wissen, was ich jetzt bin?«

»Wir sind alle neugierig«, sagte Lanier wieder leise, so als ob er Mirskys faszinierende Offenheit nicht beeinträchtigen wollte.

»Ich bin wieder zu meinem alten Selbst zurückgekehrt — größtenteils. Manchmal kontrolliere ich nicht meine Fähigkeiten; und das geschieht, wenn das, was ich tun muß, das Fassungsvermögen meines alten Ichs übersteigt.«

Lanier verstand nicht und hob die Brauen. Mirsky fuhr ohne nähere Erklärungen fort.

»Aber ich komme, um mit Ihnen zu reden, und zwar deshalb, weil ich Ihnen etwas schuldig bin. Ich konnte diese Schuld während der ganzen Zeit nicht abtragen. In manchen meiner Gestalten hat mir das nichts ausgemacht, da meine Vergangenheit wie ein altes, nicht gelesenes Buch ganz weggenommen war. Aber als ich erfuhr, daß ich zurückkehren würde als mein altes Selbst, kam die Schuld wieder an die Oberfläche.«

»Ich weiß von keiner Schuld.« Lanier spürte, daß der Impuls anwuchs, nicht eigentlich ein Geständnis, aber ein Ausbruch, eine Explosion. Er wollte sich den Kopf halten und zusammennehmen.

»Eine einfache Schuld. Ich muß Ihnen danken.«

Lanier traten ungewollt Tränen in die Augen.

»Sie waren anständig. Sie haben Ihre Arbeit getan und keinen Dank begehrt. Sie sind der Grund, weshalb ich überlebte, um unsere lange Reise zu machen und jetzt zurückzukommen. In jeder Situation kann es einen Kristallisationskeim von Güte und Anstand und von

Sensibilität geben. Sie waren auf dem Stein dieser Kristall.«

Lanier lehnte den Kopf im Sessel zurück. Tränen liefen ihm über die Wangen. Wäre das seinem Charakter gemäß gewesen, hätte er geschluchzt. Er hielt diese Erschütterungen zurück, fühlte aber trotzdem eine Erleichterung.

»Ein einfaches Dankeschön«, wiederholte Mirsky.

Wie unglaublich, daß er aus all der Zeit, in der er an der Restoration gearbeitet hatte, sich nicht erinnern konnte, daß ihm jemand gedankt hätte. Nicht einmal Karen, die zu nahe stand, um das Bedürfnis zu spüren. Er hatte Leben und Zeit für das von ihm betreute Volk geopfert, aber wegen seiner Art — eines sicheren Selbstvertrauens — nie Dank erhalten. Vielleicht auch konnte er sich aus irgendeiner persönlichen Schwäche nicht daran erinnern. Vielleicht war er nie in einer Lage gewesen, Dank entgegenzunehmen. Die Entspannung jetzt war wie das Abwickeln einer alten Spiralfeder, die seine Lebensfunktionen gehemmt hatte.

Er hob den Kopf und starrte verwirrt und dankbar zugleich in das undeutliche Gesicht des Russen. »Ich war Ihr Feind«, brachte er heraus. Er berührte sein Gesicht und war überrascht, eine alte, weiche und nachgiebige Haut zu finden.

Mirsky schnalzte mit der Zunge — für einen Avatar eine ungewöhnliche Manier. »Einen anständigen Feind zu haben, ist ein unermeßlicher Segen«, sagte er und stand auf. »Ich habe Ihre Ruhe gestört und werde jetzt gehen.«

»Nein«, sagte Lanier und hob den Arm. »Nein, bitte. Ich muß mit Ihnen sprechen.« Die Furcht und der Neid, den dieser Mann erregt hatte, waren plötzlich zu einer Art von Liebe geworden, einer Wiederkehr von Gefühlen, die er vor vier Jahrzehnten nie zugegeben hätte. Mit diesen Gefühlen kam eine plötzliche, achtsame und fast schmerzhafte Besorgnis um Karen. Was tat sie jetzt wohl? Er mußte auch mit ihr reden. Seine Haut ... *so alt!*

»Sollen wir uns erinnern? Jetzt haben wir wohl genug Zeit und später vielleicht nicht.«

Mirsky nickte und setzte sich wieder hin. Er beugte sich vor, die Ellbogen auf den Knien und die Hände gefaltet. Seine Sanftheit war verschwunden.

Lanier sagte: »Vielleicht haben wir beide es nötig, Erinnerungen aufzufrischen. Ich wollte Ihnen berichten, wie erschöpft ich war, fühle mich jetzt aber nicht mehr so.«

Mirsky wedelte lässig mit der Hand. »Alte Krieger verzehren den Stier immer viel später.«

»Sie kauen das Fett«, sagte Lanier lächelnd. Es war sehr unwahrscheinlich, daß Mirsky einen unbeabsichtigten Fehler machte. »Das würde mir gefallen.«

»Erzählen Sie mir, was geschah, nachdem ich versagte.«

»Zunächst möchte ich eine Frage stellen ... Tausend Fragen.«

Mirsky sagte: »Tausend Fragen kann ich nicht beantworten.«

»Dann wenigstens ein paar.«

Mirsky nickte skeptisch.

»Ihr Auftritt ... darin war zuviel *Kraft.* Sie sagen uns, daß sie ganze Galaxien einnehmen werden — oder schon einnehmen — und sie umwandeln und vernichten ... Galaxien ohne Leben?«

Mirsky grinste. »Eine kluge Frage. Ja. Totgeboren, könnte man sagen ... Riesig, voller übermäßiger Energie, die sich selbst irgendwie verbrennen oder schnell zu Sternen verfallen, die im Zentrum gefroren sind ... Man kann sie Schwarze Löcher nennen. Kein Leben, keine Ordnung in solchen Galaxien wird überdauern. Der Endgültige Verstand beschleunigt und kontrolliert ihren Tod.«

Lanier nickte stupide, nahm sich zusammen und befeuchtete seine trockenen Lippen. »Mit so viel Kraft, warum zwingen sie uns nicht einfach? Schicken eine Art von Armee wie Sie selbst oder ... etwas Stärkeres?«

»Nicht subtil. Nicht die richtige Art und Weise.«

»Wie, wenn Sie versagen?«

Mirsky zuckte die Achseln. »Auch dann.«

»Was wird geschehen ... zwischen jetzt und dem Ende der Zeit?« Da war es platt heraus; er hatte sein Interesse an der Zukunft wiedergewonnen, und mit derselben Neugier.

»Ich erinnere mich nur an das, woran ich mich erinnern muß. Falls ich mich an mehr erinnerte, würde es mir nicht gestattet sein, es Ihnen zu sagen ... nicht alles.«

»Wie lange wird es dauern — bis zum Ende?«

Mirsky sagte: »Zeit bedeutet in diesem Bereich der Geschichte immer weniger. Aber eine Schätzung — eine Baseballziffer — ist nicht allzu irreleitend. Ungefähr fünfundsiebzig Milliarden Jahre.«

Lanier zwinkerte und versuchte, einen solchen Zeitraum zu verdauen.

Mirsky schüttelte traurig den Kopf. »Es tut mir leid. Ich will keine Ausflüchte machen, aber mehr kann jetzt nicht enthüllt werden. Vielleicht später ... viel später, wenn Menschen in die Gemeinschaften eintreten ...«

Lanier erschauerte und nickte. »Schon recht«, sagte er. »Aber ich bin immer noch neugierig. Andere sind es wahrscheinlich noch mehr als ich ... Sie müssen das eigentliche Volk überzeugen.«

Mirsky stimmte mit schiefer Miene zu. »Jetzt Garry, habe ich selbst Fragen. Können wir darüber reden, was geschah, nachdem die Geshels die Bezirke verließen?«

»Von wann an?«

»Seit der Rückkehr zur Erde.«

Lanier dachte nach, fand einen Ausgangspunkt und begann seine Beichte, nachdem das Bedürfnis dafür endgültig vergangen war.

26. KAPITEL

Gaia

Vögel sangen, und es lag noch etwas anderes in der Luft — etwas Elektrisches. Rhita zog ihre Decken herunter und lauschte auf die Männer, die sich brabbelnd im Rest des Zeltes bewegten. Sie rieb sich den Schlaf aus den Augen. Jetzt wurde ihr klar, wie erschöpft bis zum Zusammenbruch sie gewesen war. Einen Augenblick lang genoß sie noch die Behaglichkeit ihres Bettes und wollte nicht auf ihre Instinkte achten. Dann explodierte etwas unweit vom Zelt; und sie erhob sich auf Knie und Füße, nur mit lockerem Unterzeug bekleidet. Die Luft knisterte, und der Wind schlug an die Außenseite des Zeltes. Einige Leute schrien einander Fragen und Befehle zu. Demetrios hob den Rand der Zeltklappe, starrte sie beunruhigt an und sagte fast streng: »Ein Gewitter. Es wird jeden Augenblick Ströme über uns ergießen.«

»Das hat uns gerade noch gefehlt!« Sie stieg in ihre Hosen, ohne daß es ihr etwas ausmachte, dabei von ihm gesehen zu werden. Sie fand den Moment sogar ein wenig aufregend — der anerkennende Blick, ehe er aus Höflichkeit die Augen niederschlug ...

»Dadurch wird es noch spannender«, gab er zu, wobei er ihr den Rücken zudrehte. Sie band ihr Hemd zu und schloß den Reißverschluß ihrer Jacke, dann bückte sie sich, um die Schuhe anzuziehen und schloß rasch die Schnallen. Binnen weniger Sekunden war sie voll angekleidet. Sie huschte an Demetrios vorbei und streifte einen Kybernetes und einen Soldaten, als sie durch die verdeckte Lücke zwischen zwei Sektionen des Zeltes nach draußen eilte.

Oresias und Jamal Atta standen am Rande des Abhangs. Oresias hatte die Hände auf die Hüften gestützt. Atta sprach in das Mikrophon eines mobilen Funkgeräts auf dem Rücken eines Soldaten. *Was ist mit der Funkstille geschehen?* fragte sie sich. Demetrios trat hinter ihr durch den Zelteingang, gerade als schwere Regentropfen ihr auf Gesicht und Hände klatschten und den Stoff ihrer Jacke dunkel färbten. Atta hob die Hände und schüttelte den Kopf — der letzte Strohhalm, mehr als irgendein Mensch ertragen konnte.

Die beiden Hubschrauber schienen sich unter dem Ansturm geduckt zu haben, die Rotoren hatten sich fast auf das Gras hinabgesenkt. In den Luken standen Soldaten. Sie sahen lässig zu, wie der Wolkenbruch noch stärker wurde. Aus einigen langen Pfeifen stieg Rauch auf. Oresias übergab dem Soldaten das Mikrophon, zog sich die Jacke über den Kopf und lief auf sie zu. Im Süden blitzte es und erhellte die Wolkendecke und die Steppe ringsum mit kaltem blassen Licht.

»In Alexandreia ist eine Katastrophe eingetreten«, rief Oresias durch einen neuen Donnerschlag. Er schob Rhita und Demetrios in das Zelt zurück, warf seine Jacke ab, fuhr mit der Hand wie mit einem Kamm durch sein nasses Haar und rieb sich mit den Knöcheln Wasser aus den Augen. Atta stand weiter mitten im Unwetter, hob ab und zu die Arme und brüllte oder flüsterte etwas, das sie bei dem Lärm nicht verstehen konnten.

»Er will, daß ein Blitz ihn tötet. Vielleicht wäre das für uns alle besser«, sagte Oresias. »Es hat eine Revolte gegeben. Elemente im Mouseion, wie ich verstehe ... und die Juden. Lochias wird belagert und der Palast ist umzingelt. Soldaten, die der Königin treu sind, haben auf das Mouseion Bomben geworfen ...«

»Nein!« Rhita fühlte, wie dies Wort als ein vergeblicher Gegenbefehl aus ihr herausfuhr.

Oresias schnitt teilnehmend eine Grimasse. »Wir hätten das aus dem Verhalten in Bagdadē und Damaskē schließen sollen. Wir haben keinen Schutz für den Rückweg. Soweit wir wissen, sind jetzt die Grenzstationen der Hunnoi und Rus in Alarmbereitschaft. Ich glaube nicht, daß sie schon eine Funkortung von uns haben, aber die werden sie bekommen, wenn wir noch weitere Sprüche aussenden.«

Lugotorix stand groß und schützend über Rhita. Seine Augen waren finster und seine Stirn in schwere Falten gezogen.

»Was werden wir hier jetzt tun?« fragte Demetrios, besorgt, aber nicht ängstlich.

»Unseren Auftrag erfüllen«, sagte Oresias. »Wir haben zwei Stunden, bis ich einen Startbefehl erteile und wir versuchen zurückzukehren. Wir werden aus dem Frachtflugzeug ausladen, was wir brauchen.« Er befahl einigen Soldaten, die Vorräte herüberzuschaffen. Draußen übertönten die Motoren des Tankers den Sturm. Der Treibstoff war übernommen worden, und jetzt startete er. »Eine lange, gemütliche Expedition ist nicht mehr möglich, aber wir können dieses Tor erforschen, soviel erfahren wie möglich und unsere Haut retten, ehe die Kirgisen oder kasachischen Tataren oder die Rus uns überwältigen.«

Atta hatte seine Verwünschungen gegen den Donner eingestellt und war zu ihnen unter das Zelt gekommen. Atemlos sagte er: »Ein Blitz hat das Tor getroffen. Es hat geglüht wie eine Laterne.« Er und Oresias sahen zugleich Rhita an.

»Jetzt bin ich dran, nicht wahr?« sagte sie.

Lugotorix sagte: »Ich werde die Objekte bringen.« Sie sah erstaunt auf den sich entfernenden Rücken des Kelten. *Jedermann drängt mich dazu. Ich mag dieses Gefühl nicht, das ich jetzt habe. Niemand kann helfen. Ich sitze in einer Falle.*

Oder hatte sie bloß Angst?

Oresias fragte: »Wird ein Blitz auch das Schlüsselbein treffen?«

»Ich weiß nicht«, sagte sie leise.

»Was?«

»*Ich weiß nicht!*« brüllte sie. Demetrios nickte phlegmatisch, und sie wandte sich von ihm ab mit einem Abscheu, der ihrer früheren Anziehung widersprach. *Er kann nicht helfen. Niemand kann helfen. Ich sitze in der Falle.*

Lugotorix kam mit dem großen Kasten zurück. Sie schloß ihn auf und nahm das Schlüsselbein heraus, hielt es tief vor sich und fühlte seine Kraft in ihren Händen und Gedanken. *Es versucht, mir wieder Sicherheit zu geben.* Der Kelte entsicherte seine Maschinenpistole und trat hinter ihr von einem Fuß auf den anderen. Oresias lächelte und zog die Tür des Zeltes beiseite.

Ohne zu zögern und es ablehnend, jemandem irgendwelche Schwäche zu zeigen, mit sich und allem anderen unzufrieden — besonders wegen ihrer kümmerlichen Vorstellungen von *Abenteuer* am Vortag — stapfte Rhita in den starken Regen hinaus.

Sie blieb stehen und drehte sich um. Ihre Augen blinzelten in die prasselnden Tropfen. »Dorthin!« sagte Demetrios und wies in die Richtung der Senke.

»Da wird es bald eine Überschwemmung geben«, rief sie über die Schulter. Die Männer folgten ihr. Bis auf den Kelten waren alle tief gebückt. Lugotorix schritt durch den Sturm wie ein marschierender Baum. Sein Haar klebte am Gesicht, die Augen waren nur noch Schlitze und die Zähne in einer Grimasse entblößt.

Der Boden der Senke war schon knöcheltief mit brausendem Wasser gefüllt. Rhita rutschte aus und ging unsicher an der Böschung hinunter. Manchmal blieb sie aufrecht stehen, indem sie mit beiden Händen das Schlüsselbein festhielt, bis sie dann über den Boden platschte und neben der schimmernden Linse des Tores stand. Sie sah es mit ihren Augen und auch im Geiste, unbehindert durch Unwetter und Blitzschlag.

Das Schlüsselbein zeigte ihr, wie weit der Sturm entfernt war, und seltsame Symbole zuckten über das Bild.

Sie ballten sich in einem Punkt in den Wolken und blinkten grün …

Gerade, als ein Blitz wieder die Steppe erhellte.

Das Schlüsselbein informierte sie über alle Verhältnisse rings um das Tor. *Eine bedauernswerte Großmutter hat mir von alledem nichts gesagt,* dachte sie. *Vielleicht hat sie es gar nicht gewußt.*

»Es ist hier ruhig, und nichts hat sich verändert«, rief sie den Männern zu. Nur Lugotorix folgte ihr in die Senke. Demetrios hielt auf halber Höhe des Abhangs an; wie sie annahm, nicht aus Furcht, sondern aus Rücksicht für ihre Position und ihre Kontrolle der Lage.

»Brauchst du Hilfe?« fragte er und streckte die Hände aus.

»Das weiß ich nicht«, sagte sie. »Ich habe das noch nie gemacht.«

Was tue ich, um das Tor zu erweitern? fragte sie das Gerät. Sie nahm an, daß es dies war, auf das sie es alle abgesehen hatten, ohne Zeit für besondere Vorsichtsmaßnahmen. Sie konnte sich kaum vorstellen, wer oder was sie auf der anderen Seite erwartete: Menschfresser oder Götter.

Sie war immer noch ein Kind von Rhodos, so raffiniert gebildet sie sich auch stellen mochte. Sie hatte nicht die Erziehung ihrer Großmutter gehabt.

Das Schlüsselbein instruierte sie unterhalb eines Niveaus, dem sie mit ihrem bewußten Verstand folgen konnte. Ihre Hände flatterten, das war fast schmerzhaft. Ihre Muskeln zuckten leicht. Sie gewöhnten sich an neue Anweisungen, neue Befehlswege, die in wenigen Sekunden ihr Nervensystem durcheilten. Für einen Moment war Rhita zugleich erschöpft und schwindlig; aber das verging, und sie kam wieder zurecht.

Überrascht zwinkerte sie einige Wassertropfen fort. Der Regen hatte aufgehört, ohne daß sie es bemerkt hatte. War sie ohnmächtig geworden? Sie drehte sich um und sah Lugotorix hinter sich, dessen Augen über ihren Kopf fixiert waren. Demetrios auf halber Höhe der Böschung und Atta und Oresias und die Soldaten entlang der Kante — alle starrten auf das Tor.

Rhita blickte empor.

Die Linse war höher gestiegen und hatte sich erweitert und auch abgeflacht. Sie wirkte seltsam in den frischen Strahlen einer Morgensonne, die flach zwischen den auseinandergehenden Wolken schien. Rhita befragte das Schlüsselbein.

Das Tor hat sich verändert. Was geht vor sich?

Wir haben veranlaßt, daß es sich erweitert, sagte es ihr. *Du hast es so befohlen.*

Kann ich hindurchgehen?

Das ist nicht ratsam, sagte das Schlüsselbein.

Warum?

Wir können nicht wissen, was sich auf der anderen Seite befindet.

Rhita dachte, daß das sehr einleuchtend war, aber ihre Zeit war knapp. *Gibt es keinen Weg, wie wir es herausfinden können?*

Keinen.

Aber es ist offen?

Ja.

Kann jemand von der anderen Seite hindurchkommen?

Ja.

Die Ungeheuerlichkeit dessen, was sie getan hatte, begann ihr klar zu werden. Sie stand unterhalb und auf einer Seite des Tores und bewunderte seine unheimliche Schönheit, wie ein hängender Regentropfen oder die Augenlinse eines riesigen Fisches.

In der Mulde war Wasser über ihre Fußgelenke emporgestiegen. Es wirbelte in durchsichtigen Wellen über das niedergedrückte Gras. Schlammiger Schaum stieß gegen das Ufer. Rhita blickte darauf hinunter, war beunruhigt und fand, es wäre klug, die Böschung emporzuklettern, um jeder möglichen Flut zu entgehen. Sie trat neben Demetrios, hielt das Schlüsselbein in Kniehöhe und atmete schwer. »Es ist offen«, sagte sie ihm ruhig. Er blickte auf Atta und Oresias und dann wieder auf sie.

»Willst du es ihnen nicht sagen?«

»Doch, natürlich«, sagte sie. »Es ist offen«, rief sie nach hinten über die Schulter. »Ich habe es geöffnet. Das Schlüsselbein hat es aufgemacht.«

Atta nickte mit verkniffenen Lippen und nachdenklich blinzelnden Augen. Oresias lächelte Rhita kurz zu. »Wir können hindurchgehen?«

»Es sagt, daß wir es können, aber nicht tun sollten. Es weiß nicht, was sich auf der anderen Seite befindet.«

Oresias ging zum Ufer hinunter. »Wir sind hierher gekommen, um zu forschen«, erinnerte er sie. »Was auch in Alexandreia geschehen sein mag — dies ist unser Auftrag. Du bist zu wertvoll, um hindurch zu gehen«, sagte er Rhita, »und wir brauchen Atta, um die Piloten und Soldaten in einem Notfall zu befehligen. In dieser Situation ist wahrscheinlich Demetrios ...«

»Ich würde gerne gehen«, sagte der Mechanikos mit leuchtenden Augen.

»Nein.« Oresias hob die Hände und schüttelte den Kopf. »Du hast dich nicht verpflichtet, Risiken auf dich zu nehmen, wohl aber ich.«

Lugotorix beobachtete sie alle genau und folgte mit dem Auge der Gesprächsrunde.

»Bring das zweite Objekt herunter!« befahl Oresias einem Soldaten. Der Mann lief los.

Rhita sagte: »Ich weiß nicht, wie es benutzt wird. Großmutter hat es mir nicht gesagt.«

»Kümmere dich nicht um sie!« sagte Oresias mit vor der Herausforderung gerötetem Gesicht. »Wir werden sehen, ob es noch funktioniert und ob wir damit umgehen können oder nicht. Wenn es funktioniert, gehe ich hindurch. Falls nicht ...«

»Ich bin für alle Objekte verantwortlich«, sagte Rhita.

»Und ich trage die Verantwortung für dich«, sagte Oresias. »Wenn es nicht funktioniert, können wir zumindest eines unserer im Käfig gehaltenen Tiere zuerst hindurchtreiben; und dann werde ich folgen, sofern das Tier lebendig zurückkommt.« Er berührte leicht Rhitas Arm. »Ich bin kein Narr und will nicht sterben. Wir werden vorsichtig sein.«

Der Behälter mit dem zweiten Objekt wurde von dem Soldaten in die Senke herbeigebracht. Rhita öffnete den Deckel und hielt ihn dabei fest. Sie nahm die Kästen für Kontrolle und Rezirkulation heraus, die beide an einem dicken schwarzen Gürtel befestigt waren. Sie sagte: »Das ist sehr alt.«

Oresias hielt die Arme hoch, und sie legte ihm den Gürtel um die Taille. »Wie würdest du es in Betrieb setzen?«

Rhita dachte kurz nach und berührte dann mit der Hand den Kontrollkasten. Das Gerät kommunizierte nicht mit ihrem Geist. Offenbar war es weniger intelligent als das Schlüsselbein. *Was würde Großmutter tun?* fragte sie sich.

Sie würde zu ihm sprechen.

»Bitte einschalten!« sagte sie auf hellenisch. »Bitte, schütze diesen Mann!« Nichts geschah. Sie dachte eine Weile darüber nach und beschloß dann, das Englisch ihrer Großmutter zu verwenden, eine schwierige Sprache, die ihr kaum geläufig war. »Bitte einschalten!« sagte sie. »Schütze diesen Mann!«

Wieder keine Reaktion.

Rhita fühlte einen Anflug von Ärger über ihre Unwissenheit. *Warum hat Großmutter mir nicht beigebracht, wie man alle diese Objekte benutzt? Vielleicht war gegen Ende ihres Lebens die Brillanz Patrikias geschwunden.* »Mir fällt nichts anderes ein, das ich versuchen könnte ...«, sagte sie. »Außer daß es vielleicht funktioniert, wenn *ich* es trage.«

Oresias schüttelte energisch den Kopf. »Falls ihre Kaiserliche Hypselotēs noch auf ihrem Thron sitzt, würde sie meinen Kopf verlangen, wenn ich dich in irgendeine Gefahr brächte. Wir wollen es erst mit dem Tier versuchen.« Er ließ ein Kaninchen herbeibringen.

»Ich werde gehen«, sagte Lugotorix Rhita vertraulich ins Ohr. Sie schüttelte den Kopf. Alles war durcheinander. Sie waren Amateure. Keiner der anderen — wahrscheinlich noch nicht einmal sie — hatte eine Ahnung, wie bedeutsam diese Gelegenheit war, wie gefährlich, und nicht nur für sie alle.

Das Kaninchen erschien, ein kleines Pelzknäuel in einem geflochtenen Korb. Es zuckte mit einer rosigen Nase; der Käfig hing mit einem Haken an einer langen Holzstange. Das Wasser war nicht mehr erheblich gestiegen; also nahm er das andere Ende der Stange und trat in den Strom mit vorsichtigen Schritten, wobei das andere Ende mit dem Käfig vor ihm her baumelte. »Wohin soll ich es tun?« fragte er.

Rhita grinste unwillkürlich. »Ins Zentrum.«

Lugotorix schien das auch lustig zu finden. Der Kelte fand selten etwas, über das zu lachen sich lohnte.

Oresias hob die lange Stange an und manövrierte den Käfig in das Zentrum der schimmernden Linse hinauf. »Etwa so?« fragte er. Der Käfig und das Kaninchen verschwanden wie durch den Trick eines Zauberkünstlers.

»Ja«, sagte Rhita verschüchtert. Sie versuchte sich vorzustellen, wie Patrikia durch eine solche Linse fiel und in einem Bewässerungskanal landete ...

Oresias sagte: »Ich werde es einige Sekunden lang dort lassen.« Die Stange zitterte in seinen Händen.

Da hörte Rhita im Norden ein tiefes stampfendes Geräusch. Jamal Atta blickte von der Senke auf, verzog das Gesicht und brüllte: »Tataren, Kirgisen, Hunderte von ihnen!«

Oresias erbleichte, hielt aber weiter die Stange in Position. »Wo?«

Lugotorix sprang auf den Rand der Mulde. Rhita war hin- und hergerissen zwischen dem Verlangen, dicht am Tor und Oresias zu bleiben oder dem Kelten zu folgen, um zu erfahren, was geschah. Die Soldaten bei den Flugzeugen stießen laute Rufe aus. Das Stampfen wurde lauter.

»Reiter und Infanterie!« rief Lugotorix zu ihr herunter. »Sie sind nahe — ein paar Stadien.«

»Welche Fahne?« fragte Oresias, dessen ganzer Oberkörper durch das Gewicht der Stange und des Käfigs zitterte. Die Linse hing ruhig und ungestört da und absorbierte den Käfig so, wie eine unsichtbare Tür das Ende vom Seil eines Zauberkünstlers verschlingt.

»Keine Fahnen«, sagte Jamal Atta. »Es sind Kirgisen! Wir müssen uns davonmachen!«

Oresias zog den Käfig krampfhaft vom Tor weg. Rhita sah in dem Käfig eine undeutliche Spur von rot und grau, als Oresias die Stange über den Fluß zum Ufer herausschwenkte. Sie sahen beide das Kaninchen an. Es war tot und kaum noch einem Tier ähnlich.

»Was ist mit ihm geschehen?« fragte Rhita.

»Sieht aus wie explodiert, oder jemand hat es auseinandergerissen«, sagte Oresias. Er betastete die Holzstäbe. Die waren intakt, und ihr Inhalt tropfte einen dünnen Blutstrom auf Gras und Schlamm. Er hakte den Käfig los und stopfte ihn eilends in einen mit Gummi imprägnierten Sack. Lugotorix kam den Hang herunter, um Rhita beim Arm zu nehmen. »Wir gehen jetzt«, sagte er entschlossen, mit der Maschinenpistole in der Hand. Sie sträubte sich nicht.

Sie blieben auf dem Rand der Senke kurz stehen, um sich zu orientieren. Soldaten liefen mit Vorratskisten zum Flugzeug. Einer stolperte und fiel schreiend hin. Rhita dachte, man hätte ihn erschossen; aber er kam wieder auf die Beine und nahm die Last wieder auf. Rhita blickte weiter nach Norden und sah, wie sich eine Linie dunkler Reiter schnell auf sie zu bewegte. Die Pferde steckten bis zum Widerrist im Gras. Hinter ihnen flogen Dreckbatzen hoch, und die Stimmen der Reiter vereinten sich in einem kräftigen heulenden Gesang, der das Stampfen der Hufe übertönte. Einige Leute schwangen Schwerter und lange Gewehre in der Luft. Bis dahin durch einen niedrigen Hügel verborgen, kam gerade jetzt plötzlich eine leichte, mehrflüglige Maschine hinter den Reitern in Sicht. Sie summte wie eine Libelle, flog über die Linie, gewann mehr Höhe und passierte sie in einer Höhe von ungefähr fünfzig Ellen, die Flügel fast vertikal zum Kybernetes gekippt; und ein Beobachter im Rücksitz bemühte sich, die Angreifer zu sehen. Rhita erkannte deutlich ein langes schwarzes Fernrohr in seinen Händen; und dann hob Lugotorix sie an ihren Armen hoch, die er mit seinen mächtigen Händen an ihre Seite gedrückt hatte, und lief mit ihr zum nächsten Hubschrauber. Oresias versuchte, Schritt zu halten. Rhita wandte sich um und sah, wie Atta mit ausgebreiteten Armen und flatterndem Umhang auf einen Haufen Soldaten zulief, die noch mehr Kisten aus dem Frachtflugzeug schleppten.

»Laßt das fallen! Rennt zu eurem Flugzeug!« befahl er. Aber es war zu spät. Die Reiter waren schon im Lager, und einige tauchten in die Mulde hinab, wobei sie knapp das Tor verfehlten, und dann hinauf an der anderen Seite. Die Pferde schnauften und versprühten Schaumfetzen. Ihre Nüstern bebten.

Die Reiter trugen schwarze Gamaschen und dunkelgraue Hosen, die mit lockeren purpurfarbenen Tunikas um ihre Taillen gegürtet waren. Die Hüte waren aus Leder, die Ohrenklappen flatterten, als sie um das Zelt stürmten, mit den Gewehren zielten, lachten und schrien. Soldaten hockten im Gras auf den Knien, oder standen mit aufgerissenen Augen da. Sie krochen in die eine oder andere Richtung und wagten nicht, ihre Waffen zu erheben.

Sie waren deutlich in der Minderzahl. Um die Verwirrung zu steigern, fing es auch wieder an zu regnen.

Lugotorix hob Rhita in den Hubschrauber und sprang hinter ihr her. Mit einem Stiefel stieß er sie hinter ein

Schott, während er mit der Pistole hinter dem Rücken nahe der offenen Luke in Stellung ging. Andere Soldaten versteckten sich in der Maschine, und einige krochen darunter, um sich vor den stampfenden Hufen zu schützen. Es waren mindestens dreihundert Reiter.

Der zweite Hubschrauber startete seine Düsentriebwerke. Rhita kroch zu einem niedrigen Fenster auf der gegenüberliegenden Seite und sah die Rotoren sich gewichtig drehen. Die Triebwerksgondeln lagen tief, streiften fast das Gras. Reiter bewegten sich darum herum, zielten mit ihren Flinten auf das Cockpit, brüllten und winkten mit ihren freien Händen nach unten. Oresias kroch an ihre Seite. Demetrios hustete hinter ihm. Er sagte: »Sie werden keinen von uns fortlassen.« Jamal Atta schritt mit einiger Würde zwischen zwei Reitern auf angreifenden und sich bäumenden Pferden. Mit wildem Grinsen blickte er nach dieser und jener Seite. *Er zeigt ihnen, daß er sich nicht fürchtet,* dachte Rhita. Atta wandte sich um und näherte sich den laufenden Rotoren. Die Triebwerke nahmen jetzt Fahrt auf, die Propeller erhoben sich allmählich, und das Gras bog sich nach außen. Die Reiter machten Platz, die Gewehre immer noch schußbereit. Atta rief dem Hubschrauber etwas zu; aber im Innern ihres Flugzeugs konnten sie nicht hören, was er sagte.

Oresias vermutete: »Er will, daß wir die Motoren abstellen.«

Demetrios fand seinen Platz bei einem zweiten Fenster. Er fragte: »Was ist mit dem Kaninchen geschehen?«

»Es ist tot«, antwortete Oresias bitter. »Während dieser Expedition hat unser Glück gehalten.«

»Wieso tot?« beharrte Demetrios.

»Als ob jemand es gegessen und ausgespien hätte«, antwortete Oresias mit wildem Blick. »In ein paar Minuten können wir sowieso alle tot sein.«

Von Reitern umzingelt, sprach Jamal Atta mit einem bräunlichen Burschen in einem dicken schwarzen Wollmantel, der von Regen glänzte, wodurch er doppelt so groß wirkte, als er ohnehin schon war. Der Kirgise schwang lässig ein langes Krummschwert dicht an Attas Rippen. Der schien darauf wenig zu achten und bewahrte eine bewundernswerte Ruhe, obwohl er bis auf die Haut durchnäßt war und sein Haar in langen Strähnen herabhing. Andere Reiter trieben zerstreute Soldaten vor sich zusammen. Die Motoren des zweiten Hubschraubers heulten jämmerlich auf, die Turbinen senkten die Tonhöhe, und die Propeller blieben mit vibrierenden Triebwerksgondeln stehen.

Oresias sagte: »Er ergibt sich. Keine große Wahl.«

Rhita hielt immer noch das Schlüsselbein fest. Sie hatte das Gerät während einiger Minuten nicht beachtet, umklammerte es aber fest mit beiden Händen. Sie senkte den Kopf vom Fenster hinunter, schüttelte ihre schmerzenden Hände und wandte ihre volle Aufmerksamkeit wieder dem zu, was das Gerät ihr mitteilte. Ihre Gedanken füllten sich wieder mit der Darstellung. Sie sah das Tor — immer noch durch ein Kreuz markiert — und sie sah das, was ein Schleier von Regentropfen um die Senke herum gewesen sein mußte. Die Reiter schienen dem Schlüsselbein nicht wichtig zu sein. Sie konnte keine Symbole erkennen, die deren Präsenz anzeigten. Aber mit dem roten Kreuz geschah etwas. Es wurde von einem roten Kreis umgeben und dann von noch einem und einem dritten. Die Kreise brachen in drei gleiche Segmente auf und rotierten um das Kreuz.

Was geschieht da?

Das Tor erweitert sich immer noch, teilte ihr das Schlüsselbein mit.

Wie?

Kontrolliert von der entgegengesetzten Seite.

Rhita ließ den Mut sinken. Sie war nicht eigentlich verängstigt — erheitert, schockiert, überrascht, aber nicht erschrocken — bis jetzt. »Was haben wir getan?« murmelte sie. Wieder betete sie zu Athenē Lindia und schloß die Augen. Sie wünschte, Patrikia wäre da, um ihr zu raten.

Ein Trio von Reitern schien aus dem Boden aufzutauchen vor der Luke des Flugzeugs. Sie schrien und schwenkten ihre Gewehre und Schwerter. Oresias stand auf und zeigte sich ihnen mit ausgestreckten Händen als Zeichen, daß er unbewaffnet war. Der anführende Reiter, barhäuptig, kahl und mit einem langen dünnen Schnurrbart, beugte sich in seinem winzigen Sattel vor und machte Oresias ein Zeichen näherzukommen.

»Du sprichst Hellenisch?« fragte der Reiter.

»Ja«, sagte Oresias.

»Unser Strategos — er wünscht mit dir zu reden. Du bist Oresias?«

»Ja.«

»Du führst mit diesem *Arabios* Jamal Atta den Befehl?«

»Ja.«

»Warum seid ihr hier?« Der kahlköpfige Reiter beugte sich mit einem Ausdruck von starkem, achtsamem Interesse vor. Dann lehnte er sich zurück und schüttelte heftig sein Schwert. »Nein. Du sagst es dem Strategos, mit dem *Arabios* gemeinsam!«

Oresias stieg aus der Luke hinab und folgte den dreien über das Gras um das Flugzeug herum, wo Atta sich mit dem Mann in dem Wollmantel unterhielt.

Rhita wandte ihre halbe Aufmerksamkeit dem Bild des Schlüsselbeins zu. Die um das Kreuz wirbelnden Kreise waren verwaschen. Dies war, wie ihr das Schlüsselbein mitteilte, ein Anzeichen für die Stärke des Tors. Es wurde eine große Menge Energie aufgewandt. Sie konnte die Senke oder das Tor nicht direkt sehen.

»Etwas ist im Gange«, sagte sie Demetrios. Er kniete neben ihr mit von Regen triefendem Haar. Sie alle sahen aus wie ertrunkene Katzen. Er streckte die Hand aus, und sie ließ das Schlüsselbein los, daß er es fassen konnte und dann herunterzog, um einen Griff zu berühren. Seine Augen weiteten sich.

»Mein Gott! Das ist ein Alptraum.«

»Ich vermute, daß die Tataren nichts Ungewöhnliches sehen«, meinte Rhita. »Aber es wird weiter und stärker.«

»Warum?«

Sie sagte: »Etwas wird hindurchkommen.«

»Vielleicht noch mehr Leute wie deine Großmutter«, sagte Lugotorix. Er ließ die Maschinenpistole hinter dem Gehäuse der Winde — außer Sicht, aber schnell zur Hand. Allerdings nicht sofort griffbereit, falls man sie durchsuchen würde.

Rhita schüttelte den Kopf. Ihr war heiß, fast wie Fieber.

Sie sind nicht menschlich, teilte ihr das Schlüsselbein mit. *Sie benutzen keine menschlichen Methoden beim Tor.*

Demetrios starrte sie an. Auch er hatte die Nachricht gehört, wußte aber nicht, was er daraus machen sollte.

Wie bald? fragte sie.

Das Tor ist offen. Wann sie es passieren, kann man nicht wissen.

27. KAPITEL

Thistledown, Vierte Kammer

Es war keine Zeit, sich um die fast totale Kooperation des Jarts mit seinem Partial Gedanken zu machen. Olmy konnte kaum mit dem Strom an Information Schritt halten, den sie austauschten. Es gab ein gewisses Risiko. Ein besonders korrosives Element oder ein Wurm konnte in der Information stecken und könnte sogar Olmys Filter und andere Schutzmaßnahmen passieren; aber das war ein Risiko, das Olmy bereit war zu tragen.

Der Austausch war nicht einseitig. Olmys Partial belieferte den Jart mit ausgewählter Information über Menschen. Physisch saß Olmy auf einem Stein an einem schmalen Rinnsal. Röhrenlicht drang durch einen Dunst aus Pollen, der den stillen Teich zu seinen Füßen bestäubte. Geistig erforschte er das Labyrinth sozialer Schichten der Jarts, inzwischen überzeugt, daß die Information des Jarts korrekt und nicht zurechtgemacht war. Es war allzu überzeugend und wahr, mit dem, was kleine Menschen über ihre alten Gegner im Weg gelernt hatten.

Dieser Jart war ein modifizierter *Ausführer.* Diese führten Befehle aus, die durch *Dienstliche Ausführer* übermittelt wurden, welche sich in Mentalität und Form etwas unterschieden. Einen Ausführer konnte man sich als einen Arbeiter vorstellen, obwohl ihre Aufgaben oft nicht-physisch waren. Sie konnten ebenso oft Gedankenverarbeitung zugewiesen bekommen wie physische Politik. Dienstliche Ausführer entwarfen praktische Verfahren zur Ausführung von Politik. Sie entschieden, wer aus einem Vorrat von Ausführern berufen würde, die, wie Olmy erfuhr, in einer Art von Stadtgedächtnis gespeichert waren. Wenn physische Formen für ihre Arbeit erforderlich waren, wurden sie Körpern zugewiesen, die entweder mechanisch oder biologisch oder auch aus beidem gemischt sein konnten.

Es gab noch eine Beschreibung einer anderen Art von Körpern, hinsichtlich derer Olmy nicht sicher war, daß er sie verstand. Die Übertragung erfolgte durch eine *mathematische* Form, war aber keineswegs vollständig.

Der Jart war nicht darüber erhaben, entscheidende Information zurückzuhalten. Ebenso wenig war es Olmy.

Über den Dienstlichen Ausführern stand ein *Kommando.* Dieses machte Politik und sah die Ergebnisse durch intensive Simulation und Modellierung voraus. Das Kommando bestand immer aus Jarts in ihren ursprünglichen natürlichen Körpern ohne irgendwelche Zusätze. Die Leute waren sterblich und durften in hohem Alter ihr Leben beenden. Sie wurden niemals gespeichert. Olmy rätselte an diesem Problem bei einer ansonsten extrem fortgeschrittenen und amorphen Gruppe von Wesen. Warum nicht dem, was offensichtlich ein bedeutendes Niveau in der Gliederung der Gesellschaft darstellte, mehr Flexibilität und mehr Fähigkeiten geben, als es natürlich hatte? Er merkte vor, sein Partial den Jart danach fragen zu lassen.

Über Kommando und allen anderen Rängen der Jarts war *Kommando-Überwachung*. Zuerst konnte Olmy nicht verstehen, welche Rolle diese spielte. Individuen in diesem Rang waren unbeweglich, ermangelten jeglicher Körper und hausten ständig in einer Art von Gedächtnisspeicher, der sich von denen unterschied, in dem inaktive Ausführer gehalten wurden. Jarts der Kommando-Überwachung — wenn man sie überhaupt Jarts nennen konnte — waren aller Fähigkeiten außer reinem Denken entkleidet und streng für ihre Aufgaben modifiziert. Offenbar gewannen sie Information aus allen Schichten, prüften sie, bildeten sich Urteile über erreichte Ziele und Wirksamkeit von Aktionen und legten dem Kommando ›Empfehlungen‹ vor.

In der gesamten kybernetischen Technologie der Jarts gab es, soweit Olmy informiert war, keine künstlichen Programme. Alle Prozesse wurden durch Jartmentalitäten ausgeführt, die zu der einen oder anderen Zeit natürliche, originale Jartkörper bewohnt hatten. Wie weit sie von ihren natürlichen Ursprüngen entfernt sein mochten, auch dupliziert, modifiziert und sozusagen nach Maß verändert — diese Mentalitäten hatten immer noch eine Verbindung mit ihren originären Erinnerungen. Es war also möglich, daß noch Jarts aktiv waren, die sich an eine Zeit vor ihrer Okkupation des Weges erinnerten und vielleicht sogar an die Heimat der Jarts.

Falls es eine einzige Heimatwelt gegeben hatte …

Vielleicht waren die Jarts nicht eine einzige Spezies, sondern eine Kombination vieler Arten — eine Art Konglomerat von Wesen und Kulturen.

Die einzige Ebene, auf der natürliche Zeugung gestattet war, war das Kommando. Die Information ließ keinen Eindruck davon durch, wie Kommando aussah. Olmy begann zu verstehen, daß die Erkenntnis der Jartphysiologie viel weniger wichtig war, als die Menschen früher geglaubt hatten.

Jarts hatten noch mehr als Menschen ihre physischen Ursprünge überboten. Das meiste war durch ihre kybernetischen Strukturen aufgezehrt worden.

Aber Olmy konnte bei aller Ehrlichkeit sehen, daß die Menschen in einer Gesellschaft geendet haben würden, die sich qualitativ nicht von jener der Jarts unterschied, wenn das Unendliche Hexamon seine Entwicklung fortgesetzt hätte. Das könnte aber immer noch geschehen. Neo-Geshels drängten das Terrestrische Hexamon, auf die alten Wege zurückzukehren.

Hatten Freiheit oder Individualität überhaupt eine Bedeutung in einer solchen Kultur? Noch eine Notiz, noch eine Frage.

In der ganzen Information konnte Olmy nichts finden, das man als direkt strategisch einstufen könnte. Nichts über die Aktivitäten der Jarts im Weg, über ihre Handelspartner (sofern es welche gab) oder ihre letzten Ziele (wiederum, sofern vorhanden). Er entschied sich dafür, daß es am besten wäre, nicht auf diese Information zu drängen, bis er sich in der Lage sähe, den Jart mit entsprechenden Erkenntnissen zu beliefern.

Es war eine Art Tanz, dieser Informationsaustausch. Die Spielzüge hatten unbeholfen begonnen, waren rasch schnell und wild geworden, und könnten sich bald zu einem gemessenen rückwärts und vorwärts gehenden Rhythmus verlangsamen.

Gegenwärtig gab es eine fast totale Kooperation. Olmy bezweifelte, daß sie andauern würde. Schließlich hatte der Jart seinen Auftrag und vermutlich auch eine Ahnung, daß eine Menge Zeit vergangen war.

Wachsamkeit war das Gebot der Stunde.

28. KAPITEL

Erde

Es war keine physische Sensation, als das Shuttle von der Landebahn in Christchurch abhob. Karen Farley Lanier schloß kurz die Augen und hörte auf das, was die Delegierten riefen, von denen viele bis in die letzten Wochen noch nie geflogen waren, geschweige denn Reisen im Weltraum gemacht hatten. Sie würden sieben Stunden im Transit verbringen bis zum Andocken an den Stein — oder vielmehr Thistledown, wie sie sich korrigierte. Nur die Alten Einheimischen bezeichneten den orbitalen Asteroid noch als den Stein.

Immer noch schlank, das blonde Haar in helle Aschenfarbe ergrauend, wirkte Karen reif, aber keineswegs in Nähe ihrer achtundsechzig Jahre. Sie hätte eine gut erhaltene Vierzigerin sein können. Stolzes Auftreten und Fitness gehörten zu ihrer Abwehr des Todes. Wenn sie ihre Kraft und Jugend bewahren konnte, so fühlte sie mehr unbewußt, dann könnte die Erde ihre Vitalität wiederbekommen. Manchmal bezichtigte sie sich egoistischer Eitelkeit; aber warum und auch *wofür* konnte sie eitel sein? Ihr Gatte hatte ihr seit mindestens fünf Jahren keine Komplimente mehr über ihr Aussehen gemacht. Seit drei Jahren hatten sie keinen Geschlechtsverkehr mehr gehabt, und sie hatte weder Zeit noch Neigung zu Affären.

Das Leben hatte sie fast völlig selbstgenügsam gemacht, eine Art emotionaler Analogie zum homorphen Olmy.

Die Atmosphäre im Shuttle war durch Aufregung elektrisiert. Die Delegierten saßen mit weit offenen Augen an die Bullaugen gedrängt. Nach anderthalb Stunden war die Neuheit soweit geschwunden, daß sich einige Delegierte vom Anblick der Sterne und Erde abwandten. Karen sah sich in dem breiten und schwach erhellten weißen Innern der Kabine um. Wie bei fast allen Hexamon-Shuttles sah die Ausstattung wie genial geformter Weißbrotteig aus. Die Couches waren fast beiläufig für maximale Wirkung angeordnet und alle imstande, sich den Körpern der Benutzer anzupassen. Undurchsichtigkeit, wo keine Fenster nötig waren, Lichtbündel, wo ein Delegierter einen kleinen Stapel Papier las (archaisch in dieser Umgebung), und Schatten dort, wo ein anderer schlief.

Dieses Hexamonshuttle war viel größer als die meisten und konnte leicht einige hundert Passagiere aufnehmen. Jetzt waren vierundfünfzig Personen an Bord, darunter einundvierzig Männer und Frauen von der Erde, ebenso wie sie selbst. Es würde ein grandioses Experiment werden, indem man diese Personen mit ihren Schnürsenkeln zu einer einzigen Familie verknüpfte und sie zu sehen lernte, daß sie ihre Gefährten nicht als Konkurrenten sondern als Helfer betrachteten.

Die Vorstellung in Christchurch war recht glatt gegangen. Karen hatte sich trotz ihres Rangs als Koordinationschefin der Erde eingefügt und war von den meisten in der Gruppe als ebenbürtig akzeptiert worden.

Eine Anzahl von Delegierten hatte sich ihr angeschlossen im Versuch, eine überlegene Klasse zu bilden. Darunter war eine Chinesin mittleren Alters, deren Kommune erst vor fünf Jahren, nahe Karens Heimatprovinz Hunan gelegen, mit dem Terrestrischen Hexamon in Berührung gekommen war. Dann war da ein schwere Narben tragender Ukrainer, der eine Gruppe Unabhängiger repräsentierte, die diejenigen, welche ihre Dörfer und Städte bergen zu wollen vorgaben, fast zwanzig Jahre lang nach dem großen Tod bekämpft hatte. Ein Dritter war ein Nordamerikaner aus Mexico City. Diese Stadt hatte die Bomben überlebt, war dann aber einer tödlichen Strahlung erlegen. Dann war sie von Latinos aus Mittelamerika und Flüchtlingen aus den Grenzstädten wieder bevölkert worden ...

Karen würdigte ihr Vertrauen, entmutigte aber auf feine Art die Hierarchie, die sie unbewußt bildeten. Sie wollte weder hohe Stellung noch Macht, sondern allein Erfolg. Ihnen bot sich jetzt eine einzigartige Gelegenheit. Man mußte mit der Lage sorgfältig umgehen.

Ihre Gesichter trugen die Spuren der Agonie der Erde, obwohl einige erst nach dem *Tod* geboren worden waren. Manche hatten die mentale Therapie mit Pseudo-Talsit bekommen und auch in der schlimmsten Zeit ihre Gesundheit und Fähigkeiten bewahrt. Sie waren unglaublich zäh und nicht unterzukriegen. Man hatte sie durch Soziologen des Hexamons handverlesen, die Monate lang die Genesungsregister, welche erst in den letzten vier Jahren abgeschlossen waren, nach genau dieser Art durchsucht hatten. »Wir nennen sie hohe Auslese«, hatte Suli Ram Kikura, die Projektkoordinatorin, Karen gesagt. »Starke Naturen, an denen noch wenig oder gar nicht herumgepfuscht wurde.«

Die meisten von ihnen waren natürliche Führungspersönlichkeiten, die ohne Hilfe vom Hexamon an die Macht gekommen waren. Sie schienen gut miteinander auszukommen, obwohl nur wenige zuvor als Führer gegenseitig zu tun gehabt hatten. Ihre Kommunen waren weit genug voneinander entfernt, daß sich die Grenzen nicht berührten; und es hatte nur wenig Handel zwischen ihnen gegeben. Aber mit der Vervollständigung der sozialen Struktur des Hexamons in den nächsten zehn Jahren würden ihre Völker sicher in wechselseitige Beziehungen treten; und die an Bord des *Steines* empfangene Erfahrung würde sie alle — hoffentlich — zu einer über die Wiederhergestellte Erde verbreiteten Aussaat machen.

Ser Ram Kikuras Vorurteil gegen die extensive psychologische Einmischung des Hexamons war noch zu erkennen. Das machte Karen zum perfekten Koordinator für dieses Projekt, einen Versuch, die Erde auf eigenen Füßen stehen zu lassen.

Manche Bürger des Terrestrischen Hexamons schienen zu befürchten, daß das Hexamon nicht bis in unbegrenzte Zukunft stabil bleiben würde. Die Knappheit an Materialien für die Aufrechterhaltung der Gesellschaft an Bord des Steins, die Veränderung in fest eingewurzelten Gewohnheiten, die Rückwirkungen des Umgangs mit den eigenen Wurzeln auf der Erde, wie sie nach dem Tod war — all das forderte seinen Tribut von der Stabilität des Hexamons.

Falls die Erde eine Krise unter ihren Rettern überleben sollte, müßte sie entwöhnt werden.

Karen sprach Chinesisch, Englisch, Französisch, Russisch und Spanisch; sie hatte ihr Russisch mit Geräten des Hexamons aufpoliert und auf gleiche Weise Spanisch gelernt. Das genügte, um mit den meisten Delegierten direkt zu kommunizieren. Die wenigen, deren Sprache sie nicht konnte — einschließlich dreier Dialekte, die erst nach dem Tod aufgekommen waren —, konnten sich gewöhnlich durch eine gemeinsame zweite Sprache in der Gruppe unterhalten. Keine menschlichen oder maschinellen Übersetzer von außerhalb schwächten dieses frühe Stadium von Wechselwirkungen. Man lernte es, sich auf einander zu verlassen. Ehe die Woche herum war, würden alle auch die Sprachen der anderen sprechen, die sie in dem Gedächtnis der dritten Kammer gelernt hätten, und außerdem noch viele mehr.

Zum ersten Mal seit Jahren fühlte sich Karen der vollen Befriedigung nahe. Sie hatte während der letzten vier Jahrzehnte ebenso sehr gelitten wie Garry. Sie hatte die verwüstete Erde bereist und mehr Tod, Zerstörung und endlos erscheinendes Leid gesehen, als sie glaubte, ertragen zu können. Sie hatte ihre Tochter verloren.

Noch gab es ihr einen Stich, wenn sie daran dachte. Aber sie hatte sich mit ihrem Kummer ganz anders abgefunden, ihn nicht als eine Weltschuld eingesogen, sondern ihn schließlich abgeschüttelt, ihre Persönlichkeit ausgeklammert und sich etwa wie eine Krankenschwester mit ihrer Arbeit beschäftigt. Sie hatte ihre geheimen Narben versteckt, war aber nicht in eine ständige Verängstigung abgeglitten.

Karen zwang ihre Gedanken wieder in die Vergangenheit zurück, etwas überrascht, daß die sich gelöst hatten. Vor langer Zeit hatte sie gelernt, wann und wie sie den Teil ihres Geistes aussperren konnte, der mit ihrem Gatten zu tun hatte. Sie schaffte es gewöhnlich, nicht viel an Garry zu denken, wenn sie getrennt waren. Dann konzentrierte sie sich auf die vorliegenden bedeutsamen Aufgaben. Aber ihre letzte Zusammenkunft ... Garry, wie er nervös, vielleicht sogar verschreckt, obwohl nach Kräften bemüht, es nicht zu zeigen, einen Mann begleitete, den es unmöglich auf der Erde geben konnte ...

Sie blickte aus dem Bullauge des Shuttles auf Sterne und ignorierte zeitweilig die gleichmäßige, höfliche Konversation dreier Delegierter, die neben ihr saßen. War Garry an Bord des Steins, mit dem unmöglichen Russen? Sie war auf ihre hartnäckige Art der Lösung des Geheimnisses nahe gekommen durch ihre Meinung, daß jemand ihrem Gatten einen Streich gespielt hätte, daß Mirsky nie den Weg herunter gekommen wäre. Aber je mehr sie darüber nachdachte — und jetzt, wo sie sonst wenig zu tun hatte, konnte sie nicht umhin, sich damit zu beschäftigen —, desto mehr wurde ihr klar, wie unwahrscheinlich das war.

Sie empfand einen Anflug von Ärger. Irgend etwas würde geschehen. Etwas Folgenschweres. Sie war wütend über das Geheimnis von Mirskys Rückkehr und fürchtete, daß diese Garry noch tiefer in seine Angst treiben und ihn mit kosmischen Imponderabilien konfrontieren könnte, die noch weiter außerhalb seiner Kontrolle waren als das Leid der Erde.

Sie runzelte die Stirn und wandte sich von den Sternen ab. Anders als Lanier fühlte Karen nur wenig Unbehagen über die Veränderungen in ihrem Leben. Sie akzeptierte Wechsel recht leicht. Raumflug, der Stein, die vom Hexamon gebotenen Gelegenheiten. Aber Mirskys Rückkehr entglitt ihrem Verständnis wie ein Fisch zwischen den Fingern.

»Ser Lanier«, rief die chinesische Delegierte mit breitem Lächeln und geneigtem Kopf, als sie sich neben Karen auf die Formcouch setzte. Ihr Gesicht war von feinen Sonnenfalten übersät, sie war klein und rund, matronenhaft und wahrscheinlich zehn Jahre jünger als Karen. »Sie wirken nachdenklich. Machen Sie sich Sorgen wegen dieser Konferenz?«

»Nein«, sagte Karen und lächelte zuversichtlich. »Persönliche Schwierigkeiten.«

»Sie sollten Ihrem Verstand Ruhe gönnen«, sagte die Delegierte. »Alles wird gut gehen. Wir sind schon befreundet, auch diejenigen, um die ich mir Sorgen gemacht habe.«

»Ich weiß«, sagte Karen. »Es ist wirklich nichts. Machen Sie sich keine Gedanken!« *Er tut es mir wieder an,* dachte sie. *Ich kann nicht von ihm loskommen.* Sie schloß die Augen und zwang sich einzuschlafen.

29. KAPITEL

Thistledown

Korzenowskis Partial ortete Olmy in den Wäldern von Northspin Island in der vierten Kammer, zwei Tage nach Laniers Ankunft. Gespeichert in einer kreuzförmigen Spürsonde, durchsuchte das Partial die vierte Kammer mit Infrarotsensoren und stellte siebenhundertfünfzig Menschen fest. Die meisten waren in Gruppen von dreien oder mehr, nur siebzig waren allein; und nur zwei zeigten während eines halben Tages der Aktivität Anzeichen davon, daß sie absichtlich Gesellschaft mieden. Das Partial analysierte die Wärmesignaturen dieser Möglichkeiten und stellte fest, daß der eine höchstwahrscheinlich ein selbstkonsistenter Homorph war.

Unter allen anderen Umständen wäre eine solche Nachforschung undenkbar gewesen, ein grober Eingriff in die Privatsphäre. Aber Korzenowski wußte, welche Bedeutung es hatte, daß Olmy mit Mirsky gesprochen hatte. Und er brauchte Olmy für die bevorstehende Nexus-Debatte über die Wiederöffnung des Weges. Der Ingenieur konnte sich nicht länger völlig diesem Projekt widersetzen. Mirskys Argumente waren allzu überzeugend, wenn auch bizarr. Wie konnte man die Forderungen von Göttern ablehnen, selbst wenn diese nur am Ende der Zeit existierten?

Es war nicht Pflicht des Partials, diese Probleme zu analysieren. Es flog über den Talboden und blieb über Olmys Camp schweben. Dann projizierte es ein Bild von Korzenowski mit den passenden Symbolen, die seinen Status als ernannten Geist offenbarten.

Aus Olmys Sicht schien Korzenowski vom Wald her zu kommen, das Gesicht zu einem Lächeln verzogen, mit katzenähnlichen durchdringenden Augen. »Guten Tag, Ser Olmy!« sagte der Geist.

Olmy riß sich von dem Strom der Jart-Information los und verbarg seine nur zu menschliche Verwirrung, daß man ihn gefunden hatte. Er piktographierte: »Sie werden erhebliche Schwierigkeiten bekommen.«

»Es ist etwas Außerordentliches geschehen«, informierte ihn der Geist. »Unsere Anwesenheit in der dritten Kammer ist erforderlich.«

Olmy stand neben dem Zelt. Für den Moment war er sich über seinen emotionalen Zustand im unklaren. Er rührte sich nicht und gab keine Zeichen von sich.

»Hinsichtlich des Weges ist eine Entscheidung gefallen. Mein Original verlangt Ihre Anwesenheit.«

»Ist das ein Befehl des Nexus?«

»Nicht formell. Erinnern Sie sich an Pavel Mirsky?«

»Wir sind uns nie begegnet«, sagte Olmy. »Ich weiß aber, wer er war.«

»Er ist zurückgekehrt«, sagte der Geist und piktographierte schnell die wenigen entscheidenden Details.

Olmy schien von Schmerz verzerrt zu werden. Er schüttelte sich, dann ließ er die Schultern sinken, und die Spannung ließ nach. Er schob die Jartinformation beiseite, konzentrierte sich wieder auf seine Menschlichkeit und seine Beziehung zu Korzenowski, der einst sein Mentor gewesen war, der Mann, der viel von seinem — oder vielmehr: *seinen* — Leben gestaltet hatte. Die Tatsache, daß Mirsky wieder auftauchte, gewann dann ihr eigenes Kolorit — höchst bizarr, mehr als rätselhaft, geradezu überwältigend. Er zweifelte nicht an der Botschaft des Geistes. Selbst wenn jemand anderer als Korzenowski ihn vorgeladen hätte, würde diese Nachricht allein genügen, ihn aus dem Wald und von seinen Meditationen wegzubringen.

Die Ereignisse liefen weitaus schneller ab, als er erwartet hatte.

Olmy fragte lächelnd: »Habe ich genügend Zeit, um

loszumarschieren?« Der sanfte gesellige Humor war in seinem Geist zuckersüß, und ihm wurde klar, wie er nach menschlicher Gemeinschaft ausgehungert war. Der Geist erwiderte das Lächeln und sagte: »Es wird bald ein schnelleres Transportmittel eintreffen.«

»Der verlorene Sohn«, sagte Korzenowski und drückte Olmy im Vorzimmer des Nexus fest an sich. »Ich entschuldige mich, daß ich ein Partial geschickt habe, um dich aufzustöbern. Ich nehme an, du wolltest nicht gefunden werden.«

Olmy fühlte sich irgendwie beschämt, als er vor seinem Mentor stand und nicht darüber sprechen wollte, was er getan hatte. Er mußte im Kopf noch Gleichgewicht bewahren und die Implantate beobachten, die er dem Jart übergeben hatte. »Wo ist Mirsky?« fragte er in der Hoffnung, Querfragen aus dem Wege zu gehen.

»Bei Garry Lanier. Der Nexus tritt in zwei Stunden zusammen. Mirsky wird vor der vollen Kammer aussagen. Er möchte zuerst mit dir sprechen.«

»Ist er real?«

»So real wie ich«, sagte Korzenowski.

»Das beunruhigt mich.« Olmy zwang sich zu einem Grinsen.

»Er hat eine erstaunliche Geschichte zu erzählen.« Korzenowski, der jetzt nirgends mehr Humor finden wollte, blickte von Olmy fort auf eine Wand aus natürlichem Asteroid-Eisen und wurde von der polierten Metallfläche milchig und distanziert reflektiert.

»Wir haben eine Menge Unruhe verursacht.«

»Wo?«

»Am Ende der Zeit«, sagte Korzenowski. »Ich entsinne mich, daß ich vor Jahrhunderten über diese Möglichkeit nachgedacht habe, als ich den Weg konstruierte ... Es erschien damals wie eine leere Phantasievorstellung, daß etwas, mit dem ich zu tun haben würde, solche Nachwirkungen haben könnte ... Aber die Idee hat mich verfolgt. Ich erwartete halb, daß jemand wie ein Geist aus den Bezirken zurückkehren würde.«

»Und hier ist er nun.«

Korzenowski nickte. »Er hat keinen Finger zur Anklage erhoben. Er scheint froh zu sein, daß er wieder zurück ist. Fast wie ein Kind. Dennoch macht er mir Angst. Wir tragen jetzt eine solche Verantwortung.« Korzenowski richtete seinen hartnäckigen scharfen Blick auf Olmy. »Würdest du eine Bitte um Hilfe ablehnen?«

Olmy schüttelte automatisch den Kopf. Er verdankte dem Ingenieur mehr, als er je vergelten konnte — mehr noch, als sogar seine Wiederbelebung ausgleichen würde. Korzenowski hatte Olmys Leben gestaltet und ihm Perspektiven eröffnet, die ihm sonst entgangen wären. Dennoch war er nicht sicher, wie dieser Plan, der schon festgelegt und unwiderruflich war, zu Korzenowski passen würde. »Ich bin stets zu deinen Diensten, Ser.«

Korzenowski sagte: »Irgendwann in den nächsten Monaten, vielleicht sogar schon heute, wenn die Zeit stimmt — falls Mirsky seine Geschichte dem Nexus so deutlich klar macht, wie er es uns getan hat — werde ich empfehlen, daß der Weg geöffnet wird.«

Olmys Lächeln war schwach und ironisch.

»Ja, ich weiß«, sagte Korzenowski ruhig. »Wir sind in diesem Punkte Gegner gewesen.«

Nicht einmal sein Mentor schien seine Lage zu verstehen. Olmy hielt es nicht der Mühe wert, ihn zu korrigieren. Dennoch konnte er nicht umhin, den Ingenieur leicht zu tadeln, sei es auch nur, um sich zu vergewissern, daß er alles im rechten Licht sah.

»Ich hoffe nicht fehl zu gehen in der Annahme, daß du über diese Wendung nicht ganz unglücklich bist?«

Korzenowski sagte: »Da ist Aufregung und Herausforderung und außerdem Weisheit. Ich habe mich verzweifelt an Weisheit geklammert. Wer von uns ist mehr darauf erpicht, dieses Monster zurückzuhaben?«

»Wer von uns verlangt wirklich, sich den Konsequenzen zu stellen?« fragte Olmy.

Lanier und Mirsky stiegen aus dem Aufzug und näherten sich ihnen. Mirsky ging vor Lanier her, lächelte erwartungsvoll und streckte Olmy die Hand entgegen. Er sagte: »Wir sind uns noch nicht begegnet.« Olmy schüttelte die Hand kräftig. Warm und menschlich.

»Sie sind der Ausführer unserer Pflicht«, sagte Mirsky. Olmy konnte seine Reaktion auf diese Wortwahl nicht völlig zurückhalten. Mirsky machte eine Pause und musterte sein Gesicht. *Worauf hat er es abgesehen?* fragte sich Olmy. »Sie verstehen die Probleme — oder nicht?«

Olmy zögerte und sagte dann: »Vielleicht einige von ihnen.«

Jetzt war es keine Frage des Unverständnisses mehr.

»Sie haben sich vorbereitet?«

Mirsky nickte. »Nichts geringeres würde ich von Ihnen erwarten. Ich will unbedingt aussagen. Unbedingt die Dinge in Bewegung setzen.« Er ging so plötzlich fort, daß sich alle darüber wunderten.

Olmy wandte sich an Lanier, während der Russe auf die Tür zur Kammer des Nexus zuging. »Wie ist es Ihnen ergangen. Und Ihrer Frau?« fragte er.

»Ich nehme an, daß es ihr gut geht. Sie arbeitet an einem Projekt …«

»Sie ist gerade in Thistledown angekommen«, sagte Korzenowski. »Sie arbeitet mit Ser Ram Kikura zusammen.«

»Wird der Nexus mich anhören?« fragte Mirsky und kam wieder auf sie zu. »Ich bin nervös. Können Sie das glauben?«

»Nein«, sagte Korzenowski mit einem Unterton.

Mirsky drehte sich plötzlich um und sah Olmy ins Gesicht. Er sagte: »Sie glauben, daß die Jarts sich uns widersetzen werden. Und Sie haben den Verdacht, daß sie nicht die einzigen sein werden. Sie wissen, daß die Talsit früher Jarts gewesen sind. Sie glauben, daß sie es vielleicht wieder sind. Sie haben sich damit beschäftigt, nicht wahr? Das ist es, was ich von Ihnen erwartete.« Olmy nickte.

»Ist er der gleiche Mirsky?« fragte Olmy Lanier, als Mirsky wieder in die entgegengesetzte Seite des Raums ging.

»Ja und nein«, sagte Lanier. »Er ist nicht menschlich.«

Korzenowski starrte Lanier an. »Wissen oder Vermutung?«

Lanier verzog die Lippen. »Er kann nicht menschlich sein. Nicht nach dem, was er durchgemacht hat. Und er erzählt uns noch nicht alles. Ich weiß nicht, warum.«

»Weiß er, ob er Erfolg haben wird?« fragte Olmy.

»Nein. Ich glaube nicht.« Olmys Gesicht gewann einen träumerischen Ausdruck. »Ich bin nie jemandem begegnet wie er. Ich beneide ihn.«

»Vielleicht sollten wir alle in unseren Bewertungen vorsichtig sein«, schlug Korzenowski trocken vor. »Wir haben einen *Engel* in unserer Mitte.«

Mirsky kam wieder zurückmarschiert. »Nervös! Ich habe mich nicht nervös gefühlt seit ... sehr langer Zeit. Es ist komisch.«

Korzenowskis Unbehagen nahm zu. Er fragte: »Sind Sie darüber hinaus, sich Sorgen zu machen?«

»Verzeihung?« Mirsky blieb stehen und sah den Ingenieur mit höchst erstaunter Miene an.

»Wir sind — *ich* bin gezwungen, eine Entscheidung zu treffen, die ich seit vierzig Jahren zu vermeiden gesucht habe. Wenn wir gegen die Jarts kämpfen müssen, könnten die Ergebnisse verheerend sein — wir könnten alles verlieren.« Er schnitt eine Grimasse. »Einschließlich der Erde.«

»Ich mache mir noch mehr Sorgen, als Sie wissen«, sagte Mirsky. »Es steht nicht bloß die Erde auf dem Spiel.«

Korzenowski ließ nicht nach. »Wenn Sie wirklich ein *Engel* sind, Ser Mirsky, könnten Sie sich nicht ebenso um unsere Haut Sorgen machen wie wir selbst.«

»Engel? Sind Sie auf mich wütend?« fragte Mirsky, jetzt wieder mit ruhiger Miene.

»Ich bin wütend über diese Situation!« sagte Korzenowski und zog den Kopf etwas ein. »Entschuldigen Sie meinen Ausbruch!« Er sah zu Olmy hinüber, der während des ganzen Wortwechsels mit gekreuzten Armen dagestanden hatte. »Wir sind beide durch unsere Emotionen hingerissen. Ser Olmy würde gern zu seiner Schreibtischarbeit zurückkehren und unser Hexamon im Wege intakt halten; und mich fasziniert die Aussicht der Wiederöffnung. Der Teil von mir, der sich an Patricia Vasquez erinnert ...«

Lanier kniff fast die Augen zusammen, als Korzenowski in seine Richtung blickte.

»Das ist eine brennende Sache. Aber was unsere weniger verantwortlichen Personen wollen und was für das Hexamon sicher ist, das könnten sehr verschiedene Dinge sein, Ser Mirsky. Ihre Gründe sind zwingend ... Ich bin nur irritiert durch Ihre sorglose Haltung.« Korzenowski sah auf den Fußboden hinunter und holte tief Luft.

Mirsky sagte nichts.

Olmy griff ein: »In Wahrheit würde der auf das Hexamon ausgeübte Druck wegen der Wiederöffnung auch ohne Sie stark sein.«

»Ich danke Ihnen für Ihren Rat«, sagte Mirsky ruhig. »Mir fehlt Perspektive. Ich muß vorsichtig an den Nexus herantreten.« Er breitete die Arme aus und blickte auf seinen Körper hinab, der noch in Wanderkleidung steckte. »*Beschränkungen* zu haben, in Kanälen zu denken. Es macht Spaß, wieder im Fleisch zu stecken. Eine wilde, halb trunkene Blindheit ... ein Friede des Fleisches.«

Die Erde, umgeben von einem Strang aus DNA, das Symbol des Terrestrischen Hexamon-Nexus' bei einer Sitzung, erschien an den Türen zu der Kammer. Ein Partial des Premierministers Dris Sandys materialisierte sich neben dem Symbol.

»Volles Haus«, sagte das Partial. »Bitte, treten Sie jetzt ein und lassen Sie sich vereidigen!«

Mirsky hob die Schultern und ging lächelnd als erster durch die Tür. Lanier hielt sich zurück und trat hinter Korzenowski und Olmy ein. Als er zu seinem zugewiesenen Platz im unteren Kreis geführt wurde, erinnerte er sich an die Zeit, da er vor dem Unendlichen Hexamon-Nexus über die Axis-City ausgesagt hatte. Das schien jetzt schon lange her zu sein. Die Wunden der Erde waren noch frisch und fast tödlich gewesen.

Mirsky stand geduldig im Ring des Sprechers vor dem Podium des Präsidierenden Ministers. Präsident Farren Silion nahm das Podium ein neben dem Premierminister. Lanier sah auf den Bildschirm bei seinem Sitz. Er erwartete, daß das Erlebnis ihn wieder anstrengen würde; aber er war gespannt, was Mirsky diesmal sagen könnte und ob er ausführlicher werden würde.

Ein orthodoxer naderitischer Beamter, der neben ihm saß, lächelte höflich und drückte Interesse an Laniers Alter aus.

»Ich bin von der Erde«, antwortete er.

»Das sehe ich. Wissen Sie etwas über diese Anhörung?«

»Nicht anständig, vorzeitig darüber zu sprechen«, sagte Lanier verschwörerisch. »Ihnen steht ein großes Erlebnis bevor.«

30. KAPITEL

Gaia

Der Kirgise in dem schwarzen Wollmantel hielt im Expeditionszelt Hof. Er saß mit untergeschlagenen Beinen inmitten eines Kreises aus fünf seiner Leute sowie Oresias, Jamal Atta, Demetrios und Lugotorix. Rhita stand mit den anderen außerhalb des Kreises, die Hände mit einem starken Strick gefesselt. Frauen waren bei einer militärischen Expedition offenbar nicht normal. Man glaubte nicht, daß sie zu den Anführern gehörte, und niemand belehrte die Leute auch in dieser Hinsicht.

Ein Dolmetscher trat in den Kreis, klein und drahtig. Er trug eine graubraune Uniform nach modernem Rus-Schnitt mit gesticktem Kragen und engen Leinengamaschen über kurzen, leichten Stiefeletten. Der stierähnliche Kirgisenführer sprach, und der Dolmetscher übersetzte seine Worte in gewöhnliches Hellenisch.

»Ich bin Batur Tschingis. Ich beherrsche dieses Grasland für meine verehrten Herren, die Rus von Asov-Miskna. Ihr seid Eindringlinge. Ich muß eure Gründe wissen, um per Funk meinen Herren Meldung zu erstatten. Könnt ihr mich aufklären?«

»Wir befinden uns auf einer wissenschaftlichen Expedition«, sagte Oresias.

Der Dolmetscher lächelte, ehe er das ins Kirgisische übersetzte. Auch Batur lächelte und zeigte lange gelbe Zähne. »Ich bin nicht blöd. Ihr würdet bestimmt unsere Gelehrten bitten, das für euch zu tun, anstatt euer Leben zu riskieren.«

»Es ist eine dringende Angelegenheit«, sagte Oresias.

»Was ist mit dem Dunklen, dem *Arabios?* Was sagt er?«

Jamal Atta nickte in Baturs Richtung. »Ich mache mit.«

»Mit wem, mit mir oder dem hellhäutigen Anführer?«

»Wir sind auf einer wissenschaftlichen Expedition.«

»Ach, so ist das. Ich werde berichten, daß ihr lügt; und sie werden mir sagen, daß ich euch töten solle oder vielleicht auch einsperren und nach Miskna schicken. Habt ihr Anteil an der Revolte in Askandergul? Er meint«, fügte der Übersetzer hinzu, »natürlich Alexandreia.«

»Ich verstehe nicht«, sagte Oresias.

»Seid ihr etwa auf der Flucht vor dem Palast, Feiglinge, die ein Asyl in unseren weiten Gebieten suchen?«

»Wir wissen nichts von einer Revolte.«

»Wir haben selbst erst in den letzten paar Stunden Nachrichten bekommen.« Der Kirgise hob seine breiten Schultern, schob das Kinn vor und starrte sie über seine flachen braunen Backen an. »Wir sind hier keine Leute, die Unsinn reden. Er meint Barbaren«, fügte der Dolmetscher wieder hinzu. »Wir haben Radios und stehen in Kontakt mit unseren Festungen. Wir baden sogar, wenn die Flüsse voll sind oder wir Garnisonsdienst tun.«

»Wir haben alle gebührenden Respekt für die glorreichen Soldaten der Rus von Asov-Miskna«, sagte Atta und schaute Oresias an. »Wir sind Eindringlinge und bitten euch demütig um Gnade, von der wir sicher sind, daß unter dem Himmel Gottes und auf dem Gras der Reitenden Teufel der große Batur Tschingis sie uns gewähren wird.« Oresias kniff die Augen zu, protestierte aber nicht gegen Attas Versuch einer gedrechselten Diplomatie.

»Ich bin über deine freundlichen und verständnisvollen Worte erfreut. Aber es liegt nicht an mir, Gnade walten zu lassen. Ich bin, wie du sagst, Soldat und kein Meister. Genug davon! Kannst du mir noch weitere Auskünfte geben, ehe ich um Befehle nachsuche, wie mit euch zu verfahren ist?«

Rhita schauderte es. Das Schlüsselbein hatte man ihr weggenommen, als sie aus dem Flugzeug gezerrt wurden; und sie hatte keine Idee, was mit dem Tor geschah. Aber die Dunkelheit kam heran. Mehr als alles andere wollte sie von diesem Ort weg, der Verantwortlichkeit für ihre Großmutter, die Akademeia und ihre Kaiserliche Hypselotēs entbunden sein — was auch immer *ihr* jetzt passiert war …

Sie war von Schrecken erfüllt. Die letzten paar Stunden hatten ihr Zeit gelassen, einige Fakten in sich aufzunehmen, die sie bisher hatte ignorieren können. Sie war sterblich. Diese Leute würden sie und alle ihre Gefährten mit Vergnügen umbringen. Lugotorix konnte sie nicht schützen, obwohl er zu gegebener Zeit, falls es dazu kommen sollte, sein Leben sofort opfern würde.

Die Situation war ihr Werk. Sie konnte nicht leichtfertig ihrem Vater oder Patrikia die Schuld geben. Sie hatte eingewilligt zu kommen. Was durch die Überbringung der Botschaft an Kleopatra herauskommen würde, konnte man nicht vorhersehen, aber …

Sie erschauerte.

Die kirgisischen Soldaten drängten und schoben sie aus dem Zelt in eine hastig aufgestellte Umzäunung aus Zeltstangen und Zeltbahnen, die aus den Notbeständen in dem Frachthubschrauber stammten. Die Umzäunung hatte kein Dach und lag offen unter dem kühlen Wind bei einbrechender Dämmerung. »Ich glaube, wir sind tot«, murmelte Atta, als der letzte Teil der Zeltbahn von einem kirgisischen Infanterist, der sie mit neugierigen Schlitzaugen betrachtete, aufgespannt und festgebunden wurde.

Ihr Gefängnis war höchst kümmerlich, aber sie wagten nicht einmal, den Zeltstoff zu berühren. Durch Gebärden mit Flinten und Händen, die über den Stoff strichen, hatten sie den direkten Eindruck gewonnen, daß jeden, der auch nur eine Falte in die Barrikade machte, eine Kugel erwartete.

Rhita hockte auf dem Schlamm, die Arme über die Knie gekreuzt und rieb sich müde das Gesicht. Sie mußte ganz dringend Wasser lassen; aber niemand hatte in der Barrikade eine Latrine vorgesehen, und sie war zu wütend und verwirrt, den Anfang zu machen. Aber bald würde sie dazu gezwungen sein.

Sie blinzelte zu den Sternen empor, so elend wie nur je in ihrem Leben, und fühlte, wie deren Kälte in ihr Gesicht drang. *Sie wissen es nicht, es kümmert sie nicht.*

Alles Absolute war ohne Bedeutung. Wie weit konnte eine Göttin wie Athenē reichen? Sie schien jenseits von Gaia völlig fehl am Platze zu sein. Der Trost des Gebetes bedeutete wenig, wenn sie bald sterben würde — in Qual und Schande, fern von Rhodos.

»Verdammt, ich muß pinkeln!« sagte sie laut. Jamal Atta starrte auf sie herunter mit gerunzelter Stirn.

»Auch ich muß«, sagte er. »Wir werden …«

Rhita ignorierte ihn. Sie war durch etwas über ihrem Kopf gefesselt — eine leuchtende gerade grüne Linie, ganz ohne Verzierungen und stumm.

»… da drüben eine Stelle einrichten …«, fuhr Atta fort.

Die Linie bewegte sich glatt über ihre Einzäunung. Rhita konnte nicht sagen, ob sie nahe oder weit entfernt war. Eine andere grüne Linie kreuzte sie, und beide Linien rückten mit ihrer Verbindungsstelle schnell an den Rand des Geheges. Dadurch schienen sie in der Nähe zu sein.

Das Tor. Etwas ging mit dem Tor vor sich.

Die Linien kamen außer Sicht. Es gab kein ungewöhnliches Geräusch draußen. Männer unterhielten sich in weichen Kehllauten, Stiefel schlurften über Dreck, Gras raschelte im kühlen Abendwind. Die Dunkelheit war fast vollkommen. Rhita roch groben Schlamm und ängstliche Männer und das Grün der Steppen.

Wie ein Automat folgte sie Atta zu der vorgesehenen

Latrine, die durch Linien markiert war, die man mit den Stiefeln zusammengescharrt hatte. Sie zog ihre Hosen herunter und erleichterte sich. Ein paar Männer sahen in ihre Richtung, die sich niemals scheuten, einen Blick auf weibliches Fleisch zu erhaschen. Sie zog die Hosen wieder hoch, trat aus den markierten Linien und schaute ihre Gefährten in der Umzäunung scharf an. Die standen mit hängenden Köpfen niedergeschlagen da, die Gesichter durch eine schwache Mondsichel und das Sternenlicht kalt umrahmt.

Soweit war es nun also gekommen. Sie hoffte jetzt wirklich, daß irgend etwas durch das Tor kommen würde. Das könnte ihre einzige Chance für eine Gnadenfrist sein.

War das grüne Licht real gewesen, oder spielten ihr die Augen einen Streich?

Sie stand einige Minuten lang still, die Arme unter die Jacke gesteckt. Die Kälte zehrte an ihrer Kraft und machte ihr Gesicht taub. Der Stoff der Barrikaden spannte sich und knatterte in einer Brise. Sie erwartete eine Kugel und zuckte zusammen, als ein Regentropfen auf ihr Lid klatschte. Eine schwarze Wolkenwand schob sich langsam vor den Mond. Sie konnte auch in der Nähe kaum etwas erkennen.

Es fielen noch mehr Regentropfen. Sie horchte nach Lauten außerhalb der Barrikade — plötzlich alarmiert, mit gesträubten Haaren. Keine Stimmen. Nicht einmal das Hufestampfen und Wiehern von Pferden, die sich über die Nässe beklagten. Finsternis, Regenschauer und Wind, der das Segeltuch peitschte.

Der Mond schimmerte durch eine Lücke. Lugotorix stand neben ihr, groß und durchnäßt. Er sagte nichts, berührte aber ihren Arm und deutete über den Zaun zu ihrer Linken. Etwas Großes und wie ein Schwert Geformtes, so breit wie die gespreizten Arme eines Mannes, türmte sich über ihrem kümmerlichen Gefängnis auf. Seine Enden wogten wie Wasser. Schnell kurvte es gleichmäßig zur Seite und kam außer Sicht. *Tod,* dachte sie. *Es sieht wie Tod aus.*

»Kirgisisch?« fragte der Kelte ruhig. Niemand sonst schien es bemerkt zu haben.

»Nein«, sagte sie.

»Ich glaube nicht«, murmelte Lugotorix. Rhita suchte Oresias oder Jamal Atta bei der zeitweiligen Erhellung ausfindig zu machen. Sie waren aber zwischen den Männern verborgen. Ehe sie sie finden konnte, verschwand der Mond wieder.

Ein schreckliches ratschendes Geräusch von allen Seiten erschreckte sie. Sie stieß einen leisen Schrei aus und tastete nach Lugotorix; aber der war nicht da. Die Zeltstoffbarrikade wurde in Stücke gerissen, Wind brauste dahin wie im Nachwirbel des Durchgangs von etwas riesig Großem. Nägel drangen ihr in den Hals und benahmen ihr den Atem. *Eins,* Pause, *zwei,* Pause, dann *drei, vier* und *fünf.* Sie konnte nicht umkippen. Lugotorix wimmerte in der Nähe wie ein geprügelter Hund, wie sie es noch nie von ihm gehört hatte. Mit zurückgeworfenem Kopf, offenem Mund, Haar und Nacken auf etwas Eiskaltem ruhend, sah sie wieder, wie sich die geraden grünen Linien über ihnen kreuzten.

Irgend etwas hob sie hoch. Es kam ihr vor, als wäre das Gras sehr groß und metallisch geworden. Das Camp war bedeckt von schwingenden, elastischen Stahlklingen mit Kanten wie wogendem Wasser und glatten grünen Schilden oder Kapuzen an der Spitze. Ihr Rücken versteifte sich, bis sie wünschte schreien zu können, aber alle ihre Muskeln waren wie eingefroren. Sie konnte noch sehen, merkte aber, daß sie allmählich die Fähigkeit zu denken verlor.

Während einer sehr lang erscheinenden Zeit sah sie alles und nichts. Sie hätte ebenso gut tot sein können.

31. KAPITEL

Gaia

Das Schlüsselbein kam in ihre Hände und tröstete sie. Es kannte sie. Für den Augenblick war das genug. Es wurde zurückgezogen, und sie vermißte es sehr.

Ganz kurze Zeit danach erkannte sie, daß das Schlüsselbein ihr mitgeteilt hatte, daß das Tor voll etabliert war mit einer ›bequemen Weite‹. Es gab noch andere Tore. Das war ihr kein Trost.

Lugotorix, nackt zwischen zwei riesigen Schlangenschwertern stehend, war an Armen und Beinen von leuchtend grünen Punkten berührt.

Du hast mit diesem Mann Verbindung?
Ja.
Brauchst du ihn?
Ja.
Und die anderen?

Sie dachte an Demetrios und Oresias.

Sie hatten sie gerettet.

Sie fragte sich, was wohl mit den anderen geschehen würde.

Es war für sie kein Trost, daß sie ein Zentrum der Aufmerksamkeit war. Einerseits gab es viele wie sie; und manche ihrer Selbste waren unangenehmen Erfahrungen unterworfen. Das war alles, an was sie sich erinnerte. Ihr Körper war nicht geschädigt.

Sie hatte keine Privatsphäre.

Man fragte sie, ob Athenē Tore zu Gaia geöffnet hätte, oder Isis oder Astarte. Rhita sagte nein. Sie glaubte nicht, daß diese Wesen oder Götter wirklich existierten. Das erregte Interesse. *Sind die Götter imaginäre Begleiter, um euch wegen der Möglichkeit des Sterbens zu trösten?*

Sie wußte nicht, was sie darauf antworten sollte.

Du hast das Schlüsselbein nicht gemacht.

Das erforderte keine Antwort. Soviel mußte offenkundig gewesen sein.

Wie hast du es gefunden?

Sie erzählte es ihnen.

Sie zeigten großes Interesse an der Sophē.

Sie ist tot, berichtete Rhita ihnen.

Du kommst von ihr her.

Wiederum war keine Antwort erforderlich.

Einige Zeit höchsten Unbehagens, schlimmer als Schmerz.

Es lohnte sich fast zu erleben, wie die Zeit verging.

Ohne Erinnerung stand sie an einem Ort blauen Himmels mit zerbröckelndem Marmor, der das Meer überschaute.

Dies verging und kam wieder; und sie war um Jahre jünger, stand im Heiligtum der Athenē Lindia. Sie erinnerte sich an alles, einschließlich ihres Lebens nach diesem Augenblick. Ein junger Mann stand in ihrer Nähe, irgendwie hübsch; sein Gesicht war undeutlich ausgeprägt. Er trug ein weißes Byssos-Hemd und dunkle Hosen mit geschlitzten und zusammengebundenen Beinen, wie ein Fischer, der er aber nicht war. Sie fragte sich, ob das ein Liebhaber war. Aber er war weder dieses noch ein Freund.

»Ist dies dir angenehm?« fragte er und ging um sie herum. »Bitte, sei ehrlich!«

»Es tut nicht weh.«

»Ich hoffe, du wirst unsere Einmischung verzeihen. Wir hatten wenige Gelegenheiten, mit deiner Art direkt zu kommunizieren. Du bist grob behandelt worden.«

Sie verzieh nichts. Ihre Verwirrung war für solche Nettigkeiten zu groß.

»Wäre es dir lieber, wenn ich einen Namen hätte?«

»Ich will dich auf keinen Fall kennenlernen.«

»Möchtest du, daß wir hierbleiben?«

Es schien klug zu sein, ja zu sagen. Sie nickte. Sie freute sich über die Sonne auf ihrem Gesicht und die kühle Sicherheit des verlassenen Tempels in dem Felsen. Sie glaubte nicht, daß sie tatsächlich dort wäre.

Ich bin Rhita, sagte sie zu sich. *Ich bin am Leben. Vielleicht hat man mich durch das Tor geholt.*

Vielleicht ist Großmutter vom Hades gekommen.

32. KAPITEL

Thistledown City

Aus Gründen, die nur ihm selbst und seinem Advokaten klar waren, hatte der Präsident beschlossen, nicht in den offiziellen Nexuswohnräumen unter der Kuppel Quartier zu beziehen. Statt dessen wählte er zeitweilige Unterkunft in einem kleinen, schlicht ausgestatteten Apartment in einem Gebäude aus dem Fünften Jahrhundert neben dem Arboretum, einen Kilometer von der Kuppel entfernt. Vier Stunden nach Mirskys Aussage hielt Farren Siliom dort Audienz ab mit Korzenowski, Mirsky, Olmy und Lanier. Er verhielt sich streng formal. Er schien Ärger zurückzuhalten.

»Entschuldigen Sie meine Offenheit!« piktographierte er an Korzenowski. »Ich habe niemals während meiner Existenz im Weg und jetzt nahe der Erde einen so verräterischen Meinungswechsel bei einem angesehenen Bürger des Hexamons erlebt.«

Korzenowski machte eine leichte Verbeugung mit steifer Miene. Er sagte: »Ich stelle diese Forderungen widerstrebend und unter Druck. Das sollte deutlich sein.«

»Ich bin sicher, daß der ganze Nexus eine Talsitsitzung braucht«, sagte Farren Siliom und drückte auf seine Nasenwurzel. Der Präsident blickte auf Lanier, der ihn mit einem lässigen Blinzeln abzufertigen schien, und richtete seine Aufmerksamkeit dann auf Mirsky. »Das Hexamon hält sich für eine fortgeschrittene Gesellschaft, was auch immer unsere selbstgemachten Beschränkungen ... Aber ich finde es sehr hart zu glauben, daß unsere Arbeit so weitreichende Konsequenzen haben könnte.«

»Sie stecken in einer Zwickmühle«, sagte Mirsky.

»Das behaupten *Sie.* Wir sind aber nicht ganz so harmlos. Ich erinnere mich gut an Olmys Hinterlist gegenüber den Geshels vor einigen Jahren, als er den Ingenieur zu uns zurückbrachte. Er hat allen echten Naderiten einen Dienst erwiesen. Aber ist dies eine andere Art von Täuschung oder Manipulation?«

»Die Wahrheit meiner Geschichte sollte offenkundig sein«, sagte Mirsky.

»Nicht so offenkundig für jemanden, der die letzten zehn Jahre um Sympathie für Wiederöffnung gekämpft hat. Der mit dem Ingenieur neben mir gekämpft hat, obwohl das jetzt schwer glaublich erscheint.«

Lanier schluckte und fragte: »Darf ich mich setzen?«

»Ohne weiteres«, sagte Farren Siliom. »Meine Verärgerung schadet meinem guten Benehmen.« Der Präsident ließ einen Sessel für Lanier formen und befahl dann auch noch Sessel für alle. »Wir werden einige Zeit zu reden haben«, sagte er zu Korzenowski.

»Ich bin ein recht praktischer Mann«, fuhr Farren Siliom fort, »so praktisch wie ein Politiker sein kann, der einer Nation von Träumern und Idealisten vorsteht. Das ist es, wofür sich das Hexamon hält und schon seit Jahrhunderten gehalten hat. Aber wir sind auch dickköpfig gewesen, stark und eigenwillig. Wir haben die Herausforderung des Weges einmal angenommen. Aber wir haben gegen die Jarts fast verloren; und die hatten inzwischen Jahrzehnte, um ihre Taktik zu verfeinern. Wir alle glauben, daß sie den ganzen Weg in Besitz genommen haben — oder nicht?«

Lanier war der einzige, der sich der Zustimmung enthielt. Er fühlte sich hier wie ein Zwerg unter Riesen, wieder alt und als fünftes Rad am Wagen.

»Verstehen Sie meine Konfusion?« fragte Farren Siliom Korzenowski.

»Jawohl, Ser Präsident.«

»Dann machen Sie es für mich klar! Sie sind überzeugt worden, aber schwören Sie mir bei dem Guten Mann, bei Sternen, Schicksal und Geist, daß Sie nicht in ein Komplott zur Wiederöffnung Ihrer Schöpfung verwickelt sind und diese ganze Episode nicht völlig fabriziert haben?«

Korzenowski sah den Präsidenten einige Sekunden lang mit gekränktem Schweigen an. »Ich schwöre es.«

»Ich bedauere, daß ich Ihre Integrität angezweifelt habe, Ser Korzenowski. Aber ich muß absolut sicher sein. Sie hatten keine vorherige Kenntnis von der Rückkehr Ser Mirskys?«

»Ich habe etwas dieser Art halb erwartet. Ich kann nicht sagen, daß ich glaubte, es würde passieren. Nein, ich hatte keine vorherigen Kenntnisse.«

»Sie sind überzeugt, daß der Weg diesen Schaden angerichtet hat?«

»Keinen Schaden, Ser Minister«, sagte Mirsky. »Obstruktion.«

»Was auch immer. Sind Sie überzeugt?« Er starrte Korzenowski scharf an.

»Ja.«

»Ihnen ist klar, daß die meisten Würdenträger und Senatoren hohe Achtung für Sie empfinden, daß aber Ihre Motive in diesem Falle verdächtig sind. Sie haben einen großen Teil Ihres Lebens damit verbracht, die Maschinerie der sechsten Kammer und den Weg zu schaffen. Sie müssen einen berechtigten Stolz darüber gefühlt haben, daß Sie den Verlauf der Geschichte von Thistledown verändert haben. Es wäre verständlich, wenn Sie den Eindruck hätten, Ihr Status wäre seit Ihrer Reinkarnation und der Zerstörung gesunken. Persönlich glaube ich durchaus, daß Sie nichts mit der Ermutigung unserer Neo-Geshels zu tun gehabt haben.« Jetzt ruhiger, rieb der Präsident die Hände und setzte sich zu ihnen. »Wenn wir den Weg öffnen, werden wir dann mit den Jarts im Kriege stehen, Ser Olmy?«

»Das nehme ich an.«

Das ist es, dachte Lanier.

»Wenn wir den Weg nicht aufmachen, Ser Mirsky, und Vorbereitungen treffen, ihn auf unserer Seite zu schließen, werden wir dann die fernen, edlen Bemühungen unserer Nachkommen blockieren?«

»Von den Nachkommen aller intelligenten Kreaturen in unserem Universum — Ser Präsident. Ja.«

Farren Siliom lehnte sich in seinem Sessel zurück und schloß die Augen. »Ich kann Teile Ihrer Aussage noch einmal abspielen. Ich bin sicher, daß die meisten Würdenträger und Senatoren das jetzt auch tun.« Er schnitt eine Grimasse. »Die Prozedur der Abstimmung hierüber wird sehr schwierig sein. Man hat uns nie zu einem vollständigen Plebiszit des Hexamons aufgerufen. Verstehen Sie die Probleme?«

Mirsky schüttelte den Kopf.

»Lassen Sie mich sie aufzählen. Abstimmungen auf Thistledown und in den orbitalen Bezirken sind ganz anders als auf der Erde. Die meisten Erdenbürger stimmen physisch ab. Es würde Monate dauern, für eine solche Stimmabgabe Einrichtungen zu treffen. Wir sind einfach nicht darauf vorbereitet.

Jeder Bürger im Weltraum muß ein spezielles Partial in eine *mens publica* in das City-Gedächtnis eingeben. Die Partiale werden zu einem einzigen Ganzen verbunden nach Methoden, die in der Verfassung des Hexamons genau festgelegt sind. So können die Partiale binnen zwei oder drei Sekunden über jedes Thema abstimmen; haben aber laut Gesetz mehr Zeit für eine solche Entscheidung zur Verfügung. Bürger können ihre Partiale einmal täglich auf einen neuen Stand bringen, wenn sie es wünschen, um wechselnde persönliche Einstellungen auszudrücken. Die Partiale können aber keine eigenen Meinungen entwickeln.

Das sind die technischen Überlegungen. Als ein Problem öffentlicher Politik angesehen, verärgern wir jene, die den Weg geschlossen halten und Konflikte mit den

Jarts vermeiden wollen, falls wir den Weg nur öffnen, um ihn zu zerstören. Gewiß wollen wir denen, die den Weg wieder erobern möchten, keinen Gefallen tun. Und die Jarts werden sich unseren Bemühungen zweifellos wütend widersetzen. Vielleicht steht für sie im Weg jetzt mehr auf dem Spiel als das, was wir jemals getan haben. Die Jarts schienen in ihren Plänen eigenartiger zu sein. Habe ich recht, Ser Olmy?«

»Ja.«

Farren Siliom faltete die Hände. »Ich weiß nicht, wie Ihre Terrestrischen Bürger dieses Problem sehen werden. Oder auch ob sie fähig sind, jetzt darüber zu urteilen. Für die meisten Alten Eingeborenen ist der Weg bestenfalls ein sehr unklarer Begriff. An die Erde gebundene Bürger haben noch keinen direkten Zugang zu umfangreichen Speichern und Bibliotheken der City. Ich befürchte aber, daß die Neo-Geshels die Gesetze der Restauration anrufen und die Erde gänzlich vom Stimmrecht ausschließen werden ... Das wäre höchst widerlich.«

»Die Senatoren der Erde würden jeden Schritt des Weges dagegen kämpfen«, sagte Lanier.

»Die Restaurationsgesetze sind einige Zeit nicht angewandt worden, haben aber immer noch Gültigkeit.« Farren Siliom hob mit verzerrtem Gesicht die Hände. »So wie ich jetzt die Stimmung des Hexamons verstehe, sind die Befürworter der Wiederöffnung ungefähr gleich an Zahl mit deren Gegnern. Bei einer solchen Spaltung sind soziale Verdichtungen und Zusammenschlüsse keineswegs unwahrscheinlich. Schnelle Bildung von Machtgruppen ... vielleicht sogar einer Neo-Geshel-Herrschaft im Nexus. Die Neo-Geshels könnten mich zwingen, ihre Beschlüsse auszuführen oder zurückzutreten und sie eine neue Regierung bilden zu lassen. Das sind nicht gerade Ihre Probleme, meine Kameraden. Aber Sie bringen sie zu mir; und ich kann nicht sagen, daß ich Ihnen dafür dankbar bin. Ebensowenig kann ich sagen, wie die Abstimmung ausfallen wird. Wir stehen vor einer Anzahl von Problemen und Entscheidungen — und das jetzt, wo der Geist endlich wieder aus seiner Flasche gekrochen oder explodiert ist ...«

Farren Siliom stand auf und ließ eine Frage auf dem Monitor der Wohnung erscheinen. »Falls Sie noch ein paar Minuten hier bleiben könnten, habe ich veranlaßt, daß noch ein Alter Eingeborener zu uns kommt. Ser Mirsky dürfte sich an ihn erinnern. Sie waren Kameraden als Soldaten während der Invasion von Thistledown durch Streitkräfte der Sowjetunion, vor der Zerstörung ... vor dem Tod. Er ist nach der Zerstörung zur Erde zurückgekehrt und hat in einem Gebiet gelebt, das wir jetzt als Anatolien bezeichnen.«

Mirsky nickte mit beherrschter Miene. Lanier versuchte, sich an die überlebenden Russen zu erinnern, die mit und um Mirsky gearbeitet hatten, und fand nur wenige Gesichter, die mit Namen in seinem Gedächtnis verknüpft waren. Der scharfe, bittere *Zampolit* Belozersky ... der selbstsichere, verlorene Vielgorsky, Oberingenieur Pritikin.

Der Monitor leuchtete auf, und Farren Siliom befahl, die Tür zu öffnen. »Meine Herren, dies ist Ser Viktor Garabedian«, sagte er mit einem Ausdruck triumphierender Erwartung. *Er glaubte, daß er Mirsky entlarven wird,* dachte Lanier.

Garabedian trat ein, weißhaarig, mager, leicht gebeugt. Seine Hände trugen schreckliche Narben. Die Augen waren halb geschlossen und tränten. Lanier konnte seinen Zustand fast sofort erkennen: Talsitbereinigte Strahlenschädigung ... Er mußte vor Jahrzehnten versucht haben, in die Sowjetunion zurückzukehren.

Garabedian sah sich in dem Zimmer um. Er war offenbar nicht auf diese Zusammenkunft vorbereitet. Seine Augen erhellten sich bei Mirsky, und ein ironisches

Lächeln flog über sein Gesicht. Mirsky schien verblüfft zu sein.

»Genosse General«, sagte Garabedian.

Mirsky stand auf und ging auf den alten Mann zu. Sie standen einen Augenblick getrennt da; und dann breitete Mirsky die Arme aus und drückte ihn an sich. »Wie ist es dir ergangen, Viktor?« fragte er auf Russisch und hielt den Alten auf Armeslänge.

»Das ist eine lange Geschichte. Ich habe einen anderen alten Mann erwartet. Man hat mir nicht gesagt, daß du noch genau so aussehen würdest. Ser Lanier, ihn erkenne ich wieder, aber er sieht gesetzt aus, nicht wie ein junger Bursche.«

Farren Siliom verschränkte die Arme. »Wir haben etliche Stunden gebraucht, um Ser Garabedian aufzufinden.«

»Ich lebe so nahe bei Armenien, wie ich kann«, sagte Garabedian zu Mirsky. »Die Heimat wird in einigen Jahren gesäubert sein, und ich kann zurückkehren. Ich habe als Polizist in den Sowjetischen Bergungskräften gearbeitet ... Ich habe in der Armenischen Befreiung gegen das Hexamon gekämpft ... Kein großer Krieg, mehr wie Kinder, die mit Stöcken gegen ihre Ärzte und Lehrer kämpfen. Als der niedergeschlagen war, wurde ich Bauer. Wo bist du gewesen, Genosse General?«

Mirsky sah sich mit Tränen in den Augen im Raum um. »Freunde, Viktor und ich müssen miteinander sprechen.«

»Sie wollen, daß ich dir einige Fragen stelle«, sagte Garabedian.

»Ja, aber allein. Bis auf Sie, Garry. Wollen Sie mit uns kommen? Wir brauchen einen Raum.« Er schaute auf den Präsidenten.

»Sie können einen meiner Arbeitsräume benutzen«, sagte Farren Siliom. »Natürlich werden wir Ihre Begegnung aufzeichnen ...«

Lanier bemerkte die Veränderung in Mirskys Miene.

Er wirkte schärfer, weniger heiter, viel mehr wie der Pavel Mirsky, den er vor vierzig Jahren im Stein kennengelernt hatte.

Korzenowski sagte: »Ich möchte gern einen Augenblick mit Ser Lanier sprechen, dann wird er zu Ihnen kommen.«

Die beiden Männer verließen den Raum. Der Präsident geleitete sie in einen anderen Teil seines derzeitigen Quartiers.

»Ser Lanier?« fragte Korzenowski.

»Er ist Mirsky«, sagte Lanier.

»Hatten Sie Zweifel?«

»Nein«, sagte er.

»Aber dies ist ein zusätzlicher Beweis?«

»Für den Präsidenten«, sagte Lanier. »Es muß das entscheidende Argument sein.«

»Der Präsident hat noch reichlich Zweifel«, sagte Olmy ruhig. »Ihnen kommt nur noch politische Berechnung gleich.«

Der Präsident ging in der weiten zylindrischen Eingangshalle an Lanier vorbei und nickte ihm zu. Ungemütlich. Lanier folgte Mirsky und Garabedian ins Arbeitszimmer und trat neben sie. Ein kleiner runder Tisch hob sich aus dem Fußboden, umgeben von einigen Freiform-Sesseln. Der Raum roch leicht nach sauberem Schnee und Kiefern. Ein Rest früheren Milieus, wie Lanier vermutete.

Garabedian musterte, die Mütze in knorrigen, rötlich weißen Händen, seinen alten Kameraden mit den kindlichen Augen von jemandem, der alt und müde war — Augen, die jeder Emotion bar waren bis auf eine Art erstaunter Verwunderung.

»Garry, Viktor war bei mir, als die Weltraumstoßtrupps in die Kartoffel — Thistledown — einbrachen«, sagte Mirsky. »Er war bei mir, als wir uns ergaben; und er beriet mich während der schlimmen Zeiten danach … Ich habe ihn zuletzt gesehen, ehe ich als Freiwilliger mit den Geshel-Bezirken loszog. Du hast harte Zeiten durchgemacht, Viktor.«

Garabedian behielt mit schlaffem Mund seinen starren Blick bei. Dann wandte er sich an Lanier. »Sir«, sagte er in unsicherem Englisch, »Sie sind nicht jugendlich geblieben. Andere aber doch. Aber Genosse General Mirsky …«

»Nicht mehr General«, sagte Mirsky ruhig.

»Er hat sich überhaupt nicht verändert, außer …« Garabedian zwinkerte wieder Mirsky zu und sagte auf Russisch: »Seit man Sie erschoß, Sir, haben Sie sich verändert. Sie sind entschlossener geworden.«

»Ich habe seitdem eine lange Reise gemacht.«

»Die Leute, die mich hierher gebracht haben … sieht man selten in Armenien. Sie kommen, um unsere Kleinkriege zu beenden, unsere Seuchen zu heilen, unsere Geräte zu reparieren. Wir waren wie Kinder. Wir haßten sie so sehr. Wir wünschten, in Ruhe gelassen zu werden.«

»Ich verstehe«, sagte Mirsky.

»Diesmal haben sie mich nicht gefragt. *Pavel.*« Er benutzte den Vornamen des alten Mannes, um ihn zu reizen. »Sie kamen und sagten, ich würde gebraucht. Sie sagten, ich wäre ein Zeuge. Sie waren wie Polizisten in alten Zeiten.« Er erhob die Stimme. »Wie können sie uns so wie Kinder behandeln? Wir haben gelitten. So viele sind gestorben.«

»Wie hast du gelitten, Viktor? Sag es mir!«

Lanier sah, daß Mirskys Gesicht wieder ausdrucksvoll und aufnahmebereit wurde. Ein Schauder ließ ihn die Zähne zusammenbeißen. Mirsky legte seine Arme Garabedian um die Schultern. »Sag es mir!«

Garabedian sagte: »Nichts ist so, wie es war. Nichts wird es je wieder sein. Das ist gut und schlimm. Es scheint, als ob mein ganzes Leben durcheinander gewesen ist. Ich habe dies gesehen und bin dann zurückgekehrt in die Dörfer, wo meine Vorfahren gelebt haben. Ich habe gegen das Hexamon gekämpft, habe verloren ...«

»Ja?«

Garabedian hielt die Hände hoch. »Wir sind in vergiftete Gebiete gekommen. Der Boden war wie eine Schlange geworden. Er hat uns gebissen. Wir wurden von Engeln des Hexamons herausgeholt. Sie entschuldigten sich, daß sie uns keine neuen Körper gaben. Ich konnte nicht nach Hause. Da gab es nichts. Ich zog nach Armenien ... Man nennt es jetzt Nordanatolien. Sie sagen: keine Nationen, keine Parteien. Nur Bürger. Ich wurde Bauer und zog eine Familie groß. Die wurde in einem Erdbeben getötet.«

Lanier hatte die vertraute Empfindung, daß in der Magengrube sich etwas senkte. *Man konnte nicht alle retten.*

»Ich habe Pferde gezüchtet und bin zum Schutz gegen die Türken einer armenischen Kooperative beigetreten. Dann machten die Türken Frieden, und wir kämpften gemeinsam gegen einwandernde iranische Bauern, die Opium herstellten. Auch das Hexamon kam dort hinzu und verjagte uns ... Dann gaben sie den Menschen etwas, das Opium nutzlos machte.«

Mirsky sah Lanier an.

»Eine Art von Immunreaktion, Blocker ...«, sagte Lanier. Er wußte sehr wenig über diese Seite der Wiederherstellung. Mirsky nickte.

»Fahr fort!«

»Es ist ein langes Leben gewesen, Pavel. Ich habe gelitten und viele sterben sehen, aber bis jetzt habe ich viel von dem Schmerz vergessen. Ich sehe dich so jung. Bist du es wirklich?«

»Nein«, sagte Mirsky. »Nicht derselbe, den du kennst. Ich habe viel länger gelebt als du, Viktor. Ich selbst habe viel durchgemacht, Triumph und Versagen.«

Garabedian lächelte matt und schüttelte den Kopf.

»Ich erinnere mich an Sosnitsky. Er war ein guter Mensch. Ich habe oft daran gedacht, wie wir ihn in Armenien hätten brauchen können ... Ich, ein Armenier, denke so über einen Weißrussen! Alles ist auf den Kopf gestellt, Pavel, und so ist es geblieben. Ich habe die Türken gehaßt und bin jetzt mit einer Türkin verheiratet. Sie ist klein und braun und hat langes graues Haar. Sie ist keine Stadtpflanze, nicht wie meine erste Frau; aber sie hat mir eine schöne Tochter geschenkt. Ich bin jetzt Bauer und züchte besondere Pflanzen für das Hexamon.«

Lanier dachte an die Frantfarmer auf Timbl, der Heimatwelt der Frants, wie er durch ihre Felder gegangen war, wo biologisch veränderte Arten für den Export in den Weg wuchsen.

»Ist es dies, was du wolltest?« fragte Mirsky.

Garabedian zuckte die Achseln und lächelte ironisch. Er sagte: »Man kann so leben.« Er ergriff Mirskys Linke mit seiner Hand und stieß ihn mit einem vernarbten Finger an. »Du, jetzt mußt du mir erzählen!«

Mirsky sah Lanier mit dummem Gesicht an und sagte: »Diesmal werde ich es in Worten erzählen. Garry, Sie müssen jetzt zu den anderen zurückgehen. Viktor, sag Ser Lanier, bin ich Pavel Mirsky?«

»Du erklärst, daß du nicht genau er bist«, sagte Garabedian. »Aber ich denke, du bist es. Jawohl, Ser Lanier. Dies ist Pavel.«

»Sag es dem Präsidenten!«

»Das werde ich tun«, versicherte Garry.

Mirsky lächelte breit. »Jetzt setz dich hin, Viktor, denn ich bezweifle, daß du glauben wirst, was diesem Jungen aus einer ukrainischen Stadt alles passiert ist ...«

33. KAPITEL

Thistledown City

Nur wenig von der Nexusdebatte fand in Echtzeit statt. Korzenowski und Mirsky beantworteten Fragen und diskutierten das Problem im Detail in einem isolierten Nexuszweig des Speichers von Thistledown City. Lanier ›hörte mit‹ bei der Debatte. Stunden von Argumentation und Informationsaustausch huschten in Sekunden vorbei.

Die Debatte war keineswegs so erschöpfend, wie sie es in einer offenen Sitzung gewesen wäre. Geshels, Neo-Geshels und alle außer den allerorthodoxesten Naderiten beteiligten sich. Im ganzen dauerte es immerhin drei Tage. Es schien mehrere Monate zu währen. Kein einziger Aspekt der Wiederöffnung wurde ausgelassen, und keine Nuance blieb unberücksichtigt.

Es gab Vorschläge solchen Ausmaßes, daß es Lanier schwindelte. Einige Hitzköpfe — wenn man ein Mitglied des Nexus so bezeichnen konnte — wollten, daß der Weg geöffnet und von Jarts gesäubert würde. Danach sollte die menschliche Hegemonie noch weiter getrieben werden und weite Territorien sichern, ehe Jarts oder andere Mächte sie wieder hinausjagen könnten. Andere spotteten über diese grandiosen Pläne. Noch andere, die Hinterlassenschaften von Korzenowskis Kollegen präsentierten, welche seit Jahrzehnten und sogar Jahrhunderten im städtischen Bezirkspeicher geruht hatten, spekulierten darüber, daß der Weg von außen her zerstört werden könnte, ohne Wiederöffnung.

Dies legte zwei Möglichkeiten nahe: Jene, die den Weg auflösen wollten, konnten dies tun ohne das Risiko einer Konfrontation mit den Jarts. Und wenn der Weg wieder aufgemacht würde und die Jarts besiegt wären, könnten diese sich genau rächen durch dessen Zerstörung von außen her. Mirsky verriet noch mehr von seinem Charakter und seinen Fähigkeiten, indem er durch komplizierte Mathematik — Gleichungen, die sogar Korzenowski zum Stirnrunzeln veranlaßten — demonstrierte, daß dies unwahrscheinlich war.

Der Russe schien während der Debatte in seinem Element zu sein. Das Niveau der Diskussion lag gewöhnlich hoch über Laniers Fassungskraft, auch wenn sein Verstand durch geliehene Talente angereichert war — ein Service, dessen er sich vorher noch niemals bedient hatte.

Aber Lanier konnte eines spüren, das den Würdenträgern und Senatoren vielleicht nicht so offenkundig war. Verehrung für den Weg war sogar jenen tief eingeprägt, die vor der Wiedereröffnung zurückschreckten. Der Weg war ihre Welt gewesen, die meisten von ihnen waren in ihm aufgewachsen; und bis zur großen Katastrophe hatten sie keine andere Existenz gekannt. Die Debatte war bei aller Hitzigkeit einseitig. Bald ging es nicht mehr darum, ob man wieder öffnen sollte, sondern was man tun müßte, nachdem der Weg wieder mit Thistledown verbunden wäre.

Sie kamen jetzt in einer physischen Sitzung zusammen, um zu hören, was der Nexus dem Hexamon empfehlen würde. Außerdem sollte darüber abgestimmt werden, ob man die Sache mit Empfehlungen vom Nexus an das Hexamon als Ganzes weitergeben sollte, oder sich bei der Abstimmung auf die *mens publica* beschränken würde, oder auch ein Erziehungsprojekt auf der Erde durchführen und die Abstimmung bis zu dessen Abschluß verschieben sollte, was Jahre dauern könnte.

Lanier ging allein in die Nexus-Kammer. Mirsky, Korzenowski und Olmy waren schon vorausgegangen zu einer Aussprache mit dem Präsidenten vor der Sitzung.

Der Raum war leer bis auf zwei Würdenträger, die sich in dem Kreis gegenüber saßen und Piktogramme austauschten. Lanier stand in einem Zwischengang und war merkwürdig ruhig. Er war sich immer noch nicht ganz im klaren, fühlte aber seit seinem Geständnis gegenüber Mirsky nicht mehr die innere Unruhe und finstere, wirre Erschöpfung.

Er hatte an diesem Tage schon eine mehrstündige Rundfahrt durch die dritte Kammer gemacht und war in der Hauptbibliothek gewesen, wo er früher stundenlang Russisch gelernt hatte und wo Mirsky erschossen und wiedererweckt worden war. Die Bibliothek war seit fünfunddreißig Jahren wieder in Betrieb und war jetzt eine stark frequentierte Institution. Ihre weite Halle mit Piktographen und Sitzen diente oft Hunderten körperlich anwesender Forscher gleichzeitig. Die Bibliothek war ungefähr um die gleiche Zeit erbaut worden wie die Kuppel des Nexus. Was einst monumental, fremdartig und furchterregend ausgesehen hatte — es enthielt ja die Meldung vom Tod der Erde, ehe er eingetreten war —, war immer noch monumental, aber jetzt vertraut und für ihn akzeptabel.

Seine Einstellung hinsichtlich des Sternenschiffs hatte sich gewiß geändert. Er dachte, daß es ihm nichts ausmachen würde, einige Jahre auf Thistledown zu leben. Der schwächere Zug der Rotation des Asteroiden sagte ihm zu. Er war versucht, einige gymnastische Übungen zu machen. Barrenturnen hatte ihn gesund gehalten, als er die Erforschung des Steins unter sich gehabt hatte. Er schaute auf seine krallenartigen Hände und fuhr zusammen bei dem Gedanken, was er sich hatte entgehen lassen ...

Immer noch widersetzte er sich der Idee einer Verjüngung. Er wollte sich mit Karen aussprechen, um zu sehen, ob ihre Bande nicht völlig zerschnitten wären.

Aber er konnte nicht ihre Konferenz unterbrechen, die für sie wichtig war. Außerdem hielt er es nicht für höflich, solange die Debatte noch ziemlich geschlossen war, mit Leuten zu sprechen, die nicht direkt beteiligt waren.

Die Mitglieder betraten die Kammer und nahmen ihre Plätze ein, ohne viel zu sprechen oder zu piktographieren. Die Luft war mit etwas Unaussprechlichem geladen. Geschichte, wie Lanier meinte. Hier waren Entscheidungen getroffen worden, die das Schicksal von Welten verändert hatten. Diesmal stand das Schicksal von mehr als nur Welten auf dem Spiel.

Mirsky und Korzenowski kamen hinter ihm herein und gingen zwischen den Sitzen hindurch. Mirsky lächelte Lanier zu und setzte sich neben ihn. Korzenowski nickte beiden zu und ging weiter nach unten, um neben dem Ausschuß von sechs Männern und Frauen Platz zu nehmen, die derzeit mit dem technischen Ablauf der Dinge in der sechsten Kammer beauftragt waren.

Der Präsident und Premierminister Dris Sandy kamen als letzte herein und nahmen hinter dem Ring für Zeugenaussagen ihre Plätze ein.

Der Premierminister verkündete: »Die *mens* hat ihre Stimme zu dem Vorschlag der Sers Mirsky, Korzenowski, Olmy und Lanier abgegeben.«

Lanier war überrascht, als einer der Vorschlagenden bezeichnet zu sein. Ihn durchfuhr eine Woge von Erregung und nervösem Stolz.

»Jetzt ist es Zeit, dieses Ergebnis durch ein physisches Plebiszit zu bestätigen.«

Lanier sah sich bei den Würdenträgern und Senatoren um, die Hände im Schoß gefaltet. Er wußte nicht, wie die Stimmabgabe erfolgen würde. Würden sie alle ihre Entscheidungen piktographieren, so daß die ganze Kammer wie ein Weihnachtsbaum aufleuchtete?

»Die endgültige Empfehlung dieses Nexus ist zunächst in der *mens* des Nexus bestimmt worden und muß jetzt durch eine mündliche Stimmabgabe bestätigt werden. Jede Stimme wird geprüft und vom Kammersekretär verifiziert werden. Die Stimmen werden zugleich abgegeben. Mitglieder, liegt es in Ihrer Entscheidung, mit dem fundamentalen Antrag der Wiederöffnung des Weges weiterzumachen? Stimmen Sie mit Ja oder Nein!«

Die Kammer war ein Chaos von zustimmenden und ablehnenden Urteilen. Lanier glaubte, eine Mehrheit an Nein-Stimmen zu entdecken, aber das waren offenbar nur seine Nerven. Der Premierminister blickte auf den Sekretär, der hinter dem Zeugenring saß; und dieser erhob die rechte Hand.

»Dem Antrag wurde zugestimmt. Wird es die Empfehlung dieses Nexus sein, den Weg zu öffnen mit der Absicht, ihn endgültig zu vernichten, wie Ser Mirsky beantragt hat?«

Die Mitglieder stimmten dagegen. Ihre Stimmen klangen in der Kuppel wie ein warmes Murmeln.

»Also Nein zu dieser Entscheidung. Der Weg soll offen gehalten werden. Ist es die Entscheidung dieses Nexus', eine Streitmacht zu schaffen mit dem ausdrücklichen Zweck, den Weg zum Wohle des Unendlichen Hexamons und seiner festen Verbündeten zu sichern?«

Die Stimmen schienen lauter zu werden. Lanier konnte nicht sagen, ob jetzt Ja oder Nein führte. Das Ergebnis war sehr knapp, und einige Würdenträger und Senatoren waren ausgefallen. Sie senkten die Köpfe oder lehnten sich zurück mit verzerrten Gesichtern.

»Die Entscheidung ist positiv. Ist es die Entscheidung dieses Nexus', den Antrag mit unseren Empfehlungen einer Vollabstimmung des Terrestrischen Hexamons zu unterbreiten, einschließlich der *mens publica* und der physischen Wähler auf der Erde?«

Wieder sprachen die Stimmen sich einheitlich aus.

»Dieser Plan ist abgelehnt. Ist es die Entscheidung dieses Nexus', ein Stimmergebnis allein von der *mens publica* oder den sieben Kammern von Thistledown und den zwei orbitalen Bezirken einzuholen?«

Und wieder.

Lanier schloß die Augen. Es passierte. Er könnte wieder wirklich in den Schlund des Korridors, des Weges, hinabblicken ... Vielleicht könnte es eines Tages sogar eine Chance geben zu erfahren, wie es Patricia Luisa Vasquez ergangen war.

»Die Entscheidung ist positiv. Die Abstimmung wird allein vor der *mens publica* der drei orbitalen Körper erfolgen. Ser Sekretär, stehen diese Voten mit der Nexus-*mens* in Übereinstimmung?«

»Jawohl, Ser Premierminister.«

»Dann sind die Empfehlungen festgelegt, und der Prozeß der Stimmabgabe wird beginnen. Allen Bürgern der drei orbitalen Körper wird morgen um diese Zeit ein beratender Ausschuß des Nexus' zugehen. Es wird eine Woche individueller Erforschung und Kontemplation geben, wobei alle Information und Zeugnisaussage, die dem Nexus vorliegt, den Wählern zugänglich gemacht wird. Binnen vierundzwanzig Stunden des Endes dieser Woche werden alle Bürger ihre Partiale in der *mens publica* informieren; und eine weitere Periode von vierundzwanzig Stunden wird vergehen, ehe hier eine Abstimmung stattfindet. Die Entscheidung der Bürger des Hexamons wird innerhalb einer Woche vom Nexus ratifiziert werden, und die Ausführung der neuen Politik wird für den Nexus, den Präsidenten und den Premierminister verpflichtend sein. Es ist gesetzlich, daß der Präsident diesen ganzen Prozeß bis zur Dauer eines Monats von achtundzwanzig Tagen hinausschieben kann. Der Präsident hat mich in Kenntnis gesetzt, daß er das Verfahren nicht zu verzögern wünscht. Die Versammlung ist hiermit geschlossen. Ich danke Ihnen allen.«

Ein unübliches Pandämonium brach in der Kammer aus. Lanier sah, wie die Würdenträger und Senatoren einander helle Piktogramme zublitzten, manche zusammenkamen und sich umarmten, während andere in betroffenem Schweigen dastanden. Eine Gruppe konservativ gekleideter Orthodoxer Naderiten drängte zum Präsidenten und zum Premierminister auf dem Podium vor.

Mirsky kniff sich an der Nasenwurzel und sagte ruhig: »Das ist nicht gut. Ich habe den Sack geöffnet, und nun entweichen die Winde.«

»Was werden Sie tun?« fragte Lanier.

»Viel nachdenken. Wieso konnte ich sie nicht überzeugen?«

»Während Ihrer Reise könnten Sie eines in bezug auf Menschen vergessen haben«, meinte Lanier.

»Offenbar. Und was?«

»Wir sind eine perverse Schar von Mistviechern. Sie sind zu uns gekommen wie ein Avatar. Vielleicht mögen sie es nicht, von einem Halbgott Befehle zu empfangen, ebenso wie Menschen auf der Erde nicht gern gerettet werden. Vielleicht schenken sie Ihnen einfach keinen Glauben.«

Mirsky machte ein sehr finsteres Gesicht. Er sagte: »Meine physischen Kräfte sind nicht sehr groß. Ich komme als Katalysator, nicht als Sprengstoff. Aber falls ich versage, liegen schwere Zeiten vor uns.«

Lanier fühlte, wie seine alten Instinkte wieder nach oben kamen. Er sagte: »Dann wenden Sie Judo darauf an und denken Sie an die Kraft, wenn der Weg geöffnet ist!«

»Kraft?« Mirsky richtete seinen gelassenen Blick voll auf Lanier.

»Die soziale Spaltung.« Vielleicht war er doch nicht bloß ein fünftes Rad am Wagen. Er sah, wie sich in seinem Kopf ein verrückter Plan formte.

»Ja?«

»Ich meine, wir sollten mit Olmy zu Suli Ram Kikura gehen.«

»Das ist ein interessanter Gedanke«, sagte Mirsky.

»Vielleicht. Ich muß auch mit meiner Frau sprechen.

Die Erde ist bei der Entscheidung ausgeklammert worden. Da gibt es schon jetzt viel Mißstimmung. Diese könnte explosiv sein, auch wenn es nicht an Ihnen liegt.« Er hatte den Knochen angebissen und hielt ihn fest. Sein Hals schmerzte vor Anspannung. Er rieb ihn langsam mit einer Hand.

»Übernimm die Führung, mein Freund!« sagte Mirsky. »Dieser Avatar beugt sich deinem Urteil.«

34. KAPITEL

Gedächtnis von Thistledown City

Das Tal von Shangri-La lag unter den Mauern des Palastes in schattig smaragdenem Glanz. Berggipfel waren im letzten Licht der Sonne von Gold getönt. Karen packte das kalte steinerne Geländer der Balustrade mit weiß gepreßten Fingern.

Die Konferenz hatte am ersten Tage schief zu gehen begonnen.

Der Streit unter den Delegierten hatte in der City der dritten Kammer angefangen, als man sie zu ihren Apartments führte, die in den unteren Stockwerken eines großen, grauweißen Gebäudes aus dem neunten Jahrhundert der Reise lagen, das wie ein Golfschlagmal aussah. Eine Frau aus Nord-Dakota hatte protestiert, daß ihre Unterkünfte viel zu luxuriös wären. »Meine Freunde zu Hause wohnen in Hütten aus Holz und Stroh. Ich kann nicht wie eine Königin leben.«

Suli Ram Kikura hatte ziemlich arglos angeregt, daß die Quartiere so spartanisch wirken sollten, wie gewünscht wurde. Die aus Nord-Dakota hatte gemeckert: »Vorgetäuschte Elendsquartiere werden den Palast nicht tarnen«, antwortete sie verächtlich.

In einem nahen Park wurde für sie eine Baracke gebaut. Die Verlegung eines Piktoranschlusses und der Bau der Baracke hatten mehr gekostet, als wenn sie einfach in Luxus gelebt hätte; aber man hatte ihre Vorliebe nicht kritisiert. Schließlich konnte das als eine Lektion in Verständnis und Einmütigkeit dienen.

Danach waren die Dispute darüber gekommen, in welchen phantastischen Milieus die Delegierten agieren würden. »Wir können keine dauerhaften Ergebnisse erwarten, wenn wir jeden Kontakt mit der Realität verlieren«, hatte ein männlicher Delegierter aus Indien erklärt. Er hatte dann eine Ausstattung verlangt, die einem Mogulpalast aus dem frühen neunzehnten Jahrhundert ähnlich war. Als keiner der anderen Delegierten damit einverstanden gewesen war, hatte er gedroht, die Konferenz zu verlassen.

Jetzt war er wieder auf der Erde.

Was zunächst einfach und vielversprechend anzufangen geschienen hatte, war schnell mißlich geworden.

Die restlichen Delegierten hatten sich schließlich auf ein passendes Milieu für die Zusammenarbeit geeinigt, eine Kopie von James Hiltons Shangri-La, die für gespeicherte Urlauber aus Thistledown vor Jahrhunderten geschaffen worden war. Nach einigen Stunden waren neue Streitigkeiten ausgebrochen. Zwei Delegierte hatten sich ineinander verliebt und beklagten sich, daß das Milieu ihnen keine sexuellen Beziehungen erlauben wollte.

»Das ist es nicht, weswegen wir *hier* sind«, hatte Karen zu erklären versucht. Sie wurden nicht besänftigt. Suli Ram Kikura hatte energisch darauf hingewiesen, daß das Milieu verändert war, um sexuelle Aktivitäten auszuschließen. Bei diesem Projekt würde die heikel ausgeglichene psychologische Atmosphäre durch eine solche Zulassung Schaden nehmen. Die beiden Delegierten hatten sich mürrisch gefügt, beklagten sich dann aber noch über verschiedene kleinere Dinge.

Karen wurde jetzt klar, daß sie und Ram Kikura dieses Projekt mit viel zu viel Idealismus in Angriff genommen hatten. Das beschämte sie. Sie kannte Menschen zu gut, um so naiv gewesen zu sein. Aber Ram Kikuras Haltung hatte sie tief beeindruckt. Sie hatte das optimistische Herangehen begrüßt und unbewußt wider bessere Einsicht gehofft, daß alles gut ausgehen würde und die Leute schließlich Vernunft annehmen würden ...

Aber auch diejenigen mit den besten Manieren und

Dokumenten waren nur menschlich. Aus der Umgebung herausgerissen, in der sie sich bewährt hatten, waren sie kaum besser als Kinder geworden.

Die ideale Umgebung des City-Gedächtnisses war für Alte Eingeborene allzu verführerisch und deshalb ungeeignet für das, was Karen und Ram Kikura auszuführen hofften.

Außerdem lag in der Luft eine Spannung — sogar in Shangri-La, die sie nicht definieren konnte, die aber dem Erfolg ihres Vorhabens große Hindernisse in den Weg zu legen schien.

Suli Ram Kikura erschien hinter Karen auf dem Balkon und legte ihr eine Hand auf die Schulter. »Ich glaube, es ist Zeit, daß du dich einmal ausruhst.«

Karen lachte. »Dieser Platz ist dafür gemacht, Ruhe zu bieten.«

»Ja, aber für dich ist er nicht richtig.«

»Was sind wir denn eigentlich? Wilde Blüten, die im Gewächshaus verwelken?«

Ram Kikura runzelte die Stirn. Physisch hatte sie sich wenig verändert, seit Karen sie vor vierzig Jahren kennengelernt hatte. Sie war immer noch faszinierend mit ihren auf angenehme Art unregelmäßigen Gesichtszügen und goldbraunem Haar. »Ich habe unter Thistledown nie ein Gewächshaus verstanden.«

»Für diese Leute ist es Shangri-La, auch ohne in das Gedächtnis der Stadt einzugehen. Das hätte ich wissen müssen.«

»Du bist erschöpft.«

»Ich bin wahnsinnig — zum Donnerwetter!«

»Es war ein Fehler, ist aber nicht deine Schuld.«

»Nein, aber ich *hoffte* so sehr, daß du recht haben würdest und wir sie alle hier zusammenbringen … und eine Konföderation bilden könnten. Das war ein so wunderschöner Plan, Suli. Wie konnte er so bald schiefgehen? Wir haben es ihnen erklärt … Sie benehmen sich wie Kinder.«

Ram Kikura lächelte bitter. »Vielleicht kennen sie das, was sie brauchen, besser als wir. Ich wollte die Dinge forcieren. Wie ein Elternteil, das zusieht, wie ein Kind mit Spielsachen umgeht... und ihm beizubringen sucht, wie man schneller erwachsen wird.«

»Das ist nicht fair...« Karen brach im Satz ab. Daß die Delegierten mit Kindern verglichen wurden, machte sie wütend. Sie fühlte sich mit diesen Alten Eingeborenen eng verbunden... Sie war selbst eine, natürlich. »Die meisten von ihnen haben die Hölle durchgemacht.«

»Vielleicht haben sie dies als eine Art Urlaub aufgefaßt«, deutete Ram Kikura an. »Und wir waren ihre Fremdenführer. Wir haben sie dadurch enttäuscht, daß wir so herrschsüchtig gewesen sind.«

Wider Willen mußte Karen lachen. *Sie ist wirklich meisterhaft trotz aller Naivität, die sie — wir — gezeigt haben.* »Was tun wir nun also?«

»Ich habe noch genug Kraft für einen neuen Versuch. Aber du, liebe Karen, bist am Ende der Fahnenstange angelangt.«

»Ich muß es tun. Ich will ihnen einen Tritt geben.«

»Du mußt auch eine Pause einlegen. Wir befinden uns in dieser Umgebung schon seit einer objektiven Periode von zehn Stunden. Geh in dein Apartment zurück.«

»Zurück in meinen Körper. Aus dem Traum heraus.«

»Genau. Heraus aus dem Alptraum. Und gönn dir eine echte Ruhe im eigenen Kopf. Eine natürliche Ruhe ohne Obertöne des City-Gedächtnisses.

»Wie könnte dies hier nicht geruhsam sein?« fragte Karen nachdenklich. Die Sterne kamen über ihnen heraus, so scharf und real, wie sie sie je auf der Erde gesehen hatte. Die nächtlichen Winde dufteten nach Jasmin und Geißblatt.

»Bist du einverstanden?« fragte Ram Kikura.

Karen nickte.

»Dann geh jetzt! Ich werde es dir melden, wenn sich etwas verbessert. Andernfalls werde ich mit dieser ganzen Scharade Schluß machen und sie alle zu ihren Körpern zurückschicken. Wir werden sie wieder zur Erde eskortieren und dann mit der ganzen Planung von vorn anfangen.« Sie zog die Brauen hoch und neigte den Kopf zu Karen hinunter. »In Ordnung?«

»Ja. Ich ... Wie komme ich zurück?«

»Rote Pumps, meine Liebe. Denk an den Code!«

Karen sah auf ihre Füße. Anstatt weicher Wildlederstiefel trug sie jetzt rote Pumps. Sie schlug sie aneinander und sagte: »Es gibt keinen Ort wie die Heimat.«

Ram Kikura verschwand.

Eine objektive Stunde später legte Karen in ihrem derzeitigen Apartment einen seidenen Kimono an, den ihr vor dreißig Jahren eine Gruppe Überlebender in Japan geschenkt hatte. Dann legte sie sich auf einer Couch auf den Rücken mit einem Glas kühlen Thistledown Chardonnay, während im Hintergrund leise ein Quartett von Haydn *ohne* Piktorbegleitung erklang. Die Ausstattung des Apartments war so umgestaltet, daß es wie eine offene Terrasse wirkte, die den Strand einer tropischen Insel überblickte. Über den weiten, strahlend blauen Himmel zog der Rauch eines Vulkans, dessen Fahne sich mit Ballen weißer Wolkenköpfe mischte. Warme, salzige Brisen spielten über ihrem Korbsessel.

Sie hätte das City-Gedächtnis nie verlassen können, so vollständig war die Illusion; aber da war eine gewisse Sensation, ein *Wissen,* daß ihr Körper getäuscht und gereizt wurde und nicht bloß ihr Geist. Das war eine strittige Unterscheidung. So viele Unterscheidungen waren strittig auf Thistledown.

Wir sind alle solche Kinder! dachte sie, nippte an ihrem Glas und betrachtete den fernen Vulkan. *Vielleicht hat Garry recht, wenn er alles hinschmeißt und das Alter auf sich zukommen läßt. Vielleicht sind wir nach vierzig Jahren alle ausgebrannt, und er ist als einziger ehrlich.*

Der Zimmerdienst läutete melodisch. Sie lehnte sich zurück und sagte lässig: »Ja?«

»Zwei Männer möchten mit Ihnen sprechen, Ser Lanier. Der eine ist Ihr Gatte, und der andere ist Pavel Mirsky.«

Sie fuhr unwillkürlich zusammen. *Wenn man vom Teufel spricht ...* »Stell die Inseln ab und gib mir die Standardeinrichtung!« Veranda, Strand, Vulkan und Ozean verschwanden und wurden durch ein kleines, in klassischer Hexamon-Kargheit ausgestattetes Zimmer ersetzt. »In Ordnung.«

Garry erschien mitten im Raum. »Hallo, Karen!«

»Wie geht es dir?« Sie befingerte ihr kühles Weinglas, gleichzeitig erfreut, ihn zu sehen — sie hatte ihren Kummer nicht überwunden —, und seltsam irritiert. Aber ihr stilles Zerwürfnis existierte schon so lange, daß sie ihn nicht ihre Emotionen wissen lassen wollte. Das war *ihr* Panzer.

»Mir geht es gut. Ich habe an dich gedacht.«

»Ich habe mich gefragt, ob du hier oben wärest«, sagte sie abwehrend und bemüht, ihre Stimme weich zu halten.

»Ich wollte schon vorher mit dir reden, mochte aber nicht eure Konferenz stören.«

»Also bitte.« Ihr kam ein Bild in den Sinn von jemand, der sie jetzt ähnlich zu sein wünschte: Bette Davis, die amerikanische Schauspielerin des frühen zwanzigsten Jahrhunderts, kühl und zänkisch, gewappnet, aber begehrenswert. Aber das würden die Piktographen für sie nicht schaffen.

»Wir müssen mit Suli Ram Kikura sprechen.«

»Sie befindet sich noch im City-Gedächtnis und hindert die Hühner daran, aufeinander einzuhacken.«

»Probleme?«

»Garry, es läuft nicht gut.« Sie schaute von dem Bild

weg und merkte, daß sie ihren Finger *im* Wein stecken hatte. Sie zog ihn heraus und setzte das Glas ab. »Ich ruhe mich aus. Was ist mit Mirsky? Was geht da vor?« Da war also doch die Neugier herausgeplatzt.

»Hast du die Verhandlungen im Nexus verfolgt?«

Sie schüttelte den Kopf.

»Es wird sehr große Schwierigkeiten geben.« Er erklärte die Situation.

Die Zeit war gekommen, die Gangart zu wechseln. Dies war kein reiner Privatbesuch. Aber der Wechsel kam nicht so leicht. »Das klingt überhaupt nicht nach dem Nexus. Ohne die Erde zu konsultieren?«

»Mirsky hat uns einige erstaunliche Dinge erzählt«, sagte Lanier. »Offen gesagt, mag ich es nicht, wenn der Nexus sein Ersuchen ablehnt. Ich halte es für eine sehr schlechte Idee, den Weg wieder zu öffnen und offen zu lassen.«

»Suli hat seine Geschichte nicht gehört?«

»Nein.«

Sie dachte rasch nach und ließ ihre Konflikte einstweilen in der Schwebe. Sie waren fast wieder ein Team, das gemeinsam an einem Problem arbeitete. Irgend etwas hatte sich mit ihrem Gatten verändert. Was hatte Mirsky ihm — ihnen allen — angetan? »Sehr wohl. Ich werde sie im City-Gedächtnis erreichen und ihr sagen, daß es dringend ist. Dann werde ich eine Zusammenkunft ansetzen. Wo bist du?«

»Unterkünfte in der Nexus-Kuppel.«

»Mirsky ... ist er wirklich Mirsky?«

»Ja.«

Diese eindeutige Antwort ließ keine Diskussion zu. Sie kannte Lanier gut genug, als daß sie dächte, er hätte leichtfertig ein solches Urteil gefällt. Irgendwie zu ihrer Überraschung stellte sie fest, daß sie noch immer dem Urteil ihres Gatten in solchen Angelegenheiten traute ... vielleicht auch in vielen anderen Dingen. Warum war das überraschend? Garry war ihr nicht unsympathisch, sie mochte ihn nicht für immer verlieren. Ihre Zwietracht und Trennung gründeten sich bestimmt nicht auf Mißtrauen oder Widerwillen.

»Das ist dann also ein sehr großes Ding.« Eine Note von Erstaunen und Spekulation schlich sich in ihre Stimme.

Lanier sagte: »Das ist es wirklich. Und Karen ... ich möchte nicht, daß unsere Probleme dabei verloren gehen.«

Sie errötete. »Was meinst du?«

»Ich muß auch über andere Dinge sprechen.«

»Oh?«

»Wenn die Zeit gekommen ist.«

»Fein«, sagte sie knapp.

»Ich liebe dich«, sagte Lanier, und sein Bild verschwand.

Völlig gegen ihren Willen und zu ihrer eigenen Überraschung stockte ihr Atem, und sie mußte sich anstrengen, nicht in Tränen auszubrechen. Es war Jahre her, seit er ihr das gesagt hatte.

»Verdammt soll er sein!« sagte sie.

35. KAPITEL

Rhita

Ehe die Erinnerung an ihre Gefangennahme völlig verloren ging, ausgebleicht von der falschen Sonne von Rhodos, fragte sie den Jüngling: »Wo sind meine Freunde?«

»Gut aufgehoben«, antwortete er. Sie versuchte vergeblich, mehr aus ihm herauszubekommen. Ihre Gedanken waren auf bestimmte Kanäle eingeengt. Während sie sich quälend bewußt war, daß dieser Ort nicht stimmte, zwang sie sich zu dem Gedanken: *Ich bin nicht frei.* Sie fühlte einen Schauder des Entsetzens. Sie konnte sich nicht mehr unter dem Volk ihrer Großmutter befinden. Die Sophē würde ihr von solchen Schrecken erzählt haben ...

Wer hatte es sonst getan?

Sie verstand nicht, wie es so etwas geben konnte. Wie konnte sie irgendwo sein und doch nicht? Dies war kein Traum, wenn auch sehr ausgefallen. Es fühlte sich nicht wie ein Traum an. Was auch immer es war, sie zogen es aus ihr heraus, aber es gehörte ihr nicht. Sie hatte keine Macht darüber.

Sie ging durch das Steinhaus, in dem Patrikia gewohnt hatte. Ihre bloßen Füße streiften mit jedem Schritt über den Fliesenboden. Sie schaute in dieses Zimmer, dann in das nächste. Sie hatte den Eindruck, daß sie mehr über die Sophē wissen wollten, hatte aber keine Lust, es ihnen zu sagen. Oder auch zu zeigen. Sie sperrte ihre Großmutter aus dem Verstand aus. Wie lange würde sie das tun können? Sie schienen sehr stark zu sein.

Rhita beschloß, den Jüngling zu ignorieren. Er beantwortete ihre Fragen nicht vollständig. Es gab keine Möglichkeit herauszufinden, ob das wenige, was er ihr sagte, der Wahrheit entsprach.

Ein Ansturm von Wut und wirrem, konfusem Denken ließ ihre Vision dunkel werden und Patrikias Bibliotheksraum verblassen. Als sich ihr Blick wieder klärte, lagen die Objekte um sie herum auf dem Boden, das Schlüsselbein war in seinem Holzkasten zu sehen.

»Dies ist ein Gerät, um von dem Weg in andere Welten zu gehen. Du hast unsere Aufmerksamkeit geweckt, indem du es beim Tor benutzt hast.«

Rhita blickte über die Schulter, um den Jüngling hinter ihr anzusehen. Sein Gesicht war noch undeutlich.

»Woher hast du das bekommen?« fragte er.

»Das weißt du doch schon.«

»Woher hat deine Großmutter es bekommen?«

Sie schloß die Augen und sah immer noch das Schlüsselbein vor sich. Sie fühlte die unbeantwortete Frage.

»Wir werden dich nicht foltern«, sagte der Jüngling. »Wir brauchen deine Information, um dich dahin zu bringen, wohin du willst.«

»Ich will nach Hause«, sagte sie leise. »In meine wirkliche Heimat.«

»Du hast dieses Gerät nicht gemacht. Deine Großmutter hat es nicht gemacht. Deine Welt hat für solche Dinge keine Verwendung. Wir möchten wissen, wie es hierher gekommen ist. Habt ihr einmal mit dem Weg kommuniziert, vielleicht weit zurück in der Geschichte?«

»Meine Großmutter. Das habe ich dir gesagt.« *Was hatte sie ihnen erzählt? Und wie oft?*

»Ja, wir glauben dir.«

»Dann frage mich nicht immer und immer wieder!« Sie wandte sich dem Burschen zu. Wieder trübte Ärger ihr Sehvermögen. Jedesmal, wenn sie wütend wurde, schienen sie mehr zu erfahren; aber sie versuchte gar nicht ernstlich, etwas vor ihnen zu verbergen. Sie vermutete, daß sie keine Fakten verheimlichen konnte, wenn sie imstande waren, sie denken zu machen, sie wäre auf Rhodos, wenn sie das nicht war. *Ich sollte vor Angst beinahe tot sein.*

»Du hast keinen Grund zur Angst. Du bist nicht tot, und du bist nicht verletzt.«

Plötzlich wurde das Gesicht des jungen Mannes deutlich, als ob ein Schatten — nicht von Dunkelheit, sondern von Unwissenheit — weggegangen wäre. Er hatte regelmäßige Gesichtszüge, dunkle Augen, schwarzes Haar und den Anflug eines Bartwuchses. Er hätte ein Strandjunge auf Rhodos sein können. »Ich nehme diese Gestalt an, weil du mit uns nicht vertraut bist.«

»Du bist nicht menschlich?«

»Nein. Wir treten in vielen verschiedenen Formen auf, anders als deine Leute. Wir sind alle vereint, aber ...« — er grinste — »... anders. Also akzeptiere mich bitte in dieser zur Zeit angenehmeren Gestalt!«

Sie schienen die Taktik geändert zu haben. Vielleicht hatten sie auch gelernt, wie sie ihre Täuschung überzeugender gestalten könnten. Rhita wandte sich von ihm und der Vision der Objekte ab. »Bitte, laß mich in Ruhe! Laß mich heimkehren!«

»Ich will dir die Wahrheit nicht verhehlen. Deine Heimat unterliegt jetzt Veränderungen, um sie leistungsfähiger zu machen.«

Rhita blickte auf ihre Hände. Sie wollte erzittern, konnte es aber nicht. Wohl aber konnte sie noch mehr Wut empfinden. Sie nahm sich zusammen. »Ich weiß nicht, was du meinst.«

»Wir haben eure Erde mit Beschlag belegt. Ich denke, es ist Zeit, diese Verstellung aufzugeben und einander näher bekannt zu machen. Bist du darauf vorbereitet?«

»Ich ...«

»Laß mich erklären. Dies ist eine Art Wachtraum, den

unsere Forscher bewirkt haben, um dich sanft in dein neues Leben einzuführen. Ich bin ein höherer Funktionär unter den Forschern. Ich bin gerade angekommen, um mit dir zu sprechen. Bis jetzt hast du mit einem Beamten niederen Ranges gesprochen. Ich kenne euer Volk besser als er. Ist das klar?«

»Ich denke schon«, sagte Rhita.

»Du bist einige Jahre eurer Zeit in diesem Zustand gewesen. Da du uns auf keine Weise schaden kannst und da wir vorerst genug Information von dir haben, brauchen wir uns nichts vorzumachen. Darum habe ich beschlossen, dich erwachen zu lassen. Wenn du bereit bist, wirst du imstande sein, deinen realen Körper zu benutzen, und die Umgebung, die du siehst, wird real sein. Verstanden?«

»Ich will nichts von all diesem«, sagte sie. *Jahre?* Es dauerte einen Moment, bis das eingesickert war. Die Verzweiflung, die sie durch ihre Gedanken sich ausbreiten fühlte, war finster und frostig. Sie dachte, sie hätte ebenso gut tot sein können seit dem Augenblick, da sie das Flugzeug bestieg, vielleicht seit dem Augenblick, da sie Rhodos verlassen hatte. Sie — und Patrikia — hatten eine wahre Büchse der Pandora geöffnet. Sie hatte immer noch keine Idee, was herausgekommen war. *Jahre.*

Ich bin zu jung. Wie hätte ich wissen können? Patrikia wußte nicht. Ist die Welt auch tot?

Die kalte Erregung verging, und sie fühlte eine Reihe kleiner Schmerzen. Die Illusion von Rhodos und Patrikias Haus verblaßte. Sie öffnete die Augen und fand sich auf einer harten, warmen Fläche liegen unter einem aschenfarbenen Lichtquadrat. Das Licht wurde langsam schwächer. Ihre Haut fühlte sich wund an, als ob sie mit Sand abgerieben wäre. In der Tat sahen ihre Arme von Sonnenbrand gerötet aus.

Ein Schatten in menschlicher Gestalt stand eben außerhalb der Reichweite des Lichts. Sie beide umgab eine olivfarbene Dunkelheit von der Tönung eines Traumes, ehe er begonnen oder nachdem er geendet hat. Sie fühlte sich nicht gut.

»Mir ist schlecht«, flüsterte sie.

»Das wird vergehen«, versicherte ihr der Schatten.

»Bist du ein Jart?« fragte sie und versuchte, sich aufzusetzen. Sie hatte diese Frage bisher noch nicht gestellt, weil sie hoffte, nie der Antwort zu bedürfen. Jetzt hatte sie keine Hoffnung mehr und sah sich dem Schatten gegenüber.

»Ich habe versucht herauszubringen, was dieses Wort bedeutet. Es ist möglich, daß wir welche sind; aber du bist nie Jarts begegnet und ebenso wenig deine Großmutter, die dir von ihnen erzählt hat. Das Wort hat nichts mit uns zu tun. Die Menschen, welche deine Großmutter anscheinend gekannt hat, konnten unseren wahren Namen nicht ausgesprochen haben ... Sie haben vielleicht einen Namen gekannt, der von anderen benutzt wurde, die nicht menschlich waren. Die Antwort kann auf jeden Fall positiv sein.«

»Sie erzählte mir, daß ihr gegen Menschen gekämpft habt.«

Die Gestalt im Schatten gab darauf keine direkte Antwort. »Wir sind viele und verschiedenartig und wir können nach Wunsch unsere Gestalten und Funktionen wechseln.«

Rhita fühlte sich besser, physisch und vielleicht sogar psychisch. Die Verzweiflung schwand mit einer seltsamen Empfindung heißen Schauders, der mit dem Glühen über ihr abnahm, das jetzt zimtfarben war. Andere Lichter erschienen undeutlich und beruhigend in der olivdunklen Dämmerung.

»Bin ich auf der Erde?«

»Du bist in dem, was du den Weg nennst.«

Ihr Atem stockte, und sie unterdrückte ein Stöhnen. Das sagte ihr nichts und alles. Konnte sie ihnen glauben? »Sind meine Freunde am Leben?«

»Sie sind hier bei dir.«

Das fand sie ausweichend.

Sie fragte noch einmal: »Sind sie *lebendig?*«

Der Schatten trat vor, und sein Gesicht geriet in einen Nimbus aus Licht. Sie fuhr zurück und fühlte sehr stark, daß dies kein Traum und keine Illusion war, sondern etwas Physisches. Das Gesicht war männlich, aber ohne ausgesprochenen Charakter, mit glatter Haut und schmalen Augen. Kein Gesicht, das man sich in einer Menge zweimal anschauen würde. Es war weder gottgleich, noch irgendein schreckliches Monstrum. Er trug eine Jacke und Hosen, wie sie ähnlich die Soldaten angehabt hatten, mit denen sie gereist war ... vor Jahren, falls das nicht gelogen war.

»Möchtest du mit ihnen sprechen?«

»Ja«, sagte sie und atmete rascher. Sie hielt sich die Hand ans Gesicht. Das fühlte sich gleich an. Sie hatte sich nicht verändert. Warum sollte sie so etwas erwarten? Weil der, der sie gefangen hatte, menschlich aussah?

»Sie alle?« fragte der Jart.

Sie blickte kurz nach unten und bewegte die Lippen. Dann sagte sie: »Demetrios und Oresias.«

»Gib uns bitte ein wenig Zeit! Wir kümmern uns um alles.«

36. KAPITEL

Thistledown

»Ich hatte nicht erwartet, Sie wiederzusehen« piktographierte Suli Ram Kikura an Olmy. Ihre Symbole waren kühl blau und grün. Olmy lächelte geheimnisvoll und folgte Korzenowski und Mirsky in das Gebiet für körperliche Zusammenkünfte, das für Ram Kikuras Gemeinschaftsprojekt reserviert war. Entsprechend der häuslichen Umgebung der Terrestrier war der Raum als industrielles Sitzungszimmer aus der Mitte des zwanzigsten Jahrhunderts ausgestattet — nüchterne Sessel aus Metall und Holz, ein langer hölzerner Tisch, kahle cremefarbene Wände und ein Bildschirm an einem Ende. »Verzeihen Sie die primitiven Verhältnisse!« entschuldigte sich Ram Kikura in gesprochenen Worten.

»Das bringt Erinnerungen zurück«, sagte Lanier und bemerkte die Kälte zwischen der Advokatin und Olmy. Olmy schien es nichts auszumachen, aber Lanier hatte ihn sowieso nie in Verlegenheit gesehen. »Ich habe viele lange Stunden in Räumen verbracht, die ausgesehen haben wie dieser.«

»Unsere Gäste von der Erde befinden sich noch im City-Gedächtnis. Wir versuchen, einem völligen Fiasko vorzubeugen«, sagte Ram Kikura. »Karen wird in ein paar Minuten zu uns kommen. Nach dem, was sie mir erzählt, haben sich einige scheußliche Alliancen in den letzten Tagen gebildet. Der Nexus hat beschlossen, den Weg wieder aufzumachen?« Sie vermied ausdrücklich, Olmy in die Augen zu sehen.

Korzenowski stand bei einem Sessel und befingerte ihn mit verwirrter Miene. »Ja«, sagte er und riß sich mit einem schnellen Zwinkern aus seiner kurzen Träumerei.

»Eine Empfehlung des Nexus, die noch einer Abstimmung des Hexamons bedarf. Nur Bezirke und Thistledown.«

»Ich nehme an, sie beziehen sich auf die Wiederherstellungsgesetze. Die hätten wir schon vor Jahren aus den Verfassungswerken tilgen sollen.« Ram Kikura schien Lanier radikaler und bitterer zu sein als bei ihrer ersten Begegnung. Alter und Wiederherstellung hatten zwar auch bei ihr Spuren hinterlassen, aber sie wirkte nicht älter als beim ersten Mal. Sie hatte ihren Stil und ihr Aussehen in den vergangenen vier Jahrzehnten großteils unverändert bewahrt.

Olmy machte langsam, geschmeidig wie ein Löwe, eine ganze Runde um den Tisch. »Sie haben die Geschichte von Ser Mirsky zur Kenntnis genommen?«

Ram Kikura nickte. »Soweit sie mich interessiert. Sie ist abstoßend.«

Mirskys Augen weiteten sich in Überraschung. »Abstoßend?« fragte er.

»Die äußerste Besudelung. Die äußerste Lästerung. Ich bin im Weg geboren worden und aufgewachsen, und jetzt ...« Sie sah aus, als ob sie ausspeien wollte. »Den Weg wieder aufmachen und offenzuhalten, ist mehr als Torheit. Es ist böse.«

»Wir wollen nicht ins Extreme gehen«, sagte Korzenowski sanft.

Ram Kikura sagte: »Ich bitte den Ingenieur um Entschuldigung.«

»Sie sind hartnäckig schrill«, piktographierte Olmy ihr privat zu. Sie wandte sich ihm mit einem steinernen Blick zu. »Diese Männer sind hier, um Sie um Hilfe zu bitten. Auch ich. Es hat keinen Sinn, selbstgerecht zu sein, ehe Sie wissen, was wir benötigen. Oder was wir glauben.«

Diese Mitteilung dauerte einen Wimpernschlag. Lanier wußte nur, daß Olmy mit ihr Piktogramme gewechselt hatte. Er befand sich natürlich nicht in der Visierlinie und hielt sich ohnehin nicht für fähig, so etwas zu übersetzen. Ram ließ die Schultern hängen und starrte auf den Teppich. Mit geschlossenen Augen holte sie tief Luft.

»Meine Entschuldigung. Ser Olmy erinnert mich an meine Manieren. Ich pflege bei diesen Dingen zu leidenschaftlich zu sein. Daß ich die Folgen des großen Todes gesehen habe, hat mir einen nachhaltigen Eindruck davon gegeben, zu was eure Hybris fähig ist.«

»Bitte bedenken Sie, daß ich mich bis jetzt der Wiederöffnung des Weges widersetzt habe«, sagte Korzenowski. »Aber der Druck auf das Hexamon ist ungeheuer. Und die Rückkehr von Ser Mirsky ...«

»Entschuldigen Sie mich, Ser Korzenowski!« fuhr Mirsky dazwischen. »Ich möchte wissen, warum sie meine Geschichte abstoßend nennt.«

»Sie sagen uns, daß der Weg unser Universum wie eine Schlange verstopft«, erklärte Ram Kikura.

»Nicht genau. Das macht ein von unseren sehr fernen Nachfahren ausgeführtes Projekt schwieriger, vielleicht sogar unmöglich. Aber den Weg selbst halten diese Wesen nicht für ›abstoßend‹. Sie betrachten ihn mit Erstaunen. Daß eine so winzige Gemeinschaft, die zwischen Welten reist, noch im Bereich der Materie eingeschlossen, so viel in so kurzer Zeit vollbringen sollte ... das hat es noch nie gegeben. Konstrukte, die dem Weg ähnlich sind, gibt es in anderen Universen; aber keine davon wurden von Wesen auf so frühem Entwicklungsstand geschaffen. Für unsere Nachkommen ragt der Weg heraus wie einst in unserer Geschichte die Pyramiden oder Stonehenge. Wenn es nach ihnen ginge, würde er als strahlendes Monument im alten Glanz bewahrt werden. Aber das ist nicht möglich. Er muß auf eine besondere Weise demontiert werden ... und das kann nur hier beginnen.«

Ram Kikuras Ärger mäßigte sich. Sie sah Mirsky mit tiefem Interesse an und fragte: »Sie interessieren sich nicht für unsere kleinkarierte Politik?«

Mirsky klopfte mit den Fingern auf den Tisch — ein Zeichen von Ungeduld, das Lanier interessant fand. »Politik ist nie kleinkariert für diejenigen, die darin stekken. Ich bin nur insoweit betroffen, als Politik den Weg für immer abbauen könnte.«

Karen kam in den Konferenzraum und trat heran, um ihren Gatten zu küssen. Der Kuß war nur kurz, aber offenbar ehrlich. Sie schien ihm mitzuteilen, daß es nicht nötig wäre, jetzt persönliche Probleme in den Vordergrund zu rücken. Nichtsdestoweniger ergriff er ihre Hand und drückte sie.

»Die Zeit ist knapp«, sagte er und verschränkte seine Finger fest mit den ihren. Er biß die Zähne zusammen, und sie sah sich um, was die anderen daraus machen würden, und merkte sofort, daß soziale Nuancen und Spekulationen niemanden besonders interessierten.

Lanier lockerte seinen Griff nicht. »Ser Korzenowski?«

»Der Weg könnte in weniger als sechs Monaten geöffnet werden. Ich fürchte, daß die Geschichte von Ser Mirsky einen Keil in den Nexus getrieben hat, und die Neo-Geshels diesen Keil benutzt haben, um einen breiten Schlitz zu öffnen. Der Nexus wird zu einem permanenten Wiederöffnen raten. Niemand bezweifelt, was dann passieren wird — falls die Jarts uns nicht erwarten, meine ich. Es wird eine Flut bürokratischer Anordnungen für Unternehmer geben — Genehmigungen zur Öffnung von ›Test‹-Toren, von denen einige natürlich Talsit-Konzessionen nach sich ziehen würden ... Und wenn wir mit den Talsits wieder Handelsbeziehungen eingehen, werden wir das Tor niemals schließen. Die Talsits sind verdammt reizvolle Geschäftsleute, und außerdem *benötigen* viele Bürger des Hexamons ihre Waren gerade jetzt dringend. Da herrscht eine verzweifelte Stimmung ... Ser Olmy?«

»Auch Naderiten genießen ihre Langlebigkeit«, sagte Olmy. »Binnen zehn Jahren werden Millionen ihre Körper aufgeben und im City-Gedächtnis gespeichert werden ... oder sterben. Naderiten mögen es nicht, im City-Gedächtnis dauernd zu leben. Sie sind für künstliche Lebensverstärkungen; aber das City-Gedächtnis ist eine Art Gehenna, eine Vorhölle für die Orthodoxen.«

»Das klingt für mich reichlich heuchlerisch«, sagte Lanier trocken.

»Natürlich, das ist es auch«, sagte Korzenowski.« Im City-Gedächtnis werden Komitees aus Partialen gebildet, um die Möglichkeit zu untersuchen — so werden alle Neo-Geshels es nennen —, daß Jarts den Weg wieder in Besitz nehmen. Falls diese mit Ser Olmy übereinstimmen, könnten sie die Wiederöffnung verzögern, bis eine angemessene Verteidigung installiert ist — vielleicht sogar eine brauchbare Herausforderung.«

»Mein Gott!« sagte Karen. »Sie würden wieder mit den Jarts kämpfen?«

»Sie zeigen sich sehr optimistisch«, bemerkte Korzenowski finster.

Lanier fragte: »Was wäre, wenn die Jarts schon da sind und auf uns warten?«

Korzenowski zog eine Grimasse. »Einen solchen Alptraum habe ich in den letzten Tagen öfters gehabt. Ich habe im City-Gedächtnis Partiale, die alle Planungsbesprechungen abhören. Und ich muß mich an der Verteidigung des Hexamons beteiligen, wenn es mir befohlen wird ...«

»Wie können wir uns selbst verteidigen?« fragte Karen.

Korzenowski sagte: »Es galt als ein streng gehütetes Geheimnis. Aber auch die tiefsten Geheimnisse können freigegeben werden, wenn die herrschenden Mächte es für angebracht halten. Wir haben in Thistledown ungeheuer starke Offensivwaffen gelagert. Die waren für reine Verteidigung zu plump und in den Festungen des Weges nutzlos. Aber kein militärischer Planer gibt Waffen auf, die eines Tages von Nutzen sein könnten ... Also wurden sie in den Wänden des Asteroiden aufgehoben. Alt, aber immer noch wirkungsvoll und tödlich.«

Ram Kikura bedeckte Nase und Mund mit Händen in Gebetshaltung und schüttelte den Kopf. »Stern, Schicksal und Geist«, murmelte sie. »Ich wußte das nicht. Den Leuten hat man gesagt ...«

»Alle Politiker lügen«, bemerkte Mirsky, »wenn es politisch zweckmäßig ist. Das Volk verlangt das von ihnen.«

Lanier war blaß geworden. »Waffen?«

»Überbleibsel vom letzten Jart-Krieg, gestapelt in den Geheimkammern von Thistledown«, erläuterte Olmy.

»Sind sie die ganze Zeit dagewesen? Schon als wir ankamen?« fragte Lanier.

Olmy und Korzenowski nickten. Ram Kikura beobachtete Laniers Reaktion mit grimmiger Ironie.

»Wie, wenn wir sie gefunden hätten ...?« Er beendete seine Spekulation nicht.

»Der Tod wäre auf jeden Fall eingetreten«, sagte Korzenowski mit einer Handbewegung, irritiert über diese Ablenkung. »Selbst wenn die Jarts sich im Weg befinden, können wir zumindest einen ›Brückenkopf‹ bilden. So nennt man das wohl strategisch.«

»Sofern sie nicht über unsere alten Technologien hinaus Fortschritte gemacht haben«, sagte Ram Kikura bitter.

»Tatsächlich. Auf jeden Fall habe ich eine Nexus-Order gegeben, technische Hilfe zu leisten. Das kann ich nicht verweigern. Ich hatte meine besonderen Forschungsprivilegien zu lange, um jetzt den Neuling zu spielen. Unser Problem besteht darin, wie man den Kollektivgeist des Hexamons verändern kann ...«

Ram Kikura sagte: »Gehen Sie durch den ganzen Nexus, wenden Sie sich direkt an alle Bürger, einschließlich der Terrestrier!«

»Ohne die Erde würde eine hinreichende Mehrheit der Wiederöffnung zustimmen«, sagte Lanier. »Wir haben Meinungsforschung betrieben. Oder vielmehr Ser Olmy hat das getan.«

»Schließen sie die Erde aus, weil sie zu unwissend ist?« fragte Karen.

»Zu provinziell und zu selbstbezogen«, sagte Korzenowski. »Was sie natürlich auch ist ... Aber die Prozedur ist irregulär. Man könnte die Drohung einer Begegnung mit Jarts stärker hervorheben ... Sogar die Existenz der Waffen könnte benutzt werden, um die *mens publica* zu überzeugen, gegen die Empfehlung zu stimmen. Ser Ram Kikuras Verdacht, daß die Jarts gegenüber uns Fortschritte gemacht haben, könnte ein nützliches Gegenargument ergeben. Und ich denke, ehe die Empfehlung gemacht wird, können wir juristisch dagegen einschreiten mit der Begründung, daß kein Segment des Hexamons vom Wahlrecht ausgeschlossen werden dürfte.«

Mirsky hatte in einem Sessel des Konferenzraumes Platz genommen. Er faltete vor sich die Hände, hob dann die Arme über den Kopf und sagte: »Eine delikate Aufgabe. Ohne Zweifel ist Garry klar, wie delikat sie ist.«

Karen sah ihren Gatten an.

Lanier beschloß, die russische Vertraulichkeit mitzumachen. »Pavel sagt, daß der Weg demontiert werden muß.«

»Und wenn das nicht geschieht?« fragte Ram Kikura.

»Es wird dazu kommen«, sagte Mirsky. »So oder so. Ich hatte nicht mit solchen Schwierigkeiten gerechnet. Auch mit einem besseren Verstand, als ich jetzt habe. Falls ich mich irre, werden die Folgen beachtlich sein ...«

»Ist das eine Drohung?« fragte Ram Kikura.

»Nein. Es ist eine Gewißheit.«

»Wie beachtlich?«

»Ich weiß nicht. Ich habe die Pläne für die Eventualitäten nicht gemacht. Ich würde sie in meiner gegenwärtigen Form wahrscheinlich auch ohnehin nicht verstehen.«

»Zu viele Fragen«, sagte Korzenowski traurig. »Ser Mirsky, wenn Ihre Geschichte publik gemacht wird ... Wie viele unserer Bürger werden Ihnen glauben und wie viele werden denken, daß Ihre Erscheinung hier ein Trick der Orthodoxen Naderiten ist, um uns an die Erde gebunden zu halten?«

»Ich kann nicht überzeugender sein, als ich es jetzt bin«, sagte der Russe und entspannte sich. »Glauben *Sie* nicht an mich?« Er sah sich in der Gruppe um, die dikken Augenbrauen fragend hochgezogen.

Karen, für die diese Darbietung noch neu war, riskierte keine Meinung. Korzenowski, Olmy und Lanier zögerten nicht, ihre Meinung auszudrücken. Ram Kikura erklärte zögernd, daß sie einverstanden wäre.

»Wir müssen unsere Strategie festlegen«, sagte Lanier. »Unter uns können wir etwas planen, das es wert ist, den opponierenden Würdenträgern und Senatoren unterbreitet zu werden. Die können ihren Prozeß veranstalten — Ram Kikura kann ihn der Justiz vortragen. Ein Zangenangriff.«

»Ich denke, daß ich besser auf der Erde anfangen sollte«, sagte Ram Kikura. »In wenigen Tagen tritt der Rat des Hexamons der Erde zusammen. Wir werden dort die Ergebnisse unserer Konferenz auf jeden Fall vortragen. Niemand im Nexus wird irgendwie klüger sein, wenn Karen und ich fortgehen und jener Ratssitzung beiwohnen. Wieviel hiervon ist offiziell vertraulich?«

»Alles«, sagte Korzenowski. »Bis die Empfehlung gemacht ist, sollte keiner von uns reden.«

»Das ist auch nicht streng legal«, grübelte Ram Kikura. »Die Neo-Geshels des Nexus' sind doch eine verbissene Gruppe geworden. Ich bin überrascht, daß Farren Siliom mit ihnen zusammengehen würde ...«

»Er würde lieber seine Regierung beisammenhalten, als alles seinen Gegnern überlassen«, sagte Lanier.

Ram Kikura bildete ein komplexes Symbol, das er nicht lesen konnte. »Ich werde mich davon zurückhalten, die Waffen zu erwähnen. Das könnte mich in das Verteidigungsgesetz verwickeln, und darin bin ich kein Experte.«

Mirsky sagte kopfschüttelnd: »Als ich nicht in diesem Körper steckte und mein Verstand immens war, habe ich irgendwie gedacht, daß alle vernünftigen Leute zustimmen würden. Was für eine Überraschung, wieder menschlich zu sein!«

Lanier lächelte dünn. »Zurück, um wieder so dick zu sein wie ein Ziegelstein, hm?«

»Nicht dick«, sagte der Russe. »Pervers, sich windend.«

»Amen«, sagte Karen und schaute Ram Kikura an. »Die Leute sind überall gleich.«

37. KAPITEL

Der Weg

Der Geist von Demetrios hing durchscheinend und unglücklich vor Rhita. Ihr Gesicht war vor Entsetzen weiß. Sie hatte nichts derartiges erwartet. Jetzt begriff sie, daß sie sich jenseits des Bereichs irgendeines Gottes oder der Götter befand, oder in den Händen der falschen.

Der Begleiter sagte ihr: »Seine Gehirnmuster sind gespeichert worden. Auch sein Körper ist konserviert. Er braucht ihn im Moment nicht, und seine Gedanken fließen auch nicht durch sein Gehirn. Sie bewegen sich in einem andersartigen Medium, wo du auch einmal aufbewahrt worden bist.«

Er stand neben Rhita, prüfte ihr Gesicht und bewertete ihre Reaktionen. »Hast du Kummer?«

»Ja«, sagte sie.

»Willst du, daß diese Vorstellung aufhört?«

»Ja, ja!« Sie wich zurück, versteckte sich hinter ihren geballten Fäusten und fing an hysterisch zu schreien. Demetrios griff mit geisterhaften Armen flehend zu; konnte aber nicht sprechen, ehe er verschwand.

In der unbestimmten Kammer, die ihr Kerker war, hockte sie sich auf den weichen Fußboden und begrub das Gesicht in den Händen. Ihr ganzer kümmerlicher Rest von Mut hatte sie verlassen. Sie erkannte unter aller Furcht und Hysterie, daß sie in diesem Augenblick für ihre Fänger völlig verwundbar war. Die würden sie wieder in eine Phantasie, einen Traum versetzen, und sie würde dort glücklich leben, ohne zu protestieren. Sie würde ihre Fragen beantworten, nur um an irgendeinem Ort zu sein, der wie heimatlich war, fort von diesem Alptraum.

»Deine Angst ist unbegründet«, sagte der Begleiter und beugte sich neben sie. »Du würdest mit deinem Freund sprechen, nicht mit einem Bild, das wir gemacht haben. Er kann noch denken. Er hat eine angenehme Illusion inne, so wie du, ehe du darauf bestandest, in deinen Körper zurückzukehren.«

Der Begleiter wartete geduldig und sagte nichts mehr, als der Anfall abklang und sie wieder Selbstbeherrschung erlangte. Sie hatte keine Ahnung, wie lange das dauerte. Zeit war jetzt nicht ihre Stärke. »Oresias und die anderen … sind sie auch tot?« fragte sie zwischen ihren letzten Seufzern und Schluckbewegungen.

»Der Tod hat für uns eine andere Bedeutung«, sagte der Begleiter. »Manche Leute sind aktiv in Illusionen, andere sind inaktiv, wie im Tiefschlaf. Niemand von ihnen ist tot.«

Sie fragte: »Kann ich mit einem von ihnen reden, wenn ich es wünsche?«

»Ja. Alle sind verfügbar. Bei einigen könnte es länger dauern, sie herzubringen, als bei anderen.«

Sie entschloß sich, es am besten noch einmal zu versuchen, obwohl sie keineswegs sicher war, ob sie sich würde beherrschen können. »Kannst du machen, daß Demetrios realer aussieht? Er erschreckt mich … Er sieht aus wie tot. Er sieht wie ein Geist aus.«

Der Begleiter schien das Wort ›Geist‹ zu genießen. Er wiederholte es mehrmals und lächelte. »Man kann machen, daß er so kompakt aussieht wie du; aber das wäre immer noch eine Illusion. Wünschst du eine solche Illusion?«

»Ja, o ja!«

Demetrios erschien wieder, mehr körperlich, aber nicht weniger jämmerlich. Rhita stand auf und ging auf ihn zu, vorwärts geneigt, die Arme steif an der Seite und die Hände zu Fäusten geballt. »Wer bist du?« fragte sie mit zusammengebissenen Zähnen. Ihr Körper bebte immer noch.

»Demetrios, Mechanikos und Didaskalos des Mouseions von Alexandreia«, antwortete die Gestalt. »Du bist Rhita Vaskayza? Sind wir tot?« Er sprach so, wie ein Schatten es vielleicht täte, mit langsamer, zitternder Stimme. Rhita konnte ein Zähneklappern nicht unterdrücken.

»Ich g-glaube nicht«, sagte sie. »Wir sind von Dämonen gefangen worden. Nein.« Sie schloß fest die Augen und versuchte zu denken, wie Patrikia sich in dieser Lage verhalten hätte. »Ich denke, wir — wir sind von Leuten gefangen worden, die nicht menschlich sind, aber mit sehr fortgeschrittenen ... Maschinen.«

Demetrios versuchte, einen Schritt vorwärts zu tun, schien aber auf Eis zu gehen. Er sagte: »Ich kann dich nicht erreichen. Ich sollte erschrocken sein, bin es aber nicht ... Bin ich ein Toter?«

Rhita schüttelte den Kopf. »Ich weiß nicht. Er sagt, daß du noch am Leben bist. Du träumst.«

»*Er sagt?* Was ist er?« Demetrios zeigte auf den Begleiter.

»Einer derer, die uns gefangen haben.«

»Er sieht wie ein Mensch aus.«

»Er ist es nicht.«

Der Begleiter schien es für nötig zu halten, dem Bild Aufmerksamkeit zu schenken. Er blickte starr auf Rhita. Das erschreckte sie noch mehr.

»Sind die anderen tot?«

»Er sagt, daß sie am Leben sind.«

»Was können wir tun?«

Der Begleiter, die Augen immer noch auf Rhita geheftet, sagte beiläufig: »Nichts. Flucht ist unmöglich. Ihr werdet alle mit Respekt behandelt und werdet kein Leid erfahren.«

»Hast du ihn gehört?« fragte Rhita und zeigte mit dem Daumen heftig auf den Begleiter. Sie wollte ihn eigentlich schlagen, wußte aber, daß das nichts ausrichten würde.

»Ja«, sagte Demetrios mit matter Stimme. »Wir haben den falschen Weg geöffnet, nicht wahr?«

»Er sagt, auf Gaia sind Jahre vergangen.«

Demetrios schaute hin und her und zwinkerte wie durch Rauch. »Es scheint erst einige Stunden her zu sein ... Kann er uns zur realen Gaia zurückbringen?«

»Kannst du das?« fragte Rhita.

»Es ist möglich«, antwortete der Begleiter gleichgültig. »Warum würdest du zurückkehren wollen? Es ist nicht dieselbe Welt, die du kanntest.«

Demetrios reagierte nicht. Rhita fühlte Unwohlsein im Magen. Sie besaß genug von dem Wissen und den Instinkten ihrer Großmutter, um halbwegs zu verstehen, was das bedeutete. Die waren Jarts, und Jarts waren habsüchtig. So hatten Patrikia die Leute im Weg erzählt.

Vielleicht bin ich verantwortlich für die Zerstörung meiner Heimat. Ihre Hände erhoben sich gleichzeitig, wie symmetrische Krallen, bis unter das Kinn. »Demetrios, ich habe solche *Angst.* Diese ... Leute scheinen sich nicht um uns zu kümmern. Sie wollen bloß Information.«

»Im Gegenteil«, sagte der Begleiter. »Wir sind wirklich sehr temperamentvoll. Wir sind sehr an deinem Wohlergehen interessiert. Nur ganz wenige Leute sind gestorben, seit wir deinen Planeten beansprucht haben. Sehr viele von ihnen sind jetzt gespeichert. Wir vergeuden nichts. Wir begrüßen alle Gedanken. Wir haben Gelehrte, und wir retten soviele, wie wir können.«

»Worüber redet ihr?« fragte Demetrios. Seine Stimme war so ruhig, tief und schwach. Rhita erinnerte sich, was für ein Gefühl es gewesen war, im Zustand der Illusion zu sein und keine echte Furcht zu empfinden.

»Wünschst du, daß ich deinen Gefährten anspreche?« fragte der Begleiter Rhita.

Sie merkte, daß es da ein Protokoll gab, das sie noch nicht kannte, und gab mit einem Nicken ihre Zustimmung.

»Es ist unsere Pflicht und unser Schicksal, die Universen zu studieren und zu erhalten, sowie unsere eigene Art zu verbreiten, welche die beste und leistungsfähigste aller Intelligenzen ist, und damit dem Wissen zu dienen. Wir sind nicht grausam. Grausamkeit ist ein Wort und Begriff, den ich nur aus eurer Sprache kenne. Es ist eine Vergeudung, Schmerz zuzufügen und Zerstörung anzurichten. Es ist auch eine Vergeudung, andere Intelligenzen bis zu einem Punkt fortschreiten zu lassen, an dem sie unseren Fortschritt durch Widerstand verlangsamen. Wohin auch immer wir gehen, wir sammeln und speichern, wir erhalten und wir untersuchen; aber wir erlauben keinen Widerstand.«

Demetrios nahm dies nüchtern mit verwirrter Miene auf. Er kannte so gut wie nichts von Patrikias Geschichten, nur was sie ihm in der Steppe erzählt hatte, ehe die kirgisischen Reiter gekommen waren.

»Ich möchte gern meine Heimat sehen«, sagte Rhita energisch. »Ich möchte, daß Demetrios und Oresias ... und auch Jamal Atta mich begleiten.«

»Ein Teil deines Wunsches kann erfüllt werden. Jamal Atta hat sich selbst getötet, ehe wir ihn gefangennehmen konnten. Ich fürchte, daß von seiner Persönlichkeit nicht genug erhalten ist, um ein vollständiges Bild zu präsentieren oder einen wiederhergestellten Körper zu kontrollieren.«

»Ich *muß* gehen«, sagte Rhita und beharrte auf dieser einen Forderung, ohne sich durch ihre wachsende Furcht ablenken zu lassen. Wenn sie weinte, wenn sie die Hände ans Gesicht hielte, könnte sie alle Selbstbeherrschung verlieren. Sie wollte sich aber nicht vor diesen Monstern schämen. Oder vor dem bleichen Demetrios.

»Wir werden dich dorthin bringen. Möchtest du den Prozeß beobachten, oder wäre es dir lieber, wenn deine Reise nur einen Moment dauerte?«

Demetrios sah sie prüfend an. Sie war nicht sicher, was er sagen wollte; aber beiden war klar, daß sie für ihre Fänger die wichtigere Person war. »Ich will alles sehen«, sagte sie.

»Es könnte verwirrend sein. Wünschst du, daß ich dich begleite und Erklärungen gebe, oder möchtest du ein deiner Psyche angefügtes Zusatzelement haben, das dich führt?«

Sie senkte den Kopf, bis ihr Gesicht fast die Hände berührte. Sie verstand die erste Alternative nicht oder weigerte sich vielleicht auch, sie zu verstehen. *Können sie mich zu mehr machen, als ich bin?* Vielleicht hatte sie sich schon verändert. Dieser Gedanke war fast unerträglich. »Bitte«, sagte sie mit einer Stimme, die kaum mehr war als ein rauhes Flüstern, »komm mit uns! Ergreif uns einfach!«

Eine Hoffnung war ihr noch geblieben, daß die Jarts Lügner wären.

Falls nicht, dann könnte sie ebenso gut tot sein; und sie würde sich sehr anstrengen zu sterben. Irgendwie dachte sie, die Jarts würden das nicht zulassen. Es könnte nach ihrer Denkweise eine Vergeudung sein.

38. KAPITEL

Thistledown City

Ram Kikura dachte darüber nach, wie es sein würde, eines Tages in das City-Gedächtnis zu kommen ohne Wiederkehr, vom Leben abgeschnitten in einer Welt, die vom Leben nicht zu unterscheiden war bis auf all ihre Wandelbarkeit und ihre außergewöhnlichen Privilegien. Dies würde das City-Gedächtnis entweder zum Himmel oder zur Hölle machen, wenn auch einer reichlich komfortablen Hölle …

Sie war im City-Gedächtnis geboren worden, inkarniert wie ihr Sohn bald sein würde; und sie hatte das Gefühl, es wäre voreilig und töricht zugleich, wenn sie sich bezüglich des City-Gedächtnisses unsicher war. Sie könnte Jahrtausende lang leben, ehe dies Problem an sie herantreten würde …

Aber sie brütete darüber so, wie ein natürlicher junger Mensch auf der Erde sich Gedanken über den Tod machen würde. Dem auf der Erde würde aber nicht vergönnt sein, das Nachleben auszuprobieren. Sie konnte das tun, wann immer sie es wünschte und so lange sie es wünschte. Und ihren ›ungeborenen‹ Sohn zu besuchen, war der übliche Grund.

Ihre Besuche dauerten selten länger als fünf Minuten externer Zeit. Diese Minuten konnten sich im City-Gedächtnis über Monate hinziehen. Bei ihrem letzten Besuch hatte sie Tapi auf einer Reise auf einem imaginären und stark verschönerten Amazonas begleitet — etwas, das er als ein persönliches Projekt geschaffen hatte. Die Simulation wurde für einen ständigen Platz im Erholungsgebiet des City-Gedächtnisses ausgewählt, eine Art Ehrung.

Bei diesem Besuch würde ihre Zeit knapper sein. Sie trat aus der Ferne, von Thistledown, in das City-Gedächtnis der Euklid-Achse ein. Dadurch wurde sowohl die Zeit wie die Kompliziertheit ihres Erlebnisses reduziert.

Als sie in Tapis persönlichen Raum eintrat, war er damit beschäftigt, sich selbst zu ›begrenzen‹, indem er unnötige mentale Zusätze wegschnitt, um seinen Geist auf Geburt vorzubereiten. Laut Gesetz konnte kein Neugeborener in seinen Körper eingehen mit der Forderung von implantiertem Gedächtnis. Jeder Inkarnierte mußte eine Kern-Mentalität entwerfen und wählen, die in die Grenzen eines normalen menschlichen Gehirns paßte.

»Es ist schmerzlich«, sagte er traurig. »So viel Freiheit hier. Läßt die reale Welt rauh und eng aussehen.«

»Manchmal ist sie es auch.«

»Ich muß mich fragen, ob Inkarnation ein solches Privileg ist ...«

Sie bewegte sich durch seinen persönlichen Raum und sah sich an, was er schon weggeschnitten hatte. »Eine kluge Auswahl«, sagte sie. Externe Subroutinen, modifizierte Persönlichkeiten, die abstrakten Milieus angepaßt waren, die ihm nach der Inkarnation kaum begegnen würden, sexuelle Bildexperimente, denen wahrscheinlich ungeborene Kameraden folgen würden ... Alles weggespeichert, um zu irgendeinem von ihm noch zu bestimmenden Zeitpunkt in der Zukunft zugänglich oder für immer aufgegeben zu sein.

Er klagte: »Da verschwindet eine Menge von *mir.*« Bei Olmy beklagte Tapi sich nicht, er demonstrierte und erklärte begeistert, verriet aber nie seine Zweifel. Das war für seine Mutter vorbehalten; und sie war stolz darauf, diese andere Seite zu sehen.

»Sieht nicht aus wie etwas Wesentliches«, bemerkte sie trocken.

»Weniger Stimmen im Chor«, erwiderte er. »Aber ich

sehe deutlicher, was ich sein werde. Ich denke, Olmy wird zustimmen, nicht wahr?«

»Hat er dich besucht?«

Tapi nickte. »Vor einiger Zeit. Er billigte es.«

Sie hielt eine halb sarkastische Bemerkung zurück. »Er erkennt Qualität, wenn er sie sieht«, sagte sie statt dessen.

»Der Vater ist mit einigen sehr großen Problemen konfrontiert.«

»Das sind wir doch alle.«

»Vielleicht größer, als du denkst.«

Sie musterte das gegenwärtige Bild ihres Sohnes — der von ihm gewählten Körperform sehr ähnlich — und fragte: »Hat er dir etwas ... Überraschendes erzählt?«

»Nein«, sagte Tapi. Aber er hielt etwas zurück. Er kannte den derzeitigen Stand der Beziehungen seiner Eltern und wollte keine Geschichten kolportieren.

»Ich mache mir Sorgen um ihn.«

»Ich mir auch.«

»Sollte ich mir noch mehr Sorgen machen?«

»Ich weiß nicht«, sagte Tapi aufrichtig. »Er erzählt mir sehr wenig.«

Ram Kikura konzentrierte sich auf die vorliegende Aufgabe. Nachdem sie die ausgeschiedenen Ergänzungen alle geprüft hatte, umarmte sie ihren Sohn und sagte: »Alles in Ordnung. Ich denke, daß du bereit bist.«

»Du billigst es?« fragte er mit einem Eifer in der Stimme, der seine vorherigen Klagen Lügen strafte.

»Schon registriert«, sagte sie. Sie zitierte nicht die uralte Formel, wie Olmy es getan hatte. Eine solche Art von Traditionalismus mochte sie nicht.

»Hast du dich entschieden, wo du geboren werden willst?«

»Ja. Auf Thistledown.«

Olmy war im Innern des Asteroiden gewesen, sie war in Axis City geboren. Aber sie wußte, daß Tapi sie nicht mißachtete.

Tapi räumte seinen persönlichen Raum so um, daß die aufgegebenen Zusätze versteckt waren. »Billigst du meine Pläne, wenn ich einmal geboren bin?«

»Es ist nicht meine Aufgabe, zu billigen oder zu mißbilligen. Du wirst unabhängig sein.«

»Ja, aber ich lege Wert auf deine Meinung.«

»Meine Meinung lautet: Wie der Vater, so der Sohn. Olmys Anteil in dir ist sehr stark. Der meine scheint derzeit ziemlich gedämpft zu sein. Aber ich zweifle nicht daran, daß wir beide auf dich werden stolz sein können.«

Tapi strahlte richtig und erfüllte den Raum mit Licht. Er nahm sie noch einmal in die Arme. »Du bist ebenso sehr ein Soldat wie Vater«, sagte er. »Nur kämpfst du andere Schlachten.«

Olmy fühlte sich unter seinen Kameraden selbstsicherer und weniger durch die Verhältnisse beansprucht, als er erwartet hatte. Trotzdem war es gut, allein zu sein, wenn auch nur für ein paar Stunden. Er vermißte die Isolation des Waldes der vierten Kammer.

Er kehrte nicht in sein Apartment in Thistledown City zurück. Statt dessen hatte er zeitweilig nahe der Nexuskuppel Wohnung genommen. Jeder, der es vielleicht wollte, konnte ihn nach Wunsch ausspionieren. Er war sicher, daß man nicht entdecken würde, was er in seinen Implantaten trug.

Er war stark versucht, einfach still zu liegen und zu studieren, was sein Partial ihm mitteilte. Er widerstand aber diesem Verlangen und ging die schwierigen Schritte des *reloso*-Tanzes der Frants durch, den er vor mehr als einem Jahrhundert auf Timbl, der Heimatwelt der Frants, gelernt hatte. Er reckte die Arme und hob die Beine, bewegte sich in fließenden Drehbewegungen in der kleinen Wohnung von Ecke zu Ecke. Die Frant-Anatomie war an sich feiner und elastischer als die menschliche. Olmy mußte auf einige Grundbewegungen verzichten. Dennoch erfüllte der *reloso* seinen Zweck. Er fühlte sich danach entspannter und kräftiger.

»*Jetzt* werde ich stillsitzen und stumpf vegetieren«, erklärte er laut und hockte sich mitten in dem schlichten Wohnzimmer mit seinem weißen Mobiliar hin.

Der Austausch mit der Jart-Mentalität machte ruhige Fortschritte, seinem Partial entsprechend. In einigen weiteren Stunden würde mehr Information die Schranken passiert haben.

Es war beträchtlich, was er jetzt schon zu verdauen hatte. In seinen Implantaten war nicht mehr viel Platz, um das Material schneller zu verarbeiten. Zwischen dem Jart, seinem Partial, den verschiedenen Sperren und Sicherungen und der geklärten und gespeicherten Information waren die Implantate fast bis an die Grenze ihrer Fassungskraft gefüllt. Folglich ging seine Untersuchung langsam voran, in den Grenzen eines natürlichen Rhythmus'. Das hatte auch einige Vorteile; denn die Bearbeitung von Information durch Implantate war schnell und ließ manchmal die Querverbindungen eines mehr natürlichen Denkens vermissen.

Olmy schloß die Augen und badete in Jart-Philosophie. Bisweilen war es schwierig, die Begriffe in menschliche Sprache oder sogar Gedanken zu übertragen. In anderen Fällen schienen die Ideen direkt analog zu sein. Er brütete über der Möglichkeit, daß der Jart diesen Teil von sich freigab, um seinen Fänger zu überzeugen. Propaganda war sicher nicht von der Hand zu weisen.

Olmy wies seine Partiale an, den kulturellen und philosophischen Gedankenaustausch mit einem gleichen Nachdruck auf Überredung zu erwidern.

Jarts waren gierige Eroberer, viel mehr als Menschen. Während Menschen an Handel interessiert waren, schienen die Jarts es nur auf Herrschaft und völlige Unterjochung abgesehen zu haben. Sie waren nicht gewillt, Hegemonie mit Nichtjartwesen zu teilen, und machten nur dann Ausnahmen, wenn ihnen keine Wahl blieb. Zum Beispiel hatten Talsits mit Jarts Handel getrieben, ehe Menschen die erste Milliarde Kilometer des Weges wiedergewonnen hatten. Die Jarts mußten gewußt haben, daß es so gut wie unmöglich war, die schwer faßbaren Talsits zu unterwerfen. Talsits waren immerhin Repräsentanten einer viel älteren Rasse, noch geheimnisvoller — und sicher weiter fortgeschritten als die Jarts.

Die Frage war: Warum diese Gier? Was lag hinter dem Drang, alles zu kontrollieren?

> *Kommando hat Pflicht eingesetzt durch* ›altes Kommando‹. *Sammle und sorge dafür, daß jenes* ›abstammende Kommando‹ *die letzte Pflicht erfüllen kann. Dann gibt es Ruhe für Ausführer und alle anderen; und in der Ruhe werden wir wieder wir selbst werden, von Pflicht entlassen und das* ›Bild überbeanspruchter Materialien‹ *entspannen, das unser Denken und Sein darstellt. Warum tun Menschen das nicht?*

Olmy versuchte, diese offenbar entscheidende Passage zu enträtseln. Sie hatte einen so formalen Anstrich, daß er vermutete, darin könnten gewisse Zitate aus einem ethischen oder halbreligiösen Werk der Literatur oder Indoktrination stecken.

Der Begriff *›abstammendes Kommando‹* war besonders reizvoll mit seinen Obertönen von Jart-Evolution, -Transformation und -Transzendenz. Seltsamerweise steckte in dieser Idee auch die einzige Andeutung, daß Jarts und andere Wesen gleichermaßen kooperieren und Verantwortung teilen würden. Es gab einen Hinweis auf ein umfangreiches Unternehmen hinter dem ›abstammenden Kommando‹, oder von einer Arbeit, welche die Möglichkeiten jeder individuellen Gruppe von Wesen überstieg.

›Sammeln und bewahren.‹ Dieses Bild war besonders fesselnd. Olmy durchsuchte den Hintergrund davon, indem er Schicht um Schicht der komplexen Instruktion offenlegte. Die Jarts waren Sammler und noch mehr als das. Sie transformierten das, was sie sammelten, in der Hoffnung, Selbstzerstörung der gesammelten Wesen, Kulturen und Planeten zu verhindern. Die Natur war für sie ein Prozeß von Verfall und Verlust. Daher schien es am besten, alle Dinge unter Kontrolle zu bringen, Verfall und Verlust Einhalt zu gebieten und schließlich dieses sauber geschnürte Paket zu präsentieren … dem ›abstammenden Kommando‹.

Olmy fühlte eine Mischung aus Anreiz und Furcht. Die Gier der Jarts war nicht selbstsüchtig, sondern ein Zwang von unglaublicher Tiefe und Gleichförmigkeit für eine solch mannigfaltige und fortgeschrittene Kultur; und sie hatte wenig zu tun mit dem eigenen Wohlergehen und Fortschritt. Jarts waren einfach das Mittel zu einem transzendenten Ziel. Sie glaubten, daß sie erst ruhen könnten, wenn die Aufgabe beendet war, wenn das saubere Paket aus erhaltenen Galaxien (welch wahnsinnige Anmaßung!) dieser nebulösen Entität übergeben war. Ihr Lohn würde darin bestehen, daß sie selbst gesammelt und bewahrt würden. Und was würde das abstammende Kommando mit dem Paket anfangen?

Es war nicht die Aufgabe eines Jarts zu spekulieren. Bestimmt nicht die eines Anführers, selbst eines modifizierten.

Olmy fand eine Liste höchst verbotener Aktionen und Untätigkeiten. Während es notwendig sein könnte, im Kampf für völlige Erhaltung zu zerstören — wie sie menschliche Streitkräfte vernichten mußten, um die Kontrolle über den Weg zu behalten —, war es eine schreckliche Sünde, ohne Notwendigkeit zu zerstören. Es gab keine Andeutung von Grausamkeit in allen Teilen der Jart-Philosophien. Keine Siegesfreude, keine billige Befriedigung über augenblicklichen Erfolg, keine

Genugtuung über die Niederlage eines Gegners. Aktionen der Jarts sollten im Idealfall nur durch das Verlangen nach dem transzendenten Ziel motiviert sein. Befriedigung würde kommen, wenn man das Paket überreichte.

Olmy bezweifelte, daß eine solche Sauberkeit bei irgendeinem Lebewesen möglich wäre, aber zumindest war sie das Ideal. Und in ihrer Strenge und Selbstlosigkeit beschämte sie viele übersteigerte menschlichen Philosophien. Darin lag eine Reinheit und Endgültigkeit, die eine Änderung des Auftrags ohne Leugnung des Fortschritts verneinte. Fortschritt hinsichtlich der Beschleunigung zum Erreichen des Ziels war höchst erwünscht. Und jeder Rang der Jarts vom Ausführer bis zum Kommando konnte Verbesserungen anbringen vorbehaltlich der Billigung durch das Kommando.

Die menschliche Geschichte hatte nur selten diesen schlauen Trick zustande gebracht. Feste Ziele fixierten unausweichlich Veränderung und verursachten in der Geschichte der Menschheit eine Überanstrengung, die gewöhnlich dazu führte, daß die Ziele aufgegeben oder neugestaltet wurden.

Selbst im Hexamon gab es die Zweiteilung von akzeptierter Philosophie — Stern, Schicksal und Geist und die Herrschaft des Guten Mannes Nader — und dem Widerspruch von Aktionen, die notwendig waren, um Institutionen und Vorteile für Individuen, Gruppen und das Hexamon als Ganzes zu erhalten.

Jarts konnten Krieg und Zerstörung säuberlich mit ihrer Philosophie vereinbaren, indem sie Widersprüche von Zielen in eine dicke Hülle der Notwendigkeit verpackten und dabei Ausschreitungen und Blutdurst kontrollierten. Die Menschen waren mit ihren Paradoxien nie so geschickt gewesen noch auch fähig, im Übermaß zu herrschen.

Olmy erkannte, daß das ein Element von Propaganda war, einer sehr wirksamen Propaganda. Er sah bei den

Jarts keine Geschichte. Davon schien es nur sehr wenig zu geben. Er wurde einfach mit den Idealen gespeist, ohne Information darüber, wie streng sie befolgt wurden.

Er ließ die Philosophie fahren und verschaffte sich einen raschen Überblick, welche Rolle der Weg in den Plänen der Jarts gespielt hatte.

Als die Jarts erstmals durch ein zufälliges Testtor in den Weg gekommen waren, hatten sie schnell die Prinzipien begriffen, die diesem Wunder zugrunde lagen. Sie hatten sich entweder für die Schöpfer dieses unendlichen, röhrenförmigen Universums gehalten durch eine Überlegung, der Olmy nur schwer folgen konnte; oder sie hatten postuliert, daß das abstammende Kommando ihnen den Weg geschickt hätte, um ihnen bei der Erreichung ihrer Ziele zu helfen. Und der Weg hätte für sie nicht geschickter konstruiert sein können. Dadurch, daß die Jarts schnell seine Prinzipien verstanden, konnten sie Tore zu jedem Punkt im Universum öffnen und sogar Mittel finden, in andere Universen einzutreten. Sie konnten bis ans Ende der Zeit reisen. Nach der Erinnerung der Jarts hatten sie das offenbar nie getan und nie eine Expedition ausgerüstet wie diejenige der Geshel-Bezirke nach der großen Zerstörung … Vielleicht hielten sie es für das Beste, solche Dinge dem abstammenden Kommando zu überlassen, oder mindestens abzuwarten, bis ihre Aufgabe beendet wäre.

Als Werkzeug paßte der Weg perfekt in ihre Pläne. Durch ihn konnten die Jarts das Paket in Rekordzeit schnüren und sogar präsentieren.

Olmy berührte das mit dieser Idee verbundene Bild kaum. Ein statisches, vollkommen kontrolliertes Universum, in dem alle Mysterien beseitigt waren, unveränderlich, bereit, vom abstammenden Kommando konsumiert zu werden.

Das war eine logische Schlußfolgerung.

Dennoch fühlte er sich gerechtfertigt für allen Widerstand, den er den Jarts geleistet hatte. Deren Prinzip war die Reinheit einer Art von Tod. Jarts kannten weder Freude noch Leid oder Jubel. Sie spielten bloß ihre Rollen — wie Viren oder Maschinen.

Er wußte, daß das eine unfaire Vereinfachung war, empfand aber tiefen Abscheu. Hier war ein Feind, den er zugleich verstehen und hassen konnte.

Sein Partial signalisierte, daß mehr Information für Übertragung und Erwägung bereit war.

Olmy öffnete die Augen. Es war mühsam, sich nach so fremdartigen Reisen wieder zu orientieren. Nachdem er die schon vorliegenden Daten knapp überflogen hatte, packte er sie weg und räumte den Platz für mehr.

39. KAPITEL

Der Weg

Die peinliche Sorgfalt ihres Fängers, sie Schritt um Schritt nach Gaia zu führen, begann Rhita schon bald auf der Reise zu ermüden. Nichts, nicht einmal der Maßstab dessen, was sie sah, war vertraut oder verständlich.

Zuerst wurde sie aus ihrer Kammer geholt — tatsächlich ein recht kleiner Raum, keineswegs nahe der Kaverne, wie sie gedacht hatte — und in eine ovale Schutzblase gehüllt, wo sie auf einer flachen, mit Geländer versehenen Plattform von vier bis fünf Ellen Breite und schwarz wie Lampenruß, stehen konnte. Der Begleiter leistete ihr in der Blase Gesellschaft, die aus äußerst dünnem Glas zu bestehen schien.

Oder vielleicht Seife? Sie wollte den Möglichkeiten ihrer Fänger keine Grenzen setzen.

»Wo sind meine Gefährten?« fragte sie. Das Bild von Demetrios war zurückgeblieben. Sie waren in der Blase allein.

»Sie nehmen eine viel schnellere Route. Was ich mit dir tue, ist, wenn ich so sagen darf, kostspielig. Es kostet viel Energie. Ich habe für meine Aufgaben nur eine begrenzte Menge davon.«

Die Blase hing in Finsternis. Vor ihnen, am entfernten Ende des Dunkels, wuchs ein strahlendes Dreieck aus weißem Licht, so groß wie ihre ausgestreckte Hand. Dann hielt es inne. Einen Moment lang geschah nichts weiter. Der Begleiter stand schweigend da und starrte auf das Licht vor ihnen.

Rhita erschauerte. Irgend etwas Animalisches in ihr suchte einen Ausweg in der Hoffnung, daß irgendeine

Magie alle diese Realität aufgehoben und ihr eine Fluchtmöglichkeit geboten hätte. Aber sie versuchte es nicht. Mit ihren Gedanken allein gelassen, wandte sie sich um und sah hinter ihnen eine undurchsichtige Mauer, die mit einer schimmernden Ölschicht auf schwarzem Wasser bedeckt war und Gold, Silber und allen Regenbogenfarben. Die Wand reichte über ihnen bis in schattige Dunkelheit. Sie war bezaubernd und auf mächtige Art schön. Sie gab ihr aber keinen Hinweis darauf, wo sie war, oder was als nächstes geschehen würde. Die Stille erschreckte sie. Um nicht zu schreien, mußte sie etwas sagen.

»Ich kenne deinen Namen nicht.« Der Begleiter wandte sich ihr zu mit aufmerksamer Miene in seinem glatten Gesicht; und sie schämte sich irgendwie, daß sie solche Dinge über ihren Feind in Erfahrung bringen wollte. Die Scham rührte zum Teil davon her, daß sie diese Figur nicht hassen konnte, die da neben ihr stand. Sie war sich nicht einmal sicher, was sie war. Um mehr zu erfahren, würde sie Fragen stellen müssen, die sie vielleicht schwach erscheinen ließen.

»Möchtest du, daß ich einen Namen habe?« fragte der Begleiter freundlich.

»Hast du keinen eigenen Namen für dich?«

»Meine Kameraden reden mich auf verschiedene Weise an. Aber in dieser Form, wo nur du mich siehst und zu mir Kontakt hast, habe ich keinen Namen.«

Seine scheinbare Stumpfheit erneuerte ihre Verstimmtheit. »Bitte, wähle einen Namen!« sagte sie und wandte sich von ihm ab.

»Dann werde ich Kimon sein. Ist das ein passender Name?«

Sie hatte in der Schule einen Paidagogos namens Kimon gehabt. Er war ein rundlicher, sympathischer Mann gewesen, höflich und beharrlich, aber nicht schnell. Als junges Mädchen hatte sie eine tiefe Zuneigung empfunden. Vielleicht hoffte der Begleiter, sich das zu Nutze zu machen. *Und vielleicht braucht er gar keinen so deutlichen Vorwand.* »Nein«, sagte sie. »Das ist nicht dein Name.«

»Wie sollte mein Name dann lauten?«

»Ich werde dich Typhon nennen«, sagte sie. Aus Hesiodos das schreckliche Wesen, welches mit Zeus gekämpft hatte, Sohn von Gaia (daher das menschliche Aussehen des Begleiters) und Tartaros, ein tief vergrabenes, unendlich böses Monster … Dieser Name würde sie stets zur Vorsicht mahnen.

Der Begleiter nickte: »Also Typhon.«

Von einer Sekunde auf die andere entfernte sich die Blase schnell von der Wand dahinter. Sie hatte keine Möglichkeit, ihre Geschwindigkeit abzuschätzen. Sie fühlte keine Bewegung. Ringsum schien die Finsternis von kaum erkennbaren Regenbögen erfüllt zu sein. Wenn sie hochschaute, sah sie eine Myriade schwacher Lichtstrahlen, die parallel von dem weißen Dreieck vorn ausgingen, über sie weg und hinter sie, wo sie verschwanden. Das Dreieck wurde größer und heller. Offenbar näherten sie sich irgend etwas, aber was das war, dessen konnte sie nicht sicher sein.

Hypnotisiert starrte Rhita nach vorn, bis das weiße Leuchten ihr Gesichtsfeld füllte, fast blendend hell mit einem perligen Schimmer, der sie zugleich mit Ehrfurcht und Beruhigung erfüllte. Dies war das Licht, worin gekleidet ein Gott kommen könnte. *Diese Götter, an die ich nicht wirklich glaube,* dachte sie. *Sie sind aber doch immer noch in mir. Athene und Astarte und Isis und Serapis und Zeus … und jetzt Typhon.*

Plötzlich umgab das Licht sie ganz, und die Dunkelheit wurde zu einem gähnenden Wall oder Loch hinter ihr. Sie erkannte alsbald, daß sie aus einem riesigen dreieckigen Prisma in ein umfassendes Bad aus perlfarbenem Licht aufgetaucht war. Sie drehte sich um und sah, daß das dunkle, gleichseitige Maul zurückwich. Es war eingerahmt von einer dünnen, dunkelroten Linie, deren Fülle und Eleganz schwer zu beschreiben war — eine Farbe, die in sich die Eigenschaften heiterer Würde, vibrierenden Lebens und schrecklicher Gewalt zugleich zu tragen schien.

»Wo bin ich?« fragte sie. Ihre Stimme war nur ein Flüstern.

»Hinter uns ist ein Fahrzeug. Wir befinden uns in einem Vakuum innerhalb einer Röhre aus glühenden Gasen. Wir werden jetzt durch diese Röhre hinuntersteigen.«

Sie hatte immer noch keine klare Vorstellung, *wo* sie waren. Ihr Magen hatte sich verkrampft. Sie stellte fest, daß so viel Fremdheit ihr nicht gut tat. Wie hatte wohl die Sophē reagiert beim Anblick so vieler seltsamer Dinge? Es gab eine Zeit, da Gaia selbst Rhitas Großmutter fremdartig und vielleicht furchterregend vorgekommen war.

Sie rieb sich die Augen mit den Fäusten. Sie taten weh. Ihr Hals tat auch weh durch so starkes Ausrecken. Kopfschmerzen machten sie elend; und doch war in dem Licht eine Schönheit ...

Vielleicht reagiere ich nicht richtig. Ich sollte wohl dankbar sein, daß ich noch bei gesundem Verstand bin.

Das Glühen wurde stärker, und sie empfand ein momentanes Kribbeln. Sie passierten die Grenze der Röhre aus perligem Licht. Unten lag etwas Unverständliches, kompliziert wie eine riesige Karte von blaßgrüner Farbe mit weißen und braunen Linien und punktiert in rhythmischen Intervallen mit Reihen kegelförmiger Türme aus aufgestapelten Scheiben mit abgerundeten Kanten.

Wieder fühlte sie eine Reorientierung und konnte mit Verständnis *sehen* und hatte nicht nur geordnete Sinneseindrücke.

Sie befanden sich innerhalb einer geschlossenen, länglichen Fläche, rund wie ein Zylinder oder eine Röhre, aber ungeheuer groß. Die Zylinderoberfläche war ausgebreitet wie ein kretisches Textilmuster, alles blaßgrüne, braune und weiße Farben, oder wie ... ihr fehlten Vergleiche.

Rhita wußte, wo sie jetzt war. Patrikia hatte viele dieser Dinge beschrieben — wenn auch mit anderen Mustern und Farben. Über ihrer Blase erstreckte sich das weite Band der Plasmaröhre, jetzt viel blasser, und die unmögliche Gegend, die ›Sprung‹ hieß, die Singularität. Vielleicht fuhr das Prisma darauf wie die Sprungschiffe des Hexamons.

Sie erblickte den Weg.

40. KAPITEL

Die Hawaii-Inseln

Der Terrestrische Senat hatte Ferien, seine Mitglieder waren rings um den Rand des Pazifiks verstreut. Immerhin war ein einflußreicher Terrestrischer Senator in Honolulu geblieben, und Garry Lanier vereinbarte ein Treffen mit ihm.

Suli Ram Kikura und Karen begleiteten Lanier zur Erde. Ihr Ziel war Sabotage.

Lanier hatte Robert Kanazawa, Seniorsenator der Pazifischen Nationen, vor fünfzig Jahren kennengelernt. Sie waren sich als junge Offiziere in der Marine begegnet. Kanazawa war dann U-Bootfahrer geworden und Lanier Flugzeugführer. Ihre Wege hatten sich bis zur Wiederherstellung getrennt, wo sie beide an einer Plenarsitzung des Nexus' auf Thistledown teilgenommen hatten. Sie hatten es so eingerichtet, daß sich ihre Wege alle paar Jahre kreuzten bis zu Laniers Pensionierung. Er achtete Kanazawa sehr hoch. Der Mann hatte in einem US-Unterseeboot den *Tod* überlebt, dann in Kalifornien gearbeitet, um zivile Autorität wiederherzustellen, und war vor zwanzig Jahren Senior-Senator geworden.

Während des Todes waren rings um die Welt wiederholt militärische Einrichtungen angegriffen worden. Aber wegen irgendeiner Laune in der Logistik oder grober Pannen der Missiles war Pearl Harbor nur von zwei Gefechtsköpfen getroffen worden. Andere Basen auf den Inseln hatten je einen Treffer erhalten und manche gar keinen. Honolulu hatte durch den Angriff auf Pearl Harbor erheblichen Schaden erlitten, war aber als Stadt erhalten geblieben.

Nach der Zerstörung, als Prüfer des Hexamons — darunter auch Lanier — Stellen suchten, wo man mit der Wiederherstellung beginnen könnte, hatten sich die Hawaii-Inseln von selbst als erster Platz für die Unterstützungsdienste im mittleren Pazifik angeboten. Die Waffen, die dort benutzt worden waren, waren verhältnismäßig sauber, die Strahlung war schon nach fünf Jahren nicht mehr sonderlich gefährlich. Ihr konnte das Hexamon sicher mit Medizin und Behandlung begegnen.

Nach zehn Jahren war der üppige Pflanzenwuchs der Dschungel und Grasländer von Oahu wiedergekommen. Es erhoben sich wieder Städte, die sowohl von der Aktivität des Hexamons wie dem transpazifischen Handel zwischen Neuseeland, Nordaustralien, Japan und Indochina profitierten.

Da für die Kommunikation mit dem Hexamon keine bestimmte geographische Lage für Regierungszentren der Wiederherstellung entscheidend war, hatte der Terrestrische Senat seine Hauptstadt auf Oahu an der Stelle des alten Honolulu eingerichtet. In diesem Beschluß hatte eine Andeutung von Macht und Privileg gesteckt, aber die Beobachter des Nexus' versuchten nicht, das zu ändern. Sie wußten, daß nur wenige Terrestrier sich an einer so unerfreulichen Aufgabe beteiligen würden wie der Leitung der Wiederherstellung ohne gründliche Untersuchungen.

Kanazawa wohnte in einem langen Haus aus Fachwerk und Steinen, eine Meile von der aus geschmolzenem Glas bestehenden Küste von Waikiki entfernt. Während eine feuchtwarme Brise aus dem Süden oben in den Palmen raschelte, gingen Karen, Garry und Ram Kikura den mit Bimsstein belegten Weg hinauf, wo sie eine Sicherheitseinrichtung des Nexus' empfing, eine lange, polierte Röhre von ungefähr einem Meter Länge und fünfzehn Zentimetern Durchmesser, die neben der Terrasse schwebte.

»Wir sind erfreut, Sie wiederzusehen, Ser Lanier«,

sagte der Apparat in einer höher gestimmten Version der Stimme Kanazawas. »Sie werden alle erwartet. Bitte, treten Sie ein und entschuldigen Sie die Unordnung. Der Senator stellt gerade Forschungen an für ein Handelsabkommen, das bei der nächsten Sitzung zur Sprache kommen wird.«

Sie gingen die Steinstufen empor und in den überdachten Laufgang zur Terrasse. Korbmöbel standen auf blanken Böden aus schwarzem Holz. Akten und Papiere lagen in wirren Stapeln im Wohnzimmer herum. Elektronische Speichergeräte von modernstem Typ bedeuteten auf der Erde noch einen gewissen Luxus. Angeberei war nicht Kanazawas Stil. Er verließ sich noch auf Papier.

»Mir gefällt das«, sagte Ram Kikura und befühlte polynesische bedruckte Stoffe auf Sofa und Sessel. »Das ist echt.«

Kanazawa kam aus seinem hinteren Arbeitszimmer. Er trug eine blauweiße japanische Robe aus bedruckter Baumwolle und Tabi-Sandalen. »Garry, Karen! Ich bin entzückt, euch wiederzusehen.« Er lächelte Ram Kikura zu. »Wenn ich mich nicht irre, ist dies die Advokatin der Erde und eine frühere Kollegin, Ser Suli Ram Kikura?« Er bot ihr die Hand, Ram Kikura schüttelte sie und machte eine leichte Verbeugung. »Euch alle hier zu sehen, beunruhigt mich etwas, so sehr mich der Besuch freut. Es geht wohl etwas Bedeutendes im Nexus vor, wie mir scheint?«

Er führte sie zu einer Veranda auf der Rückseite und bestellte Getränke bei einem mechanischen Diener. Seit vor zehn Jahren seine Frau gestorben war, hatte Kanazawa nicht wieder geheiratet. Statt dessen hatte er sich noch tiefer in seine Arbeit vergraben und einen Ruf gewonnen als ausnehmend höflich und befähigt, aber auch ausnehmend hartnäckig, sogar verbohrt.

»Der Nexus muß eine Empfehlung erstellen über Thistledown«, sagte Lanier.

»Davon habe ich nichts gehört«, erwiderte Kanazawa und neigte den Kopf neugierig zur Seite. Sein breites, gefurchtes Gesicht hatte eine starke weiße Narbe über einer Wange, wo ihn eine Stichflamme getroffen hatte, als er auf der Kanzel der U.S.S. *Burleigh*, seines U-Bootes, gestanden hatte. Eine ähnliche Narbe markierte seinen rechten Handrücken und endete im Schatten des langen Ärmels des Jacketts, das er getragen hatte. Das U-Boot war auf Nordkurs längs der kalifornischen Küste gewesen, drei Tage nach dem Anfang des Todes. Die Stichflamme war von einem Atomschlag auf San Francisco gekommen.

Lanier sagte: »Es sieht so aus, daß man den Alten Eingeborenen nicht gestatten wird, über diesen Punkt mit abzustimmen.«

Kanazawa verzog keine Miene, aber seine Stimme wurde scharf. »Warum denn nicht?«

»Sie werden durch Anordnung bezüglich der Wiederherstellung ausgeschlossen werden«, sagte Lanier. »Ungeeignet, Entscheidungen zu treffen, bei denen das elterliche Hexamon betroffen ist.« Durch einen besonderen Dreh in der juristischen Formulierung hatten die herrschenden Behörden von Thistledown und den Bezirken in den frühen Jahren der Gesetzgebung der Wiederherstellung die elterlichen gesetzlichen Vollmachten bekommen.

Kanazawa nickte. »Seit elf Jahren nicht zitiert, aber noch in Kraft. Sollte mich das kümmern?«

»Ich denke, es geht uns alle an«, sagte Lanier. »Das ist eine ziemlich lange Geschichte.«

»Ich weiß, daß sie meine Zeit wert ist, wenn sie von dir kommt. Erzähle mir!«

Lanier berichtete.

41. KAPITEL

Thistledown

Korzenowski ging durch das Terminal der sechsten Kammer, um sich mit Mirsky unter einem transparenten Oberlicht zu treffen. Der Avatar — für Korzenowski war es am leichtesten, ihn sich so vorzustellen — blickte durch den Raum empor zu einem Teppich von Maschinerie auf der gegenüberliegenden Seite des Raumes. Wolken bewegten sich rasch über das Bild, sowohl auf dieser wie auf der anderen Seite. Die grau und grün gescheckten Flächen, zwischen denen das Leuchten des Plasmarohres lief, beruhigten Korzenowski auf eine Weise, die ihm unverständlich war. Er hatte sich von all diesem gelöst, aber es faszinierte ihn trotzdem noch immer.

Wie Olmy glaubte auch er jetzt, daß das Hexamon den Weg wieder aufmachen würde, ungeachtet etwaiger Hindernisse. Würde ihm das leid tun?

»Es ist großartig«, sagte Mirsky. »Eine großartige Leistung.« Er lächelte dem Ingenieur zu. »Als ich dies zum ersten Mal sah, war es jenseits von allem, was ich mir vorstellen konnte. Ich fühlte mich als Zwerg. Ich war nicht allmählich eingeführt worden und hatte auch nicht die Zeit gehabt, die Lanier in der Kartoffel verbracht hatte — so nannten wir Thistledown damals. Wir waren nicht im Frieden hineingekommen. Es fühlte sich unmöglich fremdartig und verwirrend an, und auch faszinierend. Aber Ser Ram Kikura nannte es ›abscheulich‹.«

»Ihre Neigungen liegen nicht bei Maschinen. Sie hat ihr Leben mit riesigen Maschinen verbracht. Für sie sind sie selbstverständlich. Es ist nicht ungewöhnlich, daß Naderiten für ihre wirkliche Umgebung blind sind, wenn sie nach Vollkommenheit streben. Alles in allem sind wir eine mystische Gruppe. Stern, Geschick und Geist stecken tief in uns.«

»Wie lange wird es dauern, diese Diagnose fertigzustellen?« fragte Mirsky.

»Drei Tage. Es gibt jetzt in der ganzen Kammer Partiale und Ferngeräte. Alles Wesentliche scheint in funktionsfähigem Zustand zu sein.«

»Und die Waffen?«

Korzenowski starrte auf das Bild im Oberlicht. Es begann leichter Regen zu fallen, der das Glas trübte. Das gleiche Wasser hatte seit Jahrhunderten die Maschinerie in der sechsten Kammer gekühlt und gereinigt. »Ich habe sie nicht gebaut. Ich weiß sehr wenig über sie. Ich vermute, daß auch sie funktionsfähig sind. Das Hexamon hat einen großen Teil seiner Geschichte damit verbracht, sich auf Maschinen zu verlassen, um am Leben zu bleiben. Wir respektieren unsere Erzeugnisse und bauen sie instinktiv so, daß sie dauerhaft sind.«

»Wie lange wird es dann bis zur Wiederöffnung dauern?« fragte Mirsky.

»Der Zeitplan ist unverändert. Falls nicht Lanier und Ram Kikura Erfolg haben, die Empfehlung und Abstimmung zu blockieren, vielleicht zwei Wochen. Nicht mehr als ein Monat.«

»Ihr werdet es schaffen, wenn es euch befohlen wird? Den Weg wieder öffnen?«

»Ich werde es tun«, antwortete Korzenowski. »Es ist, als ob das Schicksal mitspielte, nicht wahr?«

Mirsky lachte. Zum ersten Mal hörte Korzenowski in der Stimme des Avatars etwas, das nicht völlig menschlich erschien; und das ließ ihn frösteln. »Wirklich das Schicksal«, sagte Mirsky. »Ich bin mit gottgleichen Wesen zusammen gewesen, und auch sie verwundern sich über das Schicksal.«

42. KAPITEL

Hawaii

»Es wäre mir eine Ehre, wenn Sie hier blieben«, sagte Kanazawa. »Meine Gastlichkeit ist nicht mehr so wie zu Lebzeiten meiner Frau — nur mechanische Hilfe durch meine Konstituenten, aber die Küche versorgt meine Gäste und mich gut.«

»Wir wären hoch erfreut«, sagte Lanier. »Wir brechen am Morgen auf, um Oregon zu besuchen; dann fliegen wir weiter nach Melbourne und nach Hause, Neuseeland ... Christchurch. Wir haben nicht viel Zeit.«

Aus der vorderen Terrasse sahen sie, wie die Sonne hinter den Palmen und dem Strand unterging. Sie setzte die Hänge von Barber's Point mit einem sanfteren Feuer in Brand, als diese Gegend während des Todes erfahren hatte. Ein japanischer Friedhof lag gleich westlich vom Grundstück des Senators hinter einem frisch gestrichenen weißen Lattenzaun. Suli Ram Kikura stand dort mit Karen an der Seite. Sie betrachteten die aus Lava pagodenartig ausgemeißelten Grabsteine und Kreuze.

»Es gibt etwas, das in der alten Axis-City fehlte«, sagte Lanier.

»Was denn?«

»Friedhöfe.«

»Hier sind es viel zu viele«, sagte Kanazawa sofort. »Viele Dinge müssen da oben anders sein — wir haben so enge Bindungen, und verstehen uns doch, wie mir bisweilen scheint, so wenig miteinander. Ich wünsche, ich hätte nicht solche Angst vor Weltraumflügen. Mein einziger war, als wir uns zuletzt begegnet sind. Meine Wochen in der *Burleigh* haben mich wohl von engen Wohnquartieren geheilt. Ich habe das Schiff verlassen, als wir in Waimanalo anlegten, und mir geschworen, daß ich nie wieder in einer eisernen Röhre sitzen würde. Mein Flug damals nach oben fand unter Beruhigungsmitteln statt.«

Lanier lächelte mitfühlend.

»Du hast mit ihnen gearbeitet. Zum Teufel, Garry, du warst einer der ersten, der ihnen begegnet ist. Sicher verstehst du doch, was sie motiviert.«

»Ich kann es vermuten.«

»Warum gelten wir mit einemmal als schwache Partner, wenn dies die ganze Menschheit angehen könnte?«

»Wir *sind* schwache Partner, Senator.«

»Nicht so schwach oder naiv, wie sie denken müssen. Wir können vor dem Frühstück viele erstaunliche Dinge fassen.«

»Ich meine, es müßte besser heißen ›an sechs unmögliche Dinge vor dem Frühstück glauben‹.«

»Unmögliche Dinge! Daß wir einen Mann von den Toten zurückgeholt haben, oder beinahe ...«

»Solche haben wir massenhaft«, sagte Lanier. »Ich habe sogar mitgeholfen, Leute wieder auferstehen zu lassen. Mirsky ist etwas viel Erstaunlicheres.«

Kanazawa wandte der Dämmerung den Rücken zu. Die Flammen hinter Barber's Point waren zu purpurnen Traumfarben verblaßt. Die Sonnenuntergänge waren jetzt nicht mehr so eindrucksvoll, wie sie es in den ersten Jahren nach dem Tod gewesen waren. Aber in Hawaii waren sie immer noch prächtig. »Schon gut. Vielleicht sind wir naiv. Akzeptiert *sie* so etwas?«

»Karen oder Ram Kikura?«

»Ich denke, sie akzeptiert es einerseits und findet es andererseits schwer akzeptabel ... Sie stimmt zu, daß wir so handeln müssen, wie Mirsky sagt. Aber sie bedauert tief, daß er zurückgekehrt ist. Sie glaubt, er habe diese ganze Verwirrung ausgelöst, was natürlich stimmt. Aber es wäre auf jeden Fall passiert.«

»Nur auf der ganzen Erde Reden zu halten kann nur

Ärger machen, wieviele Leute einem auch Glauben schenken mögen«, sagte Kanazawa. »Wir mögen unsere Retter nicht. Wir bedauern, daß sie uns die Kindheit gestohlen haben.«

»Senator, ich bin nicht sicher, ob ich richtig verstehe. Gewiß hat doch der *Tod* das getan.«

»Nein. Die Erbauer von Thistledown — *sie* haben den Tod überlebt, sind aus ihm herausgewachsen und haben eine neue Zivilisation entwickelt. Sie haben ihre eigenen Wunder erfunden, um Überlegenheit gekämpft und ihre Asteroiden-Sternenschiffe gestartet. Wir können das nicht tun. Sie sind zu uns gekommen mit Händen voller Wunder wie Eltern, die Kinder aufziehen. Sie haben uns Mirakel hier und Wunder dort gegeben und manchmal aufgezwungen. Sie haben uns nicht unsere eigenen Fehler machen lassen ...«

»Gott sei Dank«, sagte Lanier trocken. »Wir sind so schon schlimm genug aufgedreht.«

»Ja, aber verstehst du, was ich meine?« fragte Kanazawa kläglich. »Meine Konstituenten gingen verloren durch diese Retter. Die Leute halten sie für Engel. Ein Besucher aus den Bezirken oder vom Asteroiden ist noch selten. Sie werden geachtet und gefürchtet. Wir sind auf der Erde hinterwäldlerische Tölpel geblieben.«

»Wenn der Schuh paßt«, sagte Lanier.

»Garry, du bist zynisch geworden.«

»Nicht ohne Grund, Senator«, sagte Lanier mit schiefem Lächeln. »Aber ich verstehe, was du sagst. Wir müssen uns ganz besonders anstrengen. Die Erde kann nicht in Verärgerung, Bitterkeit und Neid leben. Vielleicht brauchen wir eine große Aufgabe wie diese, um hier unten Enthusiasmus zu entfachen.«

»Sie werden nicht verstehen, Garry«, sagte Kanazawa. »Es liegt außerhalb ihrer Erfahrung. Ein Märchen aus dem Stoff, aus dem Mythen gemacht werden. Mythen machen sich nicht gut in der Politik. Du mußt sie tarnen, daß sie wie unten von der Erde wirken.«

Ram Kikura und Karen kamen von dem Zaun zurück. Sie machten beide ein finsteres Gesicht. »Sterblichkeit ist das einzige, was einige von uns trennt«, sagte Kanazawa leise.

Das Abendessen wurde von Robotern serviert. Alle vier saßen um den Tisch herum. Lanier, Karen und Kanazawa fühlten sich etwas beschwipst nach großen Gläsern mit Rum nach des Tages Feierlichkeit und Mühsal. Lanier war seit Jahrzehnten nicht einmal leicht betrunken gewesen. Er fand, daß sich einige Knoten lösten, und betrachtete Karen mit Augen einer distanzierten, jüngeren Persönlichkeit. Sie war wirklich eine attraktive Frau. Wie jung sie auch schien, so hatte sie doch viel von der Weisheit des Alters, und das machte sie noch schöner. Lanier verachtete Jugend nicht, er wollte sich bloß nicht von seinen Zuneigungen beherrschen lassen.

Er dachte, die Zusammenarbeit könnte ein Heilmittel sein, aber sie war nicht so warm zu ihm, wie er ihr gegenüber empfand; und sie benahmen sich, wie es vielleicht ein altes Ehepaar getan hätte, indem sie mehr mit anderen am Tisch sprachen als miteinander.

Ram Kikura zögerte, Rum zu kosten. »Ich habe von Alkohol gehört«, sagte sie vorsichtig. »Ein narkotisches Gift.«

»War Thistledown während seiner Reise etwa *trokken?*« fragte Kanazawa sie erstaunt.

»Nein, zuerst nicht. Obwohl Alkohol nur eine sekundäre Rolle spielte, war er doch geläufig. Vielleicht kam er auch nur an dritter oder vierter Stelle. Die frühen Reisenden waren mehr interessiert an direkter mentaler Stimulation — ein Problem, das wir von der Erde mitgebracht hatten. Die Stimulationen behandeln Persönlichkeiten raffinierter und sicherer; und wir fanden Mittel zur Behandlung von Leuten, die sich chemischen oder neurologischen Exzessen hingaben ... Alkohol war nie ein großes Problem oder auch eine besondere Erfrischung. Weine wurden, soweit ich mich erinnere, kultiviert ...«

Sie schien gern eine Chance zu nützen, über Geschichte zu sprechen, besonders wenn es ihre Entscheidung hinsichtlich des Rums verzögerte. »Als aber der Weg gebaut wurde und wir die Jarts zurückgedrängt hatten, begann Handel durch die Schächte. Wir lernten Talsit und andere Substanzen kennen ... komplizierte Rauschgifte und Verstärker, nicht zu erwähnen die Nuancen völliger Speicherung. Alkohol und andere chemische Rauschgifte waren wie *Maultrommeln*«, sie betonte das Wort und freute sich über seine Exotik, »im Vergleich mit einem Sinfonieorchester.«

»Aber primitive Schritte haben immer noch ihren Charme«, sagte Kanazawa.

»Ich mache mich nicht gern zum Narren«, sagte Ram Kikura leise, tauchte einen Finger in das kleine Glas und führte ihn an die Nase. »Ester und Ketone. Sehr stark.«

»Zerstört das Gehirn«, sagte Karen, die schon ziemlich beschwipst war. »Man muß sich bald ein anderes mieten.«

»Alkohol«, fing Ram Kikura an und hielt dann inne, da sie merkte, daß sie zu lehrhaft wurde, »ist auf der Erde immer noch ein Problem. Habe ich recht?«

»Sie haben vollkommen recht«, sagte Kanazawa. »Und ein Balsam für unsere vielfältigen Wunden.«

»Ich mag nicht die Selbstkontrolle verlieren.«

Karen beugte sich vor und sagte: »Trink es! Es schmeckt wirklich gut. Du mußt nicht alles trinken.«

»Ich weiß, wie es schmeckt. Ich habe im City-Gedächtnis Biochrone gehabt.«

»Biochrone?« fragte Kanazawa.

»Jetzt nicht mehr so beliebt wie früher«, sagte Lanier. »Simulierte volle Lebenseindrücke. Gewöhnlich redigiert. In extremerer Form beseitigen sie die Erkenntnis, daß es sich um eine Simulation handelt. Man lebt ein anderes Leben.«

»Mein Gott!« sagte Kanazawa und machte ein erstauntes und sehr mißbilligendes Gesicht. »Das ist beinahe so, als ob … Ich weiß. Untreu gegen sich selbst.«

Als sie das ethische Dilemma diskutierten, ob biochroner Sex nach älteren irdischen Begriffen gleichbedeutend wäre mit Ehebruch, zog Ram Kikura das Rumglas näher heran. Lanier sah, was sie anlockte. Sie hatte immer einen Hang zur Vergangenheit gehabt. Bei ihrer ersten Begegnung hatte sie eine amerikanische Flagge über der Schulter piktographiert, stolz auf ihre alten Ahnen. Hier war ein Stück Vergangenheit, über das sie nur wenige direkte Kenntnisse besaß. Wie sie gehört hatte, waren biochrone Erinnerungen nicht annähernd so lebhaft wie reale. Das konnten sie auch kaum sein ohne außerordentliche Implantate, die größer waren als in Homorphen praktizierbar.

»Na schön«, sagte sie, nahm sich zusammen und ergriff das Glas. »Auf das Menschsein!« Sie machte einen viel größeren Schluck, als Lanier ihr geraten hätte. Ihre Augen weiteten sich, und sie hustete. Karen klopfte ihr nutzlos auf den Rücken.

»O Geist!« krächzte Ram Kikura, als sie halbwegs wieder zu sich gekommen war. »Das lehnt mein Körper ab.«

»Nur langsam!« riet Kanazawa. »Wenn das zu stark ist, habe ich einigen Wein …«

Ram Kikura ignorierte ihre Aufmerksamkeiten, verärgert wegen ihrer Schwäche. Sie wischte Tränen fort und hob das Glas noch einmal.

»Wie waren die Toasts?« fragte sie, immer noch heiser.

»Runter durch die Luke«, schlug Lanier vor.

Ram Kikura nippte bloß. »Macht meine Kehle dicht.«

»Ich verstehe nicht«, sagte Kanazawa. »Das ist ein sehr guter Rum, der beste auf Oahu.«

»Mindestens drei Stunden alt«, erklärte Lanier. Kanazawa zwinkerte ihm als Senator mißbilligend zu.

Er sagte: »Aus meinem Distrikt.«

»Diese Hälfte der Welt ist Ihr Distrikt. Sicher trinken Sie nicht alles, was Ihre Leute auf Flaschen ziehen«, sagte Karen.

Ram Kikura saß einen Moment lang still und beobachtete die Wirkung. Dann sagte sie: »Ich glaube nicht, daß ich betrunken werde. Meine implantierten Stoffwechselregler verwandeln den Alkohol schneller in Zucker, als ich trinken kann.«

»Wie schade!« sagte Kanazawa.

»Ich könnte sie feiner abstimmen ... wenn ich weniger nüchtern in die Situation passe ...«

Kanazawa warf Lanier einen bezeichnenden Blick zu. Karen seufzte und sagte: »Du bist ein schwieriges Partygirl, meine Liebe.«

Der Nachthimmel von Hawaii war ein kühles Leuchten, das Lanier an die *Gestirnte Nacht* von van Gogh erinnerte. Kanazawa brachte einen schwachen Laser-Lichtzeiger auf den Rasen hinter dem Haus. Sie saßen auf dem Gras, aßen brasilianische Schokolade und tranken Aperitifs.

»Dies ist mein ganz privates Planetarium«, sagte der Senator. Er krümmte sich vorsichtig zusammen, streckte einen Fuß vor, fiel beinahe um, hockte sich dann wieder aufs Gesäß und schlug die Beine unter. »Wohl nichts, was sich mit dem wirklichen Aufenthalt im Weltraum vergleichen ließe ... Aber ich bin damit zufrieden.«

Er schaltete den Laser ein und hob ihn. In der feuchten Meeresluft schnitt der Strahl einen geraden, glühenden Pfad Hunderte Fuß hoch zu den Sternen empor. Es schien so, als ob er sie einzeln berührte. Er sagte: »Ich kenne alle Sternbilder, die japanischen und chinesischen und die westlichen. Sogar einige babylonische.«

»Das ist wunderschön«, sagte Ram Kikura. Sie hatte ein bißchen des Alkohols erlaubt, auf sie zu wirken. Ihre Augen waren halb geschlossen, und sie schien entspannt, fast schläfrig. »Der Himmel ist mehr... menschlich hier unten. Freundlicher.«

»Ja, das sehe ich«, sagte Karen. Sie und Lanier saßen Rücken an Rücken im Gras. Ihre Köpfe berührten sich. »Aber als ich ein Mädchen war, schien es noch ungeheuer. Erschreckend.«

»Mein eigenes Planetarium«, wiederholte Kanazawa. »Ich kann einfach mit dem Laser zielen, den Strahl bewegen und zusehen, ohne daß jemand es weiß oder sich darum kümmert. Ihre Probleme ...« Er ließ den Strahl über den ganzen Himmel zucken, vom wolkenverhangenen Horizont bis zur klaren offenen See, »sind nicht meine Probleme.« Er seufzte höchst theatralisch. »Es ist gut, euch wiederzusehen, Garry, Karen. Und es tut gut, jemanden aus den Bezirken unter weniger offiziellen Umständen kennenzulernen. Zwischen uns liegen solche Distanzen als Eltern und Kinder ...«

Karen fragte: »Wer sind die Eltern und wer die Kinder?«

»Ihr seid die Eltern«, sagte Ram Kikura.

»Und auch die Kinder.« Karen stieß mit dem Kopf leicht gegen den von Lanier, und dann heftiger, als ob sie seine Aufmerksamkeit erregen wollte.

»Oh«, sagte er. »Was ist?«

»Nur bumsen, du alter Hundesohn.« Sie kicherte. »Tut mir leid. Rum-Geschwätz.«

»Bums nur weiter!« sagte er.

Ram Kikura hielt die Hände hoch. »Ich möchte jetzt Scharen von Erdenkindern sehen. Gesunde Kinder. Glückliche Kinder. Ich beobachte gern Hexamonkinder durch das Fenster meines Apartments in der Euklid-Achse. Du hast niemals mehr Kinder gehabt, Karen ... Warum?«

»Viel zu beschäftigt«, sagte Karen. Sie biß sich in die Oberlippe.

»Wie kann man zu beschäftigt sein, um Kinder zu haben?«

»Auf natürliche Weise oder nach Art des Hexamons?« fragte Karen. Der Schmerz war durch die Zeit abgestumpft, aber sie scheute sich immer noch vor dem Zentrum.

»Ich meine, nach Art des Hexamons«, sagte Ram Kikura. »Mein Sohn Tapi ist ein altmodisches Kind.« Sie lächelte und schüttelte den Kopf. »Er wird seine Inkarnationsexamina ablegen und in die Fußstapfen seines Vaters treten ... Olmys.«

»Ich habe nie gewußt, daß du einen Sohn hast«, sagte Lanier.

»O doch. Ich bin sehr stolz auf ihn. Aber ich habe ihn nicht in dem alten Sinne geboren. Aber es ist wichtig, Kinder zu haben, wie auch immer du sie bekommst ... ob sie im City-Gedächtnis aufgezogen werden oder nicht. Erlaubt, wie Blumen zu wachsen, Fehler zu machen.«

»Und zu sterben«, grübelte Lanier mit geschlossenen Augen. Karen reckte sich, beugte sich vor und brach ihren Kontakt von Rücken zu Rücken. Lanier bedauerte sofort seine Worte.

»Es gibt Friedhöfe auf Thistledown«, sagte er abwehrend und vermied den gezielten Blick von Ram Kikura. »Ich habe sie gesehen. Nischen für Urnen und sogar aufwendige Gräber. Ihre Leute wußten einst, wie der Tod aussah.«

»Tod ist *Versagen*«, sagte Ram Kikura ärgerlich.

»Tod ist Vollendung«, sagte Lanier.

»Tod ist Vergeudung und Verlust.«

»Ich stimme dem zu«, sagte Karen und stieß ihn wieder deutlich an. »Mehr Leben.«

»Robert!« Lanier zeigte mit dem Finger auf ihn. Dafür richtete Kanazawa den Laserpfeil auf seine Brust.

»Garry! Was?«

»Du entscheidest. Du bist ein natürlicher Mensch. Keine Implantate, lediglich Strahlentherapie. — Du hast sogar deine Narbe behalten ...«

»Ein weißer Orden für Mut«, sagte Kanazawa. »Hilft mir, im Dienst zu bleiben.«

»Ist Tod Vollendung oder Vergeudung?«

»Wir sind weit vom Thema des Abends abgekommen, nicht wahr?« fragte Kanazawa.

»Du hast japanische Ahnen. Die sehen den Tod anders an. Ehrenvoller Tod. Tod zur rechten Zeit.«

»Hast du Indianerblut?« fragte ihn Kanazawa.

»Nein.«

»Nun, du siehst so aus, als ob es der Fall sein könnte. Wenn Menschen sterben müssen, haben sie unterschiedliche Ansichten vom Tod. Sie putzen ihn heraus und tanzen mit ihm und stecken ihn in schwarze Gewänder und fürchten ihn. Ich bin in vielen Punkten anderer Meinung als das Hexamon, aber ich bedaure nicht, daß man uns die Wahl läßt. Jene Gräber — die meisten stammen aus der Zeit unmittelbar nach *dem Tod.* Viele meiner Konstituenten haben beschlossen länger zu leben. Manche hoffen auf ein ewiges Leben. Vielleicht wird es so kommen. Tod ist kein Versagen, er kann sogar Vollendung sein, aber nur so lange, wie er nicht Herr ist.«

»Stimmt«, sagte Karen.

»Hast du beschlossen ewig zu leben?« fragte Lanier.

»Nein«, sagte Kanazawa.

»Warum?«

»Das ist persönlich.«

»Entschuldigung!« sagte Karen. »Das ist kein erfreuliches Thema ...«

»Nein. Es ist wichtig«, sagte Kanazawa. »Nicht zu persönlich, um darüber zu reden. Sogar Rum-Geschwätz. Ich kann manche Dinge nicht vergessen. Unerfreuliche Erinnerungen. Ich kann kein Talsit oder Pseudo-Talsit benutzen, selbst wenn ich es bekommen sollte, so schön solche Kuren sind. Diese Erinnerungen sind ein fester Teil von mir und haben mich zu dem gemacht, was ich jetzt bin. Ich kämpfe immer dagegen an, morgens wache ich damit auf. Manchmal verfolgen sie mich den ganzen Tag. Du weißt, worüber ich spreche, nicht wahr, Garry?«

»Amen«, sagte Lanier.

»Wenn ich sterbe, werden diese Erinnerungen fort sein. Auch ich werde fort sein, vielleicht wird an meiner Stelle ein besserer kommen. Möglicherweise wird er die Geschichte kennen, die ich erlebt habe; aber er wird imstande sein, sich darüber zu erheben. Es wird keine Vergeudung geben. Was ich nicht assimilieren kann, wird er oder sie tun.«

»Amen«, wiederholte Lanier flüsternd.

»Wir sind uns einig, daß wir anderer Meinung sind«, sagte Ram Kikura. »Senator, Sie sind ein wundervoller Mensch. Ihr Tod wäre ein Verlust.«

Kanazawa neigte den Kopf, um ihr für das Kompliment zu danken.

Ram Kikura fuhr fort: »Sie wissen, wir können nicht weinen. Wir fühlen viele gleiche Emotionen, aber wir haben ... uns nicht darüber erhoben. Sie transzendiert. Wir assimilieren und bleiben wir selbst, aber ...« Sie schüttelte heftig den Kopf. »Ich kann nicht gerade denken. Rum-Ideen, Rum-Geschwätz.«

»Wir sind einem tödlichen Schicksal zu nahe, um objektiv einen individuellen Tod zu betrachten«, sagte Kanazawa. »Karen, billigen Sie das Alter Ihres Gatten?«

»Nein«, sagte sie nach einer langen Pause.

»Ich kann mit ihr nicht mithalten«, sagte Lanier mit einem Versuch zu scherzen.

Sie blickte von den Sternen zu dem dunklen Gras hinunter. »Das ist es nicht. Ich will dich nicht verlieren. Ich will mich aber auch nicht opfern, um mit dir Schritt zu halten.«

»Schneid dies Furunkel auf, Doktor!« sagte Lanier.

»Halt den Mund!« Sie rückte wieder von ihm ab und stand auf. »Das ist jetzt ein stupides Gerede.«

»Rum-Geschwätz«, sagte Kanazawa und ließ den Laserstrahl wieder über den Himmel gleiten. *»In vino veritas.«*

»Das ist edel, das ist menschlich«, sagte Ram Kikura.

Karen lief zum Haus. Lanier stand auf, wischte sich Gras von der Hose und sagte: »Ich denke, ich werde ihr folgen, und dann werden wir schlafen gehen.«

Kanazawa nickte verständnisvoll.

Lanier ging zurück ins Haus, fand das Schlafzimmer und sah von der Tür aus zu, wie Karen sich auszog. Er sagte: »Ich erinnere mich an das erste Mal, wie du mich geliebt hast. Es war bei einem Düsenflug in der Tunnelstrecke.«

Sie machte ein leichtes Geräusch, als sie ihren Büstenhalter aufhakte.

»Ich habe viele Jahre gebraucht, um dich wirklich hochzuschätzen. Erst nach unserer Heirat. Nachdem wir zusammengearbeitet hatten.«

»Bitte, halt den Mund!« sagte Karen, war aber nicht ärgerlich.

Er fuhr fort. »Du bist wie einer meiner Arme gewesen, eines meiner Beine. Ich habe dich als selbstverständlich hingenommen. Ich dachte, du würdest alles machen, was ich tue. Ich habe dich so sehr geliebt, daß ich vergaß, daß du nicht ich warst.«

»Es gab viel zu tun.«

»Auch das ist keine Entschuldigung«, sagte er. »Ich glaube, daß auch du mich aus den Augen verloren hast.«

Karen sagte in scharfem Ton: »Du bist nicht der einzige mit schlimmen Erinnerungen. Ich bin zur Erde zurückgekehrt. Erinnerst du dich? Ich habe den Geruch des Todes gespürt. Skelette von Kindern am Wegesrand. Man konnte nicht sagen, ob sie Monate oder Jahre lang dort gelegen hatten, vor dem *Tod* oder danach, als ihre Eltern sie dort aufgaben, weil sie sie nicht ernähren konnten. Wir konnten nicht rechtzeitig zu allen Leuten kommen. Du bist nicht der einzige mit Erinnerungen!«

»Ich weiß«, sagte Lanier, immer noch an den Türrahmen gelehnt.

»Ich kann damit fertig werden. Ich kann dich noch viel länger lieben. Ich will nicht, daß du von mir fortgehst. Ich hasse diesen Gedanken.«

»Ich weiß.«

»Dann komm zu mir zurück!« sagte sie. »Du kannst wieder jung werden. Wir haben noch Jahrhunderte für uns. Jahrhunderte von Arbeit, die getan werden muß.«

Er sagte: »Das ist nicht meine Art. Ich wünsche, du könntest das akzeptieren.«

»Ich wünsche, du könntest meine ... Ängste akzeptieren«, sagte sie.

»Ich will es versuchen. Wir arbeiten jetzt zusammen, Karen.«

Sie schüttelte sich halb und zuckte halb die Achseln, als sie sich auf das Bett setzte. Er blieb an der Tür stehen, immer noch angekleidet. »Was ist mit Mirsky?« fragte sie. Auf ihrem Gesicht lag ein Ausdruck offenen Erstaunens, glatte Stirn, weit offene Augen, die Lippen wie schmollend gespitzt. »Wird er die Götter zu uns herunterbringen? Ist es das, was er wirklich sagt? Er ist etwas Schreckliches, Garry.«

»Ich bin nicht dieser Meinung.«

Sie schüttelte den Kopf. »Ein Alptraum.«

»Eine Vision«, hielt Lanier dagegen. »Laß uns abwarten und sehen!«

»Ich habe Angst«, sagte sie einfach. »Wirst du mir das gestatten?«

Er wußte, wenn er jetzt hinginge und sie zu umarmen suchte, würde sie das nicht annehmen. Sie würde ihn fortstoßen. Aber er glaubte, daß die Zeit wohl kommen würde; und das war für ihn jetzt, noch leicht benommen vom Rum, genug. »Natürlich«, sagte er.

»Ich will schlafen gehen.« Sie legte sich auf dem Gästebett auf den Rücken und zog die Decken hoch.

Er sah ihr einen Moment zu, löschte dann das Licht,

wandte sich um und stand allein in der dunklen und stillen Vorhalle. Vom Gras draußen her hörte er, wie sich Kanazawa und Ram Kikura unterhielten.

Kanazawa sagte: »Es wäre mir eine Ehre, wenn Sie heute abend das Bett mit mir teilen würden.«

»Ich bin nicht einmal leicht betrunken, Ser Kanazawa«, sagte Ram Kikura.

»Ich auch nicht.«

Ram Kikura sagte einen Augenblick nichts. Dann: »Es würde mir gefallen.«

Lanier betrachtete seine Frau im Bett und den anheimelnden Komfort des Gästezimmers. Dann schüttelte er den Kopf. Zwischen ihnen gab es noch zu viele Mauern. Er ging zur vorderen Terrasse und legte sich dort auf das gepolsterte Korbsofa, ein altes abgeschabtes Seidenkissen unter dem Kopf.

Am Morgen ging Lanier den Strand entlang, ehe Karen aufwachte. In einem Kilometer Entfernung entdeckte er Ram Kikura, die groß und schlank um eine auslaufende Brandungszunge ging, umkreist von Möwen. Ohne sich ein Zeichen zu geben, gingen sie aufeinander zu, und Ram Kikura lächelte ihn an, als sie zusammentrafen.

»Bin ich eine *freche Göre?*« fragte sie und machte kehrt, um sich seinem Schritt und seiner Richtung anzupassen.

Lanier erwiderte ihr Lächeln und sagte: »So frech, wie sie eben kommen.«

»In all meinen Jahren als Advokatin der Erde habe ich nie mit einem Alten Eingeborenen geschlafen.«

»War es drollig?« fragte Lanier.

Sie warf ihm einen finsteren Blick zu und sagte: »Manches ist im Grunde deutlich gleich.«

Sie gingen eine Weile schweigend weiter, sahen zu, wie Möwen auf dem feuchten Sand vor ihnen hüpften, und vermieden die glatten ausrollenden Wellen. Schließlich sagte sie: »Ser Kanazawa ist wütend. Er ist ärgerlicher, als ich seit langem einen Mann gesehen habe. Er hat das uns allen nicht gezeigt ... Er wird eine Sitzung aller Senatoren und Würdenträger der Erde einberufen. Durch mich werden sie die Abstimmung der *mens publica* fordern. Ich kann stark dafür plädieren, daß die Gesetze der Wiederherstellung nicht für diesen Fall gelten.«

»Werdet ihr gewinnen?« fragte Lanier.

Sie bückte sich, um eine japanische gläserne Netzkugel aufzuheben und fragte: »Ich möchte wissen, wie lange das schon hier gelegen hat. Macht man so etwas jetzt noch?«

»Ich weiß nicht«, sagte Lanier. »Ich nehme an, ja. Werdet ihr gewinnen?«

»Wahrscheinlich nicht. Das Hexamon ist nicht mehr das, was es früher gewesen ist.« Sie sah sich aus der Nähe die kleinen sternförmigen Blasen an, die in dem grünen Glas schwebten. Sie warf die Kugel wieder in den Sand.

»Der Präsident scheint mit den Gezeiten zu schaukeln«, sagte Lanier. »Er behauptet, sich der Wiederöffnung heftig zu widersetzen.«

»Das tut er. Aber er kann nicht viel tun, wenn der Nexus dafür ist. Und ich fürchte, daß er wie der Kapitän eines in Gefahr befindlichen Schiffes nicht zögern wird, die Erde abzukoppeln, wenn es nötig ist, das zu retten, was vom Hexamon übrig ist.«

»Aber die Jarts ...«

»Die haben wir einmal besiegt, ohne darauf vorbereitet zu sein«, sagte Ram Kikura.

»Das klingt stolz und fast bekräftigend.«

Sie runzelte wieder die Stirn und schüttelte den Kopf. »Ein Advokat muß die Gefühle der Opposition verstehen. Ich bin selbst ebenso wütend wie Kanazawa.« Sie schwenkte die Arme und bückte sich, um ein zerdrücktes Stück einer Plastikflasche aufzuheben. »Was meinen Sie, wie alt dies hier ist?«

Lanier antwortete nicht. Er dachte an Mirsky, überrascht durch die Weigerung des Nexus', seiner Forderung zu entsprechen. »Welche Chance besteht für eine negative Abstimmung?« fragte er.

»Keine. Ohne eine überzeugte und informierte Erde; und das erscheint in naher Zukunft unmöglich.«

»Warum sind wir dann überhaupt hier? Ich hielt das für eine gute Idee ... Ich dachte, wir könnten etwas bewirken.«

Ram Kikura nickte und sagte: »Das werden wir auch. Wir werden uns an ihre verdammten Fersen heften und sie bremsen. Die Flut wird kommen, meinen Sie nicht auch?«

Soweit Lanier sah, kam Ebbe; aber er verstand, was sie sagen wollte.

»Was werden wir in Oregon sagen?« fragte er.

»Dasselbe wie hier.«

Sie machten kehrt und gingen zum Haus zurück. Als sie ankamen, waren auch die anderen auf und zugange, und die Roboter servierten Frühstück. Kanazawa und Ram Kikura waren liebenswürdig und herzlich, aber nichts weiter.

Lanier war in Gedanken vertieft. Ein Ausbruch von jugendlichem Enthusiasmus war gedämpft worden. Er war traurig, glaubte aber, daß er noch immer jung und töricht sein könnte. Er konnte immer noch für aussichtslose Fälle kämpfen. Irgendwie fühlte er sich dadurch sogar noch lebendiger und entschlossener. Außerdem fürchtete er, daß Mirsky — oder die Wesen am Ende der Zeit — weit mächtiger sein könnten als sogar das Hexamon.

Sie packten ihr weniges Gepäck. Ram Kikura und Karen sprachen mit Kanazawa, während Lanier die kleinen Taschen zum Shuttle brachte. Als er in die Tür des Shuttles trat, ließ der automatische Pilot vor ihm ein rotes Zeichen aufblitzen.

»Bitte, sprich Englisch!« sagte Lanier leicht irritiert.

Der Pilot sagte: »Unser Flug ist aufgehalten worden. Wir müssen hierbleiben, bis Bezirkspolizei eintrifft.«

Lanier setzte verblüfft die Taschen ab. »Bezirkspolizei? Keine Terrestrische Polizei?«

Der Pilot antwortete nicht. Die Innenbeleuchtung wurde schwächer. Der weiße Innenraum zeigte ein inaktives Blau.

Lanier fragte: »Funktionierst du noch?« Es kamen keine weiteren Antworten. Er sah sich im dunklen Innenraum um und öffnete und ballte die Fäuste. Dann ging er von der Tür hinunter, das Gesicht rot vor Wut, und traf auf Karen.

»Ich glaube, man hat uns abgefangen«, sagte er. Ram Kikura und Kanazawa traten aus dem Haus.

»Probleme?« fragte der Senator.

»Bezirkspolizei kommt«, sagte Lanier.

Kanazawa machte ein böses Gesicht. »Nicht, sofern ich etwas dabei zu sagen habe.«

»Wahrscheinlich ist das nicht der Fall«, sagte Ram Kikura. Kanazawa starrte sie an, als ob sie ihm einen Schlag versetzt hätte. »Das ist eine sehr ernste Angelegenheit, Garry. Wie hast du ...?«

Karen blickte aufs Meer hinaus. Jenseits von Baber's Point kamen drei Flugzeuge auf sie zu, die sich blendend weiß von den geballten grauen Wolken des frühen Morgens abhoben. Sie kippten und kamen auf das Haus zu, wurden langsamer und schwebten auf der Stelle, wobei sie Kies und Erde von der Straße und dem Hofe des Senators aufwirbelten.

»Ser Lanier«, dröhnte eine Stimme von dem Flugzeug über ihnen herab. »Bitte antworten.«

»Ich bin Garry Lanier.« Er trat etwas von den anderen fort.

»Ser Lanier, Sie und Ihre Frau müssen sofort nach Neuseeland zurückkehren. Alle Alten Eingeborenen werden in ihre Heimatländer zurückbeordert.«

Ram Kikura trat neben ihn. »Auf wessen Befehl und aufgrund welchen Gesetzes?« Sie senkte die Stimme. »Es gibt keine solchen Gesetze«, murmelte sie.

»Durch die Revidierte Wiederherstellungsverordnung. Direkte Autorität des Präsidenten. Bitte, besteigen Sie Ihr Shuttle. Dessen Flugpläne sind geändert worden.«

»Geh nicht!« sagte Kanazawa. Er sah zu den drei Flugzeugen auf und hob die Faust. »Ich bin Senator! Ich verlange eine Begegnung mit dem Präsidenten und dem Premierminister!«

Das schwebende Flugzeug antwortete nicht.

»Sie werden nicht in das Shuttle gehen«, sagte Ram Kikura. »Wir bleiben alle hier. Sie werden es nicht wagen, physische Gewalt anzuwenden.«

»Garry, sie sagen, daß alle Alten Eingeborenen zurückgeholt werden. Sogar die mit ständigem Wohnsitz auf den orbitalen Körpern?« Karens Gesicht sah aus wie das eines schrecklich enttäuschten, ungläubigen Kindes.

»Ich weiß nicht«, sagte Lanier. »Senator, wir können in unserem eigenen Lande mehr ausrichten ... falls wir nicht unter Hausarrest gestellt werden ... In diesem Falle ist es gleichgültig, wo wir sind.« Er wandte sich an Ram Kikura. »Ich nehme an, Sie wollen nach Thistledown zurückkehren.«

»Nehmen Sie nichts an!« sagte sie knapp. »Alle Regeln sind außer Kraft. Ich habe dies bestimmt nicht erwartet.«

Karen sagte mit rotem Gesicht: »Sie tun es. Und sie legen es wirklich auf einen Kampf an.«

Das bezweifle ich, dachte Lanier. *Der Kampf findet wohl gerade hier und jetzt statt. Sie fühlen sich genötigt, ein schmutziges Spiel zu treiben.*

Die drei Flugzeuge behielten unerbittlich ihre Position bei. Ein leichter Regen setzte ein. Ram Kikura wischte sich feuchtes Haar aus dem Gesicht. »Wir sollten nicht einfach hier stehen wie ungehorsame Kinder«, sagte Lanier. »Senator, ich danke, daß Sie uns angehört haben. Wenn wir wieder sprechen können, werde ich …«

»Bitte, steigen Sie jetzt in Ihr Shuttle!« dröhnte die Stimme.

Lanier ergriff die Hand seiner Frau. Zu Kanazawa und Ram Kikura sagte er Lebewohl. »Viel Glück! Lassen Sie Korzenowski und Olmy wissen, was hier geschehen ist.«

Ram Kikura nickte.

Sie stiegen ein, und die Tür schloß sich hinter ihnen.

43. KAPITEL

Der Weg, Tüchtige Gaia

Ein Irrgarten strahlend grüner Linien zeichnete sich parallel um sie ab und gestaltete sich zu einem Muster wie ein Harnisch oder Käfig um die Blase, schneller, als Rhita mit den Augen nachfolgen konnte. Nach einer kurzen Pause stieg eine andere Gruppe von Linien aus der Oberfläche des Weges weit unten auf und schuf einen blendenden Zielpunkt nahe einem der Türme aus aufgestapelten Scheiben. Die Linien verbanden sich, und die Blase stieg mit alarmierender Geschwindigkeit nach unten, aber wieder so, daß es nicht spürbar war.

Rhita fühlte sich schwach. Es war zu viel Stimulation zu absorbieren. »Mir wird schlecht«, sagte sie Typhon. Der Begleiter ergriff ihren linken Arm — das erste Mal, daß er sie berührte. Sein Kontakt war warm, aber nicht überzeugend. Rhita wurde durch den sich um sie zusammenziehenden Kreis von Denken und Schauen leicht abgestoßen. Dann sank sie auf die Knie und war hilflos.

Sie erwartete halb, daß Typhon etwas für sie tun würde, um ihre Benommenheit zu vertreiben. Aber er stand einfach hinter ihr und verhinderte, daß sie auf den Rücken fiel. Sie widerstand kurz einem Impuls, sich zu übergeben. Dann schloß sie fest die Augen in der Annahme, daß Dunkelheit für ihre Gesundheit besser sein würde.

Nach einiger Zeit ebbte die Benommenheit ab, und sie fühlte sich besser. Typhon sagte: »Wenn du Durst hast, trink dies hier!« Sie öffnete die Augen und sah einen Glasbecher mit klarer Flüssigkeit in seiner Hand. Sie ergriff ihn und nippte vorsichtig daran. Wasser, nichts weiter, soweit sie sagen konnte. Das enttäuschte sie. Sie hatte irgendein Elixier erwartet. Natürlich war es ein Rätsel, wo der Begleiter in der Blase ein Glas Wasser gefunden hatte … Sie stellte sich vor, daß er in seinem Körper ein Loch öffnete und es herausnahm oder vielleicht in das Glas spuckte. Sie schloß wieder die Augen und kämpfte gegen einen neuen Schwall von Übelkeit an.

Rhita benutzte das Geländer, um wieder auf die Füße zu kommen, schüttelte seine Hand ab und gab den noch halb vollen Becher eilends zurück. Teils, um sich von dem Panorama draußen abzulenken, und teils, um ihre Benommenheit zu unterdrücken, richtete sie ihre volle Aufmerksamkeit auf das, was er mit dem Glas machte.

Er hielt es. Weiter nichts. Erschauernd wandte sie sich wieder der Aussicht zu. Sie waren jetzt viel näher zur Oberfläche hinuntergesunken und flogen — geleitet durch die grünen Linien — auf einen weißen Turm zu. Sie versuchte, den Maßstab zu beurteilen, und kam zu dem Schluß, daß der Turm mindestens so hoch war wie der Pharos in Alexandreia und viel massiger. Aber die Ausmaße des Weges ließen alle Strukturen zwergenhaft erscheinen.

Rhita zwang sich dazu, den Kopf zurückzulehnen und nach oben zu schauen. Ihr Hals protestierte. Sie öffnete den Mund und stöhnte wider Willen. Weit hinter und über ihnen hing das dreieckige Prisma riesig, stumpf und ungefüge im Zentrum des perlweißen Lichtbandes wie ein langer schwarzer Kristall, der in milchigem Wasser schwebt.

Etwas weiter in der Kehle des Weges erregte ein blinkendes Lichtsignal ihre Aufmerksamkeit. Sie beschattete die Augen, obwohl das Licht der Röhre nicht besonders hell war, und blinzelte, um sich auf einen beweglichen Fleck zu konzentrieren. Auch der lag innerhalb des Lichtbandes, aber viele Stadien entfernt, und bewegte sich rasch auf sie zu. Sie warf den Kopf zurück, als er einen Punkt genau über ihnen erreichte. Sie sah, daß es ein anderes riesiges Regenbogenprisma war, und merkte, daß es mit dem ersten Prisma kollidieren würde. Sie drehte sich um und schnappte nach Luft, als die Prismen wie Eisenbahnzüge auf gleicher Strecke zusammenstießen. Für einen Augenblick bildeten sie eine lange grüne Masse; und dann glitt das zweite Prisma durch das erste, ohne daß eines von beiden Schaden nahm; und sie setzten ihren Weg ohne weiteres in entgegengesetzter Richtung fort.

Patrikia hatte nie *so etwas* beschrieben.

»Ich fühle mich betäubt«, sagte sie und sah Typhon ärgerlich an.

»Du hast es selbst so gewollt«, sagte der Begleiter ruhig. »Auch wir nehmen diese Route nur selten.«

Sie dachte darüber etwas nach und fand die Aussicht dann weniger beunruhigend, als nach ihrer Befürchtung Typhon meinte, und blickte wieder nach vorn.

Es waren keine Eingänge zum Turm erkennbar. Nichtsdestoweniger passierte die Blase geradewegs durch die abgerundete Wand einer Stapelscheibe, durchquerte einen bogenförmigen Raum voller schwebender Vieleckkörper und glitt dann durch eine weitere Wand. Die Blase gab ihren Baldachin aus grünen Linien auf und stieg durch einen blattgrünen Schacht hinab zu etwas, das eine vollkommen klare Glaslinse sein mochte. Verzerrt durch diese Linse gab es meeresblaue, himmelblaue, hellbraune und wolkengraue Konturen, alle normale Farben ihrer Heimat. Sie hielt kurz den Atem an in der aussichtslosen Hoffnung, daß der Alptraum ein Ende nehmen würde.

Ihr Begleiter sagte: »Dies ist das Tor zu Gaia. Ein früheres Tor war hier offen. Unsere Tore sind gewöhnlich nicht so räumlich beschränkt, aber die ältere Geometrie hat Vorrang.«

»Oh«, sagte Rhita. Diese Information bedeutete ihr fast nichts …

Als sie auf die Oberfläche der Linse hinabfielen, wurde die Farbe des Schachtes rötlich und wechselte dann abrupt zu weiß.

Die Blase traf auf die Linse — und fiel hindurch. Darunter lag eine Küste, grauer Ozean unter Wolkenschatten und blauer Ozean in Flecken von strahlendem Sonnenschein.

Rhita konnte kaum atmen. »Wo sind wir?«

»Dies ist deine Welt«, sagte Typhon.

Das wußte sie, und es war auch kein Traum. »Wo auf Gaia?«

»So weit ich weiß, in der Nähe deiner Heimat. Ich bin in irgendeinem Selbst oder einer Verkörperung nie hier gewesen.«

»Ich möchte nach …« Sie blickte auf und sah den blauen Himmel und einen undeutlichen Schimmer über ihren Köpfen. Dies war das Tor, durch das sie gerade gekommen waren. »Können wir nach Rhodos gehen?«

Typhon erwog ihre Frage einen Moment lang. »Das würde nicht viel mehr Energie erfordern. Dies Projekt nähert sich seinen Grenzen — allerdings. Dort müssen wir bald Resultate haben.«

»Ich verstehe nicht, was du meinst.«

»Diese Linie der Untersuchung. Du mußt bald Ergebnisse liefern.«

»Du weißt alles, was ich weiß. Was kann ich für dich tun?« sagte Rhita, äußerst erschöpft und den Tränen nahe.

»Führe uns zu jenen, die dein Schlüsselbein gebaut haben. Gib uns Hinweise. Aber …« Er hielt die Hand wie zum Protest hoch. »Es ist mir klar, daß du diese Dinge nicht kennst. Trotzdem besteht eine gewisse Hoffnung, daß du mehr enthüllen kannst durch deine Aktionen oder deine Anwesenheit. Das Schlüsselbein könnte auch noch von anderen gesucht werden. Nur du kannst damit umgehen. Du hast immer noch einigen Wert in deiner aktiven Form.«

»Was ist mit meinen Kameraden?«

»Sie werden hergeschafft werden, wenn dir das angenehmer ist.«

»Das wäre es. Bitte!«

Typhon lächelte. »Eure Formen sozialer Beschwichtigung sind wundervoll. Eine solche Einfalt, die so viel Aggression bewirkt. Das Ersuchen ist gestellt. Sie sollten uns in Rhodos treffen, falls wir nicht das Energiebudget überschreiten.«

»Ich bin nicht sicher, ob ich es hier noch viel länger aushalten kann. Ich bin sehr erschöpft.«

Typhon riet ihr, sich auf die Plattform zu hocken. »Du wirst in meinen Augen nicht unbeholfen sein«, sagte er.

Mit einer Grimasse hockte sie sich nicht bloß hin, sondern legte sich auf den Bauch und blickte über die Kante. »Gehen wir nach Rhodos?« fragte sie.

»Ja.«

Eine grüne Linie erschien aus nahen Wolken und breitete sich vor der Blase aus in ein strahlendes Kurvenbündel. Wieder in einem Käfig beförderte die Blase sie hoch über den Ozean. Rhita konnte nicht angeben, in welche Kompaßrichtung sie sich bewegten.

»Bin ich das erste menschliche Wesen, das du jemals studiert hast?« fragte sie.

»Nein«, antwortete Typhon. »Meine Selbste haben Dutzende von Menschen aus dieser Welt studiert, ehe wir deine erhaltene Aufzeichnung untersucht haben.«

»Wißt ihr alles über uns?« Jetzt war sie vorwiegend von Ärger beherrscht. Sie sprach in bissigem Ton und hoffte, daß der Begleiter diese Schärfe bemerken würde.

»Nein. Du hast immer noch viele Feinheiten und Dinge, die zu studieren sind. Aber vielleicht wird man mir nicht erlauben, dich vollständig zu untersuchen. Es gibt höhere Aufgaben, und meine Anzahl von Selbsten ist völlig beschäftigt.«

»Du sprichst immer von deinen ›Selbsten‹«, sagte Rhita müde. »Ich verstehe nicht, was du meinst.«

»Ich bin kein Individuum. Ich bin aktiv gespeichert.«

»Wie Korn in einer Scheune?« fragte Rhita sarkastisch.

»Wie eine Erinnerung in deinem Kopf«, sagte Typhon. »Ich bin aktiv gespeichert in dem *Sprung*. Wir können in ihm Resonanzen induzieren und ungeheure Mengen an Information speichern — buchstäblich Welten von Information. Ist dir das klar?«

»Nein«, gab sie zu. »Wie kann es mehr als einen von dir geben?«

»Weil meine Muster, mein Selbst, endlos reproduziert werden können. Ich kann mit anderen Selbsten verschiedener Konstruktionen und Fähigkeiten verschmolzen werden. Mannigfache Effektuatoren können für uns gebaut werden — Maschinen oder Schiffe oder — seltener — Körper. Ich arbeite, wenn eines meiner Selbste gebraucht wird.«

»Du bist darauf geschult, dich um Fremde zu kümmern?«

»In gewissem Sinne. Ich habe eine Studie dir ähnlicher Wesen gemacht, als wir mit ihnen im Weg kämpften. Ich war damals ein Individuum auf biologischer Grundlage in einer Gestalt, die meiner ursprünglichen Geburtsform ähnelte.«

Ihre Großmutter hatte ihr das wenige erzählt, was sie über die Jartkriege wußte. Für ein junges Mädchen hatten sie nicht viel bedeutet — sinnlose Wunder in einem Gewebe phantastischer Geschichten. Sie wünschte, sie hätte besser zugehört.

»Was war deine ursprüngliche Geburtsform?«

»Nicht menschlich, überhaupt nicht diese Gestalt.«

»Aber du hattest doch einmal deine eigene Gestalt?«

»Nein. Nur ein Teil von mir. Ich bin seither mit anderen kombiniert worden und zusammengerührt.« Er drehte langsam einen ausgestreckten Finger. Rhita sah ihm mißmutig über die Schulter. *Alle meine Fragen halten mich von der Wahrheit ab, der ich mich werde stellen müssen.*

»Ich bin wieder verwirrt«, sagte sie. »Du erzählst mir erst das eine Ding und dann ein anderes.«

Typhon kniete sich neben sie, die Ellbogen auf den Knien und die Hände gefaltet. Eine sehr menschliche Geste. Gewann sein Gesicht mehr Charakter?

»Deine Sprache hat nicht die richtigen Wortgruppen. Jede akustische Sprache ist unzureichend.«

»Ihr redet nicht miteinander?«

»Nicht in Worten oder mit Tönen. Zumindest gewöhnlich nicht.«

»Würdest du mich töten, wenn es dir befohlen wird?«

»Man wird mir nicht befehlen, dich oder sonst jemanden zu töten, falls du damit die Vernichtung deiner Muster meinst. Das ist, was ihr ein Verbrechen, eine Sünde nennen würdet.«

Genug für den Moment. Sie rollte sich wieder in Bauchlage. Unter ihnen erstreckte sich der Ozean blaugrün, flach, mit Felsensäulen, die wie Baumstümpfe herausragten. Ihr war diese Gegend unbekannt.

Aber sie mußte wohl in der Nähe von Rhodos sein. ›Nah‹ konnte für einen Jart viele Bedeutungen haben. Schließlich konnten sie ja auch den Weg hinuntereilen und in Seifenblasen durch Tore gehen.

Es kamen mehr Felssäulen in Sicht. Jede war bedeckt von einer goldenen Kappe, die die Gestalt der Steine hatte, als ob sie aufgemalt wäre. Keine Vegetation, keine Schiffe im Wasser, nur diese von Wolken beschattete und mit Pfeilern gefleckte Kahlheit.

»Könnte ich die Luft riechen?« fragte sie.

»Nein«, sagte Typhon knapp.

»Warum nicht?«

»Sie ist für dich nicht mehr gesund. In eurer Welt gibt es jetzt Organismen und biologische Maschinen, die sich in der Luft fortbewegen. Sie sind so klein, daß man sie nicht sehen kann. Sie heben Gaia auf einen höheren Grad von Tüchtigkeit.«

»Kann da draußen niemand leben?«

Typhon schien Bedauern zu empfinden und sagte: »Nicht von eurer Art.«

Ihr wurde wieder schwach. Sie hatten Krankheit über Gaia verbreitet — war es das, was der Begleiter meinte? Tod und Verderben. Niemand konnte leben ...

»Irgendwo? Können Menschen irgendwo leben?«

»Es gibt keine Menschen auf Gaia. Die sind zwecks weiterer Untersuchung aufgehoben.«

Jetzt kam die Wut auf. Rhita warf den Kopf zurück, als die Empörung sie wie die Hand eines Riesen packte. Sie stieß einen Schrei aus. Mit erhobenen Fäusten griff sie Typhon an. Er machte keinen Versuch, sich zu verteidigen. Sie schlug ihn so fest sie konnte, immer wieder. Das waren keine weiblichen Hiebe, die schwach gewesen wären. Sie war nicht dafür erzogen, sich vor Selbstverteidigung zu fürchten. Ihre Fäuste entstellten sein Gesicht, und ihre Knie beulten seine Kleidung ein. Es war, als ob sie auf Brotteig einschlüge, warm und nachgiebig. Sie schrie immer noch weiter, bei jedem Hieb in höherer Tonlage. Sie grunzte, Speichel rann ihr aus dem Mund. Die Augen waren halb geschlossen. Immer und immer wieder. Sie schlug, trat und packte ihn am Hals und steckte ihre Finger in das, was Fleisch sein mochte.

Typhon brach auf der Plattform zusammen mit entstelltem Gesicht und fest geschlossenen Augen, nicht zerquetscht, sondern bloß deformiert. Sie trat ihn noch einige Male mehr, bis sie im Kopf eine flackernde dunkle Leere empfand. Sie starrte zu den Wolken draußen über der Blase empor mit von Tränen nassen Wangen und von Speichel feuchtem Kinn. Die Wut war vorbei, aber die Beine und Arme zitterten immer noch. So gewann Rhita langsam wieder Selbstbeherrschung zurück.

Sie schaute auf die in Kleidern steckende Masse, die nicht mehr sehr menschlich aussah, mit dem Ausdruck eines in Panik geratenen Pferdes — Pupillen wie Nadelstiche und geweiteten Nüstern — und packte dann die

Brüstung mit einem Gefühl, als ob sie sich wieder übergeben müßte. Jenseits des unfruchtbaren Meeres sah sie eine flache dunkelgrüne Kontur über dem Horizont. Der letzte Rest von Hoffnung in ihr jubelte. Das war Rhodos; sie würde es von allen Seiten her erkennen. Die Blase brachte sie immer noch eilends heim.

Typhon sprach hinter ihr. Seine Stimme war durch die Verletzungen, die sie ihm zugefügt hatte, nicht verzerrt. Er sagte: »Vielleicht überschreite ich jetzt mein Budget.«

44. KAPITEL

Thistledown City

Präsident Farren Siliom betrat die volle Kammer des Nexus' und ging zum Podium. Olmy saß neben Korzenowski und Mirsky. Sie hörten angespannt seine Rede. Korzenowskis Miene war undurchdringlich. Er kannte die Bedeutung dieser Gelegenheit so gut wie jeder andere in der Kammer, drückte aber weder Billigung noch Mißbilligung aus.

Auch Mirskys Gesicht war ausdruckslos. Aber Olmy dachte, daß darin eine größere Bedrohung für das Hexamon liegen könnte, als die Jarts je dargestellt hatten. Olmy war dazu gekommen, Mirskys Geschichte voll zuzugeben, und urteilte jetzt sogar, daß der Mann — sofern er ein Mensch war — unfähig wäre zu lügen.

Der Präsident würde sicher zustimmen. Garabedians Bestätigung hatte dabei großes Gewicht gehabt. Aber jetzt legte sich der Nexus — und Farren Siliom aus unwiderstehlichen politischen Gründen — auf einen Kurs des Wiederaufmachens fest. Sie handelten politisch in einer Weise, die nur dazu führen konnte, einen Riß zwischen der Erde und den orbitalen Körpern zu schaffen, der vielleicht nie wieder heilen würde.

Alle Eingeborenen Terrestrier waren zur Erde zurückgeschafft worden ohne Rücksicht auf ihren Status auf den orbitalen Körpern. Das Hexamon trat in eine Periode des Notstandes ein. Unter Notstandsgesetzen, die man seit den Jart-Kriegen vergessen hatte, erhielt der Präsident außerordentliche Vollmachten. Er hatte jetzt ein Jahr, um seine Pläne auszuführen. Danach würde ihm, wegen seiner Anwendung der Notstandsgesetze, verboten sein, je wieder ein politisches Amt auszuüben.

Er garantierte die Reinheit der Abstimmung durch die *mens publica* mit einer Vergeltung. Falls das Ergebnis negativ ausfiele, würde er zurücktreten. War es positiv, so könnte die sechste Kammer des Hexamons wieder aufgefrischt, die Verteidigung des Hexamons wieder hergestellt und der Weg binnen vier Monaten wieder aufgemacht werden.

Korzenowski hatte offizielle Anweisung erhalten, die Ausführung des Willens der *mens publica* zu beobachten. Er konnte nicht ablehnen. Auf Olmy wirkte er resigniert und vielleicht noch mehr als das. Nachdem er so weit gezwungen worden war, könnte Korzenowski die letzten Spuren der Maske abschütteln, die er seit vierzig Jahren getragen hatte, einer Maske des Interesses nur an der Wiederhergestellten Erde und dem Terrestrischen Hexamon, Verleugnung all seiner Genialität und Leistung zum größeren Wohl seiner Kameraden ...

Auf lange Sicht würde es wohl keine Rolle spielen, ob er die Maske abgelegt hatte, oder man sie ihm heruntergerissen hätte.

Olmy zweifelte kaum, daß Korzenowski die Befehle des Hexamons wirksam ausführen würde. Vielleicht würde der Weg sogar noch früher wieder geöffnet werden, als der Präsident erwartete.

Was Mirsky tun würde, konnte Olmy nicht sagen. Es war am besten, sich nicht um Imponderabilien Sorgen zu machen.

Inzwischen offenbarte der Jart in Olmy Schicht um Schicht des alltäglichen Jart-Lebens. Der Informationsstrom war zu einer echten Flut, vielleicht einem Durchbruch geworden.

Bisher schaffte er es, mit der Flut zurechtzukommen. Er plante schon seine Einweisung für die reorganisierten Verteidigungsstreitkräfte.

Bald würde er gemäß eines zwischen der Jartmentalität und seinem Partial getroffenen Abkommens dem Jart Zugang zu seinen Augen und Ohren gestatten. Sie würden wirksamer kommunizieren, wenn sie einander besser verstanden.

Darin lagen natürlich einige Gefahren, aber keine schlimmeren, als er schon überlebt hatte.

Es war höchste Zeit für Veränderungen.

Das Tempo hatte jetzt die Maße einer Revolution angenommen. Die große Vernichtung würde bald umgedreht werden.

Der Präsident beendete seine Ausführungen. Die herrschende Koalition von Neo-Geshels applaudierte und signalisierte völlige Zustimmung. Die naderitischen Kollegen des Präsidenten hüllten sich in Schweigen.

Korzenowski wandte sich an Mirsky. »Mein Freund, ich muß dies tun, was immer ich auch glauben mag.«

Mirsky zuckte die Achseln und nickte, als ob er den Ingenieur entschuldigte oder auch entließ. »Die Angelegenheiten werden sich entwickeln«, sagte er mit sanfter Nonchalance. Er sah Olmy an und zwinkerte.

45. KAPITEL

Thistledown, die orbitalen Bezirke und die Erde

Korzenowski nahm einen Klumpen von weichem Teig und hörte zu, wie er in seinen Händen leise zischte. Diese Klumpen waren Überbleibsel eines mißlungenen Versuchs vor sechs Jahren, ein Tor ohne den Weg zu schaffen. Der Mißerfolg war im stillen erfolgt, hatte aber entscheidende Folgen gehabt. Anstatt ein Tor zu schaffen, hatte er eine neue Form von Materie geschaffen, die völlig träge war und, soweit er bisher festgestellt hatte, keine nützlichen Eigenschaften besaß. Und er hatte die letzten sechs Jahre mit Suchen verbracht ...

Er legte den Klumpen wieder in seinen Behälter aus schwarzem Stein und reckte sich. Er musterte sein Laboratorium und verabschiedete sich von ihm. Er würde in Monaten, vielleicht sogar nie, zurückkehren.

Die Ergebnisse der Abstimmung der *mens publica* des Hexamons waren aufgelistet und durch Funk verbreitet worden. Mit einer Zweidrittelmehrheit — mehr als er erwartet hatte — war für die ständige Wiederöffnung gestimmt worden.

Farren Siliom hatte jetzt gar keine andere Wahl.

Korzenowski aktivierte die Robot-Späher und gab einem Partial endgültige Befehle. Sollte er nicht zurückkehren und sollte irgendein Besucher kommen, dann würde das Partial zur Begrüßung anwesend sein.

Er sträubte sich nicht, in die sechste Kammer zurückzugehen und mit der Renovierung anzufangen. Er war sogar eifrig dafür. In ihm gab es eine kleine beharrliche Stimme, die diesen Eifer entweder als Echo ausdrückte oder vielleicht auf einem unklaren Wege erschuf. Er sah darin die unruhige Stimme von dem, was sein wieder zusammengefügtes Selbst zusammenfaßte, das Mysterium von Patricia Luisa Vasquez.

Korzenowski sammelte seine kleinen Geräte und Journale zusammen, alles, was nötig war, um mit der Arbeit am Weg zu beginnen, und ließ das Laboratorium versiegeln. »Sei jetzt brav!« instruierte er einen kreuzförmigen Späher, als er von den Kuppeln fortging. An der Grenze des Grundstücks machte er eine Pause und verzog das Gesicht. Es lag gewiß nicht in seinem Charakter, ein ferngelenktes Gerät anzusprechen. Er behandelte sie als das, was sie waren, nämlich nützliche Maschinen.

Umgeben von vielen Kilometern Buschwerk und Sand bestieg der Ingenieur den Traktor, der ihn zum Bahnhof in der City der zweiten Kammer bringen würde.

Suli Ram Kikuras Partial machte überzeugende Einwände dagegen, daß sein Original aus dem Hausarrest in der Euklid-Achse entlassen werden sollte. Der Einspruch des Partials wurde durch die Hilfsberichte des City-Gedächtnisses verworfen mit der Begründung, daß unter Notstandsgesetzen alle Einsprüche von körperlichen Personen vorzubringen wären. Dies war so lächerlich, daß es sie nicht einmal ärgerte. Sie war über Ärger hinaus und begann traurig zu werden.

In ihrem Apartment hatte Ram Kikura gewußt, daß das Partial versagen würde. Dies neue Hexamon entblödete sich nicht, im Verlauf seines Vorgehens die Regeln zu bestimmen. Sich öffentlich der Wiedereröffnung zu widersetzen, war nicht mehr so gefährlich, als vielmehr ungeschickt, unhöflich im Sinne von politisch verfehlt. Seit Jahrzehnten waren Gesetze und Politik des Hexamons darauf gegründet gewesen, daß man die Grenzen beachtete, die zwischen Chaos und Katastrophe lagen. Präsident und Premierminister hatten korrekt die Stimmung der orbitalen Körper ergründet und taten jetzt alles, was in ihrer Macht stand, um innerhalb der Schranken ihrer Pflicht zu bleiben, aber das Votum der *mens publica* und die Empfehlung des Nexus' durchzuführen. Sie schienen auch grimmig entschlossen, die extremen Konsequenzen dieses Mandats zu demonstrieren, als ob sie das Hexamon — und sogar ihre Gesinnungsgenossen — für diese beschwerliche Pflicht bestrafen wollten.

Ram Kikura war der Zugang zu keinem City-Gedächtnis gestattet. Das heißt, sie konnte auch nicht mit Tapi sprechen, der jetzt jede Stunde geboren werden konnte. Es war ihr auch verboten, mit Korzenowski oder Olmy zu sprechen. Wie man ihr berichtet hatte, ging es ihnen recht gut, und sie kooperierten voll mit der Notstandsbemühung.

In Neuseeland brachte der Frühling freundliches Wetter und die Freude der Lämmer. Lanier betreute ihre kleine Herde schwarzgesichtiger Schafe. Karen half, wenn sie nicht gerade von nervöser Angst befallen war. Da sie nicht arbeiten konnte und auf ihr Haus und Tal beschränkt war, fühlte sie sich nicht wohl.

Sie arbeiteten zusammen, hielten aber auf Distanz. Lanier hatte jeden Enthusiasmus für das verloren, was Mirsky angestiftet hatte. Er wußte nicht, was als nächstes geschehen würde. Er war ihm auch nicht sehr wichtig.

Er hatte auf seine Weise einst das Hexamon verehrt und alles, wofür es gestanden hatte. Im Laufe der letzten Jahre hatte er aus Distanz den sich verändernden Charakter der orbitalen Bezirke gesehen, die dahingleitende Politik des Hexamons. Jetzt, da er in seinen eigenen Nöten und Enttäuschungen steckte, hatte das gleiche Hexamon, das für die Rettung der Erde gearbeitet hatte, ihn letztlich verraten und Karen verraten ... und die Erde verraten.

Die Rettung der Erde war noch nicht beendet.

Vielleicht würde es weder jetzt noch überhaupt jemals geschehen, was auch immer die orbitalen Körper allnächtlich rund um die Erde im Radio versicherten. Er fand dies besonders ärgerlich. Geschmeidig, unterhaltsam und informativ belehrten sie die Erde über Fortschritte bei der Wiederöffnung.

Hin und wieder hörte Lanier von Rettungsbemühungen, die planlos weitergingen.

Er fühlte sich wieder alt und sah auch älter aus.

Abends auf der Terrasse sitzend hörte er, wie kühle nächtliche Brisen durch das Gebüsch raschelten, und hatte Gedanken, die so wirr und unscharf waren wie Garnknäuel.

Ich bin nur ein einzelnes Menschenwesen, sagte er zu sich. *Es ist richtig, daß ich wie das Blatt an einem Baum verwelken sollte. Ich bin jetzt fehl am Platze. Ich bin am Ende. Ich hasse diese Zeit und beneide nicht diejenigen, welche jetzt geboren werden.*

Das Schlimmste von allem war vielleicht, daß er für einen kurzen Augenblick wieder den alten Funken gespürt hatte. Mit Mirsky hatte er geglaubt, den guten Kampf zu kämpfen. Er hatte gehofft, daß da vielleicht eine Wirkungszentrale wäre, die mächtiger und weiser als alle sein könnte.

Aber Mirsky war verschwunden. Niemand hatte ihn seit Monaten gesehen.

Lanier versuchte, sich aus seinem Sitz zu erheben, zu Bett zu gehen und für eine kurze Zeit all diese quälenden Gedanken loszuwerden. Seine Hände drückten auf das Holz, und sein Rücken bewegte sich nach vorn, aber er konnte sich nicht selbst aufrichten. Seine Hosen schienen irgendwo festzukleben. Verwundert beugte er sich über eine Seite des Stuhls. Lautlos explodierte etwas. Eine dunkle Kugel drängte sich von einer Seite in seine Augen, und sein Kopf wurde riesengroß.

Die finstere Kugel rückte in die Mitte und wurde zu einem großen Tunnel. Er packte die Lehnen seines Sessels, konnte sich aber nicht aufrichten.

»O Gott!« sagte er. Seine Lippen waren taub wie Gummi. Tinte verbreitete sich in seinem Hinterkopf. Türen schlugen mit rhythmischem Poltern alle seine Erinnerungen zu. Karen war nicht bei ihm. Er wußte auch nicht, wo sie war. Dies war der Weg, den sein Vater gegangen war, damals noch jünger, als er jetzt war. Kein Schmerz, sondern nur das plötzliche Verschwinden von IHM. Darum »O Gott!«

Der Tunnel gähnte weit offen, erfüllt von Regenbogenfarben.

46. KAPITEL

Thistledown

Sechzig Meter tief vergraben im äußeren Umfang des Südkaps der siebenten Kammer waren sieben Generatoren, die durch sieben Feldlinienschäfte im Vakuum mit der Maschinerie der sechsten Kammer verbunden waren. Die Generatoren hatten keine beweglichen Teile und nichts mit Elektronen oder Magnetfeldern zu tun. Sie arbeiteten nach viel subtileren Prinzipien, die Korzenowski aufgrund von Prinzipien entwickelt hatte nach mathematischen Erwägungen, die ursprünglich mit Patricia Luisa Vasquez gegen Ende des zwanzigsten Jahrhunderts angefangen hatten.

Diese sieben Generatoren hatten die Kräfte auf Raum-Zeit ausgeübt, welche zu dem Weg geführt hatten. Sie waren seit vierzig Jahren nicht mehr benutzt worden, waren aber noch in Ordnung. Die Vakuumschäfte arbeiteten noch, vollkommen frei von Energie, die mit Materie oder Zeit zu tun hatte. Vielmehr handelte es sich um das rätselhafte Nebenprodukt von Wechselwirkung zwischen Universen.

In dem zur siebenten Kammer führenden Loch war eine Blase zur Beobachtung eingerichtet, und das Bohrloch war mit Druckluft gefüllt. Jetzt befanden sich in der Blase Überwachungsinstrumente, riesige rote Kugeln, die von silbernen und grauen Würfeln von der Größe eines menschlichen Kopfes übersät waren. Sie zogen sich vor und zurück innerhalb der Blasenhülle und vermieden schweigend ihre menschlichen Herren, sobald sie ihnen auf ihren komplexen Wegen begegneten.

Korzenowski schwebte über der Stelle, wo einst die Singularität des Weges gewesen war. Sein Körper machte eine Präzessionsbewegung wie ein langsamer Kreisel. Von seiner Hand standen graue Haare weg in den sanften Kühlungsbrisen der Blase. Mit katzenhaften Augen beobachtete er die Konstruktion des Südkaps der siebenten Kammer, die kilometerweit von dem Bohrloch hinausragte mit mächtigen schwarzen konzentrischen Ringen virtueller Partikelstimulatoren und deren Reservoiren aus gravitonisch stabilisiertem Tritium-Metall. Diese würden erst in Tätigkeit treten nach der Öffnung des Weges und waren imstande, als Waffen den Weg auf einige hundert Kilometer von Materie frei zu machen. Damit gaben sie dem Hexamon seinen ersten Brückenkopf, falls das notwendig sein sollte. Bald würden die Strahlungsschilde der Traktionsstrahlen an der richtigen Stelle sein, um die zurückströmende zerstörte Materie zu fokussieren, die die Stimulatoren auf der gleichen Strecke erzeugen könnten wie die Stimulatorstrahlen selbst.

Schreckliche Waffen, schreckliche Verteidigungsmittel ...

Schreckliche Gegner.

Bei Ruhe gingen Korzenowskis Gedanken spazieren. Er nutzte die zwei Stunden täglicher Inaktivität, um sich einen ausgewogenen Überblick der Ereignisse der letzten Monate zu verschaffen. Bis auf ihn und die Maschinen war die Blase verlassen.

Nach zwei weiteren Wochen würden die Generatoren des Weges für Tests bereit sein. Virtuelle Universen fraktionaler Dimensionen — Kontinua mit etwas mehr als abstrakter Realität — würden in absichtlich instabilen Konfigurationen geschaffen werden. Der Nachthimmel über der Erde würde bei ihrem Tod funkeln, wenn Partikel und Strahlungen, die in diesem — oder jedem anderen stabilen — Kontinuum unbekannt waren, in der protestierenden Leere ihre Spuren hinterließen.

Falls die ersten Versuche gut gingen, würde Korzenowski die Erschaffung eines Torus' anordnen, eines unabhängigen und stabilen Universums, das geschlossen in sich zurücklief. Dann würde er den Torus abbauen und beobachten, wie er verblaßte. Daraus könnte er Schlüsse ziehen auf Zustand und superräumlichen Ort des versiegelten Endes des Weges.

Im Laufe der nächsten paar Monate würden sie nach diesem Terminus ›fischen‹. Ein zeitweiliges virtuelles Universum der Größe und Gestalt des Weges, aber von endlicher Länge, würde erzeugt und dazu angeregt werden, mit dem Terminus zu verschmelzen. Dadurch würde es eine attraktive Brücke zwischen den Generatoren und ihrer jetzt unabhängigen Nachkommenschaft bilden.

Ramon Rita Tiempos de Los Angeles

Korzenowski schloß die Augen und runzelte die Stirn. Er kam nicht umhin, die Quelle dieser zunehmend häufigen Unterbrechungen und ihre Bedeutung zu erkennen. Als das Mysterium von Patricia Vasquez auf seine vereinigten Partiale übertragen worden war, um sie zu binden und ihnen einen Kern zu geben, waren irgendwie ebenso auch Erinnerung und Antrieb übertragen worden. Das war theoretisch unwahrscheinlich; aber Vasquez hatte sich in großer Verwirrung befunden. Und Korzenowski war ungewöhnlich erschüttert gewesen und konnte kein Mustermodell für den Übertragungsprozeß liefern.

Er kämpfte nicht gegen die Impulse an. Im Augenblick widersetzten sie sich seinen Wünschen nicht und störten ihn nicht über Gebühr. Aber bald würde die Abrechnung kommen, und er würde sich einer größeren Restrukturierung der Persönlichkeit fügen müssen.

Das war gewagt, und er konnte jetzt keine Risiken eingehen wegen seiner zentralen Stellung in der Bemühung des Hexamons.

Da! sagte er sich, als einige Minuten vergangen waren. *Ruhe, Friede, Integration.*

»Konrad«, ertönte eine Stimme aus dem Eingang vom

Bohrloch der Blase. Korzenowski machte eine Grimasse und wandte sich um, die Stimme zu erkennen. Es war Olmy. Sie hatten seit Wochen nicht miteinander gesprochen. Er breitete die Arme aus, verlangsamte seine Kreiselbewegung und rückte vom Zentrum ab.

Sie piktographierten herzliche Grüße und umarmten sich in der fast vollkommenen Gewichtslosigkeit. »Mein Freund!« sagte Korzenowski.

»Ich habe dich in deiner Freizeit belästigt«, sagte Olmy und signalisierte höfliches Bedauern.

»Allerdings, aber das macht nichts. Ich freue mich, dich zu sehen.«

»Hast du gehört?«

»Gehört was?«

»Garry Lanier hat einen schweren Blutsturz im Gehirn erlitten.«

»Er war nicht geschützt ...« Korzenowski wurde blaß. »Ist er tot?«

»Beinahe. Karen hat ihn ein paar Sekunden, nachdem es passiert war, entdeckt, und sofort Christchurch gerufen.«

»Dieser verdammte Stolz der Alten Eingeborenen!« rief Korzenowski. Nicht nur er war wütend.

»Sie haben ihn binnen zehn Minuten erreicht. Er lebt, braucht aber Rekonstruktion. Das Gehirn ist weitgehend geschädigt.«

Korzenowski schloß die Augen und schüttelte langsam den Kopf. Er war kein Freund erzwungener Medikation, bezweifelte aber, daß das Hexamon unter den gegebenen Umständen Lanier große Wahl bei der Behandlung lassen würde. »Das haben *sie* ihm angetan«, sagte er mürrisch. »Wir alle hatten dabei eine Hand im Spiel ...«

»Die Schuld liegt überall«, sagte Olmy. »Wenn Karen der Rekonstruktion zustimmt, kann der größte Schaden behoben werden ... Aber er wird eine medizinische Hilfe brauchen, die er bisher immer abgelehnt hat.«

»Hast du es Ram Kikura gesagt?«

Olmy schüttelte den Kopf. »Sie steht unter Hausarrest bei völliger Nachrichtensperre. Außerdem hänge ich selbst an kurzer Leine.«

»Das gilt auch für mich«, sagte Korzenowski. »Aber ich kann weit genug ausholen, um einflußreiche Leute zu erreichen.«

»Das weiß ich zu schätzen«, sagte Olmy. »Ich fürchte, daß mein politischer Status im Moment unsicher ist.«

»Warum?«

»Ich habe mich geweigert, den Befehl über die Notfall-Verteidigungskräfte zu übernehmen.«

»Du wärst die erste Wahl«, sagte Korzenowski. »Warum die Ablehnung?«

Olmy lächelte und schüttelte den Kopf.

Korzenowski starrte ihm in die Augen und empfand einen Hauch von Mitgefühl. *Auch er ist nicht allein.* Aber er konnte nicht entscheiden, was ihm dies Gefühl eingab, oder was es bedeutete.

»Ich werde später erklären. Jetzt ist nicht die Zeit dafür. Ich glaube allerdings, daß ich für einige Zeit schwer zu erreichen sein werde.« Die letzte Mitteilung piktographierte er mit engem Richtstrahl, so daß nur Korzenowski sie empfangen konnte. »Wenn du mir irgend etwas sagen mußt, bitte ...«

Korzenowski musterte Olmy kurz und signalisierte dann: »Ich werde mich sehr einsam fühlen, wenn ich nicht mit dir reden kann, falls ich dich brauchen sollte oder Garry oder Ram Kikura.«

Olmy nickte verständnisvoll. »Vielleicht werden wir alle wieder zusammenkommen, sofern Stern, Schicksal und Geist es wollen.« Er zog sich rasch in das Bohrloch zurück.

Korzenowski schwebte wieder allein in der Blase, umgeben von rotierenden Maschinen, roten Kugeln und grauen Würfeln. *Kein Sinn, jetzt zu ruhen,* sagte er sich und ging wieder ans Werk.

47. KAPITEL

Erde

Lanier strampelte am Rande einer Zisterne. Jedesmal, wenn er seine Hände entspannte und auf den Fall wartete, hielt ihn jemand fest. Er konnte nicht sterben. Er fing an, sich gerettet zu fühlen. Und so lange er lebte, war er dazu verdammt, den sauren Geschmack im Mund zu empfinden und die ständige Zerbrochenheit in Magen und Eingeweiden zu fühlen. In einem lichten Augenblick versuchte er sich zu erinnern, wer er war, und konnte das nicht.

Licht explodierte rings um ihn. Er schien in übernatürlicher Glorie gebadet zu sein. Zugleich juckte sein Bewußtsein. Und er hörte die ersten klaren Worte seit einer anscheinend langen Zeit. »Wir haben alles getan, was wir können ohne Rekonstruktion.«

Er grübelte über diese Worte, die so vertraut und zugleich so fremdartig waren.

»Er würde das nicht wünschen.«

Karen.

»Dann können wir nichts weiter tun.«

»Wird er wieder das Bewußtsein erlangen?«

»Er ist jetzt in gewissem Sinne bei Bewußtsein. Wahrscheinlich hört er uns zu.«

»Kann er sprechen?«

»Ich weiß nicht. Versuchen Sie es mit ihm!«

»Garry, kannst du mich hören?«

Ja, aber warum laßt ihr mich nicht einfach sterben? Nein, es gibt »etwas zu tun«.

»Garry, was gibt es zu tun?«

Ist die Wiederherstellung vorbei ...

»Garry, du bist sehr krank gewesen. Kannst du mich hören?«

»Ja.«

»Ich konnte dich nicht einfach sterben lassen. Ich habe das medizinische Zentrum in Christchurch gerufen. Sie haben alles getan, was sie vorerst können ...«

Er konnte immer noch nicht sehen und sagen, ob seine Augen offen oder geschlossen waren. Die Glorie war zu brauner Dunkelheit verblaßt.

»Laß sie nicht ...«

»Was?«

»Laß sie nicht!«

»Garry, sag mir, was zu tun ist.«

Sie sprach chinesisch und klang sehr unglücklich. Er machte sie unglücklich.

»Was ist mit Rekonstruktion?«

Eine andere Stimme schaltete sich ein. Sie sprach englisch. »Ser Lanier, Sie können ohne Rekonstruktion nicht voll genesen. Wir schicken kleine mobile medizinische Geräte in Ihr Gehirn, und die helfen bei der Reparatur von Nervensubstanz.«

»Kein neuer Körper.«

»Dein Körper ist an sich in Ordnung. Aber dein Gehirn ist beschädigt.«

»Kein Privileg.«

»Was meint er?« fragte die Stimme jemanden. Karen antwortete.

»Er wünscht keine privilegierte medizinische Behandlung.«

»Ser Lanier, dies ist eine Standardprozedur. Sie meinen ...« — die Stimme wandte sich ab. Sie redete jemand anders an, vielleicht wieder Karen — »... er verweigert Erhaltung durch Implantate?«

»Das hat er schon immer getan.«

»Hier ist nichts davon beteiligt, Ser. Einfache Medizin. Auch früher haben Sie medizinische Hilfe nicht abgelehnt.«

Nein, das habe ich nicht. Langlebigkeit.

»Obwohl ich sagen muß, wenn Sie nach Christchurch gekommen wären, hätten wir Ihnen sagen können, daß das bevorstand. Wir hätten es verhindern können.«

»Sind Sie von orbitalen Körpern?« fragte Lanier langsam. Er öffnete die Augen und fühlte, daß die Lider gehoben waren, sah aber nichts.

»Ich wurde dort ausgebildet, Ser. Aber bin aus Melbourne nach Geburt und Erziehung. Können Sie den australischen Akzent hören?«

In der Tat. »In Ordnung«, sagte er. Hatte er eine Wahl? Hatte er nach allem Angst vor dem Tod? Er konnte kaum denken, und noch weniger klar denken. Er wollte einfach nicht für Karens Kummer verantwortlich sein.

Karen weinte irgendwo weit entfernt. Das Geräusch verklang, und die braune Farbe wurde zu Schwarz. Ehe er ganz das Bewußtsein verlor, hörte er eine andere Stimme, diesmal mit russischem Akzent.

»Garry, es kommt noch mehr Hilfe. Laß es dir gut gehen, mein Freund!«

48. KAPITEL

Thistledown

Olmy hatte beschlossen zu verschwinden, wenn es deutlich wurde, daß man ihm die Kommandostellung anbieten würde. Darin lag mehr Risiko, als er zu tragen bereit war, indem er den Jart beherbergte und im Zentrum der kritischsten Aktivitäten des Hexamons stand.

Nachdem er mit Korzenowski gesprochen hatte, kehrte er in sein Apartment unter den Kammern des Nexus' zurück und dann zu seiner alten Wohnung in Alexandria. Er beseitigte alle Spuren. Dann bereitete er die Deaktivierung seiner Bibliotheksverbindung vor. Er zögerte. Ehe er alle Bande zerschnitt, mußte er noch eine letzte Pflicht erfüllen. Er rief seinen Lieblingsspürer auf und erkundigte sich, wie es seinem Sohn ginge.

Thistledown, antwortete der Späher.

»Inkarniert?«

»Erfolgreich geboren. Bekommt jetzt Körperindoktrination.«

Weder er noch Ram Kikura waren dort gewesen ... Schuldgefühl und Gewissensbisse entzogen sich der Kontrolle von Implantaten. »Kann ich mit ihm außerhalb offener Kanäle sprechen?«

Der Späher antwortete einige Sekunden lang nicht. »Nicht direkt. Aber er hat ein heimliches Datenkonto eröffnet, zu dem nur Sie Zugang haben.«

Olmy lächelte. »Mach es frei!«

Das Konto enthielt nur eine einzige Nachricht. »Angenommen für Verteidigungsdienst. Erster Einsatz in wenigen Tagen. Erfolg für uns alle, Vater!«

Olmy las die Botschaft mehrere Male durch und betrachtete das begleitende Piktogramm, welches Liebe,

Respekt und Bewunderung ausdrückte. Ohne nachzudenken, langte er hin, um das Piktogramm zu berühren. Seine Finger gingen hindurch.

Er sagte: »Ich habe eine Mitteilung für meinen Sohn. Und eine Bitte.«

Als die Mitteilung in Tabis Liste aufgezeichnet war, zog Olmy den Spürer zurück und schaltete das Terminal ab.

Es war an der Zeit, daß er sich irgendwo versteckte, wo er sicher war, nicht geortet zu werden. Er legte einen Vorrat an von dem wenigen, das er brauchte und zog dann um in die zeitweilige Wohnung eines Wartungsarbeiters in einem Servicetunnel nahe dem Nordkap, drittes Viertel.

Er war noch nicht bereit, seine Information dem Hexamon vorzulegen. Es gab noch eine Menge Arbeit. Bis jetzt hatte er nichts, das strategisch nützlich sein könnte. Er hatte viel über gesellschaftliche Verhältnisse der Jarts gelernt, aber nichts wesentliches über Wissenschaft und Technik der Jarts. Es war wenig wahrscheinlich, daß sein Jart detaillierte Information über dergleichen besaß. Das wäre in Anbetracht seines Auftrages höchst töricht gewesen. Aber Olmy fühlte immer noch das Bedürfnis für ein paar weitere Wochen der Untersuchung ...

Tatsächlich verlor er sich in der Studie. Er sah die Falle — seine eigene, nicht die des Jarts — und vermied sie sorgsam. Er konnte die Information, die sein Partial übermittelte, in seinem Kopf verstecken und monatelang verarbeiten. An die Außenwelt kehrte er nur zurück, um seine Nährstoffe zu sich zu nehmen und vielleicht den Fortschritt bei der Wiederöffnung zu kontrollieren.

Er hatte nie die Gelegenheit gehabt, einen Gegner so nahe und intim zu studieren. Aber das Studium eines Gegners war, als ob man ein schiefes Bild von sich selbst prüfte. Im Laufe der Zeit konnte der Kampf gegen die Stärken und Schwächen eines Gegners zu einem negativen Eindruck führen wie eine aufgestülpte Preßform. Und umgekehrt.

Olmy verachtete den Jart nicht mehr. Manchmal glaubte er, einem Verständnis von ihm nahe zu sein.

Sie hatten eine Art psychologischen Kauderwelschs entwickelt, das ihnen gestattete, durch eine sprachliche Verbindung jeder in der Weise des anderen zu denken. Sie hatten mit dem Austausch persönlicher Information angefangen, ohne Zweifel gekürzt und in Auswahl, aber doch mit Vermittlung persönlicher Einblicke. Olmy erzählte dem Jart von seiner Vorgeschichte, seiner natürlichen Geburt und konservativen Erziehung und der Verbannung der orthodoxen Naderiten aus der City der zweiten Kammer. Er sagte aber nichts über Korzenowskis gespeicherte Partiale und seine jahrhundertelange Konspiration.

Und durch den Jart erfuhr Olmy:

> *Ein zivilisierter Planet ist ein schwarzer Planet. Kein Abfall und keine Chance für Entdeckung. Hier verbergen wir uns und bereiten uns auf den Service im Weg vor. Es gibt viele Planeten wie diesen, wo Vollstrecker im Dienst und außer Dienst auf ihre Einsatzbefehle warten. {Ich} wurde auf einer solchen Welt in Dienst gestellt, die vor dem Hintergrund der Sterne entzückend ist. {Ich} weiß nicht, was eine natürliche Geburt ist. {Wir} sind in Dienst gestellt worden durch Vollstrecker, so lange, wie {mein} Gedächtnis informiert wurde. Bei der Erschaffung wurden {wir} mit dem Wissen ausgestattet, das für unsere unmittelbaren Pflichten notwendig war. Neue Aufträge bringen mehr Wissen. {Wir} vergessen unsere früheren Einsätze nicht, halten sie aber in Reserve, damit sie {uns} im Notfall später informieren können.*

Olmy erzählte dem Jart von menschlicher Kindheit, Erziehung, Unterhaltung, Empfang der ersten Implantate und von Bibliotheken. Er erzählte dem Jart aber nichts über Thistledown und was es war; und er kontrollierte sorgsam seine visuelle Information, damit der Jart nicht die leicht gekrümmten Kammern des Sternenschiffs sehen konnte. Er suchte die Illusion zu erwekken, daß auch er auf einem Planeten geboren und aufgewachsen wäre.

Im Laufe der Zeit hoffte er, die analogen Lügen des Jarts aufdecken zu können. Schließlich hatte er ihn gefangen und war dadurch überlegen. Vielleicht später, wenn er seiner Meisterschaft absolut sicher wäre, würde er dem Jart nur die Wahrheit, und die volle Wahrheit mitteilen.

Für den Moment indessen drückten sie sich um völlige Enthüllung herum ...

Draußen arbeitete das Hexamon ständig seinen Zielen entgegen. Manchmal ging Olmy an eine öffentliche Bibliothek, die von seinem Versteck entfernt war, und benutzte seinen Spürer zum Eindringen in Hexamonpropaganda, die ziemlich massiv geworden war. Das Hexamon schien sich vor sich selbst zu verstecken und für seine Aktionen schuldig zu fühlen. Es mußte sich selbst immer und immer wieder überzeugen.

Olmy wurde durch solche Ausflüchte nicht ermutigt. Sie führten zu Fehlern und Fehlurteilen. Seine schlimmsten Verdächtigungen und Befüchtungen hinsichtlich der jetzigen Hexamonführung wurden bestätigt.

Nach dem Mandat der *mens publica* ging die Wiederöffnung planmäßig voran. Die Verteidigungsanlagen waren fast vollständig. Der Weg konnte in einem Monat, vielleicht sogar noch früher, wieder angeschlossen werden. Die Bürger auf den orbitalen Körpern waren begeistert, aber nervös.

Auf der Erde war der Terrestrische Senat in Ferien geschickt. Die Senatoren und Würdenträger waren abgesondert worden, ebenso wie eine Anzahl von Regionalgouverneuren.

Ram Kikura wurde noch unter Hausarrest gehalten und hatte Nachrichtensperre gegenüber der Achse Euklid.

Olmy erhielt diese Information mit grimmiger Resignation. Das Potential hatte es schon immer gegeben. Jetzt war es aktuell. Die Wiederöffnung war zu einer Besessenheit geworden, und nichts konnte sich ihr in den Weg stellen, nicht einmal die Ehre und Tradition von tausend Jahren.

Im Laufe der Zeit würde er vielleicht die Jarts zu respektieren lernen mit ihrer einfältigen Reinheit, mehr als sein Volk, das in Heuchelei und Konfusion versumpft war.

Er ging wieder an seine Studien.

49. KAPITEL

Erde

»Ist Pavel Mirsky hier gewesen?» fragte Lanier, als Karen ihn um und um drehte und die Schwebefelder unter ihm prüfte. Sie richtete sich auf und warf ihm einen zugleich erstaunten und gereizten eigenartigen Blick zu.

»Nein«, sagte sie. »Du hast geträumt.«

Er schluckte und nickte. Wahrscheinlich war es so. »Wie lange habe ich geschlafen?«

Sie sagte: »Es war kein Schlaf. Du bist reintegriert worden. Vor zwei Tagen haben sie deinem Blut die letzten Reparaturmikroben zugefügt. Du bist beinahe gestorben ...« Sie rollte ihn wieder auf die Felder zurück. »Vor ungefähr zwei Monaten.«

»Oh!«

Sie stand mit ernstem Gesicht über ihm. »Fast wäre es soweit gekommen.«

Er lächelte schwach. »Ich kann mich nicht sehr daran erinnern. War ich im Begriff, dich zu finden, als es passierte?«

»Du saßest in deinem Sessel auf der Terrasse. Draußen war es kalt. Du ... Ich habe dich gefunden, als du im Sessel umgekippt warst.« Sie schüttelte langsam den Kopf. »Manchmal habe ich dich gehaßt. Manchmal ...«

»Ich wußte nicht, daß das kommen würde«, sagte er.

»Garry, dein Vater.«

»Das bin nicht ich.«

»Du hast dich benommen, als ob du sterben wolltest.«

»Nun, vielleicht«, sagte er ruhig. »Aber ich wollte dich nicht verlieren.«

»Vielleicht wolltest du, daß ich mitkomme?«

Sie setzte sich neben dem Bett auf die Kante der sanften purpurnen Schlaf-Felder. »Ich bin dafür nicht bereit.«

»Nein.«

»Du siehst alt genug aus, um mein Vater sein zu können.«

»Danke!«

Sie nahm sein Kinn in die Hand und drehte seinen Kopf sanft zur Seite. Sie berührte einen Vorsprung unten am Hals. »Sie haben dir ein zeitweiliges Implantat verpaßt. Du kannst es später entfernen, wenn du willst. Aber genau jetzt bist du ein Schutzbefohlener des Hexamons.«

»Warum? Sie haben mich angelogen ...« Er hob den Kopf und griff nach oben, um die kleine Beule selbst zu ertasten. *Das ist es also. Ich bin wütend ... sehr wütend. Und ich bin auch erleichtert.*

»Das Hexamon will, daß du lebst. Senator Ras Mishiney ist zum zeitweiligen Administrator von Neuseeland und Nordaustralien gemacht worden ... Er hat angeordnet, daß du am Leben erhalten wirst und daß ein Implantat gemacht würde ohne Rücksicht auf deine Gefühle, damit seine Tätigkeit nicht noch schwerer gemacht würde. Garry, du bist ein Held. Wenn du stirbst, was meinst du, was die Alten Eingeborenen denken werden?«

»Du hast sie gewähren lassen?«

»Sie haben es mir erst danach gesagt. Sie haben mir keine Wahl gelassen.« Ihre Stimme wurde weich, und die Lippen fingen an zu zittern. »Ich habe ihnen gesagt, was dein Wille war. Sie taten das, was, wie sie sagten, zuerst getan werden mußte. Und dann kam Ras Mishiney ... zu einem Freundschaftsbesuch, wie er sagte.« Sie fuhr sich mit der Hand über eine feuchte Wange. »Er hat ihnen befohlen, das Implantat einzusetzen. Er sagte, es müsse drin bleiben, bis die Krise überstanden wäre.«

Lanier legte sich wieder rücklings auf die Felder und schloß die Augen.

Er sagte: »Es tut mir leid.«

»Ich dachte, du wärst *tot.*« Sie stand auf, setzte sich dann wieder und bedeckte beide Wangen mit den Händen, die Augen fest geschlossen. »Ich dachte, wir könnten niemals entscheiden ... was ...«

Er griff nach ihrem Arm, aber sie stieß seine Hand fort.

»Es tut mir leid«, wiederholte er und griff erneut nach ihrem Arm. Diesmal verwehrte sie ihm die Berührung nicht. »Ich bin selbstsüchtig gewesen.«

»Du bist ein Mann mit Pinzipien gewesen. Ich habe dich geachtet und hatte Angst vor mir selbst.«

»Auch ein Mann mit Prinzipien kann selbstsüchtig sein.«

Sie schüttelte den Kopf und nahm seine Hand in die ihre. »Du hast gemacht, daß ich mich schuldig fühle. Nach allem, was wir für die Erde getan haben, nicht dessen ... Erschwernisse zu teilen.«

Er schaute zum Fenster des Schlafzimmers. Es war Nacht. »Was ist geschehen?« fragte er.

»Sie erzählen uns nicht alles. Ich gaube, daß sie dicht vor der Wiederöffnung stehen.«

Er versuchte aus dem Bett zu kommen, aber die lange Genesungszeit hatte ihn geschwächt, und er gab diese Anstrengung auf. »Ich möchte gern mit dem Administrator sprechen«, sagte er. »Wenn ich wichtig genug bin, um am Leben gehalten zu werden, bin ich vielleicht auch wichtig genug, mit ihm zu sprechen.«

»Er will mit keinem von uns reden. Nicht richtig *reden.* Er steckt voller Gemeinplätze. Ich hasse sie jetzt so, Garry.«

Was für ein Schock muß es gewesen sein, dachte Lanier. Er saß auf der Terrasse in Decken gehüllt, obwohl die Luft wärmer wurde. Sommer. Die Erde durchlief ihre Zyklen, roh, unkontrolliert, schön und häßlich. *Was für ein Schock, wenn man aus dem perfekten, kontrollierten, rationalen Milieu des Weges kommt und engelgleich in das Elend der Vergangenheit hinabsteigt.*

Er nahm seinen Notizblock und besah sich auf dem Display, was er geschrieben hatte. Mürrisch und unbefriedigt tilgte er einige unklare Absätze und versuchte sich an die Worte zu erinnern, die er gerade im Kopf zusammengefügt hatte.

Er schrieb: *Sie brauchen uns nicht. Alles, was sie brauchen, ist der ›Stein‹ — Thistledown —, und wenn sie den Weg wieder öffnen, werden sie wieder einmal mehr haben, als sie benötigen.*

»Wenn nicht sogar mehr, als sie bewältigen können«, murmelte er. Seine Finger zitterten leicht über den Tasten des Notizblocks.

Lanier hielt die Zeit für gekommen, alles niederzuschreiben, was er durchlebt hatte. Wenn er vom Schauplatz der Geschichte ferngehalten werden sollte, könnte er doch aufzeichnen, was er schon durchgemacht hatte. Sein Gedächtnis schien nach der Rekonstruktion schärfer zu sein, ein Gefühl, in dem er schwelgte, während er zugleich einen Gewissenbiß empfand. Sein Vorhaben konnte er ausführen, ob unter Arrest oder auch nicht. Im Laufe der Zeit würde das, was er aufgezeichnet hatte, vielleicht die Menschen beeinflussen. Sofern in ihm noch eine gewisse Tiefgründigkeit verblieben war.

Was für ein Schock, begann er wieder, *die Vergangenheit voller Leute zu finden, die nichts von psychologischer Medizin wußten, von Leuten, deren Gehirne so verkrümmt und verzerrt waren* (er tilgte *verzerrt*), *wie Natur und Verhältnisse konnten* (er hielt inne, nachdem er sich vertan hatte. Fing wieder an) … *Gehirne so verkrümmt wie die Körper von Menschen in alten Zeiten, gnomenhaft, geschrumpft, verwittert, häßlich, an ihren zerrissenen Persönlichkeiten hängend, ihre Entstellungen und Krankheiten begrüßend, verängstigt gegenüber einer befohlenen, genormten mentalen Gesundheit, die alle gleich machen könnte. Leute, zu ignorant, um zu sehen, daß es ebenso viele Varianten gesunden Denkens gibt, wie entsprechende Krankheiten, vielleicht noch mehr. Freiheit lag in Kontrolle und Korrektur, wie die neugeformten Terrestrischen Menschenwesen wußten. Aber was für eine Aufgabe lag vor ihnen! Tricks und Ausflüchte, offene Lügen waren notwendig in einem ständigen Kampf gegen die Verheerungen des Todes und auch die Ursachen jener Katastrophe. Und gerade, als ich am Steuer der Bewältigung dieses Elends zusammenbrach, wünschte das Hexamon ...*

Er hielt inne. Was? Rückkehr zu den guten alten Tagen? Zu der Welt, mit der sie tatsächlich mehr vertraut waren, komfortabler trotz ihren Philosophien und festen Ziele? Die Zerstörung war — in Hexamonzeit — die Entscheidung eines Augenblicks gewesen, so wie es jetzt die Wiederöffnung war. Zacken in der glatten Kurve der Geschichte des Hexamons. Punkte kataklysmischen Bruchs in einer gläsernen Matrix.

Alles sehr menschlich, trotz der Jahrhunderte von Talsit und psychologischer Medizin. Sogar eine gesunde Kultur mit gesunden Individuen konnte sich nicht über Streit und Uneinigkeit erheben. Sie war bloß höflicher, weniger destruktiv und erschreckend.

Karen hatte gesagt, daß sie sie jetzt haßte. Lanier konnte sich nicht zu der gleichen Haltung durchringen. Trotz Ärger und Enttäuschung bewunderte er sie noch. Sie hatten sich schließlich zu einer Tatsache bekannt, die schon längst offenkundig gewesen war. Menschen der Vergangenheit — Alte Eingeborene — konnten sich nie behaglich mit Menschen der Zukunft verbinden. Bestimmt nicht binnen Jahrzehnten und nicht mit den verringerten Hilfsquellen, die verfügbar waren.

Mißtrauisch verfolgte er einen weißen Fleck, der über die grünen Hügel südwärts flog. Er sah ihn hinter Bäumen seiner Sicht entschwinden. Er blickte auf die Uhr und rief: »Karen, sie kommen.«

Sie schob sich durch die verhangene Tür mit einem Tablett umgepflanzter Gewächse. »Nachschub?«

»Das würde ich vermuten«, antwortete er.

»Wie nett!« Ihr Ton war jetzt nicht bitter. Sie hatten sich damit abgefunden, aus dem Weg gestoßen zu werden. »Vielleicht können wir irgendwem irgendwelche echten Neuigkeiten entlocken, wer es auch sein mag.«

Das kleine Shuttle blieb über dem kleinen quadratischen Fleck von Rasen und Garten vor dem Blockhaus lautlos in der Schwebe. Ein Traktionsfeld berührte den Boden. Es kam aus der Bugluke des Vehikels, und ein junger Geshel-Homorph in Schwarz kam herunter. Sie hatten ihn noch nie gesehen. Lanier raffte seine Decken zusammen und warf sie über die Sessellehne. Mit dem Notizblock in der Hand stand er auf.

»Hallo!« sagte der junge Mann. Er schien sich mit Manieren wie auch mit dem Aussehen gut auszukennen. »Mein Name ist Tapi Ram Olmy. Ser Lanier?«

»Hallo!« sagte Lanier. »Meine Frau Karen.«

Der junge Mann lächelte. »Ich habe Nachschub gebracht, wie vorgesehen.« Er sah sich um, immer noch lächelnd, aber offenbar unbehaglich. »Ich bitte meine Unbeholfenheit zu entschuldigen. Ich bin Neugeborener. Ich habe vor drei Monaten meine Inkarnationsprüfungen abgelegt. Die reale Welt ist ... na ja lebhaft.«

»Möchten Sie hereinkommen?« lud Karen ein.

»Ja, vielen Dank!« Während er die Stufen zur Terrasse emporstieg, nahm er einen silbernen Stab von der Länge einer Hand aus einer Tasche in seinem schwarzen Anzug und ließ den Finger über eine grüne leuchtende Linie auf der einen Seite gleiten. Er sagte: »Ihr Haus wird nicht überwacht. Nur im Umkreis befinden sich Monitore.«

»Ihnen ist es gleich, was wir sagen oder tun«, sagte Karen ohne Schärfe in der Stimme, nur mit müder Ergebung.

»Nun, das ist günstig. Ich bringe ein Paket von meinem Vater.«

»Sie sind der Sohn von Suli Ram Kikura und Olmy?« fragte Lanier.

»Das bin ich. Mutter kann niemand erreichen, sie hatten große Angst vor ihr. Aber sie wird bald frei sein. Mein Vater versteckt sich, nicht weil sie hinter ihm her sind ... Ich weiß wirklich nicht, weshalb er sich verbirgt. Aber er dachte, Sie hätten gern einen klaren, reinen Bericht über das, was auf Thistledown geschieht.« Der junge Mann machte ein feierliches Gesicht. »Ich könnte in ganz hübsche Schwierigkeiten geraten. Aber auch mein Vater ist in seiner Karriere Risiken eingegangen.«

»Sie haben gut geplant«, sagte Lanier und übersetzte ein piktographiertes Hexamon-Kompliment ins Englische.

»Danke!« Ram Olmy gab Lanier die altmodischen Gedächtniswürfel. »Sie können wahrscheinlich ein paar Wochen damit verbringen zu lesen, was da drin ist. Keine Piktogramme, nur Text. Vater hatte es da, wo es nötig war, aus Piktogrammen übertragen. Ich kann eine Zusammenfassung geben ...«

»Bitte!« sagte Lanier. »Nehmen Sie Platz!« Er wies auf einen Ohrensessel am Kamin. Ram Olmy setzte sich und faltete die Hände vor dem Bauch.

»Der Ingenieur wird heute abend eine Anzahl virtueller Universen erschaffen. Um das Ende des Weges herauszufischen. Ich denke, Sie würden imstande sein, die Nebeneffekte zu erkennen. Es wird eindrucksvoll sein.«

Lanier nickte. Er war sich nicht sicher, was für eindrucksvolle Wunder gerade jetzt zu erwarten wären.

»Die Verteidigungsanlagen sind in Stellung. Sie sind noch nicht getestet worden, aber das wird bald geschehen. Ich bin einer Testmannschaft zugeteilt worden.«

»Viel Glück!«

»Ich schätze Ihre Ironie, Ser Lanier«, sagte Ram Olmy. »Wenn alles gut geht, wird der Weg in einer Woche wieder angeschlossen sein und die erste Probeöffnung binnen zweier Wochen stattfinden. Ich hoffe dort zu sein, wenn er geöffnet wird.«

»Das sollte ein eindrucksvoller Augenblick sein.«

Lanier hatte sich nicht hingesetzt. Karen stand hinter ihm. Ram Olmy schaute zu ihnen auf mit ruhigem Blick, aber körperlich immer noch nicht entspannt. Er griff mit den Händen an die Lehnen des Sessels und faltete sie dann wieder. *Wie ein junges Füllen,* dachte Lanier.

»Ich habe auch eine Botschaft von Konrad Korzenowski«, sagte Ram Olmy. »Ser Mirsky ist nirgendwo gesehen worden. Der Ingenieur sagte mir, ich sollte es Ihnen mitteilen: ›Der Avatar ist geflohen.‹«

Lanier nickte. Dann wandte er sich um und sagte zu Karen: »Wir machen es dem Jungen ungemütlich. Setzen wir uns hin!« Sie zogen Stühle heran. Karen bot Erfrischungen an, aber Ram Olmy lehnte ab.

»Ich bin nach anderen Richtlinien gebaut worden als mein Vater. Nicht ebenso leistungsfähig, aber ich brauche keine Talsit-Mittel.« Er hielt die Hände hin, offenbar stolz auf seine neue materielle Gestalt.

Lanier lächelte. Tapi erinnerte ihn an Olmy, und das war eine angenehme Erinnerung. Karen schien von diesem Hauch eines Hexamonwindes weniger begeistert zu sein.

»Warum versteckt sich Ihr Vater?«

»Ich denke, er bringt eine Art von Mißbilligung zum Ausdruck, weiß es aber nicht richtig. Wir alle sind über Ihre Isolation hier verstimmt. Ich kenne niemanden in der Liga für Verteidigung und Schutz, der die Art billigt, wie die Erde behandelt wird ...«

»Aber Sie halten es für notwendig«, sagte Karen.

Ram Olmy blickte ihr ruhig und fest in die Augen. »Nein, Ser Lanier. Ich nicht. Die Notstandsgesetze legen die Verantwortung für Entscheidungen dem Präsidenten und Spezialrat des Nexus' auf. Die erteilen uns die Befehle. Ungehorsam gegenüber diesen Befehlen bedeutet nach den gleichen Gesetzen Verlust von Inkarnationsprivilegien und direkte Speicherung im City-Gedächtnis. Das würde mich dahin zurückbringen, wo ich angefangen habe.«

»Wie haben Sie sich diesen Dienst organisiert?« fragte Lanier.

»Verzeihung ... organisiert?«

»Beschafft.«

»Ich habe darum nachgesucht. Niemand hatte etwas dagegen einzuwenden. Ich sagte, daß Sie Freunde meines Vaters und des Ingenieurs seien, und daß ich Ihnen eine Mitteilung vom Ingenieur überbringen könnte.«

»Ihre Eltern sind nicht abgesondert?«

»Nein. Mein Vater hält sich versteckt, hat aber keine Gesetze übertreten. Man kann Sie nicht zwingen, Kommandopositionen zu übernehmen. Das wäre lächerlich.«

»Korzenowski hat sich freiwillig gemeldet?« fragte Karen mit zunehmendem Interesse.

»Ich bin nicht sicher, was seine Beweggründe sind. Manchmal wirkt er recht seltsam, aber er schafft seine Arbeit, wie ich höre. Das Spezialkomitee des Nexus' kann nicht alle Nachrichtenverbindungen überwachen. Es gibt allerhand Geschwätz auf Thistledown. Ich sehe ihn sehr selten, und sein Partial hat mir diese Botschaft übergeben.«

»Wir sind dankbar, daß Sie sie uns überbracht haben«, sagte Lanier.

»Es war mir ein Vergnügen. Meine Eltern haben oft von ihnen gesprochen. Sie sagten, daß Sie zu den besten Alten Eingeborenen gehörten. Ich wollte auch noch sagen ...« Er stand plötzlich auf. »Ich muß jetzt zurückkommen. Die Vorräte sind ausgeladen. Wenn dies vorbei ist, wenn der Weg wieder offen steht, dann erwartet das Hexamon endlich die Hilfsquellen zu bekommen, um unser Werk auf der Erde zu vollenden. Ich warte darauf und möchte jetzt gern freiwillig mit Ihnen an irgendeinem Projekt unter Ihrer Führung arbeiten. Mit Ihnen beiden. Es wäre mir eine Ehre, und sowohl mein Vater wie meine Mutter wären sehr stolz.«

Lanier schüttelte langsam den Kopf. »*Dies* wird niemals vorbei sein. Nicht so, wie es sich das Hexamon einbildet.«

»Eine Warnung von Mirsky?« fragte Ram Olmy.

»Vielleicht, und ein Vertrauensmißbrauch«, antwortete Lanier. »Das Hexamon wird hier eine Menge zu flikken haben.«

Ram Olmy seufzte. »Wir haben alle die Aussagen angehört. Niemand weiß, was daraus zu machen ist. Das Spezialkomitee des Nexus' erklärt sie für Schwindel.«

Lanier bekam ein rotes Gesicht. »Sie müssen den Verstand Ihrer Mutter und auch Ihres Vaters haben, wenn Sie aus beider Persönlichkeiten vermischt wurden. Was ist *Ihre* Meinung?«

»Er ist von dem Abenteuer fasziniert«, sagte Karen. »Sei nicht zu grob mit ihm!« Ihre Haltung war jetzt weicher geworden.

Lanier fuhr fort. »Mirsky war kein Schwindler. Er war hier und hat den Ingenieur und Ihren Vater überzeugt. Dessen bin ich ziemlich sicher. Und auch Ihre Mutter. Seine Warnung war ernst.«

»Wo ist er denn jetzt, Ser?«

»Ich weiß nicht.«

»Ich würde ihn gern kennenlernen, wenn er zurückkommt.«

»Falls er zurückkommt. Was wäre, wenn irgend jemand oder irgend etwas von der Unversöhnlichkeit des Hexamons Notiz nähme?« Lanier stand langsam auf, mehr bewegt, als er es scheinen wollte. »Danke für Ihren Besuch bei uns! Erzählen Sie jedem, den es interessiert, daß es uns gut geht! Ich erhole mich. Unsere Haltung hat sich nicht geändert. Sie ist höchstens noch härter geworden. Teilen Sie das Ihren Vorgesetzten mit!«

»Jawohl, Ser. Wenn sich die Gelegenheit bietet.« Er

dankte Karen für ihre Gastfreundschaft, sah Lanier fest in die Augen und nickte. »Auf Wiedersehen!«

»Stern, Schicksal und Geist seien mit uns allen!« sagte Lanier.

Sie begleiteten den jungen Mann zum Vorplatz. Die Automaten waren mit dem Ausladen fertig und zogen sich in ihre Halterungen unter dem Vehikel zurück. Ram Olmy stieg ein, das Vehikel stieg schnell hoch. Dann wandte es sich nach Westen dem verblassenden Licht des Himmels zu.

Karen legte den Arm um Lanier und küßte ihn auf die Wange. »Gut gesagt.«

»Er scheint ein guter Bursche zu sein. Aber er ist doch noch einer von ihnen. Mit Herz und Seele.«

»Mehr Sohn seines Vaters als seiner Mutter.«

Lanier küßte sie auf den Scheitel. Die Dämmerung ging in Nacht über. Er blickte erwartungsvoll nach oben und erschauerte. »Was für einen Zauber wird der alte Magier heute abend veranstalten?«

»Ich bringe die Decken heraus, und den Heizstrahler«, sagte Karen.

Für einen Augenblick, als er allein im Hof stand, allein unter den Sternen, die über ihm herauskamen, wußte Lanier nicht, ob es gut oder schlecht war, am Leben zu sein. Er konnte die Gänsehaut auf seinen Armen nicht unterdrücken. *Dies ist real,* erinnerte er sich. *Ich bin wach.*

Bald würde Korzenowski — und vielleicht ein Teil von Patricia Vasquez — mit den Geistern von Universen spielen. Karen kam zurück, und sie richteten sich einen Platz auf dem Gras her.

»Dies möchte ich um keinen Preis vermissen«, sagte sie leise. »Sie sind Bastarde, aber brillante Bastarde.«

Lanier nickte und ergriff ihre Hand. »Ich liebe dich«, sagte er. Tränen traten ihm in die Augen.

Sie lehnte ihren Kopf an seine Schulter.

Früh am nächsten Morgen notierte Lanier: *Wir haben tief im Nordwesten den Punkt von Thistledown gesehen, schwach und unscharf. Die Nacht war warm, und meine alten Knochen haben nicht geschmerzt. Mein Geist ist klarer, als ich mich in neuerer Zeit erinnern kann. Geradezu erschreckend klar. Karen lag dicht bei mir. Wir gehörten zu den wenigen auf der Erde, die wußten, was an diesem Abend zu erwarten war — oder nicht?*

Wir verdanken ihnen so vieles, diesen entschlossenen Engeln, unseren entfernten Kindern. Mir ist ein Kloß in die Kehle geraten, bloß beim Betrachten von Thistledown, dem Stein, wie er ein paar Grad emporstieg. Ich habe um sie gebangt. Wie, wenn sie einen Fehler gemacht haben und sich selbst vernichten? Wie, wenn Mirskys Götter am Ende der Zeit beschließen einzugreifen? Wo sind wir dann?

Gerade Strahlen aus klarem, weißem Licht gingen fächerförmig vom Stein aus und überquerten drei Viertel des Himmels. Sie reichten Zehntausende von Kilometern in den Weltraum und waren von der Erde fort gerichtet. Ich weiß nicht, was sie waren. Sicher nicht bloß Licht; denn Laserstrahlen oder ähnliche Phänomene konnten nur von Staub reflektiert werden, und im Weltraum gibt es nicht so viel Staub. Wir saßen da, fast so unwissend wie Wilde. Abrupt verblaßten die Lichtlinien, und für einen Moment gab es nur die Sterne und den Stein, jetzt heller im Nordwesten. Ich dachte, vielleicht hatte Korzenowski eine rohe Skizze über den Himmel entworfen, und dies war alles, was wir sehen konnten.

Aber vom Punkt des Steines aus entfaltete sich über dem ganzen Nachthimmel ein großartiger Vorhang von Violett und Blau, der binnen Sekunden von Horizont zu Horizont reichte. Darin glühten unscharfe rote Flecken. Wir brauchten einige Sekunden, um in ihnen Bilder der Sichel des zunehmenden Mondes zu erkennen, die irgendwie an zwei oder drei Stellen fokussiert waren.

Dann schrumpfte der Vorhang zusammen wie ein verfaultes Gewebe, das von der Strömung eines Flusses fortgewaschen wird. Wo er gewesen war, kräuselten sich jetzt lässige grüne Arme, die Tentakel einer monströsen Qualle, die sich spiralig wanden und vibrierten. Darin lag eine organische Häßlichkeit, die mich wünschen ließ, den Blick abzuwenden. Ich war Zeuge einer unnatürlichen Geburt mit Blut und Mysterium. Der Raum wurde verzerrt oder auf eine Weise benutzt, die er nicht gewohnt war.

Dann verblaßte alles, und die Sterne kamen zurück, klar und scharf, ungestört. Was auch immer jetzt geschehen mochte, entzog sich unseren Blicken.

50. KAPITEL

Thistledown

Korzenowski blickte auf die sechste Kammer hinunter durch die Blase, welche das Bohrloch des Nordkaps bedeckte. Seine Finger arbeiteten unablässig mit einem kleinen Würfel aus Nickeleisen. Neben ihm schwebte der Präsident mit gefalteten Armen. In zeremonieller Robe und Kappe wirkte er wie ein großer Mandarin. Er war von einer Sondersitzung des Nexus' gekommen, um die zweite und dritte Testreihe zu beobachten. Jetzt warteten sie darauf, wie die Maschinerie der sechsten Kammer reagieren würde.

Aus dem dritten Viertel stieg eine kleine Rauchfahne auf. Schon bewegte sich ein Flugzeug um die beschädigte Stelle.

»Wissen Sie, was das ist?« fragte Farren Siliom.

»Feuer in einer inertialen Strahlungskontroll-Leitung«, sagte Korzenowski, ohne den Präsidenten besonders zu beachten. Seine Augen ruhten auf den entscheidenden Punkten in der sechsten Kammer, wo jede Art pseudospatialer Rückstreuung große Sektionen des Talbodens zur Explosion bringen konnte. »Es ist ein kleineres Problem.«

»Die Tests sind noch erfolgreich?«

»Erfolgreich«, bestätigte Korzenowski.

»Wie lange noch, bis wir die Verbindung herstellen?«

»Neun Tage«, sagte Korzenowski und erlaubte sich einen gewissen Spielraum. »Die Maschinerie braucht Zeit, um den Gleichgewichtszustand zu erreichen. Wir müssen das schleifenförmige virtuelle Universum sich auflösen lassen. Dann wird der Weg frei sein, und wir können den Wiederanschluß herstellen.«

Der Präsident drückte gleichgültige Zustimmung aus. »Weder ich noch der Premierminister fühlen uns dabei wohl«, teilte er mit eng gebündeltem Piktogramm mit. »Wir alle sind gezwungen, Dinge zu tun, die wir lieber lassen sollten, eh?«

Korzenowski sah den Präsidenten starr an und sagte nüchtern: »Zumindest werden wir heimkehren. Zurück zu einem Leben, das aufzugeben vielleicht ein Fehler gewesen ist.«

Farren Siliom antwortete nicht auf diese offene Selbstkritik. Korzenowski hatte gerade diese Aktion angeregt.

Das Gewebe war zu dicht geworden, als daß man hätte einzelne Fäden entwirren können.

51. KAPITEL

Thistledown

Was ist Pavel Mirsky?

Olmy brach seine Übungen auf dem Boden des leeren Quartiers ab und schwang sich sofort zu einer höheren Barriere empor. Die Frage war ungebeten gekommen und nicht durch sein Partial oder die eingerichtete Leitung. Es handelte sich nicht um einen verirrten Gedanken oder ein wanderndes Echo.

Er stand einige Minuten mitten auf dem Boden starr da und suchte verzweifelt, die Quelle der Frage herauszufinden. Sie wurde nicht wiederholt. Aber als er jede Verbindung zwischen seinen Implantaten und natürlichem Gehirn nachprüfte, erkannte er, daß eine Wiederholung nicht nötig sein würde. Die Information war sanft und mit ganz wenigen Spuren der Eingabe aus seinem originären natürlichen Gedächtnis gezogen worden.

Die Barrieren waren durchbrochen worden, schienen aber intakt zu sein.

Der Raum war so schwarz, daß er als Grab hätte dienen können. Für einen Augenblick erwog er, sein Herz und die Implantate in die Luft zu sprengen, merkte aber, daß er es nicht konnte. Die freiwilligen Verbindungen waren beschädigt. Nur wenn geheime Detektoren in den Implantaten defekt waren, würde er sterben. Wo war das Partial? War alles absorbiert worden — einschließlich der Geheimnisse seiner Sicherheitseinrichtungen?

Ist Pavel Mirsky ein Mensch wie du, oder ist er Beauftragter einer anderen Macht?

Olmy verschloß seine Gedanken. Er hoffte dennoch, daß nicht alles verloren gegangen wäre. Er hatte nicht die geringste Idee, was geschehen war oder wie umfassend der Bruch war.

Ich finde viel verborgene Information, die fehlende Farbe und Form bewirkt, fuhr die Stimme fort. Sie wirkte sehr ähnlich seiner eigenen inneren Stimme. Daraus entnahm Olmy, daß seine natürlichen Unterpersönlichkeiten, was die Psychologen des Hexamons als ›funktionelle Agentien‹ bezeichneten, abspenstig gemacht worden waren.

Olmy fühlte sich wie der Kapitän eines Schiffs, dessen Mannschaft plötzlich und unerklärbarerweise von Dämonen besessen war. Die ›Brücke‹ war bis jetzt noch friedlich gewesen. Aber unter dem Deck zeigte sich eine ganz andere Geschichte.

Du bist weder Befehlshaber noch Ausführender. Bist du Leitender Aufseher in zeitweiliger physischer Gestalt? Nein. Wir betrachten dich als einen einfachen Vollstrecker, dem außergewöhnliche Privilegien gewährt wurden. Du hast diese Privilegien auf dich genommen.

Olmy war völlig klar, daß er einen schrecklichen Fehler begangen hatte. Alle seine Sicherungsmaßnahmen waren umgangen worden — bis jetzt. Er hatte den Jart ernstlich unterschätzt.

Dies ist Pavel Mirsky. Es gibt nichts wie ihn in deinem verfügbaren Gedächtnis. Auch nicht im assoziierten Gedächtnis, noch in einem Gedächtnis, dem wir Zugang gestattet haben. Pavel Mirsky ist einzigartig und überraschend. Was ist seine Botschaft?

Einen Augenblick lang dachte Olmy, daß es ihm eine Chance geben würde, wieder die Kontrolle zu erlangen, wenn er dem Jart Zugang zu dieser scheinbaren Irrelevanz gestatten würde, und er sich dann töten könnte. Olmy bereitete eine Verlautbarung und auch Zusammenfassung von Mirskys Story vor und gab sie frei.

Die Kontrolle des Jarts konnte nicht erschüttert werden. Je mehr Olmys Gefühl von Hilflosigkeit und Entsetzen zunahm, desto mehr wuchs auch seine kühle, spekulative Faszination mit Mirsky.

Mirsky gehört nicht mehr zu deiner Stufe und Ordnung. Er ist nicht menschlich, war es aber einmal. Er kehrt zurück mit einer Botschaft für dich; aber du weißt nicht, wie er zurückkommt. Mirsky ist von uns erwartet worden, erscheint aber dir. Vielleicht ist er ohne dein Wissen auch unserer Art erschienen.

Mirsky ist Bote und Ausführender vom Kommando der Abkömmlinge.

Olmy versuchte, seine Panik zu beherrschen und sich zu entspannen. Diese Lage war so rasch aufgetreten, ohne Vorwarnung, daß einige Zeit verstrich, ehe ihm ganz klar wurde, daß sich ihre Situationen umgekehrt hatten. Jetzt war er der Gefangene, seine Persönlichkeit zerstückelt und ganz in der Macht des Jarts. Das wenige, was ihm von seinem Verstand geblieben war — er ging rasch seine verfügbaren natürlichen Erinnerungen durch und fand, daß die meisten davon durch Hemmnisse des Jarts blockiert waren — konnte kaum die letzte klare Aussage des Jarts verstehen.

Der Jart fand Mirskys Präsenz jedenfalls höchst bedeutsam.

Dein Kampf ist instruktiv. Ich breite mich schneller aus mit jeder Status-Suche, die du unternimmst.

Olmy sagte: »Ich erkenne deine Kontrolle an.«

Gut. Du fürchtest dich vor dem, was ich deiner Art antun werde. Eurer Art zu schaden, war meine ursprüngliche Anweisung. Aber die ist jetzt überholt. Die Nachricht, daß eine Botschaft vom Kommando der Abkömmlinge auftaucht, ist weit wichtiger als eure Konflikte.

»Wie hast du die Barrieren durchbrochen?«

Eine unangemessene Neugier. Bist du nicht vom Boten Mirsky fasziniert?

Olmy vergrub ein Segment von sich, das aufschreien

wollte. »Ja, fasziniert und verwirrt. Aber wie bist du durch meine Sperren gedrungen?«

Dein Verständnis für gewisse Algorithmen ist unvollständig. Vielleicht ein Makel in der Entwicklung eurer Art. Ich stehe jetzt seit einer unbestimmten, aber bedeutsamen Anzahl von Perioden unter Kontrolle.

»Du hast mit mir gespielt ...«

Verdient ein erfolgloser ›Amateur‹ größere Beachtung? Du paßt nicht in einen Rang, den wir respektieren. Trotzdem will ich dir den Respekt erweisen, den du mir hast zuteil werden lassen.

Wäre er integriert gewesen, so hätte das den Tiefpunkt in seinem langen Leben bedeutet, wie Olmy erkannte. Unter den gegebenen Umständen empfand er ein entferntes, frei schwebendes Unbehagen, wie eine Seele, die in einem scheußlichen Nachleben entkörpert ist, unfähig, sich zu verändern oder zu bewegen.

Es wird bald möglich sein, diese wichtige Information der Kommandoaufsicht zu geben, sagte der Jart. *Wenn du hilfst, wird Integration deiner Persönlichkeitsstelle gestattet werden, und du kannst Zeuge dieses wichtigen Ereignisses mit vollen Möglichkeiten sein.*

»Ich werde nicht kooperieren, wenn du meinem Volk schaden willst.«

Kein Schade für Gäste des Boten. Du bist erkannt worden und mußt nach unserem Gesetz von Speicherung und Verpakkung verschont werden. Du gehörst jetzt zu Vollstreckern des Nachkommen-Kommandos.

Olmy versuchte, das zu überdenken. Das Risiko war zu groß, als daß er auch nur auf die Idee kommen könnte, der Jart hätte nichts Böses gegen das Hexamon im Sinn ... Er hatte zugegeben, daß sein ursprünglicher Auftrag auf Schaden gelautet hatte. »Was hast du vor zu tun?«

Wir müssen zum Weg zurückkehren. Die Kommandoaufsicht muß informiert werden.

Olmy wußte, daß er keine echte Wahl hatte. Er war

hoffnungslos unterlegen. Er konnte sich nur fragen, ob im Laufe der Zeit die Jarts sie alle aus dem Felde geschlagen haben würden. Oder war das eine eigenbrötlerische Unterschätzung seines eigenen rein persönlichen Versagens?

52. KAPITEL

Tüchtige Gaia

Rhita fühlte sich wie ein Tier im Käfig. Sie wollte die Wahrheit nicht erfahren. Rhodos kam schnell näher und würde die Wahrheit enthüllen. Sie war in der Blase gefangen mit einer gebeugten und verzerrten Monstrosität, einer Art entstellter Puppe eines menschlichen Wesens. Sie hörte, wie das Wesen hinter ihr aufstand, und wagte nicht, es anzuschauen. Ihre Knöchel auf der Brüstung waren weiß verkrampft. Sie schloß die Augen, öffnete sie dann wieder und sagte sich: *Das ist es, was du gewollt hast. Alles zu sehen.*

Aber ihre Kraftreserven waren längst erschöpft. Sie öffnete den Mund zum Sprechen und schloß ihn wieder, um ein Kreischen zu unterdrücken. Sie schüttelte den Kopf, beugte sich über das Geländer und stieß sich mit aller Kraft zurück, wild mit dem Kummer, den sie nicht vollständig empfand, was aber bald kommen würde, so sicher, wie dies Gaia, ihre Heimat, war.

Der Handelshafen von Rhodos wurde sichtbar und die lange Landbrücke zur Festung des Kambyses gegenüber Patrikias Haus, die den alten Kriegshafen beherrschte. Die Stadt Rhodos selbst war verschwunden. An ihrer Stelle hatte sich kahle braune Erde ausgebreitet. »*Wo ist es?*« keuchte sie.

Die Insel war gesprenkelt von Steinsäulen mit goldenen Spitzen. Diese zogen sich von den Bergen im Innern bis zur Küste hin wie der Traum eines Kroisos von Riesenpilzen. »Warum?« schrie sie. »Was ist das?«

Typhons Stimme war jetzt gedämpft. Er sagte etwas, aber sie konnte es nicht verstehen und lehnte es ab, einen Blick auf ihn zu werfen. Auf *es.*

Die Sonne ging hinter ihnen unter, als die Blase langsamer wurde und sich dem Vorgebirge näherte, wo Patrikias Haus gestanden hatte — oder noch stand. Rhita sah, umgeben von einem Zaun aus den gleichen gefransten Metallschlangen, die ihr im Camp begegnet waren, daß es viel kleiner schien als vor Jahren.

»Auch dein Tempel ist hier in der Nähe«, sagte Typhon. Sie hörte, wie er hinter ihr aufstand und fühlte, wie etwas ihren Rücken hinunterkroch. Es gab Dinge, schlimmer als der Tod. Dazu gehörte auch, im Dienst dieser Ungeheuer zu stehen. Sie wischte sich mit der flachen Hand das Gesicht, drehte sich um und sah dem mitgenommenen Begleiter in die Augen. »Warum gibt es hier noch diese Stätten?«

Typhon sagte: »Weil sie dir etwas bedeuten.« Er langte hoch und schob den Oberteil seines Kopfes wieder an Ort und Stelle. Sie schluckte kräftig, um einen neuen Anfall von Übelkeit zu unterdrücken. Sie hatte eins, woran sie sich halten mußte, und das war der nackte noch verbliebene Rest ihrer Würde.

»Diese ganze Welt ist für mich von Bedeutung«, sagte sie. »Setze sie wieder in den früheren Zustand zurück!«

Typhon machte ein Geräusch wie ein kleiner Hund, der erstickt, und seine Sprache wurde viel deutlicher. »Nicht möglich. Schon dicht beim Überziehen des Budgets. Deine Welt wird genutzt werden. Sie wird ihr eigenes Archiv werden. Jeder, der in späteren Zyklen Gaia studieren möchte, wird herkommen und es tun. Inzwischen dient sie als ein Ort, um junge Leute aufzuziehen und auszubilden. Was du eine heilige Stätte nennen würdest.«

»Von meinen Leuten ist niemand mehr am Leben?«

»Ein paar wenige sind gestorben«, sagte Typhon und schob eine Schulter zurecht.

Sie erinnerte sich an das unerwartete Nachgeben seiner Substanz und wandte sich wieder ab, die Faust in den Mund gestopft.

»In Wirklichkeit wären noch mehr deiner Art gestorben, wenn wir nicht hierher gekommen wären. Bei weitem die Mehrheit ist gespeichert. Das ist nicht unangenehm. Meine Selbste sind mehrfach dort gewesen. Anders als Tod ist Speicherung nicht endgültig.«

Sie schüttelte den Kopf, taub für den Schrecken, aber nicht gewillt, mehr nutzloses Geschwätz anzuhören. »Wo sind meine Kameraden? Du hast gesagt, du würdest sie herbringen.«

»Sie sind hier.« Die Blase bewegte sich durch Patrikias grauen und verwelkten Garten. Die Orangenbäume waren staubige Skelette. Sie näherten sich dem Haus; und hinter ihm tauchten weitere Blasen auf. Deren eine enthielt Demetrios, eine andere Lugotorix und eine dritte Oresias. Jeder hatte einen Begleiter. Bei Oresias schien es eine ältere Frau zu sein, bei Lugotorix ein rothaariger alter Mann und bei Demetrios ein schlanker junger Mann in Studententracht.

Lugotorix stand da mit gekreuzten Armen und fest geschlossenen Augen. *Was er nicht sehen kann, kann ihn nicht noch elender machen.*

Typhon hinter ihr verhielt sich schweigend. Die Blasen umrundeten einander langsam in Patrikias Hof. Lugotorix schien ihre Anwesenheit zu spüren und öffnete die Augen. Er sah sie mit einem Ausdruck wilder Freude an; er hatte nicht völlig versagt. Demetrios nickte bloß und wollte ihren Blick nicht erwidern. Oresias schien nicht imstande zu sein, den Kopf zu heben.

Niederlage. Endgültig und total. Kein Weg zurück.

Was würde Patrikia tun. Wenn sie hier wäre, nachdem sie zwei Heime, zwei Welten verloren hatte ... Rhita zweifelte nicht, daß die alte Sophē sich einfach hingelegt hätte und gestorben wäre. Die Ungeheuerlichkeit lag wahrlich jenseits der Fassungskraft menschlichen Geistes.

Es gab keine Hoffnung. Sie sagte: »Die ganze Welt ist tot.«

»Nein«, korrigierte sie Typhon.

»Halt den Mund!« sagte sie scharf. »Sie ist *tot.*«

Der Begleiter widersprach ihr nicht wieder.

Sie versuchte mit den anderen zu reden, aber kein Ton verlief zwischen ihnen. Plötzlich wandte sie sich um und sah Typhon an. Auf seinem entstellten Gesicht lag ein triumphierender Ausdruck, kurz aber unmißverständlich. Er hatte genug Menschlichkeit aufgesogen, um Frohlocken darzustellen.

Sie glaubte jetzt, daß sie hierhergebracht worden sei, wenigstens teilweise deshalb, damit die Sieger ihren Triumph so richtig ermessen konnten. Gefangene im Triumphzug.

Sie wandte sich nicht ab. Es war keine Genugtuung gewesen, den Begleiter herumzuschubsen. Schmähungen machten Typhon bestimmt nichts aus. Und es lag nur wenig Befriedigung in Unzulänglichkeit. Sie war zu klein und beschränkt, um mit der Suche nach Schwäche auch nur zu beginnen. Indessen mußte Rhita etwas tun, irgendeinen Faden aufnehmen; sonst würde sie sich in der Tat nur hinlegen und sterben.

Aber sie würden sie nicht sterben lassen. Sie würde gespeichert werden. Und eines Tages würden die Leute, die den Weg gebaut hatten, bestimmt wieder gegen die Jarts kämpfen, sie vielleicht sogar vernichten, und vielleicht sogar sie und ihre Gefährten finden — als Aufzeichnungen oder in Kästen oder wie auch immer sie gespeichert sein mochten, und sie zurückbringen. Konnte man soviel erhoffen? Sie konnte sich so etwas kaum vorstellen.

»Das bedeutet dir nichts?«

Sie schüttelte den Kopf.

»Möchtest du nicht den Tempel besuchen?«

»Nein.«

»Wünschst du zu sterben?« fragte Typhon interessiert und höflich.

»Bietest du mir das an?«

»Nein. Natürlich nicht.«

»Bring mich einfach zurück!«

»Jawohl.«

Das Innere der Blase schien sich mit gelatineartigem Rauch zu füllen. Sie fühlte, wie jedes Gewicht unter ihren Füßen entschwand.

Speichere mich! dachte sie. *Pack mich fort!*

Meine Zeit muß wiederkommen.

Vergessen wäre willkommen gewesen, wenn sie hätte sicher sein können, daß man sie nicht stören würde.

53. KAPITEL

Erde, Thistledown

Lanier hatte wieder angefangen, auf den Pfaden zu marschieren, die Bergflanke zu erklimmen, von wo man über die herbstlich braunen Grasflächen und die größer gewordenen Schafherden blicken konnte. Trotz allem, was geschehen war, betrachtete er sich als einen zufriedenen Mann. Er konnte nicht die ganze Menschheit vor ihren Torheiten bewahren und auch nicht den Strom der Geschichte aufhalten.

Der Verlust des Verantwortungsgefühls war eine notwendige Befreiung. Er hatte einen großen Teil seines Lebens damit verbracht, andere zu retten. Jetzt war es Zeit, sich zu beruhigen und auf den nächsten eigenen Schritt vorzubereiten.

Trotz des aufgezwungenen Implantats und des Bedauerns, nicht gestorben zu sein, wußte er, daß er sich nicht für Unsterblichkeit entscheiden würde. Wenn die Zeit kam — ob in zehn oder in fünfzig Jahren — würde er bereit sein.

Er hielt seine Perönlichkeit nicht für so kostbar, daß sie sich anderen länger als ein Jahrhundert aufdrängen sollte. Das war weder Bescheidenheit noch Erschöpfung, sondern einfach die Art, in der er aufgezogen worden war.

Er akzeptierte es, daß Karen nicht einverstanden war. Auch so waren sie einander viel näher als seit Jahren. Das genügte.

Zwei Monate nach seiner Genesung in einer besonders kristallklaren Nacht gingen sie unter den Sternen spazieren. Thistledown war nicht sichtbar. »Ich bin nicht sicher, ob ich mich darum sorge, *was* dort ... dort unten geschieht.« Sie zeigte durch die Erde dahin, wo Thistledown sein könnte.

Lanier nickte. Sie gingen weiter. Eine Laterne erhellte den Weg mit einem blauen Kreis auf einige Meter vor ihnen. »Das ist es, wo wir uns kennengelernt haben«, sagte er; und es klang drollig, als es einmal ausgesprochen war. Drollig und ungeschickt, die Worte eines unsicheren jungen Burschen, nicht eines alten Mannes. Karen lächelte ihn an.

»Garry, wir haben viele gute Jahre gehabt«, sagte sie. Und dann mit ihrer gewöhnlichen Direktheit: »Was ist für uns jetzt wichtiger — unsere gemeinsame Vergangenheit oder unsere Zukunft?«

Er konnte nicht antworten. Irgendwie war er gezwungen, am Leben zu bleiben. Dies brachte mit sich, daß er sich wünschte, seine Zukunft möge kurz sein ... Aber er wünschte nicht zu sterben. Er wollte bloß Gleichheit und Gerechtigkeit. Unter den herrschenden Verhältnissen erschien Unsterblichkeit nicht gerecht. Er war bereit, für diese Überzeugungen zu sterben. »Bloß wir, jetzt«, sagte er.

Sie hielt seine Hand fester. »In Ordnung«, sagte sie. »Bloß *jetzt.*«

Lanier wußte, daß Karen nicht für immer an seiner Seite bleiben würde. Wenn die Isolation aufgehoben würde — fast sicher in den nächsten Monaten —, würde sie wieder aktiv werden; und vielleicht würden sie wieder getrennt werden. Er wünschte das nicht. Aber sie paßten nicht mehr gut zusammen. Er konnte sich damit abfinden alt zu werden, sie nicht.

Indessen gab es viele Leute, die er gern wiedersehen würde. Es gab Fragen, auf die er gern Antworten bekommen hätte.

Was ist nur mit Patricia geschehen?

War sie zu Hause, oder lebendig in einem alternativen Universum, oder war sie bei dem Versuch dazu gestorben?

Thistledown umrundete die Erde alle fünf Stunden und fünfzig Minuten. So war es seit der Zerstörung gewesen. In einigen Gebieten der Erde wurde der helle Stern des Asteroiden selbst nach Jahrzehnten von Erziehung und sozialer Technologie verehrt. Die Dottersäcke der menschlichen Psyche konnten nicht so leicht ausgemerzt werden.

Die Nachricht, daß die Retter der Erde sie bald verlassen würden — dahin waren die Geschichten vereinfacht worden —, verursachte in einigen Ländern Panik, in anderen Erleichterung. Die Verehrer von Thistledown und dessen Bewohner glaubten, daß diese aus Abscheu vor den Sünden fortgingen. Damit hatten sie in gewisser Weise recht. Aber weder die Erde konnte ihre Vergangenheit abschütteln, noch konnte es das Hexamon.

Mit dem planmäßigen Fortschreiten der Wiederöffnung und dem makellosen Funktionieren von Korzenowskis Wundern machte sich das Spezialkomitee des Nexus' daran, einige der schlimmsten Wunden in seinen Beziehungen zur Erde zu heilen.

Es war nicht viel Zeit, und sie machten auch keine enormen Anstrengungen. Das Hexamon war begeistert. Hysterie war unter der Bevölkerung der orbitalen Körper nicht möglich oder zumindest unwahrscheinlich. Aber es herrschte ein fast rauschartiges Gefühl von Glorie. Sie waren stolz auf ihre Macht und ihre Klugheit. Sie waren glücklich, an der Lösung sonst hoffnungsloser Probleme zu arbeiten. Und sie fühlten, daß die Erde auf lange Sicht davon profitieren würde, daß der Weg Wohlstand für alle bringen würde.

Mirskys Warnungen waren praktisch vergessen. War der sogenannte Avatar nicht spurlos verschwunden? Wenn seine Kraft so enorm war, warum hatte er die Abstimmung nicht verhindert und das Hexamon gezwungen, nach seinem Willen zu handeln? Selbst Korzenowski gab Mirsky wenig zu denken. Es war zu viel zu tun, es gab zu viele äußere und innere Zwänge, und die inneren wurden jeden Tag stärker.

Der Ingenieur begab sich von einem Ende des Bohrlochs zu anderen, eingehüllt in seine rote, geschlossene, sackartige Robe wie ein übergroßes Kleinkind.

Die langen schlanken Gestalten dreier Sprungschiffe, zwei Tage zuvor von Axis Thoreau hergeschafft, fädelten sich durch die Bohrlöcher von Thistledown und hingen in sanft glühenden Traktionswiegen — riesige dunkle Spindeln längs der gewohnten Strecke.

Es waren voll bewaffnete Schiffe, die zur Vorsicht herbeigebracht waren. Sie konnten auch zur Erkundung des Weges dienen.

Korzenowski blickte auf das zweite zylindrische Tal der sechsten Kammer hinunter und empfand eine Sehnsucht, die er weder analysieren noch unterdrücken konnte. Das Fundament, auf dem alle seine versammelten Partiale jetzt integriert waren, färbte ihn jetzt durch und durch. Er protestierte nicht. Irgend etwas in ihm stimmte nicht. Aber es verhinderte nicht seine Arbeit, sondern machte ihn höchstens noch brillanter.

Für Olmy waren Träume mit Implantaten nie gleich gewesen, und sie hatten sich noch radikaler verändert, seit der Jart übernommen hatte.

Ein durch Implantate unterstützter Homorph brauchte keinen Schlaf. Die Verarbeitung von Erfahrungen und Erinnerungen — und die Erholung und das Spiel eines überarbeiteten Unterbewußtseins — fanden während der wachen Stunden Olmys statt. Diese Aktivitäten sollten dazu dienen, in den Implantaten Mentalitäten zu suggerieren. Im Grunde konnte Olmys bewußtes Bemühen alle Stunden weitergehen, während eine parallele Mentalität ›schlief‹ und träumte. Dann konnte die Mentalität den Inhalt von Olmys Unterbewußtsein verfeinern und filtern.

Dieser Prozeß war im Laufe von Jahrhunderten vervollkommnet worden.

Olmys Träume waren intensiv, so real wie Erlebnisse im Wachsein, wie das Leben in einem anderen Universum mit unterschiedlichen (und wechselnden) Regeln. Aber er trat an sie nicht heran, wenn er es nicht wünschte. Sie hatten ihren Zweck erfüllt, ohne unbedingt bemerkt zu werden. Schließlich, nach fünf oder sechs Jahren, wurden die Inhalte der Träume gereinigt oder komprimiert in seinem persönlichen Implantat und dann entweder in ein äußeres persönliches Gedächtnis gespeichert oder getilgt. Olmy neigte dazu, solche Inhalte zu tilgen. Er liebte es nicht, seine eigenen Träume zu erleben und tat das auch nur selten, sofern er nicht den Eindruck hatte, daß sie die Lösung einer drängenden persönlichen Schwierigkeit bargen.

Jetzt aber beanspruchte die Mentalität des Jarts allen verfügbaren Platz in Olmys Implantaten, einschließlich seines persönlichen Implantats. Olmy hatte, selbst wenn er die Kontrolle gehabt hatte, unterbewußtes Verarbeiten seinem natürlichen Zentrum zuweisen müssen, seiner primären Mentalität.

Er hatte die Wahl gehabt, entweder natürlich zu schlafen und zu träumen, oder Wacherlebnisse auszufiltern. Vor dem Sieg des Jarts hatte er das letztere gewählt. Träumen im Wachzustand stellte nur wenige Probleme. Er war geistig genügend diszipliniert, um nicht abgelenkt zu werden.

Aber jetzt kontrollierte und manipulierte der Jart nicht nur die Implantate, sondern auch seine primären bewußten und unterbewußten Verhaltensweisen — jene, die sich in seinem organischen Gehirn abspielten. Olmys bewußtes primäres Selbst wurde oft abrupt und ohne Vorwarnung in die Traumwelt abgeschoben.

Es war ein Gebiet voller Ungeheuer. Das Unterbewußtsein, all jene Agentien und Routinen, die automatische Reaktionen auslösten, war in einem schrecklichen

Zustand. Olmy konnte bewußt ruhig sein; aber sein fundamentales Ich war verschreckt, hilflos und in Panik.

Oft, wenn der Jart nicht seine unmittelbare Aufmerksamkeit brauchte, war er gezwungen, durch die Traumlandschaft zu wandern wie eine Person in einem schlechten Film.

Gezwungen, sich seinen Träumen direkt zu stellen, fand Olmy Anzeichen von Charaktermängeln, die seine ohnehin niedrige Moral noch weiter untergruben. (Warum hatte er diese Mängel nicht vor Jahrhunderten mit Talsit oder anderen Therapien bekämpft? Vielleicht hätte er nicht die katastrophale Entscheidung getroffen, sich den Jart einzuverleiben, wenn er voll bei Verstand gewesen wäre ...) In seinen Träumen fand er wiederholt Antriebe zum Selbstmord und mußte dagegen ankämpfen — kleine insektenartige Kreaturen, die drohten, seine Gliedmaßen abzufressen oder ihm den Kopf abzubeißen.

Manchmal erforderte es seinen ganzen Mut und Willen, nur um zu überleben, bis der Jart seinem Bewußtsein Zugang zur Außenwelt gestattete.

Allmählich fragte er sich, ob der Jart ihn wissentlich dieser Tortur unterwarf als eine Art von Rache. Daß er ihn in seinem eigenen Verstand ertränkte, so wie der Jart gezwungen worden war, in seinen Gedanken zu versinken, bis er in zeitlose Stasis geglitten war ...

Aber er hatte keinen Beweis und keinen Hinweis darauf, daß der Jart grausam oder rachsüchtig sein könnte. Er brauchte nur seinen ganzen Verstand, um nach Information zu suchen oder seine Maskerade als menschliches Wesen zu praktizieren.

Wenn seine Persönlichkeit die Kontrolle über seinen Körper zu haben schien, konnte er trotzdem nicht handeln nach irgendeinem Impuls oder Plan, der nicht vom Jart gebilligt war.

Bisher hatte der Jart noch keine jener algorithmischen Fallen ausgelöst, die sie beide töten würden. Nicht einmal Olmy wußte, wo diese sich befanden. Das Partial hatte es geschafft, sich knapp vor Olmys Kapitulation zu liquidieren — vorerst der einzige Fehler des Jart — und nur das Partial hatte Ort und Art der Fallen gekannt.

Nachdem der Jart mit Befriedigung festgestellt hatte, daß seine Lage jetzt sicher war, begann er, Olmy mehr und mehr Kontrolle zu übertragen. Er benahm sich mehr wie ein sicherer Reiter auf einem Pferd, als wie ein Puppenspieler. Zum ersten Mal drückte er seine Wünsche als Befehl aus, statt ihn einfach zum Handeln zu zwingen.

Wir müssen mit Korzenowski sprechen. Mach uns bereit für die Wiederöffnung.

»Sie werden zuerst eine Probeverbindung herstellen,« erklärte Olmy. »Es wäre besser, die endgültige Wiederöffnung abzuwarten. Sogar besser, nicht öffentlich gesehen zu werden, überhaupt ...«

Der Jart erwog das. *Wir existieren beide von ›geliehener Zeit‹, nicht wahr, Vollstreckerkamerad? Wir müssen rasch handeln. Das Risiko frühen Auftretens wiegt nicht das Risiko auf, deine Fallgruben zu finden. Wenn diese Versuchsöffnung einmal vollzogen ist, könnte Korzenowski große Schwierigkeiten haben, sie wieder zu schließen.*

Die Maschinerie der sechsten Kammer war geprüft und in Ordnung befunden, wo nötig auch repariert oder ausgetauscht worden. Zehntausend körperliche Menschen, mehr als siebzigtausend Partiale und unzählige Roboter und Fernapparate hatten in den letzten Wochen ihre beste Arbeit nach Korzenowskis Anweisungen geleistet. Der nächste Haupttest stand bevor.

In den letzten Stunden vor der ersten Verbindung ruhte der Ingenieur in seiner sphärischen Wohnung, die wie ein Kokon an die Wand des Bohrlochs geheftet war. Er war geistig und physisch völliger Erschöpfung nahe. Selbst die Aufteilung in ein Dutzend Partiale konnte nicht die Bürde erleichtern, die er trug. Er hatte diese Bürde schon vorher gefühlt; das erheiterte ihn zwar, hatte aber auch eine saure Seite.

Einst hatten sich Tor-Öffner im Weg auf psychologische Selbstbeherrschung verlassen. Der zeremonielle Mantel, in den die Pflichten eines Toröffners gekleidet waren, dienten als eine Erinnerung daran, daß ein vernebelter oder unscharfer Geist ein Schlüsselbein nicht richtig benutzen konnte ...

Aber Korzenowski war in seinem aufgeregten Geisteszustand dabei, die ganze sechste Kammer — tatsächlich sogar Thistledown selbst — als ein Schlüsselbein zu benutzen, um so etwas wie ein riesiges Tor zu öffnen.

Er rollte sich in seiner roten Gewandung enger zusammen und ruhte in einer Röhre aus Schlaffeldlinien. Mit geschlossenen Augen gab er eine kleine Wolke Talsit frei, seines Wissens das letzte echte Talsit im Terrestrischen Hexamon. Die Sitzung würde nicht lange genug dauern, um seine Gedanken völlig zu klären, würde aber doch helfen. Der Nebel erfüllte das Schlaffeld, und er atmete tief ein und ließ die winzigen Partikel gleichmäßig durch Lungen, Haut und wohin sie nur konnten, reinigend, korrigierend und beruhigend eindringen.

»Ser Korzenowski.«

Er öffnete die Augen. Durch den dünner werdenden Talsitnebel sah er in der Nähe einen Mann schweben. Die Sphäre war verschlossen. Niemand konnte herein, ohne daß der Monitor ihn bemerkte. Er reckte sich und wischte die letzten Nebelfetzen fort.

Es war wieder Olmy. Das Auftauchen seines Freundes beunruhigte Korzenowski. Er sah ungekämmt aus, die Augen schienen nicht deutlich zu sehen, und er roch wie ein schlecht gepflegter Homorph. Außerdem roch er nach *Angst*. Korzenowski rümpfte die Nase.

»Ich würde dich eingeladen haben«, sagte er. »Nicht nötig, wie ein Dieb hereinzukommen.«

»Niemand weiß, daß ich hier bin.«

»Warum versteckst du dich?«

Olmy zuckte die Achseln. Korzenowski bemerkte, daß er keinen Piktor trug.

»Wir sind lange gute Freunde gewesen, und sogar mehr als das.«

Korzenowski streckte sich und stemmte sich gegen ein schwaches Traktionsfeld. Diese plötzliche Unbeholfenheit war merkwürdig. Sie waren immer gut miteinander ausgekommen.

»Du hast dich immer auf mein Urteil verlassen ... mir vertraut. Und ich habe immer dir vertraut.«

Dem Ingenieur behagte dieses Gespräch immer weniger. Olmy wirkte zerstreut und fast zappelig. »Ja.«

»Ich möchte eine ungewöhnliche Bitte vorbringen. Etwas, das das Hexamon mißbilligen könnte. Ich kann jetzt nicht alle meine Gründe darlegen ... Aber ich denke, daß du größere Probleme haben wirst, wenn du eine Testverbindung mit dem Weg öffnest.«

»Mein alter Freund, ich erwarte Probleme.«

»Nicht so. Ich habe erforscht und gesammelt, was wir alles über Jarts wissen. Ich glaube, einen Weg gefunden zu haben, um noch größeren Problemen zu entgehen, wenn wir die Wiederöffnung vollenden. Er könnte sogar bei dem Test helfen. Ich bitte dich, durch das Testglied eine Botschaft den Weg hinunter zu schicken.«

»Eine Botschaft an die Jarts?«

Olmy nickte.

»Was für eine Botschaft?«

»Das kann ich dir nicht sagen.«

Korzenowski verzog das Gesicht. »Vertrauen hat seine Grenzen, Olmy.«

»Es ist notwendig. Es könnte uns alle vor einer schrecklichen Schlacht bewahren.«

»Was hast du in Erfahrung gebracht, das uns alle retten könnte?«

Olmy schüttelte den Kopf.

»Ich kann etwas so Ungewöhnliches nicht mit so wenig Erklärung tun.«

»Habe ich dich schon jemals um etwas gebeten?«

»Nein.«

»Es ist vielleicht primitiv und unschicklich, Konrad ... aber du schuldest mir einen Gefallen.«

»Sehr primitiv«, gab Korzenowski zu. Einen Augenblick lang fühlte er einen starken Drang, die Sicherheit zu rufen. Der verging, trug aber zu seinem Unbehagen bei.

»Du mußt mir vertrauen, daß es sehr wichtig ist, und daß ich es jetzt nicht erklären kann.«

Korzenowski betrachtete den Mann, der ihm das Leben gerettet und seine Wiederauferstehung arrangiert hatte. Er sagte: »Du genießt in dieser Gemeinschaft einzigartige Privilegien. Aber wie du sagst, hast du daraus noch nie einen Vorteil gezogen ... oder von mir einen Vorteil genossen. Was für eine Art von Botschaft ist es?«

Olmy gab ihm einen Gedächtnisblock. »Sie ist hier aufgezeichnet in einem Code, den die Jarts verstehen dürften.«

»Eine Botschaft direkt an die Jarts?« Korzenowski konnte sich nicht vorstellen, auf welche Weise Olmy zum Verräter werden könnte. Dennoch schockierte ihn die Vorstellung. »Eine Warnung?«

»Nimm an, es wäre eine Friedensouverture.«

»Du spielst Diplomatie mit den schlimmsten Gegnern, denen wir je gegenübergestanden haben? Weiß der Präsident oder die Verteidigung von Thistledown davon?«

Olmy schüttelte den Kopf. Er war offensichtlich nicht gewillt, mehr zu sagen.

»Ich frage dich um eine Sache. Wird das die Wiederöffnung aufs Spiel setzen?«

»Feierliche Eide sind auch aus der Mode gekommen. Aber ich versichere dir mit einem feierlichen Eid, daß dies die Wiederöffnung nicht gefährden wird. Es könnte sogar ihren Erfolg sichern.«

Korzenowski nahm den Gedächtnisblock an und fragte sich, ob es irgendeine schnelle Möglichkeit geben könnte, seinen Inhalt zu verstehen. So, wie er Olmy kannte, wahrscheinlich nicht. »Ich werde es durch das Verbindungsglied schicken unter einer Bedingung ... Daß du mir sehr bald erklärst, was du vorhast. Was wirklich mit dir geschehen ist.«

Olmy nickte.

»Wo kann ich dich erreichen?« fragte Korzenowski.

»Ich werde bei der Öffnung der Testverbindung anwesend sein. Farren Siliom hat mich eingeladen.«

»Die Neo-Geshels wollen uns alle unter Beobachtung halten. Ich möchte so bald noch keine Audienz haben.«

»Schwierige Zeiten für uns alle«, sagte Olmy.

Korzenowski schob den Block in die Tasche seiner Robe. Olmy streckte die Hand aus, und der Ingenieur ergriff sie. Dann verließ er das kleine Quartier.

Wird er die Botschaft übertragen? fragte der Jart, als sie das Bohrloch verließen.

»Ja«, antwortete Olmy. »Du sollst verdammt sein zu dem, was die Jarts Hölle nennen mögen.«

Die innere Stimme des Jarts klang traurig. *Wir sind wie Brüder, vertrauen einander aber nicht.*

»*Ganz und gar nicht*«, sagte Olmy.

Ich kann dich jetzt nicht von der Dringlichkeit meiner Mission überzeugen.

»Das hast du bisher auch nicht.«

Wenn deine Leute den Weg wieder aufmachen, weiß ich nicht, was sie finden werden ... aber es dürfte nicht erfreulich sein.

»Sie sind vorbereitet.«

Deine Leidenschaft ist seltsam. Ich kann deiner Art keinen Schaden zufügen. Du trägst die Botschaft des Kommandos der Abkömmlinge. Das ist die Botschaft, die dein Freund übermitteln wird — daß ihr keine Feinde seid und nicht sein müßt.

54. KAPITEL

Erde

An seinem letzten Tag auf der Erde schlug Lanier Holz für ihren Herd — mehr ein Dekorationsstück als eine Notwendigkeit — und genoß die körperliche Arbeit. Der richtige Ansatz des eisernen Keils und der feste Schlag des Hammers. Das Aufstapeln der Holzscheite. Solide, die Muskeln kräftigend. Alte festgefügte Rituale männlicher Autorität.

Er sah zu, wie Karen Brot buk und kostete eine Scheibe vom frischen Laib am Nachmittag.

»Heute bin ich von meinen kleinen Helfern frei«, sagte er und wies auf eine rote Marke an einem Wandkalender. Der letzte seiner inneren Steuerapparate würde sich inzwischen aufgelöst haben.

»Du solltest Christchurch anrufen für eine neue Kontrolle«, sagte Karen und folgte ihm mit ihren grüngoldenen Augen.

»Die werden das Implantat nicht entfernen, bis sie damit einverstanden sind. Ich boykottiere die kleine medizinische Tyrannei von Ras Mishiney.«

Sie lächelte, offensichtlich nicht einverstanden, aber nicht gewillt, weiter zu diskutieren.

»Feines Brot«, sagte er, zog seine Stiefel an und grinste über die neuen Muskeln, die Holz hacken konnten, wie er festgestelt hatte. »Macht die ganze Welt fröhlich, schon mit dem Geruch.«

»Ein altes englisches Rezept mit einigen Verfeinerungen aus Havanna«, sagte Karen und holte einen zweiten Laib aus dem Ofen. »Meine Mutter pflegte es Brot der Vier Einheiten zu nennen.« Sie schob das Brot auf ein Gestell auf dem Fliesentisch. »Spazierengehen?«

Er nickte. »Ich muß mich recken und abkühlen nach all der Arbeit. Willst du mitkommen?«

»Noch vier Brote«, sagte sie, ergriff seinen Arm und küßte ihn auf die Wange. Mit einer Hand strich sie achtsam und sanft über seine grauen Stoppeln. »Geh nur! Ich werde das Abendessen fertig haben, wenn du zurückkommst.«

Er nahm den kurzen Pfad hinter dem Haus in einen alten Wald von Nadelhölzern, der den Kahlschlag im ganzen zwanzigsten Jahrhundert überdauert hatte.

Die dichten Farnbögen und ausgebreiteten Baldachine von Zweigen versetzten alles in eine grüne Dämmerung, die von Sonnenlicht getupft war. Vögel flatterten durch das Unterholz und hoch über dem Kopf.

Er war ungefähr zwei Kilometer vom Haus entfernt, als sich eine Schwäche längs seiner rechten Seite bemerkbar machte. Nach einigen Metern mehr hatte er ein taubes Gefühl, verbunden mit einem merkwürdigen Juckreiz. Seine Achselhöhlen wurden feucht von Schweiß, und er stützte sich auf seinen Wanderstock. Seine Beine zitterten wie die eines kranken Hundes. Schließlich konnte er nicht mehr länger stehen und setzte sich halb, halb fiel er auf einen alten bemoosten Baumstumpf.

Rechte Seite. Linkes Gehirn. In der linken Hirnhälfte war eine neue Blutung aufgetreten.

»Ich habe die kleinen Helfer gehabt«, sagte er mit hoher und vor Schmerz kindlicher Stimme. »Sie müßten mich kuriert haben. Dies hätte nicht passieren sollen.«

Ein Schatten bewegte sich über sein Gesicht. Er wandte den Kopf zur Seite und sah Pavel Mirsky in nicht mehr als zwei Metern Entfernung stehen.

»Garry, kannst du jetzt mit mir kommen?«

»Ich sollte nicht krank sein. Die Helfer ...«

»Vielleicht haben sie nicht richtig funktioniert?«

»Ich weiß nicht.«

»Nicht Talsit. Pseudotalsit.«

»Die Ärzte hätten das reparieren sollen.«

»Nichts Menschliches ist vollkommen.« Mirsky klang sehr ruhig, aber er tat nichts, um Lanier zu helfen und rief nicht einmal um Hilfe. Lanier hatte seinen Kommunikator im Blockhaus gelassen.

Er hatte keine großen Schmerzen. Da war nur der schwarze Tunnel, und die Türen schlugen vor der Erinnerung zu. »Es ist jetzt, nicht wahr? Du bist hier, weil es jetzt ist.«

»Du wirst bald in dein Implantat gespeichert werden. Das wünschst du aber nicht.«

»Nein. Aber es sollte nicht jetzt sein.«

Mirsky ging auf ein Knie herunter und sah ihn scharf an. »*Es ist jetzt.* Du liegst im Sterben. Du kannst entweder auf ihre Art sterben — sie werden dir diesmal einen neuen Körper geben — oder auf deine eigene Art. In welchem Falle ich gern möchte, daß du mit mir kommst.«

»... verstehe nicht.« Seine Sprache war undeutlich. Er konnte seine Zunge nicht kontrollieren. *Das ist schrecklich. Es war vorher schrecklich, es ist jetzt schrecklich.* »Karen.«

Mirsky schüttelte traurig den Kopf. »Komm mit mir, Garry! Da gibt es Abenteuer. Und einige aufregende Neuigkeiten. Du mußt dich bald entscheiden. Sehr bald.«

Nicht fair. »Ruf bitte um Hilfe!«

»Ich kann nicht. Ich bin nicht real hier, nicht physisch — diesmal.«

»Bitte!«

»Du mußt dich entscheiden.«

Lanier schloß die Augen, um dem Tunnel zu entgehen, konnte es aber nicht. Er wußte kaum, wo er jetzt war. »In Ordnung«, mit einer Stimme, die so schwach war, daß man sie kaum ein Flüstern nennen konnte.

Etwas Warmes drückte hinter seinen Augen; und er fühlte eine Schärfe — nicht schmerzhaft, bloß scharf — im ganzen Kopf. Diese Schärfe schälte seine Gedanken Schicht um Schicht ab; und für einen kurzen Augenblick gab es überhaupt kein *Selbst.* Aber der Schälvorgang ging weiter, wickelte aus und entwirrte. Dann schien er sich umzukehren. Er fühlte die Dinge wieder an Ort und Stelle geraten, aber mit einer anderen Grundstruktur — als ob er eine Farbschicht auf einer Leinwand wäre, die von der alten Malfläche abgezogen und auf eine neue gepreßt würde ... Aber es gab keine Fläche, keinen Grund, nichts Festes, an das man sich hätte hängen können, nur das Muster und eine gewisse unaussprechliche Verbindung zu Mirsky, der nicht mehr wie Mirsky oder ein Mensch aussah. Was er jetzt sah, war kein Licht; und was er von Mirsky hörte, waren keine Worte.

Ich habe mich gefragt, was du wirklich bist, bemerkte er, ohne die Lippen zu bewegen. *Du bist überhaupt kein Mensch.*

Nicht mehr, bestätigte Mirsky. *Ich werde hier etwas für Karen hinterlassen, damit sie nicht alles verloren haben wird.*

Laniers Körper fiel auf eine Seite, zerdrückte einen Farn und stieß Borke von der angefaulten Seite des Baumstumpfes. Die Augen zitterten halb offen. Die rechte Hand zuckte und verkrümmte sich heftig und entspannte sich dann. Die Lungen flatterten, und Urin näßte die Hose. Das Herz schlug noch ein paar Minuten weiter; aber dann setzte der Atem aus, und die Brust war still.

Sein Implantat war nicht leer, aber Garry Lanier war tot.

55. KAPITEL

Thistledown

Die siebente Kammer lag im Schatten, von Sonne, Erde und Mond abgewandt, und zeigte zu den Sternen. Ihre glattgeschnittenen Kanten, ihre riesige runde Höhlung, von Abfall gereinigt, waren ein schwächeres und leeres Schwarz. Nur vier Gruppen von Lichtern schienen auf ihrem Umfang, und wechselhaftes Aufleuchten von Überwachungsteams, die letzte Ausrichtungen vornahmen.

Die Blase, die auf dem Bohrloch saß, enthielt jetzt ein Kontingent von VIPs und Gästen. Die offiziellen Historiker des Hexamons, eine Gruppe, die Korzenowski durchaus bekannt war; Wissenschaftler und Techniker, die die Wartungsarbeiten übernehmen würden, sobald der Weg wieder angeschlossen und geöffnet wäre; der Präsident und der Premierminister, der Direktor von Thistledown; Judith Hoffman.

Olmy, der erheblich besser aussah.

Sie alle hingen ruhig und erwartungsvoll in den matten Linien von Traktionsfeldern wie Spinnen.

Eine so aufwendige Zeremonie, als wäre es die reale Wiederöffnung, dachte Korzenowski und bewegte sich mit seinem ausgestreckten Schlüsselbein zum Zentrum der Kuppel. Das hatte er vor Jahrhunderten schon einmal getan, als er den Weg zum ersten Mal nach seiner Erschaffung öffnete und das Hexamon auf einen weit schwierigeren und endgültigeren Kurs brachte, als damals jemand befürchtet hatte.

Er hatte sich noch nicht endgültig entschieden, ob er Olmys Signal übertragen würde. Freundschaft, sogar persönliche Verpflichtung, war nichts, das gegen ein so bedeutsames Ereignis wie dieses aufgewogen werden konnte ... Die Gedanken von Einzelpersonen wurden durch seine größeren Verantwortlichkeiten zwergenhaft klein.

Und dennoch hatte Olmy in seinem Leben niemals etwas getan, das nicht für das Hexamon gut gewesen wäre. Es gab keine heroischere und hingebungsvollere Person.

Korzenowski verankerte sich in das Traktionsfeld im Zentrum der Blase und schwenkte das Kontroll-Schlüsselbein langsam in Stellung. Die Knoten, welche die siebente Kammer umgaben, waren an dieses Gerät gekoppelt. Er hatte alle Fähigkeiten und die gesamte Energie der Maschinerie der sechsten Kammer zu seiner Verfügung. Hinter ihm lagen Monate der Vorbereitung und Tests. Seine Hände auf dem Schlüsselbein waren sicher; sein Geist war klarer und schärfer ausgerichtet als seit Jahren.

Die Zeit war gekommen. Um ihn herum wurden die Besucher still und hörten auf zu piktographieren.

Korzenowski schloß die Augen und ließ das Schlüsselbein zu sich sprechen. Thistledowns Superspace-Sonden — kaum mehr als mathematische Abstraktionen, denen von der Maschinerie der sechsten Kammer zeitweilig Realität verliehen wurde — breiteten sich nach innen und außen aus und in Richtungen, denen menschliche Gehirne ohne Hilfe nicht folgen konnten.

Quer durch die Schmiere nahe verwandter Halbrealitäten, die dieses Universum umgaben, durch die vielgestaltige fünfte Dimension, welche die großen Universen und ihre unterschiedlichen Weltlinien trennte, gingen die Sonden auf Suche nach etwas Künstlichem, etwas, das anders war als das präzise organisierte Chaos der Natur. Sie gaben ihre Resultate zurück an das Schlüsselbein und zu Korzenowski. Der sah sein Gewebe aus großen Universen, die sich rund herum und sogar durcheinander drehten, zusammentreffend und sich trennend und fast immer sich ausbreitend, wobei ihre Distanzen in der fünften Dimension zunahmen.

Er erlebte eine gewisse Ekstase. Der Teil von ihm, welcher Patricia Vasquez war, verhielt sich wie die ruhige Oberfläche eines tiefen Ozeans, der Regen aufnimmt — ohne zu reagieren, bloß empfangend und ihn gewähren lassend, um an seiner außergewöhnlichen Technologie zu arbeiten.

Für einen zeitlosen Augenblick verschmolzen Korzenowskis Sinne mit dem Schlüsselbein, und er verstand mit einer zugleich vergänglichen und transzendierenden Klarheit alle Geheimnisse dieses begrenzten fünfdimensionalen Querschnitts. Er befand sich in dem Zustand, den er nur wenige Male in seiner Vergangenheit erlebt hatte. Theoretische Spitzfindigkeiten hinsichtlich der Natur des Superraumes bedeuteten weniger als nichts. Er *wußte* es.

In jedem Raum jenseits von Worten und Erfahrung fand er eine Anomalie. Unendlich lang, seltsam geringelt

sie sieht aus wie ein Wurm.

an einer Anzahl von Punkten, welche Stellen tiefer Konfusion waren, bekannt als die Geometrie-Stapel; eigenartig verwickelt innerhalb der Grenzen eines Universums, seines eigenen. Sie erstreckten sich wie eine lineare Flamme bis in eine leere und unbestimmte Dunkelheit. Der Schatten des abschließenden Universums, das gemacht werden und versagen würde —

Der Weg.

Innerhalb dieser gewichtigen, flüssigen aber unveränderlichen Spulen — *Eingeweide, Schlangen, Proteinmoleküle, DNS* — suchte er nach einem verätzten Ende. Die Suche hätte Jahrhunderte dauern können. Er wußte das nicht und kümmerte sich nicht darum. Falls Thistledown selbst zu einem kalten, sterilen Klumpen geworden wäre in der Zeit, die es erforderte, hätte ihm das nichts ausgemacht. Sein Ziel war klar und überwältigend.

Korzenowski musterte seine Schöpfung diesmal sorgfältiger, mit einem erfahreneren und reiferen Auge. Es gab gewisse Eigenschaften des Weges, die seines Erachtens künftige Untersuchung verdienten: Die Struktur der sehr verdrehten und verwobenen Geometriestapel und die wundervoll komplexen Kurven des Weges, wenn er mit den eigenen raumzeitlichen Anomalien seines erzeugenden Universums in Wechselwirkung stand ohne Bruch und unvermeidlich scheinende Zerstörung. Seine Schöpfung war wie ein Lebewesen geworden, das seine Existenz ungestört fortzuführen bestrebt war ...

In all dem Gewebe großer Universen konnten die Sensoren nirgends einen allgemeinen Plan oder Sinn entdecken. Keine Intelligenz hatte all dies gemacht, nichts hatte durch seinen Willen diese Totalität ins Sein gerufen. Ob ein Gott oder Götter existierten, sie hatten hier keinen Platz. Soviel verstand er ohne jeden Schatten von Zweifel, *erkannte* er auf eine Weise, die er nie bewußt begreifen oder erreichen konnte.

Es gab keinen Gott, der für alles zuständig war. Kein Gott hätte sich eine solche Rolle gewünscht; denn was Korzenowski sah, konnte nie geschaffen worden sein und nie zerstört werden. Es war das eigene, unaussprechliche Geheimnis des Superraums, das Sammelbecken aller Mathematik und Physik, welches alle Gödelschen Widersprüche absorbierte.

Was Korzenowski sah, war eine phantastische Garnitur von Malflächen, auf denen jene Dinge dargestellt werden konnten, die Intelligenzen betrafen, ein Spielplatz für sich stets entwickelnde und immer größere Intelligenzen, bis hinauf zu Göttern und darüber hinaus. Welten über Welten über Welten ohne Ende oder Anfang.

Dort würde es nie echte Langeweile geben oder echte und anhaltende Einsamkeit. Dies war *Alles.* Und das war unendlich mehr als genug.

Fast als eine entgegengesetzte Steigerung fand der Ingenieur das, was er suchte, das verätzte Ende des Weges.

Er las im Schlüsselbein und gab Energie auf die Stimulatoren und Projektoren, die die offene siebente Kammer umgaben. Spiegelungen und Verzerrungen von Erde, Mond und Sonne bildeten langsam rotierende Lichthöfe um die Peripherie. Die fernen Sterne schimmerten.

Er bewegte nichts, übte keine Kraft aus, brachte aber das verätzte Ende des Weges über ungeheure Entfernungen in Kontakt mit dem breit ausgedehnten Feld der Projektoren. Er kümmerte sich kaum um etwas außer den Bereichen des Superraums. Er war in der Ekstase, seine Fähigkeiten bis in deren größte Reichweite auszudehnen. Konsequenzen spielten jetzt keine Rolle. Der Akt selbst genügte.

56. KAPITEL

Erde

Der Nachthimmel über der Erde füllte sich wieder mit diffusen Lichtbändern, und die Sterne tanzten. Karen rief in die gepunktete Schwärze. Lanier war vor sieben Stunden fortgegangen, und sie konnte keinen Suchtrupp rufen. Der Strom im Blockhaus war weg. Es war noch mehr ausgefallen als die Energie. Keine Kommunikationen waren möglich.

Sie ging auf dem Pfad vorwärts und zurück, bewegte sich durch den Wald beim Licht einer elektrischen Lampe und blinzelte zu dem Feuerwerk auf, das sich über ihr abspielte. »Garry!« Sie gewann eine schreckliche Erkenntnis und merkte, daß es keine Verbindung gab. Ihr wurde *bewußt*, daß sie ihn nicht am Leben finden würde. Sie wischte sich die Wangen mit dem Handrücken ab und zwinkerte, um einen Stich des Entsetzens zu vertreiben.

Karen ließ die Lampe noch einmal auf den Pfad scheinen. Seine Fußspuren endeten immer hier. Als ob er fortgetragen worden wäre. Sie war jetzt dreimal noch weiter gegangen und hatte keine weiteren Spuren gefunden. Tränenstreifen auf ihren Wangen schimmerten rot durch den Himmel, als sie nach oben blickte und eine verzweifelte Grimasse schnitt. »Garry!«

Hier wurden seine Fußspuren undeutlich und wirr, als ob er herumgetorkelt wäre. Neben dem Pfad verdeckten Farnkräuter und Moos jede Fährte. Aus den Blättern ragte ein Baumstumpf. Sie war ein halbes Dutzend mal daran vorbeigegangen und hatte im Gehen die Lampe auf ihn gerichtet.

Zum ersten Mal bemerkte sie, daß ein langer Streifen

Borke frisch abgebrochen war. Sie drang durch die Farne vor und sah dahinter eine abschüssige Stelle, auf deren Kante Farne zerdrückt waren.

Tief und unregelmäßig atmend stolperte sie und rutschte die flache Neigung hinunter, bis sie in der Rinne stand. Sie hielt inne und wollte nicht weitermachen. Mit zusammengepreßten Lippen bückte sie sich und befingerte einen gebrochenen Farn. Dann benutzte sie beide Hände, um die dicken Zweige wegzuziehen.

Über dem Blätterdach wischte eine kühle, meergrüne Lichterscheinung über den Himmel. Sie war heller als ihre Laterne, kroch unter jeden Schatten und machte alle Tiefe flach. Die Konturen hinter den Farnen wurden zu einem verträumten Relief.

»Garry«, sagte sie leise mit verzerrtem Gesicht. Nach einem Moment, in dem sie das Gefühl hatte, in einen langen, tiefen Schacht zu fallen, griff sie ihm an den Hals, um den Puls zu fühlen, fand aber keinen. Dann ließ sie ihr Licht in halb offene Augen fallen, die nicht reagierten. Sie bekam einen Schauder von der Kälte des Körpers, des Körpers ihres Gatten; und ihr Atem ging in schmerzhaften Stößen. Ihre unbewußten, scharfen, vogelartigen Schreie verloren sich im Wald. Sie konnte Christchurch nicht anrufen. Alle Nachrichtenverbindungen waren durch die Aktivität auf Thistledown gestört.

Sie war ganz auf sich allein angewiesen.

Instinktiv — sie hatte das vorher nur einmal gemacht, aber das Training war gründlich gewesen — öffnete sie ihr Taschenwerkzeug und zog den zerknitterten Jackenkragen herunter. Dann drehte sie den Leichnam auf den Bauch, um den Nacken freizulegen.

57. KAPITEL

Auf halbem Wege

Lanier konnte weder seinen Körper noch sonst etwas fühlen, vermochte aber in gewisser Weise zu sehen — ohne Augen, indem er sich in Licht hüllte und Bilder fand.

Er spürte die Anwesenheit seines Lehrers und wußte, daß es sich um das Wesen handelte, welches die Maske von Pavel Mirsky getragen oder dessen Rolle gespielt hatte oder wieder zu ihr zurückgekehrt war. Er vermischte sich mit diesem Wesen, beobachtete seine Natur und Eigenschaften und fing an, sich selbst danach zu modellieren und mehr Kontrolle zu gewinnen.

Ohne Worte stellte er bestimmte dringende Fragen, die ihm von seinem physischen Verstand geblieben waren und empfing die Anfänge von Antworten.

Wo sind wir?

Zwischen der Erde und Thistledown.

Es sieht nicht wie die Erde aus. Diese Lichtfinger ...

Wir sehen jetzt nicht mit Augen. Die hast du zurückgelassen.

Ja, ja ... Die Belastung durch seine Ungeduld schickte eine Welle durch ihn, die seine Strafe war. Bald würde er lernen, diese rudimentären Emotionen zu beherrschen. Ohne einen Körper waren sie zwecklos und sogar störend. *Der Schmerz ist weg, aber auch mein Körper.*

Kein Bedarf.

Lanier absorbierte und verarbeitete Bilder von der Erde unten. Sie schien von glühenden, sich verschiebenden Fäden bedeckt zu sein, die in die Dunkelheit hinaus reichten, sich verdrehten und verschwanden ... *Was ist das? Ich kann kaum den Planeten sehen, es gibt so viele von diesen Dingern.*

All diese werden gesammelt, große Kreaturen und kleine. Paß auf, wohin das Licht geht.

Es bildet eine Art Knoten ... Ich kann ihm nicht folgen.

Das Ernten der Leben. Sammeln aller Erinnerungen und Muster, aller Sinnesempfindungen und Erinnerungen.

Seelen?

Nicht als solche. Es gibt keine ektoplasmischen Körper oder Seelen. Wir alle sind gebrechlich und kurzlebig, wie welkende Blüten. Wenn wir dahingegangen sind, sind wir wirklich gegangen — und das Universum ist leer, öde, formlos. Bis irgendwann jene, die die Macht besitzen, beschließen, eine Art Wiederauferstehung zu veranstalten.

Wer tut das?

Der Endgültige Geist.

Unsere Nachkommen retten uns?

Mit Grund. Die Beobachtungen von Lebewesen sind eine Destillation des Universums, eine Umwandlung von Information in Wissen. Jede Sinnesempfindung, jeder Gedanke, jede Erfahrung wird gesammelt, nicht erst im Tode, sondern während des ganzen Lebens eines jeden. Dieses Wissen ist kostbar. Es kann noch weiter destilliert und durch die feinsten Verbindungsspalten zwischen diesem Universum geleitet werden, wenn dieses stirbt, und dem neuen Universum, das daraus geboren wird. Die Destillation legt sich der neuen Schöpfung auf wie ein Samen, führt sie vom Chaos weg und drückt ein Muster auf. Dann kann die neue Schöpfung ihre eigenen Intelligenzen entwickeln, die in der einen oder anderen Weise den Prozeß wiederholen, wenn deren Universum alt wird.

Nichts stirbt?

Alles stirbt. Aber das, was in uns allen besonders ist, wird gerettet ... wenn der Endgültige Geist Erfolg hat. Verstehst du, wie wichtig meine Mission ist?

Laniers Erinnerungen an alle Jahre von Schmerz und Tod kamen zu ihm wie in einem Album dreidimensionaler Bilder ausgebreitet. *Alles stirbt ...* Aber der Endgültige Geist verbrannte Galaxien am Anfang der Zeit, um Kraft zu gewinnen für seine Bemühungen, alles wiederherzustellen, das am feinsten gewesen war in allen Dingen, die je gelebt hatten. Nicht bloß menschliche Wesen, sondern alles Lebendige, auf jeden Fall alle Dinge, die Information in Wissen umgewandelt hatten, die gelernt und beobachtet hatten und zu der Erkenntnis gekommen waren, daß sie ihre Umwelt verändern konnten. Vom Maßstab der Mikroben bis hin zur lebendigen Erde selbst, wurde alles geerntet und aussortiert und

gerettet.

Er genoß diesen Gedanken, kostete ihn und erfaßte seine wahre Bedeutung: Nicht die Auferstehung des Körpers, noch die Rettung irgendeines Individuums, sondern Verschmelzen und Transzendieren des Ganzen. *Das, was in allen von uns das Beste ist.*

Er dachte an seinen Vater, der in Florida in einem geparkten Wagen gestorben war. An seine Mutter, die in einem Krankenhaus in Kansas Krebs erlegen war. An seine Freunde, Verwandten und Kollegen und Bekannten, die jäh im Ofen des Todes geopfert wurden, jenem sengenden und zu Asche wandelnden Atem, der so kurz über der Erde lauerte. Ihre Leistungen, ihr Mut, ihre Torheiten und Irrtümer, ihre Träume und Gedanken — *eingeerntet,* als ob Mähdrescher über sie gefahren wären und ihr Korn von der Spreu des Todes getrennt hätten. All das einfache Volk und die strahlenden, schnellen streitsüchtigen Vögel der Luft und die Schafe der grünen, von Wolken beschatteten Felder, Fische und fremdartige wilde Tiere des Meeres, Insekten, Menschen, Menschen, Menschen — aufgefegt und gerettet. War es Unsterblichkeit, in eine Form gebracht zu werden, daß der Endgültige Geist sich an alles erinnern konnte, was man gewesen war?

Und nicht allein die Erde, sondern alle Welten dieser Galaxis und alle Welten jener mit Leben erfüllten Galaxien, immense Felder aus Hunderten von Milliarden von

Welten, manche davon unvorstellbar fremdartig. *Immens* war nicht das Wort für ein solches Unterfangen. In jedem solchen Maßstab war das Schicksal der Erde weniger als unbedeutend; aber der Endgültige Geist war vielseitig und stark genug, um zur Erde herunterzureichen und Geschichte so feinfühlig zu gestalten, indem er das Ewige auf das Infinitesimale fokussierte.

Selbst in seiner derzeitigen Form fand er das schwer zu akzeptieren und unmöglich zu begreifen.

Werde auch ich eingeerntet? Ist es das, was du jetzt tust — mich fortzubringen? Einbringen in die Scheuern des Universums?

Wir haben einen unterschiedlichen Weg und eine unterschiedliche Rolle.

Was sind wir — Geist, Energie?

Wir sind wie ein Strom, der die verborgenen Leitungen benutzt, durch welche Materie und Energie miteinander sprechen, sich erzählen, wo sie sind und was sie sind — Wege, die den Menschen in unserer Zeit verborgen sind, aber dem Endgültigen Geist zugänglich.

Wohin gehen wir?

Erst nach Thistledown.

58. KAPITEL

Thistledown

Die Augenzeugen hatten sich in dem Bohrloch versammelt, hinter Korzenowskis Kontrollzentrum: Präsident, Premierminister, der Direktor von Thistledown, offizielle Historiker von Thistledown, Judith Hoffman, ausgewählte Senatoren und Würdenträger.

Direkt voraus durch die Blase dehnte sich langsam ein Kreis von Nacht aus, bis er die glattgeschnittenen Kanten der offenen siebenten Kammer erreichte und die Sterne ausschloß. In der Dunkelheit schwammen Nachbilder von Sonne, Mond und Erde und wurden immer kleiner und schwächer.

Korzenowski öffnete die Testverbindung. Ein nadelspitzenscharfer Punkt milchigen Lichts erglühte im Zentrum der dimensionalen Schwärze. Er konzentrierte sich auf das Schlüsselbein und lehnte jede Ablenkung durch irgendein Display ab außer der von der Maschine gelieferten Abstraktion. So *tastete* er sich durch das Verbindungsglied und erkundete, was dahinter lag.

Vakuum. Die fast völlige Leere, die den Sprung umgab. Die Helligkeit einer Plasmaröhre.

Die Frequenz des Lichts paßte zu der dem Weg eigentümlichen Spielart von Plasmaröhre.

Ein paar Meter hinter Korzenowski hörte Präsident Farren Siliom den Ingenieur flüstern: »Es ist hier.«

Jetzt brach Korzenowski lange genug aus seiner Trance, um der neben ihm schwebenden Konsole eine Anweisung zukommen zu lassen. Olmys geheimnisvolles Signal passierte das offene Glied und ging den Weg hinunter.

»Ist alles ...«, begann der Präsident.

Der Lichtpunkt vor ihnen in der Dunkelheit blitzte auf. Korzenowski fühlte ein Vibrieren im Schlüsselbein. Dies schien durch ganz Thistledown zu dröhnen. Vor ihm erschienen warnende Piktogramme, die Störungen in der sechsten Kammer meldeten.

Korzenowski prüfte, ob sich das Glied an den rechten Platz begeben hatte. Das war der Fall.

Irgend etwas versuchte, von der anderen Seite durch das Glied zu kommen.

Korzenowski konzentrierte seine Aufmerksamkeit wieder ganz auf das Schlüsselbein. Eine Kraft war in das Glied eingedrungen und war bestrebt, es offen zu halten. Eine Kraft, die stärker und geschickter war, als Korzenowski für möglich gehalten hatte.

»Eine Schwierigkeit«, signalisierte er rasch an Farren Siliom.

Er versuchte, das Glied abzutrennen. Der Lichtpunkt blieb und wurde sogar noch größer. Er konnte das Glied nicht verkleinern, sondern es höchstens ausdehnen. Das hielt er nicht für klug. Was auch immer sich an der gegenüberliegenden Seite befand, versuchte offenbar eine völlige Wiederöffnung, eine neue Verbindung mit Thistledown.

Korzenowski kehrte wieder zurück zu der Simulation des Schlüsselbeins von der Welle zwischen Universen. Er untersuchte das Glied aus mannigfachen ›Winkeln‹ und suchte nach einer Schwäche, nach etwas, das es theoretisch gar nicht geben dürfte. Er konnte diese Schwäche benutzen, um das Glied zu destabilisieren und es festzuklemmen an dem, was da hindurchzugehen suchte.

Ehe er diese Schwäche fand, schoß ein furchtbarer Energieausbruch aus dem Punkt und durchstach die Blase des Traktionfeldes über dem Ende des Bohrlochs. Die Blase sprühte Funken und verschwand; und alles drehte sich in einem plötzlichen Windstoß. Andere

Traktionsfelder flimmerten verzweifelt, als Luft aus dem Bohrloch strömte.

Farren Siliom packte Korzenowskis Robe. Der Energieblitz peitschte in verschiedene Richtungen, versengte die Wände aus asteroidischem Gestein und Metall, schwang sich über die Zuschauer, um das führende Sprungschiff zu berühren und dessen Bug zu zerfetzen. Das Schiff scherte aus seinem Traktionsdock aus und prallte gegen Korzenowskis sphärische Wohnräume, die gegen die rauchende Wand geschmettert wurden.

Korzenowski konnte nicht atmen; aber das spielte keine Rolle. Er schloß die Augen und suchte in den gedehnten Augenblicken vermehrter Zeit nach dem Defekt, von dem er wußte, daß er dort sein mußte.

Farren Siliom wurde losgerissen und schoß an Korzenowski vorbei. Ein Not-Traktionsfeld dehnte sich über die Lücke. Seine Linien glühten heftig, als es das Ausströmen von Luft und Hinausgerissenwerden von Trümmern und Menschen anzuhalten suchte. Der Präsident traf auf dieses Netz und hielt sich mit gespreizten Armen und Beinen fest.

Olmy hatte einen Pylon erfaßt und hing verzweifelt daran. Er sah, wie Menschen vorbeiflogen. Judith Hoffman, gehüllt in ein flimmerndes Umgebungsfeld für Notfälle, rollte dahin, und er griff hin, um sie zu packen. Seine Hand wurde durch das schlecht funktionierende Feld verbrannt; aber er erwischte sie und hielt sie fest. Das Feld breitete sich über sie beide aus.

Korzenowski, dessen Körper wie ein Wimpel flatterte, der im Sturm logerissen war, hielt sich nur durch das Traktionsfeld an Ort und Stelle, das das Schlüsselbein und die Konsole verband. Er fühlte sein natürliches Bewußtsein schwinden. Sofort schaltete er alles Denken auf seine implantierten Prozessoren — und erblickte einen Schimmer von Instabilität, einen Hauch von Fehlerhaftigkeit aus einem bestimmten ›Winkel‹ des Gliedes. Das Implantat interpretierte rasend den vom Schlüsselbein kommenden Datenstrom. Der Defekt ›roch‹ wie etwas Verbranntes und hinterließ in seinem Empfinden einen scharfen Harzgeruch.

Der Sturm wurde schwächer, nachdem der Druck im Bohrloch fast auf das Niveau des äußeren Vakuums abgesunken war; aber der durch das winzige Verbindungsglied mit dem Weg brausende Energiestrom verengte sich und schien sich spezielleren Zielen zuzuwenden. Soweit Olmy sehen konnte, hatte er noch keine Leute getroffen und konzentrierte sich statt dessen auf große Brocken von Maschinen. Aber jetzt kam er in seinen Windungen und Drehungen dem Ingenieur gefährlich nahe.

Korzenowski fühlte die Hitze, konnte aber mit geschlossenen Augen nicht sehen, wie der Saum seiner Robe glühte und zerfiel. Noch mehr Traktionsfelder versuchten, das Loch wieder zu schließen, und Notfelder bildeten rasch Sphären um die restlichen Leute. Aber sie wurden durch die aus dem Glied strömende Energie zerrissen.

Das Bohrloch füllte sich mit rotierenden Trümmern, gelähmten und bewußtlosen Menschen, Wirbeln und Rauchfahnen. Das lose Sprungschiff rollte und stieß langsam gegen die Wand und drohte, die verwirrten Fernsteuergeräte zu zermalmen, die sich an den Seiten gesammelt hatten und auf Anweisungen und ein Ende des Chaos warteten.

Korzenowski dirigierte alle Energien der sechsten Kammer durch das Schlüsselbein auf den Defekt im Glied. Er versuchte dort ein Tor zu öffnen, ein vorzeitiges und explosives Tor, welches das Glied zwingen würde, sich entweder zu schließen oder eine heftige Falte im Weg selbst hervorzurufen.

In einem trüben Moment überlegte er, ob sie mit der Kraft des Endgültigen Geistes konfrontiert wären, wie Mirsky gedroht hatte. Aber seine Intuition war anderer Meinung.

Das Glied erblühte rot wie eine sich öffnende Rose, und deren Blätter stießen an den Deckel der offenen siebenten Kammer und radierten ihn ab. Korzenowski sah das alles kurz durch das Schlüsselbein und fühlte dann ein überlastetes Implantat. Wenn er dies nicht abtrennte, würde wahrscheinlich nicht nur das Implantat sondern ein Teil seines natürlichen Verstandes ausgetilgt werden.

Er nahm die Hände vom Schlüsselbein, aber es war schon geschehen.

Die Rose schrumpfte vor der Finsternis und den Sternen. Die Energieglut verschwand. Der Lichtpunkt verblaßte rasch und erlosch.

Die Luft stellte ihr schmerzhaftes Brausen an dem Ingenieur vorbei ein. Die Traktionsfelder hielten, und irgendwo weit hinten im Bohrloch fingen riesige Pumpen an, die Luft zu ersetzen, die verloren gegangen war in den vergangenen paar …

Wie lange hatte es gedauert? Korzenowski fragte sein Implantat.

Zwanzig Sekunden. Nur zwanzig Sekunden!

Olmy vergewisserte sich, daß die bewußtlose Hoffman nicht ernsthaft verletzt war, und signalisierte Anweisungen an das Umgebungsfeld, sich abzutrennen. Er zog sich zur Konsole und zu Korzenowski. Der Ingenieur stabilisierte sich gegen sein eigenes Notfeld und sog die dünne Luft mit schmerzhaften Zügen ein.

»Was ist geschehen?« fragte Olmy.

Der Jart in ihm lieferte die Antwort: *Autmatische Verteidigungseinrichtungen.*

»Ich wollte dich gerade danach fragen«, sagte Korzenowski. »Dein Signal …« Er hielt inne und sah sich um. »Wie viele Leute verloren? Wo ist der Präsident?«

Olmy blickte durch das transparente Feld, das jetzt das nördliche Ende des Bohrlochs versiegelte. Er sah, daß einige flimmernde helle Objekte nach außen flogen auf Bahnen, die von der siebenten Kammer und Thistledown wegführten. Das Traktionsfeld, welches Farren Siliom gehalten hatte, hatte versagt. Fernmanipulatoren eilten schon nach draußen, um sie einzufangen.

»Er ist da draußen«, sagte Olmy.

Korzenowski krümmte sich vor Erschöpfung und Jammer. Er fiel zusammen wie ein angestochener Ballon.

Olmy sagte: »Ich glaube, daß die meisten Toten Neo-Geshels waren … Sie haben alle Implantate.«

»Eine Katastrophe«, sagte Korzenowski und schüttelte verzweifelt den Kopf. »War es das, wovor uns Mirsky gewarnt hat?«

»Ich glaube nicht«, sagte Olmy.

»Dann also Jarts.«

Olmy ergriff sanft Korzenowskis Arm und zog ihn vom Schlüsselbein weg. »Höchstwahrscheinlich«, sagte er leise. »Komm mit mir!« Der Jart versuchte nicht, seine Aktionen zu kontrollieren. Korzenowski war für ihn ebenso wichtig wie für Olmy.

Der Ingenieur stammelte fast. »Sie haben versucht, das Glied vollständig zu öffnen. Sie wollen uns kriegen. Sie wollen uns vernichten.«

Olmy fragte den Jart, ob sie das wollten.

Falls nicht und bis sie das Signal erhalten, ist das sicher ihr Ziel.

Das Schreien und Stöhnen ließ nach, als im Bohrloch medizinische Apparate aus den Bereitschaftsräumen in den Wänden herauskamen. Olmy führte seinen Mentor zu einer Luke. »Wir müssen jetzt miteinander reden«, sagte er. »Ich habe einiges zu erklären.«

Er wußte nicht, ob er diese Worte freiwillig oder auf Befehl des Jarts gesprochen hatte. Spielte das eine Rolle?

Die Botschaft war abgeschickt worden. Es war etwas geschehen, das die siebente Kammer, vielleicht sogar den Asteroiden hätte vernichten können. Die Verbindung war nicht unwiderleglich, aber stark …

Olmys Versagen trug seine erste Frucht.

59. KAPITEL

Thistledown City

In den Nexuskammern stand der Ingenieur vor der Armillarsphäre des Zeugenstandes. Premierminister Dris Sandys nahm seinen Nexus-Sitz ein auf einer Seite des leeren Sessels des Präsidenten. Der Premierminister hatte keine ernste Verletzung davongetragen.

Judith Hoffman, mit Quetschungen und erschöpft durch das Ungemach im Bohrloch, saß in einem speziellen Zeugenstuhl bei den anderen, die keinen schweren Schaden genommen hatten. Der Rest der Nexuskammer war leer. Dies ging unter den Notstandgesetzen nur den Premierminister als geschäftsführenden Präsidenten an.

Olmy saß neben Judith Hoffman. Der Jart in ihm war still, wach, aber nicht eingreifend.

Der Premierminister ordnete an, Lageberichte über die Toten und Verletzten vor der Kammer zu projizieren.

»Der Präsident«, sagte er trocken, »wird jetzt reinkarniert. Es sind im ganzen sieben Tote und neun Schwerverletzte, darunter die zwei offiziellen Historiker, zwei Würdenträger, ein Senator und der Direktor von Thistledown. Wir haben seit der Großen Zerstörung keine solchen Verluste erlitten. Zum Glück sind alle mit Implantaten versehen und dürften überleben. Ser Korzenowski, können Sie uns sagen, was geschehen ist?«

Der Ingenieur schaute Olmy an. Es war noch keine Zeit für das von Olmy versprochene Gespräch gewesen.

Beide waren durch medizinische Apparate weggeschafft worden, um in den Behandlungsräumen untersucht zu werden. Seitdem waren sie nicht allein gewesen.

»Ich habe ein Testglied zur Verbindung mit dem Weg

geöffnet. Etwas versuchte hindurchzukommen und kam meinem Versuch, es zu schließen, in die Quere.«

»Haben Sie eine Idee, was für ein Ding das war?«

»Ich vermute, eine Jartwaffe«, sagte Korzenowski.

Der Premierminister starrte ihn an. »Ist das bloß eine Vermutung?«

»Wächter der Jarts, die auf genau eine solche Gelegenheit lauern. Ich weiß nicht, was es sonst gewesen sein könnte.«

Der Premierminister fragte, ob die Vertreter der Verteidigungskräfte von Thistledown zustimmten. Dies war der Fall. Es gab bestimmt keine Hinweise auf das Gegenteil.

»Wird es möglich sein, ein anderes Testglied zu öffnen und sich zu vergewissern?«

»Ja«, sagte Korzenowski. »Ich kann ein Glied öffnen, das vom Zentrum entfernt ist, also ein Tor, das ungefähr einhundert Kilometer hinter dem geschlossenen Ende des Weges liegt. Mit geeigneten Schilden und Vorsichtsmaßnahmen können wir eine Erkundung durchführen und das Tor ohne große Aussicht auf Entdeckung schließen.«

»Wie klein ist diese Chance?« fragte der Premierminister.

»Klein genug. Aber ich empfehle, Thistledown zu evakuieren bis auf wesentliches Personal und Verteidigungskräfte.«

Der Premierminister starrte ihn böse an. »Das wäre ein enormes Unterfangen.«

»Es ist wichtig«, sagte der Chef der Verteidigungskräfte. »Wenn wir uns daran machen, die Territorien des Weges zu beanspruchen und einen Brückenkopf zu errichten, muß es einen Puffer zwischen dem Kampf und unseren Zivilisten geben.«

»An was für einen Puffer denken Sie?«

»Alle Zivilisten müssen zu den orbitalen Bezirken der Erde geschickt werden.«

»Sind Sie dafür, daß bloß körperliche Personen entfernt werden?«

»Nein, Sir«, antwortete der Chef. »Wir raten, alle Verkörperten, alle im Citygedächtnis Ruhenden und alle wichtigen Kulturgüter und Datenspeicher zu entfernen. Thistledown muß als Puffer dienen. Für den unwahrscheinlichen Fall, daß wir besiegt werden, müssen wir uns entschließen, den Weg dadurch zu schließen, daß wir Thistledown zerstören.«

Hoffman schaute Olmy an. Ihr verletztes Gesicht zeigte eine grimmige Miene. »Das wird eine extravagante Vergünstigung, nicht wahr, Ser Olmy?« murmelte sie. »Nichts, das wert ist getan zu werden, fällt jemals leicht.«

Olmy antwortete nicht. Hintergedanken waren jetzt keineswegs am Platze.

»Gibt es ernsthaften Schaden in der sechsten Kammer?« fragte Dris Sandys.

»Nein, Ser«, antwortete Korzenowski. »Wir können weitermachen.«

»Wir können sagen, das kommt unerwartet«, sagte der Premierminister. Die folgende Pause war lang und anklagend. Niemand in der Kammer entging die unausgesprochene Kritik. Dem Präsidenten und dem Premierminister war kaum eine Wahl geblieben; und jetzt mußten diejenigen, welche sie in eine solche Lage gebracht hatten, die Konsequenzen sehen. »Als amtierender Präsident und unter der Autorität der Notstandsgesetze ordne ich an, daß Thistledown evakuiert wird und daß Ser Korzenowski und die Verteidigungskräfte gemeinsame Pläne für weitere Erkundigungen im Weg machen.«

60. KAPITEL

Erde, Christchurch

Karen saß im Wartezimmer der Klinik von Christchurch. Ihr Gesicht war durch Mangel an Schlaf blaß und verzerrt. Es war dreißig Stunden her, seit sie den Leichnam ihres Gatten gefunden hatte, und immer noch ließen die Techniker nichts über das Implantat hören.

Ihr Stuhl stand einem Fenster gegenüber. Draußen waren die Straßen von Christchurch voller Leute, viele Hexamonuniformen, viele Terrestrische Bürger, die sich um das Krankenhaus drängten. Vor weniger als einer halben Stunde war die Nachricht von der Evakuierung eingetroffen. Karen war jetzt besorgt, daß der Zustand ihres Mannes ohne jede Bedeutung sein würde inmitten dieser enorm größeren Krise und daß man sie beide vergessen würde.

Sie blickte auf ihre Hände. Trotz gründlicher Wäsche in der Toilette des Krankenhauses fand sie noch einen übersehenen Blutfleck am rechten Zeigefinger. Sie konzentrierte ihren Blick auf diesen Fleck — Blut ihres Mannes — und schloß die Augen. Die Erinnerungen wollten nicht weichen. Seinen Hals öffnen, nach dem Implantat graben, es in eine Tasche stecken, diese schließen und dann in einem störrischen Geländewagen nach Twizel fahren — das hatte alles Stunden gedauert. Nachdem der Himmel klar geworden war, hatte sie ein Hubschrauber nach Christchurch geflogen.

Der Körper war unnütz und in Twizel geblieben.

Die Probleme waren ihr keineswegs klar.

Sie hatten so viele Jahre zusammen verbracht und waren vergleichsweise so wenige Jahre getrennt gewesen … Die Zeit ihres erneuten Beisammenseins war so kurz gewesen.

Menschen sind geschaffen, um zu leiden. Wir sind nicht für Antworten oder Gewißheiten gemacht worden.

Ein Techniker — nicht derselbe, dem sie das Implantat gegeben hatte — kam durch die Tür des Wartezimmers, schaute sich um, bis er sie erblickte, und machte ein finsteres Gesicht. Das war eine professionelle Miene, die Unheil verhieß. Sie zog die Brauen hoch und bildete mit den Lippen ein erwartungsvolles O.

»Frau Lanier?«

Sie nickte unmerklich.

»Sind Sie sicher, daß das Implantat von Ihrem Gatten stammt?«

Karen starrte ihn an. »Ich bin sicher … Ich habe es ihm selbst entnommen.«

Der Techniker spreizte die Hände und blickte zum Fenster.

»Ist er tot?« fragte sie plötzlich.

»Frau Lanier, das Implantat enthält nicht Ihren Gatten. Da gibt es eine Persönlichkeit, aber die ist weiblich und nicht männlich. Wir haben in unseren Akten keine Aufzeichnung über diese Person … Wir wissen nicht, wer sie ist. Sie ist allerdings vollständig …«

»Worüber reden Sie?« fragte Karen.

»Wenn das Implantat von Ihrem Gatten ist, verstehe ich nicht …«

Sie stand auf und schrie fast: »Sagen Sie mir, was passiert ist!«

Der Techniker schüttelte schnell den Kopf, höchst verlegen und unbehaglich. »In dem Implantat steckt eine junge Frau von ungefähr einundzwanzig Jahren. Sie scheint einige Zeit inaktiv — gespeichert — gewesen zu sein, vielleicht zwanzig Jahre. Sie hat keinerlei Erinnerung an derzeitige Ereignisse. Sie ist bestimmt nicht erst kürzlich gespeichert worden. Ihre Codierung …«

»Unmöglich«, keuchte Karen. »Wo ist mein Mann?«

»Ich weiß es nicht. Kennen Sie jemanden namens Andia?«

»Was?«

»Andia. Diesen Namen gibt ihr Personalcode an.«

»Sie war unsere Tochter«, sagte Karen und wurde blaß. Halb saß sie und halb stützte sie sich mit einer Hand auf die Rücklehne des Stuhls. »Was ist mit meinem Mann geschehen?«

»Wir haben nur eine einleitende Untersuchung gemacht. Die einzige Persönlichkeit in dem Implantat behauptet, Andia zu heißen. Ich habe keine Idee, was mit Ihrem Gatten passiert ist.«

Karen schüttelte den Kopf. »Wieso? Sie ist tot — vermißt — zwanzig Jahre ...«

Der Techniker hob leicht die Schultern. Er war hilflos.

»Garry ... Sie haben ihn veranlaßt, das Implantat zu tragen.« Sie richtete sich im Stuhl auf. Dies war keine Realität. Dies ging über alles hinaus, was sie je geträumt hatte, Hoffnung oder Alptraum, daß sie ihre Tochter wiederbekommen würde auf Kosten ihres Mannes, durch irgendein Wunder oder einen perversen Trick. »Er hat sie in ihrem eigenen Spiel geschlagen.« Aber er hätte das nicht allein tun können. Sie sah zu dem Techniker auf, entschlossen, sich nicht in Stücke zu schütteln. Ihre Arme und Unterschenkel fühlten sich an, als ob ein leichter Strom in ihnen liefe. Sie mußte aufstehen und sich bewegen, um nicht ohnmächtig zu werden. Sie stand vorsichtig auf, langsam, ließ das Blut wieder dahin fließen, wo es gebraucht wurde, entschlossen ruhig zu bleiben und sich nicht zu übergeben. Es mußte etwas gesagt werden. Sie mußte irgendwie rational reagieren.

»Kann ich zu ihr sprechen?«

»Es tut mir leid. Nicht, bevor wir imstande sind, ihren Speicher zu erweitern. Bis dahin würde sie nicht klar sein. Ist Ihre Tochter eine Bürgerin der Erde?«

Karen folgte dem Techniker in den Archivbereich des Krankenhauses und beantwortete seine Fragen. Mit einigem Suchen wurden die alten inaktiven legalen Aufzeichnungen gefunden. Persönlichkeitskarten, die während der Implantation bei Andia aufgenommen wurden, wurden verglichen.

Sie paßten vollkommen.

»Das einzige Wort, das mir einfällt, ist ›Wunder‹«, sagte der Techniker. Offenbar glaubte er ihre Geschichte nicht. Er hatte das Implantat nicht selbst entfernt. »Ich muß für eine gesetzliche Untersuchung sorgen.«

Sie nickte, jetzt von Kopf bis Fuß erstarrt trotz ihres Entschlusses, ruhig zu bleiben. Sie fühlte sich hin und her gerissen zwischen Schrecken und Kummer und Staunen und Hoffnung. *Ich habe Garry verloren und unsere Tochter gefunden.* Es gab nur eine Möglichkeit, das zu erklären.

Sie war nie dazu erzogen worden, an übermenschliche Kräfte zu glauben. Ihre Ausbildung war streng marxistisch gewesen. Der Trost der Religion stand ihr nicht zur Verfügung. Aber jetzt konnte sie nur an Mirsky denken und an das, was er repräsentieren könnte.

Wenn du ihn hast, dann kümmere dich um ihn! dachte sie und richtete diese Botschaft an den Russen und an die Mächte hinter dem Avatar. *Und ich danke dir für meine Tochter.*

Sie wartete allein in einem kleinen Nebenzimmer eine Stunde lang, während die Ärzte und andere Techniker sich ihren Weg zu bahnen suchten durch das Labyrinth aus Prozedur und Gesetz. Ein paar Minuten schlummerte sie ein in einer kahlen Leere. Als der Techniker zurückkam und sie aufweckte, fühlte sie sich viel stärker. Ihre Benommenheit war vorüber.

»Wir werden für eine Reinkarnation sorgen«, sagte der Techniker. »Das kann allerdings einige Zeit dauern. Wir werden in den nächsten Wochen und vielleicht sogar Monaten hier sehr viel zu tun haben. Man hat uns angewiesen, die Klinik für einen Notfall herzurichten. Jedes verfügbare Shuttle wird in absehbarer Zukunft beschlagnahmt sein und auch alle Fahrzeuge. Ich denke aber, ich kann es einrichten, daß ein medizinisches Shuttle Sie heimbringt, wenn Sie in der nächsten Stunde oder so aufbrechen …«

Sie schwenkte die Hand und verzichtete auf sein Anerbieten. Sie hatte zu Hause nichts zu tun. »Ich möchte lieber hier bleiben. Sofern ich irgendwie helfen kann.«

»Ich nehme an, das können Sie«, sagte der Techniker, immer noch im Zweifel. »Wir haben Ihre Akten durchgesehen — es tut mir leid, aber da war ein unklarer Punkt … Keiner von uns kann sich vorstellen, was geschehen ist …« Er schüttelte den Kopf. »Ihre Tochter ist bestimmt auf See vermißt worden. Es gibt keinen Weg, wie Sie ihr Implantat bekommen konnten und nicht das Ihres Mannes.«

Sie lächelte traurig und verzweifelt und nickte.

»Wird mit Ihnen alles in Ordnung gehen?«

Sie dachte kurz darüber nach und sagte: »Ja. Ich möchte sobald wie möglich mit meiner Tochter sprechen …«

»Natürlich«, sagte der Techniker. »Ich schlage vor, daß Sie einige Zeit im Krankenrevier schlafen. Wir werden Sie rufen.«

»Vielen Dank!« sagte sie. Sie sah sich im Zimmer um und bereitete sich vor, sich auf einem Untersuchungstisch hinzulegen.

Andia.

61. KAPITEL

Thistledown City

Korzenowski ging durch den Park, der seinen Namen trug, als ein Relikt, das zurückgekehrt war, um sein eigenes Denkmal zu betrachten. Ein toller Anachronismus.

Er war gekommen, um sich mit Olmy zu treffen und ihn zu sprechen. Er war eine Stunde zu früh, um sein altes Werk zu inspizieren, das er seit seiner Reinkarnation nur einmal aufgesucht hatte. Derzeit gab es für ihn in der sechsten Kammer und dem Bohrloch wenig zu tun. Sobald die Verteidigungskräfte mit ihrer Arbeit fertig waren und die Evakuierung von Thistledown abgeschlossen war, war er bereit, ein neues, vorsichtigeres Testglied als Verbindung zum Weg aufzumachen.

Der Korzenowski-Park umfaßte viertausend Quadratmeter in Thistledown City. Grün und ruhig, mit tadellosen gepflegten Rasenflächen, die getüpfelt waren mit Blütengärten und Wäldern aus Eichen, Ulmen und anderen exotischen Bäumen, war er einer der wenigen Parks gewesen, die sich während der Jahrhunderte seines Exils selbständig erhalten hatten.

Korzenowski hatte vor seiner Ermordung — vor der Fertigstellung des Weges — dieses Gelände nach praktischen, aber utopischen Prinzipien geplant und unter Verwendung von Pflanzen und Tieren, Insekten und Mikroorganismen als harmonische Bestandteile in einer isolierten Perfektion. Dabei hatte er sich eine Beschränkung auferlegt. Alle Lebewesen in diesem Park müßten unverändert und natürlich sein. Das utopische Kunstwerk war dadurch ermöglicht worden, daß man gewisse Arten getrennt hielt und die Ökologie des Parks auf einige wenige ausgesuchte und sich ergänzende Kombinationen beschränkt hatte.

Das Resultat war Friede gewesen.

Man konnte zu jeder Jahreszeit durch den Park gehen — das Wetter ahmte die Jahreszeiten der Erde im Stile Englands des späten achtzehnten Jahrhunderts nach — und nichts sehen als Wachstum. Fernbediente Gärtner pflegten den Park regelmäßig. Sie schnitten tote Pflanzenteile ab und kompostierten sie an Ort und Stelle. Insekten und Mikroorganismen schädigten die Gewächse weniger, als sie vielmehr mit ihnen arbeiteten.

Hier gab es künstlich beschnittenes Baum- und Strauchwerk in großem Maßstab, mehr nach Hilbert gestaltet als nach Euklid. Seine Form war nicht an Tieren orientiert oder geometrisch, sondern gemäß vollkommener Biologie, eine Art lebendigen Himmels. Eden, wie es ein englischer Gärtner hätte sehen können, und bestimmt so, wie Korzenowski es sah.

Er hatte dies getan. Er wußte kaum, wer oder was er jetzt war. War er *der* Ingenieur, lebende Geschichte, wiederbelebte Legende, der sowohl Neo-Geshels wie Naderiten formalen Respekt und informellen Verdacht einflößte? War es Konrad Korzenowski, ein natürlich geborenes menschliches Wesen, brillanter Sohn orthodox naderitischer Eltern, Mathematiker und Konstrukteur? War er ein Gefäß für den unglücklichen Geist von Patricia Luis Vasquez?

Das spielte keine große Rolle. Er war ein Stäubchen in einem Sturm; und was er in der Vergangenheit gewesen war oder getan hatte, schien sehr weit entfernt. Es schien irrelevant.

Bald würde das Hexamon versuchen, wieder in den Weg vorzudringen. Es war durchaus möglich, daß die jetzigen Beanspruchen des Weges sie zwingen würden, Thistledown zu zerstören. Falls das geschah, würde er in dem Feuersturm höchstwahrscheinlich vernichtet werden.

Kräfte, Mächte, Herrschaften.

Er konnte sich kaum an die Zeit erinnern, die er mit der Arbeit am Park verbracht hatte. Solche Erinnerungen waren nur dürftig vertreten in den Partialen, die nach seiner Ermordung gesammelt und archiviert worden waren.

Er war von orthodoxen Naderiten umgebracht worden.

Von seinen Eltern verstoßen, weil er die Exilierung erzwang.

Unruhestifter.

Damit war so ziemlich alles zusammengefaßt.

Er ging in ein rundes Heckenlabyrinth im geometrischen Mittelpunkt des Parks. Die hüfthohen äußeren Hecken bildeten ein ungleichmäßiges Mosaik. Sie folgten keinem besonderen Radius oder Bogen des Kreises. Manche Winkel waren faktisch Projektionen dreidimensionaler Figuren, die das äußere Labyrinth besonders mühsam machten. Menschen mit Implantaten hatten kaum Schwierigkeiten, durch den Irrgarten zu kommen, da sie ihn leicht in ihren Köpfen sich vorstellen und manipulieren konnten. Ohne Implantate war das Labyrinth eine schwer zu knackende Nuß im Kopf.

Er entsann sich, es gebaut zu haben in der Hoffnung, daß Leute mit Implantaten es nicht benutzen würden ... Aber die meisten taten es doch. Das hatte ihn etwas über die menschliche Natur gelehrt, nämlich daß Herausforderung und Schwierigkeit für die große Mehrheit weniger bedeuten als Leistung und Gewinn, selbst im Hexamon.

Korzenowski blickte auf zum Zentrum des Labyrinths und sah dort in hundert Metern Entfernung einen Mann stehen. Dieser begann sich nach außen vorzuarbeiten. Korzenowski ging wie auf eine Herausforderung hin einwärts. Das war ein zerstreuender und entspannender Sport. Er sah nicht direkt auf den Mann, sondern zog es vor, sich an seine eigene Konstruktion zu erinnern und herauszubringen, was er vergessen oder verloren hatte.

Sie waren noch einige Meter von einander entfernt auf getrennten konzentrischen Wegen des leichteren Zentrallabyrinths, als Korzenowski aufblickte und dem Mann voll ins Gesicht schaute. Einen Augenblick lang schien es, als ob seit der Zerstörung überhaupt keine Zeit vergangen wäre und die frühen Stunden nach vierzig Jahren noch frisch in Erinnerung wären wie die frühen Stunden seiner Reinkarnation.

Der Mann war Ry Oyu, Leitender Toröffner für das Unendliche Hexamon. Seine Präsenz war ebenso unmöglich wie die Mirskys. Beide waren mit den Geshelbezirken den Weg hinunter gegangen.

»Hallo!« begrüßte ihn der Türöffner mit erhobener Hand. Er nickte einem Punkt hinter Korzenowski zu und gab ihm damit zu verstehen, daß sie nicht allein waren. Korzenowski wandte sich widerstrebend von Ry Oyu ab und erblickte Olmy an der Peripherie des Irrgartens.

Der Ingenieur lachte auf und fragte den Toröffner: »Ist das eine Verschwörung? Sind Sie mit Olmy verbündet?«

»Keine Verschwörung. Er erwartet mich nicht. Dies schien ein günstiger Moment zu sein, mit Ihnen beiden zu sprechen. Wollen wir Ser Olmy an der Außenseite treffen?« fragte der Mann. »Dies ist ein wundervolles Labyrinth, aber kein Ort für bequeme Konversation. Es gibt zu viele Ablenkungen und Probleme zu lösen.«

»Schon recht«, sagte Korzenowski mit entschlossenem und gemäßigtem Ton.

»Sie scheinen nicht überrascht zu sein«, sagte Ry Oyu.

»Mich überrascht jetzt nichts.« Korzenowski wartete, bis der Toröffner zu ihm gekommen war. Als sie dann gemeinsam durch den Irrgarten gingen und dem Pfad folgten, fragte er: »Sind Sie auch ein Avatar, der Unheil verheißt?«

»Keine Prophezeiung. Ich fürchte, ich bin hier, um ein schwieriges Unternehmen in Angriff zu nehmen«, sagte Ry Oyu. »Möchten Sie mir Fragen stellen, um meine Realität zu bestätigen?«

»Nein.« Korzenowski wischte mit einer Handbewegung den Vorschlag weg. »Sie sind der Geist vom verflossenen Weihnachten. Es ist klar, daß sich die Götter selbst sehr für alle unsere Angelegenheiten interessieren.«

»Sie sind überzeugt, daß ich der bin, der ich zu sein scheine?«

»Nein, das nicht«, wandte Korzenowski ein. »Aber ich werde akzeptieren, daß Sie das sind, was auch immer aus Ry Oyu geworden sein mag.«

Der frühere Toröffner piktographierte Zustimmung zu dieser Beurteilung. Korzenowski stellte fest, daß Ser Oyu keinerlei Projektor zu tragen schien. Die Piktogramme tauchten aus dem Nichts auf — ein interessantes Talent als solches.

»Ich habe eine schwierige Bitte an Sie und Olmy zu richten«, sagte der Toröffner.

»Wohl mehr einen Befehl, wie ich vermute«, sagte Korzenowski.

»Ich möchte die Gelegenheit ergreifen, Sie beide von einer bestimmten Notwendigkeit zu überzeugen.«

»Ich habe mich mit Mirsky geeinigt«, sagte Korzenowski mit leichtem Schuldgefühl. *Zumindest ein Teil von mir hat das getan.* »Ich habe seine Bemühungen unterstützt.«

Ry Oyu lächelte wissend. »Sie haben außerordentlich hart gearbeitet, um den Weg wieder zu öffnen.« Sein Ton war nicht anklagend, aber unter den gegenwärtigen, an Dickens erinnernden Verhältnissen, hatte es der Toröffner nicht nötig, direkt anzuklagen.

Korzenowski machte wieder eine Handbewegung, als ob er den Toröffner wegscheuchen wollte. »Ich erfülle meine Pflicht gegenüber dem Hexamon.«

»Sie haben keine anderen Motive?«

Korzenowski antwortete nicht. *Er* hatte keine anderen Motive; und was auch seine Persönlichkeit wie Farbe befleckte, dafür konnte er nicht antworten.

»Sie enthalten ein Duplikat des Geheimnisses einer ganz einzigartigen Frau. Ich habe selbst für die Übermittlung gesorgt. Sie arbeiten doch jetzt für sie?«

»Wenn Sie es so sehen ...«

»Das tue ich.«

»Ich nehme an, daß ich für sie arbeite, jawohl. Aber was sie wünscht, steht nicht im Gegensatz zu meiner Pflicht.«

»Ein Mysterium ist keine vollständige Persönlichkeit. Wenn bei einem Transfer etwas schief geht — wenn auch Motivationen oder grundlegende Zwangsvorstellungen kopiert werden —, dann ist die resultierende Mentalität nicht ein verantwortliches, integriertes Individuum.«

Korzenowski empfand eine hohle, bedrückende Verzweiflung.

Er räumte ein: »Ich bin von Gespenstern heimgesucht. Man hat mich ... gestoßen, gezwungen ...« Er konnte nicht zu Ende sprechen.

»Seien Sie nicht traurig! Es kann für alle zum Besten ausgehen.«

Korzenowski wollte sich gern davondrücken, um zu erwägen, ob er tatsächlich seinen Pflichten entsagen könnte, um jemanden einzusetzen, der zuverlässig und verantwortungsvoll war.

Ry Oyu sagte: »Sie können ihren glänzenden Scharfsinn einsetzen, was Sie davon haben.« Sie verließen das Labyrinth. Der Toröffner signalisierte Grüße an Olmy, der seine Präsenz ohne Kommentar akzeptierte.

»Niemand ist überrascht, mich zu sehen«, bemerkte der Toröffner mit schiefem Gesicht.

»Es ist die Saison der Wunder«, sagte Olmy. Seine Stimme war seltsam verändert und angestrengt. Äußerlich ruhig, innen gequält — Korzenowski fragte sich, was *ihn* jetzt unter Druck setzte.

»Haben Sie sich schon einander anvertraut?« fragte Ry Oyu.

»Ich habe nichts mitgeteilt«, sagte Olmy. »Aber ich nehme an, daß wir vor dem Endgültigen Geist keine Geheimnisse haben.«

»So weit würde ich nicht gehen, aber es ist offenbar jetzt die rechte Zeit für ein langes Gespräch.«

Korzenowski glaubte, Olmy sähe mindestens so geplagt aus wie er selbst. Er schlug vor: »Dieser Ort ist so gut wie jeder andere. Keine Monitore, keine Fernsteuerapparate. Wir können in engen Richtstrahlen piktographieren.«

»Sprechen wird schwierig sein«, sagte Ry Oyu. »Es ist an der Zeit, mit dem Unsinn Schluß zu machen. Der Versuch von Ser Mirsky war nicht hart genug, wie mir scheint … oder abwegig genug. Ich habe Ihnen beiden einen Vorschlag zu machen, etwas, das alle unsere Schwierigkeiten beseitigen könnte, wenn auch nicht die des Hexamons. Erde und Hexamon müssen lernen, miteinander zu leben. Sind Sie beide geneigt zuzuhören?«

»Ich gehorche«, sagte Olmy mit noch gequälterer Stimme. »Sie kommen vom Kommando der Nachfahren.«

»Was soll *das* bedeuten?« fragte der Ingenieur.

Sie setzten sich in einem Kreis von Steinbänken hin, der von Rosen umgeben war. »Sie sind nicht der einzige, der heimgesucht wird«, sagte Ry Oyu. »Es ist Zeit für Ser Olmys Erklärung und dann meinen Vorschlag …«

62. KAPITEL

Thistledown

Etwas derartiges hatte es seit der großen Katastrophe nicht mehr gegeben. Die vier Millionen Bewohner von Thistledown wurden aus den fünf besiedelten Kammern des Asteroiden mit jedem in der Nähe von Erde und Mond verfügbaren Vehikel entfernt. Die Evakuierung ging langsam. Es gab erheblichen Widerstand. Einige Nahkämpfe waren ausgebrochen zwischen den verschiedenen Parteien, die auf Thistledown neue Siedlungen gebaut hatten.

In den letzten vierzig Jahren war Thistledown zum Bollwerk und Nervenzentrum des Hexamons geworden und hatte viele Funktionen von den orbitalen Bezirken übernommen, die als viel verwundbarer galten. Es war ein gewaltiges Unterfangen, diese Funktionen zu übertragen, das nur etwas erleichtert wurde durch die Fähigkeit des Hexamons, Berge von Daten in sehr kleinen Paketen zu bewegen.

Olmy stand im Bohrloch der ersten Kammer, eingehüllt in ein Umgebungsfeld, und sah zu, wie Shuttles in geordneter Formation hin und her vorbeiflogen. Vier Shuttles waren außer Dienst gestellt worden; und als Lücken in dem gleichmäßigen Strom auftraten, wurden sie unter die rotierenden Docks in die Hangars zur Reparatur gebracht. Vier von zehntausend ... Die Technik des Hexamons war auf manchen Gebieten immer noch wunderbar leistungsfähig.

Olmys Meister beobachtete diese Aktionen ohne etwas zu bemerken und verließ ihn dann für einige Zeit, um einen vorher abgestimmten Arbeitsplan an der Evakuierungsbemühung zu verfolgen und heimlich den Diebstahl eines Sprungschiffs vorzubereiten.

Er hatte sein Geständnis abgelegt. Der Ausdruck auf Korzenowskis Gesicht war besonders schmerzhaft gewesen. Aber die Unterschiede zwischen Versagen und Niederlage und der Willfährigkeit gegenüber einer Autorität, die höher war als jeder von ihnen, waren jetzt wirklich schwach geworden ...

Olmy hatte einige seiner Bürden abgelegt. Jetzt nahm er eine größere Bürde auf sich. Er erkannte, daß er, selbst wenn er nicht von einem Jart besessen wäre, die gleichen Dinge tun und die gleichen Pläne machen würde — entgegen dem Willen der Anführer des Hexamons und der *mens publica.*

Manche Leute würden sicher glauben, daß er dadurch zu einem echten Verräter würde, nicht bloß zu einem geschlagenen und törichten Soldaten.

Korzenowski traf seine Vorbereitungen genau neun Stunden vor dem nächsten Glied. Diesmal verzichtete er auf seine zeremonielle rote Sack-Robe und trug einen schwarzen Overall, der nützlicher und passender war für das Abenteuer — oder dessen Mißerfolg —, zu dem sie sich anschickten. Während er die Meldungen automatischer Ferngeräte und Partiale in sich aufnahm, die alle besagten, daß Maschinerie und Projektoren der sechsten Kammer richtig funktionierten, ließ er seinen natürlichen Geist ein wenig wandern.

Er erinnerte sich deutlich an die frühen Jahre nach der ersten Öffnung, als unerwartete Instabilitäten viermal einen völligen Zusammenbruch hatten befürchten lassen. Das waren sehr schwierige Zeiten gewesen, als das Hexamon nicht nur seiner eigenen kritischen Erschaffung sondern der Bedrohung durch die Jarts ausgesetzt gewesen war.

Zunächst hatte es ein Unentschieden gegeben. Weder Jarts noch Menschen hatten gewußt, was sie miteinander anfangen sollten. Versuche von Kommunikation mit den Jarts waren gescheitert. Die ersten Angriffe seitens der Jarts — eher Stoßtruppunternehmen mit der Absicht, Schaden anzurichten — waren genau nach der ersten Instabilitätskrise gekommen. Die siebente Kammer hatte geringfügigen Schaden erlitten. In jenen frühen Zeiten hatte Korzenowski sich Sorgen gemacht, daß die Beschädigung eines eingegrabenen Projektors katastrophale Quetschungen im Weg bewirken könnte ...

Seine Besorgnisse hatten sich damals als unbegründet erwiesen. Aber mit anderen Mitteln könnte eine solche Kräuselung oder Faltung genau die Technik sein, die er bald — vielleicht binnen vierundzwanzig Stunden — benutzen würde, um den Weg zu demontieren. Die Faltung konnte, wenn sie richtig gebildet war, ›entlang‹ des Weges im Superraum beschleunigt werden und bewirken, daß er sich kringelte, verknotete, Fisteln bildete und schließlich zerfiel.

›Windung‹ und ›Knoten‹ hatten ganz verschiedene Bedeutungen, wenn man sie auf höhere Dimensionen anwendete. Korzenowski hatte herausgebracht, wie eine solche Kräuselung aus dem Innern des Weges und von außen aussehen würde.

Während der Weg eine unendliche Zahl von Punkten in Raum und Zeit schnitt — und eine kleine Unendlichkeit von Punkten in anderen Universen —, war jeder Schnitt selbst nicht von ewiger Dauer.

Jedes geöffnete Tor würde eine endliche Existenz haben, nicht größer als die intern gemessene Gesamtdauer der Existenz des Weges selbst. Die Gesamtzahl der Tore, die im Weg geöffnet werden konnten, war riesig groß, aber nicht unendlich. Der Weg konnte nicht zu allen möglichen Schnittpunkten Zugang gewähren.

Es würde Jahre, vielleicht Jahrhunderte dauern, bis die destruktive Kräuselung im Weg ihr Werk vollendete. Ein großer Teil der Länge des Weges würde ziehharmonikaartig verzogen werden, wenn die Faltung durchlief, und eine Anzahl spontaner Fisteln — Verbindungen zwischen verschiedenen Segmenten — würde lange Sektionen abschließen und faktisch geschlossene Schleifen bilden. Die Fisteln konnten sich verdoppeln und untereinander Verbindungen herstellen, wobei sie die Schleifen bildenden Segmente losschnitten und frei driften ließen.

Wenn die Faltung ihren Weg längs des Weges beendet hatte, würde nur noch ein kleiner Schwanz übrig bleiben, der mit dem ›Ballon‹ des fehlgeborenen Universums verbunden war, den Mirsky erwähnt hatte.

All dies war in einer auch für ihn schwierig zu verstehenden Weise im Charakter der weit entfernten Segmente des Weges reflektiert, wie sie Ry Oyu vor der großen Zerstörung gesehen hatte. Hätte Ry Oyu — Patricia — etwas so Unwahrscheinliches auch nur befürchtet, würden sie die Effekte sofort erkannt haben.

Korzenowski war mit der Entgegennahme der Meldungen fertig und zog sich zurück, um in seiner wiederhergestellten Wohnung im Bohrloch Platz zu nehmen. Er schloß die Augen, verlor sich in Kontemplation und eine tiefe Melancholie, die nicht ganz unangenehm war.

Er hatte niemanden, und jedermann, hinter sich zu lassen. Nachdem er schon einmal gestorben war, fürchtete er bestimmt keine Auslöschung. Was er fürchtete, war die Überschreitung der Grenzen.

Er war bei der Erschaffung des Weges schon auf Wesen gestoßen, die der Menschheit ungeheuer überlegen waren. Daß diese ihm nichts Böses wollten, war bemerkenswert und vielleicht ein Zeichen ihrer Überlegenheit. Oder möglicherweise war jede Emotion oder Beschreibung ihrer Kategorie — sogar Mirskys Projektionen — grobe Vereinfachungen für beschränkte Geister.

Jetzt verriet er seine Pflicht gegenüber dem Hexamon, für jenes Überschreiten der Grenzen Schadenersatz zu leisten. Würde das Hexamon genügend Flexibilität und Genialität finden, um für immer ohne den Weg auszukommen?

Würden sie versuchen, einen anderen zu machen? Was, wenn überhaupt etwas, würde ihnen Einhalt gebieten?

Bei allen seinen Erkundungen mittels des Schlüsselbeins, bei allen Erforschungen aller Toröffner im Lauf der Geschichte des Weges, hatte man kein anderes Konstrukt wie dieses gefunden ... in diesem Universum. Mirsky hatte angedeutet, daß andere künstliche Konstrukte ähnlich dem Wege in anderen Universen gemacht worden wären, aber hier konnte kein neuer Weg gemacht werden.

Korzenowski war sich völlig seiner Fähigkeiten bewußt, zweifelte aber nicht, daß andere ihnen gleichkommen könnten. Es war ihm mißlungen, eine Methode zur Öffnung von Toren ohne ein intermediäres Konstrukt wie den Weg zu finden. Vielleicht hatten andere Erfolg gehabt; und das erklärte den Mangel.

Eine andere mögliche Erklärung für die Einzigartigkeit des Weges war Interferenz, Verhinderung durch die Mächte, von denen Mirsky und Ry Oyu nur die kümmerlichsten Repräsentanten waren. Aber würden diese Kräfte auch nur *einen* Weg zulassen, wenn seine Effekte so verheerend waren?

Wenn sie Ry Oyus Plan folgten und Erfolg hätten — es schien ein sehr großes Risiko damit verbunden zu sein —, dann konnte vielleicht zu gegebener Zeit der Endgültige Geist, den der Jart in Olmy das Kommando der Nachkommen nannte, ihnen alles direkt erklären.

Das Mysterium von Patricia Vasquez in ihm schwieg. Ry Oyus Plan vergaß ihre Bedürfnisse nicht.

63. KAPITEL

Erde

Ehe sie ihren Dienstvertrag in Christchurch bekam, vergewisserte sich Karen, daß der Mentalität ihrer Tochter die beste Fürsorge zuteil wurde. Das Gerät, um Andias Mentalität voll zu entwickeln, stand nicht in Neuseeland zur Verfügung, wie sich herausstellte. Wegen der Evakuierung und Konfusion auf der ganzen Erde würde es noch für Wochen nicht bereit sein. Dies verzögerte Andias Reinkarnation und bedeutete auch, daß Karen nicht mit ihr sprechen konnte. Vorerst konnte sie nur arbeiten und sich in Geduld üben.

In einer Hinsicht war ihr die Konfusion günstig. Niemand dachte daran, Anklagen gegen sie zu erheben, nicht einmal Ras Mishiney, der die Nachricht von Laniers Tod mit kaum beherrschter Wut aufnahm. Es erschien am einfachsten, sie zu vergessen und in die Evakuierungsbemühungen einzubeziehen. Man würde sogar einiges politisches Kapital daraus schlagen, daß man ihren Diensteifer angesichts der Tragödie an die Öffentlichkeit trug.

Als die orbitalen Bezirke bis zu ihrer vollen Kapazität voll waren, wurden auf der Erde in Nähe der technisch fortgeschrittensten urbanen Zentren Lager errichtet. Die idealen Zentren für Umsiedlung konnten Einrichtungen von City-Gedächtnis und die anspruchsvolle Technologie bieten, die Bürger des Hexamons oft für tägliche Versorgung brauchten — wie Gewächshäuser oder spezialisierte Insekten in einem Stock, dachte Karen ... Ganz ähnlich allen menschlichen Wesen, nur noch mehr.

Karen war den Lagern zugewiesen, die um Melbourne errichtet wurden. Sie diente zur Verbindung zwischen den Administratoren der Alten Eingeborenen und den Evakuationsbeamten aus den orbitalen Bezirken. Tagaus tagein bügelte sie im Laufe der Woche Schwierigkeiten aus, sorgte für besseres Sichverstehen und vergewisserte sich, daß die Resentiments der Alten Eingeborenen den Fortschritt nicht behinderten. Nachts schlief sie erschöpft in einer kleinen Wohnblase, träumte von Garry und von Andia als Kind ... und von Pavel Mirsky.

In den kurzen Ruheperioden, in denen sie nicht schlief, weinte sie oder lag still wie ein Stein mit starrem Gesicht auf einer Notliege und suchte, ihre Reaktionen zu entwirren. Trotz ihrer Trennung hatte sie emotional und sexuell nie aufgehört, sich auf Garrys Präsenz zu verlassen oder mindestens auf das Wissen, daß er erreichbar war.

Sie war dankbar für das Chaos und die Arbeit. Sie vermutete, daß ihr Kummer stärker und schwerer zugepackt hätte, wenn sie und Lanier die ganze Zeit eng beisammen gewesen wären. Sie konnte den Gedanken nicht loswerden, daß sie so nahe zusammengekommen wären wie zuvor, wenn ihnen noch ein paar Monate vergönnt gewesen wären.

Die Welt änderte sich wieder. Karen genoß diese Veränderung wirklich. Aber welche Arbeit hätte geleistet werden können mit Garry an ihrer Seite! Was für Probleme hätten sie gelöst, und mit welchem Stil!

Die Wunden des Kummers begannen schon zu heilen durch die Glorifizierung der guten Erinnerungen und das Verschleiern der schlechten. Erst widerstand sie diesen milden Unehrlichkeiten. Dann gab sie nach, wenn auch nur, um ihr Leid abzuschütteln.

Am Ende der Woche mußten die Lager vervollständigt werden. Es trafen schon Shuttles ein und luden Evakuierte aus.

Kurz nach Mittag am letzten Tage der Woche erstieg Karen die Flanke eines niedrigen, mit Gebüsch bewachsenen Hügels. Sie hatte ein kleines eingewickeltes Sandwich und eine Flasche Bier bei sich. Sie blickte über das hin, was einmal eine weite Parklandschaft gewesen war. Hunderte von Hexamonmaschinen — nicht größer als Lastwagen — hatten Notunterkünfte geplant, konstruiert und errichtet und etwas geschaffen, das binnen weniger Tage voll funktionstüchtige, großenteils selbständige Gemeinwesen sein würden.

Im Osten warteten Haufen von Rohmaterial auf die Zwischenverarbeiter, welche das für die Baumaschinen erforderliche Material aussonderten. Gereinigte Mineralien und Zellulose, sowie zusätzliche Nährstoffe — notwendig für die quasi-organischen Komponenten der Maschinen — wurden in meterbreiten Würfeln aufgestapelt.

Das Gemeinwesen in der Ebene unterhalb des Hügels war mehr als zur Hälfte fertiggestellt und hatte schon eine gewisse Ähnlichkeit mit den Städten auf Thistledown. Für den Augenblick waren alle Strukturen — Reihe um Reihe von Kuppeln und abgestuften Prismen, weite Flächen Ackerland, große Gemeindezentren wie umgedrehte Kuppeln — durchsichtig oder weiß, sie würden bald mit organischen Farben und Gewebeveränderungen bedeckt werden. Dann kämen die Innenräume hinzu. Einige ganz wenige würden mit schmückenden Projektoren ausgestattet werden. Die Evakuierten des Hexamons müßten sich an nüchternere Milieus gewöhnen.

Ohne Zweifel würden sie sich beraubt fühlen, dachte Karen. Aber diese Gemeinschaft wäre immer um mehrere Jahrhunderte fortgeschrittener als jede andere Stadt auf der Erde.

Gezwungen, auf der Erde zu leben, würden die Bürger des Hexamons schließlich die notwendigen, aber lange aufgeschobenen Schritte in der Wiederherstellung tun. Terrestrische und orbitale Hexamone würden letztlich gezwungen sein, mit Vergangenheit und Zukunft zurecht zu kommen.

Natürlich nur, falls mit Thistledown nichts passieren

sollte ... Danach würden die Evakuierten zurückkehren, und es ging weiter wie zuvor.

Aber das war schon höchst unwahrscheinlich. Was für Erklärungen auch ausgegeben wurden, Karen sah die Hand Mirskys hinter der Evakuierung.

Wiederum beschwor sie den Russen, sich um ihren Gatten zu kümmern. Das war zu einem täglichen Ritual geworden. Sie fand darin einen erstaunlich großen Trost.

Wenn Kräfte jenseits ihrer Vorstellungskraft noch am Werk waren, war es möglich, daß Garry nicht einfach dem Vergessen anheim gefallen wäre. Selbst wenn sie ihn niemals wiedersehen oder mit ihm sprechen würde ... Er würde existieren, irgendwo.

Der über das Lager zum Hügel her blasende Wind brachte ein Aroma frischen Grüns — den Geruch einer Stadt, die wuchs und lebendig wurde. Karen blickte zum Himmel auf und wünschte grausam und irrational, daß Thistledown zerstört werden möge.

Erst später an diesem Abend, als sie aus einem unruhigen Schlaf erwachte, wurde ihr klar, weshalb. Und am Morgen, als sie sich auf Konferenzen zwischen den Stadtvätern von Melbourne und neu gewählten Würdenträgern für die Lagerstadt vorbereitete, hatte sie es fast wieder vergessen.

Aber der Wunsch blieb bestehen.

Du mußt wissen, wo du bist. Du kannst nicht in zwei Welten gleichzeitig leben.

64. KAPITEL

Der Weg

In den einsamen Augenblicken — mochte es sich dabei um Zeit oder Täuschung handeln —, wenn Rhita nicht examiniert, getestet und ausgefragt wurde, oder was immer die Jarts mit ihr anstellten —, wenn sie einen Gedanken fassen konnte, von dem sie recht sicher war, daß es ihr eigener sei, versuchte sie zu verstehen, was ihre Großmutter ihr erzählt hatte. Daß sie sich durch eine Mauer arbeitete, die Patrikia selbst nicht überwunden hatte, war ihr jetzt klar. Eine Mauer von Unwissenheit hinsichtlich der Jarts. *Was machen sie mit mir?* Sie schienen ihre Gedanken und ihr Ich in einer getrennten Einzäunung zu halten. Sie fühlte ihren realen Körper nicht; oder zumindest glaubte sie, daß ihr realer Körper noch nicht mit ihr verbunden wäre. Einige der ihr dargebotenen Illusionen waren sehr überzeugend, aber sie hatte gelernt, allen scheinbaren Realitäten zu mißtrauen.

Wo bin ich? Sie war wieder im Weg, das schien so. Sie hatte den Eindruck bekommen, daß das, was auch mit Gaia geschehen sein mochte, noch nicht zu Ende war. Sie folgerte, daß man sie nicht dort festhalten würde. Vielleicht würde es für diejenigen, die sie testeten, bequemer sein, ihren Körper in der Nähe zu haben.

Ihr Geist könnte sich irgendwo befinden.

Werde ich von Typhon getestet? Sie wußte es nicht. Vielleicht war das auch gleichgültig. Jarts schienen austauschbar zu sein.

Die Tests, denen man sie unterzog, waren manchmal so instruktiv, daß sie sich daran erinnerte und daß sie mit diesen Erinnerungen in den gelegentlichen Momenten, die sie für sich hatte, arbeiten konnte.

Sie wurde in verschiedene soziale Situationen versetzt mit Leuten, die sie gekannt hatte. Zuerst gehörten zu diesen Phantomen nicht Menschen, die sie in Alexandreia kennengelernt hatte. Sie spielte die Szenen mit einiger Hoffnung, daß sie real sein könnten. Ein Teil von ihr spielte sie ernsthaft, völlig irregeführt. Sie gab das, was sie für anständige Vorstellungen hielt. Aber ein Teil von ihr, wenn auch unentschieden, war immer skeptisch.

Oft begegnete sie Patrikia. Oft wurden bestimmte Szenen wiederholt. Auf diese Weise wurde ihr eigenes Gedächtnis an die Oberfläche geholt, und Rhita erhielt eine Gelegenheit, es Revue passieren zu lassen, gleichzeitig mit den Jarts.

All das änderte sich nach einer unmeßbaren Zeit. Ihr Leben faßte Wurzeln. Sie wurde zu einer Studentin in Alexandreia. Diese Täuschung wurde durch ihre Fänger nicht unterbrochen.

Sie blieb im Schlafsaal der Frauen, kämpfte sich durch soziale und politische Ächtungen und besuchte Kurse in Mathematik und Ingenieurwesen. Sie hoffte, bald ihre Studien der Theoretischen Physik beginnen zu können.

Demetrios wurde ihr Didaskalos. Der kleine Teil von ihr, der noch in Skepsis verharrte, fragte sich, ob es die reale Psyche von Demetrios wäre. Er hatte etwas Überzeugenderes an sich.

Ihre ganze Umgebung war so real, daß sie begann, sich zu entspannen. Ihr skeptisch gebliebenes Ich verblaßte, bis sie solche Erinnerungen nur als vorübergehende Täuschungen ansah. Die letzte Wahrnehmung dieser entschwindenden skeptischen Rhita war: *Endlich sind sie mit meinem Wächter fertig geworden.*

Danach wurde Alexandreia real, wenn auch zeitweilig etwas schief.

Sie erinnerte sich überhaupt nicht an die Reise durch die Steppen.

Rhita gewann die meisten ihrer akademischen Kämpfe. Demetrios schien an ihr ein Interesse zu nehmen, das über die normale Beziehung zwischen Didaskalos und Student hinausging. Sie hatten etwas gemeinsam, das keiner von beiden definieren konnte.

Die Tage vergingen, und der aigyptische Winter kam; trocken wie gewöhnlich, aber kühler. Sie machten eine Bootsfahrt auf Mareotis. Er bekannte, daß er ihr fast ebenso viel beigebracht hatte, wie er selbst wußte, außer politischer Weisheit. Er sagte ihr: »Die scheinst du nur langsam aufzunehmen.« Sie bestritt das nicht und erklärte, daß sie Ehrenhaftigkeit für eine bessere Politik hielte als sich bloß anzupassen.

»In Alexandreia ist es nicht so«, sagte er. »Nicht einmal für die Enkelin von Patrikia. Für sie ganz besonders nicht.«

Weiße Ibisse stolzierten durch flache Schilfgewässer nahe den Schutzmauern aus Sandstein und Granit, die tausend Jahre lang die alten Grenzen von Mareotis gesichert hatten. Rhita saß im Boot und suchte sich verzweifelt an etwas zu erinnern. Ihr Kopf schmerzte. Vielleicht empfand sie den Druck der Aufmerksamkeit ihres Didaskalos. Diese war nicht unwillkommen, aber es hatte etwas gegeben, das noch dringlicher war ... Eine Zusammenkunft mit der Königin? Wann würde es dazu kommen?

»Ich warte immer noch auf meinen Termin mit Kleopatra«, sagte sie ohne besonderen Anlaß.

Demetrios lächelte. »Eine Aktion deines Vaters?«

»Ich nehme das an«, sagte sie. Ihr Kopf schmerzte noch mehr.

»Er will den Bibliophylas hinausjagen.«

»Ich glaube nicht, daß das der Grund ist ... Man braucht immer viel Zeit, um die Königin zu sehen.«

»Das ist durchaus verständlich. Sie ist sehr beschäftigt.«

Rhita drückte die Hände an ihre Wangen. Sie fühlten sich an wie ... *nichts* Festes.

»Ich muß an das Ufer zurück«, sagte sie ruhig. »Mir ist schlecht.« Vielleicht war es damals, daß sich die lange, beständige Täuschung zu enthüllen begann, und nicht wegen derer, die sie gefangen hatten. Irgend etwas in Rhitas Psyche ging schief. Alles, was sie gesehen und in ihren geheimen Gedanken ausgebrochen empfunden hatte, suchte Befreiung.

Die Tage schienen nur langsam zu vergehen. Sie studierte, bemühte sich, nachts ruhig zu schlafen. Aber Schlaf war eine merkwürdige Sache, eine Leere innerhalb einer Leere.

Sie träumte in diesen wirren Schlafperioden von einem jungen Mädchen, das an die Tür ihrer Großmutter klopfte und hinein wollte. Wer war dieses junge Mädchen, das Patrikia sehen wollte, wenn sie sehr beschäftigt war und sich um niemanden kümmern konnte? Das junge Mädchen weinte und wurde dünner, es verhungerte. Eines Nachts war sie in den Träumen nur noch eine Hülse, eingehüllt in ein enges Leinentuch und nach Kräutern riechend. Sie plumpste gegen die Tür wie eine Rolle aus steifem Tuch mit herunterhängenden Kiefern. In der nächsten Nacht war sie nicht dort, aber das Klopfen ging immer weiter, leer und verzweifelt.

Patrikia gewährte dem Mädchen niemals eine Audienz.

Schließlich bekam Rhita aber eine Audienz bei der Königin. Sie ging durch die Privatgemächer und bemerkte, daß Oresias in einer Ecke saß und in einer sehr dicken und sehr langen Buchrolle las, wie ein altertümlicher Gelehrter. An der Wand sah sie ein Begräbnisbild von Jamal Atta.

Und dann führte sie ein rothaariger Kelte in das innerste Gemach der Königin, ihr Schlafzimmer, tief im Palast, umgeben von vielen dunklen und stillen Stützen aus Stein. Der Raum roch nach Weihrauch und Krankheit. Rhita musterte den Kelten, der sie mit Augen ansah, die äußerlich feierlich, innerlich aber verschreckt wirkten. Sie sagte: »Ich möchte deinen Namen wissen.«

»Geh hinein!« sagte der Kelte. »Kümmere dich nicht um meinen Namen, geh hinein zur Königin!«

Die Königin war krank, soviel war deutlich. Rhita sah sie auf ihrem langen weißen Federbett, in die Pelze exotischer Tiere aus dem südlichen Kontinent gehüllt. Um sie herum hingen goldene Öllampen und auch schwache elektrische Lampen. Die Königin war sehr alt, abgemagert, weißhaarig und trug ein schwarzes Gewand. Objekte in Holzkästen lagen um das Bett verstreut. Rhita blieb an der rechten Ecke des Bettes stehen. Die Augen der Königin folgten ihr.

»Du bist nicht Kleopatra«, sagte Rhita.

Die Königin antwortete nicht und beobachtete sie bloß.

»Ich muß mit Kleopatra sprechen.«

Rhita wandte sich um und erblickte Lugotorix — so war sein Name — am Eingang zum Schlafzimmer. Sie sagte: »Ich bin nicht an der richtigen Stelle.«

»Das ist niemand von uns, Herrin«, sagte der Kelte. »Erinnere dich daran! Ich bin stark, aber es ist schwierig. Erinnere dich!«

Rhita zitterte, fühlte aber keine tiefe Angst.

Typhon kam aus den Schatten, unverzerrt, ebenso überzeugend jetzt wie Lugotorix. Sein Gesicht war von Erfahrung gekennzeichnet, die Augen weise und menschlicher. »Du hast die Erlaubnis, dich jetzt zu erinnern«, sagte der Begleiter.

65. KAPITEL

Thistledown City

Tapi Ram Olmy ging durch den Korridor des Jahrhunderte alten Apartmentkomplexes und suchte nach dem Hinweis auf die Etage der Wohneinheit der triadischen Familie Olmy-Secor, wie ihm sein Vater aufgetragen hatte. Er fand sie recht schnell. Die Tür war offen und zeigte ein Interieur, das im Stil und Geschmack der ursprünglichen Bewohner ausgestattet war. Er hatte oft diesen Abschnitt im Leben seines Vaters studiert. Die Triadenfamilie hatte nur drei Jahre in diesem Komplex verbracht, nachdem sie aus Alexandreia, der Stadt der zweiten Kammer, in den letzten Etappen des Exils vertrieben worden war. Und dennoch war sein Vater immer zu dieser Stätte zurückgekehrt, als ob sie mehr Heimat bedeutete als jeder andere Wohnsitz, den er gehabt hatte.

Tapi, noch frisch für die stabilere Welt jenseits des City-Gedächtnisses und der Krippe, fand eine solche Hingabe drollig, akzeptierte sie aber. Tapi war sich sicher, daß alles, was sein Vater tat, passend und richtig war.

Olmy stand nahe dem einzigen breiten Fenster des Apartments in einem weiten Zimmer rechts vom Eingang. Tapi trat ein, ohne etwas zu sagen und wartete darauf, daß man ihn bemerken würde.

Olmy wandte sich um. Tapi war bei all seiner Jugend durch das Aussehen seines Vaters verwirrt. Er schien die Verjüngung aufgegeben oder seine periodischen Ergänzungen vernachlässigt zu haben. Er war magerer und dürr. Seine Augen schienen Tapi zu fixieren, ohne ihn zu sehen.

»Ich freue mich, daß du kommen konntest.«

Tapi hatte alle erdenklichen Fäden gezogen, um herkommen zu können, während jedes verfügbare Mitglied der Verteidigungskräfte ständig im Dienst war. Er wollte das aber seinem Vater nicht erläutern.

»Ich freue mich, daß du mich gebeten hast.«

Olmy näherte sich ihm. Seine Augen wurden wieder scharf. Er sah ihn sich an mit einem liebenden Blick, der objektiv zu sein bemüht war. »Sehr schön«, sagte er und bemerkte jene kleinen Details und Verschönerungen, die nur jemandem auffielen, der in einem selbstkonstruierten Körper gelebt hatte. »Du hast dich wirklich gut gemacht.«

»Vielen Dank!«

»Du hast meine Botschaft zu Garry Lanier gebracht. Ich verstehe ... ehe er starb.«

Tapi nickte. »Es tut mir leid, nicht unter ihm zu dienen.«

»Er war ein bemerkenswerter Mann. Dies ... ist unpassender, als es sein sollte, zwischen zwei Männern, die im Dienst des Hexamons zu stehen pflegten ...«

Tapi hörte mit seitlich geneigtem Kopf aufmerksam zu.

»Ich möchte, daß du deiner Mutter meine herzlichsten Grüße überbringst. Ich kann sie nicht empfangen.«

»Sie ist immer noch isoliert«, sagte Tapi. »Auch ich kann jetzt nicht mit ihr sprechen.«

»Aber du wirst sie früher treffen als ich.«

Tapi zog die Lippen auf einer Seite zusammen — das einzige Zeichen von Kummer.

»Ich werde keinen von euch beiden wiedersehen. Viel mehr kann ich dazu nicht sagen ...«

»Vater, das hast du mir schon einmal gesagt«, wandte Tapi ein.

»Diesmal gibt es keinen Zweifel und keine zweiten Chancen.«

»Pavel Mirsky ist zu uns zurückgekehrt«, sagte Tapi in der Hoffnung, einen ausgefallenen Vergleich als Scherz erscheinen zu lassen. Olmy lächelte auf eine Weise, die ihm einen Schauder einflößte.

»Wahrscheinlich auch dafür keine Chance«, sagte Olmy.
»Vater, darf ich Fragen stellen?«
»Mir wäre es lieber, du tätest es nicht.«
Tapi nickte.
»Ich könnte in diesem Falle nicht antworten.«
»Kann ich irgendwie helfen?«
Olmy lächelte wieder, diesmal warm und mit einem leichten Nicken. »Ja«, sagte er. »Du bist der Verteidigung des Weges in der siebenten Kammer zugeteilt worden.«
»Allerdings.«
»Du kannst mir eines sagen. Meine Nachforschung hier ist völlig ergebnislos verlaufen. Greifen eure Waffen immer noch nur Jarts oder nichtmenschliche Objekte an?«
»Sie sind nicht für menschliche Objekte eingerichtet. Sie würden auf die nicht schießen.«
»Unter jeglichen Umständen?«
»Wir können sie manuell auf irgendein Objekt richten ... Aber für manuelles Zielen dürfte wenig Zeit sein.«
»Tu es nicht!«
»Ser?«
»Genau das. Zielt nicht manuell auf ein menschliches Objekt! Ich will dich nicht weiter in Verlegenheit setzen.«
Tapi schluckte und schaute auf den Fußboden. »Ich muß eine Frage stellen, Vater. Du arbeitest nicht nach Anweisungen des Hexamons. Soviel ist klar.« Er blickte auf und langte hin, um den Arm des Vaters zu ergreifen. »Was du auch tun magst, ist es zum Guten des Hexamons?«
»Ja«, sagte Olmy. »Auf lange Sicht, denke ich, ja.«
Tapi wich zurück. »Ich kann also nicht mehr hören. Ich werde mein Bestes tun, um ... dies zu tun und nicht dieses. Was auch immer. Aber wenn ich irgendein Anzeichen sehe, sogar ...« Seine Wut und Verwirrung waren deutlich.

Olmy schloß die Augen und ergriff die Hand seines Sohnes.

»Falls du den leisesten Verdacht hast, daß ich lüge oder zum Schaden des Hexamons arbeite, dann ziele manuell!«

Tapi machte ein grimmiges Gesicht. »Sonst noch etwas, Ser?«

»Du hast meinen Segen«, sagte Olmy.

»Werde ich jemals erfahren?«

»Falls es eine in meiner Macht stehende Möglichkeit gibt, dich wissen zu lassen, was geschehen ist und warum, werde ich dafür sorgen.«

»Wirst du sterben, Vater?«

Olmy schüttelte den Kopf. »Das weiß ich nicht.«

»Was willst du Mutter mitteilen?«

Olmy gab ihm einen Block. »Gib ihr dies!«

Olmy steckte den Block in die Tasche und ging auf seinen Vater zu. Er zögerte, dann schlang er die Arme um ihn und drückte ihn fest an sich. »Ich will nicht, daß du für immer gehst«, sagte er. »Das konnte ich dir beim letzten Mal nicht sagen.« Er trat zurück, und Olmy sah Tränen auf seinen Wangen.

»Mein Gott!« sagte er leise. »Du kannst weinen?«

»Es schien gut zu sein ...«

Olmy berührte die Tränen seines Sohnes mit einem Finger und sagte erstaunt: »Es ist so. Ich habe immer bedauert, das verloren zu haben.«

Sie verließen das Zimmer gemeinsam, und Olmy schloß die Tür. Sie trennten sich im Korridor, ohne noch mehr zu sagen, und gingen rasch in entgegengesetzte Richtungen.

Dein Sohn ist dir sehr ähnlich, bemerkte der Jart.

»Zu sehr«, sagte Olmy.

66. KAPITEL

Die siebente Kammer

Das Bohrloch war um diese Zeit fast verlassen. Darin waren nur Korzenowski und zwei Beobachter der Verteidigungskräfte in körperlicher Form. Vor der Traktionsblase waren Schilde in Stellung, bereit, in Position zu gehen zwischen dem Bohrloch und dem Verbindungsglied, sobald sich ein Problem abzeichnete. An bestimmten Projektoren waren Notschalter zur Außerkraftsetzung angebracht, damit Korzenowski das Glied destabilisieren und Energie aus der Verbindung nehmen konnte. Das war ein wirksamerer und schnellerer Weg, alle Kommunikation zwischem dem Weg und Thistledown auszuschalten.

Selbst mit allen Vorsichtsmaßnahmen war Korzenowski besorgt. Was würden die Jarts als nächstes tun? Etwas noch Gewalttätigeres, etwas, das alle Vorsichtsmaßnahmen überwältigen könnte?

Es war recht ähnlich einem Schachspiel mit einem meisterhaften Gegner, wobei das Leben in der Schwebe hing.

Falls die Botschaft von Olmys Jart durchgekommen war, könnte der Empfang wesentlich anders ausfallen. Aber er rechnete mit nichts. Der Energiestoß war durch das kleine Glied gedrungen, sobald es geöffnet wurde, und es gab keine Möglichkeit zu sagen, ob irgendein Signal hätte passieren können, oder ob jemand oder etwas bereit gewesen wäre, ein solches Signal zu empfangen.

Er begab sich vor die Konsole und legte die Hände auf das Schlüsselbein. Er konzentrierte sich und versank in die Trance des Superraums, wobei er wieder einmal Glorie, Chaos und Majestät einer Suche nach dem Weg erlebte.

Er fand ihn — viel leichter als zuvor. In den Sinnesnachahmungen des Schlüsselbeins für die Umgebung, welche nicht völlig real waren und für menschliche Sinne noch weniger verständlich, beschrieb er eine Bahn um ein Segment des Weges, obwohl das röhrenförmige Universum kein ›Außen‹ kannte, wie auch kein anderes Universum eine Außenseite hatte.

Schnell ortete er eine aussichtsreiche Koordinate für ein Verbindungsglied zum Tor.

Das Schlüsselbein und die sechste Kammer machten die notwendigen Einstellungen.

Thistledown wirkte um Korzenowski herum substanzlos, weniger als Rauch, ein Traum aus einem vergangenen Leben.

Hinter der Blase erschien ein Lichtfleck, wie ein neuer Stern, aber nicht sehr hell. Korzenowski wies Fernapparate an, eine Sonde hindurchzustoßen und das Milieu dahinter zu erforschen.

Es stießen keine Energien heraus. Die Torverbindung war stabil und unbehindert. Die Apparate gaben ihm ein visuelles Bild aus dem Innern des Weges, nur Zentimeter über dem Glied.

Der Weg war in dieser Nähe leer auf Hunderte von Kilometern nach Norden und Süden. Radarsignale erkundeten ihn schnell nach Süden hin und kamen ebenso rasch zurück mit der Meldung, daß sein Tor sich in tausend Kilometern Entfernung von dem versengten Ende des Wegs geöffnet hätte.

Der Weg war in dieser Richtung leer und auch nach Norden auf mindestens fünfhunderttausend Kilometer.

Korzenowski funkte das Signal des Jarts noch einmal durch das Glied, machte einige wenige Sekunden Pause und wiederholte es dann ständig. Es kam keine Antwort.

Aber die Leere könnte Antwort genug sein ... könnte

nach Art des Jarts eine außerordentlich herzliche Einladung sein.

»Wir haben einen Brückenkopf«, piktographierte Korzenowski den Beobachtern der Verteidigungsstreitkräfte. »Der Weg ist auf mindestens fünf mal fünf Kilometer leer.«

Er zog die Fernapparate zurück und trennte das Torglied ab. Man war vorher übereingekommen, daß er unter diesen Umständen weitermachen und ein volles Verbindungsglied in Angriff nehmen sollte, um den Weg mit der siebenten Kammer zu verbinden.

Verteidigungsstreitkräfte waren dort schon in Stellung, bereit, den Vorteil des Hexamons zu sichern.

Korzenowski ruhte einige Minuten lang aus, rüstete sich und fing an, den Weg wieder aufzumachen.

Der Lichtpunkt bildete sich wieder, dehnte seine Blütenblätter nach außen und erfüllte die Leere hinter der offenen siebenten Kammer mit einem Garten aus feinen eleganten Blüten, den verrenkten Weltlinien eines Dunstes aus halbrealen Universen, welche Statusgeometrie umgaben. Die Blüten wurden schwächer und beiseitegestoßen.

An den Enden der siebenten Kammer trat eine bronzene Farbe hervor. Schneller, als das unbewaffnete Auge folgen konnte, erfüllte der Weg die Leere mit seiner vollständigen Präsenz.

Der Ingenieur behielt seinen Platz im Zentrum der Blase, war an das Schlüsselbein angeschlossen und wartete auf den endgültigen Beweis seines Erfolgs: Die Verlängerung der zentralen Singularität des Weges, den Sprung, um die neue Situation des Weges als Adjunkt von Raum-Zeit des Status' zu kompensieren.

Er wußte genau, wo der Sprung sein Vorrücken beenden würde. Er würde genau etwas mehr als neunzehn Zentimeter vor der Stelle dieses Schlüsselbeins stehenbleiben und sich durch das Feld der Blase stoßen.

Er fühlte den Sprung vorrücken. Für seine Augen ähnelte er einem seltsamen gekrümmten Spiegel, der vor ihm größer wurde. In der Abstraktion des Schlüsselbeins wurde er als eine riesige, dynamisch eingeschränkte Kraft verzeichnet, die ganze Spannung der Existenz des Weges und seiner Widersprüche in einem ruhigen, aber tobenden Knoten vereint. Die Singularität war in mancher Hinsicht *realer* als der Weg selbst. Aber nur wenige Menschen konnten diese Art der Realität verstehen.

Der Sprung stieß das Feld der Blase weg, die einen dünnen hellblauen Ring um ihn bildete. Sogar für den Ingenieur ehrfurchtgebietend reflektierte das stumpfe Ende des Sprunges eine alptraumhafte Version ihrer Welt — Bilder, die dankenswerterweise undeutlich waren — und erreichte seine größte Ausdehnung — wie er vorhergesagt hatte — eine knappe Handspanne vor dem Schlüsselbein.

Korzenowski nahm die Hände von den Stangen des Schlüsselbeins. Er konnte Ry Oyu nicht sehen, obwohl er der Präsenz der Toröffners durch die Verbindung gewahr geworden war. Verteidigungskräfte in der siebenten Kammer ließen ihre unsichtbaren Strahlen sensorischer Radiation den wiedergeöffneten Weg hinunterschweifen und suchten nach irgendwelchen Anzeichen einer Okkupation durch Jarts.

»Die Verbindung ist stabil«, sagte er. »Der Weg ist offen.«

67. KAPITEL

Der Weg

Der Stein umrundete die Erde so, wie er es seit der großen Katastrophe getan hatte, mit einer Ausnahme — sein Nordpol war jetzt von der Erde fort gerichtet. Die siebente Kammer war jetzt eine bodenlose Finsternis ohne Merkmale. Traktionsfelder hielten alle Materie vom Nordpol fern. Nichts würde den Bereich der Verbindung erreichen dürfen.

Die Nachricht verbreitete sich rasch.

Es gab wenige Feierlichkeiten. Die Realität war mehr eine Sache nüchterner Reflektion als von Festlichkeit. Die fixe Idee des Hexamons war verwirklicht worden.

Aber sie waren ihrer riesigen Domäne seit Jahrzehnten fern gewesen — und wer wußte, wieviel Zeit innerhalb des Weges vergangen war?

Der neue Körper des Präsidenten war noch in Arbeit. Korzenowski stand mitten in dem Apartment des Präsidenten in der dritten Kammer, das sich auf der Spitze des höchsten Gebäudes in einer den Raum überspannenden Vorhangstruktur befand, an der Wolkenkratzer hingen wie Kristalle an einem Spinnennetz. Der Raum war leer und hallig. Er war hell infolge der unvollendeten Weiße einer nicht dekorierten Umgebung. Das Bild des Präsidenten war eine Projektion aus einer isolierten Sektion des City-Gedächtnisses von Thistledown.

»Guten Tag, Ser Ingenieur«, sagte Farren Siliom. Korzenowski stand mit verschränkten Armen vor dem Bild.

»Die Arbeit ist getan, Ser Präsident.«

»Das habe ich gesehen, und es ist mir gemeldet worden. Eine großartige Leistung nach Ansicht Ihrer Kollegen.«

»Vielen Dank!«

»Können Sie erklären, warum der Weg jetzt auf eine solche Distanz hin leer ist?«

Korzenowski schüttelte den Kopf. »Das kann ich nicht, Ser Präsident.« *Es läuft auf Lügen hinaus.*

»Könnte es sein, weil die Jarts auf uns in einem Hinterhalt lauern?«

»Ich weiß nicht, was die Jarts denken, Ser Präsident.«

»Ich glaube, Sie könnten einen Hinweis haben ... ebenso wie ich. Ich habe im City-Gedächtnis Besucher gehabt, drei an der Zahl.«

Korzenowski zog die Brauen hoch, schaute aber weg. Er war völliger Erschöpfung nahe und wollte sich setzen. Ein Sessel erhob sich hinter ihm aus dem Fußboden, und er nahm Platz. »Entschuldigung! Ich habe nicht geschlafen und auch keinerlei Talsit gebraucht. Es ist sehr anstrengend gewesen.«

»Natürlich. Es ist nicht möglich im City-Gedächtnis richtig zu träumen, und Phantasie oder Täuschung ist immer deutlich gekennzeichnet. Was ich sah, war keine Täuschung.«

Korzenowski faltete die Hände, nicht gewillt, Vermutungen anzustellen.

»Mirsky ist hier gewesen«, sagte der Präsident. »Und seltsam genug, auch Garry Lanier, der gestorben ist ... Ras Mishiney sagt mir, daß er Lanier gezwungen hat, ein Implantat zu tragen. Ich billige das nicht, aber ich kann Mishiney nicht viel antun ... außer zu garantieren, daß er nie mehr wird als Terrestrischer Senator. Auf jeden Fall hat das Implantat Laniers Persönlichkeit nicht bewahrt. Es wurde jemand anderes darin gefunden, jemand, der seit zwanzig Jahren vermißt wurde und als tot galt: Laniers Tochter. Wer hat sie zurückgeholt?«

Korzenowski schüttelte fast unmerklich den Kopf.

»Auch Ry Oyu war dort. Er hat mit mir gesprochen.

Lanier und Mirsky haben sehr wenig gesagt. Der Toröffner hat mich richtig erschreckt. Er erinnerte mich an höhere Pflichten — Pflichten, die wir früher als einen Teil unserer Verantwortung im Wege angesehen haben ... Den Weg auf eine Weise zu nutzen, die letztlich allen unseren Klienten zugute kommt. Und er sagte mir, daß Sie bald mit einem Knick im Weg anfangen werden, der ihn schließlich zerstören wird.«

»Ja«, sagte Korzenowski.

»Diese Avatare können anscheinend überall hingehen, wo sie wollen. Lanier und Mirsky sind jetzt fort. Wir werden sie nicht wiedersehen. Der Toröffner ist noch bei uns. Er sagt, sein Werk sei noch nicht beendet ... Wenn auch schon beinahe, wenn Sie noch überzeugt sind.«

»Das bin ich«, sagte Korzenowski.

»Das geht doch über unmittelbare Politik hinaus, nicht wahr? Ich habe die Macht, in den Plan einzugreifen. Oder ich kann beiseite stehen und es weitergehen lassen und für Sie sogar noch leichter machen.«

»Ja, Ser Präsident.«

»Die Jarts sind nicht mehr unsere Feinde?«

»Vielleicht nicht, Ser Präsident.«

»Sie werden Thistledown nicht angreifen? Sie sind bereit, den Weg aufzugeben und alles, was er ihnen bedeutet?«

»Ich weiß es nicht. Olmys Jart ...« Korzenowski hielt inne. Er hoffte, Farren Siliom nichts gesagt zu haben, was Farren Siliom nicht schon wußte.

»Ich weiß von Olmys Jart, obwohl ich meine, daß der Jart jetzt Olmy hat — nicht umgekehrt.«

»Er ist wahrscheinlich dafür verantwortlich, daß sich die Jarts vom Ende des Weges zurückziehen. Es wurde ein Signal gesendet, das sie davon in Kenntnis setzte, daß die Menschen endgültig kommuniziert haben mit dem, was sie das ›Kommando der Nachkommen‹ nennen. Mirskys Endgültiger Geist.«

»Das hat mir Ry Oyu mitgeteilt.«

»Wahrscheinlich werden sie uns nicht angreifen, bis dies widerlegt ist oder unbestätigt bleibt.«

»Ich kann mir nicht vorstellen, daß die Jarts etwas aufgeben, und bestimmt nicht die Existenz, für die sie gekämpft haben und die Privilegien, die sie so hoch einschätzen. Könnten Menschen so großmütig sein?«

»Wir beide haben im vergangenen Jahr eine gegensätzliche Existenz gelebt, Ser Präsident. Wir haben für das Hexamon gearbeitet anstatt für uns selbst.«

»Das ist unsere beschworene Pflicht.«

»Jawohl, Ser. Aber es gibt noch höhere Pflichten. Wie Sie gesagt haben.«

»Wissen wir, was geschehen würde mit dem Hexamon, falls wir darauf beharren und den Weg offen halten?«

»Nein.«

»Ist es möglich, daß das Kommando der Nachkommen oder der Endgültige Geist einen Weg finden würden, die Jarts zu überreden, daß der Weg geschlossen werden muß und daß das Hexamon zu diesem Zweck zu vernichten ist?«

»Ich weiß nicht. Es ist sicher möglich.«

»Ich halte es sogar für wahrscheinlich.« Das Bild des Präsidenten schien sich Korzenowski zu nähern. »Ich kenne meine höhere Pflicht. Wir müssen das Hexamon erhalten, was auch immer die *mens publica* denken mag. So höflich diese Avatare gewesen sind, wieviele Wunder sie auch vollbracht haben; ich bezweifle, daß wir uns gegen eine solche Art von Macht behaupten können.«

Korzenowski blickte auf seine Hände hinunter. »Nein, Ser.«

»Dann habe ich keine andere Wahl. Ich befehle Ihnen, den Weg zu zerstören. Kann Thistledown gerettet werden?«

»Um den Weg gänzlich zu zerstören und zu verhindern, daß ein anderer Weg gemacht wird, muß auch die sechste Kammer vernichtet werden. Falls wir versuchten ...« Er piktographierte Bilder, wie die sechste Kammer sabotiert wurde, Streitkräfte des Hexamons gegeneinander kämpften, von Bürgerkrieg und Zerstörung, Spaltungen, dergleichen das Hexamon nie erfahren hatte, selbst während der großen Katastrophe. »Es gibt keine Wahl, wenn wir den Weg zerstören und das Hexamon erhalten wollen. Thistledown ist schon auf seinen Tod vorbereitet ...«

Das Bild des Präsidenten wurde dunkel. »Warum«, fragte er ruhig, »sollte jemals einer wünschen, ein Führer von Menschen zu sein? Man könnte uns für die verräterischsten Schurken in der Geschichte des Hexamons halten ... Aber sei es so. Ich werde mich vergewissern, daß die letzte Phase der Evakuierung abgeschlossen ist. Sie werden die Verteidigungsstreitkräfte warnen ... Ich glaube nicht, daß sie wissen müssen, was geschieht und weshalb; aber sie sollten nicht wegen ihres Mutes getötet werden.«

»Ich werde sie warnen.«

»Morgen bin ich in meinem neuen Körper installiert. Wann wird die Zerstörung beginnen?«

»Frühestens in sechzig Stunden, Ser Präsident. Um allen Bürgern und Verteidigern Zeit für die Evakuierung zu geben.«

»Ich lasse das in Ihren Händen. Sie wissen, Ser Korzenowski, daß ich froh sein werde, mit diesen Problemen nicht viel länger zu tun zu haben.« Das Bild des Präsidenten dunkelte und verschwand. Es hinterließ ein formales Zeichen der Entlassung und des Dankes des Hexamons für geleistete Dienste.

68. KAPITEL

Dazwischen

Sie hatten ihre Arbeit auf Thistledown beendet. Jetzt bewegten sie sich durch ihre verborgenen Leitungen zu Punkten zwischen Welten. Laniers Zeitsinn war vergangen. Nicht ganz unpassend, da er als tot galt. Aber er konnte noch denken und sich erinnern. Sein Geist arbeitete irgendwie in einer neuen Matrix, die von Pavel Mirsky eingesetzt und erhalten war.

Bin ich jetzt tot?« fragte der Pavel Mirsky.

Ja, natürlich.

Es gibt kein Vergessen.

Möchtest du lieber Vergessen haben? Es ist nicht alles zerstört worden.

Nein …

Unsere Zeit hier ist erfüllt. Wir müssen Entscheidungen treffen … Entscheidungen, wie wir heimkommen.

Lanier hatte Lust zu lachen. Er teilte das Mirsky mit.

Wunderbar, nein? Solche Freiheit. Wir können zurückkehren, wie Ry Oyu es tun wird, oder eine andere Route wählen … viel länger, viel beschwerlicher.

Und er skizzierte Lanier, wohin diese Route sie bringen würde, und wie lange es dauern würde.

Schwebend im beruhigenden, anspruchslosen *Dazwischen* nahm Lanier diese Information auf. Er fühlte sich schon getrennt von der Realität, die sein Leben gewesen war. Beide Wege schienen akzeptabel zu sein … Aber der zweite Weg war außergewöhnlich. Nur selten hatte er sich überhaupt so etwas vorgestellt. Völlige Freiheit, eine Reise über alle Reisen hinaus … und, wie Mirsky darlegte, eine Reise mit einem bestimmten Zweck.

Der Endgültige Geist braucht viele Beobachter längs des Weges, viele Fortschrittsberichte. Wir können einen ständigen Bericht erstatten, vom Anfang bis zum Ende.

Wir werden nicht hier anfangen? fragte Lanier.

Nein. Wir gehen zurück zum Anfang. Wir sind schließlich nur Beobachter und keine Akteure, jetzt, da unsere Arbeit getan ist. Die Informationen, die wir sammeln, können keinen Einfluß haben auf die Zeit, aus der wir sie bekommen.

Laniers Gedanken wurden wieder kristallklar, und er fühlte eine scharfe Welle von Emotionen, in der sich Pflichtgefühl, Liebe und Nostalgie mischten. *Ich habe meine Wurzeln zur Gegenwart noch nicht abgeschnitten.*

Sollen wir uns verabschieden? Kurz, unaufdringlich. Von denen, die wir lieben.

Zum letzten Mal? fragte Lanier.

Für eine sehr lange Zeit in der Zukunft ... aber nicht unbedingt endgültig.

Jetzt wirst du unklar.

Das ist unser Vorrecht, mit solcher Freiheit! Wohin willst du gehen, um Lebewohl zu sagen?

Ich muß Karen finden.

Und ich will Garabedian finden. Sollen wir in, sagen wir, ein paar Sekunden wieder zusammenkommen und anfangen?

Lanier fand, daß er immer noch lachen konnte, und das Gefühl von Leichtigkeit in ihm wurde nur durch ein gleiches Gewicht von Pflicht und Nostalgie aufgewogen.

In Ordnung. Ein paar Sekunden. Wie lange es auch dauern mag.

Sie eilten durch die Leitungen, die für die subtilen Mitteilungen subatomarer Partikel reserviert waren, das verborgene Netz von Raum-Zeit.

Karen ging mit drei terrestrischen Senatoren durch die frisch angestrichenen Straßen des Lagers von Melbourne. »Man nennt sie Lager. Ich bezeichne sie als Paläste«, sagte die Senatorin aus Südaustralien. »Unser Volk wird noch neidisch sein ...«

Diese Debatte hatte den ganzen Morgen gedauert, und sie wurde dadurch rasch müde. Der Tag schien unerträglich lang zu werden — noch mehr Meetings, noch mehr sinnloses Gezänk, noch mehr die Erkenntnis, daß sie in der ganzen Geschichte der Menschheit von ihrem Affen-Erbe nie frei sein würde.

Karen machte halt und fühlte ihre Knie zittern. Irgend etwas quoll in ihr auf, eine Flut von Liebe, Angst und Freude. Freude darüber, daß sie soviele Jahre der Zusammenarbeit mit ihrem Gatten verbracht und soviel getan hatte, wie menschenmöglich war.

Absolution. Wir sind nicht vollkommen. Es genügt, daß wir getan haben, was wir konnten.

»Garry!« sagte sie. Sie konnte seine Anwesenheit fühlen und ihn fast einatmen. Ihre Augen füllten sich mit Tränen. Ein Teil von ihr sagte: *Nicht jetzt. Verliere es nicht angesichts so vieler Leute!* Aber die Erregung hielt an, und sie reckte die Arme empor wie zu einer fernen Sonne.

Die Senatorin aus Südaustralien wandte sich um und sah sie fragend an.

»Geht es Ihnen nicht gut?« fragte sie.

»Ich fühle ihn. Er ist es wirklich. Nicht bloß ich.« Sie schloß fest die Augen, nahm die Arme herunter und hielt sie fest an die Seiten. »Ich fühle ihn.«

»Sie hat kürzlich ihren Mann verloren«, sagte die Senatorin der neuseeländischen Südinsel erklärend zu den anderen. »Sie hat unter schrecklichem Streß gestanden.«

Karen hörte sie nicht. Statt dessen lauschte sie einer vertrauten Stimme.

Wir sind immer ein Team.

»Ich liebe dich«, flüsterte sie. *Geh nicht fort! Wo bist du? Bist du es wirklich?* Sie hob wieder die Arme, griff immer noch mit geschlossenen Augen in die Luft und fühlte einen winzigen Augenblick, wie seine Finger die ihren berührten.

Es gibt noch viele Überraschungen mehr, hörte sie ihn sagen. Und dann war die Berührung vorbei, und er schien in eine ungeheure Distanz zurückzuweichen.

Sie öffnete die Augen und starrte die erstaunten Gesichter rings um sie an. »Mein Gatte«, sagte sie mit unkontrollierbarem Zittern. »Garry.«

Man führte sie zu einer kleinen Grünfläche zwischen Gebäuden. Sie sagte: »Ich bin in Ordnung. Lassen Sie mich bloß sitzen.« Für einen Moment, umgeben von jungen Bäumen und gut gepflegtem Rasen, in einigen Dutzend Metern Entfernung von Hexamonarchitektur, dachte sie, sie könnte sich wieder auf Thistledown befinden, in der Stadt der zweiten Kammer, vor einer Zusammenkunft und der Arbeit mit Garry. Daß alles gerade erst anfinge ...

Sie erschauerte und tat einen tiefen Atemzug. Ihr Kopf wurde jetzt klar. Der Kontakt war heftig und unbestreitbar äußerlich gewesen. Sie hatte keine Halluzinationen, obwohl sie bezweifelte, jemals andere überzeugen zu können. »Ich komme gut zurecht. Bestimmt. Jetzt geht es mir wieder gut.«

69. KAPITEL

Der Anfang des Weges

Korzenowski machte eine sentimentale Reise. Er wünschte, die Oberfläche des Weges zu berühren, ehe die Zerstörung begann. Er war mehr als sein einziges Kind. Er war ein so großer Teil von ihm selbst, daß die Beendigung seiner Existenz eine Art von Selbstmord bedeutete.

Er nahm den Aufzug zur Oberfläche der siebenten Kammer, bereitete sein Umgebungsfeld und wartete darauf, daß die massive Tür aufgleiten und die bezaubernde Aussicht zeigen würde, wie etwas aus einem unendlichen Traum.

In Anbetracht der Zeit, die er als ein Haufen inaktiver Partiale verbracht hatte, hatte er nur im ersten Jahrhundert und in den letzten vierzig Jahren wirklich gelebt. Nach Hexamonbegriffen war er ein junger Bursche. Er war sicher jünger als seine eigene Schöpfung, welche Zeitmaße auch immer auf den Weg angewendet werden mochten.

Pumpen sogen die Luft aus der Kabine des Aufzugs. Die Tür ging auf, und er blickte in die Kehle der Bestie hinab, die ihn einst verschlungen hatte — das Hexamon, die Jarts und Dutzende anderer Rassen, die Handel zwischen getrennten Welten begannen, getrennter Zeit und sogar getrennter Universen.

Der polierte Fußboden aus kahlem Fels und Metall der siebenten Kammer erstreckte sich über fast zehn Kilometer, grau, kalt und tot. Dahinter lag die Oberfläche des Weges selbst, bronzefarben und keineswegs leblos. Korzenowski wußte, wenn er seine Augen dicht auf diese Fläche richtete, würde er schwarze und rote Stellen aufblitzen sehen, eine Art unbeschreiblicher Blasenbildung: Das Leben der Raum-Zeit selbst, durch Vakuum angeregt und verdreht und dazu veranlaßt, eine perverse Fläche zu bilden.

Das fünfzig Kilometer weite Bronzerohr zog sich vor ihm ins Unendliche hin. Eine Nachahmung des Röhrenlichts innerhalb der eingeschlossenen Kammern von Thistledown lief in einem blaß glühenden Band im Zentrum dahin. Er fühlte sich einen Moment lang benommen, als ob er wirklich ein Teil der gequälten geodätischen Linien geworden wäre, die die unglaubliche Existenz des Weges beschrieben.

Ein kleines Personenshuttle erwartete ihn. Er stieg ein, und es flog in einer Höhe von mehreren Metern über die Ebene, kreuzte die Grenze der siebenten Kammer, hielt an und schwebte etwa dreißig Kilometer von der südlichen Kappe entfernt.

Korzenowski trat aus der Luke des Shuttles und stand ein paar Zentimeter über der kahlen Oberfläche des Weges. Er schaltete das Umgebungsfeld unter seinen Füßen aus. Jetzt befand er sich unmittelbar auf der Oberfläche. Er zog seinen Schuh aus und ließ seinen nackten Fuß das berühren, was weder warm noch kalt war, was in diesem Augenblick nur eine einzige Eigenschaft hatte, und das war Festigkeit. Die Oberfläche des Weges war an den Gesetzen der Thermodynamik uninteressiert.

Korzenowski bückte sich und rieb mit der flachen Hand auf der Fläche.

Er stand wieder auf. Jetzt empfand er sein Fundament — das Mysterium von Patricia Vasquez — sehr stark, als ob ihm jemand über die Schulter blickte. *Irgendwie auch ihre Schöpfung,* dachte er. *Unser Sproß, eine wundervolle Monstrosität.*

»Nichts ist immer rein, ausgenommen du«, sagte er zu dem Weg. »Du bist von frühreifen Kindern gemacht worden. Wir wußten nicht, was du für uns bedeuten würdest. Du hast uns gestattet, hübsche Träume zu träumen. Jetzt werde ich dich töten müssen.«

Er stand einige Minuten schweigend auf der nicht antwortenden, unrealen Fläche. Dann kehrte er zum Shuttle zurück und in das Bohrloch der siebenten Kammer.

70. KAPITEL

Der Weg

»Wir sind Gefangene«, sagte Rhita zu Demetrios auf dem See, in dem langen hölzernen Ruderboot. »Wir alle. Die Königin ist tot und Jamal Atta auch. Sie sind nicht hier.«

»Sehr wohl«, sagte Demetrios. »Ich gebe zu, daß etwas nicht stimmt. Aber was meinst du mit Gefangenen?«

»Dies ist ein Test, ein Experiment. Die Jarts.«

»Das Wort ist mir nicht vertraut.«

Rhita berührte mit den Händen sein Gesicht. »Fühlst du es denn nicht? Daß wir Gefangene sind?«

»Ich nehme dich dafür beim Wort.«

»Erinnerst du dich an einen Kelten namens Lugotorix?«

Ein Ibis flog vom Ufer auf und landete auf dem Bug des Bootes. Er öffnete seinen langen Schnabel und sagte: »Jetzt kannst du dich erinnern.«

Rhita arbeitete sich im verborgenen durch ihre Vergangenheit hindurch. Warum sich erinnern? Es gab nichts, was sie tun konnte. Keinen Weg zur Flucht, wenn die Beine, mit denen sie laufen wollte, nicht real waren. Sie besuchte einmal ihre Mutter, saß in dem Haus aus Stein und Gips nahe Lindos und plauderte über belanglose Dinge. Sie entspannte sich in der Sonne, die nicht so warm war, wie es hätte sein sollen, und auch nicht so hell. Unterwegs zum Tempel, um einen Tag allein zu verbringen, ging ihr Schatten ihr voraus auf dem langen Weg in der Morgensonne über Schlamm und Kies. Sie beobachtete ihn mit leichtem Interesse und blieb dann stehen. Er hob die Arme, während ihre Arme unten waren. Er gestikulierte wild. Er wurde länger, kreuzte die Straße, über Hecken und Steinmauern, quer durch einen verlassenen Obstgarten. Die Zweige der Bäume schwankten jedesmal, wenn er sie berührte.

Ein junger Mann mit schwarzem Haar kam ihr auf der Straße entgegen. Er stand einige Zeit neben ihr und sah zu, wie sich der Schatten bis zum Horizont der Insel ausdehnte und dann über den Himmel und die dahineilenden Wolken zog. Sie sah den Mann, ohne irgendwie neugierig zu sein. Er sagte ihr: »Wir verlieren dich, Rhita Vaskayza. Du mußt dich nicht verstecken. Wenn wir dich nicht halten können, wird sich dein Selbst in seinen eigenen Erinnerungen auflösen. Das können wir nicht wünschen. Wir werden dich inaktivieren müssen. Möchtest du nicht lieber fortfahren zu denken?«

»Nein«, sagte sie. »Ich weiß, was ich tue.«

Sie lief vor dem jungen Mann fort, machte aber in Gedanken oder in Erinnerungen, oder wo immer sie jetzt sein mochte, eine sehr falsche Wendung.

Rhita stolperte in das Lagerhaus all ihrer Alpträume.

Ehe sie inaktiviert werden konnte, erblickte sie die Geister aller, die sie getötet hatte. Sie flogen über das blutige Wasser des Meeres, Fragen auf den Lippen und Messer in den Händen: *Warum hast du das Tor geöffnet?*

Sie hatte Gaia getötet.

Aber selbst konnte sie nicht sterben.

Ihre Psyche, ihr Schmetterling lag aufgespießt in einem Kasten, examiniert durch monströse Sammler. Sie sah Halle um Halle, strahlend erhellt, sich über Millionen Meilen erstrecken, gesäumt von stählernen Behältern, in deren jedem Reihe auf Reihe voll von Menschen waren — Kindern, alten Männern, alten Weibern, jungen Männern, werdenden Müttern, Soldaten, die alle unter ihren Blicken mit unendlicher Deutlichkeit vorbeizogen, realer, als in ihrem wahren Leben jemals etwas gewesen war, sich windend auf den Nadeln, die durch ihre Herzen gingen. *Ich bin bei euch,* sagte sie. *Ich kann nicht von euch weglaufen.*

Aber sie lief. Ohne einen physischen Körper zum Laufen jagte sie ihr Selbst durch ihre Erinnerungen über alle Wege ihres Geistes, rasend vor Kummer, Angst und Schuld. Sie lief immer schneller, bis sie wie Wasser zu schmelzen und zu fließen schien. Das Wasser stieg rasend in einem kalten Strahl auf, diffus und ohne Selbst …

Eine kurze Wärme vor Null.

71. KAPITEL

Thistledown

Thistledown, nach seiner eigenen Zeitrechnung vor dreizehn Jahrhunderten gestartet, war zweifellos die größte Einzelleistung der menschlichen Rasse gewesen, die noch gesteigert wurde durch die Erschaffung des Weges. Es enthielt die zwei größten und schönsten Städte der gesamten Menschheit, aber nie voll bevölkert; die größten Waffen, die je konstruiert worden waren; war Geburtsstätte der vollkommensten und umfassendsten Zivilisation, Zentrum von Philosophien, die alle menschlichen Religionen umfaßten und von denen viele in dem Mythos vom Guten Menschen zusammengeformt waren, der den unvollkommenen, aber glorreichen Ausdruck jenes universellen Strebens nach Rechtem Fortschritt exemplifizierte: Stern, Geschick, Geist. Das Universum, Geschichte und menschlicher Geist. Thistledown war ein vergänglicher und sogar bescheidener Name für ein solches Bestreben.

Farren Siliom erwog all dies von seinem Apartment aus. Er würde nicht die Zeit haben, sich an seinen neuen Körper zu gewöhnen. Irgendwie bedauerte er die Vergeudung von Ressourcen, zog es aber vor, sein Leben in einer physischen Form zu beenden.

Wenn Thistledown sterben sollte, würde er mit ihm sterben, anstatt seinen Bürgern zu erklären, was er getan hatte und warum.

Trotz einer eigenartigen Melancholie — etwas dem verwandt, was er in Korzenowskis Gesicht gesehen hatte — fühlte er sich nicht sehr als Verräter. Ohne Zweifel war er nach den Maßstäben kosmischer Gerechtigkeit ein Held. Aber er empfand auch nicht diese Rechtfertigung.

Er war nichts weiter geworden als ein kleiner Transformator im Stromkreis der Geschichte, ein Schicksal, das von jenen Politikern am stärksten empfunden wird, die glauben oder hoffen, daß sie an den Kontrollen sind.

Er kannte seinen Platz in der Geschichte Thistledowns, obwohl er sich keineswegs sicher war, daß es ein ehrenvoller Platz sein würde. Ohne Autorisierung, nur Kraft der Macht, eine gewisse Zeit im Amt zu sein, hatte er befohlen — oder zumindest unterstützt —, daß das Asteroidensternschiff vernichtet würde. Das hatte er aus Gründen getan, die unausweichlich und korrekt, ihm aber immer noch nicht klar waren. *Ich bin von Göttern überredet worden. Historiker sind selten nett zu Anführern.*

Seine Familie war inzwischen auf der Erde, in einem Lager in Südostasien. Seine beiden Kinder, beide auf natürliche Art empfangen und geboren — entsprechend seinen naderitischen Glaubenssätzen, aber natürlich mit einigen Hexamon-Verschönerungen, da er nicht orthodox war — diese Kinder würden aufwachsen mehr von der Erde beeinflußt als die orbitalen Bezirke, das konnte er vorhersagen. Die Bezirke würden sich höchstwahrscheinlich als eine Gesellschaft absondern, zwar Hilfe und Beistand gewährend, aber nach innen gewandt. Als solche würden ihre Gesellschaften binnen eines oder zwei Jahrhunderten aufhören, entwicklungsfähig zu sein, und in den langen Prozeß des Verfalls eintreten, wie — er entlehnte diesen Vergleich aus terrestrischen Erfahrungen, wie Garry Lanier sie hätte machen können — ein Lämmerschwanz, der durch eine Schnur festgebunden und vom elterlichen Körper getrennt war. Wer hätte eine solche Möglichkeit während der Begeisterung der Loslösung vorausgesehen?

Die Erde würde aus eigener Kraft unabhängig wachsen, nachdem sie einen mächtigen Anstoß erhalten hatte. Wer konnte sagen, wohin sie nach der Erholung und einem so starken Einfluß durch das Hexamon gehen würde?

Er hatte Fernapparate und Partiale an verschiedenen Stellen rings um Thistledown angebracht, die alle mit seinen Sensorien verbunden waren, so daß er den Moment voll erleben könnte, wenn — und falls — er käme. Er hegte noch einen kleinen und wahrscheinlich törichten Skeptizismus. *Thistledown hat es immer gegeben.* Zumindest während seines Lebens …

Er fühlte eine Welle von Sentimentalität für die alten Zeiten im Weg, über die er sich schämte. Aber jene Zeiten waren so viel leichter zu verstehen gewesen, obwohl vielleicht nicht weniger kompliziert. Er hatte nie gedacht, daß er Heimweh nach den ehrfurchtgebietenden Bereichen von Korzenowskis Schöpfung haben könnte.

Seit der Trennung schien es, als hätte das Hexamon nie genau gewußt, wo es sich befand. Es hatte nie heimgefunden.

72. KAPITEL

Der Anfang des Weges

Olmy langte hin, um das stumpfe, vexierspiegelartige Ende des Sprungs zu berühren und fühlte, wie es seine Finger hinzog dort, wo er Druck ausübte. Dann wurden sie zurückgestoßen, wenn er aus der entgegengesetzten Richtung drückte. Reibungslos und enorm kräftig hatte der Sprung einmal alle Energie des Hexamons geliefert durch diese Transformationen von Raum und Zeit. Korzenowski sah von der Blase aus zu.

»Kannst du in die Sprungschiffe hineingehen?«

»Ich kann mindestens eines von ihnen betreten«, sagte Olmy. »Mein Abdruck ist noch auf diesem.« Er zeigte auf das erste Schiff in der Reihe, das dem Sprung am nächsten war, hinter der Blase festgemacht, die das Bohrloch bedeckte. Das Wrack des durch das Eindringen der Jarts beschädigten Sprungschiffs war entfernt und durch das zweite Schiff in der Reihe ersetzt worden. Außerdem war ein drittes hinzugekommen. »Es hat uns den Weg hinabgebracht und durch das abschließende Ende bei der Abtrennung ... mit Patricia Vasquez und Garry Lanier. Wir haben Repräsentanten von Timbl und anderen Welten abgesetzt ... Wir haben Patricia abgesetzt, um ihr Tor in den geometrischen Stapeln zu öffnen.« Sie ließen sich längs des Bohrlochs ziehen und schwebten neben dem Sprungschiff.

»Ich entsinne mich nicht, daß dies das Schiff war«, sagte Korzenowski. »Sie sehen sich zu ähnlich.«

Olmy drückte die Hand in einen Kreis, der an der Seite des Sprungschiffs eingezeichnet war. Geräuschlos öffnete sich die Irisblende einer Luke. Das Innere roch sauber und metallisch, gemischt mit den dumpfen Aromen von unverbrauchter Luft und angemessenem Dekor. Aus der Luke drang Licht und strahlte gegen das dunkle Metall und Gestein der gegenüberliegenden Wand des Bohrlochs. Sie traten ein.

Olmy ließ sich längs schwacher purpurner Feldlinien im Schiff zu den Steuerorganen ziehen. Korzenowski begab sich zu dem transparenten Bug. Hinter ihnen war das Innere des Sprungschiffs im Schatten und still. Ein langer Zylinder, der hier und da von abgerundeten Formen unfertiger Ausstattungsgegenstände unterbrochen wurde.

Gibt es dort Einschränkungen für deine Benutzung? fragte der Jart.

Ich glaube nicht, antwortete Olmy. Er hatte einst eine fast ebenso hohe Freigabe als voll eingestufter Senator des Hexamons gehabt, mit den zusätzlichen Vorteilen von Beziehungen in den Verteidigungskräften. Soweit er wußte, hatte sich sein Status nicht geändert. Er bezweifelte nicht, daß das Schiff jedem Befehl gehorchen würde, den er ihm gab. Die Verteidigungskräfte würden keinen Schurken in ihrer Mitte erwarten, obwohl Olmy eine solche Rolle früher gespielt hatte. Bestimmt rechnete man nicht mit einem Schurken, der ein Sprungschiff stehlen und mit ihm den Weg hinabrasen würde ...

Mit dem Einfluß des Präsidenten — und etwas Hilfe vom wachsamen Tapi, der sich noch irgendwo auf Thistledown befand — konnten sie es schaffen.

Olmy steckte die Hände in die Kontrollmulden und erzeugte ein großes Andockfeld um das Schiff. In dem dunklen Bohrloch spielten grüne und purpurne Diffusionen über die kahlen Wände aus Gestein und Metall. Langsam bewegte sich das Sprungschiff auf die Blase zu.

Korzenowski im Bug benutzte seinen Piktor, um die Blase anzuweisen, das Eindringen zu gestatten. Sie würden die Blase durchstoßen und sich auf dem Sprung festbinden. Der Sprung würde durch das Zentrum des Schiffs gehen, eine Sprungpassage hinunter, die dem

Schiff seinen U-förmigen Querschnitt gab. Wenn das Schiff festgemacht war, würde sich das offene Ende des U schließen, und die Sprungklammern des Schiffs würden die verlängerte Singularität packen. Auf Olmys Befehl hin würden die Klammern sich um einen bestimmten Winkel neigen, damit der Sprung das Schiff nach vorn treiben würde.

»Mein Partial meldet den Alarm für die endgültige Evakuierung«, sagte Korzenowski. »Der Knick im Weg wird in sechs Stunden gestartet werden. Bis dahin sollten wir ein gutes Stück den Weg hinunter sein.«

Olmy nickte. Tapi könnte ein Partial von sich dalassen, um die Operationen zu überblicken, wie auch andere in den Verteidigungskräften. Aber es würde kein einziges Lebewesen auf Thistledown bleiben.

»Bist du lebensmüde, Ser Ingenieur?« fragte Olmy ohne besonderen Anlaß.

»Ich weiß nicht«, sagte Korzenowski. »Ich bin es satt, nicht zu wissen, wo ich bin.«

Olmy stimmte zu. »Auf die Kenntnis, wo wir sind!« sagte er und hob einen imaginären Becher zum Toast. Er stieß das Sprungschiff langsam vorwärts, durch die Blase und auf das lange, vexierspiegelartige Band der Singularität.

73. KAPITEL

Thistledown

Die letzten Archivisten und Archäologen des Hexamons zogen ihre Hunderttausende eilends geschaffener Partiale aus der zweiten und dritten Kammer zurück, wo sie eine letzte Besichtigung der Städte von Thistledown durchgeführt hatten. Aus Zeitmangel hatte man die anderen Kammern außer acht gelassen.

Der Inhalt von Thistledowns City-Gedächtnis und der verschiedenen Bibliothekzentren war durchgesehen worden. Unangetastet blieben nur die verborgenen Informationssammlungen, private Verstecke, die im Laufe von Jahrhunderten von Personen angelegt waren, die direkten Verbindungen mit den Bibliotheken mißtrauten. Wer konnte sagen, wieviel Geschichte verloren sein würde, wenn diese privaten Verstecke vernichtet wurden, um niemals wieder gefunden oder analysiert zu werden?

Die Archivisten waren dadurch frustriert, daß das Hexamon vor der Loslösung Jahrhunderte zur Verfügung gehabt hatte, um die verlassenen Städte zu erforschen, dies aber verboten hatte, weil eine entfernte Möglichkeit bestand, in die sechste Kammer hineinzupfuschen. Nach der Trennung hatten die Archivisten geglaubt, alle benötigte Zeit zu haben und sich nie einen Tag wie diesen vorgestellt …

Die Verteidigungskräfte zogen sich mit den letzten Archivisten zurück. Es blieben jetzt nur ein paar selbstmörderische oder sensationslüsterne Individuen — und Farren Siliom, dafür gerüstet, für seine Entscheidung zu büßen, so korrekt sie auch gewesen war.

Er saß in der hohen, schmucklosen Suite, die die City der dritten Kammer überschaute und piktographierte geduldig wartend künstlerische Muster um sich herum. Bisher wußte niemand, daß er hier war — oder wo er war. Das ersparte die Unruhe von Rettungsaktionen in letzter Minute, falls jemand so roh wäre, den Weg der Auslöschung zu stören, den ein Bürger gewählt hatte.

Es gab keine Anzeichen für die bevorstehende Vernichtung. Thistledown war stabil und das Röhrenlicht ruhig und hell.

74. KAPITEL

Der Weg

»Ich stelle die Beschleunigung für die ersten paar Minuten auf ein Ge«, sagte Olmy. Er fragte den Jart, *Weißt du, wo deine Leute sein werden?*

Singularitätsstationen sind im Jart-Territorium in Abständen von ungefähr fünf Millionen Kilometern verteilt. Wir werden zuerst auf Sprungverteidigungen und Sperren treffen.

Dann sollten wir wohl nicht sehr schnell fahren?

Nicht mehr als ein fünfzigstel c. Das ist die Höchstgeschwindigkeit für alle unsere Fahrzeuge auf dem Sprung. Jeder, der schneller fährt, wird automatisch vernichtet.

Ich nehme an, daß du irgendeine Methode hast, deine Vorgesetzten zu informieren, daß wir nicht kriegführend sind?

Wenn die Zeit kommt, werde ich durch dich handeln.

Olmy hatte jetzt zumindest die Illusion, daß er die Kontrolle hatte, und erwartete auch nicht, sie wieder zu verlieren. Er erklärte Korzenowski die Lage.

»Wir sollten eine Million Kilometer auf dem Weg hinter uns haben, wenn der Knick ausgelöst wird«, sagte der Ingenieur. Er piktographierte seine Berechnungen an Olmy, der mindestens die Faktoren der Beschleunigung der Zerstörung des Weges verstand, sowie die erforderliche Geschwindigkeit, um der Zerstörung davonzulaufen, und wie lange sie an ihrem unbekannten Ziel zu tun haben könnten, um das zu tun, was der Jart für notwendig halten würde.

War es dies, worauf er sich in diesen vergangenen Jahren vorbereitet hatte?

Er hatte geglaubt, einen Krieg vorzubereiten, nicht ein törichtes Gerenne den Weg hinab auf einer quasi-religiösen Besorgung für einen Jart als trojanischem Pferd.

Aber er wußte, daß er die Vorteile davon in Rechnung stellen mußte. Zumindest würde sein Irrtum nicht das Hexamon zerstören. Sein eigenes Opfer blieb, gemessen an der bloßen Möglichkeit, eine solche Katastrophe zu vermeiden, ohne Belang.

Er rief ein Display von der Südkappe der siebenten Kammer ab, die jetzt schnell hinter ihnen zurückblieb. Das Display zeigte keine aktivierten Verteidigungsanlagen jenseits der tief reichenden Sensoren des Weges und umfassender automatischer Zielerfassungsfelder.

Ohne eine Bewegung zu spüren — das Sprungschiff hatte sein eigenes Inertialdämpfsystem — begannen sie, mit 1 Ge zu beschleunigen.

»Los geht's!« sagte er.

Korzenowski konnte nicht umhin, immer und immer wieder die Folge der Ereignisse nachzubilden, die jetzt in der Maschinerie der sechsten Kammer abliefen. Bestimmte Kontrollzentren würden binnen Minuten geplante Fehler machen. Andere Mechanismen würden versuchen, diese Fehler auszugleichen. Für kurze Zeit würden sie Erfolg haben. Aber sie würden Beanspruchungen und Widersprüchen in der Konstruktion ausgesetzt sein, die für sie selbst eigene, unwiderrufliche Fehler verursachen würden. Die Projektionsknoten würden versuchen, so lange abzuschalten, daß Roboter und Fernapparate den Ausgleich wiederherstellen könnten. Wenn keine solchen Reparaturen erfolgten und die Knoten sich wieder einschalten mußten, um bei der zunehmenden Instabilität des Weges ihre eigene Zerstörung zu vermeiden, würde das ganze Ensemble der Maschinerie der sechsten Kammer ausfallen.

Der Knick im Weg konnte beginnen.

Wenn der Knick entstand, würde der Weg schnell lebensfeindlich werden. Fundamentale physikalische Konstanten würden sich rasch ändern. Was an Materie im Weg übrig geblieben wäre, hörte auf zu existieren und wurde in mannigfache Strahlungen umgewandelt, die in normaler Raumzeit nicht vorkamen. Diese Strahlungen würden schnell in photonenartige Partikel sehr hoher Energie zerfallen, die durch den Knick sickerten und in den Regionen nahe Thistledown erschienen — sowie in willkürlich ausgesuchten Gebieten hunderttausend Lichtjahre um die Sonne herum. Beim Eintritt in den normalen Raum würden sie den Charakter echter Photonen annehmen und als gleißend blaue Tscherenkov-Strahlung erscheinen.

Korzenowski schüttelte den Kopf, den Tränen nahe. Anders als Olmy hatte er sich nie verändert, um solchen emotionalen Darstellungen zu entgehen. Was er fühlte, war eine tiefe Betrübnis, die sich bis in jenen Teil von ihm erstreckte, der Patricia Vasquez war. Das Mysterium, das sie sich teilten, wußte, obwohl von Patricias fixen Ideen getönt, was da zerstört werden würde, und wie wichtig das für den Ingenieur als integraler Teil seiner Existenz gewesen war.

»Jetzt fängt es an«, sagte er zu Olmy.

Ry Oyu kam aus dem dunklen Heck des Sprungschiffs nach vorn und überraschte Korzenowski. Er sagte: »Deine Tapferkeit wird sehr geschätzt.«

Korzenowski schüttelte langsam den Kopf.

75. KAPITEL

Achse Euklid

Suli Ram Kikura war nicht mehr eine Gefangene des Hexamons. Aus dem Stubenarrest entlassen, war sie wieder eine freie Frau, frei, die Konfusion und Widersprüchlichkeit der letzten vergangenen Wochen zu betrachten.

Sie konnte den Gedanken nicht loswerden, daß Olmy bei all diesem eine wesentliche Rolle spielte. Vielleicht wußte er sogar, was wirklich geschah. Niemand außer ihm wußte es.

Ihre ganze Wut und Enttäuschung wurde durch ihr Pflichtgefühl überwältigt. Zunächst mußte sie sich vergewissern, daß die Zerstörung von Thistledown — falls sie eintrat — nicht die orbitalen Körper der Erde gefährden könnte. Sie hatte nicht die technischen Fachkenntnisse in solchen Dingen, selbst wenn sie die vollen Kapazitäten ihrer Implantate einsetzte, um allein zu brauchbaren Schlußfolgerungen zu kommen.

Einen Augenblick schwelgte sie bloß darin, daß ihre Kommunikationsverbindungen offen und nicht überwacht waren. Sie beschloß, sich mit Judith Hoffman in Verbindung zu setzen.

Als sie Hoffmans terrestrische Wohnung in Südafrika anrief, erwartete sie eine Mitteilung, die durch ein delegiertes Partial überbracht wurde, wonach sie nur mit ausgesuchten Leuten sprechen sollte, darunter sie selbst. Das Partial erklärte, daß Hoffman bis zum allerletzten Augenblick auf Thistledown gewesen wäre und sich jetzt mit einem Shuttle auf der Rückreise zur Axis Euklid befände. Das Partial war bereit, eine Zusammenkunft zu arrangieren. Es war möglich, wenn die Kanäle nicht vom

Hexamon gesperrt waren, jetzt mit ihrem Original zu sprechen. Ob sie das wünschte?

Ram Kikura, gewöhnlich nicht geneigt, sich aufzudrängen, zögerte jetzt nicht. »Wenn du einen Kanal aufmachen kannst, würde ich sehr dankbar sein.«

Hoffmans Partial traf die notwendigen Vorkehrungen, fand die Kanäle noch offen; und Hoffman erschien selbst in Ram Kikuras Wohnzimmer. Sie saß in einem weißen Shuttle-Outfit, erschöpft und unglücklich.

»Suli!« sagte sie und versuchte, einen Anschein höflicher Freude aufzubringen. »Es ist eine Katastrophe hier draußen. Wir konnten nicht ein Drittel von dem bekommen, was wir wollten ... Wenn das alles losgeht, werden wir so viel verlieren ...«

»Weißt du, was geschieht?«

»Das ist nicht einmal als geheim eingestuft«, sagte Hoffman und schwenkte mißmutig die Finger. »Der Premierminister hat alle Sicherheitsmaßnahmen aufgehoben ...«

»Ich weiß. Ich bin frei.«

»Die Wiederöffnung ist ein Desaster. Sie sagen, es gab Instabilität im Weg — aber ich kann nicht glauben, daß Korzenowski sich nicht darum kümmern konnte.«

»Mirsky?« schlug Ram Kikura vor.

Hoffman rieb sich mit den Händen die Wangen. »Wir sind gewarnt worden.«

Die Färbung ihres Bildes änderte sich. Mit erhobenen Augenbrauen blickte sie nach links — wo eine durchsichtige Stelle in der Hülle des Shuttles sein könnte — und machte ein erstauntes Gesicht. »Was ist das?« fragte sie andere Leute in ihrer Nähe. Ram Kikura vernahm gedämpfte Töne von anderen Stimmen.

Sie schaute durch ihr Fenster auf den Bogen von Dunkelheit jenseits der Kante von dem, was einmal die Sprungpassage gewesen war. Die Stelle war nicht mehr dunkel, sondern glühte in geisterhaftem Blau.

»Es passiert etwas«, sagte Hoffman. »Transmission ...«

Sie verblaßte mit einem leisen Zischen weißer Linien. Ram Kikura rief nach einem Bild von der Außenseite des Bezirks und fügte hinzu: »Wo ist Thistledown? Zeig mir diesen Oktanten!«

Ein strahlend blauer Kreis erschien mitten in ihrem Wohnzimmer, bezaubernd und sehr verwirrend. Er blokkierte nicht den Schleier von Sternen, der jenseits der Erde zu sehen war. »Thistledown!« befahl sie. »Zeig mir, wo sich Thistledown befindet!« Eine projizierte weiße Linie schlängelte sich um das bohnengroße weiße Objekt und blinkte. Das Leuchten kam nicht von Thistledown und war auch nicht auf die nähere Umgebung des Sterns beschränkt. Es schien aus dem gesamten Raum, aus allen Richtungen zu kommen.

Das bohnengroße Objekt wurde beim Zuschauen heller. »Vergrößern!« verlangte sie. Durch die ganze Axis Euklid wußte sie von zehntausenden Bürgern, die jetzt dasselbe Bild verlangten. Das Bild ihres privaten Projektors flimmerte gelegentlich, wenn die Signalverstärker und Zerhacker des Bezirks hereindrängten.

Thistledown erschien jetzt vergrößert und mit scharfem Detail, umgeben von einer schwachen Corona aus noch hellerem Blau. Der Nordpol zeigte von der Erde und von allen Bezirken weg. Aber der Südpol glühte jetzt selbst. Konzentrische, sich erweiternde Ringe bildeten sich um den Südpol. Ihnen folgten noch hellere Ringe und dann kontinuierliche Lichthöfe.

Die Maschinen des Beckmann-Antriebs setzten ein. Dessen war sie sich sicher. Thistledown hatte diese Antriebe seit der Trennung nicht mehr benutzt. Jetzt stieß sich das Asteroidensternschiff selbst von der Erde und den Bezirken fort.

Was vorher nur eine intellektuelle Spekulation gewesen war, wurde nun zur Realität. Thistledown bereitete sich auf seinen Tod vor.

Irgendwie wußte sie, daß Olmy noch an Bord war, oder Thistledown sehr nahe — vielleicht im Weg selbst.

Ram Kikura hatte wie Olmy nicht die Fähigkeit zu weinen. Sie saß in angespanntem Schweigen da und sah zu, wie die Sensoren von Euklid dem Thistledown folgten. *Wie lange?*

Das Leuchten der Beckmann-Antriebe verstärkte sich, bis das Display wegen der Helligkeit reguliert werden mußte. Die Fahne aus zerstörter Materie, die vom Südpolkrater ausging, bildete einen langen, kräftigen Pinselstrich vor dem unnatürlichen Blau. Die Farben und Verhältnisse waren wider alle Vernunft. Sie fühlte sich, als ob sie ein künstliches Schauspiel betrachtete, das etwas Entferntes und Schönes, aber kaum Plausibles darstellte.

Es schmerzt, dachte sie. Ihre Implantate waren ständig damit beschäftigt, die emotionale Überlastung zu behandeln. *Ich weiß, daß er hier ist. Und das ist mein Heim, wo ich geboren wurde, aufgewachsen bin und gearbeitet habe — innerhalb des Weges.*

Sie konnte es kaum ertragen zuzusehen, bewegte sich aber nicht.

Soviel war sie ihrer Vergangenheit schuldig, daß sie dasaß und sie sterben sah.

76. KAPITEL

Erde

Der ätherische Nachthimmel brachte Leute zu Hunderttausenden ins Freie. In Melbourne gab es religiöse Raserei und Krawalle. Karen hörte die Geräusche wie eine entfernt brausende Welle vom Balkon ihres Hotelzimmers. Sie war angewiesen worden, eine Woche frei zu nehmen nach ihrer Episode im Evakuiertenlager. Ein Geschenk, das sie nicht recht würdigte, da es ihr zu viel Zeit zum Nachdenken ließ.

Sie blickte in Ruhe auf das Schauspiel hinunter. Wunder hatte es zu ihren Lebzeiten massenhaft gegeben. Nach den Ereignissen der letzten zwei Wochen erwartete sie sie jetzt beinahe. Sie hatte eine vage Vorstellung, daß dieses Leuchten mit Thistledown zu tun hatte; aber das Asteroidensternschiff war nicht zu sehen.

Aber um Mitternacht erblickte sie die violette Feder der Beckmann-Antriebe, die vom nordöstlichen Horizont wie ein Scheinwerferstrahl aufstiegen. Die Erscheinung verblaßte drei Handbreiten über dem Horizont, was bedeutete, daß sie riesengroß war — Zehntausende Kilometer lang. Sie wußte nicht, was das bedeutete, sie meinte, es könnte der Todesschimmer von Thistledown sein. Aber der würde erst noch kommen.

Sie saß in einem Klappstuhl auf dem Balkon, gegen die nächtliche Kühle in einen Sweater gehüllt, und blickte über die hell erleuchtete Skyline von Melbourne. Sie hielt einen irdenen Becher fest und erschauerte leicht, nicht eigentlich wegen der Kälte, sondern weil sie zu viel Kaffee getrunken hatte.

Sie wußte, daß sie ein Wrack war. Sie räumte ein, daß sie sich eines Tages vielleicht wieder aufbauen könnte, ihre Erholung durchführen und vielleicht ein ganz menschliches Wesen werden würde; aber im Moment war der Vorhang geschlossen, und die Requisiten im Umbau. Was vor das Rampenlicht treten würde, könnte eine neue Karen Farley Lanier sein oder nur eine Kopie der alten. Auf jeden Fall hoffte sie, daß es eine erfolgreichere sein möchte. Andi konnte ihr helfen; aber bis sie ihre Tochter wirklich zu sehen bekäme, würde sie so irreal und phantastisch sein wie der Nachthimmel.

Die Feder schien länger zu werden, als die Minuten vergingen. Dann erkannte sie, daß die Erde sich drehte und Thistledown vielleicht sichtbar werden würde, falls es noch existierte.

Sie hatte mit Garry keinen Kontakt mehr. Sie begann sich zu fragen, ob sie tatsächlich überbeansprucht gewesen wäre. Aber eine innere Stimme versicherte ihr, daß das Erlebnis real gewesen war. Es war Garry gewesen.

Das allein konnte ihr Kraft verleihen. Wenn die Mächte hinter Mirsky ihren Gatten gerettet oder ihm eine andere Existenz jenseits des Todes verliehen hatten, dann würde vielleicht alles schließlich in Ordnung kommen. Vielleicht würde ihr Leben, obzwar trivial im Verlauf der Jahrtausende und gemessen an Lichtjahrhunderten, es wert sein, weiterzugehen.

Aber nicht für immer.

Garry hatte, wie auch immer seine letzten Zweifel gewesen sein mochten, ihr dieses hinterlassen: Daß Alter, Tod und Veränderung natürlich, wenn nicht gar notwendig waren. Vielleicht nicht für Bürger des Hexamons, aber doch für jene Menschen, die die langsame Entwicklung der Lebensdauer im Laufe der Jahrhunderte nicht gesehen hatten.

Eines Tages würde sie es sich gestatten zu altern und zu sterben. Sie lächelte bei dem Gedanken, was Ram Rikura sagen könnte.

Im Nordosten stieg etwas empor. Zu Anfang der violetten Fahne ein helles flimmerndes Ding, das weniger wie Thistledown aussah, als ein entferntes, anhaltendes Feuerwerk.

Plötzlich wurde es so hell wie die Sonne und tauchte Melbourne in den Schein des Sommervollmondes. Noch mit dem Finger im Henkel des Bechers, riß sie den Arm hoch, um die Augen abzuschirmen und schlug sich schmerzhaft aufs Ohr. Der Becher fiel auf den Betonboden des Balkons und zerbrach.

Sie fluchte auf Englisch und Chinesisch, stand auf und begab sich durch die offene Glasschiebetür ins Bad. Dort blinzelte sie sich im Spiegel an. Ihr Gesicht war verborgen hinter einem negativen blinden Fleck, der an den Rändern grün und rot wurde.

Das Aufblitzen war geräuschlos gewesen. Das Hotel war ruhig. Sogar das Geräusch der entfernten Krawalle war verstummt. Als sich ihr Sehvermögen wieder einstellte, lugte sie um die Tür des Bads. Der Himmel draußen war dunkel. Vorsichtig ging sie zum Balkon und hielt die Hand in Nähe der Augen für alle Fälle. Dann schielte sie dorthin, wo Thistledown gewesen war. Die Fahne glühte noch schwach in der Finsternis. Ein paar Grade hinter ihrer Spitze war ein unruhiger, schwach roter Ball von Daumennagelgröße alles, was von Thistledown übrig geblieben war.

77. KAPITEL

Thistledown City

Farren Siliom fühlte das mahlende Geräusch, ehe er es hörte. Es kam durch die Anker und Hängekabel in die aufgehängten Bauten, vibrierte unter seinen Füßen und ließ seine Knochen schmerzen.

Eine Fernsonde in der sechsten Kammer meldete ihre Eindrücke.

Das nördliche, in die siebente Kammer führende Bohrloch spie eine Fontäne von intensivem Weiß und Grün aus. Diese wuchs längs der Achse der Kammer und breitete sich aus, als sie die Strecke von dreißig Kilometern durchquerte. Die Augen der Sonde verfolgten die Fontäne bis zur gegenüberliegenden südlichen Kappe, wo sie sich in strahlenden violetten und grünlich blauen Ringen ausdehnte.

Die Maschinerie der sechsten Kammer arbeitete nicht mehr. Die Sonde richtete ihre Aufmerksamkeit auf die Kammer selbst. Der Talboden schien sich zu krümmen. Aber das konnte nicht sein, das Geräusch und die Vibrationen hätten viel heftiger sein müssen. Dutzende von Kilometern weite Maschinenfelder bildeten Kugeln und stiegen zur Achse auf wie Seifenblasen. Auch das ergab keinen Sinn.

Dann nahm das Geräusch zu. Die Nordkappe spaltete sich vom Zentrum auswärts wie eine von einer Kugel getroffene Glasscheibe. Radiale Splitter aus asteroidischem Gestein und Metall hoben sich von der Kappe ab und drehten sich unheimlich infolge der ungleichen inneren und äußeren Zentrifugalrotation. Mit traumhafter Langsamkeit senkten sie sich zum Talboden, prallten auf und zerkrümelten. Wo sie in der Kappe Lücken gelassen hatten, ergoß sich roter geschmolzener Fels in die Kammer in schönen, ungleichmäßigen Spiralbögen.

Die Sonde erhaschte einen kurzen Blick darauf, ehe die ganze Kappe implodierte und die Stoßwelle über den Talboden raste, alles mit Staub und Rauch verdunkelte und die Übertragung beendete.

Dieses Mahlen ist das Ende von Thistledown, dachte Farren Siliom, *das auf mich zukommt.*

Die Sonde in der fünften Kammer beobachtete, wie Berge und rostige Flüsse wie in einem Vexierspiegel verzerrt wurden. Die Nordkappe zersprang, aber es gab kein Ausströmen von geschmolzenem Gestein. Die Luft in der Kammer bewölkte sich jäh. Auch diese Sonde stellte ihre Übertragung ein.

In der vierten Kammer hörten die verlängerten Ohren des Präsidenten das Gerumpel zu betäubender Stärke ansteigen. Die Fernaugen sahen, wie die Bäume des Waldes ihre Zweige abschüttelten. Flüsse und Seen schienen zu kochen.

Die sechste Kammer war fast vollständig verschwunden. Dies bedeutete, es gab keine Trägheitsdämpfung mehr in Thistledown. Wenn der Asteroid einer abrupten Bewegung ausgesetzt würde, müßten die Städte in der zweiten und dritten Kammer zusammenbrechen wie Spielzeug aus aufgestellten Bausteinen.

Farren Siliom konnte seinen Tod also sehen, Minuten, ehe er eintrat. Er würde nicht Zeuge des Endes dieser Schlußepisode in der Geschichte Thistledowns sein.

78. KAPITEL

Der Weg

Korzenowski erkannte, daß sich die Delle gebildet und die ersten Kammern von Thistledown abrasiert hatte. Die Kraft davon würde den Asteroiden herumwirbeln wie ein Stück Holz auf der Drechselbank. Die Rotation würde sich wahrscheinlich umkehren, wenn die Delle irgendwo begänne, sich den Weg entlang zu bewegen. Und das würde alles in Thistledown zerstören.

Er konnte das mit fieberhafter Deutlichkeit sehen. Immer wieder schufen seine Implantate realistische Szenarien vom Sterben des Asteroidensternschiffs mit einer schmerzhaften Beharrlichkeit, die er kaum aushalten konnte. Etwas wie Schuld veranlaßte ihn aufzupassen und sich die Zerstörung so genau vorzustellen, wie er konnte ...

Denn er war direkt verantwortlich. Er hatte den Weg erbaut, er hatte einen Splitter in Gottes Finger gestoßen.

Sie waren gerade knapp fünf Stunden unterwegs. Ry Oyu schwebte mit ruhiger Miene nahe dem Bug.

Das Sprungschiff schüttelte sich leicht. Olmy rief eine ausgewählte Darstellung der nächsten paartausend Kilometer auf. Er sah merkwürdige quadratische Flecken, die etwa einen Kilometer über dem eigentlichen Sprung schwebten.

Wir nähern uns einer Sprungstation, warnte ihn der Jart. *Mit der Abbremsung beginnen!*

Er stellte die Klammern auf Gegenschub um. Der Sprung fluoreszierte daraufhin hellgrün. Bis sie völlig zum Stehen gekommen wären, würden sie an die fünf Millionen Kilometer zurückgelegt haben. Die Sprungstation befand sich wahrscheinlich genau da, wo es der Jart vorausgesehen hatte.

In etwa vier Stunden werden wir die Sprungstation erreichen, sagte er dem Ingenieur.

Der Jart übernahm und fing an, Signale mit den Sendern des Sprungschiffs auf Radiofrequenzen auszustrahlen.

79. KAPITEL

Achse Euklid

Ram Kikuras Display zeigte, wie Thistledown sich hierhin und dorthin drehte, wie die Spindel eines Riesen, die Faden auf- und abspult. Das nördliche erste Drittel des Asteroiden war geschmolzen und weggeschleudert worden. Jetzt bildete es einen Fächer rotglühenden Nebels um die restliche Masse.

Hoffmans Shuttle war nicht beschädigt worden, wie sie kurz vorher erfahren hatte. Alle Kommunikationen waren gesperrt, um volle Kanäle für offizielle Signale des Hexamons zu haben. Das Ende Thistledowns würde die Erde oder die orbitalen Bezirke nicht beeinträchtigen mit Ausnahme einiger Alter Eingeborener, die durch den ersten Lichtblitz geblendet worden waren.

Sie stand auf und ging im Apartment herum, unfähig, sich vom Display abzuwenden. *Was als Nächstes? Wie lange, bis …*

Ein Trichter wie das Schallstück einer riesigen Trompete formte sich aus Dunkelheit vor Thistledown. Wie eine Qualle sich windend, hatte er nichts von den Eigenschaften des Weges an sich. Etwas viel Unheilvolleres war soeben entstanden, ein begrenztes Schwarzes Loch, desgleichen das Universum noch nie gesehen hatte. Das Sternschiff fing an, sich deutlich auf die gähnende schwarze Glocke hinzubewegen. Das bedeutete ungeheure Beschleunigung.

Die ungleichmäßige Beschleunigung auf den Trichter zu spaltete das Sternschiff längs seinen dünneren Wänden mit chirurgischer Präzision. Gezeitenkräfte drehten den Asteroiden in latitudinale Segmente, als ob sie von einem gigantischen Kuchenmesser abgeschnitten würden, wobei jedes Teilstück etwa einer inneren Kammer entsprach.

Luft, Wasser und Gestein — und geschmolzener Fels zum Nordende hin — breitete sich von Thistledown aus wie Farbe, die von einem riesigen Daumen verschmiert ist, begleitet von Trümmerstaub, der nur die Fragmente innerer Gebirge, Wälder und Städte enthalten konnte.

Die Ruinen von Thistledown verschwanden in dem klaffenden Trichter. Sie tauchten nirgends auf und gingen nirgendwo hin; sie schufen ein Defizit von Trillionen Tonnen in diesem Universum, das irgendwie wieder ausgeglichen werden mußte.

Aus dem komplexen Reich des Superraums bis zu den weitreichenden Gebieten dieses Universums würden spontane Lecks reiner Energie auftreten, welche genau der Masse von Thistledown entsprachen. Auf diese Weise würde die Bilanz wieder stimmen. Möglicherweise würden die Lecks so weitgestreut sein, daß kein einziges von ihnen — und sie würden wahrscheinlich nach Milliarden zählen — in der Nähe eines Sterns und noch weniger eines Planeten auftreten könnte. Indessen würden während Tausender und vielleicht Millionen von Jahren winzige Stöße von Gammastrahlen menschlichen und nichtmenschlichen Astronomen Rätsel aufgeben. Und wer würde ihren Ursprung erahnen?

Vielleicht niemand.

Ram Kikura beobachtete das Display noch Minuten, nachdem Thistledown verschwunden war. Der Trichter erschien jetzt nur noch als ein Ring spiralig einstürzenden Staubes und Schuttmaterials und eine größere Dunkelheit vor den Sternen.

Dann schloß sich die Glocke wie eine Blüte, die sich für eine lange Nacht zurückzieht.

Der Weg hatte mit seinem langen, gewaltsamen Selbstmord begonnen.

80. KAPITEL

Der Weg

Die Sprungstation der Jarts war aus ihrer Perspektive einfach ein riesiges schwarzes Dreieck, das an den Sprung gebunden war. Seine Kanten ließen dunkle Regenbogen aufblitzen, als sie näher kamen. Korzenowski und Ry Oyu sahen Olmy angespannt an der Konsole des Sprungschiffs arbeiten und waren sich bewußt, daß der Jart das Orchester dirigierte im Versuch, die richtige Musik zu machen, um wachsame Verteidigungen zu besänftigen.

Olmy sagte: »Hier hat es eine enorme Menge Aktivität gegeben.« Korzenowski blickte auf die piktographische Information der Sensoren des Sprungschiffs. Etwa zweihundert Kilometer voraus waren dutzendmal Tore geöffnet worden. Dies schien in einer Breite stattgefunden zu haben, welche die Sprungstation umgab. Der Ingenieur sah Ry Oyu an und hielt sein Schlüsselbein vor sich. Er sagte: »Dies ist eine geometrische Stapelregion. Wir sind der Stelle sehr nahe, wo Patricia Vasquez ihr Tor geöffnet haben muß.«

»Das muß durch das stellare Plasma zugeschmolzen worden sein«, sagte Olmy.

»Es würde eine Spur hinterlassen haben ... etwas, das die Jarts hätten entdecken können. Ob das der Fall war?«

Olmy konsultierte den Jart. »Dazu sind sie fähig.«

»Sie hätten die Spur eines Tores in den geometrischen Stapeln entdecken können, das zu ungewöhnlich wäre, um es zu ignorieren.« Korzenowski schüttelte den Kopf. »Vielleicht hat Patricia nicht viel Zeit gehabt, ob sie es nach Hause schaffte oder nicht.«

Der Eintritt in eine von Menschen bewohnte Welt würde dem Kommando der Nachkommen höchst nützlich sein, sagte der Jart in Olmy. Der wandte sich an Ry Oyu: »Sie hätten sie finden können. Haben sie das?«

»Ich weiß leider nicht die Antworten auf viele Fragen«, erwiderte Ry Oyu. »Unsere Aufgaben wären sonst viel leichter.«

Korzenowski durchforschte die Breite vor ihnen detaillierter, als sie näher kamen. Vier Tore waren offen geblieben, obwohl in ihrer Umgebung jetzt nur wenig Aktivität herrschte.

Das Dreieck füllte die Sicht nach vorn. Der Ingenieur bemerkte irgendeine abrupte Veränderung um sie herum, vielleicht eine Passage durch ein Traktorfeld oder die Aufhebung der Inertialdämpfung des Sprungschiffs.

Das Schiff drang in das dunkle Dreieck der Station ein wie ein Speer, der langsam in einen dunklen Teich gleitet. Dahinter war noch mehr Dunkelheit, als ob der Teich von einer schwarzen Schicht bedeckt wäre. Er absorbierte alles Licht und alle Information. Er sagte nichts.

Olmys Jart hatte keine Ahnung, was sie erwartete. Die Dinge hatten sich seit seiner Gefangennahme sehr verändert. Ihm war nur weniges vertraut, einschließlich der Konstruktion der Sprungstation.

Ry Oyu schwebte auf Korzenowski zu und rollte sich neben ihm zusammen. Er sagte: »Dies ist das Gebiet, wo ich Patricias Welt finden sollte. Falls ich Gelegenheit bekomme, meine Pflichten ihr gegenüber zu erfüllen, muß ich ihr Mysterium kopieren ...«

Sie hatten das erforderliche Gerät nicht mitgebracht. »Wie denn?« fragte Korzenowski.

»Soweit reicht meine Macht«, sagte Ry Oyu. »Schließ bitte die Augen!«

Der Toröffner berührte ihn nicht einmal. Ein paar Sekunden lang verbreitete sich Wärme durch seinen Körper und Kopf, das Gegenteil von Kribbeln, und es war vorbei. Korzenowski öffnete die Augen. Er fühlte sich nicht anders.

»Bloß eine Kopie«, sagte Ry Oyu ruhig.

Die Dunkelheit am Bug des Sprungschiffs zerteilte sich plötzlich, und sie starrten auf ein vielleicht dreihundert Kilometer langes Stück des Weges. Dieses wurde durch eine schwarze Strahlung blockiert, die tief um seine Peripherie gebogen war und volle fünfzig Kilometer Durchmesser hatte. Die zu dieser Formation führenden Wände des Weges waren ehern und ungestört.

Man wird uns den Durchgang nicht gestatten, sagte der Jart zu Olmy. *Das ist eine Sperre zum Schutz von Kommandopersonen.*

Olmy verlangsamte das Sprungschiff auf ein paar hundert Stundenkilometer. *Eine Empfangszeremonie?* fragte er den Jart.

Sehr ungewöhnlich für Kommandopersonen, so weit ›südlich‹ anzukommen.

Jetzt bremste er das Sprungschiff auf Kriechtempo, als die schwarze Gestalt den Blick nach Norden ausfüllte. Grüne Linien wanden sich aus dem Zentrum der Figur nach außen und bildeten hübsche Bogen zur Peripherie des Weges.

»Ich glaub, man hat uns bemerkt«, sagte Olmy.

Die Bogen stiegen hoch und umhüllten sie. Dutzende transparenter Blasen von vielleicht anderthalb Metern Durchmesser, von denen jede einen kleinen schwarzen Fleck enthielt, wie Tinte in Wasser, flogen längs der grünen Linien auf das Sprungschiff zu.

»Traktionsfelder oder etwas dergleichen«, sagte Korzenowski. »Weißt du wie sie mit uns kommunizieren können?«

»Sie kennen keine unserer Sprachen«, sagte Olmy.

Aus der Konsole kam eine Stimme. »Wir begrüßen die Repräsentanten des Kommandos der Nachkommen. Bitte, nehmt die Passage unserer Transportvehikel an!«

»Das war Englisch«, bemerkte Korzenowski trocken.

Die Mitteilung wurde auf Spanisch wiederholt und dann in einer Sprache, die so ähnlich war wie Chinesisch und auf Griechisch. Die anderen Sprachen waren nicht eindeutig zu identifizieren. Am Schluß der Sendung bildeten die Blasen eine konzentrische Formation von Ringen um das Sprungschiff.

Olmy spürte, wie der Jart wieder die Kontrolle seiner Bewegungen übernahm. Der Jart schickte noch ein Signal mit den Sendern des Schiffs an die Sperre. Dann ließ er Olmy zum durchsichtigen Bug gehen und warte-te dort.

Einer der grünen Bogen flammte plötzlich auf und erhellte den Bug des Sprungschiffs. Olmy war von etwas wie Elmsfeuer umgeben. Sein Körper zuckte konvulsivisch. Korzenowski hatte sich halbwegs zu seinem Freund gezogen, als die Vorstellung aufhörte. Olmy drehte sich zu ihnen um. »Inspektion«, sagte er mit einem warmen Lächeln. »Sie trauen uns doch immer noch nicht ganz.«

»Bist du durchgekommen?« fragte Korzenowski.

»Bisher recht gut.«

»Sehr fortgeschritten«, sagte Ry Oyu. Korzenowski glaubte eine Spur von Ironie zu hören.

»Entfernt das Schiff vom Sprung!« kam ein Antwortsignal auf Englisch. Olmy ging zur Konsole und wies das Sprungschiff an, sich loszumachen.

»Fahrt innerhalb der Blase, die der Tür eures Schiffs am nächsten ist!«

Sie legten Raumkleidung an und traten zur Luke. Als sie aufging, dehnte sich eine Blase zu ungefähr vier Metern Durchmesser und machte mit einem saugenden Geräusch am Schiff fest. Der schwarze Nebel darin erstarrte zu einer Plattform mit Geländer.

»Unser Phaeton«, sagte Korzenowski und folgte Olmy auf die Plattform. Ein gleichmäßiges Zischen umfing sie. Kühle Luft, die leicht abgestanden roch, süßlich wie junges Bier, blies ihnen ins Gesicht. Die Blase zog sich zurück, versiegelte sich und brachte sie längs der grünen Felder zu einem Punkt knapp außerhalb der Barriere. Der Sprung hatte hier eine uncharakteristische Farbe unreifer Orangen und trug die zusätzliche Bürde von Jart-Information. Er warf einen schwachen Schein auf die grauschwarze Fläche der Barriere.

Vier grüne Bogen umfaßten das Sprungschiff und leiteten es zu den Wänden des Weges. Olmy sah mit einem Stich des Bedauerns das Schiff absteigen — ihr letzter Kontakt mit dem Hexamon. Mit gekreuzten Armen, immer noch nicht völlig resigniert, blickte Korzenowski auf die monotone Fläche der Sperre, zu der sie befördert wurden. Seine Augen hatten jetzt wenig von Patricias Ausdruck; diese schien tief in seine Psyche zurückgesunken zu sein und wartete auf ihre Zeit.

Ry Oyu legte dem Ingenieur die Hand auf die Schulter und sagte: »In unserer Jugend würden wir dies ein Abenteuer genannt haben.

»In *meiner* Jugend, habe ich immer gern an Abenteuer gedacht«, antwortete Korzenowski.

Die Barriere absorbierte die Blase, und sie befanden sich wieder in Finsternis. Olmy wäre es viel wohler gewesen, wenn der Jart mit ihm kommuniziert hätte, aber der schwieg. Seit der Inspektion hatte sich zwischen ihnen nichts ereignet. Er konnte ihn immer noch in sich fühlen, wie eine Auster ein Sandkorn empfinden muß …

Als ihre Passage durch die Barriere beendet war, lag alles Menschliche hinter ihnen. Die Blase schwebte über einem breiten waldgrünen Boden. In vielleicht hundert Metern Entfernung traf der Boden auf einen Wall aus hellem Grün. Dort schien es keine Decke zu geben, sondern bloß eine blasse Leere ohne Merkmale.

»Ihr werdet mit Kommando-Individuen zusammenkommen«, sagte eine körperlose Stimme in der Blase.

»Fein!« sagte Korzenowski mit zusammengepreßten Lippen. »Laßt uns weitermachen!«

Der grüne Wall teilte sich wie ein Vorhang, und die Blase trat hindurch. Erst jetzt fühlte Olmy den Jart in sich reagieren. Er schien seine Gestalt zu ändern und seine Kontaktpunkte mit Olmys Mentalität umzuordnen, zu *versteifen*.

Olmy sagte: »Ein großer Tag für meinen überwältigenden Gefährten. Zeit für eine Einsatzbesprechung.«

Sie passierten ein langes Proszenium, das auf beiden Seiten flankiert war von identischen Skulpturen, die wie abstrakte verchromte Skorpione aussahen. Die langen schwanzartigen Unterleiber steckten in dem grünen Fußboden und trugen steife, glühende Körper, ihre abstrakten Beine und Klauen zu einem formalen Salut gespreizt und erhoben.

Um diese Figuren und zwischen ihnen schwebten faustgroße, orangefarbene und grüne Lichtkugeln.

»Was sind die?« fragte Korzenowski Olmy und wies auf die Skulpturen.

»Ich weiß nicht«, sagte Olmy. »Mein Führer schweigt.«

Korzenowski zog ein Gesicht und nickte, als ob dies das wenigste war, was sie erwarten konnten. Er sagte: »Sogar ihre Architektur ist bedrohlich. Verdammt seien wir alle, daß wir so weit gegangen sind!«

Olmy konnte nur zustimmen. Was war nur alles geschehen in jenen weit zurückliegenden Tagen von Pflicht und Forschung und nichts als innerer Unruhe? Jene Zeiten schienen wirklich friedvoll und angenehm gewesen zu sein. Was er jetzt fürchtete, war nicht so sehr der Tod, als vielmehr etwas Namenloses, das vielleicht das exakte Gegenstück von Leben und Menschlichkeit war, die Antithese zu allem, an das man glaubte. Und es zu finden, war auch wahr und unbestreitbar. Man verlor jeden Bezug und *entschwand* einfach wie eine aus der Mode gekommene Idee.

Sie hatten sich schon der Fremdartigkeit von Mirsky und Ry Oyu gegenüber gesehen, aber diese Avatare waren nach menschlichem Vorbild gestaltet worden. Was würde aus Ry Oyu werden, um die Jarts zu überzeugen?

Das Proszenium öffnete sich zu einem weiten Kreis,

umgeben von blassen, durchsichtigen meeresgrünen zylindrischen Tanks, jeder von ihnen doppelt so hoch wie breit. In diesen Tanks wogten schwarze Membranen in einem ruhigen, schweigenden Rhythmus wie neblige Banner.

Direkt voraus gab es keine Tanks, sondern nur ein flaches Podium, etwa ein Meter über dem Fußboden. Darüber schwebten drei deutlich organische Gestalten, schlank und lang und ein wenig massiger als Elefanten, die Torsos in noch nebligere dunkle Banner gehüllt, die sie erst verdunkelten und dann freigaben ...

Kommandopersonen unter den Jarts waren inkarnierte Organismen, die den Originalen der Ahnen sehr ähnlich gestaltet waren. Welche Welt diese Figuren auch hervorgebracht haben mochte, sie mußte ein Ort von Giften, Tod und bösen Träumen gewesen sein. Vor allem wirkten sie *vital*. Man konnte nicht leugnen, daß diese Kreaturen Überlebende waren, mit ihren langen schwarzen dornenartigen Beinen und wirkungsvollen Panzern um lange, sich verjüngende Brustkästen. Nahe der Vorderseite teilten sie sich in zwei auf. Jede gegabelte Sektion bäumte sich von der Plattform auf und zeigte längs der Unterseite tiefe Schrammen. Diese waren gesäumt von runzligen Anhängern mit spitzen schwarzen Klauen am Ende. Augen oder andere Sinnesorgane waren nicht zu sehen.

Sie hatten wirklich eine gewisse Ähnlichkeit mit dem Körper in der verborgenen Kammer, dachte Olmy. Aber sie sahen viel leistungsfähiger aus, vielleicht weiter entwickelt. Die tote Form in dem transparenten Kasten könnte ein Vorläufer gewesen sein, wie ein Schimpanse im Vergleich zum Menschen.

Wieviel Zeit war im Weg vergangen — Dekaden oder Millionen von Jahren?

Erkennst du diese Individuen? fragte Patricia den Jart in ihm. Der antwortete einige Zeit nicht und sagte dann: *Diese sind nicht Kommando, wie dem Vollstrecker bekannt.*

Vielleicht sind es überhaupt keine Jarts?

Sie sind von meiner Art. In ihnen ist Glorie. Sie haben viel Verbesserung geschafft.

Werden sie dich erkennen?

Sie erkennen schon diesen modifizierten Vollstrecker. Demütige Unterwerfung vor ihrer Präsenz. Zwischen ihnen passierte etwas anderes, das nicht in die mentale Pidginsprache paßte, die Olmy mit dem Jart teilte, etwas Ominöses und Dunkles und Erhabenes zugleich. Eine Art mörderischen Stolzes, den er in menschlichen Emotionen nicht einordnen konnte.

»Du siehst verwirrt aus«, sagte Korzenowski zu Olmy.

»Keineswegs verwirrt«, erklärte Olmy. »Das sind bestimmt Jarts.«

Korzenowski sagte trocken: »Ah, unsere Gastgeber.«

Die Blase kam an der vierten Ecke eines Quadrats zur Ruhe. Die Kommandopersonen nahmen die anderen drei Ecken ein. Die nebligen schwarzen Tücher um ihre Körper verdampften, und die Jarts erhoben ihre vorderen Gablungen, wobei die Klauen auf den Fortsätzen einander zart Spitze an Spitze berührten, wie Nähte über klaffenden doppelten Wunden — auf eine Weise, die Olmy eine Gänsehaut bereitet hätte und Korzenowski veranlaßte, sich sofort zurückzuziehen.

»Sie sind ganz und gar schrecklich«, sagte er. Olmy war derselben Meinung. Er konnte sich nicht entsinnen, Lebewesen begegnet zu sein, die bedrohlicher ausgesehen hatten.

Ry Oyu stand an einer Kante der Blasenplattform, immer noch entspannt und unerschüttert.

Sie sind bestimmt nicht die boshaftesten Intelligenzen im Universum, dachte Korzenowski. *Der Unendliche Geist wird zweifellos noch viel schlimmere umfassen.* Er schaute auf Ry Oyu, der nickte und lächelte, als ob er zuhörte und zustimmte.

Die drei Kommandoindividuen spreizten ihre erhobenen Gablungen zu noch weiteren Vs.

»Wir treffen zusammen«, sagte die Stimme in der Blase, die für jeden einzelnen über seine rechte Schulter zu kommen schien. »Dieses Ereignis ist nicht vorhergesehen. Seid ihr einer oder viele?«

»Wir sind jeder ein Individuum«, sagte Ry Oyu.

»Wer repräsentiert das Kommando der Nachkommen?«

»Ich.«

»Gibt es bestätigenden Beweis?«

»Sie wollen Brotlaibe und Fische«, sagte Ry Oyu nebenbei. »Sei es so!«

Er schien nichts zu tun, aber die drei Kommandoindividuen erschauerten leicht, als ob sie von einer kühlen Brise getroffen würden. Ihre oberen Sektionen schlossen sich fast bis zum Kontakt miteinander.

Die Stimme sagte: »Das Zeugnis ist adäquate Bestätigung. Was ist euer Plan zur Vollendung?«

Korzenowski runzelte verwirrt die Stirn. Ry Oyu riet ihm: »Sag ihnen, was wir getan haben und was wir zu tun wünschen! Sag ihnen, wer du bist!«

»Mein Name ist Konrad Korzenowski«, sagte er. »Ich habe den Weg konstruiert.«

Die Kommandoindividuen reagierten nicht.

»Wir haben schon mit der Zerstörung des Weges begonnen ...«

»Kommandoindividuen ist dies bekannt«, sagte die Stimme.

»Wir sind gekommen, um unser letztes Werk zu vollenden ... um einen der unseren zu euch zurückzubringen und ...« Er stolperte über die Worte in seinem Kopf im Versuch, sich klar auszudrücken und auf eine Weise, die nichtmenschliche Wesen verstehen konnten. »Ich trage den Teil der Mentalität eines anderen Menschen, der einmal eine Arbeit geleistet hat, die mir bei der Konstruktion des Weges geholfen hat. Wir möchten diese Mentalität einer angemessenen Welt zurückgeben, in die geometrischen Stapel ... hinter denen wir jetzt sind.«

Er machte eine unbeholfene Geste über die Schulter. Sogar der Richtung war er sich nicht sicher. »Wir hoffen weiter zu reisen und dem Endgültigen Geist zu helfen. Mit euch oder allein.« Wie naiv und kindisch, daran zu denken, daß man imstande sein könnte, jemandem zu helfen, der so ungeheuer weit war wie der Endgültige Geist ...

»Kommandoindividuen haben sich zu einer von Menschen besetzten Welt in den Gebieten begeben, von denen du sprichst, und sie gespeichert«, sagte die Stimme. Dann schwieg sie einige lange Minuten. Schließlich: »Kommando weiß Bescheid. Kommando hat den Weg nicht geschaffen. Habt ihr Kenntnisse über ein menschliches Konstrukteur-Individuum *Patricia Vasquez* oder *Patricia Luisa Vasquez,* menschlicher Pflichtvollstrecker oder von ähnlichem Rang?«

Korzenowski schloß die Augen, leckte sich dann die Lippen, als ob er einen inneren Geschmack genösse, und sagte: »Ja, ich trage einen Teil jenes Individuums in mir. Habt ihr sie, habt ihr sie gefunden ...?«

Der Ton der Stimme änderte sich gründlich. Sie klang jetzt weiblich.

»Dies ist Kommando-Aufsicht. Wir haben den sexuell gezeugten, zweimal beseitigten Nachkommen des Konstrukteur-Individuums *Patricia Luisa Vasquez.*«

»Ich denke, sie meinen, daß sie Patricias Enkelin haben«, sagte Ry Oyu. Olmy stimmte zu.

»Wo hat man sie gefunden?« fragte Korzenowski. Mit aufgerissenen hellen Augen blickte er die Kommandoindividuen an. »Wo habt ihr diese Frau gefunden?«

Die weiblich klingende Stimme antwortete. »Wir haben uns zu der Welt begeben und sie gespeichert, wo das menschliche Konstrukteur-Individuum *Luisa Vasquez* vom Weg fortgereist ist. Sexuell gezeugte zweimal beseitigte Nachkommenschaft ist auch gespeichert.«

»Aber Patricia Vasquez selbst?«

»Individuum *Patricia Luisa Vasquez* ist tot.«

»Können wir mit ihrer Enkelin sprechen?« fragte Ry Oyu.

»Dieses Individuum ist durch unsere Untersuchungen beschädigt worden.«

Korzenowski empfand einen jähen Schauder von Schreck und Verzweiflung. Er mühte sich, seine Wut zu beherrschen — und eine noch tiefere Wut, von dem Geist einer Großmutter, die nie dieser Enkelin begegnet war und nie von ihrer Existenz erfahren hatte.

»Wir möchten mit ihr sprechen, ob beschädigt oder nicht«, sagte Ry Oyu. »Falls das möglich ist.«

Die Kommandopersonen hüllten sich wieder in lose schwarze Mäntel. Korzenowski wandte sich ab. Ihm wurde übel von dieser Fremdartigkeit, dieser Unbegreiflichkeit und dieser beiläufigen Grausamkeit. Was war mit der Welt geschehen, die Patricia gefunden hatte? Was für eine Art von Welt war es gewesen, ehe die Jarts sie ›gespeichert‹ hatten? In welchem Zustand war sie jetzt? Ry Oyu berührte wieder seine Schulter, und Olmy kam näher und lieh ihm Hilfe durch Solidarität.

»Dies beschädigte Individuum ist hochwertig«, sagte die weibliche Stimme. »Schaden war nicht beabsichtigt.«

»Laß uns mit ihr reden!« sagte Korzenowski mit rauher Stimme.

Die drei Kommando-Individuen traten auf der Plattform zurück, als ob man eine verzerrende Linse gedreht hätte. Vor der Blase erschien eine Szene — das Innere eines Hauses menschlicher Bauart, wenn auch nicht wie irgendein Heim, das Olmy in Los Angeles des frühen einundzwanzigsten Jahrhunderts etwa gefunden haben könnte ...

Rhita kam aus einer quälenden Ewigkeit, wo Zeit nicht so sehr fehlte, als sie vielmehr nichtlinear und nach Zufallsgesetzen angeordnet war. Echte Erinnerungen tanzten mit Simulationen, unorganisierte animalische Gedanken — körperloser Hunger, zielloses Verlangen, sexuelle Wünsche — wetteifernd mit kurzen Momenten von kristallener Klarheit, in denen sie sich an ihre Lage erinnerte ... und sie verwarf, um in die turbulente Ewigkeit zurückzukehren.

In einem klaren Augenblick sah sie sich als Heldin, die sich ständig unnütz machte für ihre Feinde, indem sie vor ihnen in ihr unbegreifliches Sanktuarium entfloh. In einem anderen Moment erkannte sie, daß sie wohl nie diesem Durcheinander entkommen würde, daß ihre Feinde sie für immer in diesem Zustand halten könnten — und eine bessere Definition von Hades konnte sie sich nicht vorstellen.

Sie war schlechter dran als irgendein Gespenst, das nach Blut und Wein dürstet. Wonach sie dürstete, war der süße Likör umgedrehter Geschichte, zweite Chancen, Türen zu einer Vergangenheit, die nicht so sehr tot war, als vielmehr eingesalzen und konserviert, auf ein unmenschliches Festmahl von Wissen wartend.

Sie rührte nicht mehr an die Präsenzen von Demetrios oder Oresias.

Dann, in keinem bestimmten Augenblick, beruhigte sich der Sturm chaotischer Flucht. Ihre Gedanken waren immer noch verworren; aber was sie erlebte und fühlte, war kristallklar. Sie stand in dem Haus ihrer Großmutter auf Rhodos. Typhon war bei ihr, noch in menschlicher Gestalt.

Sie versuchte, wieder zu entkommen, zurück in ihre chaotische Freiheit. Aber plötzlich bemerkte sie drei menschliche Gestalten, die keine Jarts zu sein schienen. Sie kannte sie nicht. Wieder gab es eine Art Konversation, das wortlose Reden von Jarts in einem Traum, körperlos und scheußlich.

Dennoch gelang es ihr in ihrer selbstverschuldeten Konfusion, zuzuhören und das, was gesagt wurde, nicht abzulehnen.

Es war von ihrer Großmutter die Rede.

Konnten die beiden wirklich Menschen sein? Leute

von Gaia ... oder ... wieder ergriff der Sturm ihre Gedanken und verwirrte sie.

Das Mysterium von Großmutter.

Eine Erinnerung, scharf und anspruchsvoll. Die Sophē erklärte, wie sie einen Teil ihrer Psyche einem Mann geliehen hatte ... Magie und Mysterium im Weg.

Plötzlich stand sie nicht in einer Simulation des Hauses der Sophē, sondern auf den Steinen des Tempels der Athenē Lindia — nicht in Simulation, sondern in Erinnerung. Diese Erinnerung war so lebendig, daß sie den Wind in ihrem Haar fühlen und den Gesang der Vögel hören konnte, die zwischen den massiven cremefarbenen Säulen herumflogen.

Das war die Erinnerung, zu der sie immer zurückkehrte, eine Erinnerung voller Friede und Einsamkeit, wohin sie sich zurückzog aus dem Tumult, um ihre eigenen Gedanken zu denken und ihr Selbst zu entdecken. Sie hatte sich einmal als Athenē vorgestellt in ihren mannigfachen Gestalten: als weise Frau, Bringerin des Sieges, Athenē der Stürme, Athenē Pythons und der Eulen, Athenē als behelmter Schmuck von alten Münzen, Göttin der großen und gepeinigten Stadt der Hellenen. Ein heranwachsendes Mädchen konnte all das sein im Verlauf einer Stunde und doch keiner Gefahr der Hybris erliegen; denn Athenē hatte Verständnis für solche Träume.

Athenē verstand und verzieh Fehler, selbst wenn es eine Welt kostete.

Rhita schloß die Augen und öffnete sie kurz darauf wieder. Da wurde von *Patrisha* gesprochen, wie ihre Großmutter gelegentlich ihren Namen ausgesprochen hatte.

Ry Oyu sagte: »Sie ist in einer Gedächtnismatrix gespeichert, ganz ähnlich wie City-Gedächtnis. Sie hat sich in sich selbst zurückgezogen und folgt persönlichen Wegen ... Man kann sie nicht entwirren. Sie leistet ihnen

Widerstand auf die einzige Weise, die ihr noch übrig geblieben ist.«

Sie beobachteten das undeutliche, schwankende Bild von Patricias Enkelin, in den Kontext des Hausgedächtnisses gerückt wie eine Puppe in einer Museumsausstellung oder ein Zoo-Tier, das zur Schau gestellt wird. »Ser Olmy, wie rechtfertigt dein Jart dies?« fragte Korzenowski.

»Es ist ein Jammer, daß ein wertvolles Stück Information beschädigt sein soll«, erwiderte Olmy.

»Ich meine die ›Verpackung‹ einer ganzen Welt.«

»Auf ihre eigene Art versuchen sie, dem Endgültigen Geist zu dienen«, sagte Ry Oyu. »Sie wollen alle, die sie gespeichert haben, zum Endgültigen Geist schicken. Aber wir sollten dazu fähig sein, das Leiden dieser Frau zu beenden ... Es ist die Zeit für Entschlüsse gekommen. Die Jarts wissen, daß der Weg bald aufhören wird zu existieren. Sie akzeptieren mich als einen Repräsentanten des Kommandos der Nachkommen. Sie sind bemüht, die Früchte ihrer Arbeit dem Endgültigen Geist darzubieten. Die werden alles tun, was ich sage ... Soweit es sie betrifft, ist dies die Zeit, auf die sie gewartet haben, die Zeit, welche ihre ganze Geschichte rechtfertigt. Ich kann Patricias Mysterium und die gespeicherte Mentalität ihrer Enkelin zu den geometrischen Stapeln zurückbringen und versuchen, ihnen etwas Frieden zu geben.«

»Warum?« fragte Korzenowski mit aufgerissenen katzenartigen Augen, als ob er plötzlich zur Gänze Patricia Vasquez wäre. »Warum gerade sie? Warum nicht alle Welten wiederherstellen, die die Jarts zerstört und verpackt haben?«

Ry Oyu schüttelte den Kopf. »Das liegt außerhalb meiner Möglichkeiten. Ich tu, was ich kann, jetzt weitgehend, um Versprechen einzulösen. Vor langer Zeit, als ich bloß ein Toröffner war« — er klopfte sich nachdrücklich auf die Brust —, »habe ich es versäumt, Patricia Vasquez hinreichend zu unterrichten. Das mache ich dadurch gut, indem ich ihr eine zweite Chance gebe, und auch ihrer Enkelin. Außerdem ist es eine ästhetische Genugtuung.«

»Garry Lanier hat besondere Privilegien abgelehnt«, sagte Korzenowski mit verzerrtem Gesicht, eine Maske widersprüchlicher Persönlichkeit und Emotion. »Warum solltest du uns ... Patricia Vasquez besondere Beachtung schenken?«

Ry Oyu dachte kurz darüber nach. Dann sagte er: »Für mein vergangenes Selbst. Wir können nicht alle unsere Fehler korrigieren. Aber der Ingenieur hat für die Erschaffung des Weges gebüßt ... Olmy hat gelitten für seinen Ehrgeiz und das Gefühl seiner Wichtigkeit ... Mirsky hat einige seiner persönlichen Schulden beglichen. Bitte, erlaubt mir wenigstens, einen meiner Fehler zu korrigieren!«

Das Gesicht des Ingenieurs entspannte sich. »In Ordnung«, sagte er leise. »Bring sie heim!«

»Und für was entscheidest du dich? Ser Olmy, von Jart befreit ... wohin würdest du gehen? Ser Korzenowski, der immer noch einen Teil von Patricia Vasquez trägt, wohin würdest du gehen?«

»Ohne sie bin ich unvollständig«, sagte Korzenowski. »Ich denke, daß sie bei mir bleiben und zufrieden sein wird, solange sie weiß, das ein Teil von ihr heim kommt. Ich ... wir möchten den Weg hinunterreisen und zu einem Teil des Endgültigen Geistes werden.«

Olmy überlegte und sagte: »Das wäre faszinierend. Aber ich bin nicht sicher, ob ich bereit bin. Wenn alle Geschichten, die wir gehört haben, wahr sind, dann folgen wir dieser Route überall, wo wir sind und wohin wir gehen.«

»Sie sind wahr«, sagte Ry Oyu.

»Ich denke daran, wie wenige Wesen *das* wirklich wissen«, sagte Olmy. »Wie privilegiert wir doch sind! Ich weiß, wohin ich gehen möchte, noch lebendig, noch inkarniert.«

»Wohin denn?«

»Timbl«, sagte er. »Die Heimatwelt der Frants. Ich habe dort viele Freunde.«

»Es sollte genügend Zeit sein, die Tore nach Timbl wieder aufzumachen«, erwiderte Ry Oyu.

»Fühlst du dich nicht ein bißchen wie der Weihnachtsmann?« fragte Korzenowski — oder vielleicht war es Patricia. Der Ingenieur wußte sehr wenig über die alten terrestrischen Legenden.

Ry Oyu lächelte und wandte sich dem Bild des Zimmers zu und der verwirrten Figur der Frau darin. »Ich werde all dies unseren Gastgebern übermitteln. Ich bin sicher, daß sie stolz darauf sein werden, daß der Erschaffer des Wegs mit ihnen zum Kommando der Nachfahren geht.«

Rhita richtete den Blick scharf auf den weise aussehenden und lächelnden grauhaarigen Mann. Sie fühlte sich in seiner Gegenwart sicherer. Er hatte nicht das wütende Aussehen eines Zeus', sondern eher die ruhige Miene von Aserapis mit seinen Kornstengeln und plutonischen Hunden, seinen zeremoniellen Stieren und Auferstehungsfeiern.

Dieser ruhige Mann sprach vom Heimgehen.

»Ich gehe zu Gaia zurück?« fragte sie. Ihre Stimme war hier kräftig ohne einen echten Laut.

»Vollziehen wir wieder einmal die heiligste aller Hochzeiten«, sagte Ry Oyu. »Patricia, die du dich in mir befindest, willst du die Züge deiner Enkelin haben als eine Hülse, um darin zu leben, bis wir nach dem Heim suchen können, das du verloren hast?«

Olmy sah, wie das Bild von Rhita flimmerte, fest wurde, die Farbe verblaßte und dann doch wieder fest wurde. Die Augen der jungen Frau blickten ständig auf Korzenowski, und Korzenowski beobachtete sie.

»Rhita, willst du einen Teil deines Selbst dem Schatten deiner Großmutter leihen, damit sie die Kraft hat, nach Hause zu gehen?«

»Ja«, sagte Rhita.

Sie fühlte, wie sich ihre Wasser vermischten, wie die Wasser der Meere, die man so deutlich längs der äußersten Pfeiler des Herkules sehen konnte, wenn sie in den weiten Ozean von Atlantis eintraten.

Sie sah eine dichte Welle von Realitäten, Gaia in Überfülle; und wußte, daß nichts davon genau ihrer Welt gleich war. Aber der grauhaarige lächelnde Mann, der Zeus oder Serapis hätte sein können, sagte ihr, sie solle eine Welt wählen, zu der die Jarts nie ein Tor geöffnet hatten und in die sie nie eingedrungen waren … worin die Expedition nie passierte … Mehr schlug er nicht vor.

Sie schloß die Augen.

»Zeit, um au revoir zu sagen«, sagte der zweite Avatar. »Ich vertraue Ser Korzenowski diesen Kommandopersonen an.«

Korzenowski übergab sein Schlüsselbein dem Toröffner und trat zurück. Der Ingenieur wurde von Olmy und Ry Oyu getrennt, als die Blase sich in zwei Teile spaltete. Olmy sah, wie er sich entfernte und hinter einer schwarzen Barriere verschwand.

Ry Oyu hob das Schlüsselbein, als ob er sich wieder an sein Gewicht und seine Fähigkeiten gewöhnt hätte. »Ser Olmy, dies *sind* Diener des Endgültigen Geistes, wenn auch mißgeleitet. Sie sagen mir, daß sie dich sehr gern zu deinem erwählten Tor bringen wollen. Sie bereiten sich darauf vor, das Tor zu finden und jetzt zu öffnen. Ich glaube, wir können ihnen vertrauen. Aber niemand weiß, wieviel Zeit dort vergangen ist …«

»Immer ein Element des Risikos«, meinte Olmy.

»Ungewißheit hält unser Interesse wach«, erwiderte Ry Oyu.

»Danke!«

»Gern geschehen. Sie werden deinen modifizierten

Vollstrecker jederzeit aufnehmen, wenn du dich entscheidest, ihn aufzugeben.«

Olmy hatte durchaus nichts dagegen, sich von diesem Überbleibsel seines größten Versagens zu trennen. Wieder wurde er von einem blassen Feuer umgeben. Der Jart in ihm verschwand.

Einen Augenblick lang genoß er das wundervolle Alleinsein. Wieder hergestellt zu sein, lebendig und gesund, und nach Timbl zurückzukehren ...

Er dachte an Tapi und Ram Kikura oder an andere weniger spektakuläre und vielleicht mehr belästigende Fehler.

»Sei zufrieden, Ser Olmy!« sagte Ry Oyu, ergriff seine Hand und ließ sie dann los.

Die Blase zerteilte sich wieder.

Ry Oyu wandte sich an die Kommandoindividuen: »Ich möchte zu den geometrischen Stapeln zurückreisen. Ich werde Tore zu zwei Welten öffnen müssen in Universen, die sich ein wenig von dem unseren unterscheiden.«

Seine Blase bewegte sich durch die Sperren zurück in die Sprungstation und dann den Weg hinuter.

Er trug leicht an Korzenowskis Schlüsselbein. Die Blase öffnete sich am Boden und gewährte ihm Zutritt zu der lebendigen Bronze-Oberfläche.

Der Toröffner schloß die Augen und murmelte die rituellen Beschwörungen, die seinen Geist vorbereiteten, so unnötig sie auch in seiner gegenwärtigen Gestalt sein mochten.

»Ich erhebe dies Schlüsselbein zu Welten ohne Zahl und bringe ein neues Licht zum Weg, welches dies Tor so leitet, daß alle gedeihen, die führen und geführt werden, die schaffen und geschaffen werden, die den Weg erhellen und sich in dem so geschenkten Licht wärmen ...«

Die Oberfläche des Weges wurde dunkel mit der Annäherung der beschleunigenden Delle. Dadurch würde das Öffnen von Toren noch schwieriger werden. Es blieb nur noch wenig Zeit, vielleicht ein paar Stunden; und er hatte viel zu tun, mußte viel forschen, auch wenn das Tor offen wäre.

Er schloß mit: »Siehe … Ich öffne eine *Neue Welt.*«

Er hatte in seiner ganzen Laufbahn als Toröffner nie ein Doppeltor gemacht. Aber dieses Tor würde sich zu zwei genau ausgesuchten Welten öffnen.

Unter seinen Füßen begann sich eine runde Vertiefung zu bilden, deren Kanten funkelten. Die erste Welt drehte sich unter ihm, wie sie das Schlüsselbein zeigte. Hier war eine Alternative zu Rhitas Gaia, ein Zweig, der sich ausbreitete von der Gaia, wo Patricia angekommen war und ihre Veränderungen gemacht hatte, in die aber niemals Jarts eingedrungen waren.

Der Toröffner konnte dies Tor nicht weit in die Zeit zurück ausdehnen. Er machte einen kurzen Versuch, wich dann zurück und konzentrierte sich darauf, Rhita Vaskayza zu orten. Eine Rhita, die nie Jarts kennengelernt hatte und nie gereist war, um das Jart-Tor zu finden …

Der Weg schimmerte intensiv; und er fragte sich, ob die Zeit reichen würde.

81. KAPITEL

Heimat

Rhita ging durch den Hain, wo sie, wie Berenikē gesagt hatte, ihren Vater finden würde. Sie sah Rhamon entmutigt zwischen den Olivenbäumen sitzen, an einen knorrigen Stamm gelehnt, den Kopf in der Hand und das Gesicht von Sorgen verzerrt. Er hatte dem zunehmend rebellischen Rat der Meister in der Akademie einige Scharmützel geliefert. Er brauchte Zuspruch.

»Vater«, sagte sie und trat dann zurück, als ob man ihr einen Schlag ins Gesicht versetzt hätte. Irgend etwas fiel auf sie und in sie. Es war zugleich vertraut und sehr fremdartig. Sie sah sich selbst, wie sie sonderbar und erschöpft taumelte, von irgendwo her kommend, gestoßen ... Erinnerungen von Invasion, Zerstörung und etwas wie Tod erfüllten sie. Sie schloß die Augen und hielt die Hände an den Kopf. Sie wollte schreien. Sie japste wie ein Fisch in dem Schock, soviel in sich aufnehmen und verarbeiten zu müssen. Einen Moment war ihr, als hätte sie den Verstand verloren ...

Sie stolperte über eine Wurzel und verlor fast das Gleichgewicht.

Als sie sich erholte, waren die Erinnerungen tief im Hintergrund verborgen und für den Moment sicher isoliert.

»Rhita?« Rhamon blickte aus seiner Träumerei auf. »Geht es dir gut?«

Sie fand eine Ausflucht, um ihre Verwirrung zu tarnen. »Ein Unwohlsein, scheint mir ... von Alexandreia.«

Sie war für eine Ferienzeit zu Hause. Sie packte mit beiden Händen ihre Oberarme. Echtes Fleisch, echte

Bäume, ihr echter Vater. Alle die anderen Erinnerungen, Visionen und Halluzinationen ... Gesichter. Alpträume.

»Ich habe einen Schwächeanfall gehabt. Jetzt bin ich in Ordnung«, sagte sie. »Vielleicht hat Großmutter mich berührt.«

»Ihre Berührung könnten wir brauchen«, sagte Rhamon kopfschüttelnd.

»Erzähl mir, was geschehen ist!« sagte Rhita. Und setzte sich vor ihrem Vater hin, grub die Hand in den trockenen, kuchenartigen Boden und zerdrückte ihn zwischen den Fingern.

Ich werde dies im Laufe der Zeit in Ordnung bringen. Das verspreche ich mir selbst. Visionen und Träume genug für ein Dutzend Lebenszeiten.

Das Erbe der Sophē. Wer war, selbst jetzt ... Wo? Womit beschäftigt?

Der Weg teilte sich. Die Sprungstation war außer Sicht gekommen und zog sich angesichts der beschleunigten Zerstörung des Ingenieurs zurück. Ry Oyu gab seine menschliche Gestalt auf und schwebte wie ein verdrehtes Lichtmuster über dem doppelten Tor — auf der Suche nach einer anderen Erde, einer Erde ohne den Großen Tod. Er griff durch die geometrischen Stapel einige Jahrzehnte in der Zeit zurück, um einen speziellen Moment zu finden.

Selbst in seiner immateriellen Form begannen die Strapazen des Weges ihn aufzulösen. Er veränderte seinen Charakter wieder und versteckte sich in der Geometrie des Tores und fand, daß sich das Tor selbst auflöste, sich bemühend lange genug heil zu bleiben, bis diese letzte, aber nicht unwichtigste seiner Pflichten vollendet war ...

Patricia Luisa Vasquez stieg aus dem Wagen ihres Verlobten Paul, eine Tasche mit Lebensmitteln unter dem Arm. Die Luft war frisch mit dem milden Hauch des kalifornischen Winters. Das letzte Tageslicht griff mit grauen und gelben Fingern durch die verstreuten Wolken in der Höhe. Sie machte sich auf dem gepflasterten Weg hinauf zum Haus ihrer Eltern ...

Und ließ die Tasche auf den Rasen fallen mit weit ausgebreiteten Armen, zurückgeworfenem Hals und Augen, die in ihren Höhlen zu vibrieren schienen.

»Patricia!« rief Paul vom Wagen her.

Sie rollte auf den Boden, richtete sich dann wieder auf, bückte sich zum Gras hinunter, dabei grunzte und wimmerte sie stoßweise.

Dann lag sie erschöpft auf dem Rücken.

»Jesus, Jesus!« sagte Paul, beugte sich über sie, legte ihr die Hand auf die Stirn und schwenkte die andere Hand, unschlüssig, was er tun sollte.

»Laß Mutter nicht hören, daß du so etwas sagst!« flüsterte Patricia mit rauher Kehle.

»Ich wußte nicht, daß du Epileptikerin bist.«

»Das bin ich nicht. Hilf mir auf!« Sie versuchte, die verstreuten Lebensmittel einzusammeln. »Oh, was für ein Durcheinander ...«

»Was ist geschehen?«

Sie lächelte wild, süß, triumphierend. Dann verschwand das Lächeln. An seine Stelle trat Verwirrung. Sie sagte: »Frag nicht! Ich will dir keine Lügen erzählen.«

Ich weiß, wo ich bin, dachte sie. *Ich weiß, wer ich bin.* Nichts war sehr deutlich. Sie hatte nur vage, verstreute Erinnerungen an eine Gruppe von Leuten, die ihr beherzt zu helfen suchten — und mit Erfolg. Aber sie war daheim, auf dem Fußweg kurz vor dem kleinen Bungalow in Long Beach; und dies bedeutete, daß sie Patricia Luisa Vasquez war. Und der besorgte Mann, der auf dem Gras neben ihr kniete, war Paul, um den sie aus irgendeinem Grund getrauert hatte, ebenso wie sie getrauert hatte um ...

Sie erblickte ringsum die Straßen, die Häuser — nicht

verbrannt, solide, und der Himmel frei von Rauch und Flammen. Keine Apokalypse.

»Mutter wird sich so freuen«, sagte sie mit rauhem Krächzen. »Ich glaube, ich habe gerade eine Erscheinung gehabt.« Sie langte hoch und schlang die Arme um seinen Hals und drückte ihn so fest an sich, daß er eine Grimasse zog.

Um seinen Kopf herum spähte sie mit scharfen katzenartigen Augen auf die Sterne, die gerade über ihnen zu funkeln begannen.

Kein Stein am Himmel, sagte sie zu sich. *Was auch immer das bedeutet.*

82. KAPITEL

Im Sprung

Immer noch von schweren Befürchtungen geplagt, ließ Korzenowski zu, daß er ›verpackt‹ wurde.

Der Ingenieur erlebte eine Zeit kalten Nichtseins und dann ein wundervolles und alptraumhaftes Durcheinander in dem Mahlstrom von Information, den die Jarts aufgesammelt hatten — die Reste Tausender von Welten, Trillionen Wesen, aufs Geratewohl im Laufe der Zeit zusammengetragen und jetzt längs des Sprunges befördert, um in den Endgültigen Kreis einzugehen.

Der Weg sammelte sich in großen Spulen und Überringen. Er verzehrte sich selbst wie eine unsägliche Zündschnur und starb.

Die Zeit der Avatare auf der Erde war zu Ende gegangen.

83. KAPITEL

Timbl

Olmy fühlte mehr als er sah, wie sich das Tor über ihm schloß. Elektrische Störungen knisterten in der trockenen Luft, und ein leises Stöhnen breitete sich aus von da, wo seine Füße leicht roten Sand berührten. Danach nur noch das Flüstern einer leichten Brise.

Einen Augenblick lang fürchtete er, daß die ganze Welt, die er sehen würde, eine andere Eroberung der Jarts sein könnte, eine Welt, fanatisch verpackt und aufbewahrt für das Kommando der Nachkommen. Aber Timbl hatte keine Invasion der Jarts erlebt. Sie hatten sich bis jetzt offenbar nicht bemüht, dieses Tor zu öffnen; und sie würden nie zurückkehren.

Er stand in dem scharfen, blendenden Glanz der Sonne von Timbl und lächelte breit. Seine veränderte Haut konnte soviel Ultraviolett vertragen. Das empfand er sogar als gut und vertraut. Es schien jetzt keinen großen Unterschied zu machen, wieviel Zeit er hier verbracht hatte. Timbl würde jederzeit für Olmy Heimat sein.

Er war auf dem Gipfel eines Hügels. Darunter, nach Norden zu, lag eine gepflasterte Fläche, immer noch weiß poliert, trotz dem Fehlen von Vehikeln des Hexamons. Hier war es, wo einst das Haupttor nach Timbl geöffnet worden war. Es war kurz vor der Zerstörung geschlossen worden, als das Hexamon begonnen hatte, sich aus dem Weg zurückzuziehen.

Olmy schaute nach Westen und sah den strahlend blauen Ozean. Ein feiner fackelartiger Bogen verlief quer darüber und wurde von einem purpurnen Lichtstrahl getroffen. Kometarische Bruchstücke fielen hier noch herunter und wurden von Hexamonabwehr abgefangen ... Es war also offensichtlich nicht so sehr viel Zeit vergangen.

Es gab ohne Zweifel eine gute Anzahl Hexamonbürger auf Timbl, Flüchtlinge nach der Schließung des Tores. Es würde ihm nicht an menschlicher Gesellschaft mangeln. Aber das war es nicht, was er zuerst suchte. Jeder Besucher von Timbl mußte von einem Frant persönlich begrüßt werden, um offiziellen Status zu haben.

Früh in ihrer Geschichte, als Timble von verheerenden Kometeneinstürzen heimgesucht wurde, hatten die Frants sich dahin entwickelt, daß die Erinnerungen und Erfahrungen jedes Individuums an seine Genossen weitergegeben wurden. So trug die große Masse der Frants die Erinnerungen aller Individuen in sich, wenn auch nicht im Detail, so doch als eine Art angeborener Geschichte. Jeder heimkehrende Frant wurde rasch absorbiert, integriert und vernommen.

Inzwischen würde jeder erwachsene Frant auf Timbl etwas über Olmy wissen. Sie würden die Erinnerungen der Frants aufgenommen haben, mit denen er vor Jahrzehnten zusammengearbeitet hatte, und hatten die Erinnerungen geteilt und die Persönlichkeiten verwischt. Jeder erwachsene Frant würde sein Freund sein.

Soviel hatte er nicht verdient; aber so war es hier.

Olmy ging den Berg hinunter nach Osten zu den reifen, vom Wind bewegten Feldern gelber und blauer Fruchtpflanzen, in das nächstgelegene Dorf mit seinem charakteristischen zentralen Stupa. Er kam an jungen Frants vorbei, die ihm teilnahmslos nachblickten. Die Jungen würden ihn noch nicht erkennen. Olmy traf sein erstes erwachsenes Individuum direkt vor einem Marktplatz, der während der mittäglichen Ruhepause geschlossen war.

Der Frant, hochgewachsen und schlank, mit schmalem Gesicht und beiderseits vorstehenden Augen, die Schultern in zeremonielle Folie gehüllt, saß auf einer breiten Steinbank. Er betrachtete ihn einen Moment lang schweigend.

»Grüße, Ser Olmy!« sagte er. »Welche Überraschung, dich hier zu sehen.«

»Das Vergnügen ist ganz auf meiner Seite«, sagte Olmy.

EPILOG

Zuerst, sagte Mirsky seinem Gefährten, *fangen wir beim Anfang an.*

Und dann? fragte Lanier.

Wir suchen nach Punkten von Interesse, bis wir zum Ende kommen.

Und dann?